外国经典短篇小说
·青春版·

法尼娜·法尼尼

人民文学出版社编辑部选编

人民文学出版社

图书在版编目(CIP)数据

法尼娜·法尼尼:外国经典短篇小说青春版/人民文学出版社编辑部选编. —北京:人民文学出版社,2018
ISBN 978-7-02-014334-4

Ⅰ.①法… Ⅱ.①人… Ⅲ.①短篇小说—小说集—世界 Ⅳ.①I14

中国版本图书馆 CIP 数据核字(2018)第 121589 号

策划编辑　王瑞琴
责任编辑　张海香
装帧设计　李思安
责任印制　任　祎

出版发行　人民文学出版社
社　　址　北京市朝内大街 166 号
邮政编码　100705
网　　址　http://www.rw-cn.com

印　　刷　三河市宏盛印务有限公司
经　　销　全国新华书店等

字　　数　410 千字
开　　本　880 毫米×1230 毫米　1/32
印　　张　17.5　插页 3
印　　数　1—8000
版　　次　2019 年 1 月北京第 1 版
印　　次　2019 年 1 月第 1 次印刷

书　　号　978-7-02-014334-4
定　　价　48.00 元

如有印装质量问题,请与本社图书销售中心调换。电话:010-65233595

序:观看那些命中世界心脏的匕首

文 珍

短篇小说,鲁迅譬之为"大伽蓝"中的"——雕栏——画础",通常说来,是写作者起步之初必须尝试的样式。如果不是天赋异禀的叙事奇才,或者出于商业利益最大化的驱使,抑或初生牛犊不怕虎的无知无畏,大部分写作者都会在经过足够数量的中短篇训练后才敢于尝试篇幅较长的中长篇;当然也不排除有些高手的气质恰好契合短篇小说独有的诗性,沿着幽暗小路同样可徐行罗马,终生不曾也不必写作长篇,同样比如大先生鲁迅。

而在我看来,短篇小说之"短",命名浅显实则却极微妙。首先不能因为篇幅短小而力求简练,小说应该营造的戏剧性氛围须浓厚,人物性格也应该鲜明;其次也不能因为矛盾单一而冲突过于直白。王安忆在"短经典"系列丛书的总序里,引用爱因斯坦的话:"尽可能地简单,但却不能再行简化。"这就是前辈老师理解的,关于短篇小说的"物理"属性。

然而各国皆有无数优秀的短篇小说,似乎也不可能在简单与否的层面反复纠缠。假设作为一出独幕剧(因篇幅计,至多似也不宜超过三幕),里面必须引入的因素就是矛盾冲突。著名的创意写作学研究者杰里·克利弗指出,任何小说实现认同与共鸣都必须具备三要素:冲突、行动和结局。而最重要的冲突是什么?用最无感情的技术层面来分析,就是"渴望+障碍",也就是中文里所说的,"寤寐思服,辗转反侧,求之不得"。

具体落到短篇小说里,对矛盾的设置又有两种最常见的方式,一种是"螺蛳壳里做道场",麻雀虽小,五脏俱全,法国莫泊桑的《我的叔叔于勒》《项链》、黑塞的《毛尔布朗神学院的一名学生》、显克维奇的《音乐迷杨科》、普希金的《驿站长》、哈特的《坦纳西的合伙人》和福克纳的《献给爱米丽的一朵玫瑰花》便是如此,其特点是在不太长的篇幅里,尽可能设法描摹出一个人跌宕起伏的一生;另一种则是海明威式的语言极尽简练,富有暗示性,"冰山一角,见微知著",代表者如这个选本里的托马斯·曼的《神童》、卡拉迦列的《两张彩票》、海明威的《杀人者》、伊巴涅斯的《一枪两个》、斯托克顿的《美女,还是老虎?》。

欧·亨利式的小说与这传统两类短篇又自不相同,是近现代后来非常流行的一类做法,他的欧洲同道,当是写出了《黄昏》和《敞开着的窗户》的英国作家萨基。甚至爱尔兰作家奥康纳那篇《法律的尊严》也是一样的模式,所有的戏剧性和高潮,全在最后的包袱;而小说之成败则全在作家的一点心机是否够巧,最后反转是否能刚好在意料之外而细想又在情理之中。这类小说套路明显,易于模仿,往往是入门级最佳教材;但到了一定程度,也许后来者会发现,有意为之的戏剧性将会冲淡小说本身的微妙、丰富和身临其境。《红楼梦》里林黛玉教香菱作诗不要先学对仗太工整的律诗,"因为没见过诗,所以见了这浅近的就爱,一入了这个格局,再学不出来的"。尤其要谨防形成套路的类型文学做法,看似题材多变,其实千文一面。

还有一类短篇小说纯然以氛围取胜,并不承担任何社会教化责任,却异常好读,引人入胜,且读后久久难忘。比如雅各布斯的《猴爪》,将风格推向极致的短篇,在这个选本里还有伍尔夫的《墙上的斑点》,里面假作意识流层面的烦琐跳跃,几乎是正常读者无法忍受的。但是它的意义不在于取悦读者上,而在于指出一种更深的心理层面的真实。

高尔基的《没有冻死的男孩和女孩》出乎人意料地迷人,远远超过我原本对其作为一个所谓苏联时期"御用文人"的偏见想象。里面写出了某种复杂的生活真相,并不是每个乞讨的孩子,最后都只有"卖火柴的小女孩冻死在街头这一条出路"。煽情时常是最简单化的,而且并不优雅,并不符合爱因斯坦所说的短篇小说应有的"物理"属性。

契诃夫的《变色龙》《一个文官的死》和左拉的《陪衬人》都曾入选中学语文教材,现在仍然可以作为课外辅导读物,可以想见其经典地位的不可撼动。泰戈尔的《喀布尔人》里面有一种感伤,很容易让我们想起鲁迅的《孔乙己》。也许后者的确受到了前者的影响。但这样的人物小传,自有其借助伤感之美留存下来的价值。至少,喜欢看故事的读者们同样爱看一类关于地域民族性的特定书写,里面会最大限度地唤起我们的乡愁,和对于不同国度地理气候特征幻化成不同人格的想象。这想象很大程度都是由故事追认的,这些成为经典的故事,回头又极大参与了某个民族独特性的认知和建构。这本书里的例子,首当其冲就是著名的都德的《最后一课》、梅里美的《马铁奥大义灭亲》、巴尔扎克的《刽子手》、司汤达的

《法尼娜·法尼尼》和阿·托尔斯泰的《俄罗斯人的性格》。

马克·吐温和他的同好作家们以幽默名世。这一类短篇小说里有一种属于寓言传奇的力量，寥寥数笔，直指人性卑琐可笑的最深处。虽然看上去浅近——举个不恰当的例子，恰如同我国的老舍——但却能异常有效抵抗时间的流逝，几乎是永不过时的，在任何时代都能找到同样扭曲变形的原型。契诃夫那些最有讽刺意味的小说也同样隽永，只要世界上还有欺下媚上的变色龙，或者以虐待孩童为乐的残酷的大人。但是和毛姆不同，毕竟是俄罗斯作家，底色仍然更悲天悯人。而马克·吐温《竞选州长》的长处，首先在于画面感极为强烈，稍具想象力的人看完没有不大笑的。汤姆森的《特许活动区》、莫洛亚《大师的由来》、爱伦·坡的《威廉·威尔逊》也是如此，笑天下可笑之人，就是这类短篇小说存在的最大合法性。

说起寓言，还有一类短篇小说的异想气质更其明显，是更现代主义的寓言。卡夫卡是这一派的个中翘楚，书中选了他的名篇《乡村医生》。当那个疲于奔命的乡村医生骑着那匹一开始就不存在的非现实主义的马，迷失在清晨的迷雾中时，每个读者都并不关心这一情境到底何以发生，而是深深沉浸在这种似乎可以属于所有人类的嗒然若失中。我们同样不知自己该往何处去。埃梅的《穿墙记》同样曾经影响过很多中国当代作家，因为这种架空的人物设定，实在很容易让很多具体困境迅速凸显，也更易于拷问极端情境下的人性。这样的小说是很好玩的，但是未必就不深刻。

皮蓝德娄的《西西里柠檬》似乎全然是欧·亨利式小说的反面。这个主人公的悲惨命运一开始我们所有人都猜得到，他资助的美人唱歌发迹之后必然翻脸不认人，这个朴实的期望再续前缘的乡村青年必然受到羞辱。但是作者仍然以巨大的耐心，一点一点写出这个曾经的资助者在狗眼看人低的门房面前的种种遭际。最后,哪怕我们早已猜出结局,也仍然会在意料中感到一点意想不到的痛楚:是的,我们想到了那个姑娘会不认他,却没有想到她会兴高采烈地把他千里迢迢带来的西西里柠檬分给那些不相干的客人们!在人人都能想到的地方再进一步,这样的短篇小说同样有其完整而深刻的意义。它未必拓宽我们的见识,价值却在于最大限度地唤起了早已知情者的共鸣,并暗自庆幸自己不在这困境当中。

说了这书中几类短篇小说,也许我们会更加糊涂短篇小说何为。在此,也许可以重温一下卡佛说自己怎样写短篇小说的。他说因为生计所迫,每次坐下来就必须写完,然后拿出去换钱。这种紧迫的场面感,一方面是小说家言,另一方面却也恰好说明了短篇小说要求的文气贯通,一气呵成。这篇幅最短的文学样式,却也最完整饱满地记录了一个灵感如何成、坏、住、空,看它的发生、高潮、衰竭之始末,也最能检验短时间内一个写作者的思考强度和想象力能够到达何等状态。

从某种角度来说,短篇小说类似短跑,需要速度和爆发力。而如何能在一小段竞技中完美展现自己的巅峰状态,却需要长时间的训练和思索。完成初稿可以迅疾,修改却仍然是后期必不可少的工作,必要时可以推倒重来,如果实在回天乏力,直接放弃也是可以的。

如此长时间的准备、临界点的爆发和事后的修葺完善,方可"借一斑略知全豹、以一目尽传精神"。

因此我以为最好的短篇小说,是充满力量与激情的短跑,是电光火石直见性命的短诗,是头尾呼应暗含韵律的断章,更是精气贯穿心血铸就的匕首,短小精悍,刃薄如冰,足以悄然命中世界诸多秘密的心脏而不被人察觉。看完很久,你才知道那隐秘伤口竟流出鲜血,而肇事者早人去影杳。

  这本编选精严的短篇小说选目中,大概就暗藏了世界各地形态各异的许多匕首。但它们并不用于一击致命,而只是竭尽所能展示了各民族、各流派和各时代的匕首制造工艺。有的时候,把玩刀锋会让我们的眼睛短暂疼痛,随即便从沉浸其中的虚构世界里醒来。而这样瞬间出神,其实就像一次次美妙的白日梦。梦里刀光剑影,而我们所幸毫发无伤。

2018年8月于北京

目 录

萨 基
  黄昏　　1
  敞开着的窗户　　7
毛 姆
  午餐　　12
高尔斯华绥
  品质　　18
雅各布斯
  猴爪　　26
伍尔夫
  墙上的斑点　　40
曼斯菲尔德
  小姑娘　　50
奥康纳
  法律的尊严　　56
司汤达
  法尼娜·法尼尼　　67

巴比塞
　　小学教师　　　91
巴尔扎克
　　刽子手　　　96
梅里美
　　马铁奥大义灭亲　　　109
左　拉
　　陪衬人　　　124
莫泊桑
　　我的叔叔于勒　　　133
　　项链　　　143
都　德
　　最后一课　　　154
　　柏林之围　　　159
莫洛亚
　　大师的由来　　　168
埃　梅
　　穿墙记　　　173
托马斯·曼
　　神童　　　183
黑　塞
　　毛尔布朗神学院的一名学生　　　194
弗兰克
　　音乐会　　　199

里尔克
  掘墓人　　208
茨威格
  第三只鸽子的故事　　221
卡夫卡
  乡村医生　　226
维尔加
  乡村骑士　　233
皮蓝德娄
  西西里柠檬　　242
邦藤佩利
  小偷卢卡　　257
帕皮尼
  没有归还的一天　　263
伊巴涅斯
  一枪两个　　273
显克维奇
  音乐迷杨科　　279
莫里兹
  七个铜板　　288
莫　尔
  九个里面挑哪个呢　　295
哈谢克
  得救　　302

卡拉迦列
　　两张彩票　　　307
普希金
　　驿站长　　　326
列夫·托尔斯泰
　　舞会以后　　　339
契诃夫
　　变色龙　　　351
　　一个文官的死　　　355
高尔基
　　没有冻死的男孩和女孩　　　359
阿·托尔斯泰
　　俄罗斯人的性格　　　370
帕乌斯托夫斯基
　　老厨师　　　381
左琴科
　　换装　　　386
霍　桑
　　大卫·斯旺　　　390
爱伦·坡
　　威廉·威尔逊　　　398
斯托克顿
　　美女，还是老虎？　　　420
马克·吐温
　　竞选州长　　　427

国王说"再来一次！"　　434
哈　特
　　坦纳西的合伙人　　437
肖　班
　　一小时的故事　　448
欧·亨利
　　麦琪的礼物　　452
杰克·伦敦
　　寂静的雪野　　459
安德森
　　冒险　　472
福克纳
　　献给爱米丽的一朵玫瑰花　　480
海明威
　　杀人者　　492
休　斯
　　一个星期五的早晨　　506
汤姆森
　　特许活动区　　517
普列姆昌德
　　孩子　　526
夏目漱石
　　库莱克先生　　534
芥川龙之介
　　罗生门　　541

萨 基

萨基(1870—1916),英国短篇小说家。他的作品结构严谨,构思奇妙,结尾经常出人意料。《黄昏》《敞开着的窗户》皆为世界名篇,被各国多种选本所采用。在欧美,萨基与欧·亨利齐名。

黄 昏

诺尔曼·葛尔特茨比坐在海德公园的长凳上,背向着用公园栏杆围起来的长方形草坪。草坪上的青草是一簇簇栽上去的。在他面前,隔着那宽宽的马车道,是海德公园的跑马场。右面是海德公园的自由论坛,从那里,不时传来车辆的喇叭声和交通的嘈杂声。这是三月初的一个傍晚,下午六点半左右。暮色苍茫,笼罩着大地,只有那微弱的月光和点点星星的街灯的亮光冲淡着昏暗的夜幕。马路和人行道都空落落的。然而,就在这若明若暗的夜色中仍有不少被人们遗忘的小人物在活动着。他们有的荡来荡去,无声无息;有的把自己点缀在长凳和木椅上,一点也不显眼,在昏暗中,他们的身影已经无法辨认清楚。

葛尔特茨比此时心旷神怡。眼前的景色与他此刻的心情完全和谐。黄昏,在他看来,是失败者的时刻。经过奋斗然而仍不免遭到惨败的男男女女,在这日薄西山的时候纷纷出来活动。他们把失掉的好运、破灭的希望深深地掩藏起来,躲避着好奇者的寻根问底。他们寒酸的衣衫,压弯的双肩,忧郁的目光,在暮色中不会引起人们的注意,起码,他们不会被人们认出来。

被征服的帝王必然遇到人们奇异的目光。

人心中的这种滋味竟会如此辛酸。

徘徊在暮色中的那些人,决不愿意人们投来奇异的目光,所以他们才采取这种蝙蝠出游的方式,在正经游客走光后的乐园里,心情沉重地寻找着他们的乐趣。一片灌木丛和栅栏遮掩着他们。在这屏障的那边,就是华灯万盏、车水马龙的世界。透过一层挨着一层的窗户,万家灯火光亮耀眼,几乎驱散了黑暗。它标志着那一带是另一类人常去的地方。他们在人生的斗争中仍然坚守着自己的阵地,或者,至少还没有到达不得不认输的地步。在这几乎是空无一人的便道上,葛尔特茨比坐在长凳上,止不住思绪起伏。按他此刻的心情来说,他愿意把自己划归到失败者的行列中去。经济上他并不窘迫。假若他高兴,他完全可以信步走到灯火辉煌、人声喧闹的街上去,在那些已经享受着荣华富贵或者拼命想发财致富的互相轧着的人群中占据一个位置。他的抱负远比对金钱的追求微妙得多。不过,他失败了。此时此刻,幻灭已经使他心灰意冷,免不掉想去观察那些同他一样,在街灯照射不到的阴影里徘徊着的人们,把他们分门别类研究一番,好从中得到些乐趣。

长凳的另一端,就在他身旁,坐着一位老先生。从他的神态里,可以看出他正在和社会抗衡,但是他的气概已日趋衰退。或许这只不过是他仅有的一点自尊心的残迹而已。对任何人,任何事,他已经没有力量反抗,成功的希望更属渺茫。他的衣着并不能说寒酸,至少,在那暗淡的光线下还说得过去。然而,你却不能想象穿这身衣服的人会为一盒巧克力花掉一枚两先令六便士的银币或是为一束插在衣领上的石竹花花掉九便士。毫无疑问,他是那种已然被人遗忘的乐队的一员——他们的演奏已不再能使任何人翩翩起舞;他也是世界上那种到处诉苦的人——但是他的悲哀已决不会使任何人洒一掬同情之泪。这时老人起身离去。葛尔特茨比想象得出,在他要回到的那个家里,他准是个可有可无的角色,他所遭到的也只会是冷落。再不然老人就是回到那冷冷清清的落脚处。在那里,人们对他的关注始终仅仅集中在他是否有能力偿付每周的房钱上。远去的背影慢慢消失在黑暗中。长凳上空出来的位子几乎立刻就被一个年轻人所占据。年轻人衣着虽然比较考究,但他面部的神情并不比那位老人开朗。新来的人一屁股坐在长凳上,同时嘴里还狠狠地骂了一声,吐字之清楚就好像是要强调,在这个世界上,没有一件事能使他称心如意。

"看来您心情不大好啊。"葛尔特茨比说道,心里揣摩着年轻人的这番表演准是为着引起他适当的注意。

年轻人转过身来,脸上的神情坦然得令人不能产生一点怀疑。但是葛尔特茨比反而因此一下子警觉了起来。

"要是陷入我的困境,您的心情也好不了,"他回答说,"我干了一件有生以来最傻的事。"

"是吗?"葛尔特茨比不动声色地问道。

"我今天下午到的伦敦,本打算在伯克夏广场的帕塔刚尼安饭店落脚,"年轻人接着说道,"可是到了那儿我才发现,饭店在几个星期前给拆掉了。旧址上盖起了一家影剧院。出租汽车司机给我介绍了另一家旅店,远一点,可我只好去了。我刚给家里人写完了一封信,告诉他们我的住处,就出去买香皂了——我讨厌旅店里的香皂,可自己又忘记准备了。我在街上溜达了一会儿,在酒吧间喝了杯酒,又逛了逛商店,然后转身回旅馆。就在这时候,我忽然意识到,我根本没记住旅馆叫什么,更不知道它坐落在哪条街上。这够多么尴尬!我在伦敦又举目无亲。当然了,我可以打电报给家里人,叫他们把地址告诉我,可是这封电报明天才能收到,而眼下我身上一个钱也没有了。我出来的时候,身上大概只带了一先令。买了块香皂,喝了杯酒,也就花得差不多了,我兜里只剩下两便士,只怕要落得个流浪街头,无处栖身了。"

年轻人讲完这段故事后,出现了片刻沉寂。这种沉寂真是意味深长。"您大概想,我讲的这段遭遇荒诞无稽吧。"年轻人随后接着说道,语调里多少带着点委屈的口气。

"这事也并非不可能,"葛尔特茨比像法官审理案件似的说,"记得有一次我也经历过这么一件事。那是在一个外国的首都。不过那次我们一行两人。事情就显得更离奇了。幸好我们还记得我们的旅店紧靠条什么运河。一找到运河,我们就顺着它找到了家。"

听完这段往事的叙述,年轻人精神为之一振。"在国外,我还不会这么发愁,"他说道,"总可以找到领事,得到必要的帮助。可是在自己国家里,一旦陷入困境,真是束手无策。我大概得在河堤上过夜了,除非能找到个够朋友的人,他能相信这是确有其事。不管怎么说,我很高兴,因为您并没有认为我这段遭遇过于荒唐。"

年轻人往这最后一句话里倾注了不少热情,就好像他有意向葛尔特茨比表示,葛尔特茨比基本上已经具备了够朋友的人的必要条件。

"然而,"葛尔特茨比慢吞吞地说,"您这段故事里的破绽就在于您拿不出那块香皂来。当然了。"

年轻人连忙向前探了探身,在大衣口袋里忙乱地摸了起来。他一下子跳了起来。

"准把它丢了。"他怒气冲冲地嘟囔了一声。

"一个下午就丢了家旅馆,又丢了块香皂,这只能说明您存心粗枝大叶。"葛尔特茨比接着说道,可是年轻人没等他话音落地就走了。他顺着小路溜掉了,头昂得高高的。不过,在他那高傲的表情中,总显得有几分疲倦的样子。

"说来怪可惜,"葛尔特茨比想道,"整个故事中只有出去买香皂这一点有说服力,然而在这细节上露了马脚。他要有一点先见之明,就应该事先准备下一块香皂,包装和封记都要跟刚从铺子里买来的一样,那他准可以成为他这行业里出类拔萃的人。干他那一行,什么都得事先想好。要有这种能力,而且是无限的能力,才能称得上是个歪才。"

想到这里,葛尔特茨比站了起来,准备离去。就在这时候,他惊讶地、关切地喊了一声。只见地上,在长凳边上,失落着一个椭圆形小纸包,外表和店主人精心打上封记的一样。除了是块香皂,还能是什么!准是那年轻人一屁股坐下来的时候从他大衣兜里掉出来的。说时迟,那时快,葛尔特茨比立刻顺着那条暮色笼罩着的小路追了下去,焦急地寻找着穿浅色大衣的年轻人的踪影。就在他遍寻不见,已经感到无望的时候,忽然他发现要找的那个人正站在马车道的路边上。年轻人神态犹豫地站着,显然拿不定主意,是从海德公园穿过去好呢,还是直奔耐茨布里支的熙熙攘攘的人行道。当他听到葛尔特茨比呼喊他的时候,他带着几分敌意,好像准备自卫似的猛然转过身来。

"能证明您那段遭遇的真实性的重要证人找到了,"葛尔特茨比说道,伸出手来把香皂递了过去,"一定是您坐下来的时候从大衣兜里滑出来的。您走后,我在地上发现的。我曾经对您不信任,您一定要原谅。那时一切证据都对您不利。如今,既然我听取了香皂的证词,我想我也应当服从它的判决。您如不嫌弃,我可以借给您一枚二十先令的金币……"

年轻人连忙接过金币,放进兜里,从而解除了这个问题上的疑虑。

"这是我的名片,上面有我的地址,"葛尔特茨比继续说道,"您这星期哪天还钱都可以。这儿是您那块香皂。可别再丢了,它可是您的好朋友呵。"

"幸好给您找着了。"年轻人说道。接着,几句感激不尽的话脱口而出,声音还有点呜咽。他朝着耐茨布里支方向急忙跑去。

"这孩子真可怜,差点哭出声来,"葛尔特茨比自言自语地说,"不过,这也不能怪他,从困境中脱身,这种慰藉降临得太突然了。这对我也是个教训,不能自作聪明,不能仅仅凭一时的情况就给一个人下判断。"

葛尔特茨比顺着原路往回走去。经过那条长凳时——那场戏剧性的事件就是在那里发生的——他看到一位老先生在长凳下面和四周望来望去,掏来掏去。葛尔特茨比认出这就是刚才同他坐在一起的那位老人。

"您丢东西了,先生?"他问道。

"对了,丢了一块香皂。"

梁献章 译

敞开着的窗户

"纳托尔先生,我婶母马上就下楼来,"一位神色泰然的十五岁少女说道,"在她没下来之前,暂且由我来招待您,请多包涵。"

弗兰普顿·纳托尔尽量地应酬了几句,想在这种场合下既能恭维眼前招待他的这位侄女,又不至于冷落那位还没露面的婶母。可是在心里他却很是怀疑,这种出自礼节而对一连串的陌生人的拜访,对于他当时所应治疗的神经质毛病,究竟会有多大好处?

在他准备迁往乡间僻静处所去的时候,他姐姐曾对他说:"我知道事情会怎样,你一到那里准会找个地方躲起来,和任何活人都不来往,忧郁会使你的神经质毛病加重。我给你写几封信吧,把你介绍给我在那里的所有的熟人。在我记忆中,其中有些人是很有教养的。"

弗兰普顿心里正在琢磨,他持信拜访的这位萨帕顿夫人属不属于那一类有教养的人。

"附近的人您认识得多吗?"那位侄女问道。看来她认为他俩之间不出声的思想交流进行得够久的了。

"几乎谁也不认识,"弗兰普顿回答说,"四年前我姐姐曾在这里待过。您知道,就住在教区区长府上。她写了几封信,叫我拜访一些人家。"

他说这最后一句话时,语调里带着一种十分明显的遗憾口气。

"这么说,您一点也不知道我婶母家的情况了?"泰然自持的少女追问道。

"只知道她的芳名和地址。"客人承认说,推测着萨帕顿夫人是有配偶呢还是孀居,屋里倒是有那么一种气氛暗示着这里有男人居住。

"她那场大悲剧刚好是三年前发生的,"那个孩子接着说,"那该是在您姐姐走后的事了。"

"她的悲剧?"弗兰普顿问道。悲剧和这一带静谧的乡间看来总有点不和谐。

"您可能会奇怪,我们为什么在十月间还把那扇窗户敞开得那么大,尤其在午后。"那位侄女又说,指着一扇落地大长窗。窗外是一片草坪。

"这季节天气还相当暖和,"弗兰普顿说,"可是,那扇窗户和她的悲剧有关系吗?"

"恰好是三年前,她丈夫和她两个兄弟出去打猎,就是从那扇窗户出去的。他们从此再也没有回来。在穿过沼泽地到他们最爱去的打鹬场时,三个人都被一块看上去好像很结实的沼泽地吞没了。您可知道,那年夏天的雨水特别勤,往年可以安全行走的地方会突然陷了下去,事前一点也觉察不出来。连他们尸体都没找到。可怕也就可怕在这儿。"说到这里,孩子讲话时的那种镇静自若的声调消失了,她的话语变得断断续续,激动起来,"可怜的婶母总认为有一天他们会回来,他们仨,还有那条和他们一起丧生的棕色长毛小狗。他们会和往常一样,从那扇窗户走进屋来。这就是为什么那扇窗户每天傍晚都开着,一直开到天色十分黑的时候。可怜的婶母,她常常给我讲他们是怎样离开家的,她丈夫手背上还搭着件白色雨衣,她的小兄弟朗尼嘴里还唱着:'伯蒂,你为何奔跑?'他总唱这支歌来逗她,因为她说这支歌叫她心烦。您知道么,有的时候,就像在今天,在这样万籁俱静的夜晚,我总会有一种令人毛骨悚然的感觉,我总觉得他们几个全会穿过那扇窗户走进来——"

她打了个寒噤,中断了自己的话。这时她婶母匆忙走进屋来,连声道歉,说自己下来迟了。弗兰普顿不禁松了一口气。

"薇拉对您的招待,总还可以吧?"她婶母问道。

"啊,她说话挺有风趣。"弗兰普顿回答。

"窗户开着,您不介意吧?"萨帕顿夫人轻快地说,"我丈夫和兄弟们马上就要打猎回来。他们一向从窗户进来。今天他们到沼泽地去打鹬鸟,回来时准会把我这些倒霉的地毯弄得一塌糊涂。男人们就是这么没心肝,是吧?"

她兴致勃勃地继续谈论着狩猎、鹬鸟的稀少和冬季打野鸭的前景。可是对弗兰普顿来说,这一切确实太可怕了。他拼命想把话题转到不那么恐怖的方面去,可是他的努力只取得部分成功。他意识到,女主人只把一小部分注意力用在他身上,她的目光不时地从他身上转到敞开着的窗户和窗外的草坪上。他竟在悲剧的纪念日里来拜访这个人家,这真是个不幸的巧合。

"医生们都一致同意要我完全休息,叫我避免精神上的激动,还要避免任何带有剧烈的体育运动性质的活动。"弗兰普顿宣称。他有着那种在病人中普遍存在的幻觉,错误地认为,陌生人或萍水相逢的朋友都非常渴望知道他的疾病的细节,诸如得病的原因和治疗方法等等。他接着又说:"可是在饮食方面,医生们的意见不太一致。"

"噢,是吗?"萨帕顿夫人用那种在最后一分钟才把要打的哈欠强压了回去的声调说。突然,她笑逐颜开,精神为之一振——但却不是对弗兰普顿的话感到了兴趣。

"他们可回来了!"她喊道,"刚好赶上喝下午茶。您看看,浑身上下全是泥,都糊到眼睛上了!"

弗兰普顿略微哆嗦了一下,把含着同情的理解的目光投向那位侄女。可是那孩子此时却凝视着窗外,目光里饱含着茫然的恐怖。弗兰普顿登时感到一股无名的恐惧。他在坐位上急忙转过身来,向同一方向望去。

在苍茫暮色中,三个人正穿过草坪向窗口走来,臂下全挟着猎枪,其中一个人肩上还搭着一件白色雨衣。一条疲惫不堪的棕色长毛小狗紧跟在他们身后。他们无声无息地走近这座房子。然后一个青年人沙哑的嗓音在暮色中单调地唱道:"我说,伯蒂,你为何奔跑?"

弗兰普顿慌乱地抓起手杖和帽子。在他的仓皇退却中,怎么穿出过道,跑上碎石甬路,冲出前门,这些只不过是隐隐约约意识到而已。路上的一个骑自行车的人为了避免和他相撞,紧急地拐进路旁的矮树丛里去了。

"亲爱的,我们回来了,"拿着白色雨衣的人说道,从窗口走了进来,"身上泥不少,但差不多全干了。我们走过来时冲出去的那个人是谁呀?"

"一个非常古怪的人物,纳托尔先生,"萨帕顿夫人说,"他光知道讲他自己的病。你们回来的时候,他连一句告别的话也没说就跑掉了,更不用说道歉了,真像是大白天见到了鬼。"

"我想,他大概是因为看见了那条长毛小狗,"侄女镇定地说,"他告诉我说,他就是怕狗。有一次在恒河流域什么地方,他被一群野狗追到了一片坟地里,不得不在刚挖好的坟坑里过了一夜。那群野狗就围着他头顶转,龇着牙,嘶叫着,嘴里还吐着白沫。无论是谁,都得吓坏了!"

灵机一动,编造故事,是她这位少女的拿手好戏。

梁献章 译

毛 姆

萨默塞特·毛姆(1874—1965),英国小说家、剧作家。主要作品有《月亮与六便士》《刀锋》等。他的短篇小说脍炙人口,《午餐》是其中的代表作。

午 餐

我是在剧场看戏时见到她的。她向我招了招手,我趁幕间休息的时候走过去,在她旁边坐下了。我最后一次见到她还是很久以前的事了,如果不是有人提过她的名字,我想我这次就认不出她了。她满面春风地和我拉扯起来:

"哦,好多年没见了,时间过得真快!我们也都老了。你还记得咱们第一次见面的情况吗?你邀请我去吃了一次中饭。"

我怎么能不记得。

那是二十年之前的事了,当时我住在巴黎。我在拉丁区有一间小小的公寓,从窗里可以俯瞰教堂的墓地。我的收入刚好够维持住我的灵魂和躯壳不分家。她读了一本我写的书,给我写了封信谈论这本书。我回信表示感谢。过了没多久我就又收到她一封信,说她要路经巴黎,想同我谈谈;不过她的时间有限,只能在下星期四抽出点空来,早上她要去卢森堡公园,问我是否愿意中午请她在福约特餐厅随便吃点什么。福约特是法国议员们经常光顾的一座餐厅。它远远超出我的经济能力,所以我从来不敢问津。但是她信中的恭维话说得我心头发痒,而且那时我太年轻,还没能学会对一位女士说"不"。(我不妨加一句,没有几个男人学会拒绝女人。等到他们学会把女人们所说的话看做无足轻重时,年纪已经太老了。)我还有八十个法郎(金法郎),可以维持月底之前的开销。一顿便餐不会超过十五个法郎。如果我后半月不喝咖啡的话,我没准可以对付过去。

我回信,和我这位朋友约好星期四中午十二点半在福约特餐厅见面。她没有我想象的那样年轻。她的外表与其说风姿动人,毋宁说富态魁梧。实际上她已经有四十岁了(一个颇能迷惑人的年纪,但不是一眼就可以使你激动和产生强烈情感的年龄),她给我的印象是她的牙齿比实际需要多了一些,整齐、洁白、比较大。她很善谈,但因为她好像倾向于谈论关于我的事,所以我准备好做一名专心致志的听众。

菜单拿上来的时候我吓了一跳,价钱比我预料的要贵得多。但她说的话叫我放了心。

"我中午从来不吃什么。"她说。

"哦,可不要这么说!"我慷慨大方地回答。

"我只吃一道菜。我觉得现在人们吃得太多了。也许我可以来点鱼,我不知道有没有鲑鱼。"

吃鲑鱼的季节还略嫌早了一点,菜单上也没有写着这道菜。但是我还是问了一下侍者。有,刚刚进了一条头等鲑鱼,这是他们今年第一次进这种货。我为我的客人叫了一份。侍者问她在等着烹制鲑鱼的时候是否吃点别的。

"不,"她回答,"我中饭只吃一道菜。除非你们有鱼子酱。吃点鱼子酱我倒不反对。"

我的心微微一沉,我知道我吃不起鱼子酱,但我无法对她讲明这点,结果我还是吩咐侍者拿了份鱼子酱。我为自己挑了一份菜单上价格最便宜的菜——一份羊排。

"我认为你吃肉可并不明智,"她说,"我不知道你在吃完像肉排这类油腻的东西以后还怎么能工作。我可不能叫我的胃负担过重。"

这以后出现了饮料问题。

"我午饭从来不喝什么酒。"她说。

"我也如此。"我迫不及待地补了一句。

"除了白葡萄酒,"她继续说道,仿佛没听到我刚才的话,"法国白葡萄酒一点儿也不厉害,对消化很有帮助。"

"你想喝点什么?"我依然殷勤地问道,但已不那么曲意逢迎了。

她的一口洁白的牙齿一闪,对我殷勤地笑了笑。

"除了香槟,我的医生绝对禁止我喝其他的酒。"

我想我的脸当时一定变得有些苍白。我叫了半瓶。我用随便的语气提到我的医生不允许我喝香槟。

"那么你喝什么?"

"水。"

她吃掉鱼子酱。她吃掉鲑鱼。她有说有笑地谈论艺术、文学和音乐。可我却一直在琢磨账单加起来会要我多少钱。当我那份羊排端上来时,她非常严肃地教训我:

"我看得出来,你习惯午饭吃得很多。我认为这肯定不好。为什么你不学学我只吃一道菜?我肯定这对你会大有好处的。"

"我是只吃一道菜。"我说道,这时侍者又带着菜单来了。

她手一挥,把他打发到一边去。

"我可不这样,我午饭从来不吃什么,吃也只吃一点,吃这点也是为了聊天方便。我可再也吃不下什么了——除非那种大龙须菜。如果不尝尝的话,这次到巴黎来可是件憾事。"

我的心沉了下去。我在橱窗里见到过龙须菜。我知道这东西贵得要命。我的嘴巴也常常因为看到它们而馋涎欲滴。

"夫人想知道你们有没有龙须菜。"我问侍者。

我捏着把汗,真希望他说没有。一个快乐的笑容掠过了侍者的神甫似的大脸。他对我说,他们有一些那么大、那么好、那么嫩的龙须菜,简直绝无仅有。

我叫了一份。

"你不要吗?"

"不要,我从来不吃龙须菜。"

"我知道有人不喜欢龙须菜。事实是你吃的那些肉把你的胃口破坏了。"

我们等着龙须菜上来。我吓得心惊胆战。现在已经不是我可以剩下几个钱过日子的问题了,而是我是否有足够的钱拿出来付账。如果发现自己缺十个法郎而不得不向客人张口的话,那就太叫人丢脸了。说什么我也不能丢这个丑。我清楚地知道我有多少钱。如果不够付账的话,我下决心把手往兜里一伸,然后戏剧性地大喊一声,跳起来说我被扒手扒了。当然了,那将是一个极其尴尬的场面,如果她也没有足够的钱付账的话。要是那样,唯一可行的办法就是留下我的表作抵押,过后再来赎了。

龙须菜上来了,又大又粗,一咬一汪水,真吊人胃口。它那嗞嗞作响的奶油香味一阵阵地往我鼻孔里钻,就像耶和华嗅到的虔诚的希伯来人奉献的烤得香喷喷的供品一个滋味。我一边望着这位纵情大嚼的女人一大口一大口地往嗓子眼里塞,一边客客气气地谈论着巴尔干半岛的戏剧界现状。她终于吃完了。

"咖啡?"我问道。

"好吧,一份冰激凌加咖啡。"她回答。

我现在已经把一切置之度外了,我给自己也叫了咖啡,给她要了冰激凌加咖啡。

"你知道,我是相信这个真理的,"她边吃冰激凌加咖啡边说,"一个人吃饭时一定要只吃八成饱。"

"你还饿吗?"我有气无力地问道。

"哦,不饿了;你看,我中午不吃饭。早上我喝一杯咖啡,之后就吃晚饭了。中饭我至多只吃一道菜。我这也是在劝你。"

"说得是,我一定听从你的劝告。"

之后一件可怕的事发生了。当我们等着咖啡的时候,领班侍者摆着一副讨好的笑容向我们走来,胳膊上挎着一满篮子大桃,那桃子红得好像纯洁的姑娘的脸蛋,色调有如意大利绚丽的风景画。桃子肯定还没有到上市的季节。只有上帝知道多少钱一个。我也知道了——那是在过了一会儿以后,因为我的客人一边继续谈话,一边心不在焉地随手拿了一个。

"你看,你用肉塞满了肠胃,"——她指的是我那一块可怜的肉排——"你什么也吃不下去了。而我只随便像吃点心一样地吃了点,我还可以享受个桃子。"

账单来了,付完账后我发现剩下的钱不够一次像样的小费。她的目光在我留给侍者的三个法郎上停留了片刻,我知道她一定想我很吝啬。但是我在走出饭馆后,带着一张嘴和一个肚子,但口袋里却一文不名。

"学我的样子,"在我们握手道别时她说道,"午饭千万只吃一道菜。"

"我会比这做得还好,"我大声回答,"今天晚饭我就什么也不吃了。"

"幽默家!"她快乐地喊着,跳上了一辆马车,"你真是一个十足的幽默家!"

但我终于复了仇。我不认为我是位睚眦必报的人,可是当不朽的大神插手这件事时,你暗自得意地看到这个结果也还是可以原谅的。今天她体重三百磅。

傅涛涛 译

高尔斯华绥

约翰·高尔斯华绥(1867—1933),英国小说家、剧作家,1932年获诺贝尔文学奖。主要作品是连续性长篇小说《福尔赛世家》。高尔斯华绥强调作家应真实地描写社会生活。他被公认为二十世纪现实主义文学大师。

品　质

我年幼时就认识他了,因为他为我父亲承做靴子。他和他哥哥开了一家店,铺面是伦敦西区一条小侧街上的两间打通的小店房。那一带如今已大不如昔了,当年却是很时髦热闹的。

他的店铺毫不招摇,却自有特别之处;门面上只有他的德国姓氏"盖斯勒兄弟",没有标榜本店为王室成员服务的招牌;橱窗里陈列着几双靴子。记得当年我怎么也想不通他橱窗里的靴子为什么从不更换。他只定做,不卖现货;而我简直不能想象他做的鞋会不合适。莫非是他买来摆在那儿的吗?这似乎也不可思议。让那些不是他亲手制作的皮鞋摆在自家店里,他肯定忍受不了。何况那些鞋太美了——那双轻便舞鞋精巧得不可言传;那双有布翻沿的漆皮靴叫人看了垂涎欲滴;那双褐色的长统马靴闪着神奇的幽光,虽然是崭新的,倒像是穿了一百年了。这些是体现了一切鞋的本质的典范,只有亲眼见过靴子的灵魂的人才做得出。当然,这些念头是后来才有的。不过,我大约十四岁起有资格到他那里定做靴子,就对他们兄弟二人的尊严有了模糊而又强烈的感受。从那时起直到现在,对我来说,制作靴子——做他所做的那种靴子——是神奇美妙的。

我清楚地记得有一天我把小脚丫伸到他面前,羞怯地问:

"盖斯勒先生,做靴子难极了吧?"

他回答道:"那可是艺术!"说着,他那透露着讥讽意味的红胡子里突然荡开了微笑。

他本人也有点像是皮革制成的:脸黄黄的,皱皱的,红色的头发和胡须拳曲着,面颊和嘴角间有一道道清晰的皱纹,话音单调,喉音浓重。皮革是一种冷峻的物质,有点死板迟钝,而这也是他面部的特征——除了他的眼睛。他的蓝灰色的眼睛现出朴实的严肃态度,这神态每每表示其人私下里迷恋着理想。他的哥哥十分勤劳,比他平淡一些,各方面都略逊一筹。他们兄弟二人长得极为相像,所以早先我有时要等到会面结束才能确定对方到底是谁。到那时,如果他不说"我要问问我兄弟",那就是他本人;如果说了,便是他哥哥了。

人长大了,荒唐起来,开始赊账;但不知怎的,我绝不拖欠盖斯勒兄弟的款子。如果欠他——比如说吧——两双鞋的钱,倒还可以心安理得,因为那只表明你仍然是他的主顾。但若欠了两双以上的钱,却仍走进他的铺子,把自己的脚伸到他那戴铁架眼镜的蓝眼睛下,就未免太不像话了。

人们不会常常到他那里去。他做的靴子仿佛具有某些超越时间的东西,非常耐穿,好像他是把靴子的本质缝了进去。

人们进商店时一般都怀着"把我要的东西给我,快点了事"的心情,然而进他的铺子就像进教堂一样心静神安。来客坐在那把唯一的木椅上等待着,因为他的店里总没有人。店里黑黑的,像口井,弥漫着好闻的皮革气味。不一会儿,他或他哥哥的脸就会在上面的井沿边出现,向下张望着。随后响起一阵喉音,一阵韧树皮拖鞋敲打狭窄的木楼梯发出的踢哒声,最后他来到顾客面前,不穿外衣,背微驼,系着皮围裙,袖子卷起,眨着眼睛——仿佛刚刚从某个靴子梦中醒来,又像是一只被晨光惊起的烦躁不安的猫头鹰。

这时我说:"你好呀,盖斯勒先生?可以给我做一双俄国皮靴吗?"

他会一声不响地走开,回到楼上去,或者到店铺的另一边去;我就坐在木椅上继续休息,呼吸着鞋铺的气味。不久他就会转回,枯瘦多筋的手里拿着一张黄褐色的皮子。他会两眼盯着皮革赞美道:"多漂亮的皮子啊!"等我也赞赏了一番以后,他就又开口说:"你什么时候要鞋?"我会回答:"就你的方便,什么时候做好什么时候要。"于是他说:"半个月以后?"或者,如果来的是他的哥哥,他就说:"我要问问我兄弟!"

然后我会喃喃地说:"谢谢你!再会了,盖斯勒先生。"他会一面回答"再见",一面仍看着手里的皮子。我向门口走去时,就又听到他的拖鞋踢踢踏踏地将他送回楼上去做他的靴子梦了。但假如我要定做的是以前他不曾替我做过的新样式,他就会一丝不苟地照章办事:把我的靴子脱下来,长久地拿在手里,用又挑剔又钟爱的目光打量着它,好像在回想他制作那靴子时的激情,又像是在责备人们穿坏了他的杰作。然后他把我的脚放在一张纸上,用铅笔贴着脚的外沿描上三两次,还用他神经质的手指细细摸我的脚趾,琢磨着我的需要的关键之点。

忘不了那一天,我因有双鞋不太称心,对他说:"盖斯勒先生,你知道吗,上次的那双市内散步靴走起路来咯吱咯吱的。"

他没回答,看了我好一会儿,好像希望我撤消或修正我的话,然后才说:"它们不该咯吱咯吱地响呀。"

"不过,确实是那样。"

"你是不是没等靴子穿定型就把它们弄湿了?"

"我想是没有。"

听了我的回答,他垂下眼睛,好像在搜寻有关那双鞋的回忆。我有些后悔,真不该提起这桩如此重大的事件。

"把它们送回来!"他说,"我要看一看。"

对那双吱吱叫的靴子,我心里涌起一阵怜悯之情。因为我可以栩栩如生地想象出他将如何用伤心的探究目光长久地埋头查看那双鞋。

"有些靴子,"他缓慢地说,"根本就不行。如果我不能把它们修理好,就不收这双鞋的钱。"

有一次(只有这一次)我心不在焉地步入他的铺子,脚上穿的是应急在某家大公司买的靴子。他接受了我定的活儿,却没给我看皮子,我觉得出他的目光在穿透我脚上的次等皮革。最后他说:

"那不是我做的靴子。"

他的声音里没有愤怒,没有悲伤,甚至没有轻蔑,但却有某种平静而又令人心惊肉跳的东西。为了追求时髦,那只左靴有一处做得不大舒适;他把手伸下去,用指头在那里按了按。

"这儿挤脚吧,"他说,"破烂儿! 这些大公司一点自尊心都没有。"随后,好像是心里的什么东西决了堤,他说了一大段愤恨的话。听他议论制鞋业的状况和困境,这在我是唯一的一次。

"他们把生意都抢走了,"他说,"他们靠的是广告,不是做工。

我们热爱我们的靴子,可他们把生意从我们手里抢走了。到如今——我眼看就要没活儿可做了。买卖一年比一年清淡,你会看到的。"望着他满是皱纹的脸,我看到了以前所未曾注意的东西——那些痛苦的事物和痛苦的挣扎。他的红胡子突然花白了多少啊!

我尽力地解释自己是在什么情况下买了那双倒霉的靴子。但他的面容和声音深深地打动了我,于是在此后几分钟内我定了好多双靴子。这下可遭了报应!它们更是永远穿不坏了。差不多有两年时间我都不能问心无愧地上他那里去。

等我终于再去的时候,却惊奇地发现他的店铺的两面橱窗中有一个漆上了别人的名字——也是个靴匠的名字,当然是为王室服务的啰。那几双熟悉的旧陈列靴不再气度轩昂地各据一方,而是被统统挤到了一个橱窗里。里面,那井一般的店堂收缩得只剩一间,比往日更加黑暗,更加气味扑鼻。等待的时间也比以往更长,好久才出现了一张面孔向下张望,才响起了踢踏的韧树皮拖鞋声。最后他站到了我面前,透过那副生了锈的铁架眼镜望着我,说:

"这位先生是——?"

"啊!盖斯勒先生,"我结结巴巴地说,"但你知道,你做的靴子实在太好了!瞧,这双还满不错的呢!"我把脚伸到他面前,他看了看。

"是的,"他说,"人们好像不想要好靴子。"

为了躲避他责难的目光和声音,我赶快问道:"你的铺子怎么了?"

他平静地回答说:"开销太大了。你要做靴子吗?"

我定了三双,尽管其实我只需要两双。然后我就匆匆离开了。我有一种说不清的感觉,觉得在他的心目中我参与了阴谋和他作对,或许不是和他,而是和他关于靴子的理想作对。想必人都不愿意有那种感受,因为我又一连好多个月没去他那里。记得我后来再去时是这样想的:"不过,我总不能不理那老伙计了。去一趟吧,说不定这一回是他哥哥接待呢!"

我知道那位哥哥性情柔弱,不会责备我,就连无声地责备也不敢。

在店里出现的果真是哥哥,他摆弄着一张皮子。我心里顿觉轻松。

"盖斯勒先生,"我说,"你好吗?"

"我很好,"他慢慢地说,"可是我的哥哥死了。"

我这才看出面前的是他本人——但却衰老了许多。我以前从没有听他提到过他的哥哥。我很惊愕,喃喃地说:"啊,我真难过。"

"是的,"他回答说,"他是个好人,他做的是好靴子;可他死了。"他摸摸自己的头顶,我猜是想要说明他哥哥的死因。他的头发突然变得稀疏了,像他哥哥的一样。"丢了另外那间铺子,他怎么也想不开。你要做靴子吗?"他把手中的皮革举起来,"这一块皮子很漂亮。"

我定做了几双。过了很久鞋才送来——但做得比以往更好。这些靴子简直就穿不坏。不久后我出国了。

过了一年多我重又回到伦敦。我去的第一家店就是我那老朋友的铺子。我离去时他是六十岁的人,回来时他像是有七十五了,皱缩,虚弱,颤颤巍巍。这一次,他起先真的没认出我来。

"哦!盖斯勒先生,"我说,心里十分难受,"你的靴子真是出色！我在国外时几乎一直穿这一双,可它们简直没怎么磨损,不是吗?"

他对着我那双俄国皮靴看了好一会儿,面孔似乎恢复了镇定。他把手放到我脚背部的鞋面上,问:"这儿合脚吗？记得做这双靴子时可真费了点事儿呢。"

我对他说,那双靴子非常舒适。

"你要做靴子吗?"他说,"眼下生意不景气,我很快就能做好。"

我回答说:"有劳,有劳！我正需要靴子呢——各种的都要!"

"我得做个新模子。你的脚一定会大些了吧。"他照我的脚画了样,又摸了我的脚趾,动作迟缓不堪。这过程中他只有一次抬头对我说:"我哥哥死了,我告诉过你没有?"

他变得那么衰老,看着他真叫人痛苦;我不无慰悦地离开了他。

我根本没指望他能完成这批订货,可有一天傍晚靴子送来了。我打开包裹,把四双靴子排成一行,然后一双一双地试穿。毫无疑问,不论是式样还是大小,不论是做工还是皮革品质,在他为我做的靴子中这几双都是最上乘的。我在一只市内散步靴的鞋口处发现了他的账单,价钱和过去的一样。我大吃一惊。过去不到季度结账日他是绝不送账单的。我飞快地下了楼,开了一张支票,并立刻亲自将它寄出了。

一星期以后,我路过那条小街。我想我该进去告诉他,新做的几双靴子是多么的合适。我走近他的店铺所在的地方时,却发现他的姓名不见了。依然留在橱窗里的是那精巧的轻便舞鞋,那有布翻沿的漆皮靴和那幽暗的马靴。

我大为不安,走进门去。在那两间小门面的店堂里——如今又打通了——有个年轻人,一副地道的英国人面孔。

"盖斯勒先生在家吗?"我说。

他看了我一眼,又是惊异,又是巴结。

"不在,先生,"他说,"不在。不过我们很愿意为您提供各种服务。我们已经把这间店盘过来了。您一定已经看见隔壁门上我们的名字了吧。我们为不少非常有身份的人做靴子呢。"

"是的,是的,"我说,"但盖斯勒先生呢?"

"噢!"他回答,"死了。"

"死了!可是我上星期三还收到了他为我做的靴子呢。"

"啊!真不可思议。可怜的老头是饿死的。"

"上帝!"

"医生说,是慢性饥饿!您知道他是怎么干活儿的。要维持铺子开业。除了他本人,他不让任何人碰他的靴子,每接一份定货,要花好长的时间做。可人们不乐意等。他失去了所有的顾客。他老坐在那儿,做呀做呀——我为他说句公道话——他做的靴子在全伦敦是顶拔尖的。可也得看看竞争啊!他从来不做广告!非要最好的皮子不可,还得事事都自己动手。得,这就是下场。照他的死脑筋,您还能指望什么结果呢?"

"但是挨饿——"

"那可能有点夸张,按俗话所说——但我亲眼见他从早到晚坐在那里做靴子,直到最后。您瞧,我常常留神看他。他从来不给自己留吃饭的时间,从来不在家里留一个小钱。全用在交房租、买皮子上了。我简直不知道他怎么能活到了这把年纪。他常常连火也不生。人是有点各别。不过他做的靴子真不错。"

"是的,"我说,"他做的靴子是好靴子。"

黄梅 译

雅各布斯

威廉·威马克·雅各布斯(1863—1943),英国短篇小说家。主要作品有短篇小说集《重载》《船长的婚事》等。《猴爪》是一个带有浓厚神秘恐怖色彩的怪异故事,在欧美读者中一直盛誉不衰,成为惊险小说中的一篇小小的典范杰作。

猴　爪

一

外面,夜晚寒冷而潮湿,但在雷克斯纳姆别墅的小客厅里,窗帘下垂,炉火熊熊。父子俩在下棋,父亲以为棋局将发生根本的变化,把他这一方的国王推入危急而不必要的险境,这甚至引起了那位白发老太太的评论,她正在炉火边安静地编织毛活。

"听那风声。"怀特先生说,他看出自己下错了一着影响全局的棋,可为时已晚,他态度和蔼地想不让儿子发现这个错误。

"我正听着呢,"儿子说,他冷酷地审视着棋盘,一面伸出手来,"将军。"

"我简直不相信他今晚会来。"父亲说,他的手在棋盘上踌躇不决。

"将死了。"儿子回答。

"住得这么偏远真糟透了,"怀特先生突然出人意外地发起脾气来,大声叫道,"所有那些糟糕透顶、泥泞又偏僻的住处里,就数这儿最糟。小路上是沼泽,大路上是急流,我真不知道人们在想些什么。我猜想因为大路上只有两所房子出租,他们就认为这没关系。"

"别介意,亲爱的,"他的妻子安慰他说,"也许下一盘你会赢的。"

怀特先生敏锐地抬眼一看,恰好瞧见母子俩交换了一个会心的眼色,到了嘴边的话消失了,他用稀疏的灰白胡子遮掩起负疚的笑容。

"他来了。"当大门砰的一响,沉重的脚步向房门迈来时,赫勃特·怀特说。

老头儿连忙殷勤地站起来,打开房门,只听得他向新来的人道辛苦。新来的人也向自己道辛苦,惹得怀特太太嘴里发出"啧,啧!"的声音。当一个又高又壮、面色红润、眼睛小而亮的男人跟在她丈夫身后走进房门时,她轻轻地咳嗽了一下。

"莫里斯军士长。"怀特先生介绍说。

军士长和他们握了手,坐在炉边留给他的坐位上。他的主人拿出威士忌和平底酒杯,在炉火上搁了一把小铜壶,他满意地瞧着。

喝到第三杯,眼睛放出光彩,他开始谈话了。当他在椅子里端平宽阔的肩膀,谈起奇异的景色、英勇的业绩、战争、瘟疫和陌生的民族,这小小的一家人怀着热切的兴趣注视着这位远方来的客人。

"二十一年了,"怀特先生朝他的妻儿点着头说,"他走的时候是库房里一个瘦长的小伙子。可现在看看他吧。"

"他看上去并没有受多大创伤。"怀特太太有礼貌地说。

"我倒想亲自上印度去,"老头儿说,"只是到处瞧瞧,你们懂吧?"

"你还是待在原地好。"军士长摇摇头说。他放下空杯子,轻轻地叹了口气,又摇摇头。

"我想瞧瞧那些古庙、托钵僧和玩杂耍的人,"老头儿说,"不久前有一天你谈起什么猴爪,那是怎么回事,莫里斯?"

"没有什么,"这位当兵的赶忙说,"至少,没什么值得听的。"

"猴爪?"怀特太太好奇地问。

"唔,也许,它有点像你们会称作魔术的那种玩意儿。"军士长不假思索地说。

他的三位听众急切地朝前靠拢。客人心不在焉地把空杯子凑到唇边,又把它放下了。他的主人给他倒满了酒。

"看上去,"军士长说,他用手在衣袋里摸索着,"这只是一个平常的小爪子,已经干瘪成木乃伊了。"

他从衣袋里拿出一样东西给他们。怀特太太的脸厌恶地扭曲了一下,退了回来,可她儿子接过它,好奇地察看着。

"这有什么特别的?"怀特先生问,从儿子手中拿过那东西,仔细看了一会儿,又把它放在桌上。

"一位老托钵僧用符咒镇住了它,"军士长说,"他是个非常圣神的人。他要显示,是命运支配人们的生命,而那些干预命运的人会使他们自己遭受不幸。他用符咒镇住了它,让三个人,每个人都能通过它实现自己的三个愿望。"

他的神态是那么触动人,使他的听众意识到他们轻轻的笑声有点不协调。

"唔,那你为什么不提出三个愿望呢,先生?"赫勃特·怀特机灵地问。

军士长以中年人惯于看待冒昧的年轻人的目光注视着他。"我提出了。"他平静地说,他那布满斑点的脸孔发白了。

"你那三个愿望真的实现了吗?"怀特太太问。

"实现了。"军士长说,他的杯子轻轻地敲击着他那坚实的牙齿。

"还有别的人祝愿了吗?"老太太问。

"有,第一个人实现了他的三个愿望,"他回答,"我不知道头两个愿望是什么,但第三个是祈求死亡。这样,我就得到了这猴爪。"

他的语调极其沉重,这一伙人都默不作声了。

"要是你已经实现了三个愿望,那么,眼下它对你就没有好处了,莫里斯,"老头儿终于说话了,"那你留着它为了什么呢?"

当兵的摇摇头。"为了幻想,我猜,"他慢腾腾地说,"我的确想过要卖掉它,可眼下我不想卖了。它造成的危害已经够大了。再说,人们不会买它。他们认为这是个神话,其中有些人,还有那些真的有些相信它的人要先试试,然后再付给我钱。"

"要是你能提出另外三个愿望,"老头儿以锐利的目光瞧着他说,"那你会提吗?"

"我不知道,"另一方说,"我不知道。"

他拿起猴爪,夹在食指和大拇指中间摇晃着,突然把它扔到了火上。怀特轻轻地喊了一声,弯下身子赶紧把它拿开。

"最好让它烧掉。"当兵的严肃地说。

"如果你不要它,莫里斯,"老头儿说,"把它给我吧。"

"我不给,"他的朋友固执地说,"我把它扔到了火里。要是你留着它,出了什么事儿可别责怪我。像个明智的人那样,再把它扔进火里吧。"

"另一方摇摇头,仔细察看他的新东西。"你怎样祝愿?"他问。

"你右手拿起猴爪,大声祝愿,"军士长说,"可我警告你后果严重。"

"听上去像《天方夜谭》似的,"怀特太太说,一面站起来开始摆饭桌,"我想你也许可以祝愿我长四双手吗?"

她丈夫从口袋里拿出那个护符,军士长脸上带着一种警告的神色,抓住怀特先生的胳膊,全家三人不禁放声大笑。

"如果你一定要祝愿,"他粗暴地说,"提出些合理的愿望吧。"

怀特先生把猴爪放回口袋,摆好椅子,示意他的朋友入席。吃晚饭的时候那护符有点儿被遗忘了。饭后三个人坐在那儿,着了迷似的听军士长谈他在印度的第二部分冒险经历。

"要是关于猴爪的故事不比他刚才告诉我们的事儿更真实,"当房门在客人身后关上,让他恰好能赶上末班火车的时候,赫勃特说,"那咱们从它那儿搞不出多少名堂。"

"你得了这东西给了他点什么,他爹?"怀特太太仔细察看着丈夫问道。

"小意思,"他说,脸上微微发红,"他不要,可我让他拿着。他又逼我扔掉它。"

"很可能,"赫勃特装出害怕的样子说,"嘿,咱们就要发财了,要出名,要幸福了。爹,先从祝愿你当个皇帝开始吧,那你就不会再受老婆的气了。"

他猛地绕着桌子跑了起来,受到中伤的怀特太太拿着沙发背套在后面追赶他。

怀特先生从口袋里拿出猴爪半信半疑地看着它。"我不知道该祝愿些什么,真的,"他慢腾腾地说,"依我看,我想要的一切都已经有了。"

"要是你把这所房子的欠款付清了,你就会很高兴,对吗?"赫勃特把手放在肩上说,"好啦,那么祈求二百英镑吧,正好付这笔账。"

父亲因为自己的轻信,羞愧地微笑着,拿起了那个护符。这时他的儿子带着一种若不是因为朝他母亲挤了下眼睛,本会更庄严的神情,在钢琴旁坐下,弹了几个感人的和弦。

"我愿得到二百英镑。"老头儿清晰地说。

钢琴奏出的一阵猛烈的音响迎候了这句话,可是被老头儿战栗的叫喊声打断了。他的妻儿向他奔去。

"它动了,"他喊道,对躺在地上的那东西厌恶地瞥了一眼,"我祝愿的时候它就像条蛇一样在我手里扭动了。"

"唉,我没有看到钱,"他儿子把它捡起来放在桌上说,"我打赌我永远见不到这笔钱了。"

"这准是你的幻觉,他爹。"他妻子焦急地瞧着他说。

他摇摇头。"不过,没有关系;没受伤,可它还是让我受了惊吓。"

他们又在炉边坐下,两个男人抽完了烟斗。外面,风势转猛,楼上的门砰的一响,老头儿紧张地动了一下。一种异常的、沉闷的寂静笼罩着全家三口人,直到老两口起来去就寝。

"我希望你们会在床中间发现那笔款子捆在一个大包里,"赫勃特向他们道晚安时说,"而且在你们把那不义之财装进口袋里的时候,会有个可怕的东西蹲在衣柜顶上瞅着你们。"

二

第二天早晨,当冬日的阳光洒在早餐桌上时,赫勃特在明亮的阳光中嘲笑他的恐惧。屋子里有一种前一天晚上缺少的乏味的安全感,那个污秽而皱缩的小猴爪已被随意地放在餐具柜上,表示人们不那么相信它的效力。

"我想所有的老兵全都一样,"怀特太太说,"咱们竟会听信这样的胡说八道!现在怎么还会有实现祝愿的事儿?就是能实现,二百英镑又怎么能伤着你呢,他爹?"

"也许会从天上掉到他脑袋上。"轻浮的赫勃特说。

"莫里斯说,事情发生得那么自然,"他父亲说,"虽然你是那样祝愿的,你也许还会认为那不过是巧合。"

"好啦,我回来以前别动那笔钱,"赫勃特说,从桌旁站了起来,"我怕那会让你变成一个自私、贪婪的人,那我们就只好不承认和你有什么关系。"

他妈妈笑了,跟着他走到门口,目送他上了路,又回到早餐桌旁,以她丈夫的轻信取乐。可这些并没有妨碍她一听到邮差敲门就匆匆跑向门口。当她发现邮差带来的是裁缝的账单时,这也没有妨碍她有点苛刻地提到退休的军士长爱喝酒的习惯。

他们坐下来吃晚饭的时候,她说:"我想,赫勃特回家来,会有更多有趣的议论。"

"尽管这样,"怀特先生说,给自己倒了一点啤酒,"我敢说,那个东西在我手里动了;我敢发誓。"

"你认为它动了。"老太太安慰他说。

"我说它动了,"另一个回答,"我当时并没有想到它;我刚——什么事儿?"

他妻子没有回答。她在观察外面一个男人的神秘动作,他犹豫不决地向房里窥探,看来好像要下决心进屋。她心里联想起那二百英镑,注意到陌生人衣着讲究,头戴一顶光亮崭新的绸帽。有三次他在门口停下来,然后又向前走开了。第四次他手把着门站在那儿,接着突然下决心打开大门走上了小径。就在同时怀特太太把双手放在身后,急忙解开围裙带子,把这件有用的服饰塞在椅垫底下。

她把陌生人带进屋里,他似乎很不安。他偷偷地凝视怀特太太,当老太太对屋里那样儿,和她丈夫身上那件通常在花园里穿的上衣表示歉意时,他全神贯注地倾听着。接着她以女性所能容许的耐心等待他宣布来意,可他最初却奇怪地沉默不语。

"我——受命前来拜访,"他终于说,又俯身从裤子上摘下一段棉线,"我从毛—麦金斯公司来。"

老太太吃了一惊。"出了什么事吗?"她屏住气问,"赫勃特出了什么事吗?什么事儿?什么事儿?"

她丈夫插嘴了。"哎,哎,他妈,"他急忙说,"坐下,别忙着下结论。我相信,你没有带来坏消息,先生。"他急切地瞅着那一个人。

"我很抱歉——"客人开始说。

"他受伤了吗?"母亲问。

客人点点头。"伤得很厉害,"他平静地说,"可他一点儿也不痛苦。"

"啊,感谢上帝!"老妇人紧握着双手说,"为了这感谢上帝!感谢——"

她突然停住了,她开始明白了这项保证的不祥意义,而且从那个人躲闪的神色中看出她的恐惧得到了可怕的证实。她屏住气息,转向智力比较迟钝的丈夫,把她颤抖的衰老的手放在他的手上。屋里一阵长时间的沉默。

"他被机器卷住了。"客人最后低声说。

"被机器卷住了,"怀特先生迷惑地重复道,"是的。"

他坐在那儿茫然若失地凝视着窗外,把他妻子的手握在他自己的手里,紧紧地捏着,就像将近四十年以前他们互相求爱时他惯于做的那样。

"他是留给我们的唯一的孩子,"他轻轻地转身对客人说,"这太残酷了。"

那个人咳嗽了几声站起来,慢慢走向窗口。"公司希望我向你们转达,对你们的巨大损失他们表示真挚的同情,"他说道,也不看他的周围,"我请求你们谅解,我仅仅是他们的仆人,只是服从他们的命令。"

没有回答;老妇人脸色苍白,她两眼直视,听不见她的呼吸声,她丈夫脸上的神色就像他的朋友军士长初次投入战斗时的样子。

"我要说明毛—麦金斯公司否认负有任何责任,"另一方继续说,"他们不承担任何义务。但是考虑到你们的儿子为公司效劳,他们愿意赠送你们一笔款子作为补偿。"

怀特先生放下妻子的手,站了起来,恐惧地注视他的客人。他那干枯的嘴唇动了动,形成了两个字:"多少?"

回答是:"二百英镑。"

老头儿没有感觉到妻子的尖叫。他衰弱地微笑了,仿佛双目失明的人那样伸出了双手,接着像一堆毫无知觉的东西那样倒在地上。

三

在离家大约两英里的巨大的新坟地上,老两口埋葬了他们死去的儿子,回到了沉浸在阴影和寂静中的房子里。这一切那么快就过去了,最初他们简直没有意识到自己停留在一种期待状态,仿佛还有别的什么事儿会发生——别的能减轻这个负担的事儿,这个负担对于年老的心是太沉重了。

可是日子过去了,期待让位于顺从——对过去的一切的无望的顺从,有时被误称为冷漠。有时候他们俩几乎一句话也不交谈,因为现在他们没有什么可谈的了,他们的日子漫长无聊,令人厌倦。

在那以后大约一星期的一个夜晚,老头儿突然惊醒,伸出手来一摸,发现只有他一个人。屋里一片漆黑,从窗口传来轻轻的哭泣声。他在床上抬起身来倾听。

"回来,"他温柔地说,"你会冷的。"

"对我儿子来说天气更冷。"老妇人说着,又哭了起来。

她的啜泣声渐渐从他耳边消失了。床上很暖和,睡意使他眼皮沉重。他一阵一阵地打盹,然后睡着了,直到他妻子的一阵突然的狂暴喊声把他惊醒。

"猴爪!"她狂暴地叫嚷,"猴爪!"

他惊恐地跳了起来。"哪儿?它在哪儿?出了什么事儿?"

她跌跌撞撞地从屋子的另一边向他走来。"我要它,"她平静地说,"你没有把它毁掉吧?"

"在客厅里,托架上面,"他回答,感到很惊奇,"为什么?"

她又哭又笑,弯下身来吻他的面颊。

"我才想到它,"她歇斯底里地说,"为什么以前我没有想到它?为什么你没有想到它?"

"想到什么?"他问道。

"另外两个愿望,"她很快地回答,"咱们只祝愿了一次。"

"那一次还不够吗?"他凶狠狠地问。

"不,"她得意地叫道,"咱们还要祝愿一次。快下去把它拿来,祝愿咱们的孩子复活。"

老头儿在床上坐起来,掀开被子,露出他那颤抖的下肢。"天啊,你疯了!"他喊着说,吓呆了。

"去把它拿来,"她气喘吁吁地说,"快把它拿来,祝愿——呵,我的孩子,我的孩子!"

她丈夫划了一根火柴,点上蜡烛。"回到床上来吧,"他不太坚决地说,"你不知道你在说些什么。"

"咱们第一个愿望实现了,"老妇人狂热地说,"为什么第二次不会实现呢?"

"一次巧合。"老头儿结结巴巴地说。

"去把它拿来祝愿。"老妇人叫嚷着,把他拖向门边。

他在一片黑暗中走下楼,摸索到客厅里,然后又摸索到壁炉台。那个护符就在老地方。他感到非常恐惧,生怕那个没有说出来的愿望也许会让他肢体残缺的儿子在他逃出屋子以前出现在他面前。他发现自己找不到门的方向时,气都喘不上来了。他眉毛上出了冷汗,他绕着桌子摸索,沿着墙壁摸索,直到发现自己到了小过道上,手里拿着那讨厌的东西。

他进屋的时候连他妻子的脸好像也变了。那张脸颜色苍白,带着期待的神色,使他害怕的是那脸上好像有种不自然的表情。他感到害怕她。

"祝愿!"她叫喊,声音强硬。

"这是愚蠢邪恶的。"他带着发颤的嗓音说。

"祝愿!"他妻子又说。

他举起手来:"我祝愿我的儿子复活。"

那护符掉在地板上,他战战兢兢地瞅着它。当老妇人带着炽烈热切的眼神,走向窗口,掀起帘子的时候,他哆哆嗦嗦地倒在椅子上。

他坐着,偶尔瞧瞧在窗口向外窥视的老妇人的身影,直到他冻得发冷。在陶瓷烛台的边缘下燃烧的蜡烛头不断地向天花板和墙上投下跳动的影子,直到烛火猛烈地摇曳了一下熄灭为止。老头儿由于护符的失灵,感到说不出的宽慰。他爬向床上,一两分钟以后老妇人也悄悄地上了床,冷漠地躺在他身边。

谁都没有说话,两口子都静静地倾听着钟发出滴滴答答的声音。一级楼梯嘎吱嘎吱地响,一只吱吱作响的耗子吵闹着急匆匆地窜过墙壁。黑暗使人感到压抑。躺了一会儿之后,丈夫鼓起勇气,拿起火柴盒点燃一根火柴,下楼去拿蜡烛。

在楼梯脚下火柴熄灭了,他停下来再划另一根火柴。就在这同一时刻,前门上发出了一下敲击声,这声音是那么轻悄,几乎听不见。

火柴从他手上掉了。他一动不动地站着,呼吸也停住了,直到又听见敲门声。于是他转身飞快地跑回房间,关上身后的门。第三下敲门声响彻了整所房子。

"那是什么?"老妇人喊道,猛地抬起身来。

"一只耗子,"老头儿说,声音发颤——"一只耗子。它在楼梯上从我身边跑过。"

他妻子在床上坐起来倾听。一阵响亮的敲门声在整所房子里回荡。

"是赫勃特!"她尖声叫喊,"是赫勃特!"

她朝门口跑去,可她丈夫在她前面,他抓住她的胳膊,紧紧地抱住她。"你要干什么?"他嘶哑地低语。

"这是我的孩子,是赫勃特!"她哭喊着说,一边机械地挣扎着,"我刚才忘了坟地在两英里以外。你抱住我干什么?让我去,我得开门。"

"看上帝面上别让它进来。"老头儿哆嗦着喊道。

"你害怕你自己的儿子,"她挣扎着叫嚷,"让我去。我来了,赫勃特,我来了。"

又是一下敲门声,跟着又一下。老妇人突然一扭,脱开身,从屋子里跑出来。她急急忙忙下楼的时候,她丈夫跑到楼梯平台上哀求着喊她。他听见门链格格地响,底下的插销被慢慢地费劲地从插孔里拔出来。接着是老妇人用力的、气喘吁吁的声音。

"插销!"她大声叫喊,"下来,我够不着。"

可她丈夫四肢趴在地上,疯狂地摸来摸去,寻找那个猴爪。要是他能在外面那个东西进来以前找到它就好了。一连串猛烈的敲门声在房子里回荡。当他妻子在过道里把椅子靠门放下时,他听见椅子发出的摩擦声。他听见插销慢慢出来时吱吱嘎嘎的响声,就在这同时他找到了猴爪,疯狂地低声说出了他的第三个也是最后一个愿望。

敲门声突然消失了,虽然它的回音仍在房子里荡漾。他听见椅子被拉回来,房门打开了。一阵冷风冲上楼梯,他妻子发出一声长长的、高声的、失望而痛苦的哀号,这使他鼓起勇气跑下去赶到她身旁,接着跑到门外。对面闪烁不定的街灯照射着寂静荒凉的大路。

施竹筠 译

伍尔夫

弗吉尼亚·伍尔夫(1882—1941),英国现代女作家,意识流小说的代表作家之一。她对小说的形式曾做出独特贡献。其主要作品有《达洛维夫人》《到灯塔去》《海浪》等。伍尔夫着重描写人物的内心世界和感受,强调"意识流"。《墙上的斑点》是她的第一篇著名的意识流小说。

墙上的斑点

大约是在今年一月中旬,我抬起头来,第一次看见了墙上的那个斑点。为了要确定是在哪一天,就得回忆当时我看见了些什么。现在我记起了炉子里的火,一片黄色的火光一动不动地照射在我的书页上,壁炉上圆形玻璃缸里插着三朵菊花。对啦,一定是冬天,我们刚喝完茶,因为我记得当时我正在吸烟,我抬起头来,第一次看见了墙上那个斑点。我透过香烟的烟雾望过去,眼光在火红的炭块上停留了一下,过去关于在城堡塔楼上飘扬着一面鲜红的旗帜的幻觉又浮现在我脑际,我想到无数红色骑士潮水般的骑马跃上黑色岩壁的侧坡。这个斑点打断了这个幻觉,使我觉得松了一口气,因为这是过去的幻觉,是一种无意识的幻觉,可能是在孩童时期产生的。墙上的斑点是一块圆形的小印迹,在雪白的墙壁上呈暗黑色,在壁炉上方大约六七英寸的地方。

我们的思绪是多么容易一哄而上,簇拥着一件新鲜事物,像一群蚂蚁狂热地抬一根稻草一样,抬了一会儿,又把它扔在那里……如果这个斑点是一个钉子留下的痕迹,那一定不是为了挂一幅油画,而是为了挂一幅小肖像画——一幅鬈发上扑着白粉、脸上抹着脂粉、嘴唇像红石竹花的贵妇人肖像。它当然是一件赝品,这所房子以前的房客只会选那一类的画——老房子得有老式画像来配它。他们就是这种人家——很有意思的人家,我常常想到他们,都是在一些奇怪的地方,因为谁都不会再见到他们,也不会知道他们后来的遭遇了。据他说,那家人搬出这所房子是因为他们想换一套别种式样的家具,他正在说,按他的想法,艺术品背后应该包含着思想的时候,我们两人就一下子分了手,这种情形就像坐火车一样,我们在火车里看见路旁郊外别墅里有个老太太正准备倒茶,有个年轻人正举起球拍打网球,火车一晃而过,我们就和老太太以及年轻人分了手,把他们抛在火车后面。

但是,我还是弄不清那个斑点到底是什么;我又想,它不像是钉子留下的痕迹。它太大、太圆了。我本来可以站起来,但是,即使我站起身来瞧瞧它,十之八九我也说不出它到底是什么;因为一旦一件事发生以后,就没有人能知道它是怎么发生的了。唉!天哪,生命是多么神秘!思想是多么不准确!人类是多么无知!为了证明我们对自己的私有物品是多么无法加以控制——和我们的文明相比,人的生活带有多少偶然性啊——我只要列举少数几件我们一生中遗失的物件就够了。就从三只装着订书工具的浅蓝色罐子说起吧,这永远是遗失的东西当中丢失得最神秘的几件——哪只猫会去咬它们,哪只老鼠会去啃它们呢?再数下去,还有那几个鸟笼子、铁裙箍、钢滑冰鞋、安女王时代的煤斗子、弹子戏球台、手摇风琴——全都丢失了,还有一些珠宝,也遗失了。有乳白宝石、绿宝石，它们都散失在芜菁的根部旁边。它们是花了多少心血节衣缩食积蓄起来的啊！此刻我四周全是挺有分量的家具，身上还穿着几件衣服，简直是奇迹。要是拿什么来和生活相比的话，就只能比做一个人以一小时五十英里的速度被射出地下铁道，从地道口出来的时候头发上一根发针也不剩。光着身子被射到上帝脚下！头朝下脚朝天地摔倒在开满水仙花的草原上，就像一捆捆棕色纸袋被扔进邮局的输物管道一样！头发飞扬，就像一匹赛马会的跑马尾巴。对了，这些比拟可以表达生活的飞快速度，表达那永不休止的消耗和修理；一切都那么偶然，那么碰巧。

那么来世呢？粗大的绿色茎条慢慢地被拉得弯曲下来，杯盏形的花倾翻了，它那紫色和红色的光芒笼罩着人们。到底为什么人要投生在这里，而不投生到那里，不会行动、不会说话、无法集中目光，在青草脚下，在巨人的脚趾间摸索呢？至于什么是树，什么是男人和女人，或者是不是存在这样的东西，人们再过五十年也是无法说清楚的。别的什么都不会有，只有充塞着光亮和黑暗的空间，中间隔着一条条粗大的茎干，也许在更高处还有一些色彩不很清晰的——淡淡的粉红色或蓝色的——玫瑰花形状的斑块，随着时光的流逝，它会越来越清楚，越——我也不知道怎样……

可是墙上的斑点不是一个小孔。它很可能是什么暗黑色的圆形物体，比如说，一片夏天残留下来的玫瑰花瓣造成的，因为我不是一个警惕心很高的管家——只要瞧瞧壁炉上的尘土就知道了，据说就是这样的尘土把特洛伊城严严实实地埋了三层，只有一些罐子的碎片是它们没法毁灭的，这一点完全能叫人相信。

窗外树枝轻柔地敲打着玻璃……我希望能静静地、安稳地、从容不迫地思考，没有谁来打扰，一点也用不着从椅子里站起来，可以轻松地从这件事想到那件事，不感觉敌意，也不觉得有阻碍。我希望深深地、更深地沉下去，离开表面，离开表面的生硬的个别事实。让我稳住自己，抓住第一个一瞬即逝的念头……莎士比亚……对啦，不管是他还是别人，都行。这个人稳稳地坐在扶手椅里，凝视着炉火，就这样——一阵骤雨似的念头源源不断地从某个非常高的天国倾泻而下，进入他的头脑。他把前额倚在自己的手上，于是人们站在敞开的大门外面向里张望——我们假设这个景象发生在夏天的傍晚——可是，所有这一切历史的虚构是多么沉闷啊！它丝毫引不起我的兴趣。我希望能碰上一条使人愉快的思路，同时这条思路也能间接地给我增添几分光彩，这样的想法是最令人愉快的了。连那些真诚地相信自己不爱听别人赞扬的谦虚而灰色的人们头脑里，也经常会产生这种想法。它们不是直接恭维自己，妙就妙在这里；这些想法是这样的：

"于是我走进屋子。他们在谈植物学。我说我曾经看见金斯威一座老房子的地基上的尘土堆里开了一朵花。我说那粒花籽多半是查理一世在位的时候种下的。查理一世在位的时候人们种些什么花呢？"我问道——（但是我不记得回答是什么）也许是高大的、带着紫色花穗的花吧。于是就这样想下去。同时，我一直在头脑里把自己的形象打扮起来，是爱抚地、偷偷地，而不是公开地崇拜自己的形象。因为，我如果当真公开地这么干了，就会马上被自己抓住，我就会马上伸出手去拿过一本书来掩盖自己。说来也真奇怪，人们总是本能地保护自己的形象，不让偶像崇拜或是什么别的处理方式使它显得可笑，或者使它变得和原型太不相像，以至于人们不相信它。但是，这个事实也可能并不那么奇怪？这个问题极其重要。假定镜子打碎了，形象消失了，那个浪漫的形象和周围一片绿色的茂密森林也不复存在，只有其他的人看见的那个人的外壳——世界会变得多么闷人，多么浮浅、多么光秃、多么凸出啊！在这样的世界里是不能生活的。当我们面对面坐在公共汽车和地下铁道里的时候，我们就是在照镜子；这就说明为什么我们的眼神都那么呆滞而蒙眬。未来的小说家们会越来越认识到这些想法的重要性，因为这不只是一个想法，而是无限多的想法；它们探索深处，追逐幻影，越来越把现实的描绘排除在他们的故事之外，认为这类知识是天生具有的，希腊人就是这样想的，或许莎士比亚也是这样想的——但是这种概括毫无价值。只要听听概括这个词的音调就够了。它使人想起社论，想起内阁大臣——想起一整套事物，人们在儿童时期就认为这些事物是正统，是标准的、真正的事物，人人都必须遵循，否则就得冒打入十八层地狱的危险。提起概括，不知怎么使人想起伦敦的星期日，星期日午后的散步，星期日的午餐，也使人想起已经去世的人的说话方式、衣着打扮、习惯——例如大家一起坐在一间屋子里直到某一个钟点的习惯，尽管谁都不喜欢这么做。每件事都有一定的规矩。在那个特定时期，桌布的规矩就是一定要用花毯做成，上面印着黄色的小方格子，就像你在照片里看见的皇宫走廊里铺的地毯那样。另外一种花样的桌布就不能算真正的桌布。当我们发现这些真实的事物、星期天的午餐、星期天的散步、庄园宅第和桌布等并不全是真实的，确实带着些幻影的味道，而不相信它们的人所得到的处罚只不过是一种非法的自由感时，事情是多么使人惊奇，又是多么奇妙啊！我奇怪现在到底是什么代替了它们，代替了那些真正的、标准的东西？也许是男人，如果你是个女人的话；男性的观点支配着我们的生活，是它制定了标准，订出惠特克①的尊卑序列表；据我猜想，大战后它对于许多男人和女人已经带上幻影的味道，并且我们希望很快它就会像幻影、红木碗橱、兰西尔版画、上帝、魔鬼和地狱之类东西一样遭到讥笑，被送进垃圾箱，给我们大家留下一种令人陶醉的非法的自由感——如果真存在自由的话……

在某种光线下面看墙上那个斑点，它竟像是凸出在墙上的。它也不完全是圆形的。我不敢肯定，不过它似乎投下一点淡淡的影子，使我觉得如果我用手指顺着墙壁摸过去，在某一点上会摸着一个起伏的小小的古冢，一个平滑的古冢，就像南部丘陵草原地带上的那些古冢，据说，它们不是坟墓，就是宿营地。在两者之中，我倒宁愿它们是坟墓，我像多数英国人一样偏爱忧伤，并且认为在散步结束时想到草地下埋着白骨是很自然的事情……一定有一部书写到过它。一定有哪位古物收藏家把这些白骨发掘出来，给它们起了名字……我想知道古物收藏家会是什么样的人？多半准是些退役的上校，领着一伙上了年纪的工人爬到这儿的顶上，检查泥块和石头，和附近的牧师互相通信。牧师在早餐的时候拆开信件来看，觉得自己颇为重要。为了比较不同的箭镞，还需要作多次乡间旅行，到本州的首府去，这种旅行对于牧师和他们的老伴都是一种愉快的职责，他们的老伴正想做樱桃酱，或者正想收拾一下书房。他们完全有理由希望那个关于营地或者坟墓的重大问题长期悬而不决。而上校本人对于就这个问题的两方面能否搜集到证据却感

---

① 约瑟夫·惠特克(1820—1895)，英国出版商，创办过《书商》杂志，于1868年开始编纂惠特克年鉴。

到愉快而达观。的确,他最后终于倾向于营地说;由于受到反对,他便写了一篇文章,准备拿到当地会社的季度例会上宣读,恰好在这时他中风病倒,他的最后一个清醒的念头不是想到妻子和儿女,而是想到营地和箭镞,这个箭镞已经被收藏进当地博物馆的橱柜,和一只中国女杀人犯的脚、一把伊丽莎白时代的铁钉、一大堆都铎王朝时代的土制烟斗、一件罗马时代的陶器,以及纳尔逊用来喝酒的酒杯放在一起——我真的不知道它到底证明了什么。

不,不,什么也没有证明,什么也没有发现。假如我在此时此刻站起身来,弄明白墙上的斑点果真是——我们怎么说才好呢?——一个巨大的旧钉子的钉头,钉进墙里已经有两百年,直到现在,由于一代又一代女仆耐心的擦拭,钉子的顶端得以露出到油漆外面,正在一间墙壁雪白、炉火熊熊的房间里第一次看见现代的生活,我这样做又能得到些什么呢?——知识吗?还是可供进一步思考的题材?不论是静坐着还是站起来我都一样能思考。什么是知识?我们的学者除了是蹲在洞穴和森林里熬药草、盘问地老鼠、记载星辰的语言的巫婆和隐士们的后代,还能是什么呢?我们的迷信逐渐消失,我们对美和健康的思想越来越尊重,我们也就不那么崇敬他们了……是的,人们能够想象出一个十分可爱的世界。这个世界安宁而广阔,在旷野里盛开着鲜红和湛蓝色的花朵。这个世界里没有教授、没有专家、没有警察面孔的管家,在这里人们可以像鱼儿用鳍翅划开水面一般,用自己的思想划开世界,轻轻地掠过荷花的梗条,在装满白色的海鸟卵的鸟窠上空盘旋……在世界的中心扎下根,透过灰暗的海水和水里瞬间的闪光以及倒影向上看去,这里是多么宁静啊——假如没有惠特克年鉴——假如没有尊卑序列表!

我一定要跳起来亲眼看看墙上的斑点到底是什么？——是个钉子？一片玫瑰花瓣？还是木块上的裂纹？

大自然又在这里玩弄她保存自己的老把戏了。她认为这条思路最多不过白白浪费一些精力，或许会和现实发生一点冲突，因为谁又能对惠特克的尊卑序列表妄加非议呢？排在坎特伯雷大主教后面的是大法官，而大法官后面又是约克大主教。每一个人都必须排在某人的后面，这是惠特克的哲学。最要紧的是知道谁该排在谁的后面。惠特克是知道的。大自然忠告你说，不要为此感到恼怒，而要从中得到安慰；假如你无法得到安慰，假如你一定要破坏这一小时的平静，那就去想想墙上的斑点吧。

我懂得大自然要的什么把戏——她在暗中怂恿我们采取行动以便结束那些容易令人兴奋或痛苦的思想。我想，正因如此，我们对实干家总不免稍有一点轻视——我们认为这类人不爱思索。不过，我们也不妨注视墙上的斑点，来打断那些不愉快的思想。

真的，现在我越加仔细地看着它，就越发觉得好似在大海中抓住了一块木板。我体会到一种令人心满意足的现实感，把那两位大主教和那位大法官统统逐入了虚无的幻境。这里，是一件具体的东西，是一件真实的东西。我们半夜从一场噩梦中惊醒，也往往这样，急忙扭亮电灯，静静地躺一会儿，赞赏着衣柜，赞赏着实在的物体，赞赏着现实，赞赏着身外的世界，它证明除了我们自身以外还存在着其他的事物。我们想弄清楚的也就是这个问题。木头是一件值得加以思索的愉快的事物。它产生于一棵树；树木会生长，我们并不知道它们是怎么样生长起来的。它们长在草地上、森林里、小河边——这些全是我们喜欢去想的事物——它们长着、长着，长了许多年，一点也没有注意到我们。炎热的午后，母牛在树下挥动着尾巴;树木把小河点染得这样翠绿一片,以至于使我们觉得当一只雌的红松鸡一头扎进水里去的时候,它应该带着绿色的羽毛冒出水面来。我喜欢去想那些像被风吹得鼓起来的旗帜一样逆流而上的鱼群;我还喜欢去想那些在河床上一点点地垒起一座座圆顶土堆的水甲虫。我喜欢想象那棵树本身的情景:首先是它自身木质的紧密干燥的感觉,然后感受到雷雨的摧残,接下去就感到树液缓慢地、舒畅地一滴滴流出来。我还喜欢去想这棵树怎样在冬天的夜晚独自屹立在空旷的田野上,树叶紧紧地合拢起来,对着月亮射出的铁弹,什么弱点也不暴露,像一根空荡荡的桅杆竖立在整夜不停地滚动着的大地上。六月里鸟儿的鸣啭听起来一定很震耳,很不习惯;小昆虫在树皮的褶皱上吃力地爬过去,或者在树叶搭成的薄薄的绿色天篷上面晒太阳,它们红宝石般的眼睛直盯着前方,这时候它们的脚会感觉多么寒冷啊⋯⋯大地的寒气凛冽逼人,压得树木的纤维一根根地断裂开来。最后的一场暴风雨袭来,树倒了下去,树梢的枝条重新深深地陷进泥土。即使到了这种地步,生命也并没有结束。这棵树还有一百万条坚毅而清醒的生命分散在世界上。有的在卧室里,有的在船上,有的在人行道上,还有的变成了房间的护壁板,男人和女人们在喝过茶以后就坐在这间屋里抽烟。这棵树勾起了许许多多平静的、幸福的联想。我很愿意挨个儿去思索它们——可是遇到了阻碍⋯⋯我想到什么地方啦?是怎么样想到这里的呢?一棵树?一条河?丘陵草原地带?惠特克年鉴?盛开水仙花的原野?我什么也记不起啦。一切在转动、在下沉、在滑开去、在消失⋯⋯事物陷进了大动荡之中。有人正在俯身对我说:

"我要出去买份报纸。"

"是吗?"

"不过买报纸也没有什么意思……什么新闻都没有。该死的战争,让这次战争见鬼去吧!……然而不论怎么说,我认为我们也不应该让一只蜗牛爬在墙壁上。"

哦,墙上的斑点!那是一只蜗牛。

文美惠 译

曼斯菲尔德

凯·曼斯菲尔德(1888—1923),英国女作家,短篇小说大师,出生在新西兰,成名于英国,主要作品有短篇小说集《幸福》《园会》等。曼斯菲尔德注重从看似平凡的小事发掘人的内心世界,文笔简洁流畅,富有诗意。《小姑娘》是其名篇。

小 姑 娘

在小姑娘的眼里,他是个可怕的人,得躲开着他些。每天早晨,上班之前,他来到儿童室里,像是例行公事似的吻她一下;她呢,回他一句:"再见,爸爸。"噢,松了一口气,真舒服啊——因为她听见那轻便马车声在那长长的大路上越来越轻微了!

到了晚上,她把身子扑在楼梯的栏杆上,是爸爸回来了。只听得他在门厅里大声嚷道:"把我的茶端到吸烟室去……报纸来了没有?又给他们拿到厨房去了吗?孩子的妈,你去看看,我的报纸是不是给弄到那儿去了——还有,把我的拖鞋带来。"

"凯齐雅,"于是母亲叫道,"如果你是个乖孩子,那你可以下楼来替爸爸脱靴子。"于是小姑娘慢慢地从楼梯上溜下来,一只手紧紧握住栏杆——穿过门厅,推开吸烟室的门,就更慢了。

挨到这会儿,他早已把眼镜戴上了,就从镜片上端对她看了一眼,那模样儿真叫她害怕。

"喂,凯齐雅,别发呆了,把这两只靴子脱了,放到门外去。今天你是个乖孩子吗?"

"我卜—卜—不知道,爸爸。"

"你卜—卜—不知道?要是你只会这样结结巴巴地说话,妈妈要带你去看大夫了。"

她跟别人说话可从来不结结巴巴——她早已改掉啦——只有跟爸爸说话才这个样儿,因为她拼命想把话说得没有一点儿错。

"这是怎么一回事?瞧你这副可怜巴巴的样子,干吗呀?孩子的妈,我希望你教导教导这个孩子,不要来这副神气,倒像快要去自杀了……喂,凯齐雅,把这茶杯端回到桌子上去——当心点;瞧你的手,摇摇晃晃,就像个老太太。把你的手绢儿放进你的口袋里去,留神些,别塞在你的衣袖中。"

"哒—哒—是,爸爸。"

星期日上教堂,她跟他坐一张长靠背椅,听他用响亮、毫不含糊的嗓音唱着圣歌;在牧师讲道时,看他用一支蓝铅笔头在信封背面记下一两句来——他的眼睛眯成一条缝——一只手只顾在前排长椅的搁板上不停地叩打着,却并不出声。他念起祷告来声气可大呢,她心想,上帝准会听到他那盖过了牧师的声音。

他个儿真大——看他那双手,他那个脖子,特别是打呵欠的时候他那张嘴。独个儿在儿童室里想到他的时候,就像想到了一个巨人。

在星期日的下午,奶奶让她穿上一身棕色丝绒衣裳,把她打发下楼,去到会客室"跟爸爸和妈妈好好谈几句话"。可是小姑娘总是发现妈妈在念《随笔》①,爸爸伸直了身子躺在沙发上,他脸上盖着一块手绢,两腿搁在那最好的一个沙发枕垫上。他睡得好熟,在

---

① 当时伦敦的一份双周刊杂志,主要对象是英国上流社会的读者。

呼噜呼噜地打鼾呢。

她像小鸟儿般栖息在琴凳上,眼巴巴地望着他,直到他醒过来,伸一伸身子,问什么时候了——于是看看她。

"别这样瞪着眼看人,凯齐雅。瞧你这样子,真像头棕色的小猫头鹰。"

有一天,她得了感冒,关在家里。奶奶告诉她,爸爸的生日就在下星期,还出了个主意,叫她用一块漂亮的黄缎子做一个针插,作为送给爸爸的礼物。

小姑娘用双股棉线好不容易把三边都缝了起来,但是把什么东西往里塞呢?这可是个问题呀。奶奶在外边花园里,她溜到妈妈的卧室里,找"屑片儿"。在床边的桌子上,她发现好多好多考究的纸张,就都拿了起来,把它们撕个粉碎,塞进套子里,缝上了那第四边。

当天晚上,只听得整个宅子掀起一阵大叫大嚷。爸爸的那篇为港口管理局辩护的重要讲稿不见了。一间间房间都翻查遍了——仆人们一个个都问了。最后母亲走进了儿童室。

"凯齐雅,我想你没有看到我们卧室中桌子上那一堆纸张吧?"

"噢,看到了,"她说道,"我把纸张都撕了,好做一个'讨欢喜'。"

"什么!"妈妈尖叫起来,"这会儿马上给我到餐室里去。"

她就这样给一把拖下楼去,拖到了爸爸跟前,只见爸爸正背着手,在那儿踱来踱去。

"怎么啦?"他问道,口气好凶。

妈妈把事情说了出来。

他站定了脚步,只顾瞪眼看着女孩子,发了呆。

"是你干的吗?"

"卜—卜—不。"她屏着气说。

"孩子的妈,快上楼到儿童室去把那个倒霉的东西拿下来——这会儿马上叫孩子上床去。"

她哭得好苦,哪儿还能替自己解释一句呢。她躺在遮了光的房里,看着黄昏的灯光筛过软百叶窗,落在地板上,描出了一个小小的悲惨的图案。

接着爸爸走进来了,手里拿着一把戒尺。

"你干的好事,我这就要抽你一顿了。"他说。

"噢,别,别!"她尖声叫道,在被子底下缩成一团。

他把被子一把掀了开来。

"坐起来,"他命令道,"把两只手伸过来。一定得好好地教训教训你,不是你的东西就不许你碰!"

"可这都是为了你的孙—孙—生日呀。"

戒尺重重地落在她那嫩红色的小手心上。

几个钟点后,奶奶用一条披肩把她裹了起来,正抱着她在摇椅上来回摆动地摇她,女孩子蜷缩着紧贴在奶奶的柔软的怀里。

"上帝干吗要造出爸爸来呀?"她抽噎着说。

"这儿给你一块干净的手绢儿,心肝,还洒了几滴我的香水呢。去睡吧,宝贝;到了早晨,你就一切都忘了。我原想跟你爸爸把事情说一说明白,不过今天晚上他太激动了,谁的话也不听。"

可是那孩子却忘不了。第二天她一看见他,就急忙把两只小手闪到背后去,脸儿涨得通红。

麦克唐纳一家住在隔壁。他家有五个孩子。隔着菜园子的篱笆,小姑娘从一个洞里望过去,看见他们正在黄昏时分玩"拉尾巴"的游戏。那爸爸的肩上驮着娃娃麦克,两个小女孩紧拉着他的外衣的"尾巴",只管绕着花坛跑啊跑啊,笑得身子都摇摇晃晃了。有一次她还看到那家男孩们把水龙软管转过来对着他——他做了一个向他们抓去的大动作,逗引得两个孩子笑个不停,直到打起嗝来。

于是这就是她作出的判断:原来天下有各种各样不同的爸爸呢。

有一天妈妈突然病了,她和奶奶乘一辆闭紧的马车上城去看病。

宅子里只剩下小姑娘和阿丽丝那个"总管"。白天倒还好,可是到晚上,阿丽丝把她放到床上,她突然害怕起来了。

"要是我做了噩梦,那我怎么办呢?"她问道,"我老是做噩梦,于是奶奶就来把我抱去跟她一起睡——叫我待在黑暗中可不行——忽然一切都在说悄悄话……要是我做了噩梦,那我怎么办呢?"

"你只管睡好了,孩子,"阿丽丝说,替她脱了袜子,顺手把袜子搭在床栏杆上,"你别叫喊起来,吵醒你的可怜的爸爸。"

可是那一个老噩梦偏又来了——一个宰猪的,手里拿着刀子、绳子,变得越来越近,向她笑一笑——多可怕的一笑,而她呢,浑身动弹不得,生根似的站在那儿,喊道:"奶奶,奶奶!"她惊醒过来的时候,身子还在发抖呢,只见爸爸正在她的床边,手里拿着一支蜡烛。

"什么事呀?"他问道。

"哎哟,一个宰猪的——一把刀——我要奶奶!"他吹灭了蜡烛,俯下身来,把孩子托了起来,抱着她穿过了过道,进入了那间大卧室。一张报纸摊开在床上,一支吸了一半的雪茄搁在他的台灯上。他把报纸往地板上一摔,把雪茄扔进壁炉里,于是小心地把孩子裹严密了。他就在她身边躺了下来。她还有些半醒半睡,那宰猪的脸上的微笑还浮现在她眼前,她仿佛觉得自己爬过去紧贴着他,把她的头舒适地藏在他胳肢窝下,紧紧地捏着他那作睡衣的短上衣。

这时候呀,黑暗就不用管它了;她安安静静地躺着。

"来,你的脚擦擦我的腿,也好让你这两只脚暖和暖和。"爸爸说。

他很累,比小姑娘先睡熟了。一种怪有趣的感情在她心里浮了起来。可怜的爸爸!原来他并不是那么大——又没有一个人照顾他……他比奶奶严格,可这严格也很好呀……他每天得工作,他太累了,那他还做得成麦克唐纳先生吗……她把他写得那么漂亮的字都给撕了……她转动了一下身子,叹了口气。

"什么事呀?"父亲问,"又做梦啦?"

"嗳,"小姑娘说,"我的头靠着你的心口,我听到你的心儿在跳。你那颗心儿可真大呀,好爸爸!"

方平 译

奥康纳

弗兰克·奥康纳(1903—1966),爱尔兰作家。以写短篇小说见长。他善于通过生活琐事来揭示爱尔兰的现实,其作品深受读者喜爱。《法律的尊严》是一名篇。

法律的尊严

丹·布赖德老头正在劈烧火的木柴,他听到小路上有脚步声向他走来。他停住手,将一捆树枝放在膝上。

丹在他母亲一息尚存的时候曾经照料过她,他母亲死后就再无别的女人迈进过他的门槛。很明显,他房间里的状况就带着那种样子。房间里的一切物品都是随着他自己的意愿做成的。椅子的座板是一些用锯子锯成的又粗又圆的粗糙的木条拼成的,尽管由于粗布裤子长年坐在上面留下了一层油垢,木条上面的木纹依然清晰可见。丹在这木条做成的座板上塞进了几根长满木结的桦树枝,充做椅子的腿和靠背。那张松木桌子是从商店里买的,是他母亲的遗物,也是他极感骄傲极为珍惜的东西;不过他一碰它,它就会前后摇晃。墙上挂着一块未镶玻璃的马库司石印片,孤零零的,显得有点神秘。门旁有一台日历,代表着一次赛马。门的上方挂着一杆虽旧而状况依然极佳的枪。一只狗卧在火前,每次丹一起身或动一下,它就满怀期望地抬头看看。

这时,由于有脚步声走近,它又把头抬起来了;而且当丹把膝上的那捆树枝放到地上,又在屁股后面的裤子上把手擦干净时,它还大叫了一声,不过这只是它想表明一下它一直在监视着。它颇通人性,知道人们认为它老了,好景不再了。

丹还未来得及回头看,在那长方形的半开着的门的混浊光线里,就出现了一个人影。

"就你一个人吗,丹?"一个透着歉意的声音问。

"哦,进来坐,进来坐,警官。欢迎,欢迎。"丹老头大声让着,迈着两条蹒跚的腿急忙迎到门口,于是那高个子的警官便推开门进来了。他站在那里,身子一半在明处,一半在暗影里。你一看他的这种情态就会知道丹老头的屋里有多暗了。他侧着发红的脸寻着光亮,身后外面有一棵椰树,在天空映照下的枝叶显得翠绿而油亮。绿色的田野,散布着一些从山坡上滚下来的棕红色大石头,越过田野,横贯在地平线上的是洒满了阳光的几乎透明的大海。警官的脸胖而有神采,而老头的脸在厨房的幽暗的光线里却透出风吹日晒的颜色,脸上的五官也都像岩石一样烙印着岁月与风霜雨露留下的痕迹。

"你好,丹,"警官打着招呼,"你变得更年轻了。"

"还好,还好,警官。"老头顺着警官的口气应道,语气中似乎表示他知道那是一句恭维话,而出于礼貌又不便显得太高兴了。"没啥毛病而已。"

"是啊!这就好。除了天生的白痴,谁会认为你有毛病。就连你的这条老狗也一点都不显老。"

那狗低嗥了一声,仿佛是向警官表明它将记住这种关于它年龄的不恭的说法,可其实是,每次提到它时,它都嗥叫,因为它觉得人们在谈到它时总是不说好话。

"你自己也好吗,警官?"

"唉,丹,就像常说的那样,既不太好也不太坏。我们谁都有点犯愁的事,但是感谢上帝,我们也都有我们的补报。"

"你妻子和孩子们也都好吧?"

"好,谢天谢地,都好。他们全去了克莱尔我岳母家,所以都不在家,要待一个月才回来。"

"啊,真的吗?"

"剩下我自己,倒自在安静。"

老头四处看了一下,随即退身进了卧室,不一会儿又回身出来了,手里拿着一件旧衬衫。他用衬衫庄重地擦了擦火边木椅的座板和靠背。

"请随便,请随便。走了这么远的路你一定累了。你是怎么来的?"

"我是搭泰格·利尔的车来的。我说,丹,你不用张罗了,我待不住的。我答应他们一个小时内就回去的。"

"急什么?"老头说,"你来时我刚往火里添了一把柴火,才直起身来。"

"哎呀呀!你可别给我沏茶。"

"那就不给你沏,不过我自己也要喝。而我喝你不喝,可就太不像话了。"

"丹啊,丹,我可以待会儿,不过我在警察署里刚刚喝过一杯,到现在还不到一小时呢。"

"哎呀,别说了,得了吧,好不好!我还有点叫你解馋的东西呢。"

老头把吊在火上的大铁壶摇了一下。那只狗随着坐了起来,并且用深感兴趣的表情摇了摇耳朵。警官解开警服的扣子,解下皮带,从胸前的口袋里掏出了烟斗和一块板烟,轻松地跷起二郎腿,然后开始小心翼翼地用小刀慢慢地切起烟草。老头到食具柜里取出两只带有美丽装饰的杯子(这是他仅有的两只杯子)。这两只杯子尽管杯口已经有了些小缺损而且还没有把手,但却被爱惜有加地收藏着,只在极少的场合才拿出来用,他本人喜欢用饭盆喝茶。他偶然向杯子里看了一眼,看到由于长期不用,整日弥漫在小屋里的烟留下的一层白色粉尘。因此他又想到了那件衬衫,就一本正经地卷起衣袖,用那衬衫里里外外地擦拭起来,直到把它们擦得发亮为止。然后他打开了碗橱,里面有一只盛着淡白色液体的、容量为一夸脱的瓶子,显然还从未动过。他取掉瓶塞,闻了闻里面的东西,停住了,似乎是在回忆他以前究竟在哪儿留意过这种特殊的烟味。想明白之后,他直起身,从中大大方方地倒出了两杯。

"尝尝这玩意儿,警官。"他让道。

警官一边隐藏起因想到偷喝非法酿造的威士忌而产生的罪过感,一边仔细地看看杯子里的东西,闻了闻,抬眼看着丹老头说:"看上去不错呀。"

"本来就是。"

"口感也很好。"他又说。

"啊,这算啥,"丹说,显然他是不想在自己家里炫耀自己的好客,"这还不是最好的。"

"我说你是个好评判。"警官毫无讽意地说。

"自从这东西变成了它们今天这种样子,"丹说,同时尽量小心地不提及警官所执行的法律的古怪之处,"现在的白酒可不是从前的白酒了。"

"在你之前我就听到过这种说法,"警官体谅地说,"我常听一些见多识广的人说,以前的酒比现在的酒好。"

"白酒,"丹老头说,"要酿造好是需要时间的。匆匆忙忙是酿不出好东西的。"

"酿酒本身就是一门艺术。"

"说得对。"

"而艺术是费时间的。"

"还得有知识,"丹强调说,"每门艺术都有其秘密,而造酒的秘密就像那些老歌曲一样正在失传。我年轻的时候,咱们这地方没有一个男人的头脑里不装着上百首歌曲的。而如今,虽然这儿和那儿到处都是人,歌曲却失传了……自从事情变成了今天这种样子,"他仍然像先前一样小心地说,"流行的东西倒是很多,而那些秘密却失传了。"

"从前肯定存在着一种才能。"

"就是。你问问现在的酿酒人懂不懂怎样用石楠属植物酿酒。"

"这酒是用石楠酿造的吗?"警官问。

"是的。"

"你喝过吗?"

"我没喝过,但我知道有人喝过。没有一种饮料喝起来比这种酒更纯正,更甜美,更有益于健康的了。人们还常让幼儿和成长中的孩子喝。"

"是啊,丹,我有时想,法律上禁止喝它是错误的。"

丹摇摇头。他的眼睛替他回复了警官的问题,不过这可不是因为他天生喜欢在自己家里批评一位客人的职业。

"也许是吧,也许不是。"他用一种模棱两可的声调说。

"怎么不是,可怜的人们还能有别的什么呢?"

"那些制定法律的人自有他们的道理。"

"那还不是都一样,丹,反正都一样,这是条苛刻的法律。"

警官不想让自己显得不如老头大度。在老头为他的上司及他们那种神秘的行事方式进行辩护时,他出于礼貌不能显得太狭隘了。

"我只是为失传的秘密感到惋惜,"丹总结说,"有人死了,有人又出生了,反正凡有人灌溉的地方就有人耕种,而秘密一旦失传就永远失传了。"

"是的,"警官痛心地说,"永远失传了。"

丹拿起警官的杯子,在门旁边的一桶清水里涮了涮,又用那件衬衫把它擦干净。随后,他把那杯子放到警官的手边。他从食品柜里取了一罐牛奶和一个装着糖的蓝布袋,接着,他又拿出一块农家自制的黄油——这表明来访者并非不速之客——和一块自家做的,还没有切开的新鲜的圆面包。水壶发出了尖叫声,水溢了出来,那只狗摇着耳朵生气地朝它吠叫起来。

"走开,你这个畜生!"丹骂着,用脚把它踢走了。

他沏了满满两杯茶。警官给自己切了一大块面包,又涂上了厚厚一层黄油。

"这就像药品,"丹老头说,像所有上了年纪的老头一样固执地继续起刚才的话题,"所有的秘密都失传了。现在没有人能指明哪位医生是一位拥有从前那种秘密的人。"

"他怎么会呢?"警官说,嘴里塞满了食物。

"以前人们看到医生总是和聪明人待在一起,这就是证据。"

"过去人们去找的不是医生,我看。"

"当然不是。为什么?"老头挥着手臂,像是要把小屋外面的整个世界都揽到里面来,"外面的山坡上有治疗各种疾病的东西,因为有文字为据。"他用拇指在桌子上摁了一下,"凡有疾病处皆有治病的东西。但是人们上山下山看到的只是一些野花。野花!仿佛万能的上帝——一切荣耀与赞美归于上帝——除了创造那些野花就没有更好的方法来打发他的时间了似的!"

"医生治不了的病,聪明人治好了。"

"啊,对啦,我所知道的就是这样,"丹痛切地说,"我所知道的就是这样,不是我心里知道而是四肢的骨头知道。"

"你是不是说你的风湿病一直在折磨着你?"

"是的……啊,基蒂·奥哈拉或是格兰地方的诺拉·毛利,如果你们还活着,我就不会惧怕山风和海风了,我就不会卑躬屈膝地拿着那倒霉的红单子到他们无知的诊疗所去要那些蓝色的、粉色的、黄色的药水去了!"

"那你干吗还要去呢?"警官突然做出决定说,"我将给你弄一瓶那种药水。"

"唉,根本就没有什么药水能治我的病!"

"有的,有的,你先试试再说。我母亲的兄弟就是用那种药水治好的,他疼得直想让木匠用手锯把他的双腿锯掉。"

"要能治好我的病我愿出五十英镑,"丹说,"五百英镑我也愿意。"

警官一气儿喝完了茶,嘴里啧啧称赞着,划着了一根火柴却又不马上点烟,而是悠闲地回答着老头的问题,任凭火柴白白地烧完。随后他又划着了第二根和第三根,仿佛是在用这种拖延的方法故意吊吊自己的胃口。最后他才把烟点着了,然后他们两人把椅子拉得靠拢了一些,脚尖并排放在灰烬上,他们深深地吸着烟,轻轻松松地有一搭没一搭地聊了起来,一边享受着抽烟的快乐。

"我希望我不是在耽误你的事吧。"警官说,好像是突然想起了自己待的时间已经太长了。

"哎呀!什么耽误不耽误的!"

"如果耽误了工夫你就直说,我最不愿意浪费别人的时间了。"

"我巴不得您在这儿待上一整夜呢。"

"我,我喜欢闲聊。"警官坦白说。

于是他们又忘情地聊了起来。逐渐暗淡下来的日光带着色彩,在厨房里流动着,在完全消失之前彻底变成了金黄色,洒满冷灰色的厨房里食具柜上的杯子、饭盒和盘子幽幽发亮,开敞着的壁炉里的火光闪动着明亮的暖色,被夕阳映衬出一抹深红的颜色。这时,外面的梣树上一只画眉鸟鸣唱了起来。

外面的夕阳在继续西沉,警官站起身来准备告辞。他系上腰带和警服,小心地掸了掸身上,戴上了帽子,使它略略向一边向后倾斜。

"好啦,"他说,"这是一次愉快的谈话。"

"我很高兴,"丹说,"真的很高兴,真的。"

"我忘不了这瓶好酒。"

"您的差使真不轻松!"

"是啊,再见,丹。"

"再见,祝您幸福。"

丹只把警官送到门口就回到火边的老地方重新坐下了。他再次取出烟斗,沉思着把它吹通畅,正要俯身取一根小树枝将烟斗点燃的时候，听到了脚步声又回到了房前。还是警官。他只把头微微伸进半开的房门，轻轻招呼了一声：

"喂，丹。"

"哎，警官。"丹扭过头回答着，一只手依然在找那根树枝。他看不见警官的脸，只听得见他的声音。

"我猜你不是正在想着那点罚金吧，丹？"

静默了一会儿，丹抽出了那根点燃的树枝，慢慢站起身来。他蹒跚着向门口走着，一边把燃着的树枝塞进几乎是空空的烟斗。他将身体斜倚在半开的门上，双手仍然插在裤兜里的警官扭脸望着小巷，不过还是看到了一大段海岸线。

"我呀，警官，"丹不动感情地回答说，"并没有在想。"

"我想你也不在想，丹，我想你不会的。"

接着是久久的静默，这期间，只有那只画眉鸟的歌声越来越清亮，越来越快乐。落日的余晖将高空的云团染成了紫红色。

"这么说吧，"警官说，"我正是因此而回来的。"

"我想您也是，警官，您走出门口时我刚想起来。"

"如果只是钱的问题，我相信很多人是会很高兴地向你要的。"

"我知道，警官。不，重要的不是钱，而是由于付钱可以使那个家伙感到满足。因为他使我生气，警官。"

对此警官未加评论，又是一阵静默。

"他们给了我拘票。"警官终于用一种拘票与他无关的口气把话说了出来。

"哦，当然啦！"丹无所谓地说。

"那么，无论你什么时候方便的话——"

"现在您既然提到了，"丹用提出一种建议以供争辩的口气说，

"我现在就可以跟您走。"

"唉,你看,你看!"警官摆着手,用表示不考虑这种意见的语气反驳道,手势和语气完全相符。

"要么我明天去。"丹显然有点气恼了。

"你愿意现在就现在。"警官提高了声调。

"可事实上,"老头也提高了声调,"对我最方便的日子是星期五晚饭后,您知道我还要到城里去传几个口信,我不会无事到城里去闲逛的。"

"星期五也好,"警官松了一口气,因为这件微妙的事总算办妥了,"你自己去就行了,告诉他们是我让你去的。"

"如果您感到方便的话,还是您本人跟他们说吧,警官,您知道我有点不好意思。"

"你不必不好意思,那里有一个和我来自同一个教区、叫韦仑的看守。你可以说是你要他看守的。我保证当他知道你是我的朋友后,能让你像待在自家里的壁炉前一样舒服。"

"我很高兴。"丹满意地说。

"好啦,再次同你告别了,我得赶紧走了。"

"等一等,等一等,我送您上路!"

两人沿着小巷慢慢地走着,丹解释了像他这样一个体面的老头怎么会倒霉地打破了另一个老头的头,致使人家被送进了医院,以及为什么他不想付现金使受害者感到满意,因为那场争吵是因为那老头的争论方式不恰当而引发的。

"您知道了吧,警官,"他说,"现在的情况是他住院了,肯定他现在正用那种水汪汪的游移目光在看着咱们。我敢说,再没有比让我付他罚金更能令他满意的事了。可是我要惩罚他,宁肯因他而睡在光木板上，宁肯受苦，直到他抬不起头来，直到因他加在我身上的痛苦使他和他的子孙都抬不起头来。"

在下一个星期五，他备好了毛驴，收拾了一些零碎东西后就上路了。他走出家门后，邻居们纷纷出来同他道别。在小山顶，他把送行的邻居们打发了回去。一个坐在外面晒太阳的老头儿匆匆走进他的屋子，过了一会儿，他小屋的门便静静地关上了。

丹同所有的朋友握过手之后，在老毛驴身上抽了一鞭子，喊道："再见了，别了！"随后独自朝着监狱走去。

李传家 译

司汤达

司汤达(1783—1842),原名马里-亨利·贝尔,"司汤达"(又译斯丹达尔)是他的笔名,十九世纪法国批判现实主义作家。代表作有《阿尔芒斯》《红与黑》《帕尔马修道院》;《法尼娜·法尼尼》是他最著名的短篇佳作。

法尼娜·法尼尼

这是1827年春天的一个夜晚。罗马全城轰动:著名的银行家B公爵,在威尼斯广场他的新邸举行舞会。为了装潢府邸,凡是意大利的艺术、巴黎和伦敦所能生产的最名贵的奢华物品,全用上了。人人抢着赴会。高贵的英吉利的金黄头发而又谨饬的美人们,千方百计以获得参加舞会为荣。她们来了许多。罗马的最标致的妇女跟她们在比美。一个少女由她父亲陪伴着进来,她的亮晶晶的眼睛和黑黑的头发说明她是罗马人,人们的视线全集中到她身上,她的一举一动都显示出一种罕见的骄傲。

可以看出,舞会的华贵震惊了前来赴会的外国人。他们说:"欧洲任何国王的庆典都赶不上它。"

国王们没有罗马式的宫殿,而且只能邀请宫廷的命妇。B公爵却专约漂亮的女人。这一夜晚,他在邀请女人上是成功的,使得男人们几乎眼花缭乱了。值得注目的女人是那样多,要就中决定谁最美丽可就成为问题了。选择一时决定不下来。最后,法尼娜·

法尼尼郡主,那个头发乌黑、目光明亮的少女,被宣布为舞会的皇后。马上,外国和罗马的年轻男子,离开了所有别的客厅,聚到她待着的客厅里。

她的父亲堂·阿斯德卢巴勒·法尼尼爵爷,要她先陪两三位德意志王公跳舞。随后,她接受了几个非常漂亮、高贵的英吉利人的邀请。可是她讨厌他们的虚架子。年轻的里维欧·萨外里似乎很爱她,她仿佛也更喜欢折磨他。他是罗马最头角峥嵘的年轻人,而且也是一位爵爷,不过,谁要是给他一本小说,他读上二十页就会把书丢掉,说看书让他头疼,在法尼娜看来,这是一个缺点。

将近半夜的时候,一个新闻传遍舞会,相当轰动。一个关在圣·安吉城堡的年轻烧炭党人,在当天夜晚化装逃走了,当他遇到监狱最后的守卫队时,竟像传奇人物一样胆大包天,拿一把匕首袭击警卫。不过他自己也受了伤,警卫正沿着他的血迹在街上追捕。人们希望把他捉回来。

就在大家讲述这件事的时候,堂·里维欧·萨外里正好同法尼娜跳完舞。他醉心于她的风姿和她的胜利,差不多爱她爱疯了,送她回到她原来待的地方,对她道:"可是,请问,到底谁能够得到你的欢心呢?"

法尼娜回答道:"方才逃掉的那个年轻烧炭党人,至少他不是光到人世走走就算了,他多少做了点事。"堂·阿斯德卢巴勒爵爷来到女儿跟前。这是一个二十来年没有同他的管家结过账的阔人,管家拿爵爷自己的收入借给爵爷,利息很高。你要是在街上遇见他,会把他当作一个年老的戏子,不会注意到他手上戴着五六只镶着巨大钻石的戒指。他的两个儿子做了耶稣会教士,随后都发疯死掉。他把他们忘了。但是,他的独生女法尼娜不想出嫁,使他不开心,她已经十九岁,拒绝了好多最煊赫的配偶。她的理由是什么？和西拉退位的理由相同：看不起罗马人。

舞会的第二天,法尼娜注意到她的一贯粗心大意、从不高兴带过一次钥匙的父亲,正小心翼翼关好一座小楼梯的门。这道楼梯通往府里四楼的房间。房间的窗户面向点缀着橘树的平台。法尼娜出去做了几次拜访,回来的时候,府里正忙着过节装灯,把大门阻塞住了,马车只好绕到后院进来。法尼娜往高里一望,大吃一惊。原来她父亲小心在意关好了的四楼的房间,有一个窗户打开了。她打发走她的伴娘,上到府里顶楼,找来找去,找到一个面向点缀着橘树的平台,有栅栏的小窗户。她先前注意到的开着的窗户离她两步远。不用说,这屋子住了人。可是,住了谁呢？

第二天,法尼娜想法子弄到一把开向点缀着橘树的平台的小门钥匙。窗户还开着,她悄悄溜了过去,躲在一扇百叶窗后面。屋子靠里有一张床,有人躺在床上。她的第一个动作是退回来,不过她瞥见一件女人袍子,搭在一张椅子上。她仔细端详床上的人,看见这个人是金黄头发,样子很年轻,她断定这是一个女人。搭在椅子上的袍子沾着血,一双女人鞋放在桌子上,鞋上也有血。不相识的女人动了动。法尼娜注意到她受了伤,一大块染着血点子的布盖住她的胸脯,这块布只用几条带子拴住。用布这样捆扎,一看就知道不是一个外科医生干的。法尼娜注意到,每天将近四点钟,父亲就把自己锁在自己的房间里,然后去看望不相识的女人,不久他又下来,乘马车到维太莱斯基伯爵夫人府去。他一出去,法尼娜就登上小平台,她从这里可以望见不相识的女人。她对这个十分不幸的年轻女人起了深深的同情。她很想知道她的遭遇。搭在椅子上沾着血的袍子,像是被刺刀戳破的。法尼娜数得出戳破的地方。有一天,她更清楚地看见不相识的女人：她的蓝眼睛盯着天看,好像在祷告。不久,眼泪充满了她美丽的眼睛。年轻的郡主眼巴巴地直想同她说话。

第二天,法尼娜大起胆子,在她父亲来以前,先藏在小平台上。她看见堂·阿斯德卢巴勒走进不相识的女人屋子。他提着一只小篮子,里面装着一些吃的东西。爵爷神情不安,没有说多少话。他说话的声音低极了,虽说落地窗开着,可法尼娜仍听不见。没有多久他就走了。法尼娜心想:"这可怜的女人一定有着一些很可怕的仇人,使得我父亲那样无忧无虑的性格,也不敢凭信别人,宁愿每天不辞辛苦,上一百二十级楼梯。"

一天黄昏,法尼娜把头轻轻伸向不相识的女人的窗户,她遇见了她的眼睛:全败露了。法尼娜跪下来,嚷道:"我喜欢你,我一定对你忠实。"

不相识的女人做手势叫她进去。法尼娜嚷道:"你一定要多多原谅我。我的胡闹和好奇一定得罪了你!我对你发誓保守秘密。你要是认为必要的话,我就决不再来了。"

不相识的女人道:"谁看见你会不高兴?你住在府里吗?"

法尼娜回答道:"那还用说。不过我看,你不认识我。我是法尼娜,堂·阿斯德卢巴勒的女儿。"

不相识的女人惊奇地望着她,脸红得厉害。她随后说道:"希望你肯每天来看我。不过,我希望爵爷不知道你来。"

法尼娜的心在怦怦地跳。她觉得不相识的女人的态度非常高尚。这可怜的年轻女人,不用说,得罪了什么有权有势的人,或许一时妒忌,杀了她的情人?她的不幸,在法尼娜看来,不可能出于一种寻常的原因。不相识的女人对她说:她肩膀上有一个伤口,一直伤到胸脯,使她很痛苦,她常常发现自己一嘴的血。

法尼娜嚷道:"那你怎么不请外科医生?"

不相识的女人道:"你知道,在罗马,外科医生看病,必须一一向警察厅详细报告。你看见的,爵爷宁可亲自拿布绑扎我的伤口。"

不相识的女人神气委婉温柔,对自己的遭遇没有一句哀怜的话。法尼娜爱她简直发狂了。不过,有一件事很使年轻的郡主奇怪:在这明明是极严肃的谈话之中,不相识的女人费了大劲才抑制住一种骤然想笑的欲望。

法尼娜问她道:"我要是知道你的名字,我就快乐了。"

"人家叫我克莱芒婷。"

"好啊！亲爱的克莱芒婷,明天五点钟,我再来看你。"

第二天,法尼娜发现她的新朋友情形很坏。法尼娜吻着她道:"我想带一个外科医生来看你。"

不相识的女人道:"我宁可死了,也不要外科医生看。难道我想连累我的恩人不成?"

法尼娜连忙道:"罗马总督萨外里·喀唐萨拉大人的外科医生,是我们的一个听差的儿子,他对我们很忠心。由于他的地位,他谁也不怕。我父亲对他的忠心没有足够认识。我叫人找他来。"

不相识的女人喊道:"我不要外科医生！看我来吧。要是上帝一定要召我去的话,死在你的怀里就是我的幸福。"

她的急切倒把法尼娜吓住了。

第二天,不相识的女人情形更坏了。法尼娜离开她的时候道:"你要是爱我,你就看外科医生。"

"要是医生一来,我的幸福就全完啦。"

法尼娜接下去道:"我一定打发人去找他来。"

不相识的女人什么话也没有说,留住她,拿起她的手吻了又吻,眼睛汪着一包泪水。许久,她才放下法尼娜的手,以毅然就死的神情,向她道:"我有一句实话对你讲。前天,我说我叫克莱芒婷,那是撒谎。我是一个不幸的烧炭党人……"法尼娜大惊之下,往后一推椅子,站了起来。

烧炭党人继续说道:"我觉得,我一讲实话,我就会失去唯一使我依恋于生命的幸福。但是,我不应该欺骗你。我叫彼耶特卢·米西芮里,十九岁,父亲是圣伐图的一个默默无闻的外科医生,我呢,是烧炭党人。官方破获了我们的集会。我被戴上锁链,从洛马涅解到罗马,关在白天黑夜都靠一盏油灯照明的地牢里,过了十三个月。一个善心的人想救我出去,把我装扮成一个女人。我出了监狱,走过末道门的警卫室,听见有一个卫兵在咒骂烧炭党人,我打了他一巴掌。我告诉你,我打他并不是炫耀自己胆大,仅仅是一时走神罢了。惹祸以后,一路上被人追捕,我被刺刀刺伤,已经精疲力竭了,最后逃到一个大门还开着的人家楼上,听见后面卫兵也追了上来,我就跳进一个花园,跌在离一个正在散步的女人几步远的地方。"

法尼娜道:"维太莱斯基伯爵夫人!我父亲的朋友。"

米西芮里喊道:"什么!她说给你听啦?不管怎么样,这位夫人把我救了。她的名字应当永远不讲出来才是。正当卫兵来到她家捉我的时候,你父亲让我坐着他的马车,把我带了出来。我觉得我的情形很坏:好几天了,肩膀挨的这一刺刀,让我不能呼吸。我快死了。我挺难过,因为我将再也看不见你了。"

法尼娜不耐烦地听了以后,很快就走出去了。米西芮里在她那美丽的眼睛里看不出一点点怜悯,有的也只是那种自尊心受到伤害的表情。

夜晚,一个外科医生出现了;只他一个人。米西芮里绝望了,他害怕他再也看不到法尼娜。他问外科医生,医生只是给他放血,不回答他的问话。一连几天,都这样渺无声息。彼耶特卢的眼睛不离开平台的窗户,法尼娜过去就是从这里进来的。他很难过。有一回,将近半夜了,他相信觉察到有人在平台的阴影里面。是法尼娜吗?

法尼娜夜夜都来,脸庞贴住年轻烧炭党人的窗玻璃。她对自己说:"我要是同他说话,我就毁啦!不,说什么我也不应当再和他见面!"

主意打定了,可是她不由自己地想起,在她糊里糊涂地把他当作女人的时候,就已经爱上他了。在那样亲亲热热一场之后,难道必须把他忘掉?在她头脑最清醒的时候,法尼娜发现自己来回改变想法,不禁害怕起来。自从米西芮里说出他的真实名姓以后,她习惯于思索的每一件事,全像蒙上了层纱幕,隐隐约约只在远处出现。一个星期还没有过完,法尼娜面色苍白,颤颤巍巍地同外科医生走进烧炭党人的屋子。她来告诉他,一定要劝爵爷换一个听差替他来。她待了不到十分钟。但是,过了几天,出于慈心,她又随外科医生来了一回。一天黄昏,虽说米西芮里已经转好,法尼娜不再有为他的性命担忧的借口,她却大着胆子一个人走了进来。米西芮里看见她,真是喜出望外。但是,他想隐瞒他的爱情,尤其是,他不愿意抛弃一个男子应有的尊严。法尼娜走进他的屋子,涨红了脸,生怕听到爱情的话。然而他接待她用的高贵、忠诚而又并不怎么亲热的友谊,却使她惶惑不安。她走的时候,他也没有试着留她。

过了几天,她又来了,看到的是同样的态度,同样尊敬、忠诚和感激不尽的表示。用不着约制年轻的烧炭党人的热情,法尼娜反问自己:是不是她自己一个人在单相思。年轻的姑娘一向傲气十足,如今才痛心地感到自己的痴情发展到了何等地步。她故意装出快活甚至冷淡的模样,来的次数少了,但是还不能断然停止看望年轻的病人。

米西芮里热烈地爱着。但是,想到他低微的出身和他的责任,决心要法尼娜连着一星期不来看他,他才肯吐露他的爱情。年轻郡主的自尊心正在步步挣扎。最后她对自己道:"好啊!我去看他,是为了我、为了自己开心,说什么我也不会对他讲起他在我心里引起的感情。"于是她又来看米西芮里,而且一待就许久。但是他同她谈话的神情即使有二十个人在场也无伤大雅。有一天,她整整一天恨他,决定对他比平时还冷淡,还严厉。临到黄昏,她却告诉他她爱他。没有多久,她就什么也不拒绝他了。

法尼娜很痴情,必须承认,法尼娜非常幸福。米西芮里不再想到他自以为应该保持的男子的尊严了,他像一个初恋的十九岁的意大利青年那样爱着。由于"激情和爱"而生的种种思虑,使他不安到了这种程度:他对这位傲气冲天的年轻郡主讲起他用过的要她爱他的手段。他的过度的幸福使他惊讶。

四个月很快就过去了。有一天,外科医生允许他的病人自由行动。米西芮里寻思:我怎么办?在罗马最美的美人的家里藏下去?那些混账的统治者,把我在监狱里关了十三个月,不许我看见白昼的亮光,还以为摧毁了我的勇气!意大利,你真太不幸了,要是你的子女为了一点点小事就把你丢了的话!

法尼娜相信彼耶特卢的最大幸福是永远同她在一起待下去。他像是太快乐了;但是波拿巴将军有一句话,在年轻人的灵魂里面引起痛苦的反应,影响了他对女性的全部态度。1796年,波拿巴将军离开布里西亚,陪他到城门口的市府官吏对他说:"布里西亚人爱自由,远在其他所有意大利人之上。"他回答道:"是的,他们爱同他们的情妇谈自由。"

米西芮里模样相当拘束,向法尼娜道:"天一黑,我就得出去。"

"千万留意天亮以前回到府里,我等你。"

"天亮的时候,我离开罗马要好几里地了。"

法尼娜不动感情地道:"很好,你到哪儿去?"

"到洛马涅,报仇去。"

法尼娜露出最平静的模样,接下去道:"我富有,我希望你接受我送的军火和银钱。"米西芮里不改神色,望了她一会儿,随后,他投到她的怀里,问她道:"我的命根子,你让我忘掉一切,连我的责任也忘掉。不过,你的心灵越高贵,你就越应当了解我才是。"

法尼娜哭了许久。他们讲定,他推迟到后天再离开罗马。

第二天她问他道:"彼耶特卢,你常常对我讲起,假如奥地利有一天卷入一场离我们老远的大战的话,一位有名望的人,例如,一位拿得出大批银钱的罗马爵爷,就可以为自由做出最大的贡献。"

彼耶特卢诧异道:"那还用说。"

"好啊!你有胆量,你缺的只是一个高贵的地位。我嫁给你,带二十万法郎的年息给你。我负责取得我父亲的同意。"

彼耶特卢扑通跪了下去。法尼娜心花怒放了。他向她道:"我热爱你。不过,我是祖国的一个可怜的仆人。意大利越是不幸,我越应当对它忠心到底,要取得堂·阿斯德卢巴勒的同意,就得好几年扮演一个可怜的角色。法尼娜,我拒绝你。"

米西芮里急于拿这话约束自己。他的勇气眼看就要丧失了。他嚷道:"我的不幸就是我爱你比爱性命还厉害,离开罗马是对我最大的刑罚。啊!意大利从野蛮人手里早就解放出来该多好啊!我跟你一起搭船到美洲生活,该多快活啊!"

法尼娜心冷了。拒绝和她结婚的话激起她的傲气。但是,不久,她就投到米西芮里的怀里,她嚷道:"我觉得你从来没有这样可爱过。是的,我的乡下小外科医生,我永远是你的了。你是一个伟大人物,就和我们古代的罗马人一样。"

所有关于未来的想法、所有理性的伤心的启示,全无踪无影了,这是一刻完美无缺的爱情。

等他们头脑清醒过来以后,法尼娜道:"你一到洛马涅,我差不多也就来了。我让医生劝我到波雷塔浴泉去。靠近佛尔里,我们在圣·尼考洛有一座别墅,我在别墅住下来……"

米西芮里喊道:"在那边,我跟你一起过一辈子!"

法尼娜叹了一口气,接下去道:"从今以后,我命里注定要无所不为。为了你,我要毁掉自己,不过,管它呢……你将来能爱一个声名扫地的姑娘吗?"

米西芮里道:"你不是我的女人、一个我永远崇拜的女人吗?我知道怎么样爱你,保护你。"

法尼娜必须到社会上走动走动,她才一离开,米西芮里就开始感觉他的行为不近情理。他问自己道:"祖国是什么?不就像一个人一样,一个人对我们有过恩,我们应当感恩图报,万一他遭到不幸,我们并不感恩图报,他就可能咒骂我们。祖国与自由,就像我穿的外套,对我是一件有用的东西。我父亲没有遗留给我,不错,我就应当买一件。我爱祖国与自由,因为这两件东西对我有用。要是我拿到手不懂得用,要是它们对我就像八月天的一件外套一样,买过来有什么用,何况价钱又特别高?法尼娜长得那样美!她有一种非凡的天资!人家一定要想法子得她的欢心的,她会忘记我的。谁见过女人从来只有一个情人?作为公民,我看不起这些罗马爵爷,可是,他们比我方便得多了!他们一定是很可爱的!啊!我要是走的话,她就忘记我了,我就永远失掉她了。"

半夜,法尼娜来看他。他告诉她,他刚才怎样犹疑不决,怎样因为爱她,研究过祖国这个伟大的字眼。法尼娜很快乐。她心想:"要是必须在祖国和我之间决然有所选择的话,他会选我的。"

附近教堂的钟在敲三点,最后分别的时间到了。彼耶特卢挣出女朋友的怀抱。他已经走下小楼梯了。只见法尼娜忍住眼泪,向他微笑道:"要是一个可怜的乡下女人照料你一场,你不做一点什么谢谢她吗?你不想法子报答报答她吗?你此去前途茫茫,吉凶未卜,你是要到你的仇人中间去旅行呀。就算谢我这个可怜的女人,给我三天吧,算你报答我的照料。"

米西芮里留下了。三天之后,他终于离开了罗马。仰仗一张从一家外国大使馆买到的护照,他到了他的家乡。大家喜出望外,他们全以为他已经死了。朋友们打算杀一两个宪兵,庆祝庆祝。米西芮里道:"没有必要,我们不杀一个懂得放枪的意大利人。我们的祖国不是一座岛,像幸运的英吉利。我们缺乏兵士抵抗欧洲帝王的干涉。"

过了些时候,宪兵们四处搜捕米西芮里,他用法尼娜送给他的手枪杀死了两个。官方悬赏捉拿他。

法尼娜没有在洛马涅出现。米西芮里以为她忘了自己。他的虚荣心受了伤。他开始想到他和他情人之间地位上的悬殊。一想起过去的幸福,他又心软了,直想回罗马看看法尼娜在做什么。这种疯狂的念头眼看就要战胜他所谓的责任了。

这时,一天黄昏,山上一座教堂怪声怪调地传出晚祷的钟声,就像敲钟的人心不在焉的样子。这是烧炭党组织集会的一种信号。米西芮里一到洛马涅,就和烧炭党组织有了联系,当天夜晚,大家在树林里的一座道庵聚会。两位隐修士让鸦片麻醉住,昏昏沉沉,一点也意识不出他的房子在派什么用场。米西芮里闷闷不乐地来了。在集会上他得知首领被捕,而他——一个不到二十岁的年轻人,被推为首领。在这个组织里,有一些成员已五十多岁,从1815年缪拉远征以来就入党了。得到这意想不到的荣誉,彼耶特卢觉得他的心在跳。剩下他一个人的时候,他决定不再思念那忘了他的罗马姑娘,把他的思想全部献给"从野蛮人手里解放意大利"的责任。

作为首领,大家一有关于当地人员来往的报告,就送给米西芮里看。集会以后两天,他从报告上看到法尼娜郡主新近来到她的圣·尼考洛的别墅。读到这个名字,他心里的骚乱要比快乐大。他拿定主意当天黄昏不到圣·尼考洛别墅去,以为这就保证了他对祖国的忠心。他疏远法尼娜,但是,她的形象妨碍他按部就班地完成他的任务。第二天他见到她。她像在罗马一样爱他。她父亲要她结婚,延迟了她的行期。她带来两千金币。这意想不到的捐助,大大提高了米西芮里在新职位上的声望。他们在考尔夫定做了一些刺刀;他们收买下奉命搜捕烧炭党人的教皇大使的亲信秘书,这样,他们把给政府做奸细的堂长的名单也弄到了手。

就是在这时期,在多灾多难的意大利,一个最慎重的密谋计划拟定了。我这里不详细叙述,详细叙述在这里也不相宜。我说一句话就够了:起义要是成功了,大部分的荣誉要属于米西芮里。在他的领导之下,只要信号一发,几千起义者就会起来,举起武器,等候上级领导来。然而事情永远是这样子,决定性的时刻到了,由于首领被捕,密谋成了画饼。

法尼娜一到洛马涅,就看出对祖国的爱已经让她的情人忘掉还有别的爱。罗马姑娘的傲气被激起来了。她试着说服自己,但无济于事。她心里充满了郁郁不欢:她发现自己在咒骂自由。直到现在为止,她的骄傲还能够控制她的痛苦。但是,有一天,她到佛尔里看望米西芮里,再也控制不住了。她问他道:"说实话,你就像一个做丈夫的那样爱我,我指望的可不是这个。"

不久,她的眼泪也流下来了。但是,她流泪是由于惭愧,因为她居然自贬身价,责备起他来了。米西芮里心烦意乱地看着她流泪。法尼娜忽然起了离开他、回罗马的心思。她责备自己方才说话软弱,她感到一种残酷的喜悦。静默了没有多久。她下了决心:要是她不离开米西芮里的话,她觉得自己会配不上他。等他在身边找不到她,陷入痛苦和惊慌的时候,她才高兴。没有多久,想到她为这个人做了许多荒唐事,还不能够取得他的欢心,她难过极了。于是她打破静默,用一切心力,想听到他一句谈情说爱的话。

他神不守舍地同她说了一些很温存的话。但是,只有谈起他的政治任务,他的声调才显出深厚的感情。他痛苦地喊道:"啊!这件事要是不成功,再被政府破获的话,我就离开党不干了。"

法尼娜一动不动地听着。一小时以来,她觉得她这是最后一回看见她的情人了。他这话就像一道不幸的光,照亮了她的思路。她问自己道:"烧炭党人收了我几千金币。他们不会疑心我对密谋不忠心的。"

法尼娜停住幻想,对彼耶特卢说:"你愿意到圣·尼考洛别墅和我过二十四小时吗?你们今天黄昏的会议用不着你出席。明天早晨,在圣·尼考洛,我们可以散散步,这会让你安静下来;遇到这些重大的情况,你需要冷静。"

彼耶特卢同意了。法尼娜离开他,做游行的准备,同时和往常一样把他锁在藏他的小屋子里。她有一个使女,结了婚,离开她了,在佛尔里做小生意。她跑到这女人家,在她屋里面找到一本祷告书,在边缘连忙写下烧炭党人当天夜晚集会的准确地点。她用这句话结束她的告密:"这个组织是由十九个党员组成的,这里是他们的姓名和住址。"这张名单很准确,只有米西芮里的名字被删去了。她写完名单,对她信得过的女人道:"把这本书送给教皇大使红衣主教,请他念一下写的东西,然后让他把书还给你。这是十个金币。万一教皇大使说出你的名字,你就死定了。不过,我方才写的东西,你给教皇大使一念,你就救了我的性命。"

一切进行圆满。教皇大使由于畏惧,做事一点也没有大贵人的气派。他允许求见的民妇在他面前出现,不过要戴面具,而且还得把手捆起来。做生意的女人就在种情形下,被带到大人物面前。她发现他缩在一张铺着绿毯子的大桌子后头。教皇大使唯恐吸进容易感染的毒素,把祷告书捧得远远的。他读过那一页,就把书还给做生意的女人,也没有派人尾随她。法尼娜看到她旧日的使女转回家,相信米西芮里从今以后完全属于她了。

离开他的情人不到四十分钟,她又在他面前出现了。她告诉他,城里出了大事,宪兵从来不去的街道,有人注意到他们也在来回巡逻。她接下去道:"你要是相信我的话,我们马上就到圣·尼考洛去。"米西芮里同意了,年轻郡主的马车和她的谨慎而报酬丰厚的心腹伴娘,在城外半英里的地方等他们。他们步行到马车那边。由于行动荒诞,法尼娜心不安了,所以到了圣·尼考洛别墅,对她的情人加倍温存起来。但是,同他说到爱情,她觉得她就像在做戏一样。前一天,派人告密的时候,她没有想到自己会后悔。现在,把情人搂在怀里,她默默想道:"有一句话可以同他讲,可是一讲出口,他马上而且永远厌恶我了。"

临到半夜,法尼娜的一个听差闯进了她的房子。这人是烧炭党,而她并不疑心他是,可见米西芮里并没有把秘密全告诉她,尤其是在这些细节上。她哆嗦了。这个人来警告米西芮里,夜晚在佛尔里,十九个烧炭党人的家被包围,他们开完会回来,全被捕了。虽说事出仓促,仍然逃掉了九个人,宪兵捉住十个,押到城堡的监狱。进监狱的时候,其中有一个人跳进井里,井非常深,死了。法尼娜张皇失措起来,幸而彼耶特卢没有注意到她,否则,往她眼里一看,就可以看出她的罪状了。

……听差接下去说,眼下佛尔里的卫兵,排列在所有的街道上。每一个兵士离下一个兵士近到可以交谈。居民们不能够穿街走,除非是有军官的地点。这个人出去以后,彼耶特卢沉思了一会儿,最后道:"目前没有什么可做的啦。"

法尼娜面无人色,在情人视线之下哆嗦着,他问她道:"你到底怎么啦?"

随后,他想起别的事,不再望她。将近中午的时候,她大着胆子问他道:"现在又一个组织被破获了;我想,你可以安静一些时候了。"

米西芮里带着一种使她颤栗的微笑,回答她道:"安静得很。"

她要对圣·尼考洛村子的堂长做一次不可少的拜访,他可能是耶稣会方面的奸细。七点钟回来用晚饭的时候,她发现隐藏她情人的小屋子空了。她急死了,跑遍全家寻他,没有一点踪迹。她绝望了,又回到那间小屋子,这时候她才看到一张纸条,她读着:我向教皇大使自首去。我对我们的事业灰心了。上天在同我们作对。谁出卖我们的?显然是投井的混账东西。我的生命既然对可怜的意大利没有用,我不要我的同志们看见只我一个人没有被捕,以为是我出卖了他们。再会了,你要是爱我的话,想着为我报仇吧。铲除、消灭出卖我们的坏蛋吧。哪怕他是我的父亲。

法尼娜跌在一张椅子上,几乎晕了过去,陷入了最剧烈的痛苦之中。她一句话也说不出口,她的眼睛是干枯的、炙热的。最后,她扑在地上跪下来,喊道:"上帝!接受我的誓言,是的,我要惩罚出卖的坏蛋。不过,首先,必须营救彼耶特卢。"

一小时以后,她动身去了罗马。许久以来,父亲就在催她回来。她不在的期间,他把她许配了里维欧·萨外里爵爷。法尼娜一到,他就提心吊胆地说给她听。他怎么也想不到,话才出口,她就同意了。当天黄昏,在维太莱斯基伯爵夫人府,父亲近乎正式地把堂·里维欧介绍给她。她同他谈了许久。这是最风流倜傥的年轻人,有着最好的骏马。不过,尽管大家认为他很有才情,他的性格却是轻狂的,政府对他没有一点点疑心。法尼娜心想,让他先迷上她,之后她就好拿他做成一个得心应手的眼线。他是罗马总督萨外里·喀唐萨拉大人的侄子,她揣测奸细不敢尾随他。

一连几天,法尼娜都待可爱的堂·里维欧很好,过后却向他宣告,他永远做不了她的丈夫。因为照她看来,他做事太不用心思了。她向他道:"你要不是一个小孩子的话,你叔父的工作人员也就不会有事瞒着你了。好比说,新近在佛尔里破获的烧炭党人,他们决定怎么样处置呢?"

两天以后,堂·里维欧来告诉她,在佛尔里捉住的烧炭党人统统逃走了。她显出痛苦的微笑,表示最大的蔑视,大黑眼睛盯着他看,一整黄昏不屑于同他说话。

第三天,堂·里维欧红着脸,来对她实说:他们开头把他骗了。他向她道:"不过,我弄到了一把我叔父书房的钥匙。我在那里看到文件,说有一个什么委员会,由红衣主教和最有势的教廷官员组成,在绝对秘密之下开了会,讨论在腊万纳还是在罗马审问这些烧炭党人。在佛尔里抓住的九个烧炭党人,还有他们的首领,一个叫米西芮里的,这家伙是自首的。蠢透了,如今全关在圣·莱奥城堡。"

听到"蠢"这个字,法尼娜拼命拧了爵爷一把。她向他道:"我要随你到你叔父书房去一趟,亲自看看官方文件。你也许看错了。"

听见这话,堂·里维欧哆嗦了。法尼娜几乎是向他要求一件不可能的事。可是这年轻姑娘的古怪天资让他加倍爱她。

过了几天,法尼娜扮成男子,穿一件萨外里府用人穿的漂亮的小制服,居然在公安大臣最秘密的文件中间待了半小时。她看到关于刑事犯彼耶特卢·米西芮里的每日报告,快活得要命。她拿着这件公文,手直哆嗦。再读这名字,她觉得自己快要病倒了。

走出罗马督府,法尼娜允许堂·里维欧吻她。她向他道:"我想考验考验你,你居然通过了。"

听见这样一句话,年轻爵爷为了讨法尼娜欢心,会放火把梵蒂冈烧了的。当天晚上,法兰西大使馆举行舞会,她跳了许久,几乎总是和他在一起。堂·里维欧沉醉在幸福里面了。必须防止他思索。法尼娜有一天向他道:"我父亲有时候脾气挺怪,今天早晨他辞掉了两个底下人。他们哭着来见我。一个求我把他安插到罗马总督你叔父那边;另一个在法兰西人手下当过炮兵,希望在圣·安吉城堡做事。"

年轻爵爷急忙道:"我把两个人全用过来就是了。"

法尼娜高傲地回道:"我这样求你来的?我照原来的话向你重复两个可怜人的请求。他们必须得到他们所要求的事,别的事不相干。"

没有比这更难的事了。喀唐萨拉大人不是一个随随便便的人,他不清楚的人家里是不用的。在一种表面上充满了种种欢娱的生活当中,法尼娜被悔恨折磨着,非常痛苦。进展的缓慢把她烦死了。父亲的经纪人给她弄到了钱。她能不能逃出父亲的家,跑到洛马涅,试一下让她的情人越狱?这种想法尽管荒谬,她却打算付诸实践。就在她跃跃欲试的时候,上天可怜她了。堂·里维欧向她道:"米西芮里一帮烧炭党人,要解到罗马来了。除非是判决死刑之后,在洛马涅执行,才不来。这是我叔父今天黄昏奉到的教皇旨意。罗马只有你我晓得这个秘密,你满意了吧?"

法尼娜回答:"你变成大人了,拿你的画像送我吧。"

米西芮里应当来到罗马的前一天,法尼娜找了一个借口去齐塔·喀司太拉纳。从洛马涅递解到罗马的烧炭党人,就被押在这个城的监狱过夜。早晨米西芮里走出监狱的时候,她看见他了:他戴着锁链,一个人待在一辆两轮车上。她觉得他脸色苍白,但是,一点也不颓丧。一个老妇人扔给他一捧紫罗兰,米西芮里微笑着谢她。法尼娜看见她的情人。她的思想似乎全部换成了新的。她有了新的勇气。许久以前,她曾经为喀芮院长谋到一个好位置。她的情人要关在圣·安吉堡,而院长就是城堡的神甫。她请这位善良的教士做她的忏悔教士。

做一位郡主、总督的侄媳妇的忏悔教士,在罗马不是一件小事。佛尔里烧炭党人的讼案并不延宕。极右派不能够阻止他们来罗马,为了报复起见,就让承审的委员会由最有野心的教廷官员组成。委员会的主席是公安大臣。镇压烧炭党人,律有明文。佛尔里的烧炭党人不可能有任何希望。但是他们并不因而就不运用一切可能的计谋,卫护他们的生命。对他们的审判不单是判决死刑,有几个人还赞成使用残酷的刑罚,像把手剁下来等等。公安大臣已经把官做到头了(因为他卸任下来,只有红衣主教可做),所以决不需要什么把手剁下来的刑罚。他带判决书去见教皇,把死刑全部减成几年监禁。只有彼耶特卢·米西芮里例外。公安大臣把这个年轻人看成一个热衷革命的危险分子,而且我们先前说过,他杀死过两个宪兵,早就判处死刑了。公安大臣朝见教皇回来没有多久,法尼娜就晓得了判决书和减刑的内容。

第二天,将近半夜的时候,喀唐萨拉大人回府,不见他的随身听差来。大臣诧异之下,按了几次铃,最后出现一个糊里糊涂的老听差。大臣不耐烦了,决定自己脱衣服。他锁住门。天气很热,他脱掉衣服,卷在一起,朝一张椅子丢了过去。他使大了力气,衣服丢过椅子,打到窗户的纱帘,纱帘后显出一个男子的形体。大臣赶快奔向床,抓起一支枪。

就在他回到窗边的时候,一个年纪很轻的男子,穿着他用人的制服,端着手枪,走到他面前。大臣一看情形不好,就拿手枪凑近眼睛,准备开枪。年轻人向他笑道:"怎么!大人,你不认识法尼娜·法尼尼啦?"

大臣发怒道:"什么意思,要这样恶作剧?"

年轻女孩道:"让我们冷静下来谈谈吧。首先,你的手枪就没有子弹。"大臣吃惊了。弄清楚这是事实,他从背心口袋抽出一把匕首。法尼娜做出一种神气十足、妩媚可爱的模样向他道:"让我们坐下吧,大人。"

于是她安安静静地坐到一张安乐椅上。大臣道:"至少,就只你一个人吧?"

法尼娜喊道:"绝对只我一个人,我向你发誓!"

这是大臣所要仔细证实的:他兜着屋子走了一圈,四处张望,然后,他坐在一张椅子上,离法尼娜三步远。法尼娜露出一种温和、安静的模样道:"弄死一个心平气和的人,换上来一个性子火暴、足以毁掉自己又毁掉别人的坏家伙,对我有什么好处?"

闹情绪的大臣道:"你到底要什么,小姐?这场戏对我不相宜,拖长了也不应该。"

法尼娜忽然忘记她温文尔雅的模样,傲然道:"我下面的话,关于你比关于我多。有人希望烧炭党人米西芮里能够活命。他要是被处死的话,你比他多活不了一星期。这一切同我没有任何关系。你嫌胡闹,其实我胡闹首先是为了消遣,其次是为了帮我一个女朋友的忙罢了。我愿意……"

法尼娜恢复了她上流社会的风度,继续道:"我愿意帮一个有才的人的忙,因为不久他就要做我的叔父了,而且就目前情形来看,家业兴旺正依靠他呐。"

大臣不再怒形于色了。不用说,法尼娜的美丽是有助于这种迅速的转变的。喀唐萨拉大人对标致女性的喜好,在罗马是人所皆知的,而法尼娜,装扮成萨外里府的跟班,丝袜子平平整整,红上身,绣着银袖章的天蓝小制服,端着手枪,是十分迷人的。大臣几乎是笑着道:"我未来的侄媳妇,你胡闹到了极点,不会是第一回吧?"

法尼娜回答道:"我希望这样懂事的一位人物帮我保守秘密,特别是在堂·里维奥那方面。为了鼓励你的勇气,我亲爱的叔父,你要是答应我的女朋友保护的人不死的话,我就吻你一下。"

罗马贵族妇女懂得怎样用这种半开玩笑的声调应付最大的事变。法尼娜就用这种声调继续谈话,终于把这场以手枪开始的会见变成年轻的萨外里夫人对她叔父罗马总督的拜访。喀唐萨拉大人不久就以高傲的心情抛却了自己受畏惧挟制的思想,和侄媳妇谈起营救米西芮里性命的种种困难。大臣一边争论,一边和法尼娜在屋里走动着。他从壁炉上拿起一杯柠檬水,倒进一只水晶杯子。就在他拿杯子举到嘴边的时候,法尼娜把杯子抢了过来。举了一会儿,好像一失手,让它掉在花园里。过了些时候,大臣从糖盒取了一粒巧克力糖,法尼娜一把把它夺过来,笑着向他道:"你要当心呀,你屋里的东西全下了毒药了,因为有人要你死。是我救下我未来叔父的性命,免得嫁到萨外里家,无利可图。"

喀唐萨拉大人大惊之下,谢过侄媳妇,对营救米西芮里的性命表示很有希望。法尼娜喊道:"我们的交易讲成啦!证据是,现在就有报酬。"

她一边说话,一边吻他。大臣接受了报酬。他接下去道:"你应当知道,我亲爱的法尼娜,就我来说,我不爱流血。而且,我还年轻,虽说你也许觉得我老了,我可以活到今天,我的血将会玷污我的名誉的时代。"

午夜两点,喀唐萨拉大人一直把法尼娜送到花园小门口。

第三天,大臣觐见教皇,想着他要做的事,相当为难。圣上向他道:"首先,有一个人我请你从宽发落。佛尔里那些烧炭党人,有一个还是判了死刑。想起这事,我就睡不着觉,应当救了这人才是。"大臣一看教皇站在他这方面,就提出了许多反对意见,最后写了一道谕旨,由教皇破例签字。法尼娜先就想到,她的情人可能得到特赦,不过,是否会有人要毒死他可就难说了。所以,前一天,她通过忏悔教士喀芮院长送了米西芮里若干小包军用饼干,叮咛他千万不要动用政府供应的食物。过后,听说佛尔里的烧炭党人要移到圣·莱奥城堡,法尼娜希望在他们路过齐塔·喀司太拉纳的时候,设法见上米西芮里一面。她在囚犯来前二十四小时到了这个城里。她在这里找到喀芮院长,他前几天就来了。他得到狱吏许可,米西芮里半夜可以在监狱的小教堂听弥撒。尤其难得的是:米西芮里要是肯同意拿锁链把四肢捆起来的话,狱吏可以退到小教堂门口,这样可以看得见他负责监视的囚犯。却听不见他在说什么。

决定法尼娜的命运的一天终于到了。她从早晨起,就把自己关在监狱的小教堂里。谁猜得出这整整一天她的起伏的思想?米西芮里爱她爱到能够饶恕她吗？她把他们的组织告发了，但是她也救下了他的性命呀。在这苦闷的灵魂哺醒过来的时候，法尼娜希望他会同意和她离开意大利。她从前要是犯了罪的话，也是由于过分爱他的缘故呀。

钟敲四点了。她听见石道上远远传来宪兵的马蹄声。每一声似乎都在她心里引起回响。不久，她听出递解囚犯的两轮车在滚转。它们在监狱前面的小空场停住。她看见两个宪兵过来搀扶米西芮里，他一个人在一辆车上，戴了一大堆脚镣手铐，简直动弹不得。她流着眼泪，向自己道："至少他还活着，他们还没有毒死他！"

黄昏黯淡凄凉。圣坛的灯，放在一个很高的地方，又因为狱吏省油，灯光微弱，只这一盏灯照着这阴沉的小教堂。几个中世纪的大贵人死在附近的监狱，法尼娜的眼睛在他们的墓上转来转去。他们的雕像有一种恶狠狠的神情。一切嘈杂的声音早已停止。法尼娜一脑子的忧郁的思想。半夜的钟声响了不久以后，她相信听见轻轻的响声，像是一只蝙蝠在飞。她想走动，却昏倒在圣坛的栏杆上。就在这时，两个影子离她很近，站在一旁，她先前并没有听见他们来。原来是狱吏和米西芮里。

米西芮里一身锁链，活像一个裹着襁褓的小孩。狱吏弄亮一盏手提灯，放在圣坛的栏杆上，靠近法尼娜，好让她清清楚楚看见他的囚犯。随后，他退到紧底，靠近门口。狱吏刚刚走开，法尼娜就扑过去，搂住米西芮里的脖子，把他搂在怀里。她感觉到的只是他的冰凉的尖硬的锁链。她心想：谁给他戴的这些锁链？她吻她的情人，却得不到一点快感。紧跟着是一种更锐利的痛苦：他的接待十分冰冷，她有一时真以为米西芮里知道了她的罪状。他最后向她道："亲爱的朋友，我怜惜你爱我的感情；我有什么优秀之处能够使你爱我,我找不出来。听我的话,让我们回到更符合基督精神的感情上来吧。让我们忘记从前使我们走上岔路的幻景吧。我不能归你所有。无论什么缘故我起义,结局都不幸,说不定就是因为我经常处在罪不可逭的情形的缘故。其实只要凡事谨慎,也就行了。为什么佛尔里不幸的夜晚,我不和我的朋友一道被捕呢?为什么在危险的时际,我不在我的岗位上?为什么我一不在就会产生最残忍的猜疑呢?因为在追求意大利自由之外,我还另有一种激情。"

米西芮里的改变太出乎法尼娜的意外,她呆住了。他不算太瘦,但模样却像三十岁的人。法尼娜把这种改变看成他在监狱受到恶劣待遇的结果。她哭着向他道:"啊!狱吏再三答应他们会好好待你的。"

事实是,年轻烧炭党人濒近死亡,可能和要求意大利自由的激情协调的宗教原则,统统在他心里再现了。法尼娜逐渐看出,她的情人的惊人的改变,完全是精神上的,一点不是身体受到恶劣待遇的结果。她以为她已经苦到不能再苦了。想不到还要苦上加苦。米西芮里不言语。法尼娜哭得喘不出气,他有点感动的样子。接下去道:"我要是在人世间爱什么东西的话,那就是你了,法尼娜。不过,感谢上帝,我如今只有一个目的,这辈子我不是死在监狱,就是想法子把自由给予意大利。"

又是一阵静默。法尼娜显然不能开口讲话:她试了试,无济于事。米西芮里接着讲下去:"责任是残酷的,我的朋友。可是,完成责任,如果不经一点点苦,哪里又是英雄主义呢?答应我,你今后不再想法子看我了。"锁链把他捆得十分紧。他尽可能挪动一下手腕,把手指头伸给法尼娜。"你要是听一个你亲爱的人劝告的话,你父亲要你嫁给有地位的人,你就听话嫁了他吧。你的不愉快的事不必告诉他。另一方面,永远不要想法子再看我了。让我们从今以后彼此成为陌生人吧。你给祖国捐献了一大笔款子,有一天它要是得到解放的话,一定要用国家财产偿还你这笔款子的。"

法尼娜五内俱裂了。彼耶特卢同她说话,只有提到"祖国"的时候,眼睛才亮了亮。骄傲终于来援助年轻的郡主了,她带了一些金刚钻和小刀。她不回答米西芮里,把它们送给了他。他向她道:"由于责任的缘故,我接受了,因为我必须想法子逃走,不过,我永远看不见你了,当着你新送的东西,我发誓。永别了,法尼娜!答应我永远不给我写信,永远不想法子看我。把我完全留给祖国吧。我对你就算死了,永别了!"

气疯了的法尼娜道:"不,我要你知道,我在爱你的心情之下,做了些什么。"于是,她把自从米西芮里离开圣·尼考洛别墅去见教皇大使自首以来她做的事,都一五一十讲给他听。说完这段话法尼娜道:"这都算不了什么。为了爱你,我还干了别的事。"

于是她告诉他,她出卖的事。"啊!混账东西!"彼耶特卢喊着,他气疯了,扑向她,想拿他的锁链打她。要不是狱吏一听喊叫就跑来的话,他就打着她了。狱吏揪住米西芮里。

"拿去,混账东西,我什么也不要欠你的!"米西芮里一边对法尼娜说着,一边尽锁链给他活动的可能,把锉子和金刚钻朝她扔过去,迅速走开了。

法尼娜失魂落魄地待着。她回到罗马,报纸上登出,她新近嫁了堂·里维欧·萨外里爵爷。

李健吾 译

巴比塞

亨利·巴比塞(1873—1935),法国作家。主要作品有长篇小说《火线》《光明》,短篇小说集《人心的某些角落》《力量》《陷害耶稣的那些犹大》《真实的故事》,还有诗集、传记等。《小学教师》是他的短篇杰作,描写在教会的专横统治下,一个小学教师对教会愚民手段的积极反抗,有很强的讽刺性和震撼力。

小学教师

天气很热。可以听见苍蝇在飞,可以看见它们一群群地把灼热的空气印上一层波纹云影。行人谨慎地沿着灰色房屋脚下的阴凉走路。这是卡瓦达广场,它在桑汤代尔省的一个村子里。这个广场很像西班牙的,甚至也像巴斯克①的许多村子的广场。从前,时行穿民族服装的年代,当地风景更是美丽如画,就是现在也还够美丽的。峰峦嶙峋、人民肤色黧黑的西班牙的明亮的干旱天气使得这个地方分外阳光明媚。

除了苍蝇嗡嗡地叫之外,还有一种有节奏的、单调的嘈杂的低语声传到墙外。这是一所小学。这所小学的内部和世界上所有的小学内部一样:阴暗森严的四壁——只有当社会改变了它的躯壳之后,学校的躯壳才会改变——一排排黑色的小书桌,许多个小脑

---

① 巴斯克是西班牙北部地区。

袋也是黑的(在桌子的方形上露着小脑袋的圆形);在这些中间,一个男子好似巨人一样出现在那儿:那是小学教师。

像世界上所有的小学教师一样,他施展着出奇的技巧和耐心,以吸引和集中三十个小脑袋的注意力,并要把现实世界的广阔形象往这些小脑袋里面灌输一部分。

卡瓦达这位小学教师名叫巴多梅罗·佐里。他是一个安详、淳朴而又温和的人,全村都说他认真仔细。在村子这狭小的圈子里,他那严格守时的习惯人人称颂。要是万一他上课迟到,人们就会下这样一个结论:那一定是时钟跑快了。

他在思想上也像在生活上一样以严正的态度要求自己。他的这些主张并非是大家都欢迎的,特别是那些有关团结与合作的主张。所以有些人说他是一个赤色分子。有些人在他们内心里,在他们那可怜的奴隶的内心里感到奇怪:一个人竟然同时又是赤色分子,又这样诚实。但就是这些人也不禁对巴多梅罗·佐里肃然起敬。

卡瓦达的两位重要人物,两位穿黑袍的人,神甫和他的助理,他们却别有看法。他们挑不出一点可以攻击小学教师的地方——除了他对于自由以及大众福利的魔鬼般的见解之外——因此就越发怀恨他。

神甫和神甫助理监视着小学校——这是塑造下一代的车间。假如要想掌握未来,就应当先把学校抓在自己手里。

新近,有一个叫做弗朗西斯哥·费芮的人,他想把西班牙的学校从教士们的冷冰冰的阴影中解放出来。费芮被枪毙了。子弹打碎了他的身体,他没有来得及最后一次把"学校万岁!"整句话喊出来。这句话是他一生至高无上的呼声。

西班牙的教士们从这一回合得胜之后,便以前所未有的残酷向学校展开进攻,他们先是依靠王朝,这一王朝世世代代的人物是集历来最丑恶最奢华的堕落者之大成;以后他们又依靠独裁政权。哪里军人为王,哪里就是教士的天下。所以说,这就是一个这样的国家:那里军人和教士狼狈为奸地又回到了"宗教法庭"时代。这些信口雌黄的人想让人民相信:由于不可阻止的进步的规律,人民就会越来越自由幸福。实际上,他们要使自己这种悲惨的玩笑站得住脚,并不是轻而易举的事。

神甫和他的影子——神甫助理对这个过于诚实、过于独立自主的小学教师怀有不共戴天之仇——特别是小学教师得到大家的同情,他的危险性也就愈大。然而因为在他的行为和言论中找不到一点真正具有破坏性的东西,那就得想别的办法来整他了。

在今天这个不幸的西班牙,教士们有权闯进学校,监视教学活动。

我说的那天,正在上着课,门忽然开了,阴暗的课堂里显出一方块亮光。两个穿黑袍的人就从那块亮光中走了进来。接着,他们便站在那里,听起课来。

佐里不动声色地继续讲课。他正在向小儒昂尼托提问,这孩子挺胆怯,也许是没有好好听讲,结结巴巴地说:

"正义……平等……"

神甫向前跨了两大步,蓦地站在孩子面前。怒气冲冲地问:

"这是什么意思?"

儒昂尼托被问得目瞪口呆,不知所措。班上最好的学生,十四岁的路易士想显示一下他刚才好好听讲了,并且记住了教员的话,便自告奋勇地站起来背了一通:

"神甫大人,人是平等的。"

"岂有此理!"那穿黑袍的人大声喊道。他一边往前冲,一边把拳头一直伸到这好学生的鼻子底了。"岂有此理!这是违反教义的。上帝从没有说过人是平等的,而且圣·保罗倒是以上帝的名义说过人是不平等的!"

他叫喊着。鬓角上暴起一根青筋,嘴角流出一些唾沫。这时,指手画脚的神甫助理,把双臂向天举起。

小学教师平静地、坚定地走过去说:

"神甫先生,请允许我……"

教士怒吼道:"允许你什么!允许你撒谎?并且教这些孩子们也撒谎吗?认为人是平等的,就等于说上帝禁止说的谎话,你听见吗?孩子们,你们听我说:你们的老师对你们撒谎!"

"住嘴!"小学教师说。他脸色变得很苍白,目不转睛,双手有点发抖。

可是对方咆哮得更凶了。

"你胡说!你上课讲的全是瞎话。你亵渎教会……正义……啊,正义!不该对基督徒谈论正义,这跟他们不相干。上帝就是正义。跟他们只可以谈信仰和爱。"

他在惊恐的孩子们跟前,当着教员的面,以一种咬牙切齿的痛恨喊出"爱"这个字来,使小学教师倒退了两步,脸色比方才越发惨白了,眼睛瞪得更大了。孩子们站了起来,骚动起来了。小学教师感到自己完蛋了,结结巴巴地说:

"你这个卑鄙的家伙。"

他刚喃喃地说出这句话来,神甫助理就向他扑去,抓住他的双臂。同时,神甫举起手来就要打他。

可是神甫助理没有抓好小学教师的胳臂,因为枪声响了两下。神甫摔在地上,像一块笨重的东西似的,一动也不动了。神甫助理也倒下去了,还在挣扎。

神色凶猛的小学教师从自己的疯狂行动中惊醒过来,又开了第三枪,倒在两个教士身旁。

1926年,在一个大国里,一位敢于对孩子们讲正义的小学教师就这样死去了。

这桩事件的经过,几家大胆的报纸登载了,可是在大报纸上却找不到。正如你们所知道的:刊载重大新闻的报纸,其目的就是要隐瞒所发生的真人真事。

王尚民 译

巴尔扎克

奥诺雷·巴尔扎克(1799—1850),法国最伟大的作家之一,举世公认的天才小说家。他毕生最重要的作品——卷帙浩繁的巨著《人间喜剧》包括九十余部篇幅不等的小说,它们构成一幅完整的、包罗万象的社会风俗画。《刽子手》是其中的一部短篇杰作。

刽子手[①]

献给马蒂内·德·拉罗扎[②]

小城芒达的钟楼,刚刚敲过子夜十二点。这时,在芒达城堡花园边缘的一座狭长的高台上,一位年轻的法国军官凭栏而立。他陷入沉思默想之中,这是和无忧无虑的军人生活很不协调的。但是,话说回来,再也没有任何时刻、任何景色、任何夜晚更适宜于这样的沉思了。西班牙美丽的天空,有如湛蓝的穹顶,在他的头上伸展开来。闪闪的繁星和柔和的月光,映照着他脚下逶迤多姿的幽谷。这位营长靠在一株繁花盛开的橘树上,在他下面百步开外的芒达城,可以尽收眼底。芒达城坐落在一块巉岩之下,岩石上面建筑着这座城堡,小城就像在下面躲避北风似的。他转过头来,瞥见波光潋滟的大海,广袤的银色浪涛,景色尽映其中。城堡里灯火通明。舞会上欢乐的喧嚣,乐队的声响,几位军官及其舞伴们的笑

---

① 标题原文为西班牙文 El Verdugo。
② 马蒂内·德·拉罗扎(1789—1862),西班牙作家,曾任西班牙驻法国大使。

声,一直传到他的耳畔,与远处波浪的呢喃混成一体。白天气候炎热,他的身体已经疲惫不堪,凉爽的晚风,使他又有了活力。再说,园中种植着许多香气袭人的树木和芬芳扑鼻的花草,使这位青年感到心旷神怡,仿佛沐浴在香汤之中。

城堡属于一位西班牙高等贵族。当时,他一家大小都住在这里。整个晚会过程中,贵族的长女都关切地望着军官,那关切之中又饱含着哀愁。大概正是西班牙少女流露出来的情意引起了这位法国军人的遐想。克拉拉容貌秀美,虽然她有三个兄弟和一个妹妹,但她父亲莱加奈斯侯爵的财产看来十分可观,足以使维克托·马尔尚相信这位少女会有一份丰厚的嫁奁。但是,姑娘的父亲是西班牙对自己高等贵族的尊严看得最重的一个人,怎能相信他的女儿会下嫁一个巴黎食品杂货商的儿子呢?!再说,西班牙人是憎恨法国人的。统治这个省的G将军早就怀疑侯爵准备造反,拥护费迪南七世①,所以维克托·马尔尚指挥的一个营就驻扎在芒达小城,以便遏制那些对莱加奈斯侯爵言听计从的邻乡近里。奈伊元帅②新近寄来一封急信,叫人提防英国人不久可能登陆,同时指出侯爵是一个暗通伦敦内阁的嫌疑分子。因此,尽管这位西班牙人对维克托·马尔尚及其部下款待周到,年轻的法国军官仍然十分警惕。他刚才朝高台走来,观察这个城市以及受他监视的乡村的动静,心中还在思忖:侯爵始终对他表示友好,应当如何解释呢?此地平安无事,又怎样才能与将军的忧虑统一起来呢?但是,一种开明的情感和理所当然的好奇,将这些想法从他的头脑里驱散,已经

---

① 费迪南七世(1784—1833),西班牙国王,1808年登基,同年被拿破仑流放,1813年复国,一直统治到1833年。
② 奈伊(1769—1815),拿破仑帝国时期的法国元帅,被称为"勇中之勇者"。

有一会儿了。他瞥见城里灯火通明。虽然这是圣雅各节①,可是他在当天早晨已经下令,必须按通告中规定的时间熄灯②,只有城堡可以例外。他看得一清二楚,士兵们都守卫在惯常的哨所里,刺刀的闪光比比皆是,然而,这静谧带着几分庄严肃穆的气息,没有任何迹象表明西班牙人已经完全沉醉在节日的欢乐之中。有的居民明知故犯地违犯命令,他极力想寻求一个答案,觉得这种行为必有奥妙。特别是他已经布置了夜间巡逻队以及一批负责夜间保安的军官,仍出现违犯命令的现象,就更加难以理解。他怀着青年人的猛劲,要从围墙的一个缺口跳下去,以便迅速地走下山岩,这样就比走一般的路线快,可以早些到达设立在靠古堡那面的城门口的小岗哨,正在这时,一个微弱的声音使他收住了脚步。他仿佛听见一个女人蹑手蹑脚地走来,在沙土小路上发出沙沙声。他回过头去,却什么也没看见。可是,他的视线被洋面上非同寻常的光亮吸引住了。猛然间他在海面上瞥见这样凶险的景象,他竟惊骇得动弹不得,以为自己产生了错觉。白晃晃的月光照在海面上,使他清楚地看到了远处的船帆。他不禁不寒而栗,竭力使自己相信,这种幻影是由于月光倒映在水波上,造成视觉错误的结果。这时,一个嘶哑的嗓音喊着他的名字。军官朝墙的缺口望去,只见一个士兵慢慢地从那儿探出脑袋来。就是这个士兵跟随他去城堡的。

"是您吗,长官?"

"嗯,怎么样?"青年军官低声问。一种预感告诉他,行动要

① 圣雅各节是公历7月25日。圣雅各是西班牙圣地亚哥城所崇敬的圣徒。数百年来,许多法国人每年到圣地亚哥去朝圣。
② 从前的熄灯就是现在的宵禁,信号一发出,居民必须回家并熄灭灯火。

隐蔽。

"这帮坏蛋像虫子一样动来动去;如果您允许,我马上向您报告我小小的观察所得。"

"说吧。"维克托·马尔尚回答。

"我刚才跟踪了一个城堡里的人,他手里提着一盏灯笼,从这儿走过去。这灯笼非常可疑!我就不相信这个基督教徒在这个时候还要点蜡烛……'他们想吃掉我们!'我心里想,就盯住了他。就这样,长官,我发现离这儿三步远的地方,在一方岩石上面,有一堆一堆的干柴。"

突然,小城中响起一声大叫,打断了士兵的谈话。一道突如其来的光亮照在军官身上。可怜的卫兵头上中了一发子弹,应声倒地。在离青年军官十步远的地方,一堆草秸和干木柴燃烧起来,火光冲天,就像发生了火灾一样。奏乐的声音和笑声在舞厅里消失了。随着节日音乐和喧哗而来的,是骤然的死一般的寂静,不时还断断续续地传出几声呻吟。白茫茫的洋面上发出一声炮响。青年军官的额头上渗出了冷汗,他手里没有军刀。他知道他手下的士兵已经战死,英国人马上就要登陆。他很明白,活下去将是一种耻辱,他仿佛看见自己被带到军事法庭上受审。于是,他用眼睛打量了一下山谷的深度,准备跳下去。正在这时,克拉拉一把抓住了他的手。"快逃吧!"她说,"我的兄弟已随我来到,他们会杀死您的。在小山下面,从那儿过去,您可以找到朱阿尼托的安达卢西亚马。"

她推了他一把;青年人目瞪口呆,望了她一会儿。可是,任何一个人,即使是最勇敢的人,都免不了有保命的天性;青年军官很快地依从了这种天性,纵身一跳,逃进树林,朝着她所指的方向跑去。他穿过重重山岩,只有山羊才到过这种地方。他听见克拉拉向她的兄弟呼喊,叫他们去追他。他听见要杀他的人的脚步声;他听见后面开了好几次枪,子弹在他耳边嘶嘶作响。不过,他已经到了山谷,找到了那匹马。他一跃而上,闪电般地消失了。

几小时以后,青年军官到了G将军司令部,只见他正在和参谋部人员用饭。

"我把我的脑袋给您送来了!"营长高声叫道,显得面色苍白,颓丧不堪。

他坐了下来,把这件惊心动魄的历险叙述一遍。他讲完了,随之而来的,是一阵可怕的沉默。

"我觉得与其说您有罪,还不如说您倒霉,"凶狠的将军终于回答道,"西班牙人罪大恶极,您不说我也明白。除非元帅另有决定,我赦免您了。"

这一番话,只给不幸的军官带来少许的安慰。

"万一皇上知道了……"他叫道。

"他会下令枪毙您,"将军说,"不过,我们走着瞧吧。总之,再谈这件事,"他用严厉的语气补充说,"就只谈如何进行报复,给这个国家造成恐怖,教训教训他们。现在他们是像野蛮人一样打仗。"

一小时后,整整一个团、一支骑兵队以及一个炮兵辎重队已经上路。将军和维克托走在这支队伍的前头。士兵们得知他们的同伴被杀的消息,空前地愤慨激昂,用奇迹一般的速度走完了从司令部到芒达城的这段路程。在路上,将军发现有的村庄已完全为军队所占领。这些贫困的小村落统统被包围,村民们纷纷人头落地。

说来也是命里注定,无法解释:英国军舰偏偏这时出了故障,无法前进。不过后来大家才知道:这些军舰运载的全是炮兵,它们比其他运输舰早到一步。本来，英国船只在海面出现，似乎就宣告芒达城的保卫者来到了，可是现在这个小城所等待的保卫者却迟迟不到，法国军队于是不费一枪一弹就包围了全城。居民们恐慌万状，答应接受一切条件投降。在比利牛斯半岛上，忠心报国的事是不无仅有的；杀害法国人的凶手知道这位将军以残暴著称，预料到芒达城也许会因而付诸一炬，全体居民将成为刀下鬼魂，于是提议，由他们向将军自首。将军答应了这个请求，不过有一个条件：城堡中的居民，从最低的奴仆直到侯爵，都要交到他的手中。这个城下之盟达成了协议！将军应允宽释其余的百姓，并阻止士兵们在城中烧杀抢掠。法军对芒达城课以大宗罚款，最富有的居民都被监禁起来，以保证如期偿付，这笔款子必须在二十四小时之内交付。

将军采取了一切保证其部队安全的措施，配备好武器保卫这个地区，并且不许士兵在老百姓家里住宿。他叫士兵们安营扎寨，自己登上城堡，对城堡实行军事占领。莱加奈斯家族成员及其奴仆都被严密看守并捆绑起来，关进曾经举行舞会的那间大厅。从这个房间的窗口，很容易一览无余地看到那座鸟瞰全城的高台。参谋部就设在隔壁的长廊上。将军首先在这里计议采取什么措施阻止英国人登陆。将军和参谋部派了一名副官到奈伊元帅那儿去，并下令在海岸上设立炮兵阵地，然后他们来处理俘房事宜。居民交出的两百名西班牙人，立即在高台上予以枪决。执行以后，将军命令在高台上竖起绞架，绞架的数目要和城堡大厅中俘房的人数相等，然后他下令把该城的刽子手叫来。维克托·马尔尚趁吃饭之前的片刻时间，去看望俘房。他很快就回来了，向将军走去。

"我特地跑来请求您开恩。"他用非常激动的声音对将军说。

"您!"将军语调尖酸刻薄地应道。

"唉!"维克托回答,"我请求一点可怜的恩赐。侯爵看见竖起那么多绞架,他希望您对他的家族能改变这种酷刑,恳求您对贵族实行斩首。"

"好吧!"将军说。

"他们还请求您应允他们作临终傅礼,解开他们的捆绑,他们发誓决不设法逃走。"

"我同意,"将军说,"可是,这事您得向我担保。"

"如果您能宽赦他的小儿子,老头还把他的全部家产都送给您。"

"真的吗?!"长官说,"他的财产已经属于约瑟夫国王①了。"他住口了。一股轻蔑的思绪使他蹙起了额头,他补充说:"我将大大超过他们的愿望。我能体会到他最后这个要求是多么重要。好吧,就让他买去他的姓氏,得以传宗接代吧!可是也要叫西班牙人永远记住他的叛变行为和他受刑的场面!只要他的一个儿子出来充当刽子手,我就给他的这个儿子留下性命并且把他父亲的财产也留给他……去吧,再不要跟我啰唆这件事了。"

晚饭准备好了。军官们入座,疲劳激起了食欲,他们大吃大嚼起来。只有一个军官没有赴宴,这就是维克托·马尔尚。他踌躇了很久,走进客厅。莱加奈斯这个豪门贵族一家人正在那里呻吟。他向此刻客厅所呈现的景象投过悲哀的目光。就在这个客厅里,前天他还看见两位少女和三位青年的头颅随着华尔兹舞曲飞快旋

---

① 约瑟夫指约瑟夫·波拿巴(1763—1844),拿破仑的哥哥,曾被封为那不勒斯国王(1806—1808)和西班牙国王(1808—1813)。

转。可是再过一会儿,这些头颅就要在刽子手的刀下滚动了。想到这里,他全身不寒而栗。三个儿子,两个女儿,还有他们的父母亲,都缚在镀金的沙发椅上,丝毫动弹不得。八个仆人站着,手捆在背后。这十五个人表情严肃地互相望着,目光中几乎没有流露出内心激动的感情。有几个人的眉宇间,流露出他们的计划遭到挫败而表现出的听天由命和遗憾的心情。士兵们一动不动地看守着这些残酷的敌人,对他们的痛苦深表同情。维克托出现时,俘虏们的脸上顿时显出迫切要知道个究竟的表情。法国军官下令为这些判了死刑的人松绑,并且亲自走过去为缚在椅子上动弹不得的克拉拉解开绳子。她惨笑了一下。军官情不自禁地抚摸了一下少女的手臂,赞叹她乌黑的秀发和婀娜的腰身是那样美。这是一个真正的西班牙女郎:她有西班牙人的肤色,西班牙人的眼睛,弯弯的长睫毛,比乌鸦翅膀还要黑的眸子。

"您逃成了?"她问他,同时漾出一丝凄切的微笑,那微笑仍流露出少女的纯洁无瑕。

维克托不禁叹息起来。他一个个地看着三兄弟和克拉拉。长兄三十岁,个子矮小,其貌不扬,神情自负而傲慢。他举止中不乏高贵的气度,看来对细腻的情感也并非格格不入。这种情感之细腻,从前曾使西班牙以对女子殷勤有礼著称。他的名字叫朱阿尼托。次子菲力浦,年约二十,与克拉拉很相像。幼弟名叫曼努埃尔,年仅八岁。大卫[①]在他为法国大革命所作的画页中,赋予儿童一种罗马时代的坚定性格。一个画家从曼努埃尔的线条中,可能也会找到这种性格。老侯爵满头白发,他的头部仿佛是从牟利罗

---

① 大卫(1748—1825),法国著名画家,对法国大革命表现出极大热情。

的画幅中走出来的。面对这种情景,青年军官摇摇头。他不相信他们当中会有哪个人接受将军的那笔交易。不过,他还是大着胆子将这笔交易透露给克拉拉。西班牙少女先是打了一个寒战,然后突然恢复了安详的神情,走过去跪在父亲面前。

"啊!"她对父亲说,"请您叫朱阿尼托发誓,要他忠实地服从您对他发出的命令,我们会死而瞑目的。"

侯爵夫人满怀希望,全身颤抖;可是,当她向丈夫倾过身去,听到了克拉拉吐露的可怕的秘密时,这位母亲晕倒了。朱阿尼托全明白了,像笼中的狮子一样暴跳起来。维克托从侯爵那里得到完全就范的保证,就自作主张,叫士兵退出房间。家仆们被押出去,交给刽子手,刽子手把他们全部绞死了。当全家只有维克托看守时,老父亲站了起来。

"朱阿尼托!"他叫道。

朱阿尼托没有回答,他低下头,意思就是拒绝父亲的命令。他又倒在椅子上,用火辣辣而可怖的目光盯住双亲。克拉拉走过去坐在他的膝盖上,用欢快的表情说道:

"我亲爱的朱阿尼托,"她说着,同时两只胳臂搂住他的脖子,吻着他的眼睛,"你不知道,死在你的手下,对我来说有多么甜蜜!那我就不用忍受刽子手的手接触到我那难受的滋味了。等待着我的痛苦,你一下子就会给我治愈……我的好朱阿尼托,你不愿意看见我遭受任何人的蹂躏,那么你就……"

她那天鹅绒一般柔和的眼睛,向维克托投过火一般的一瞥,仿佛要在朱阿尼托的心中唤起他对法国人的憎恶。

"拿出勇气来吧!"他的兄弟菲力浦说,"否则,我们这个差不多与皇室相当的宗族就要灭绝了。"

忽然,克拉拉站起来,围在朱阿尼托周围的人也都散开了。这个孩子——理直气壮的叛逆者,看见父亲站在他面前。父亲用庄严的语气叫道:

"朱阿尼托,我命令你这么做!"

年轻的伯爵仍然一动不动,这时父亲跪倒在他面前。克拉拉、曼努埃尔和菲力浦都下意识地跟着父亲跪了下来。大家都向这个应该拯救家庭于毁灭的人伸出了手,仿佛重复父亲的这番话:

"我的儿子,难道你缺乏西班牙人的刚毅和真正的好心肠吗?难道你要让我长久地跪下去吗?难道你就应当将自己的生命和痛苦看得那样重吗?"老人转身向着侯爵夫人,又补充一句,"夫人,难道我的儿子就是这样的人吗?"

"他同意了!"母亲绝望地叫了起来。她看见朱阿尼托的眉毛动了一下,只有她才能了解其中的含义。

次女玛丽基塔跪在地上,无力的双手将母亲抱在怀里。她哭得像个泪人儿,她的小兄弟曼努埃尔走过来责备她。这时,城堡里的神甫走进来,全家人立即将他围住,领他到朱阿尼托跟前。这种场面使维克托再也受不住了,他向克拉拉做了一个手势,便匆匆赶到将军那儿去求情,以尽最后的努力。他看见将军喜笑颜开地在宴饮,和他手下的军官们大吃大喝。军官们已开始兴高采烈地聊起天来。

一小时后,芒达城最最显赫的一百名居民来到高台上,遵照将军的命令,来目睹莱加奈斯一家满门抄斩的惨剧。一队士兵站在那里镇着这批西班牙人,叫他们在曾经处死侯爵家仆人的绞架下面一排排站好。这些资产者的脑袋几乎触到了那些牺牲品①的

---

① 指被绞死的侯爵家的仆人。

脚。离他们三十步远的地方,竖起了一个断头台,一把大铡刀在闪闪发光。刽子手站在那儿,以便朱阿尼托不肯干时,由他亲自下手。不久,在一片静寂之中,西班牙人听见了好几个人的脚步声,一队士兵的有节律的步伐声,以及士兵枪支碰击的轻微响声。这几种不同的声音,与军官们盛筵上的欢声笑语混成一片,正像不久前这里举行的舞会上跳舞遮掩着血腥的叛变阴谋一般。现在,所有的目光都转向城堡,只见那个贵族之家的老老少少,以令人难以置信的镇定神情向前走来。他们每人眉宇间都透着安详与平静。只有一个人脸色苍白,神情颓丧,靠在教士身上。教士对这个唯一能活命的人说着种种宗教上的安慰话。刽子手和大家都明白了:朱阿尼托已经同意代替他的职务一天。老侯爵和他的妻子,克拉拉,玛丽基塔和她们的两个兄弟,走来跪在离断头台几步远的地方。朱阿尼托由教士带领。当他走到断头台跟前时,刽子手抓住他的衣袖,把他拉到一旁,大概是教导他一番。忏悔师叫那些就要牺牲的人转过身去,使他们看不见受刑的惨状。可是,他们是真正的西班牙人,他们笔直地站着,毫无惧色。

克拉拉头一个向她的哥哥扑过去,对他说:

"朱阿尼托,请你怜悯我胆子不大,先从我开始吧!"

这时,响起了一个男子急促的脚步声。维克托赶到刑场来了。克拉拉已经跪在那儿,她雪白的脖颈在呼唤着铡刀。军官顿时脸色苍白,不过他还是拿出力量急忙奔过去。他对克拉拉低声说:

"如果你愿意嫁给我,将军答应饶你一命。"

西班牙女郎向军官投去轻蔑而高傲的一瞥。

"来吧,朱阿尼托!"她深沉地说道。

她的头颅即刻滚落在维克托的脚下。莱加奈斯侯爵夫人听见这声音,不由自主地身子抽搐了一下,这是她痛苦的唯一表示。

"我这样子很好吧,我的好朱阿尼托?"这是幼弟曼努埃尔对他的问话。

"呵!你哭了,玛丽基塔!"朱阿尼托对他妹妹说。

"噢!是的,"少女回答,"我想到你,我可怜的朱阿尼托;我们死了,你一定是很不幸的!"

紧接着,侯爵的大脸盘出现了。他看看孩子们的鲜血,向默默无言、呆若木鸡的观众转过身去,向朱阿尼托伸出双手,声音洪亮地说:

"西班牙同胞们,我给儿子以父亲的祝福!——现在,侯爵①,铡吧,别害怕,你是无可指责的。"

可是,当朱阿尼托看见母亲由忏悔师扶着走进来时,他大叫起来:"我是吃她的奶长大的呀!"

他的声音使在场者发出恐怖的喊声。听到这可怕的喧嚣,饮宴的杯盘相碰声和军官们的欢声笑语顿时平静下来。侯爵夫人明白,朱阿尼托的勇气已经消耗净尽,她一跃跳出栏杆,朝下面的山岩跳下,脑袋在岩石上撞得粉碎。有人发出赞叹的喊声,朱阿尼托早已昏倒在地。

"我的将军,"一位半醉的军官说,"马尔尚刚才向我叙述了这次行刑的事,我敢打赌,您不曾下令这样做……"

G将军咆哮起来:"诸位,一个月以后,五百个法国家庭将要抱头痛哭,而我们是在西班牙的国土上,这一切你们都忘了吗?你们

---

① 此处指朱阿尼托,因父亲死后,贵族头衔由儿子继承。

想把我们的骨头扔在这里吗?"

听了这席话以后,没有一个人,甚至没有一个少尉,敢举杯一饮而尽。

莱加奈斯侯爵,尽管周围的人都尊敬他,尽管西班牙国王把el verdugo(刽子手)这个称号作为贵族头衔封给他,他依然忧伤满怀。他孤孤单单地活着,很少露面。他那令人钦佩的恶行像包袱一样沉重地压着他,他仿佛急不可耐地等待着第二个儿子的出生。生了第二个儿子,他就有权去与那些无时无刻不缠绕着他的阴魂团聚了。

冯汉津 译

梅里美

普罗斯佩·梅里美(1803—1870),法国作家,以文笔洗练、叙事清晰、情节动人的特色在法国文学中独树一帜。他的中篇小说《卡尔曼》被作曲家比才改编成歌剧《卡门》,更使其名传遐迩。《马铁奥大义灭亲》是梅里美的一部脍炙人口的短篇名作。

马铁奥大义灭亲

出维基奥港①,向西北,朝岛②的内陆走,地势迅速升高。沿着迂回曲折、沟壑纵横、时有巨石拦路的羊肠小径走三个钟头,便来到一片莽林边缘。莽林是科西嘉牧羊人的家园,得罪了官府的人藏身之地。须知科西嘉的农民,因为省得给地里施肥,便点火烧荒。即使火势蔓延,超过了需要的范围,他们也听之任之。不管怎样,树木成灰,深入地表,成为肥料,在其上播种,肯定有好的收获。麦穗刈了以后,麦秆也懒得收。没烧尽的树根留在土里,到了来年春天,又发芽抽枝,长出茂密的林木,不消几年,高度便可达七八尺③。这种砍后重生的林木,被称为"莽林",包种各种各样的树和灌木,枝丫缠绕,杂乱无章。只有手持斧头才能在其中开辟道路。有时莽林枝叶浓密,连野羊也难以进入。

---

① 维基奥港,法国科西嘉岛东南部港口,当时与内陆交通很不发达。
② 即科西嘉岛。
③ 这里指法尺。

如果你杀了人,就到维基奥港的莽林中去好了,只要带一支好枪、火药和子弹,保证你平安无事,但别忘了带一件有风帽的斗篷,作为被褥。牧羊人会向你提供牛奶、乳酪和板栗。除了到城里补充弹药的时候,你完全不必担心官府的缉拿和死者家属的报复。

18××年我在科西嘉的时候,马铁奥·法尔戈内所住的房子距莽林只有两公里之遥。马铁奥在本地堪称富户,生活优裕;换句话说,靠畜产品为生,但不必躬亲劳作,自有逐水草而居的牧羊人替他在山间各处放牧畜群。在我下面要叙述的那件事发生以后两年我见到他的时候,觉得他只有五十岁,身材矮小而壮实,头发乌黑而拳曲,鹰钩鼻子薄嘴唇,一双大眼炯炯有神,皮肤像靴子里儿的颜色一样。当地神枪手大有人在,但即便如此,他的枪法也是出类拔萃的。举例说吧,他打岩羊从不用大粒霰弹,而是在一百二十步的距离,随意一枪,或打头部,或打肩胛,将岩羊杀死。夜里和白天一样,百发百中。他这种本事是别人告诉我的,对没到过科西嘉的人来说,也许难以相信。曾经有人把一根点着的蜡烛放在八十步以外,蜡烛前面再放一张盘子大小的透明纸。他举枪瞄准,然后将蜡烛吹灭。一分钟后,他在一片漆黑中扣动扳机,四次中有三次能把纸一枪打透。

这种超凡的身手使马铁奥远近闻名。据说,他对朋友很讲义气,对敌人却毫不留情,而且热心助人,乐善好施,因此与维基奥港整个地区的人都能和睦相处。但传说在他娶妻的地方科尔特①,他曾经毫不手软地消灭过一个情敌,而这个对手无论在战场或情场上都是个可怕的人物。至少大家认为,那个情敌对着悬挂在窗

---

① 科尔特,科西嘉中部城市。

口上那面小镜子刮胡子的时候,被人一枪致命这件事是马铁奥干的。事情平息以后,马铁奥结了婚。他妻子吉乌赛芭最初给他生了三个女儿,他十分恼火,后来终于生了个儿子,取名福图纳多。此子一代单传,成了家庭的希望。女儿都嫁得不错,她们的父亲在需要的时候,完全可以指望女婿们拔刀相助。儿子年方十岁,但已经看得出将来必成大器。

一年秋天,马铁奥大清早便和妻子出门,去巡视在莽林一块开阔地上放牧的羊群。小福图纳多想跟他们去,可是路途太远,再说也要留个人看家,因此,父亲没有答应。后来他会不会后悔,诸位看下去便知分晓。

马铁奥走了已经好几个钟头,小福图纳多安静地躺着晒太阳,两眼凝视蓝色的群山,心中想着,星期天要到城里他的一个人称"班长"①的叔叔家吃饭这件事。突然间,他的思路被一声枪响打断了。他站起来,转身向发出枪声的平原望去。接着,枪声又起,时断时续,但越来越近。终于在从平原通往马铁奥那座房子的小径上出现了一个人,头戴普通山民那种尖顶无边软帽,满脸胡须,衣衫褴褛,挂着火枪,困难地走过来。他大腿上刚中了一枪。

这人是个强盗②,夜间进城买火药,回来的路上,遭到科西嘉地方军③的伏击。他奋力自卫,冲出包围圈,军队紧追不舍。他以

---

① 过去科西嘉农民反抗封建领主时各村的起义领袖,后仍沿用以称呼村镇中财雄势大、有一定司法权力之乡绅。根据古老的习惯,科西嘉人共分五个等级,即:贵族(其中包括达官贵人与领主)、班长、市民、平民和外国人。——作者原注
② 指犯了案而被迫逃亡的人,相当于我国古代的绿林好汉。
③ 科西嘉地方军,政府近年来在科西嘉成立的武装组织,与警察共同维持治安。——作者原注

岩石为掩护,且战且退。但身后追兵不远,再说他负了伤,没法在被追上之前逃进莽林。

他向福图纳多走去,对他说:"你是马铁奥·法尔戈内的儿子吗?"

"是的。"

"我,我是吉阿内托·萨恩彼埃罗,黄领子①在追我。快把我藏起来,因为我已经走不动了。"

"如果我没得到我爹的允许就把你藏起来,他会怎么说呢?"

"他会说你做得对。"

"谁知道呀?"

"快把我藏起来,他们快到了。"

"等我爹回来再说吧。"

"叫我等?岂有此理!他们五分钟之后就到了。快,把我藏起来,否则我就宰了你。"

福图纳多不慌不忙地回答道:"你的枪空了,腰带里也没子弹了。"

"我有匕首。"

"但你追得上我吗?"

说着他一纵身,跳到那个人够不到的地方。

"你不是马铁奥·法尔戈内的儿子!难道你眼睁睁让我在你家门口被捕不成?"

孩子似乎心里一动。

"如果我把你藏起来,你给我什么东西?"他边说边走过来。

---

① 士兵制服为褐衣黄领,故名"黄领子"。

那位绿林好汉在悬挂在腰带上的一个皮口袋里摸了摸,掏出一块五法郎的硬币,这钱大概是他留着买火药的。福图纳多见了银币便眉开眼笑,一把抢了过来,对吉阿内托说道:"你不用害怕。"

说罢,他立刻在房子旁边的干草堆里扒开一个大洞。吉阿内托蹲到里面。孩子用干草把他盖好,留点空气让他呼吸,同时又不致使人怀疑干草里藏着个人。另外,他又想出了一条别出心裁的妙计,抱来了一只母猫和一窝小猫,放在草堆上,好让人以为最近没有人动过这堆干草。接着,他发现屋旁小道上有血迹,便小心翼翼地用尘土盖好。做完这一切以后,他镇定自若地依然躺下晒太阳。

几分钟后,六个身穿褐衣黄领军服的人,在一个队长带领下,来到马铁奥的房子门前。这队长和马铁奥还沾点亲(各位须知,在科西嘉,亲戚的范围比其他地方广泛得多)。此人名叫蒂奥多罗·加姆巴,因积极肯干,强盗们都非常怕他,已经有多人被他缉捕归案。

"你好,表侄,"他向福图纳多走来,对他说,"你可真长高了!你看见刚才有一个人跑过去吗?"

"噢,我长得还没您高哩,表叔。"孩子装做不懂事,回答道。

"快了。不过,告诉我,你看见有一个人跑过去吗?"

"我有没有看见一个人跑过去?"

"对,一个人,戴着一顶黑天鹅绒尖顶无边帽,身穿绣着红黄条纹的外衣。"

"一个人,戴着一顶黑天鹅绒尖顶无边帽,身穿绣着红黄条纹的外衣。"

"对,快回答我,别重复我的问题。"

"今天早上,神甫先生骑着他那匹名叫彼埃罗的马,打我们门口经过。他问我爹身体好吗,我回答他说……"

"好啊,小坏蛋,你要滑头!快告诉我吉阿内托到哪儿去了,我们正追捕他。而且我敢肯定,他准经过了这条路。"

"谁知道呀?"

"谁知道?我就知道你一定见过他。"

"睡着了还能看见有人经过?"

"你没睡着,流氓。枪声早把你弄醒了。"

"表叔,您以为你们的枪能打得那么响?我爹的喇叭口火枪的声音比你们的响多了。"

"你见鬼去吧,该死的坏蛋!我敢肯定你准看见吉阿内托了,没准你还把他藏起来了哩。喂,弟兄们,你们进屋去,看咱们要抓的人在不在里面。那家伙只有一条腿能走路,可还想一瘸一拐地跑到莽林里去。再说,血迹到这儿就没了。"

"我爹会怎么说呢?"福图纳多冷笑着问道,"如果他知道,他不在家的时候有人走进他住宅,他会怎么说?"

"小流氓!"队长加姆巴一把揪着他的耳朵说道,"你知道不知道,我要你老实点你就得老实点。也许用军刀的刀面抽你二十几下,你就会说了。"

福图纳多依然冷笑不止。

"我爹是马铁奥·法尔戈内!"他一字一顿地说道。

"小混蛋,你要知道,我能把你带到科尔特或者巴斯蒂亚①,关进监牢,让你睡草垫,戴脚镣。如果你不说出吉阿内托·萨恩彼埃

---

① 巴斯蒂亚,科西嘉西北部城市。

罗在哪里,就送你上断头台。"

孩子听了这种可笑的威胁,哈哈大笑起来。他仍然重复那句话:"我爹是马铁奥·法尔戈内!"

"队长,"一名士兵低声说道,"咱们还是别惹马铁奥为妙。"

加姆巴显得很为难,和士兵们低声商议起来。士兵已经把整所房子搜了一遍。这样做用不了多长时间,因为科西嘉人的木板房只有四方形一大间,家具也就是一张桌子、几条长凳、几个箱子、一些打猎用具和家庭用具。这时,小福图纳多不断抚摩着那只母猫,似乎对那几个士兵和他表叔发窘的样子感到幸灾乐祸。

一个兵走到干草堆,看见那只母猫,漫不经心地用刺刀往干草里戳了一下,耸耸肩膀,似乎觉得自己这种小心谨慎的态度有点可笑。没有任何动静,孩子毫不动容。

队长和他的部下无计可施,目光已经转向平原,似乎准备从来路回去了。但做头头的心知恫吓对法尔戈内的儿子起不了任何作用,便想做最后一次努力,试用怀柔和利诱的办法。

"小表侄,"他说道,"我看你是个十分机灵的小伙子!很有前途。可是你跟我耍滑头;如果我不是怕我表兄马铁奥难受的话,我会不管一切,非把你带走不可。"

"得了吧!"

"等我表兄回来,我要把这件事告诉他。而为了惩罚你撒了谎,他一定用鞭子把你抽到出血。"

"是吗?"

"你瞧着吧……不过,唔!……如果你是个乖孩子,我愿给你样东西。"

"表叔,我嘛,我倒要给你一个忠告,如果您再继续耽搁下去,吉阿内托便会跑到莽林,那时候,要进里面搜捕他,就非好几个像您这样大胆的好汉不可了。"

队长从口袋里掏出一个价值十埃居①的银质怀表。发现小福图纳多看见这怀表眼睛直发亮,便故意颠了颠悬挂在钢链上的银表,对他说:"小淘气!你一定想有一只这样的表,挂在脖子上,在维基奥港大街上像孔雀一样神气活现地走来走去吧?那时候,大家就会问你:'现在几点呀?'你就可以回答:'瞧我的表吧。'"

"等我长大,我那个班长叔叔会给我一块表的。"

"对,可是你叔叔的儿子已经有了一块表,说真的,还没这个好看哩……可那孩子比你还小。"

孩子叹了口气。

"怎么样,小表侄,你想要这块表吗?"

福图纳多用眼角瞅着那块表,神情就像一只猫面对着送到嘴边来的一整只鸡,觉得别人拿他开玩笑,不敢伸爪子去抓,不时地把目光转到一旁,生怕经不住诱惑,但又不断地舔着下嘴唇,像对它的主人说:"您这玩笑太残酷了!"

然而,加姆巴队长却像是诚心诚意要把表送给他。福图纳多没有伸出手去接,只是苦笑了一下对队长说:"您为什么跟我开玩笑?"

"我的上帝!我并没跟你开玩笑。只要你告诉我吉阿内托在哪儿,这表就是你的了……"

福图纳多不相信地笑了笑,一对乌黑的眼睛紧盯着队长的眼睛,竭力想知道他说的是否真心话。

---

① 埃居,法国古钱币名,种类很多,价值不一。

"如果你答应我提出的条件而我不把表给你,"队长高声说道,"就让我丢掉官衔!弟兄们可以作证,我不能说了不算。"

他一面这样说,一面把表伸过来,越伸越近,几乎快碰到孩子苍白的脸了。从孩子的面色可以看得出他内心正进行着一场斗争,既贪图那块表,又碍于不能把自己收留的人交出去。他赤裸的胸膛猛烈起伏,似乎快喘不过气来了。而那只表却不断晃来晃去,转动着,好几次碰到了他的鼻子尖。终于他的右手逐渐向表伸过去,指尖碰到了那只表。现在表已经整个落在他的掌心,但队长仍然拿着表链的一端,没有撒手……表盘是天蓝色的……表壳新近才擦过……太阳一照,简直像一团火……太诱人了。

福图纳多同时举起左手,用拇指从肩上向身后他靠着的那堆干草指了指。队长立刻便明白了。他松开表链,福图纳多顿时感到自己已经成了那只表唯一的主人,于是像鹿一样敏捷地站了起来,走到离草堆十步远的地方。士兵们立刻去翻草堆。

只见干草动处,一个满身血污的人手持匕首钻了出来。他想站起来,但身上的伤口已经干了,使他没法站直。他倒了下去,队长扑上前,夺下他的匕首。尽管他拼命反抗,但很快便被五花大绑地捆了起来。

吉阿内托像捆柴那样躺在地上。他转过头,向走近前来的福图纳多说道:

"狗娘养的……!"他的声音里更多的是蔑视而不是愤怒。

孩子把从他那里得到的银币掷还给他,觉得自己已不配再拥有这块银币了。但那名绿林客似乎对他的行动不屑一顾,只是十分冷静地对队长说:

"亲爱的加姆巴,我走不了路,您只好把我背进城了。"

"你刚才跑得比狍子还快,"逮住他的队长冷酷地回了一句,"不过,你放心好了,能捉到你我高兴极了,就算背着你走四公里也不会累。再说,伙计,我们会用树枝和你的斗篷给你做个担架,到了克莱斯波里农庄,就可以弄到马了。"

"好吧,"犯人说道,"请你们在担架上铺些麦草,让我稍为舒服点。"

士兵们正忙着,一些人用栗子树的树枝做担架,其他的则给吉阿内托包扎伤口。突然间,马铁奥·法尔戈内和他妻子在通向莽林的一条小道的拐角处出现了。女的背着一大口袋栗子,弯着腰,艰难地走着,而做丈夫的则大模大样地手里只拿着一支步枪,肩上又挎着一支,因为男人除了枪,其他什么也不背,否则有失身份。

一看见兵,马铁奥脑子里的第一个想法是,这些兵是来抓他的。可是为什么有这个念头呢?难道他和官府有什么纠葛不成?没有。他名声很好,正所谓是一个"有声望的人物"。但他是科西嘉人,一个山民,而科西嘉的山民只要好好回忆一下,很少没犯过诸如开枪、动刀、打架这样的事。马铁奥比任何人心里都更加坦然,因为十多年以来,他从未举枪对付过别人。但他仍然小心翼翼,摆好架势,准备必要时可以自卫。

"老婆子,"他对吉乌赛芭说道,"把口袋放下,做好准备。"

女的立刻照办。马铁奥把身上背的枪交给她,因为打起来,这支枪可能会碍事。然后,他把手中的枪装上火药,沿着道旁的大树缓缓向自己的房子前进,准备一旦对方有哪怕一点点敌对的表示便扑到最粗的一棵树干后面,凭借树干的掩护开火。他妻子亦步亦趋地跟在他身后,提着他那支替换的火枪和子弹袋。一个能干的家庭妇女在战斗中的任务就是给丈夫往枪里装弹药。

而队长那方面,他看见马铁奥举着枪,手按扳机,一步步向前走来,不禁提心吊胆,心想,如果万一马铁奥是吉阿内托的亲戚或者朋友而想给予援手,他两支枪里的子弹一定能击中我们当中的两个人,就像把信投进邮箱一样容易,而如果他不顾亲戚情分向我瞄准,那就完了!……

正在彷徨无计的时候,他突然做出了一个非常勇敢的决定,就是一个人迎上前去,像老朋友一样把事情给马铁奥讲清楚。但他觉得他和马铁奥之间那段短短的距离长得吓人。

"喂,老伙计,"他大声嚷道,"你好吗,哥们儿,我是加姆巴,你的表弟。"

马铁奥停下脚步,一句话也没回答。听着对方说话,他把枪口逐渐向上抬起。等队长来到他跟前,枪口已经指向天空。

"你好,兄弟①,"队长说着把手向他伸了过来,"很久没见到你了。"

"你好,兄弟。"

"我是路过此地来看看你和表嫂佩芭②。今天,我们赶了一大段路,可是累也值得,因为我们大有所获。我们刚刚抓住吉阿内托·萨恩彼埃罗。"

"谢天谢地!"吉乌赛芭叫了起来,"上周他还偷了我们一只奶羊哩!"

加姆巴听了这几句话很高兴。

"可怜的家伙,"马铁奥说道,"他肚子饿呀!"

---

① 科西嘉人见面时彼此的称呼。
② 佩芭,吉乌赛芭的爱称。

"那混蛋像头狮子一样顽抗,"队长有点委屈地继续说道,"他杀了我一个士兵,完了还不满足,又把上士夏尔东的胳膊打断了;不过这没什么,那只是个法国人①……然后便躲起来,藏得神不知,鬼不觉。要不是我的小表侄福图纳多,我怎么也找不到他。"

"福图纳多!"马铁奥失声叫了起来。

"福图纳多!"吉乌赛芭也喊了一声。

"对,吉阿内托藏在那边一堆干草里面,但小表侄戳穿了他的花招,因此,我一定把这件事告诉他的班长叔叔,让他叔叔给他寄件漂亮的礼物来作为酬劳。我还要在呈送给代理检察长的报告中写上他和你的名字。"

"真可恶!"马铁奥低声说了一句。

说着,他们来到那一小队人马跟前。吉阿内托已经躺到担架上,准备走了。当他看见马铁奥和加姆巴在一起的时候,他冷笑了一声,回过头来冲着房子的门槛啐了一口说:"叛徒之家!"

一个人除非决心不想活了,才敢对法尔戈内使用这个字眼。按道理,拔出匕首,一下子,根本不需要第二下,便能洗掉这种侮辱。但马铁奥没有这样做,而只是伸手托住额头,显得心情十分沉重。

福图纳多看见父亲回来便走进了屋子,很快地端了一碗奶出来,眼睛也不敢抬地递给吉阿内托。

"滚开!"囚犯声如霹雳,怒喝道。

接着,他转向一个士兵。

"伙计,给点水我喝。"他说道。

---

① 科西嘉人有自己的文化和语言,虽属法国,但视法国人如外人。

那个兵把水壶递给他。就这样,强盗把刚才还和他交过火的那个兵给他的水喝了。然后,他要求别把他的双手捆在背后而捆在前面,使他能够双手交叉放在胸前。

"我喜欢躺得舒服些。"他说道。

大家赶紧满足他的要求。接着,队长下令出发。他向马铁奥道别,马铁奥没有理会。队长加快脚步往平原走了。

过了将近十分钟,马铁奥才开口。孩子不安地看看母亲,又看看父亲。父亲倚着火枪,满腔怒火地打量着他。

"你头一炮打得挺响!"马铁奥终于说话了,声音平和,但对了解他的人来说,却十分可怕。

"爹!"孩子边喊边噙着眼泪走上前来,像要扑到他的膝下。

但马铁奥对他大喝一声:"离我远点!"

孩子停住了,一动不动地站在离父亲几步远的地方,号啕大哭起来。

吉乌赛芭走过来。她刚刚发现福图纳多的衬衣里露出一截表链。

"这块表是谁给你的?"她厉声问道。

"队长表叔。"

法尔戈内把表一把抢过来,使劲往石头上一摔,把表摔得粉碎。

"老婆子,"他问道,"这孩子是我的吗?"

吉乌赛芭褐色的两颊一下子涨得像砖那样红。

"你说什么?你知道你跟谁说话吗?"

"既然这样,这孩子就是咱们家族里第一个叛徒。"

听了这话,福图纳多的哭声和抽噎声更响了。法尔戈内山猫般的目光始终盯着他。最后,他把枪托往地上一蹾,然后扛起枪,重又踏上通往莽林去的小路,一面喝令福图纳多跟他走。孩子乖乖地跟他走了。

吉乌赛芭追上马铁奥,抓住他的胳臂。

"他是你儿子啊。"她声音颤抖地对马铁奥说道,一面用她的黑眼睛紧盯着丈夫的两眼,似乎想看出马铁奥脑子里的想法。

"你别管我,"马铁奥说道,"我是他的父亲。"

吉乌赛芭拥抱了一下儿子,然后哭着回到房子里去了。她噗地跪倒在圣母像前,不住地祈祷。这时候,法尔戈内已经沿着小路走了大约二百步,到了一条小山沟,才停下。他走下山沟,用枪托探了探地面,发现泥土松软易挖,觉得这地方对执行他的计划很合适。

"福图纳多,到这块大石头旁边来。"

孩子照他的命令做了,然后跪下。

"念经吧。"

"爹,爹,请您别杀我。"

"念经吧。"马铁奥又说了一句,声音十分可怕。

孩子抽噎着,讷讷地背诵了一遍《天主经》和《信经》。父亲在每段经文结束时响亮地回应一句:"阿门①!"

"你会的经就这些啦?"

"爹,我还会《圣母颂》和婶婶教我的祈祷文。"

"那很长,没关系,念吧。"

孩子用几乎听不见的声音念完了祈祷文。

---

① 阿门,源出希伯来语,意即"诚心所愿"。

"你念完了?"

"噢,爹,饶了我吧!宽恕我这一次,我再也不敢了!我一定会拼命恳求班长表叔饶了吉阿内托!"

他的话还没说完,马铁奥已经把枪装上了弹药,一面对他瞄准,一面对他说:"让上帝饶恕你吧!"

孩子绝望地挣扎着站起来,想抱住父亲的两膝,但已经来不及了。马铁奥扣动扳机,福图纳多倒下身亡。

马铁奥对尸体看也不看,掉头往家里走去,想拿把铁锹将儿子埋掉。他刚走了几步便遇到了听见枪声赶来的吉乌赛芭。

"你干了什么呀?"她高声问道。

"公正的判决。"

"他在哪儿?"

"在山沟里。我马上把他埋掉。他死前按基督徒的习惯,念了经。我会请人给他做弥撒的。派人去叫我的女婿迪奥多罗·比安基来和咱们一起住吧。"

张冠尧 译

左 拉

爱弥尔·左拉(1840—1902),法国作家,自然主义文学奠基人,主要作品有长篇小说《小酒店》《娜娜》等。《陪衬人》是左拉的短篇小说佳作,亦是公认的世界短篇小说经典。

陪 衬 人

一

在巴黎,一切都能出卖:愚笨的姑娘和伶俐的女郎,谎言和真理,泪水和微笑。

你不会不知道,在这个商业国度,美,是一种商品,可以拿来做骇人听闻的交易。大眼睛和小嘴儿可以买卖,鼻子和脸蛋儿都标有再精确不过的市价。某种酒窝,某种痣点,代表着一定的收入。伪造术真是巧夺天工,竟然连仁慈的上帝制造的商品也能仿制。用燃过的火柴棒描绘的假眉,用长长的夹子连在头发上的假髻,售价更是奇昂。

这一切都是合情合理、合乎逻辑的。我们是文明的民族,请问,文明如果无助于我们欺骗人和受人欺骗,从而使我们生活得下去,又有何用?

不过老实说,当我昨天听说工业家老杜朗多(你跟我一样了解他)起了一个奇妙而惊人的念头,要拿丑来做买卖的时候,我真的为之愕然。出卖美,这我能理解;甚至出卖伪造的美,这也是十分自然的,这是一个进步的标志。所以我要宣布:由于把人们称之为"丑"的这种迄今一直是死的物质纳入商品流通,杜朗多应该受到全法兰西的感戴。请听明白我的意思,我这里说的丑,是丑陋的丑,直言不讳的丑,光明正大地当做丑来出卖的丑。

想必你有时会见到一些妇女成双成对地走在宽阔的人行道上。她们灵巧而引人注目地曳着长裙,缓缓地踱着步子,在商店的橱窗前停下来,发出忍俊不禁的笑声。她们像契友良知般的臂挽着臂,往往以"你"字相称,差不多相同的年龄,穿着一样地雅致。但是,其中一个总是貌不出众,生着一张不会招人议论的面孔,人们不会对她回眸顾盼,倘若偶然打个照面,也不会产生反感。而另一个却总是奇丑无比,丑得刺眼,使路人不禁要看她几眼,并且拿她和她的同伴做个比较。

要知道,你上了圈套。那个丑女子要是独自走在街上,会吓你一跳;那个相貌平常的,会被你毫不在意地忽略过去。但当她们结伴而行时,一个人的丑就提高了另一个人的美。

好吧!我告诉你,那个丑陋不堪的女子,就是杜朗多代办所的。她属于"陪衬人"。伟大的杜朗多以每小时五个法郎的价格,把她出租给那个相貌无可称道的女人。

二

下面就是我要讲的故事。

杜朗多是个百万富翁,具有独创精神的工业家。而今又在商业上显露出他的才华。多年来,每当他想到人们尚未在丑女身上赚过分文,总是感叹不已。在美女身上固然可以钻营,但这种投机事业易担风险。我敢向你保证,有着巨富们惯有的审慎的杜朗多,连想都没有想过去干这种事。

有一天,杜朗多忽然心有灵犀。正像许多大发明家常有的情形那样,他的头脑中一下子闪现出一个新的念头。他在大街上溜达的时候,看见前面走着一美一丑两个姑娘。一望之下,他领悟到丑陋女子正可作为那漂亮女子的装饰品。他想,就像花边、脂粉和假辫子可以买卖一样,美女买丑女作装饰品,也是合情合理、合乎逻辑的。

杜朗多回到家里深思熟虑。他策划的这场商业攻势,需要绝顶的巧妙。他可不愿卷到那种成则一鸣惊人、败则贻笑大方的事业中去冒险。他整夜掐指盘算,攻读那些对男人的愚蠢和女人的虚荣心阐述得最透彻的哲学家们的著作。第二天黎明时,他主意已定。算术向他表明这种买卖一本万利,而哲学家们所说的人类缺点又是那么严重,他预料准会顾客盈门。

三

如果我有神来之笔,一定会写出一部杜朗多代办所创业的史诗来。那将是一部既滑稽又凄惨的史诗,充满泪水和欢笑。

为采办一批货底,杜朗多费了意想不到的力气。最初,他想直截了当地行事,只在楼道上、墙壁上、树干上和僻静的角落里贴一些方纸条,上写着:"征求年轻丑女从事简单劳动。"

他等了一个星期,没有一个丑女登门应召,倒有二十五六个漂亮姑娘,哭哭啼啼地来要求工作;她们面临要么挨饿、要么卖身的绝境,巴不得能找个正当职业以自救。杜朗多好不为难,他再三向她们说明,她们长得美,不符合他的要求。但她们硬说自己丑,并且认为,杜朗多说她们美,不是出于礼貌,就是出于恶意。今天,她们既然不能出卖她们所不具备的丑,那就出卖她们所具备的美吧!

面对这种后果,杜朗多懂得了只有美女才有勇气承认她们无中生有的丑。至于丑女,她们永远也不会找上门来承认自己的嘴过分的大,眼出奇的小。他想,不如到处张贴广告,说明将对每位前来应征的丑女悬赏十个法郎,即使这样,我杜朗多也穷不了多少!

不过,杜朗多放弃了贴广告的办法。他雇了六七个捐客,让他们在城里遍访丑女。这真是对巴黎丑女的一次全面的征募。捐客,这些嗅觉灵敏的人,遇上了一项棘手的差事。他们根据对象的性格和处境对症下药。如果对方急需用钱,他们就单刀直入;如果和一个绝不至于挨饿的姑娘打交道,那就得委婉一些。有的事对讲礼节的人是沉重负担,他们却视若等闲;比方说,走上去对一个女人讲:"太太,你长得丑,我要按天买你的丑。"

在这场对顾影自叹的可怜姑娘的逐猎中,有多少令人难忘的插曲啊!有时,捐客们看到一个丑得十分理想的女子在街上走过,他们一心要把她献给杜朗多,作为对主子的报答,即使赴汤蹈火,也在所不辞。有些捐客甚至使出了极端的手段。

杜朗多每天上午接见和验收前一天采购到的货色。他身穿黄色睡衣,头戴黑缎子圆帽,四肢舒展地坐在安乐椅中。新招募来的女子,由各自的捐客陪同,在他面前一个一个地走过。他身体后仰着,眨眼示意,像个业余爱好者一样,不时做出反感或者满意的表情,不慌不忙地猎取一个镜头,便凝神玩味;然后,为了看得清楚些，让商品转一转身，从各个角度细细端详；有时他甚至站起身来，摸摸头发，瞧瞧面孔，就像裁缝摸摸料子，杂货商察看蜡烛和胡椒的质量。如果被检验的女子的丑确证无疑，相貌真的蠢笨而又迟钝，杜朗多就拍手称快，向捐客祝贺，甚至要同那丑女拥抱。但是对于丑得有特色的女子，他却存有戒心：如果她目光炯炯有神，嘴角带着富有刺激性的微笑，他就皱皱眉头，喃喃地说：这种丑陋不堪的女人，虽然天生不会引起男人的爱慕，却会激起男性的冲动。于是，他便对捐客表示冷淡，对那女人说：等老了再来吧。

要成为判断丑的行家，要搜罗一批真正丑陋的女子而又不得罪前来应征的美丽姑娘，并非人们想象的那么轻而易举。杜朗多表明他确有挑选丑女的天才，因为他表现出自己对心理和情欲的理解是何等深刻。他认为主要问题在于外貌，他只录取令人望而生厌的面孔，以及呆若木鸡、冷若冰霜的面孔。

代办所终于人马齐全，可以向美貌女子们供应同她们的皮肤色泽和美的类型相适应的丑女了，杜朗多便贴出如下广告。

四

杜朗多陪衬人代办所
18××年5月1日开业
巴黎M街15号
营业时间　每日上午10时——下午4时

夫人：

兹有幸向您宣告，敝人新创一所商号，旨在永葆夫人之美貌。敝人发明一种新的饰物,其神效可使夫人之天然风韵平添异彩。

悉观今日,化妆用品名目繁多,然皆不能天衣无缝。花边首饰,一目了然;假发盘头,难免破绽;粉面朱唇,世人尽知乃涂抹之功。

有慨于此,敝人立志破此难解之题,为夫人提供装饰,且使众目莫辨新风韵之由来。无须一条丝带,无须一点脂粉,只消为夫人觅得一种手段,引人注目,而又不露蛛丝马迹。

敝人自信可以夸口,此一无法解决之难题,业已迎刃而解。

倘夫人不弃,枉驾光临敝所,廉价一试,定令满城倾倒!

此种饰品,使用极为简便,效能万无一失。稍作描述,夫人自能参透其中奥妙。

君不见着绫罗、戴手套之美貌夫人伸出纤手向女丐施舍?君不见比之褴褛衣衫,盛装艳服何等耀目;比之寒酸女丐,贵妇更形高雅?

夫人,敝人所欲贡献于娇容者,乃丑脸最丰富之集锦。破衣烂衫衬托,可使新衣价值倍增。敝所专备之丑脸,亦有异曲同工之妙。

再毋庸假牙、假发、假胸! 再毋庸敷面点唇,簪金戴玉! 再毋庸购买绫罗绸缎,徒然耗费! 租一陪衬人,与之携手同行,足使夫人陡增姿色,博得男性青睐!

如蒙惠顾,不胜荣幸! 届时,最丑陋、最完备之货色将呈现于夫人之目,任您视自身之美貌,挑选相应之丑女,俾使相反相成,相得益彰!

价格:每小时五法郎,全天五十法郎。

谨向您,夫人,致以崇高敬意。

杜朗多

注意:价格公平。亲爹亲娘,叔伯姑婶,一视同仁。

五

广告果然取得了巨大的功效。从第二天起,代办所就忙碌起来,营业部挤满顾客,她们乐不可支地带走自己挑选好的陪衬人。天晓得一位美女倚在丑女的臂上有多少快感。她们即将在别人的丑陋衬托之下增加自己的姿色了。杜朗多真是伟大的哲学家!

别以为做这门生意不费吹灰之力。种种出人意料的障碍接踵而来。如果说在招募人员方面曾经颇费周折的话,要达到顾客满意则尤其不易。

一位贵妇人前来雇个陪衬人。营业员把商品陈列出来任凭她挑选,并在一旁婉转地发表一点意见。这贵妇挨个儿把陪衬人巡视一遍,露出满脸鄙夷的神色,不是嫌这个丑得过分,就是嫌那个丑得不够,声言谁的丑也不配衬托她的美。营业员天花乱坠地夸奖这个姑娘鼻子歪,那个姑娘嘴巴大,这个姑娘额头塌,那个姑娘模样傻,尽管他们巧舌如簧,也是白搭。

又一次,一位太太自己也丑得可怕,如果杜朗多在场,定会疯狂地以重金相聘。但她是为增加自己的美色而来;她要雇一个年轻而又不太丑的陪衬人,因为,据她说,她只需"稍加点缀"。营业员简直无计可施,他们请她站在一面大镜子前面,让所有陪衬人一个个从她身边走过。结果,她还是荣获最丑奖,这才悻悻然地离去,并且还责怪营业员竟敢向她提供这样的货色。

然而,渐渐地,顾客固定下来了,每个陪衬人都有挂好钩的主顾。杜朗多可以踌躇满志地休息一下了,因为他使人类迈出了新的一步。

我不知道人们是否能理解陪衬人的境遇。她们有在大庭广众间强装愉快的欢笑,她们也有在暗地里悲伤涕泣的泪水。

陪衬人生得丑,就被人当做奴隶;当顾客付钱给她时,她心如刀割,因为她是奴隶,她容貌丑陋。可是,她又穿着华丽,她跟风流场上的佼佼者们形影相随,她以车代步,她宴饮于名家菜馆,她在剧院里消磨夜晚,她跟美貌的淑女们以"你"字相称。天真的人还以为她是出席赛马会和首场演出的上流社会的人物呢!

整整一天,她都高高兴兴。但到了夜间,她就悲愤交加,呜咽啜泣。她离开代办所的化妆室,独自回到自己的亭子间里,迎面的镜子向她道出真相,丑陋赤裸裸地摆在眼前,她感到自己永远也不会被人爱了。她为别人引来爱情,而她却永远得不到爱情的温暖。

六

今天,我只想叙述代办所的创举,以使杜朗多的大名流芳后世。这样的人,历史上理应有其显要地位。

也许有一天,我会写一部《一个陪衬人的衷肠》。我认识这么一个不幸的女子,她向我倾吐过她的苦情,使我深有所感。她的主顾有些是名噪巴黎的女士,但她们对她冷酷无情。太太小姐们,发一点善心吧,不要蹂躏装饰着你们的花边,对这些丑姑娘要温和些,没有她们,你们毫无美貌可言!

我认识的那个陪衬人，有着火一样的灵魂，我猜想她读过不少瓦尔特·司各特的作品。我不知道有谁比多情的驼背人和渴求爱情幸福的丑姑娘更忧伤了。可怜的姑娘爱上一个小伙子，她的容貌吸引了他的目光，但又把这目光转送到她的主顾身上，就好像她把百灵鸟唤到猎人的枪口下。

她经历过许多悲剧。对那些像买一盒发膏或一双短靴一样付钱给她的贵妇人，她怀着强烈的愤恨。她是按小时出租的物品，可是这物品是有情感的啊！你能设想得到，当她微笑着同偷去她一部分爱情的女人以"你"字相称时，是多么辛酸吗？那些在人前装做她的知心朋友，善用甜言蜜语打趣她的女人，内心是拿她当奴隶看待的；她们任性地糟蹋她，就像摔碎书架上的瓷人儿一样。

当然，一个痛苦的灵魂于进步是无伤大雅的！人类在前进。未来将对杜朗多感谢不尽，因为他把迄今一直是死的商品投入贸易，因为他发明了一种装饰品，给爱情提供了方便。

张英伦 译

莫泊桑

居伊·莫泊桑(1850—1893),法国作家,在短篇小说方面的艺术成就使他赢得"短篇小说之王"的美誉。经典名篇《我的叔叔于勒》《项链》对十九世纪法国社会的人情世态做了精彩的描绘。莫泊桑的长篇小说《一生》《漂亮朋友》在世界文学史上也占有一席位置。

我的叔叔于勒

献给阿希尔·贝努维尔①先生

一个白胡子穷老头儿向我们乞讨。我的同伴约瑟夫·达弗朗什居然给了他一百苏。我感到有些惊奇。他于是对我说:

"这个悲惨的人让我想起了一件往事,这件往事的记忆一直让我念念不忘。我这就讲给你听。"事情是这样的:

我家原籍在勒阿弗尔,并不富裕。日子还过得去,如此而已。我的父亲终日工作,很晚才从办公室回家,挣的钱却不多。我有两个姐姐。

我的母亲因为家里生活拮据而非常痛苦,她经常找些尖酸刻薄的话,指桑骂槐、狠声恶语地责怪自己的丈夫。那可怜的人这时便做出一个手势,让我看了心酸。他张开手抹一下额头,仿佛要擦

---

① 阿希尔·贝努维尔(1815—1891),法国风景画家,长期旅居意大利。

掉其实并不存在的汗珠，却什么也不回答。我感觉得到他那无奈的痛苦。我们凡事都节省；从来不接受邀请的晚宴，免得还要回请；买生活必需品总是等降价，或者买商铺剩余的货底。姐姐们都是自己缝制连衣裙，为了买十五生丁一米的饰带也要长时间地讨价还价。我们平日吃的总是带点荤腥的浓汤和换各种作料做的牛肉。据说这既卫生又有营养；不过我更希望能吃点别的。

如果我丢了纽扣或者弄破裤子，就会劈头盖脸挨一顿臭骂。

不过每个星期日我们都要盛装华服地去海堤上兜一圈。父亲身穿礼服，头戴礼帽，手上戴着手套，伸出胳膊让母亲挽着。母亲则浓妆艳抹，犹如节日里彩旗招展的轮船。姐姐们总是最先打扮停当，只待下达出发令；可在最后一刻，总是在一家之长的父亲的礼服上发现一个没留意的污迹，只得赶紧找来一个布头蘸了汽油把它擦掉。

于是父亲头上仍然顶着大礼帽，脱下外衣，露出坎肩和衬衫，等候她们操作完毕；这时母亲已经架好近视眼镜，摘下手套免得弄脏，忙得不可开交。

全家人隆重上路了。姐姐们臂挽着臂走在前面。她们都已经到了出嫁的年龄，所以父母常带她们在城里露露脸。我走在母亲左边，父亲在她右边。我至今还记得我可怜的双亲每星期日散步时那虚张声势的神情、僵硬的姿态和严肃的举止。他们迈着沉重的步子向前走，腰杆直挺挺的，两条腿硬邦邦的，似乎一桩极其重要的事情就取决于他们的举手投足。

而且每个星期日，看到从陌生的遥远国度开来的大船进港，我父亲总要一字不变地重复同样的话："啊！要是于勒在这条船上，该有多好!"

于勒叔叔,我父亲的弟弟,现在是全家唯一的希望了,而他以前却是全家的祸害。我从孩提时起就常听家里人谈论他,在想象里我对他已经那么熟悉,仿佛一眼就认得出他来。我对他去美洲以前的生活了如指掌,尽管大家谈起他那一个阶段的事都压低了嗓门。

据说他有过一段劣迹,或者说他挥霍过一些钱,对于贫穷人家来说这可是罪莫大焉。有钱的家庭如果有个人爱吃喝玩乐,那是"做傻事";人们叫他一声"浪荡子",一笑了之。但是在一个捉襟见肘的家庭,一个大小伙子还要迫使父母动那点家底儿,那就成了败类、无赖、坏蛋!

虽然是同样的情况,这种大相径庭的待遇却是恰如其分的,因为只有造成的后果才能决定行为的严重程度。

总之于勒叔叔不但把他自己应得的那一份遗产挥霍一空,还大大减少了我父亲指望得到的那一份。

按照那年头时兴的做法,家里人就把他送上一条由勒阿弗尔驶往纽约的商船,去了美洲①。

一到那边,我的于勒叔叔就做起不知什么买卖,而且不久就写信来,说他赚了一点钱,希望能够赔偿他给我父亲造成的损失。这封信在我家引起极大的震动。于勒,大家都说狗屎不如的于勒,一下子变成了一个诚实的人,有良心的男子汉,达弗朗什家的好子弟,就像所有达弗朗什家的人一样堂堂正正。

---

① 据统计,从1880年到1914年,有两千二百万移民在美国登陆,其中大部分来自欧洲。从1883年开始,许多破产的移民又被迫迁徙至南美洲。

又有一位船长告诉我们,他租了一个大铺面,生意做得很大。

两年以后他在第二封来信中说:"我亲爱的菲力普,我给你写这封信,免得你挂念我的健康。我身体很好。生意也很顺利。我明天就动身去南美洲做一次漫长的旅行。也许会有好几年没法和你通音信。如果我不给你写信,请不要担心。我发了财就立刻回勒阿弗尔来。我希望这不会为期太远,那时我们就可以在一起过幸福的日子了……"

这封信成了全家的福音书。一有机会就朗读一遍,逢人就拿出来炫耀一番。

果然,于勒叔叔十年都没有再来过信;但是我父亲的希望却与时俱增,我母亲也经常说:

"等好心的于勒回来,我们家的情况就不一样啦。他可真是个神通广大的人!"

所以每个星期日,看到黑魆魆的大轮船吐着蜿蜒似蛇的黑烟从天际驶来,我父亲总会重复他那句永恒不变的话:

"啊!要是于勒在这条船上,该有多好!"

人们甚至以为马上就要看到他挥动着手帕呼唤着:

"喂!菲力普!"

于勒衣锦还乡是肯定无疑的了,人们早就在这个基础上构想出千百种计划;甚至还预定用叔叔的钱,在安古维尔附近购置一座乡间别墅。我父亲是否已经开始就这件事进行洽谈,我还真说不准。

我的大姐那年二十八岁,二姐二十六岁。她们迟迟没有出嫁,全家人都为此发愁。

终于有一个人上门来向我二姐求婚了。那是个职员,虽然不富有,但还过得去。我一直认为,正是因为有一天晚上给他看了于勒叔叔的信,这个年轻人才不再迟疑,下定了决心。

家里人忙不迭地接受了他的请求,并且决定办完婚礼全家去泽西岛①小游一次。

对穷人来说,泽西岛是最理想的旅游去处了。路不远;乘小轮船过了海,就身在外国土地上了,既然这小岛属于英国。也就是说,一个法国人,只须两个小时的航程,就可以亲临实地观看一个相邻的民族,研究这个大不列颠国旗覆盖下的小岛的风俗;尽管有些说话直截了当的人说那里的风俗坏透了。

这泽西岛之旅成了我们念念不忘的事,我们唯一的期待,每时每刻萦绕着我们的梦想。

我们终于出发了。我回想起那情景就像发生在昨天一样历历在目:点火待发的轮船停靠在格兰维尔码头;我的父亲紧张地监督着我们的三件行李搬上船;我的母亲放心不下,伸手挽住我那个还没出嫁的姐姐,因为自从另一个姐姐嫁出去以后,她就像那一窝里仅剩的一只小鸡,掉了魂儿似的;我们后面是那对新婚夫妇,他们总落在后面,害得我们老要回过头去看看。

轮船拉响了汽笛。我们总算都上来了,船便离开防波堤,在平静得像绿色大理石桌面一样的大海上驶向远方。我们目睹着海岸节节后退,就像所有很少旅行的人一样,感到幸福而又自豪。

我的父亲把礼服下面的肚子挺得老高。家里人当天早上精心擦去了那礼服上的所有污迹,所以他正向周围散发着外出之日必有的汽油味。一闻这味儿,我就知道是星期天了。

---

① 泽西岛,距法国海岸仅二十公里的英国岛屿,旅游胜地。

忽然,他看见两位先生正在请两位衣着入时的太太吃牡蛎。一个衣衫褴褛的老水手用刀子撬开牡蛎交给先生们,再由先生们递给两位太太。她们吃牡蛎的方式十分讲究,用一方精美的手帕托住牡蛎壳,嘴向前伸,免得弄脏连衣裙;然后,轻快地一嘬,把汁水喝了,再把空壳抛进大海。

在行驶中的大船上吃牡蛎,我的父亲也许被这高雅的行为打动了。他觉得这么做又气派,又优雅,又高级,于是他走到我母亲和我两个姐姐身边,问:

"我请你们吃牡蛎,你们要不要?"

我母亲犹豫不决,因为又要破费了;可是我的两个姐姐立刻表示同意。母亲就气嘟嘟地说:

"我怕伤胃。你只买给孩子们吃吧,可别太多了,吃多了会生病的。"

然后,她向我转过身来,补充道:

"至于约瑟夫,他就不用吃啦;千万别把小孩子惯坏了。"

我只好留在母亲身边,尽管觉得这样厚此薄彼很不公平。我目光一直追随着父亲,看着他领着两个女儿和女婿隆而重之地走向那个破衣烂衫的老水手。

那两位太太刚刚走开,我父亲便教我的姐姐们如何吃才不至于让汁水洒掉;他甚至要做个示范,于是抓起一只牡蛎。他刚试着模仿那两位太太,汁水竟一股脑儿洒在他的礼服上。这时我听见母亲嘟哝道:

"老老实实待着多好!"

可是我父亲似乎突然神色紧张起来;他后退几步,瞪着眼看着挤在卖牡蛎的人周围的女儿女婿,然后猛地掉头向我们走过来。

他的脸色看来十分苍白,眼神也有些古怪,低声对母亲说:

"真奇怪,这个撬牡蛎的多么像于勒啊。"

我母亲听了一愣,问:

"哪个于勒?"

我父亲说:

"当然……是我弟弟……要不是我知道他在美洲,景况很好,我还真以为是他呢。"

我母亲惊慌起来,结结巴巴地说:

"你疯了!既然你明知不是他,为什么还要这样胡说八道?"

可是我父亲坚持说:

"克拉丽丝,你去看看那个人吧;最好还是你去亲眼看看,弄个明白。"

她站起来,走到两个女儿身边。我呢,也打量着那个人。他又老又脏,满脸皱纹,眼睛片刻不离手里干的活儿。

母亲回来了。我看得出她在发抖。她急急忙忙地说:

"我看就是他。你快去跟船长打听一下。千万要小心;如今,可别让这无赖又黏上我们!"

我父亲连忙去了,我也随他同去。我内心感到异常地激动。

船长是位个头高高的先生,瘦瘦的,蓄着长长的颊髯,此时正在驾驶台上踱步。看他那趾高气扬的神气,就仿佛在指挥一艘远赴印度的邮轮。

我父亲彬彬有礼地上前和他攀谈,一面恭维他一面向他请教与他的职业有关的事情:

"泽西岛有多大呀?有些什么出产呀?有多少居民呀?风俗习惯如何呀?土质怎么样呀?"等等,等等。

外人还以为他们谈论的至少是美利坚合众国哩。

继而他们又谈到我们乘的这艘船,它叫"快速"号;接着话题又转到船员。最后,我父亲才有些窘迫地问:

"您船上有个卖牡蛎的老头儿,看上去很有趣。您知道些这个流浪汉的底细吗?"

这番长谈终于弄得船长不耐烦了,他干巴巴地回答:

"这个老流浪汉是个法国人。我是去年在美洲碰到他的,就带他回国。据说他有亲人在勒阿弗尔,但是他不肯回去找他们,因为他欠他们钱。他名叫于勒……于勒·达尔芒什或者达尔旺什,总之是跟这类似的一个什么姓。据说他在那边一度发过财,可是你看他现在落魄到了什么地步。"

我父亲脸色变得煞白,喉咙发哽,两眼呆滞,连说:

"啊!啊!很好……太好了……我并不感到惊讶……多谢啦,船长。"

说着他就走了,船长惊异地看着他远去。

他回到我母亲那里,情绪败坏到极点。我母亲说:

"快坐下;别让他们看出什么。"

我父亲一边在长凳上坐下,一边结结巴巴地说:

"是他,果真是他!"

他接着就问:

"咱们怎么办?"

我母亲连忙回答:

"先把孩子们叫回来。既然约瑟夫全知道了,那就让他去找他们。特别要当心,别让咱们的女婿怀疑到什么。"

我父亲好像已经惊呆了,低声哀叹:

"真是祸从天降呀!"

我母亲这时突然怒不可遏,接着说:

"我早就知道这个贼坏不会有一点出息,他总有一天还会成为我们的拖累!倒好像对一个达弗朗什家的人还能抱什么希望似的!"

我父亲用手抹了一下额头,就像他遭到妻子责难时常做的那样。

我母亲又接着说:

"快把钱给约瑟夫,让他去把牡蛎钱付了。就差让那个叫花子认出来了,否则在这船上可有好戏看了。咱们快到船的另一头去,免得那个人挨近我们!"

她站起身;给了我一枚一百苏的硬币,他们就走开了。

我的姐姐们久等父亲不见他来,正在诧异。我对她们说妈妈有点晕船,然后就问那撬牡蛎的人:

"我们该付您多少钱,先生?"

我其实想说:我的叔叔。

他回答:

"两个半法郎。"

我递给他一百苏,他找了钱给我。

我看看他的手,那是一双满是褶纹的粗糙的水手的手;我又看看他的脸,那是一张可怜的苍老的脸,愁眉紧锁,饱经风霜。我一边看一边默默自语:

"他是我的叔叔,我父亲的弟弟,我的亲叔叔。"

我给了他十个苏的小费。他谢我说:

"上帝保佑您,我的年轻的先生!"

那是穷人接受施舍时的语调。我心里想他在那边一定乞讨过。

姐姐们对我的慷慨大方甚感诧异,一个劲地瞅着我。

当我把剩下的两法郎交给父亲时,母亲大为惊讶,问:

"吃了三法郎的?……这不可能!"

我用坚定的语调声明:

"我给了他十个苏的小费。"

母亲气得直跳脚,眼睛瞪着我说:

"你疯了!拿十个苏给这个人,这个无赖!……"

父亲使了个眼色让她注意女婿在身边,她才住口。

这以后,大家都沉默不语了。

我们的前方,地平线上,一个紫色的阴影仿佛从海里钻出来似的。那就是泽西岛。

当船驶近防波堤的时候,我心里萌生出一个强烈的愿望,想去再看一次我的于勒叔叔,走到他身边,对他说几句安慰的话,体贴的话。

可是,没有人再吃牡蛎了,所以他人也不在了,大概下到这可怜人栖身的散发着恶臭的底舱深处去了。

我们回来乘的是"圣马洛"号,为了避免再遇到他。我母亲已经气急败坏了。

我从此再也没有见过我父亲的弟弟!

您以后还会看到我有时给流浪汉一百苏,就是这个原因。

张英伦 译

项　链

　　世上有这样一些女子,容貌姣好,风姿绰约,却偏被命运安排错了,出生在一个小职员家庭。她就是其中的一个。她没有陪嫁,没有可能指望得到的遗产,没有任何方法让一个有钱有地位的男子认识她、了解她、爱她、娶她;于是只好听任家人把她嫁给公共教育部的一个小科员。

　　她没有钱装饰打扮,只能粗衣布服;但是她非常委屈,就像一个人被降低了身份一样。其实女人本身并没有阶层和种类;她们的美貌、她们的丰韵、她们的魅力,就可以作为她们的出身和门第。她们唯一的分野,在于天生的机智、本能的优雅和头脑的灵活;有了这些品质,平民家的姑娘也能与最显耀的贵妇媲美。

　　她总觉得自己生来就应该珠围翠拥,享尽荣华富贵,因此终日悲悲切切。住房简陋,墙无饰物,座椅破旧,衣着寒酸,让她食不甘味。这一切,换了另一个与她同阶层的女子,也许根本就不会在意,但是却让她痛心疾首,怨愤难平。每当她看到那个矮小的布列塔尼①女人,为她做卑微的家务活儿,她就懊恼不迭,想入非非。她会想到四周悬挂着东方壁毯、青铜高脚灯照得通明的幽静的候见室;想到候见室里两个穿短套裤的高大男仆,被暖气管的高温烤

---

　　① 布列塔尼,法国西部的一个大区。

得昏昏沉沉,正在宽大的安乐椅里酣睡。她会想到四壁覆盖着古老丝绸的大客厅;想到陈列着珍贵古玩的精致橱柜以及熏香扑鼻的小巧的内客厅,那是同最知心的男友在午后五点钟促膝倾谈的地方,这些男人无不是女人们垂涎不已、梦寐求之、极力邀宠的名流。

每当她坐在那张桌布三天没洗换的圆桌旁吃晚饭,坐在对面的丈夫掀开菜盆,眉飞色舞地赞叹:"啊!多么香的炖肉!我真不知道还有比这更好的了……"她却想着那些丰盛的宴席、闪亮的银餐具、墙上绣有古代人物和仙林珍禽的壁毯、盛在精美盘碟中的佳肴,想着享用粉红色鲈鱼或者松鸡翅、面带斯芬克斯①式的神秘微笑听着绵绵情话的情景。

她没有漂亮的衣服,没有珠宝首饰,什么也没有。而她爱的偏偏就是这些;她觉得自己就是为此而生的。她多么希望能够让男人们喜欢、女人们羡慕,令人瞩目,广受青睐。

她有一个有钱的女友,那是她在女子寄宿学校读书时的同学,她再也不愿去见她了,因为每次回来她都痛不欲生,伤心、悔恨、绝望、苦恼好几天。

一天晚上,她丈夫回家的时候手里拿着一个大信封,满脸扬扬得意的神色。

"喏,"他说,"这是给你的。"

她连忙拆开信封,从里面抽出一张卡片,上面印着:

---

① 斯芬克斯,古埃及狮身人面像的音译。希腊神话中带翼狮身女怪也叫此名,今常用于隐喻谜一样的人物。

公共教育部长乔治·朗波诺及夫人谨荣幸地邀请罗瓦赛尔先生及夫人光临定于1月18日(星期一)在本部大楼举行之晚会。

她非但没有像她丈夫所期望的那样欢天喜地,反而气恼地把请柬往桌子上一扔,咕哝着说:

"你想想,我要这个干什么?"

"可是,亲爱的,我原以为你会很高兴的。你从来也不出门做客,这可是个机会,而且是个难得的机会!我费了很大力气才弄到这张请柬。大家都想要,很难得到,一般是很少给小职员的。你在那里可以看到所有官方人士。"

她用愤怒的目光瞪着他,不耐烦地说:

"你想想,我穿什么去?"

他倒没有想到这一点。他吞吞吐吐地说:

"你上剧院穿的那条连衣裙呀,依我看,那一条就挺好……"

他说不下去了;见妻子已经哭起来,他又是惊讶又是慌张。两滴大大的泪珠从他妻子的眼角慢慢地流向嘴角。他结结巴巴地问:

"你怎么啦?你怎么啦?"

她强打精神把痛苦压了下去,然后擦着被泪水沾湿的两颊,用平静的语调说:

"什么事也没有。只不过我没有衣服,反正不能去参加晚会。你还是把请柬随便送给哪个同事吧,他的太太一定比我穿得体面。"

他感到歉疚,马上又说:

"别呀,玛蒂尔德。一套过得去的衣裳,别的机会还可以穿的、十分简单的衣裳,得花多少钱?"

她想了几秒钟,心里算了几笔账,同时也在考虑提出怎样一个数目才不致当场就遭到这个节俭的科员拒绝,也不致把他吓得叫出声来。

最后,她吞吞吐吐地说:

"我也说不准;不过我看有四百法郎就能拿下来。"

他的脸色变得有点苍白,因为他正好积攒下这样一笔钱,准备买一支枪,夏天和几个朋友去南泰尔平原打猎玩。这些朋友每个星期日都去那里打云雀。

不过他还是说:

"好吧。我就给你四百法郎。你可得尽量做一条漂漂亮亮的连衣裙啊。"

晚会的日子临近了,罗瓦赛尔太太好像又发起愁来,忧心忡忡,坐卧不宁。她的衣服可是已经准备停当了呀。一天晚上,丈夫问她:

"喂,你怎么啦?三天来你一直怪怪的。"

她回答说:

"我既没有首饰,也没有珠宝,身上什么戴得出去的东西也没有,这让我苦恼。我的样子会寒酸死了。我宁可不去参加这个晚会。"

他说:

"你就戴几朵鲜花呀。在这个季节,这是很美的。花十个法郎就能买到两三朵非常好看的玫瑰花。"

她丝毫没有被说服。

"不行……在那些阔太太中间,显出一副穷酸相,没有比这更丢脸的了。"

她丈夫忽然大喊道:

"你真糊涂,去找你的朋友弗莱斯蒂埃太太,跟她借几样首饰就是了。以你跟她的交情,是可以张这个口的。"

她高兴得叫了起来:

"真的,我竟然一点儿也没想到。"

第二天,她就到这位朋友家去,对她说了这件苦恼的事。

弗莱斯蒂埃太太立刻走到一个带穿衣镜的衣橱前,取出一个大首饰盒,拿过来打开,对罗瓦赛尔太太说:

"尽管挑吧!亲爱的。"

她首先看了几只手镯,又看了一串珍珠项链,然后是一个威尼斯造的镶嵌珠宝的金十字架,做工精致极了。她戴上这些首饰对着镜子左照右照,犹豫不决,舍不得摘下来还给主人。她还总是问:

"你再没有别的了?"

"有啊。你自己找吧。我不知道你喜欢什么。"

她忽然在一个黑缎子的盒子里发现一条非常华丽的钻石项链,顿时喜欢得心怦怦跳。她拿项链的手也直打哆嗦。她把这条项链戴在脖子上,连衣裙的高领外面,对着镜子里的自己欣喜若狂。

然后,她虽然没有把握,还是焦急不安地问:

"你可以把这一件借给我吗?只借这一件。"

"当然,完全没问题。"

她扑上去一把搂住朋友的脖子,冲动地拥吻了她一下,便带着宝贝一溜烟地跑回家。

晚会的日子到了。罗瓦赛尔太太大获成功。她比所有的女士都美丽;她既雅致又妩媚,满面春风,快活得几乎发狂。所有的男士都盯着她,打听她的姓名,求人引见。部长办公室的人员全都要和她共舞一曲。部长也注意到了她。

她兴奋地跳舞,发了疯似的投入,快乐得陶醉了;她沉溺在她的美貌的胜利和成功的光辉里,沉溺在所有那些奉承、赞美、爱慕以及对女人来说如此完美的胜利的幸福的云雾里,什么也不去想了。

她在早晨四点钟才离开。她丈夫从半夜起就在一间空荡荡的小客厅里睡着了;那里还有另外三位先生,他们的太太也都在尽情欢乐。

他怕她出门受寒,连忙把带来的衣服披在她身上,那是日常穿的衣服,很寒碜,和漂亮的舞衣极不调和。她马上意识到这一点;为了不让身裹豪华皮衣的太太们发现,她想赶快溜走。

罗瓦赛尔拉住她,说:

"等一等啊。到外面你会着凉。我去叫一辆马车。"

不过她根本不听他的,飞快地走下楼梯。他们到了街上,那里没有出租马车;于是他们就找起来;见一辆马车在远处走过,他们就追着向车夫大声喊叫。

他们向南朝塞纳河走去,冻得直打哆嗦,几乎绝望了。终于在沿河马路上找到一辆夜间拉客的旧马车。这种马车在巴黎只有天黑以后才看得到,好像它们在白天会自惭形秽似的。

这辆车一直把他们送到殉道者街,他们的家门口;他们凄凄惨惨地爬上楼回到家里。对她来说,一切到此结束。而他呢,还想着要在十点钟赶到部里上班。

她对着镜子脱下披在肩上的旧衣服,想再看看荣极一时的自己。但是她忽然大叫一声。原来她脖子上的项链不见了。

她丈夫这时衣服已经脱了一半,问道:

"你怎么啦?"

她已经吓坏了,转身对他说:

"我……我……我向弗莱斯蒂埃太太借的项链不见了。"

他大吃一惊,猛地站起来:

"什么!……怎么会!……这不可能!"

于是他们在裙子的褶皱里、大氅的夹层里和衣兜里搜寻。还是没找到。

他问:

"你确实记得离开舞会的时候还戴着吗?"

"是啊,在部里的前厅里我还摸过它呢。"

"不过,如果是在街上丢的,掉下来的时候我们会听见的呀。大概是掉在车上了。"

"对,有可能。你记下车号了吗?"

"没有。你呢,你也没注意车号?"

"没有。"

他们你看我,我看你,惊呆了。最后罗瓦赛尔重新穿上衣服,说:

"我去把我们刚才步行的这段路再走一遍,看看能不能找到。"

说完他就走了出去。她就这样穿着晚会的衣服,连上床睡下的气力都没有了,沮丧地倒在一张椅子上,既不生火也不想什么。

将近七点钟丈夫回来了。他什么也没找到。

他随即又去警察局和各报馆,请他们代为悬赏寻找;又去出租小马车的各家车行,总之,凡是可能有一点儿希望的地方都去了。

她整天都等着,因为面对这个可怕的灾难,她一直处于惊慌失措的状态。

罗瓦赛尔傍晚才回来,脸也消瘦了,面色惨白。他毫无所获。

"只好给你那位朋友写封信了,"他说,"就说你把链子的搭扣弄断了,正在找人修理。这样我们可以有个应付的时间。"

于是他说她写。

过了一个星期,他们已经失去一切希望。

罗瓦赛尔一下子老了五岁。他说:

"只好考虑买一条赔她了。"

第二天,他们拿了那个装项链的盒子,按照盒里面印的字号,前往那家珠宝店。珠宝商查了几个账簿,说:

"太太,这条项链不是我这儿卖出的,只有盒子是我这儿配的。"

他们于是跑了一家又一家珠宝店,凭他们的记忆,要找一条一模一样的项链。两个人都万分苦恼、心急如焚。

他们在王宫广场的一家店里找到一条钻石项链,看样子跟他们寻找的那一条完全一样。这件首饰原价四万法郎。如果他们要的话,店家三万六就可以卖给他们。

于是他们要求珠宝商三天之内不要卖掉;并且谈妥了条件,如果在二月底以前找到原物,这条项链便作价三万四千法郎由店家收回。

罗瓦赛尔手头有父亲留给他的一万八千法郎。其余的只能借了。

　　罗瓦赛尔就借起钱来，跟这个借一千法郎，跟那个借五百；这儿借五个路易①，那儿借三个。他签了不少借据，订了不少足以让他倾家荡产的契约，而且不得不同高利贷者和形形色色放债人打交道。他把自己整个下半生都押上了，不管能否偿还就冒险签下字据。他深知未来会有无限烦恼，经受极端的贫困，物质上会饱尝匮乏，精神上会历尽磨难；尽管对这种前景满怀恐惧，他还是把三万六千法郎放到那个商人的柜台上，取来了那条新项链。

　　罗瓦赛尔太太把首饰还给弗莱斯蒂埃太太时，这位太太面带不悦地说：

　　"你应该早点还给我才对，也许我用得着呢。"

　　弗莱斯蒂埃太太没有打开盒子看；她的朋友怕的就是这个。如果她发现掉了包，她会怎么想？怎么说？会不会把她当作窃贼呢？

　　罗瓦赛尔太太可算体验到了缺吃少穿的那种可怕的生活。好在她已经断然而且勇敢地拿定了主意：这笔骇人听闻的债务必须偿还；她一定要偿还。他们辞退了女仆，搬了家，租了一间顶楼的陋室。

　　她可算体验到了笨重的家务劳动和厨房里的让人腻烦的活儿。锅碗瓢盆都得她自己刷洗，油腻的陶器和铁锅底磨坏了她玫瑰色的手指甲。脏衣服、衬衫、抹布也都得自己洗，然后凉在绳子上。她每天早上把垃圾搬到街上，再把水提到楼上，上一层楼就要

---

① 路易，自1803年起至第一次世界大战之间在法国使用的二十法郎一枚的金币。

停下喘一口气。她穿着和普通平民一样的衣服，挎着篮子上水果店、杂货店、肉店，没完没了地还价，一个苏一个苏地捍卫她那可怜的钱袋，免不了挨人骂。

每个月都要还几笔债，还有一些则要续借，延长偿还期限。

丈夫每天晚上都要替一个商人誊清账目；夜间还常常替人抄写，抄一页挣五个苏。

这样的生活过了十年。

十年以后，他们把债全部还清了，分文不差，连同高利贷的利息，以及利滚利的利息。

现在，罗瓦赛尔太太看上去苍老了。她变成了穷苦人家里的女强人，又坚忍，又粗犷。头发不注意梳理，裙子穿得歪歪斜斜，两只手通红，说话大嗓门，用大盆大盆的水冲洗地板。不过在她丈夫还在办公室的时候，她偶尔还会坐到窗前，缅怀当年的那个晚会，在那次舞会上她曾是那么美丽，受到那么热情的欢迎。

如果她没有丢失那条项链，今天会是怎样呢？谁知道？谁知道呢？生活就是这么奇怪！这么变化莫测！只须一点小事就能断送你或者拯救你！

一个星期日，她去香榭丽舍林荫道遛弯儿，缓解一下一周的劳累。猛地，她看见一个妇女带着孩子在散步。原来是弗莱斯蒂埃太太，她还是那么年轻，那么水灵，那么迷人。

罗瓦赛尔太太非常激动。去跟她说话吗？去，当然要去。债务都还清了，她可以把一切都告诉她了。为什么不呢？

于是她走了过去。

"您好，让娜。"

对方竟一点也没有认出她来,听见这平民女子如此亲昵地称呼自己,甚感诧异。

　　"可是……太太! ……我不知道……您大概认错人了吧。"

　　"没有。我是玛蒂尔德·罗瓦赛尔。"

　　她的朋友大叫一声。

　　"哎呀! ……我可怜的玛蒂尔德,你的变化真大呀!"

　　"是的,自从上一次跟你见面以后,我的日子就很艰难,甚至可以说是穷困潦倒……而这都是因为你! ……"

　　"因为我……这是怎么回事?"

　　"你还记得你借给我去参加部里晚会的那条项链吧。"

　　"记得呀,那又怎么啦?"

　　"那又怎么啦! 我把它丢了。"

　　"怎么会呢! 你不是还给我了吗?"

　　"我还给你的是另外一条一模一样的。为了买它,我们整整还了十年的债。你知道,对我们来说这可不是一件容易的事,我们被弄得简直一无所有。这一切终于都结束了;我太高兴了。"

　　弗莱斯蒂埃太太停住脚步。

　　"你刚才说,你买了一条钻石项链来代替我那一条?"

　　"是呀。你没有发觉吧,是不是? 那两条真是一模一样。"

　　她微笑着,得意而又天真地暗自庆幸。

　　弗莱斯蒂埃太太却大为震惊,抓住她的两只手:

　　"哎呀! 可怜的玛蒂尔德! 我的那条是假的呀。它顶多值五百法郎! ……"

张英伦 译

都 德

阿尔丰斯·都德(1876—1942),法国作家,以短篇小说闻名于世。《最后一课》是世界名篇,强烈地反映了法国人民的爱国主义情感。各国中小学多以此篇作为语文教材。

最后一课

——阿尔萨斯①省一个小孩的自叙

那天早晨,我很晚才去上学,非常害怕挨老师的训,特别是因为哈墨尔先生已经告诉过我们,他今天要考问分词那一课,而我,连头一个字也不会。这时,我起了一个念头,想逃学到野外去玩玩。

天气多么温暖!多么晴朗!

白头鸟在林边的鸣叫声不断传来,锯木厂的后面,黎佩尔草地上,普鲁士军队正在操练。这一切比那些分词规则更吸引我;但我毕竟还是努力克服了这个念头,很快朝学校跑去。

经过村政府的时候,我看见一些人围在挂着布告牌的铁栅栏前面。这两年来,那些坏消息,吃败仗啦,抽壮丁啦,征用物资啦,还有普鲁士司令部的命令啦,都是在这儿公布的;我没有停下来,心想:

"又有什么事了?"

---

① 阿尔萨斯,法国东北部一行省,普法战争后割让给普鲁士。

这时,正当我跑过广场的时候,带着徒弟在那里看布告的铁匠瓦什泰,朝着我喊道:

"小家伙,不用这么急!你去多晚也不会迟到了!"

我以为他是在讽刺我,于是,气喘喘地跑进了哈墨尔先生的小院子。

往常,刚上课的时候,教室里总是一片乱哄哄,街上都听得见,课桌开开关关,大家一起高声诵读,你要专心,就得把耳朵捂起来,老师用大戒尺不停地拍着桌子喊道:

"安静一点!"

我本来打算趁这一阵乱糟糟,不被人注意就溜到自己的坐位上去;但是,恰巧那一天全都安安静静的,像星期天的早晨一样。我从敞开的窗子看见同学们都整整齐齐地坐在各自的位子上,哈墨尔先生挟着那根可怕的铁戒尺走来走去。我非得把门打开,在一片肃静中走进去。你想,我是多么难堪,多么害怕!

可是,事情并不是那样。哈墨尔先生看见我并没有生气,倒是很温和地对我说:

"快坐到你的位子上去吧,我的小弗朗茨!你再不来,我们就不等你了。"

我跨过条凳,马上在自己的课桌前坐下了。当我从惊慌中定下神来,这才注意到我们的老师这天穿着他那件漂亮的绿色礼服,领口系着折叠得挺精致的大领结,头上戴着刺绣的黑绸小圆帽,这身服装是他在上级来校视察时或学校发奖的日子才穿戴的。此外,整个课堂都充满了一种不平常的、庄严的气氛。但最使我惊奇的,是看见在教室的尽头,平日空着的条凳上,竟坐满了村子里的人,他们也像我们一样不声不响,其中有霍瑟老头,戴着他那顶三角帽,有前任村长,有退职邮差,还有其他一些人。他们都愁容满面;霍瑟老头带来一本边缘都磨破了的旧识字课本,摊开在自己的膝头上,书上横放着他那副大眼镜。

正当我看了这一切感到纳闷的时候,哈墨尔先生走上讲台,用刚才对我讲话的那种温和而严肃的声音,对我们说:

"我的孩子们,这是我最后一次给你们上课。从柏林来了命令,今后在阿尔萨斯和洛林两省的小学里,只准教德文了……新教师明天就到,今天,是你们最后一堂法文课,我请你们专心听讲。"

这几句话对我简直就是晴天霹雳。啊! 那些混账东西,原来他们在村政府前面公布的就是这件事。

这是我最后一堂法文课!……

可是我刚刚勉强会写! 从此,我再也学不到法文了! 只能到此为止了! ……我这时是多么后悔啊,后悔过去浪费了光阴,后悔自己逃学去掏鸟窝,到萨尔河上去滑冰! 我那几本书,文法书,圣徒传,刚才我还觉得背在书包里那么讨厌,显得那么沉,现在就像老朋友一样,叫我舍不得离开。对哈墨尔先生也是这样,一想到他就要离开这儿,从此再也见不到他了,我就忘记了他以前给我的处罚,忘记了他如何用戒尺打我。

这个可怜的人啊!

原来他是为了上最后一堂课,才穿上漂亮的节日服装。而现在我也明白了,为什么村里的老人今天也来坐在教室的尽头,这好像是告诉我们,他们后悔过去到这小学里来得太少。这也好像是为了向我们老师表示感谢,感谢他四十年来勤勤恳恳为学校服务,也好像是为了对即将离去的祖国表示他们的心意……

我正在想这些事的时候,听见叫我的名字。是轮到我来背书了。只要我能从头到尾把这些分词的规则大声地、清清楚楚、一字不错地背出来，任何代价我都是肯付的啊！但是刚背头几个字，我就结结巴巴了。我站在坐位上左右摇晃，心里难受极了，头也不敢抬。只听见哈墨尔先生对我这样说：

"我不好再责备你了，我的小弗朗茨，你受的惩罚已经够了……事情就是这样。我们每天都对自己说：'算了吧，有的是时间，明天再学也不迟。'但是，你瞧，今天发生了什么事……唉！过去咱们阿尔萨斯最大的不幸，就是把教育推延到明天。现在，那些人就有权利对我们说：'怎么，你们自称是法国人，而你们既不会读也不会写法文！'在这件事里，我可怜的弗朗茨，罪责最大的倒不是你，我们都有应该责备自己的地方。

"你们的父母并没有尽力让你们好好念书。他们为了多收入几个钱，宁愿把你们送到地里和工厂去。我难道就没有什么该责备我自己的？我不是也常常叫你们放下学习替我浇园子？还有，我要是想去钓鲈鱼，不是随随便便就给你们放了假？"

接着，哈墨尔先生谈到法兰西语言，说这是世界上最美的语言，也是最清楚、最严谨的语言，我们应该在我们中间保住它，永远不要把它忘了；因为，当一个民族沦为奴隶的时候，只要好好保住了自己的语言，就如同掌握了打开自己牢房的钥匙……随后，他拿起一本文法课本，给我们讲了一课。我真奇怪我怎么会理解得那么清楚，他所讲的内容，我都觉得很好懂，很好懂。我相信，我从来没有这样专心听过讲，而他，也从来没有讲解得这样耐心。简直可以说，这个可怜的人想在他走以前把自己全部的知识都传授给我们，一下子把它们都灌输到我们的脑子里去。

讲完了文法，就开始习字。这一天，哈墨尔先生特别为我们准备了崭新的字模,上面用漂亮的花体字写着:"法兰西,阿尔萨斯,法兰西,阿尔萨斯。"我们课桌的三脚架上挂着这些字模,就像是许多小国旗在课堂上飘扬。每个人都那么专心!教室里是那么肃静!这情景可真动人。除了笔尖在纸上划写的声音外,听不到任何别的声响。这时,有几个金龟子飞进了教室;但谁也不去注意它们,就连那些最小的学生也不例外,他们专心专意地在划他们的一横一竖,好像这也是法文……在学校的屋顶上,有一群鸽子在低声咕咕,我一面听着,一面想:

"那些人是不是也要强迫这些鸽子用德语唱歌呢?"

有时,我抬起头来看看,每次都看见哈墨尔先生站在讲台上一动也不动,眼睛死死盯着周围的东西,好像要把这个小学校舍都吸进眼光里带走……请想想!四十年来,他一直待在这个地方,老是面对着这个庭院和一直没有变样的教室。只有那些条凳和课桌因长期使用而变光滑了;还有院子里那棵核桃树也长高了,他亲手栽种的啤酒花现在也爬上窗子碰到了屋檐。这可怜的人听着他的妹妹在楼上房间里来来去去收拾他们的行李,他们第二天就要动身,告别本乡,一去不复返。他即将离开眼前的这一切,这对他来说是多么伤心的事啊!

不过,他还是鼓起勇气把这天的课教完。习字之后,是历史课;然后,小班学生练习拼音,全体一起诵唱 Ba,Be,Bi,Bo,Bu。那边,教室的尽头,霍瑟老头戴上了眼镜,两手捧着识字课本,也和小孩们一起拼字母。看得出他也很用心;他的声音由于激动而颤抖,听起来有一种说不出的味道,叫人又想笑又想哭。唉!我将永远记得这最后的一课……

忽然,教堂的钟打了十二点,紧接着响起了午祷的钟声。这时,普鲁士军队操练回来的军号声在我们窗前响了起来……哈墨尔先生面色惨白,在讲台上站了起来。他在我眼里,从来没有显得这样高大。

"我的朋友们,"他说,"我的朋友们,我,我……"

他的嗓子被什么东西堵住了,他无法说完他那句话。

于是,他转身对着黑板,拿起一支粉笔,使出了全身的力气按着它,用最大的字母写出:

法兰西万岁

写完,他仍站在那里,头靠着墙壁,不说话,用手向我们表示:"课上完了……去吧。"

柳鸣九 译

柏林之围

我们一边与韦医生沿着爱丽舍田园大道往回走,一边向被炮弹打得千疮百孔的墙壁、被机枪扫射得坑洼不平的人行道探究巴黎被围的历史。当我们快到明星广场的时候,医生停了下来,指着那些环绕着凯旋门的富丽堂皇的高楼大厦中的一幢,对我说:

"您看见那个阳台上关着的四扇窗子吗?八月初,也就是去年那个可怕的充满了风暴和灾难的八月,我被找去诊治一个突然中风的病人。他是儒弗上校,一个拿破仑帝国时代的军人,在荣誉和爱国观念上是个老顽固。战争一开始，他就搬到爱丽舍来，住在一套有阳台的房间里。您猜是为什么？原来是为了参观我们的军队凯旋的仪式……这个可怜的老人！维桑堡①惨败的消息传到他家时，他正离开饭桌。他在这张宣告失利的战报下方，一读到拿破仑的名字，就像遭到雷击似的倒在地上。

"我到那里的时候，这位老军人正直挺挺躺在房间的地毯上，满脸通红，表情迟钝，就像刚刚当头挨了一闷棍。他如果站起来，一定很高大；现在躺着，还显得很魁梧。他五官端正、漂亮，牙齿长得很美，有一头拳曲的白发，八十高龄看上去只有六十岁……他的孙女跪在他身边，泪流满面。她长得很像他，瞧他们在一起，可以说就像同一个模子铸出来的两枚希腊古币，只不过一枚很古老，带着泥土，边缘已经磨损，另一枚光彩夺目，洁净明亮，完全保持着新铸出来的那种色泽与光洁。

"这女孩的痛苦使我很受感动。她是两代军人之后，父亲在麦克-马洪②元帅的参谋部服役，躺在她面前的这位魁梧的老人的形象，在她脑海里总引起另一个同样可怕的对于他父亲的联想。我尽最大的努力安慰她，但我心里并不存多大希望。我们碰到的是一种地地道道的严重的半身不遂，尤其是在八十岁得了这种病，是根本无法治好的。事实也正如此，整整三天，病人昏迷不醒，一动也不动……在这几天之内，又传来了雷舍芬③战役失败的消息。您一定还记得消息是怎么传来的。直到那天傍晚，我们都以为是

---

① 维桑堡，法国东北部的城市，普法战争中，1870年8月7日，法军一个师被普鲁士军队歼灭于此。
② 麦克-马洪（1808—1893），法国元帅，普法战争时在雷舍芬战役中遭到惨败，后又在色当战役负伤。1873至1879年任法国总统。
③ 雷舍芬，莱茵河下游一区，1870年普法两军在此会战，法军大败。

打了一个大胜仗,歼灭了两万普鲁士军队,还俘虏了普鲁士王太子……我不知道是由于什么奇迹、什么电流,那举国欢腾的声浪竟波及我们这位可怜的又聋又哑的病人,一直钻进了他那瘫痪症的幻觉里。总之,这天晚上,当我走近他的床边时,我看见的不是原来那个病人了。他两眼有神,舌头也不那么僵直了。他竟有了精神对我微笑,还结结巴巴说了两遍:

"'打……胜……了!'

"'是的,上校,打了个大胜仗!'

"我把麦克-马洪元帅辉煌胜利的详细情况讲给他听的时候,发觉他的眉目舒展了开来,脸上的表情也明亮起来。

"我一走出房间,那个年轻的女孩正站在门边等着我,她面色苍白,呜咽地哭着。

"'他已经脱离生命危险了!'我握住她的双手安慰她。

"那个可怜的姑娘几乎没有勇气回答我。原来,雷舍芬战役的真实情况刚刚公布了,麦克-马洪元帅逃跑,全军覆没……我和她惊恐失措地互相看着。她因担心自己的父亲而发愁,我呢,为老祖父的病情而不安。毫无疑问,他再也受不了这个新的打击……那么,怎么办呢?……只能使他高高兴兴,让他保持着这个使他复活的幻想……不过,那就必须向他撒谎……

"'好吧,由我来对他撒谎!'这勇敢的姑娘自告奋勇对我说,她揩干眼泪,装出喜气洋洋的样子,走进祖父的房间。

"她所负担的这个任务可真艰难。头几天还好应付。这个老好人头脑还不十分健全,就像一个小孩似的任人哄骗。但是,随着健康日渐恢复,他的思路也日渐清晰。这就必须向他讲清楚双方军队如何活动,必须为他编造每天的战报。这个漂亮的小姑娘看起来真叫人可怜,她日夜伏在那张德国地图上,把一些小旗插来插去,努力编造出一场场辉煌的战役;一会儿是巴赞①元帅向柏林进军,一会儿是弗鲁瓦萨尔②将军攻抵巴伐利亚③,一会儿是麦克-马洪元帅挥戈挺进波罗的海海滨地区。为了编造得活灵活现,她总是要征求我的意见,而我也尽可能地帮助她;但是,在这一场虚构的进攻战里,给我们帮助最大的,还是老祖父本人。要知道,他在拿破仑帝国时期已经在德国征战过那么多次啊!对方的任何军事行动,他预先都知道:'现在,他们要向这里前进……你瞧,他们就要这样行动了……'结果,他的预见都毫无例外地实现了,这当然免不了使他有些得意。

"不幸的是,尽管我们攻克了不少城市,打了不少胜仗,但总是跟不上他的胃口,这老头简直是贪得无厌……每天我一到他家,准会听到一个新的军事胜利:

"'大夫,我们又打下美央斯④了!'那年轻的姑娘迎着我这样说,脸上带着苦笑,这时,我隔着门听见房间里一个愉快的声音对我高声喊道:

"'好得很,好得很,……八天之内我们就要打进柏林了!'

"其实,普鲁士军队离巴黎只有八天的路程……起初我们商量着把他转移到外省去;但是,只要一出门,法兰西的真实情况就会使他明白一切。我认为他身体太衰弱,精神上受到沉重打击所引

---

① 巴赞(1811—1888),法军元帅,在普法战争中昏庸无能,投降卖国,后受到军事审判。
② 弗鲁瓦萨尔(1807—1875),法国将军,普法战争中,在富尔巴赫一役败于普军。
③ 巴伐利亚,德意志联邦的一个邦。
④ 美央斯,巴伐利亚邦的一个城市。

起的中风还很严重,不能让他了解真实的情况。于是,我们决定还是让他留在巴黎。

"巴黎被围的第一天,我去到他家。我记得,那天我很激动,心里惶恐不安。当时,巴黎所有的城门都已关闭,敌人兵临城下,国界已经缩小到郊区,人人都感到恐慌。我进去的时候,这个老好人正坐在自己的床上,兴高采烈地对我说:

"'嘿!围城总算开始了!'

"我惊愕地望着他:

"'怎么,上校,您知道了?……'

"他的孙女赶快转身对我说:

"'是啊!大夫……这是好消息,围攻柏林已经开始了!'

"她一边说这话,一边做针线活,动作是那么从容、镇静……老人又怎么会产生怀疑呢?屠杀的大炮声他是听不见的。被搅得天翻地覆、灾难深重的不幸的巴黎城,他是看不见的。他从床上所能看到的,只有凯旋门的一角,而且,在他房间里,周围摆设着一大堆破旧的拿破仑帝国时期的遗物,有效地维持着他的种种幻想。拿破仑手下元帅们的画像,描绘战争的木刻,罗马王①婴孩时期的画片;还有镶着镂花铜饰的高大的长条案,上面陈列着帝国的遗物,什么徽章啦,小铜像啦,玻璃圆罩下的圣赫勒拿岛②上的岩石啦,还有一些小画像,画的都是同一位头发拳曲、眉目有神的贵妇人,她穿着跳舞的衣裙、黄色的长袍,袖管肥大而袖口紧束——所有这一切,长条案,罗马王,元帅们,黄袍夫人,那位身材修长、腰带高束,具有1806年人们所喜爱的端庄风度的黄袍夫人……构成了

---

① 罗马王,拿破仑的儿子,生下来后被封为意大利国王。
② 圣赫勒拿岛,位于大西洋,拿破仑百日政变后被囚于此,直到逝世。

一种充满胜利和征服的气氛,比起我们向他——善良的上校啊——撒的谎更加有力,使他那么天真地相信法国军队正在围攻柏林。

"从这一天起,我们的军事行动就大大简化了。攻克柏林,这只是一个时间问题。过了一些时候,只要这老人等得不耐烦了,我们就读一封他儿子的来信给他听,当然,信是假造的,因为巴黎已经被围得水泄不通,而且,早在色当①大败以后,麦克-马洪元帅的参谋部就已经被俘,押送到德国某一个要塞去了。您可以想象,这个可怜的女孩多么痛苦,她得不到父亲的半点音讯,只知道他已经被俘,被剥夺了一切,也许还在生病,而她却不得不假装他的口气写出一封封兴高采烈的来信;当然信都是短短的,一个在被征服的国家不断胜利前进的军人只能写这样短的信。有时候,她实在坚持不下去了,于是好几个星期都没有来信。这位老人可就着急了,睡不着了。于是很快又从德国来了一封信,她来到他床前,忍住眼泪,装出高高兴兴的样子念给他听。老人一本正经地听着,一会儿心领神会地微笑,一会儿点头赞许,一会儿又提出批评,还对信上讲得不清楚的地方给我们加以解释。但他特别高贵的地方,是表现在他给儿子的回信中。他说:'你永远不要忘记自己是法国人……对那些可怜的人要宽大为怀。不要使他们感到我们的占领是令人难以忍受的……'信中全是没完没了的叮嘱,关于要保护私有财产啦,要尊重妇女啦等等一大堆令人钦佩的车轱辘话,总而言之,是一部专为征服者备用的地地道道的军人荣誉手册。有时,他也在信中夹杂一些对政治的一般看法以及媾和的条件。在这个问

---

① 色当,在巴黎东北,1870年9月1日普法双方主力在此决战,法军惨败,拿破仑三世投降成为俘虏。

题上,我应该说,他的条件并不苛刻:'只要战争赔款,别的什么都不要……把他们的省份割过来有什么用呢?难道我们能把德意志变成法兰西吗?……'

"他口授这些话的时候,语气是很坚决的,可以感到他的话里充满了天真的感情,他这种高尚的爱国心听起来不能不使人深受感动。

"这期间,包围圈愈来愈紧,唉,不过并不是柏林之围!……那时正是严寒季节,大炮不断轰击,瘟疫流行,饥馑逼人。但是,幸亏我们精心照料,无微不至,老人的静养总算一刻也没有受到侵扰。直到最困难的时候,我都有办法给他弄到白面包和新鲜肉。当然这些食物只有他才吃得上。您很难想象还有什么比这位老祖父就餐的情景更使人感动的了,自私自利地享受着而又被蒙在鼓里:他坐在床上,红光满面,笑嘻嘻的,胸前围着餐巾;因为饮食不足而脸色苍白的小孙女坐在他身边,扶着他的手,帮助他喝汤,帮助他吃那些别人都吃不上的好食物。饭后,老人精神十足,房间里暖和和的,外面刮着寒冷的北风,雪花在窗前飞舞,这位老军人回忆起他在北方参加过的战役,于是,又向我们第一百次讲起他那次倒霉的从俄罗斯的撤退①,那时,他们只有冰冻的饼干和马肉可吃。

"'你能体会到吗?小家伙,我们那时只能吃上马肉!'

"我相信他的孙女是深有体会的。这两个月来,她除了马肉外没有吃过别的东西……但是,一天天过去了,随着老人日渐恢复健康,我们对他的照顾愈来愈困难了。过去,他感觉迟钝、四肢麻痹,便于我们把他蒙在鼓里,现在情况开始变化了。已经有那么两三次,玛约门前可怕的排炮声惊得他跳了起来,他像猎犬一样竖起耳

---

① 指1812年拿破仑征俄失败。

朵；我们就不得不编造说,巴赞元帅在柏林城下又取得了决定性的胜利,刚才是荣军院鸣炮表示庆祝。又有一天,我们把他的床推到窗口,我想,那天正是发生了布森瓦①血战的星期四,他一下就清清楚楚看见了在林阴道上集合的国民自卫队。

"'这是什么军队?'他问道。接着我们听见他嘴里轻声抱怨:

"'服装太不整齐,服装太不整齐!'

"他没有再说别的话;但是,我们立刻明白了,以后可得特别小心。不幸的是,我们还小心得不够。

"一天晚上,我到他家的时候,那女孩神色仓皇地迎着我:

"'明天他们就进城了!'她对我说。

"老祖父的房门当时是否开着?反正,我现在回想起来,经我们这么一说,那天晚上老人的神色的确有些特别。也许,他当时听见了我们的谈话。只不过我们谈的是普鲁士军队;而这个好心人想的是法国军队,以为是他等待已久的凯旋仪式——麦克-马洪元帅在鲜花簇拥、鼓乐高奏之下,沿着林阴大道走过来,他的儿子走在元帅的旁边;他自己则站在阳台上,整整齐齐穿着军服,就像当年在鲁镇②那样,向遍布弹痕的国旗和被硝烟熏黑了的鹰旗致敬……

"可怜的儒弗老头! 他一定是以为我们为了不让他过分激动而要阻止他观看我们军队的凯旋游行,所以他跟谁也不谈这件事;但第二天早晨,正当普鲁士军队小心翼翼地沿着从玛约门到杜伊勒利宫的那条马路前进的时候,楼上那扇窗子慢慢打开了,上校出

---

① 布森瓦,巴黎郊区一古堡,1871年1月9日法军在这里进行了激烈的抵抗。
② 鲁镇,德国城市,1813年拿破仑曾在这里击败俄普联军。

现在阳台上,头顶军盔,腰挎马刀,穿着米约①手下老骑兵的光荣而古老的军装。我现在还弄不明白,是一种什么意志、一种什么突如其来的生命力使他能够站了起来,并穿戴得这样齐全。反正千真万确他是站在那里,就在栏杆的后面,他很诧异马路是那么空旷、那么寂静,每一家的百叶窗都关得紧紧的,巴黎一片凄凉,就像港口的传染病隔离所,到处都挂着旗子,但是旗子是那么古怪,全是白的,上面还带有红十字,而且,没有一个人出来欢迎我们的队伍。

"霎时间,他以为自己弄错了……

"但不!在那边,就在凯旋门的后面,有一片听不清楚的嘈杂声,在初升的太阳下,一支黑压压的队伍开过来了……慢慢地,军盔上的尖顶在闪闪发光,耶拿②的小铜鼓也敲起来了,在凯旋门下,响起了舒伯特③的胜利进行曲,还有列队笨重的步伐声和军刀的撞击声伴随着乐曲的节奏!……

"于是,在广场上一片凄凉的寂静中,听见了一声喊叫,一声惨厉的喊叫:'快拿武器……快拿武器……普鲁士人。'这时,前哨部队的头四个骑兵可以看见在高处阳台上,有一个身材高大的老人挥着手臂,跄跄踉踉,最后全身笔直地倒了下去。这一次,儒弗上校可真的死了。"

柳鸣九 译

---

① 米约(1768—1833),拿破仑部下著名的将领。
② 耶拿,德意志民主共和国西南部城市。
③ 舒伯特(1797—1828),奥地利音乐家。

莫洛亚

安德烈·莫洛亚(1885—1967),法国小说家、文艺评论家、历史学家,1938年当选为法兰西学院院士;主要作品有长篇小说《非神非兽》《氛围》《家庭圈子》《九月的玫瑰》,中短篇小说集《怪诞世界》《栗树下的晚餐》等,还有不少传记和历史著作。《大师的由来》,篇幅虽短,但行文俏皮,幽默风趣,辞意兼佳,不失为杰作。

大师的由来

画家比埃·杜什正在收尾,就要画完那张药罐里插着花枝、盘中盛着茄子的静物写生。这时,小说家保尔-艾弥·葛雷兹走进画室,看他朋友这么画了几分钟,大声嚷道:

"不行!"

那一位正在描一只茄子,惊愕之下,抬起头来,停下不画了。

"不行!"葛雷兹又嚷道,"不行!这样画法,永无出头之日。你有技巧,有才能,为人正派。可是你的画风平淡无奇,老兄。这样轰不开,打不响。一个画展五千幅画,把观众看得迷迷糊糊,凭什么可以让他们停下步来,流连在阁下的大作之前……不行的,比埃·杜什,这样永远成不了名。太可惜了。"

"为什么?"正直的杜什叹了口气,"我看到什么画什么,尽量把内心的感受表现出来。"

"话是不错的,可怜的朋友。你已有家室之累,老兄,一个老婆加三个孩子,他们每人每天要三千卡路里热量。而作品比买主多,蠢货比行家多。没成名的,不走运的,成千累万,你想想,怎样才能出人头地?"

"靠苦功,靠真诚。"

"咱们说正经的。那些蠢货,想要刺激他们一下,比埃·杜什,非得干些异乎寻常的事。宣布你要到北极去作画啦,上街穿得像埃及法老一样啦,开创一个画派啦,诸如此类。把体现、冲动、潜意识、抽象画等专门术语,一股脑儿搅在一起,炮制几篇宣言。否认存在什么动态或静态,白色或黑色,圆形或方形。发明只用红黄两色作画,说是新荷马派绘画啦;或者抛出什么圆锥形绘画,八边形绘画,四度空间绘画,等等……"

这时,飘来一缕奇妙幽微的清香,宣告高司涅夫斯卡夫人的到来。这是一位美艳的波兰女子,她那深紫色的眼睛使比埃·杜什赞赏不已。她订有几份名贵的杂志,这些刊物都不惜工本精印三岁孩童的杰作,就是找不到老实人杜什的大名,便也瞧不起杜什的画品。她坐下把腿搁在长沙发上,瞅了一眼画布,顺便摇晃了一下金黄色的秀发,那么娇嗔地一笑:

"昨天,我看了个展览,"她的嗓音珠圆玉润,柔婉娇媚,"那是关于全盛时期的黑人艺术。噢!何等的艺术敏感,何等的造型美,何等的表现力!"

画家送上一张自己颇感得意的肖像画,请她鉴赏。

"蛮好。"她用唇尖轻轻吐出两字。之后,她失望地、婉转地、娇媚地留下一缕清香,走了。

比埃·杜什抄起调色板,朝屋角扔去,颓然坐倒在沙发上:"我宁可去当保险公司跑街的、银行职员、站岗的警察,画画这一行,最最要不得。帮闲们只知瞎捧,走红的全是画匠。那些搞批评的,不看重大师,一味提倡怪诞。我领教够了,不干了!"

葛雷兹听毕,点上一支烟,想了半天。临了,说道:

"你能不能这样做,向高司涅夫斯卡夫人,向其他人,郑重其事地宣布,这十年来,你一直着意于革新画法?"

"敝人我?"

"你听着……我写两篇文章,登在显著位置,告诉知识界的俊彦名流,说你开创了一个意识分解画派。在你之前,所有肖像画家,出于无知,都致力于研究人物的面部表情。这真是愚不可及!才不是那么一回事,真正能体现一个人的,是他在我们心中唤起的意念。因此,画一位上校,就应以天蓝和金黄两色作底,打上五道粗杠①,这个角上画匹马,那个角上画些勋绶。实业家的肖像,就用工厂的烟囱,攥紧的拳头打在桌上来表现。比埃·杜什,就得拿这些去应市,懂吗?这种肖像分解画,一个月里你能不能替我炮制二十幅出来?"

画家粲然一笑,答道:

"一小时里都画得出。可悲的是,葛雷兹,换了别人,大可借此发迹呢!"

"但是,何妨一试。"

"我不会胡说八道。"

"那好办,老兄。有人向你请教,你就不慌不忙,点上烟斗,朝他脸上喷一口烟,来上这么一句:'难道你从来没看到过江流

---

① 五道粗杠为法国上校军衔标志。

水涌吗?'"

"这是什么意思?"

"什么意思也没有,"葛雷兹说,"这样,人家会觉得你很高明。你等着让他们发现,介绍,吹捧吧,到时候,咱们再来谈这桩趣事,拿他们取笑一番!"

两个月后,杜什画展的预展,在胜利声中结束。美丽的高司涅夫斯卡夫人,那么柔婉娇媚,珠圆玉润,香气袭人,跟着她新进的名人,寸步不离。

"噢,"她一再说,"何等的艺术敏感,何等的造型美,何等的表现力!哎,亲爱的,真是惊人之笔,你是怎么画出来的?"

画家略顿一顿,点上烟斗,喷出一口浓烟,说道:"难道你,夫人,从来没看到过江流水涌吗?"

波兰美女感动之下,微启朱唇,预许着柔媚圆满的幸福。

风华正茂的斯特隆斯基,穿着兔皮领外套,在人群中议论开了:"真高明!真高明!但是,告诉我,杜什,你从什么地方得到启示的?是得之于敝人的文章吗?"

比埃·杜什吟哦半晌,洋洋得意地朝他喷了口烟道:"难道你,老朋友,从来没看到过江流水涌吗?"

"妙哉!妙哉!"那一位点头赞叹道。

这时,一位有名的画商,在画室里转了一圈,抓住画家的袖子,把他拉到墙角,说道:

"好家伙,真有你的!这下,可打响了。这些作品,我统统包下了。不告诉你,你就不要改变画风,我每年向你买进五十幅画……行不行?"

杜什像谜一样不可捉摸,只顾抽烟,不予理会。

画室里人慢慢走空。等最后一位观众离去,葛雷兹把门关上。这时楼梯上还传来渐渐远去的阵阵赞美。跟画家单独相对时,小说家兴冲冲地把手往袋里一插:

"哎,老兄,"他说,"你信不信,他们全给骗了?你听到穿兔皮领那小子说什么了吗?还有你那位波兰美女?那三个俊俏的少女连连说:'崭新的! 崭新的!'啊,比埃·杜什,我原以为人类的愚蠢是深不可测的,殊不知更在我预料之外!"

他抑制不住狂笑起来。画家皱皱眉头,看他笑得呃呃连声,突然喝道:"蠢货!"

"蠢货?"小说家愤愤然了,"我刚开了一个绝妙的玩笑,自从皮克西沃之后……"

画家傲然环视那二十幅肖像分解画,踌躇满志,一字一顿地说:"是的,葛雷兹,你是蠢货。这种画自有某种新意……"

小说家打量着他的朋友,愣住了。

"真高明!"他吼道,"杜什,你想想,是谁劝你改弦更张,新法作画的?"

这时,比埃·杜什消消停停地从烟斗里吸了一大口烟。

"难道你,"他答道,"从来没看到过江流水涌吗?"

罗新璋 译

埃 梅

马塞尔·埃梅(1902—1967),法国小说家、剧作家。其作品把奇想与现实相结合,笔调风趣,富有才智。《穿墙记》以梦幻般的传闻逸事为题材,主人公所具有的穿墙而过的超人本领令中国读者想起《聊斋志异》中的"崂山道士"。因为埃梅的这篇小说,巴黎于1989年树立起一个穿墙者铜像,如今它已成为巴黎的一处独特风景。

穿 墙 记

在蒙马特区的奥尚街七十五号乙单元的四层楼上,住着一位超群出众的人物。他名叫杜蒂耶,独具奇才,可以不费吹灰之力,穿墙而过。此公架着一副夹鼻眼镜,蓄着一小撮黑胡子,在注册部当个三等职员。冬天,他乘公共汽车上班;到天气转暖时,就戴顶小圆帽安步当车。

杜蒂耶发现自己具有这种奇才时,刚刚过了四十三岁。一天晚上,当他走进单身汉套间的过道时,突然停电,于是他在黑暗中摸索了一阵。来电之后,他发现自己居然已经到了四楼室外的楼梯台上。可是,他的房门是从里面上的锁,这个意外事件使他百思不得其解。虽然他明知道此事实属荒唐,也还是决定打原道回屋,也就是要穿墙而过。这种神奇之才似乎未能对他有何益处,反倒多少使他觉得不快。第二天是星期六,他趁下午不上班,拜访了区里的一位医生,向他讲述了自己的病状。医生相信他说的都是实话。经过检查之后,发现他患了甲状腺死壁螺旋性僵化症,便给他开了处方:进行超量的剧烈活动,并以一年服用两片的剂量,服用掺有米粉与半人半马激素的四效比雷特粉。

杜蒂耶吃过第一片药,把剩下的扔到抽屉里,将这件事也就忘个精光。至于超量的剧烈活动,作为职员,他的活动都有一定之规,和任何过激活动都是无缘的。工作之余,他也只是看报、集邮,根本用不着大量消耗体力。因此,一年之后,他依然保住了穿墙而过的本领。不过,除了偶尔疏忽之外,他还从未露过此招,因为他既无心冒险,又缺乏丰富的想象力。他甚至从来没有想到过要变换一下进门的方式,仍旧摆弄着锁孔,不无费力地开门,过门而入。要不是一个非常事件突然降临,使他的生活发生了天翻地覆的变化,或许他会相安无事地在陈规旧俗中寿终正寝,根本想不到让他的天赋经受检验。他所在的办公室副主任穆龙先生另有它任,接任的是莱居叶先生。此人说话简短,长着一把毛刷子般的胡子。从第一天起,新上任的副主任就觉得杜蒂耶的带链眼镜和小黑胡子很不上眼,故意把他当成个招人讨厌、邋遢可笑的糟老头。更为甚者,这位新上司自以为在工作中实施了举足轻重的改革,而这一举动却扰乱了下属们心头的平静。二十年来,杜蒂耶写信时总是按下列格式起头的:"根据贵方本月某日大函,并参照我们来往的信件,我十分荣幸地通知您……"莱居叶打算代之以另一种更富有美国味的格式:"某月某日来信收悉,我通知您……"杜蒂耶无法习惯这种书信格式,他总是不由自主地回到老一套的格式上去。这种难以自制的顽固态度惹得上司对他越来越不满。注册部的气氛使他感到十分压抑。早上,他忐忑不安地上班;晚上躺在床上,他常常要辗转反侧一刻钟后方能入睡。

这种墨守成规的顽症影响着莱居叶先生的改革成功,使他感到忍无可忍,便把杜蒂耶轰到一间半明半暗的小屋子里。这屋子紧挨着副主任的办公室,进入这间小屋得走过一扇又矮又窄的小门,这门面对走廊,上面用大字写着:**杂物储藏室**。杜蒂耶以逆来顺受的心态忍受了这种空前的侮辱。然而,他在家看报时,读到"社会新闻"上报道的一些凶杀案,竟十分惊讶地发现,自己居然盼望莱居叶先生早已遭人暗算。

一天,副主任挥舞着一封信闯入小黑屋,大声吼道:

"给我重写这封蹩脚的信!给我重写这封蹩脚的信!真给办公室丢人,这一钱不值的蹩脚的信!"

杜蒂耶本想反驳,可是莱居叶先生却用雷鸣般的声音骂他是死守成规的老蟑螂,把手中的信揉成一团,扔到他脸上。杜蒂耶虽然为人谦恭,自尊心却挺强。他一个人待在小黑屋里,觉得脸上一阵阵发烧。突然,他心血来潮,离开坐位,钻进他和副主任办公室之间的那堵墙里。他进去时十分谨慎,只让脑袋露在墙的那面。副主任坐在办公室里,正在审阅一位职员起草的公文。他神经质地勾换掉一个逗号,突然听到办公室里响起一声咳嗽。一抬头,一种不可名状的恐怖攫住了他,他觉得杜蒂耶的头像打猎带回的兽头一样悬挂在墙上,而且这个头居然还活着,透过带链眼镜,向他射来一道道愤怒的目光。更为可怕的是,这个脑袋开口说话了:

"先生,你是流氓,混蛋,无赖!"

莱居叶吓得一下愣住了,眼睛死死盯住这个幽灵。最后,他费了好大劲儿才从椅子上挣扎起来,冲到走廊,奔向小屋。杜蒂耶像往常一样,拿着笔坐在那里,安详而又认真。副主任端详了好久,才结结巴巴地讲了几句话,又回到自己的办公室去。他屁股还未坐稳,脑袋又出现在墙上。

"先生,你是流氓,混蛋,无赖!"

就这一天,吓人的脑袋在墙上出现了二十三次。以后的日子里,依然天天如此。杜蒂耶对这种把戏得心应手,再也不能满足于辱骂副主任了。他吼叫着一些稀奇古怪的吓人话语,比如,他用叫人毛骨悚然的声音大喊大叫,不时夹杂着魔鬼般的狂笑:

"戛鲁!戛鲁!一根狼毛,(狂笑)哆嗦一下就要拔掉所有猫头鹰的犄角!(狂笑)"

可怜的副主任听着这些话,越发面无人色,上气不接下气,头发笔直地竖起来。他失魂落魄,虚汗一滴滴顺着脊背往下淌。第一天,他的体重就掉了一斤。一星期后,且不说他明显地垮下来,还新添了两种病:用叉子喝汤,向治安警察行军礼。第二个星期一开始,一辆救护车就把他从家里送进一所疗养院。

杜蒂耶可算摆脱了暴虐的莱居叶,终于又可以使用他那十分亲切的格式:"根据贵方本月某日大函⋯⋯"然而,他并未就此满足,有一种东西附在他身上,叫他跃跃欲试。这是一种新的欲望,无法克制,除去穿墙而过,别无他求。当然,这个要求也容易满足,例如,在他自己住所就可以,再说其他地方也总是不缺墙壁啊!但是具有非凡本领的人是不会甘心在一些琐碎小事上施展本领的。而且穿墙而过本身也谈不上是一种目的,只不过是冒险的开始。有始还得有终。一句话,应该得到报酬,杜蒂耶对此心里十分明白。他觉得在他身上有一种一举成名、出人头地的愿望正在不断增长。同时,他心中也产生了一种怀旧感,仿佛有什么东西在墙后召唤着他。不幸的是,他找不到目标。他试图在报纸上找到灵感,读报时尤其注意政治栏与体育栏。在他看来,这都是值得尊重的职业。然而,他终于发现这两个行业并不能为穿墙而过的人大开方便之门。最后他只好把注意力转到社会新闻栏上,这类报道给人较多的联想。

杜蒂耶首次作案是在右岸的一家大银行里行窃。他穿过大约十二堵墙,钻进各式各样的保险柜,兜里塞满了钞票。临走时,他还用红粉笔签下他的化名:戛鲁·戛鲁。在名下再划上一道,划得非常漂亮。第二天所有报纸都复印了这个签名。一星期后,戛鲁·戛鲁名声大振。公众毫无保留地倾心于这位神奇的大盗,他竟能如此巧妙地戏弄警方。他每天夜里都要完成一桩新业绩,或是洗劫银行,盗窃珠宝店,或是偷盗某家富翁,以此再振声威。不论在巴黎或在外省,所有想入非非的妇女无不热切地渴求将自己的身心奉献给可怕的戛鲁·戛鲁。在短短的一周里,布第卡拉的名钻石被盗,市银行被窃,大家的热情简直被激发到如痴如狂的地步。内政部长被迫辞职,注册部长跟着垮台。可是,杜蒂耶先生虽然富甲巴黎,仍旧准时上班,大家都说该授予他科学院奖。每天早晨,在注册部,他的欢乐莫过于聆听同事们评论他夜间的丰功伟绩。他们说道:"这个戛鲁·戛鲁可真了不起,简直是个超人,是个天才。"杜蒂耶承蒙大家如此夸奖,满脸通红,觉得很过意不去。在他那副带链小眼镜后面,闪烁着友好与感激的光芒。这种气氛使他无法自持,再也不能继续保密了。他羞羞答答地打量着自己的同事。他们正围着报纸,读着详细描述法兰西银行盗窃案的报道呢。他十分谦虚地宣布:"你们知道吗?戛鲁·戛鲁,这就是我。"顿时全场哗然,杜蒂耶的两句衷肠话竟招来一阵无休无止的笑声。从此,他就被人戏称为戛鲁·戛鲁。晚上下班时,他的同事们没完没了地嘲笑他,使他觉得生活似乎并非那样美满了。

过了几天,戛鲁·戛鲁在和平街作案,让夜巡队当场拿获。他在钱箱上签了名,就开始大唱祝酒歌,用大块金子做成的酒杯乱砸玻璃。他完全可以轻而易举地钻进一堵墙,躲避巡逻队的搜捕。任何人都觉得他似乎是故意被捕的。此举的目的大概只有一个,就是让他的同事大为惊讶,因为他们素来不相信这一点,很使杜蒂耶为此难堪。不出所料,这帮人一看到第二天的报纸在头版上刊登着杜蒂耶的照片,果然大吃一惊。他们伤心地追悔不已,居然未能领略这位同事的奇才。为了向这位天才的同事表示敬意,他们纷纷在下巴上蓄起小胡子。其中有些人出于羞愧与羡慕,甚至忍不住把手伸向朋友家或熟人的表和钱包里。

大家或许觉得,他仅仅为使几个同事吃惊就自投罗网,未免太为轻率。这种举动同出类拔萃之辈的身份颇不相称。其实,这种理智上的外在理由对这个决定根本无足轻重,杜蒂耶放弃自由,当时只想挽回面子,实际上他不过是在命运的斜坡上顺坡而下罢了。对于一个能穿墙而过的人来说,如果他连监狱的墙一次都没碰过的话,还有什么行动更够味儿呢?当杜蒂耶被带进监牢时,感到命运对他真是格外垂青。厚厚的墙壁对他说来可够过瘾。他被监禁的第二天,看守们就目瞪口呆地发现,犯人在牢房的墙上钉了个钉子,上面挂着典狱长的金表,至于他是怎样搞到这块表的,他是不会、也不愿意解释清楚的。表是物归原主了。可是第二天,那块表和借自于典狱长藏书室的《三个火枪手》的第一卷,又一起放在戛鲁·戛鲁的床头。监狱里的工作人员被折磨得筋疲力尽。看守们抱怨有人踢他们的屁股,却说不出这脚是从何处飞来的。好像现在不只是隔墙有耳,还是隔墙有脚呢!戛鲁·戛鲁被拘禁一周

之后,一天早上,典狱长走进办公室,在桌上发现下面这封信:

  典狱长先生台鉴,根据本月17日咱们之间的交谈并参照去年5月15日您的规定,我荣幸地通知阁下:我刚看完《三个火枪手》的第二卷,打算今夜11点25分到11点35分之间越狱。
  典狱长先生,请接受我深切的敬意。
戛鲁·戛鲁

  当夜,尽管杜蒂耶受到极为严密的监视,结果他还是在十一点半越狱了。翌日清晨,消息一传开,顿时引起一片颂扬之词。这次作案之后,他的声望简直达到无以复加的地步。杜蒂耶似乎并不打算躲躲闪闪,他照样大摇大摆地来往于蒙马特大街。越狱三天后,临近中午时,他在高兰古街的幻梦咖啡馆再次被捕,当时他正和几位好友大饮柠檬白酒。
  他又被带回监狱,关进一间有三重锁的黑牢。当天晚上,戛鲁·戛鲁又逃之夭夭,躲到典狱长的客房里睡了一夜。第二天早晨九点来钟,他打铃叫来女用人,说要吃早餐。然后他就老老实实地被闻讯赶来的看守从床上带走了。典狱长忍无可忍,在杜蒂耶的门前安置了一个警戒岗,还罚他啃干面包。中午时分,犯人在监狱附近的饭馆用餐,喝过咖啡之后,他给典狱长挂了个电话:
  "喂,典狱长先生吗?我万分抱歉。可是刚才我出门时忘带您的钱包了,弄得我在饭馆里不知所措……能不能劳您驾派个人付一下饭钱呢?"
  典狱长亲自赶来,禁不住火冒三丈,破口大骂起来。杜蒂耶感到自尊心受到伤害,于是当晚越狱,一去不回。这次,他小心地刮掉小胡子,把带链眼镜换成玳瑁眼镜,再戴顶鸭舌帽,穿上一件大方格外套和高尔夫球短裤,顿时面目全非。他在第一次被捕之前,就把部分家具连同一些贵重物品都搬到朱诺街的一所公寓里。这次他干脆住到那儿去了。他对那威震四方的声誉已经日觉厌倦,而且自从入狱以来,对于穿墙而过的快感业已多少有些看破,最厚实最高大的墙壁现在在他看来不过是普普通通的屏风。他渴望从巨大的金字塔中来回穿越。他一面等待着埃及之行的计划逐步成熟,一面过着四平八稳的日子:要么集邮,要么看电影,要么在蒙马特区长时间的闲逛。他把下巴刮得光溜溜的,再配上副玳瑁眼镜,变得判若两人,连最亲密的朋友擦肩而过也认不出他。只有画家让·保罗那双明察秋毫的眼睛注意着区里老住户身上的些微变化。他终于认出了伪装者的真面目。一天早晨,他和杜蒂耶在阿布勒瓦街打了个照面,忍不住用粗俗的黑话对他说:

"嘿,甭装蒜了,打扮得那么洋,想混过便衣还是怎么着。"用老百姓常用的话说:我看得出来,你打扮成上等人,是想躲过警察局的暗探。

杜蒂耶喃喃地说:"啊,你认出了我。"

他感到心慌意乱,打算早些动身去埃及。可是就在当天下午,他十五分钟里两次在勒比克街上碰见一位金发妇人,真是一见钟情,什么集邮、金字塔,什么埃及,一下子全扔到了脑后。再说那位妇人也饶有兴味地瞟了他几眼。对于今天的年轻妇女来说,还有什么比高尔夫球短裤加上一副玳瑁眼镜更加令人神往的呢?这使她联想起自己钟爱的电影明星、鸡尾酒会,还有那个加利福尼亚之夜。可是,让·保罗告诉他,这个美人已经嫁给一个醋意十足的粗野男子。这个疑心很重的丈夫自己过着乌七八糟的生活,晚上10点到清晨4点之间总是把老婆扔在家里。不过出家门时,他总忘不了小心翼翼地用两重锁把她关在屋里,每个百叶窗上都挂着把大锁。白天,他也严密地监视着她,甚至还到蒙马特大街去盯梢。

"他看得紧着呢,一副十足的无赖相,谁也甭想打他那口子的主意。"

然而,让·保罗的警告只能给杜蒂耶火上浇油。第二天,他在多诺柴大街上碰到这位少妇后,居然大胆地尾随她进了一家奶酪店。杜蒂耶在她买东西的当儿,向她吐露了自己的爱慕心情,并说他对一切都了如指掌,诸如恶丈夫、锁门、百叶窗之类,不过他表示当天晚上他还是要到她的卧室去。金发妇人涨红了脸,手中的牛奶罐瑟瑟发抖,脉脉含情的眼睛湿润了,她低声叹道:"天啊!先生,这不可能。"

这令人精神焕发的当天晚上,10点来钟,杜蒂耶就在诺尔万大街东张西望,注视着一堵坚实的厚壁。墙后一间小屋隐约可见,在这里只能看到房顶上的风信鸡和烟囱。墙上的门开了,一个汉子小心翼翼地锁上身后的门,走上米诺大街。杜蒂耶静静地目送着他的身影远远逝去,消失在交叉路口上,过后又数了十下,他飞奔开来,用矫健的步伐钻进墙里,一刻不停地在障碍物中奔跑,一头扎进美丽的囚徒的卧室。她不胜欢欣地迎接来访者,这天夜里,直到深夜,他们还沉醉在温柔乡里。

第二天,杜蒂耶头疼得厉害。可这算得了什么,他才不会为这点鸡毛蒜皮的小事失约呢。不过,他还是无意中在抽屉里翻出两片药,午前午后各吞了一片。晚上,他的头不那么疼了,而且一激动,也就无暇顾及了。少妇焦急地盼他光临,一想起昨夜的情景,更是急不可耐。这天夜里，他们相亲相爱直到深夜三点。分手后，他在穿墙时觉得腰部和肩部好似有一种平时少有的摩擦感。当然，他认为没有必要大惊小怪。可是，当他穿到外面围墙时，明显地感到有一种阻力，他仿佛在流动的物体中运动，不过这物体越变越稠，而且他每使劲一次，这物体就变得愈发坚实，终于他全身都被固定在墙壁里，他发觉自己已经无法挪动。猛然，一个恐怖的念头闪进脑际：他在白天吃了两片药，他本以为那是阿司匹林，其实这正是去年医生让他服用的四效比特雷粉。药效加上超量剧烈活动，真是立竿见影。

　　从此，杜蒂耶就僵立在墙里。直到今天他还待在那儿呢，就嵌在石缝里。夜深人静，巴黎的喧嚣过后，夜间还在游逛的人们来到诺尔万大街时，就可以听到一个仿佛发自坟墓深处的嘶哑声音，人们还误认为这是布特街十字路口上呼啸的风发出的哀鸣。其实这正是戛鲁·戛鲁·杜蒂耶在抒发自己一腔哀怨，痛惜他光辉业绩的悲惨结局与转瞬即逝的美妙爱情。好几个冬夜，让·保罗解下吉他，壮着胆子走在呜呜作响的荒凉的诺尔万大街上，奏起一支歌，安慰那可怜的囚徒。从他冻僵的手指上拨出的一个个音符，宛如一束束月光泻进石缝的深处。

吕彤邻　译

托马斯·曼

托马斯·曼(1875—1955),德国著名小说家。主要作品有长篇小说《布登勃洛克一家》《魔山》《约瑟和他的兄弟们》四部曲,还有《浮士德博士》,中篇小说有《特里斯坦》《死于威尼斯》《马里奥和魔术师》等,还有大量短篇小说和文论。1929年获诺贝尔文学奖。《神童》是托马斯·曼的短篇杰作之一。

神 童

神童进来了,大厅里静下来。

大厅里静下来后,人们鼓起掌来,因为在靠边的什么地方一位生来有权势的先生,一位公众的领袖带头鼓起了掌。他们虽然什么也没有听到,但是他们却热烈地鼓掌;因为一个强大的广告机构已经为神童预先做了宣传,知道他也好,不知道他也好,大家都被迷住了。

神童从一座富丽堂皇的屏风后面走出来,这座屏风全部绣着灿烂的花环和巨大的奇异的花朵。他敏捷地沿着阶梯登上舞台,沉浸在喝彩声中,如同在沐浴的时候,有一阵寒意袭来,感到有些颤栗,但另一方面,他觉得周围的气氛非常亲切友好。他站在舞台的边上,微笑着,好像有人要为他照相似的;他虽然是个男孩,但是他却像少女那样向大家招手致谢,显得腼腆可爱。

他全身都穿着白绸的衣服,这事在大厅里引起一阵骚动。他上身穿一件剪裁得非常美妙的白绸短上衣,中间束着一根腰带,甚至连他的鞋也是白绸做的。但是,同白绸裤子形成明显对照的是两条赤裸着的小腿,它们完全是棕色的;因为他是一个希腊男孩。

他名叫比比·萨采拉费拉卡斯,这就是他的姓名。"比比"这个词是那个名字的简写或昵称,除了音乐会经理外,别的人谁也不知道,这位经理把这个看做是营业上的秘密。比比一头黑发,梳得光光的,微带棕色的突出前额上扎一条绸带,头发向两边分开,一直垂到双肩。他长着像世界上一切孩子一样善良的面容,小鼻子是那样的稚嫩,小嘴巴是那样的天真;只是他的乌黑的小眼睛下面的肌肉已经有些疲乏,并且有两道特别的线条清晰地勾画出来。他看起来好像九岁,实际上只有八岁,却被说成七岁。人们自己也不知道,他们到底是否相信他真的这样小。也许他们知道得很清楚,却仍然相信他只有七岁,有些时候,他们常常这样做。他们想,说一点儿谎是一种美事。他们想,如果人们没有一点善良的愿望,对一些事情马虎一点的话,那么日常生活中哪里还会有虔敬的心情和赞扬呢?他们的头脑想得完全对!

神童向大家致谢,一直到欢迎的掌声停息下来为止;然后他走向钢琴,人们向节目单最后看了一眼。第一个曲子是《庄严进行曲》,接着是《梦幻曲》,然后是《猫头鹰与麻雀》——所有这些都是由比比·萨采拉费拉卡斯演奏。节目单上全是他的节目,这些都是他创作的乐曲。他虽然还不能写出来,但是所有这些曲子都装在他那异常聪慧的头脑里;正如音乐会经理亲自撰写的广告上认真地、客观地说明的那样,这些曲子具有高度的艺术价值,必须给以足够的评价。看来,音乐会经理是经过艰苦的思想斗争才克服他那批评的本性承认这一点的。

神童坐在转椅上，努力把小腿伸到钢琴的踏板上，这两块踏板靠着巧妙的装置安装得比一般的钢琴高出许多，这样比比才能够得着。这是他自己的钢琴，到什么地方都把它带着。这台钢琴放在木头支架上，由于经常搬来搬去，它的光泽已经磨损得相当厉害；但是这一切只能使这件东西更加有趣。

比比把他的穿着白绸鞋的双脚放到踏板上，然后露出一丝伶俐的表情，眼睛向前看着，举起右手。这是一只棕色的天真的小手，但是手关节是强壮的，不像是孩子的样子，完全可以看出训练有素的指节骨来。

比比露出伶俐的表情是为了取悦于听众，因为他知道他必须表演，让他们娱乐，让他们高兴。但是他在演奏时也自有一种特别的乐趣，一种不能言传的乐趣。每当他坐到打开的钢琴旁时，他就感到有一种不可名状的幸福，他如醉如狂，不能自已——他永远不会丧失这种感情。钢琴的键盘七个黑白相间的八度音，又一次呈现在他的面前，他在这个键盘上奏出的曲子时而激越昂扬，时而悲壮深沉，他自己的感情常常沉浸在乐曲中，随着乐曲的变化而波动。而这键盘却始终像一块尚未涂抹过的画板那样洁净无瑕。使他如此陶醉的是音乐，是整个摆在他面前的音乐！这音乐像迷人的大海在他的面前展开，他能够跳进大海，非常快乐地游泳，舒舒坦坦，自由自在，随着海浪漂流，在暴风雨中被大浪吞没，然而他却始终能控制大海，驾驭大海，指挥大海……他举起右手停在空中。

听众们屏声息气，大厅里寂静无声。大家都紧张地期待着他弹出第一个音……怎样开始呢？是这样开始的。比比用食指在钢琴上弹出第一个音响，在中音阶弹出一个意想不到的强有力的音响,就像吹奏的喇叭声一样。其余的手指跟着弹起来,乐曲就开始了——人们听得四肢都溶解了。

这是一间华丽的大厅,是在一家第一流的新式旅馆中,墙上画着玫瑰红色的、肉色的彩画,厅里有许多柱子,挂着镶花边的镜子,天花板上、墙上、柱上各种灯不计其数,有伞形花序的,有束形的,放射出明亮的、金色的光线,把大厅照得如同白昼……所有的椅子上全坐满了人,甚至在两边过道和后面也都站满了人。前排座位十二个马克一张票(因为音乐会经理醉心高价原则),坐着一排一排上流社会的先生和太太;上流社会对神童非常感兴趣。那里面可以看到许多穿着军服的人,许多穿着各色高级服装的人……甚至还有一些孩子,他们有着很好的教养,两条小腿从椅子上垂下来,眼睛里闪烁着光芒,注视着他们那穿着绸衣服的天才小伙伴……

前排左边坐着神童的母亲,一个极其肥胖的夫人。她的双下巴搽满脂粉,头上插着一根羽毛,在她的旁边坐着音乐会经理,一个东方型的先生,他的非常突出的衬衫袖口上装饰着巨大的金纽扣。前排正中间坐着公主。她是一个瘦小的、布满皱纹的、已经有些皱缩的老公主,她鼓励资助感情细腻的艺术的发展。她坐在一张铺着厚厚的天鹅绒的靠椅上,脚下铺着波斯毯子。当她注视着神童演奏的时候,她把双手紧紧地交叠在有灰色条纹的绸衣的胸前,头侧向一边,显示出一种高雅安宁的神态。在她的旁边坐着女侍官,她穿着绿色条纹的绸衣。正因为她是穿绿色条纹绸衣的一位女侍官,所以她只能笔挺地坐着,不能靠到椅背上。

比比在极其紧凑的音节之后结束了这一乐曲。这个孩子使出了多大的力气弹奏这台钢琴啊!人们简直不相信自己的耳朵了。庄严进行曲的乐音在完全和谐的结构中,突然再一次迸发出有生气的、热情的旋律,音域宽阔和夸张,比比在弹奏每一个节拍时上身向后仰着,就像胜利地行进在庆祝游行的队伍中一样。然后他有力地结束了演奏,弯着身子向旁边移动,从椅子的一边下来,微笑地期待着听众的鼓掌喝彩。

喝彩声突然响起来了,大家一致地、感动地、热烈地鼓着掌;看哟,当这孩子像女人一般地致谢时,他的腰身多么柔软可爱!鼓掌,鼓掌!等一会儿,现在我要摘下手套。好啊!小萨柯费拉克斯,或者你的真名姓萨采拉费拉卡斯!——但是这真是一个机灵鬼!

比比从屏风后面出来谢幕三次,人们才平静下来。一些最后来到的人,一些迟到者从后面往前挤,费力地在挤满了人的大厅里找个合适的地方。然后音乐会又继续进行。

比比轻轻地演奏了由一系列琶音组成的《梦幻曲》,在这些琶音上鼓动着微弱的翅膀升起一段小小的曲调;接着他又演奏了《猫头鹰与麻雀》。这一首曲子取得了极大的成功,产生了激动人心的效果。这是一首真正的儿童乐曲,异常明白易懂。在低音中人们看见猫头鹰栖息在那里,带着迷糊的眼神愤怒地轻轻地拍击,同时在高音中人们看见麻雀轻佻地、胆怯地嗖嗖飞过,想要嘲弄那只猫头鹰。这一首曲子演奏完后比比出来谢幕四次。一个旅馆侍者穿着纽扣闪闪发光的衣服,把三个巨大的月桂花环送到舞台上,从侧面把花环递到比比面前,比比向大家致意,表示感谢。甚至那位公主也鼓掌赞许,她非常温柔地轻轻拍起她那薄薄的手掌,但是没有发出一点声音……

这个精明干练的小家伙多么了解怎样去招引这些掌声啊!他在屏风后面迟迟不出来,他在那通向舞台的阶梯上停了一会儿,天真幼稚地看着花环上那五彩缤纷的缎带,有些快乐,虽然这些东西早就已经使他感到厌烦了;他可爱地、犹豫地向大家致意,让人们有足够的时间,尽情喝彩鼓掌。他想《猫头鹰》是我的拿手好戏,这个词他是从音乐会经理那儿学来的。然后要演奏一首幻想曲,这首曲子还要好得多,特别是那些升C音章节。但是你们都痴爱这首《猫头鹰》,你们这些听众,虽然这首曲子是我创作演奏的第一首也是最糟的一首。他仍然亲切地向大家致谢。

接着他演奏了一首沉思曲和一首练习曲;——说真的,节目相当丰富。那沉思曲演奏得同《梦幻曲》非常相像,对于它也是无可指摘的;比比在弹奏练习曲时显示了熟练的技巧,顺便说一下,他的熟练技巧比起他的天才来还是略逊一筹。然后就演奏幻想曲了。这是他最心爱的乐曲。他演奏这首曲子,每一次都有些不同,他很自由地弹着,有时晚会非常成功,他灵感一来,会演奏出许多新的东西,连他自己都感到惊讶。

他坐着,演奏着,在巨大的、黑色的钢琴前他是那样瘦小,而且发出白色的闪光;他一个人被挑选出来坐在舞台上,舞台下黑糊糊一片,坐着数不清的人群,这众多的听众仅仅只有一个抑郁而滞重的灵魂,现在他要以他一个人的、出众的灵魂去影响这个灵魂……他那柔软、黑色的头发同白绸带子一起垂到前额,他那节骨强壮的、训练有素的手腕在演奏着,人们看见他那棕色的、孩子般的面颊在颤动。

有时在忘却一切和孤寂的瞬间,他那奇异的、黯淡无神的小眼睛向旁边扫去,从听众那里渐渐移到他旁边的画着彩画的墙壁上,他的眼睛似乎穿过墙壁,凝望着那描绘着众多事件的、充满模糊生活的远方。然后他的眼角一动,把目光从墙上移回大厅,他又在人们的面前了。

"哀诉和欢呼,飞升和沉沦,……我的幻想曲!"比比非常亲切地想着,"听啊,现在的节拍是升C大调!"他让这个延长下去,演奏升C音。他们是否注意到这点啊?噢,不会,绝不可能,他们是不会注意到这点的!所以他至少要做一个好看的翻眼,抬眼望着天花板,以引起他们的注意。

人们一长排一长排地坐着,目不转睛地看着神童。在他们的头脑里也有着各种各样的想法。一位长着白胡子的老先生,食指上戴一只印章戒指,他的秃头上生着一个球状的肉瘤,一个赘疣。他心里想道:"还没有把《从普法尔茨选帝侯领地来的三个猎人》演奏好,就成了白发苍苍的老人,坐在这里看这个小家伙演奏这么奇妙的乐曲,说实在的,真该感到羞愧。不过,这是天意。上帝分配他的礼物,谁也没有法子,再说,做一个普通的人,也不是什么可耻的事。这有点像襁褓中的耶稣一样,在一个小孩面前鞠躬跪拜,不必羞耻。这使人多么的舒服啊!"——他不敢想:这是多么甜蜜可爱啊!——"甜蜜可爱"这个词对于一个健壮的老先生来说是有失体面的。但是他是感到甜蜜!他到底还是感觉到了!

"艺术……"那长着鹦鹉鼻子的商人想道,"是的,自然喽,艺术给生活带来一点闪光,带来悦耳的声音和白色的绸子。而且收入也不错。你看五十个座位,每个座位十二马克,单单这些就已经是六百马克,——此外,还有次等座位。扣除大厅的租金、电灯费和印节目单的费用,至少可净赚一千马克。这些都进了他们的腰包了。"

"对了,他刚才演奏的是肖邦的曲子!"钢琴女教师想道。她是个尖鼻子女人,到了她这个年纪,她已不想入非非,也不抱奢望了,但她的理解力却越来越敏锐。"人们可以说,他不是没有一点小错误的。以后我要说:他是有一点错误的。但是听起来确实很好。此外,他的指法是完全没有受过指教的。手背上应该能放一枚塔勒①……我要用尺子去量量。"

一个年轻的姑娘,看起来非常苍白,正是对什么都好奇的年龄,这个年龄的人很容易产生一些美妙的想法。她暗自想道:"这是什么!他在那里演奏的是什么啊!他演奏的是热情!难道真是个孩子?!如果他来和我接吻,就像我的小弟弟来吻我一样,——那不是接吻。难道有一种完全独立存在的热情,一种自在之物的热情,不是寄托在尘世俗物的热情,纯粹是热情的孩子的曲子?……好啊,如果我把这些话大声说出来,人们就要给我吃补药,世界就是这样。"

有一位军官靠着一根柱子站着。他看着演出成功的比比想道:"你有出息,我也有出息,各自方式不同罢了!"他把脚后跟碰在一起,做了一个立正的姿势,他向神童表示尊敬,一切有权势的人他都尊敬。

那位批评家年近花甲,穿着发光的黑色上衣和向上翻卷的溅污了的裤子,他坐在他的免票席上想道:"你们看他,看这个比比,看这个顽童!作为人他还是个小孩,还要成长,但是作为一个典型,作为艺术家的典型,他是完全成熟了。他集艺术家的尊贵、无耻、欺骗、藐视、自我陶醉、神圣的灵感于一身。但是,我不能把这些话写下来;他太好了。啊,如果我不把这一切看得这样透彻的话,请你们相信,我早就成为一个艺术家了……"

---

① 塔勒,德国旧时的一种银币名。

这时神童演奏完毕,大厅里响起了一阵暴风雨般的掌声。他不得不一次又一次地从屏风后面出来谢幕。衣服上有着闪闪发光的纽扣的侍者又拿来了新的花环;这次是四个月桂花环、一个紫罗兰花环和一束玫瑰花。他没有三头六臂,不能把所有的馈赠都交给神童,因此音乐会经理亲自走上舞台去帮助他。经理取了一个月桂花环挂到比比的颈项上,他还很亲切地抚摸了一下神童的黑发。突然间,好像被征服了的一样,他弯下腰来,给了神童一个亲吻,一个响亮的亲吻,正好亲在他的嘴上。这时,那掌声变成一场十二级风暴。这个亲吻如电流一样传遍整个大厅,人们像触电那样极度兴奋,大家禁不住狂呼起来。高声的欢呼混合到狂暴的鼓掌声中。有几个和比比一般大的小朋友在下面挥动他们的手帕……但是那位批评家想道:"自然喽,这音乐会经理肯定要亲吻的。真是老一套滑稽戏,招徕听众罢了。哎,上帝啊,他们不能把这一切都看透,有什么办法!"

于是神童的音乐会结束了。从七点半开始到八点半完毕。舞台上放满了花环,钢琴的灯座上放着两个小花盆。比比演奏的最后一个节目是《希腊狂想曲》,结束时转入希腊的赞歌,他的那些参加音乐会的同胞都非常高兴,如果这不是一个高雅的音乐会的话,他们真要一块儿唱起来。作为补偿,他们在结束时拼命地鼓噪起来,这是一场充满热情的喧闹,显示了他们强烈的民族意识。但是那位年老的批评家却想道:"自然喽,他肯定要演奏这首赞歌的。他弹着弹着就弹起别的曲子来,什么鼓动的手段都不放过。我要写篇文章,说这不是艺术。但是也许这却正是艺术。艺术家到底是什么?一个滑稽的角色吧。批评才是最高级的。但是我可不能把这些写下来。"他穿着溅污了的裤子离开了。

第九次或者第十次出来谢幕之后,那激动的神童不再回到屏风后面去了,他走下舞台来到听众席,走到他妈妈和音乐会经理的身边。人们在凌乱的椅子中间站着,鼓着掌,许多人挤到前面去看比比。有一些人也想去看一下公主:于是在舞台前围着神童和围着公主形成了两个密密的圈子。人们还真不知道,他们两人中是谁把大家吸引过来围成圈子的。但是女侍官根据公主的命令走向比比,她拉拉他,弄平他的绸上衣,为了使他能够觐见;她挽着他的手臂来到公主面前,并认真地指点他,叫他去吻公主殿下的手。"孩子,你是怎样演奏得这样好的?"公主问道,"你坐下去的时候,乐曲就自然地来到你的手边?"——"是的,夫人。"比比回答道。但是他心里却想道:"啊,你这个愚蠢的老公主……!"于是他腼腆地、礼貌不周地转过身去,又回到他的亲属身边。

　　外面衣帽间密密地挤满了人。有人高高地举起他的取衣物的号牌,有人张开手臂从柜台上面接过皮大衣、围巾和胶鞋。那钢琴女教师站在某个地方的熟人中间,正在批评"他有点小错误",她大声地说着,同时向四下看了一眼……

　　在一面巨大的壁镜前面有一位年轻的高贵太太让她的兄弟、两位少尉替她穿大衣和皮靴。她美丽极了,蓝湛湛的眼睛水汪汪的,纯种的脸庞非常清秀,是一位真正的贵族小姐。她穿好衣服,等着她的兄弟。"不要在镜子面前站得那么久,阿道尔夫!"她轻轻地说道。她对其中的一位有些生气,因为他望着镜子中他美丽、朴实的脸好像不愿离开。现在好了! 阿道尔夫少尉在得到她的惠允以后,可以在镜子前面去扣他的双排扣大衣的纽扣! ——然后他们就走出去了,外面街上弧光灯在雪雾中昏暗地闪耀着,阿道尔夫少尉一边走一边开始摆动着身体,他把大衣领子翻了上来,两手插在大衣的斜口袋里,在那冻得很坚硬的雪地上,跳了一小段黑人舞蹈,因为天气太冷了。

"一个小孩!"那位头发蓬乱的姑娘想道,她由一位忧郁的少年陪伴跟在他们的后面走着。"一个可爱的孩子!那里面有一个值得敬佩的……"她大声地、单调无味地说道,"我们大家都是神童,我们都是创造者。"

"怎么!"那位没有把《从普法尔茨选帝侯领地来的三个猎人》这首曲子演奏好的老先生想道,他的肉瘤现在是被大礼帽遮盖住了,"这到底是怎么回事呢!照我看来,这不过是一种神谕[①]而已。"

但是那位忧郁的少年了解那位姑娘说的话,他慢慢地点点头。

然后他们就沉默了,那位头发蓬乱的姑娘目送着三位高贵的姐弟离去。她鄙视他们,但还是目送着他们离去,一直到街道转弯处消失为止。

孙坤荣 译

---

① 神谕,原文Pythia,译音为"彼提阿",古希腊女教士的名字,以预言著称。

黑 塞

赫尔曼·黑塞(1877—1962),杰出的德语小说家和诗人,出生于德国,后迁居瑞士,入瑞士籍。主要作品有长篇小说《轮下》《德米安》《荒原狼》《玻璃球游戏》,中短篇小说数卷,还有《诗集》和散文等。1946年获诺贝尔文学奖。《毛尔布朗神学院的一名学生》是他的后期作品,具有写实风格,行文简练,轮廓与线条十分明晰。

毛尔布朗神学院的一名学生

在毛尔布朗的修道院里,大约一个半世纪以来,一直住着施瓦本地区的享受奖学金的男孩子,他们将来要培养成为基督教的神学家,他们学习拉丁语、希伯来语、古希腊语和新约全书的希腊语。这些男孩子上课用的教室的名字都是美妙动听的,多数是古代的名字,如论坛、雅典、斯巴达,其中有一个教室叫赫拉斯①。在这间小屋里有两扇间壁墙,把小屋隔成几个小的套间,靠墙放着十几张写字台,学生们在这上面做他们的作业,写作文。写字台上面,放着各类字典和文法书,还放着父母或姐妹们的照片。在桌盖底下,除了笔记本以外,还储藏着朋友和父母的来信、最喜欢读的书、搜集来的矿石以及妈妈每次同换洗衣物包裹一起寄来的吃的

---

① 赫拉斯,古希腊海伦族居住的地方。

东西,如面包、一罐果酱、一根可久存不坏的香肠、一瓶蜂蜜或是一块熏肉。

在一道竖墙的大约中间的地方,挂着一个用玻璃框镶嵌起来的画像,是一个古代理想美女的形象,它是这间名为赫拉斯室的标志,就放置在这里的书桌旁。大约在1910年前后,有一个叫阿尔弗雷德的男孩站在或坐在置于这个位置的书桌旁,他是一个十五岁的少年,一位家居黑森林①的教师的儿子。他在偷偷摸摸地写诗,他的德语作文写得很出色,是人所共知的。这些作文时常被课堂辅导老师当做范文在班上朗读。当然,阿尔弗雷德像某些年轻的诗人一样,在许多方面也表现出他的怪僻的个性和习性,有些令人感到奇特,有些惹人讨厌。早晨起床时,他总是寝室里最末一个离开床的人。他唯一的运动就是阅读。对别人的挑斗,他有时是以尖刻的嘲讽,有时只能以蒙受了凌辱的沉默不语和与外界隔绝来回敬。

在他最喜欢阅读的、几乎能熟练背诵出来的书籍中,也包括《轮下》这部长篇小说。这部书虽未被列为禁书,但是,却是权威评价不高的一本书。关于这本书的作者,阿尔弗雷德知道,这位作者在大约二十年前也是毛尔布朗神学院的学生②,也曾经在这间赫拉斯室待过。阿尔弗雷德还熟悉这位作家写的诗,并在暗中思虑着能够步他的后尘,也成为一名有名望的、为小市民所嫉妒的作家和诗人。不过,那位撰写《轮下》的作者,并没有在修道院和这间赫拉斯室待过很长时间,在他按照自己的意志而成为一个所谓的职

---

① 黑森林,位于德国西南部,有名的风景区,长160公里,宽16至48公里,最高峰海拔1493米,满山遍野森林密布。
② 《轮下》的作者就是赫尔曼·黑塞自己,小时候他确实也是毛尔布朗神学院的学生。

业作家之前，就离开了此地，并经历了艰苦的岁月。现在，尽管阿尔弗雷德还没有迈出这一进入坎坷人生的一步——不管这是出于怯懦，还是为了照顾父母的心愿。尽管阿尔弗雷德还继续留在神学院当学生，尽管他也许受上帝之命很可能去学习神学，但是他以长篇小说和诗歌奉献给世人，并对那些今天蔑视他的人以高尚文雅的方式进行报复，这样的一天终会到来的。

　　一天下午，正在"沉思默想"的时候，这个青年人将自己的书桌盖子高高地撑起来，在这个珍宝箱里，找寻点什么。书桌里除了家里带来的蜂蜜罐子外，还珍藏着他的诗稿以及其他草稿。他如临梦境，开始去揣摩那许多用钢笔或铅笔写的或用小刀刻在桌子上的过去这张桌子的使用者的名字。许多名字都是用"H"这个字母开头的，因为所有教室的学生座位都是按字母顺序排列的，而中间的一些桌子，几十年来都是给姓名以"H"开头的学生使用的。在这些以"H"开头的名字当中有功绩卓著的奥托·哈特曼，也有那位威廉·海克尔，他今天在神学院里担任希腊语和历史教授。当他心不在焉地凝视着这些杂乱无章的前人的名字时，他突然震悚了一下：一个以粗犷的手迹用墨水画在书桌盖的浅色木头上的名字。他认识并且敬仰这个人，他是那个用"H"字母开头的诗人的名字，他把这个诗人视为自己崇拜的偶像和榜样。这就是说，在这里，在阿尔弗雷德的书桌上，那位了不起的人阅读了自己所崇拜的诗人的作品，写下了自己的抒情处女诗作。在这张课桌上，曾放置过他的拉丁文和希腊文字典、荷马①与李维②的书籍。他曾在这里伏

---

① 荷马（生于公元前九世纪），希腊盲诗人。著有著名史诗《伊利亚特》和《奥德修纪》。
② 李维（公元前59—公元17），古罗马历史学家。

案工作过,筹划过自己的未来。一天他从这里走出去散步,据传,第二天在他回来时,已成为一个农村猎手的俘虏!这难道不令人感到有点神奇吗?难道这不是一个预兆,一种命运的预卜:你也是一个诗人,并且有自己的特点,难以捉摸的,然而又极为珍贵的个性,你也是负有天命,你有朝一日也将成为青年后继者仰慕的明星,成为他们的楷模。

阿尔弗雷德几乎等不到祈祷课结束。钟声敲响了,这寂静的教室马上就动了起来,传出了嘈杂的喧哗声、嬉笑声、关桌盖的声音。阿尔弗雷德急不可耐地向离他最近的同学点头示意,让他过来,他平时同这个人几乎不打什么交道。当那个孩子没有马上过来时,他气急败坏地喊道:"快点,我要给你看点什么。"那个青年不慌不忙地凑过来,阿尔弗雷德兴奋地给他看他发现的这个人刻在书桌上的名字。——这个人曾在二十年前也在这儿待过,并在毛尔布朗神学院里享有非常独特的、引起热烈争论的盛名。

但是,这位同学既不是诗人,也不是空想家,却已习惯于自己课桌邻居的这种荒诞的空想。他不动声色地观看阿尔弗雷德用食指点给他看的那些字母,转过身来以一种带讽刺的同情心的口吻说:"啊,这个名字是你自己刻上去的吧!"阿尔弗雷德不由得掉转身去,对这个回敬感到气愤,并且也生自己的气,为什么不能自己保留着这种发现,而恰恰非要告诉这个台奥多尔不可。阿尔弗雷德没有被人理解,他是生活在另外一个境界里,是孤独的。愤恨和失望的情绪,在他身上还持续了很长时间。

除此之外,关于阿尔弗雷德在毛尔布朗的活动和烦恼,我们就一无所知了。他的文章和诗句也未能保留下来。不过,我们大体上还是知道他以后的生活历程。他在神学院上完了两个学期,却未能通过图平根修道院的入学考试。他不愿意,但为了博得母亲的欢心,还是去读了神学,此后作为志愿兵参加了第一次世界大战,返回家园时是上士。看来,他从未在教会里供过职,而是改做了商业工作。1933年,他没有随波逐流,反抗过希特勒一伙,从而遭到逮捕,估计是受尽了凌辱与虐待。因为他在获释之后,就得了神经错乱症,并且立即被送进了一家疯人院。从那里除了1939年得到一个简短的讣告以外,他的家属再未得到过任何消息。从前神学院的同学中以及他在图平根时的朋友们中,没有一个人同他保持过联系。——尽管如此,他还是没有被人遗忘。

恰恰是阿尔弗雷德在毛尔布朗神学院的老同学和课桌邻近者台奥多尔,通过一次偶然的机会了解到阿尔弗雷德的一事无成的一生的悲惨经历和可悲的结局。由于阿尔弗雷德所崇拜的诗人和楷模,即《轮下》的作者还活在人世,而且是可以找到的,于是,台奥多尔产生了一种迫切感,仿佛在这方面还可以做点补偿的事,仿佛这位天资聪明的不幸者对这位诗人的怀念和年轻人的爱戴,必然是以某种方式和在某处还在继续着,没有泯灭。于是,台奥多尔坐下来给那位曾在不易被人记起的时期成了阿尔弗雷德在赫拉斯室书桌旁的典范的H.H[①]写了一封长信,把他的那位可怜的毛尔布朗时期的同学的经历告诉给他。他使这位老人对这个故事产生了极大的兴趣,于是,写下了这篇报道,为的是让人们所了解的关于神学院的学生阿尔弗雷德的情况能流传于世。因为,维护与保存以及抵制易逝性与忘却,也都属于诗人的使命的一部分。

君余 译

[①] H.H即作者本人赫尔曼·黑塞(Hermann Hesse)。

弗兰克

布鲁诺·弗兰克(1887—1945),德国作家。主要作品有短篇小说集《国王的日子》《特克》《政治小说》《魔术师》,长篇小说《旅行护照》和《塞万提斯》等。他的作品构思新奇,寓意深刻,注重心理分析,《音乐会》具有这方面的艺术特色。

音 乐 会

枢密顾问霍伊杜克以前是个著名的音乐会和舞台剧的经纪人,我见到他的时候,他已经是七十八岁高龄的老人了;如果他至今还健在的话,准是位百岁的寿翁啦。他摄生有术,保养得特别好,而且精力十分充沛,虽然身材不高,神态却很庄严;他的个儿实在矮得可怜,我不算高个子,但是垂着手提着他的手杖,手杖末端还碰不到地——我得承认,当时我经常上他那儿去,并且挺喜欢在他家门厅里悄悄地把他的手杖这么摆弄两下。

我是在大学的阅览室里结识霍伊杜克的,以后一直乐意去拜访他。他在布尔克山的半山腰里有一幢挺舒服的住宅,我很快就发现他用以款待客人的酒都是陈年佳酿,直到今天,我的舌尖上还依稀感到豪特·布里翁酒那种浓郁而惬意的滋味。而且我从来没有碰到过像他那样善于讲故事的人。他挺喜欢讲故事,我认为他只是把我当做一个热心的倾听者看待,因为他从来不曾对我个人的事情流露过最起码的兴趣。他之所以吸引我,不仅由于他讲得动听，同时也由于故事的题材富有魅力。他所有的故事都环绕一个中心——名誉。

"名誉"对于年轻人来说可是个不同寻常的字眼。当时我一听到这个词儿，全身都会战栗起来。等年纪大些，就会抛弃这方面的幻想。人通过现实生活，明白了成名的关键在于命运、误会和公众的愚昧；人能目睹"名誉的神圣冠冕由于戴在庸夫俗子的头上而受到玷污"，于是乎暗暗地对这个问题产生了怀疑。可我那时候才十八岁，觉得这个小老头几乎有一种不可思议的魔力，因为他一生都在和名誉打交道，在制造和培育名誉，以及帮助别人获得名誉。他从来不谈旁的事儿。他会把我领到一个房间里去，那儿的四壁挂满了旧日的歌星和名演员的照片，然后给我看满是照片——其中有些是银板照片——的影集：一排排穿着长外衣、白衬衫上佩着各种装饰品的人物展现在已经褪色的纸页上，不过他们大都是脸相平庸，神情空虚，早在多年前就无声无息地化为朽骨，身后没有留下一点儿声名。但是有一张脸引起了我的注意——那是一个挺年轻的人，蓄着当时流行的发式，有一个宽大的前额和一双沉思的眼睛。

我问道："他是谁？"

噢，他吗，我年轻的好朋友，霍伊杜克回答道，他是这些人中间最出类拔萃的一个。那时候，有两个男中音歌手，在常去音乐会的听众之中享有不相上下的声誉——一个是他，就是你现在问我的这个人，他叫卡拉，另一个名叫阿尔德林格。他们俩的性格可真是迥然不同。卡拉是个严肃寡言的人，曾受过悲哀的严峻考验，因为瘟疫流行时他在一夜之间失去了娇妻和幼女；阿尔德林格却专横而又贪婪，野心勃勃，爱寻花问柳，他有一个方脸膛，血色挺好，胸脯宽阔、强壮，像个职业拳击手。

他们之间的敌意很深，——噢，不，这话讲得不妥当，因为深深的敌意完全来自阿尔德林格方面。我当时给他们俩当经纪人，那时候业务的规模还比较小，所以这种情况倒也是屡见不鲜的。亲爱的朋友，你当然明白我绝不会当阿尔德林格的帮凶来跟卡拉为难。我觉得阿尔德林格是个畜生，就是有个好嗓门，能让我赚到可观的佣金，我跟他的关系只是如此而已。

可他却并不需要我帮忙。他完全能独个儿搞些阴谋诡计而不用我从旁相助。卡拉每次举行音乐会，在唱到最优美动听的段落时经常会被嘘声打断，这可并不是巧合。而且，能通宵喝酒的人看来很占便宜——因为总有些下流的记者感到难以拒绝做长夜之饮的邀请，何况知恩图报嘛，随后总得时时向东道主的对头射去几支毒箭。

孩子，你可别把这种攻击跟我们今天采用的办法相比，如今，我们是用更强烈的方式来发泄心中的仇恨的。然而卡拉十分敏感而又脆弱，因此对于他来说，阿尔德林格的手段已经够厉害啦。当然，这些奸计无损于卡拉在公众心目中的形象。他有一种可贵的东西，那是另一个声音洪亮的贪杯之徒竭力追求却终于未能获得的——即卡拉的魅力。照今天的标准看来，他那大理石般的、洁白的面容也许太多愁善感、太富于浪漫色彩了，可是他的神情倒是属于当时理想的典型的，他那感伤、柔和的声音也比阿尔德林格音色丰富的歌喉要来得动人。

接下去就要谈到我一生中安排的最后一次音乐会啦。那时候我已经上了点年纪，应付那些有艺术家之称的疯子开始感到不那么麻利了，然而正是那天晚上的演出使我下定决心洗手不干的，我再也不想看到另一个音乐厅了。那次音乐会以后我就退休了,从此一直跟自己的火鸡和狗住在这儿。现在,你要是问我具备天赋歌喉、在当今世界歌坛上追逐声名的是些什么人,我还真连一个姓名都讲不上来。

嗯,那天音乐厅里座无虚席,注意,这是当时柏林最大的音乐厅呐。在演出开始前五分钟,我心里感到挺得意,因为场子里坐得满满的——只有第一排正中的一个座位空着。卡拉和我都打舞台门上的小玻璃窗里望着这个空座位——我至今还记得这扇小窗的高度和我的眼睛齐平,但是卡拉却必须俯下身来窥视。最后,那个人总算来了——他是个无法形容的怪人,已届中年,脑瓜全秃了,脸上有一种阴郁而又困倦的表情。

伴奏者在钢琴边就座后,卡拉走上台去,听众用热烈、由衷和长时间的鼓掌来欢迎他。

那天的节目是我跟他一起商量以后决定的,分为两个对比很明显的部分:先是古典乐曲,休息过后再唱流行歌剧的选段。

卡拉先唱了亨德尔①《救世主》中著名的咏叹调,接着用意大利语演唱格鲁克②那首美妙的《或是发自我的柔情》,然后是巴赫③的《合唱曲第59号》,这是巴赫的二百首合唱曲中最难唱的一首。他唱得挺出色,把雍容肃穆的情调表现得十分完美,听众高兴极了。我从小窗户里朝外望,看到前边几排听众既快活,又赞叹,并且激动。只有第一排中间那个晚到的人仿佛无动于衷。他兴致索然地坐在那儿,脸上毫无表情;卡拉唱完以后,他也不拍手。尽管

---

① 亨德尔(1685—1759),德国作曲家。
② 格鲁克(1714—1787),德国作曲家。
③ 巴赫(1685—1750),德国作曲家,所作《圣堂音乐》极为著名。

卡拉瞅着他,他还是冷冰冰地对周围听众的欣喜若狂的情形熟视无睹,没有做出任何反应,这事情可真是有点儿奇怪。

卡拉接下去演唱贝多芬的乐曲。我看到他从钢琴边挪开,站在他没能打动的那个人的对面,接连地唱了《我爱你》《希望》,最后是那首缠绵的情歌——《亚忒莱德》。

演出的第一部分到此结束,暴风雨般的欢快的掌声传到我的耳际。卡拉精疲力竭而又恼怒地走进我所在的小房间,来到我的身边。果不出我所料,他问道:

"你看见第一排那个人没有?"

"哪一个?"

"端坐不动、光是瞪着眼的那个。"

"你究竟在说些什么呀?老天爷,快谢幕去吧,喝彩声快把房子都震塌啦。"

卡拉抹了下额上的汗,拿起乐谱出去了。狂风骤雨般的掌声忽然停止了,全场在刹那之间变得鸦雀无声。伴奏者弹起重唱曲的开头几节乐谱。我把门稍微打开了一些。

卡拉唱道:"因为人和动物相同,所以动物会死亡,人也会咽气,他们都只靠同样的呼吸来维系,一切皆幻,一切皆虚。"

我觉得那是勃拉姆斯①的乐曲,是一首表现了崇高而果断的忍从的歌。卡拉把当时还比较新鲜的四首宗教歌都唱了,最后那一首是根据保罗②的名言谱写的:"爱是他们所拥有的最伟大的东西。"

听众都站了起来。他们还是第一回听到这首歌。他们高声喝

---

① 勃拉姆斯(1833—1897),德国近代著名作曲家。
② 公元一世纪殉道的基督教使徒,死后被尊称为"圣保罗"。

彩,并且挥舞着双手。可是卡拉立刻离开了舞台。"看到没有?他仍然坐在那儿,就像个石头人似的!我没法感动他!没法用歌声拨动他的心弦!没法对他产生任何影响!"他对我说,接着就倒在一张长沙发上,解开衬衫的扣子,把一块湿布揾在胸前。

我走到小窗边去。大部分听众都趁幕间休息到外边溜达去了,没有几个留在座位上,可是那个不动声色的秃头独个儿端坐在第一排中央,两眼直视着前方。

"喂,卡拉,"我说道,"我要编造个借口,打发人去叫那个家伙。他得离开这儿,让他以后对我们起诉就是。我可不能听任你这么六神无主。"然而卡拉不让我去。"等一下,"他说,"我还想叫那块朽木爆出火星来——不成功便成仁吧。"

铃响了,决斗开始了。

年轻的朋友,我不想一遍一遍地描绘当时的情景,免得你耸耸肩膀,以为我尽讲些荒诞不经的话。实际上,卡拉的紧张和焦虑也感染了我,他先是唱了贝利尼[①]和韦伯[②]的咏叹调,随后又唱了两首威尔第[③]的咏叹调和《唐璜》[④]里的抒情歌,我仿佛给催眠了似的紧盯着那个该死的家伙,而他却像一块岩石丝毫不为汹涌澎湃的掌声浪涛所动。我真想走上前去掐死他,特别是当卡拉转过身来,向小窗口投以狂乱的一瞥的时候,他知道我准在窗后目不转睛地观察动静。

他使出浑身解数唱着,然而由于一位听众不肯动容,所以他在

[①] 贝利尼(1802—1835),意大利作曲家。
[②] 韦伯(1789—1826),德国作曲家。
[③] 威尔第(1813—1901),意大利作曲家。
[④] 唐璜,西班牙的风流浪子,一生奇遇甚多。英国大诗人拜伦曾根据有关他的种种传说写成长诗《唐璜》,后又改编为同名歌剧。

运用自己娴熟的技巧时丝毫不感到愉快,而且也没法领略大获全胜的滋味。这个鬼东西也许是拿了别人给他的赠券上这儿来的,要不就是个白痴,根本不懂如何欣赏音乐,或者是个卑鄙的势利小人,认为鼓掌有失身份。我觉得可怜的卡拉成了全人类的努力的化身,他无望地竭力想使另一个人动情,这是骄傲的意志在跟迟钝的人生搏斗。

我心中突然一亮……这会不会是个圈套、是个阴谋?会不会是阿尔德林格故意打发这家伙坐在前排,以此来捉弄自己的对手,让他感到狼狈,给他一个打击?阿尔德林格明白卡拉十分敏感。反正不论怎么样,节目单上只剩下最后一个节目啦——然后,谢天谢地,一切都结束了!

这当儿,卡拉一直走到台边,以致伸出手去就能碰到那个秃头。他抖擞精神,准备在最后这个决定性的时刻奠定胜局。

他的武器挺有力量。因为最后这个节目是他的拿手好戏,全场都在等待欣赏他的杰作,听众之中肯定有不少人是专程为此赶来的。那是罗西尼①的不朽名作《塞维尔的理发师》②中著名的咏叹调,非常夸张有力,深受公众欢迎——这首歌的内容是费加罗③在为自己的本领、审慎和重任得意洋洋,其实是一首十分欢快和充满生活气息的乐曲,一首赞美生命和欢乐的卑俗的颂歌;其中跌宕回环,变调很多,一会儿是疾风暴雨似的大段唱词,一会儿是亦庄亦谐的说白。

---

① 罗西尼(1792—1868),意大利著名作曲家。
② 原为法国著名戏剧家博马舍所作喜剧,后经罗西尼改编为歌剧。
③ 博马舍所作喜剧《塞维尔的理发师》和《费加罗的婚礼》中的主角,性格愉快爽朗,幽默机智,是法国民间家喻户晓的人物。

"给本城的杂役让路,嗨,让路!"卡拉冲着面前那张木然的脸唱道,"快干活吧,天快亮啦,嗨,快干吧!"听众着迷了,他们既高兴又激动,屏住气息静静地听着。可是我在后台却开始感到害怕,我拿起观剧望远镜,仔细端详敌人的脸。连一丁点儿表情都没有!难道他连笑也不会?他肯定毫无人性!

卡拉唱着:"人世间最美丽的鲜花环绕着凉亭,荫蔽着塞维尔最为重要的理发师!噢,好极啦,费加罗,好极啦,太好了,好极啦!幸运的费加罗啊,我完全明白,好极啦!"

我把观剧望远镜放在一边。卡拉的声音有些异样,所以我更加聚精会神地听着——他唱得感情十足,我简直不知道他是怎样把这首难处理的咏叹调推向高潮的。我看到他的肩膀在抽动。他上身前倾,只在为一个人歌唱——他直对着那家伙的脸唱着。当然,这下子他准能成功,这是毫无疑问的,肯定会奏效——那双眼睛会变得有生气的——于是乎可以放心了,这一仗他赢定啦!

歌声回荡着:

　　大家都欢迎我,随时都需要我,
　　不论是贫民或财主,少女或主妇,
　　把假发给我,先生!快给我修修络腮胡!
　　费加罗!费加罗!费加罗!费加罗!
　　费加罗!费加罗!费加罗!费加罗!
　　嗨!嗨!多么匆忙!嗨!嗨!多么愚蠢!
　　两个一起来可不行,我招架不住……

我猛地拉开门,向卡拉冲过去,接着又从台上跳下,全场观众都惊慌得不知所措,询问、低语、尖叫声此起彼伏,一群人朝舞台拥过来,伴奏者也呆若木鸡地怔住了。大家都站起身,朝我们身边挪动,只有第一排正中那个家伙依然无动于衷地端坐着。他的身旁留出了一些空隙,因为卡拉是朝着他倒下去的,此刻正面朝下躺着,脑袋就横在敌人的脚边。

我跪下去,把他抱起来。一缕血丝从他嘴角边往外淌,他死了。

霍伊杜克讲完故事以后,我隔了好一会儿才打破沉寂。

"你的猜测对不对?"最后我低声问道,"那个人是阿尔德林格派来的吗?"

霍伊杜克点点头。

"天下竟有肯干这种昧着良心勾当的恶人?他能那么冷酷无情,真是个畜生。"

"不,他不是畜生,"霍伊杜克安详地回答道,"是个不幸的人——一个既聋又哑的残废人!"

彭恩华 译

里尔克

赖内·里尔克(1875—1926),对二十世纪德语文学做出重要贡献的奥地利诗人、小说家。主要作品有诗集《祈祷书》《新诗集》《杜伊诺哀歌》等。他的作品往往充满了孤独和感伤。《掘墓人》是一部短篇名作,被收入许多选本中。

掘 墓 人

桑洛珂地方的老掘墓人去世了。人们天天嚷着说,这位置要重新安插人。可是过了三个礼拜,甚至三个多礼拜,还不见有什么动静。恰巧这段时间里,桑洛珂没有死过一个人,这件事也就不显得那样急迫了,大家就耐心地等着。一直等到一个五月的晚上,来了一个自愿接受这个职务的异乡人。镇长的女儿吉塔,是第一个看见他的人。他从她父亲的屋子里出来后(她没有看见他进去),径直向她走过来,仿佛他就是等着在这幽暗的过道里跟她相见似的。

"你是他的女儿?"他轻声问道,吐出的每个字都带有外地人的口音。

吉塔点了点头,她随着异乡人一起走向一扇嵌得很深的窗户跟前,外边是瑰丽的夕阳和黄昏的静寂笼罩着暮色中的街道。就在那里,他们彼此仔细地观察起来。吉塔是这样专心致志地看着这个外来人,以致她后来才想起,当她站在那儿看着他的这几分钟里,肯定他同样也正在注视着她。他长得又高又瘦,穿着外地剪裁的黑色旅行服。他的头发是黄色的,发式就像贵族的那样。他本来就有着贵族的气质,可以当个教员或者医生;可是多么奇怪啊,他却是个掘墓人。她不由自主地想握他的手,而他竟像孩子似的,把两只手同时伸向了她。

"这并不是什么艰难的工作。"他说道。她注视着他的双手,却感觉到在他唇间流露出的微笑,这微笑使她仿佛置身在阳光的照耀之下。

之后,他们一起走出了屋子的大门。街上已经昏暗下来。

"很远吗?"异乡人问道,一边顺着房屋看望街道的另一端,那边一片空寂。

"不,不很远;不过,我愿意带你去,因为你不认得路,外乡人。"

"你认识这条路?"他严肃地问道。

"我很熟悉这条路,当我还是个小孩的时候,就认得这条路了,因为它通到母亲那里去,她很早就离开了我们,葬在那边郊外,我想指给你看那个地方。"

以后他们又不声不响地走着路。在夜的寂静中,他们的脚步声就像是出自一个人似的。忽然,这个穿黑衣服的人说道:"你多大了,吉塔?"

"十六岁,"孩子回答说,一边把自己的身体往上挺了挺,"十六岁,过一天就又长大一点。"

异乡人微笑了。

"那么,"她问道,自己也微笑起来,"你多大呢?"

"大多了,比你大多了,吉塔,有你的两倍那么大,而且过一天又要大许多。"

说着,他们来到了教堂墓地的大门前面。

"那边就是给你住的屋子,挨着太平间。"女孩子说。透过栅栏的空隙,她用手指着教堂墓地的另一头,那儿有一间小屋子,上面爬满了常春藤。

"好啊,好啊,原来是这个地方。"异乡人点点头,他慢慢地从这一头到那一头打量着他的这块新地盘,"从前这里的掘墓人准是个老年人吧?"他问道。

"是啊,一个非常老的老人。他跟他的妻子一起住在这里,他妻子也很老。他死后,她就搬走了,我不知道她到哪里去了。"

异乡人只是说了声:"原来是这样。"似乎他正在想着别的什么事情。可是突然,他转向吉塔说:"你现在该走了,孩子,已经很晚了。你一个人不害怕吗?"

"不害怕,我总是一个人的。倒是你一个人在这郊外不害怕吗?"

异乡人摇摇头,他握住了女孩的手,轻轻地,小心地握住它。"我也总是一个人的——"他轻声说。就在这时,孩子一下屏住了呼吸,悄悄说道:"听。"于是他们俩听到,停息在墓地的荆棘围篱上的夜莺开始在歌唱,他们的四周充满了愈来愈响的歌声,仿佛这些歌曲为他们倾注了渴望和幸福感。

第二天一早,桑洛珂地方的新掘墓人开始了他的工作。他对自己职务的理解是很少见的。他把整个教堂墓地改了个样,把它弄成了个大花园。那些旧的坟墓失去了令人缅怀的忧伤气息,它们消失在盛开的花朵和颤动着的蔓须下边。路的另一边,本来一直是空空的,杂草丛生,他在那里砌了许多小花坛,看起来就像另一边那些坟墓的样子,这样,墓地的两侧就保持了对称。那些从城里来到这里的扫墓人,因而不能马上就找到他们亲人的墓址,甚至发生这样的情况:某个老妈妈在路右侧的空花坛旁跪了下来,哭泣着为他的儿子做并非徒然的老人祈祷,尽管实际上他却躺卧在另一侧的浅色白头翁的下边。而桑洛珂地方的人们看到这个墓地时,也不再由于死亡的重压而感受到痛苦。一旦有谁去世(在这个值得纪念的春季多半是老年人),送葬的路程还是延伸得很长,而且凄凄切切,而在郊外的情景却总是像个小小的、静悄悄的节日一样。仿佛花儿从四面八方聚集到了这个地方,很快就把黑色的墓穴盖满了,以致人们可以认为,大地之所以张开它的黑色的嘴巴就为的是要说:花,成千成百的花!

吉塔眼看着发生的这一切变化;她差不多总是跟异乡人一起待在郊外。他工作的时候,她站在他旁边,问着问题,他就回答着。对话是在挖土的节奏声中进行的,铲子发出的噪声常常打断他们的谈话。"远着呐,从北方来,"异乡人在回答一个问题,"从一个岛上,"说着他弯下腰,拔掉野草,"从一个海那边,从另外一个海,这个海跟你们这里的海(在深夜,有时候我能听到它的呼吸,尽管它相隔有两天多的路程)可不一样。我们的海是灰色的,而且是残暴的,它使那些居住在它边上的人们不幸而沉默。一到春天,暴风雨就没完没了,在这样的暴风雨下是长不出什么庄稼来的,于是五月份就一无所获地白白过去了。而到了冬天,却又有冰封,使所有住在岛上的人都变成了囚徒。"

"许多人住在这岛上吗?"

"不很多。"

"有女人吗?"

"有。"

"孩子呢？"

"有，也有孩子。"

"死人呢？"

"有很多的死人，因为大海带来许许多多的死人，在夜晚，它把他们冲到海滩上。发现他们的人，是不会感到惊讶的，只像早就知道似的点点头而已。在我们那里有个老人，他会讲述某一个小岛的故事，这个灰色的海洋给这个小岛送来这么多死人，以致那些活人反而没有了地方。他们像是被死尸包围了一样。这也许只是一个故事，或者讲这个故事的老人搞错了。我可是不相信这个故事的。我深信，生命要比死尸强多了。"

吉塔沉默了片刻。之后她说道："可是母亲终究是死了。"

异乡人停下了工作，把身体靠在铲把上："是啊，我也知道有个死了的女人。不过她是愿意死的。"

"对，"吉塔严肃地说道，"我能想象，人是愿意死的。"

"大多数人都是想死的，有很少一些愿意活的人也死了；他们被拉走了，不问他们愿意不愿意。我走遍了天涯海角，吉塔，我跟许多人谈过话，掏了他们的心里话。他们中没有一个人是不想死的。当然在讲的时候，有些人却说得相反，他们的恐惧使得他们更要这样说。可是有什么话人们是不说的呢。只是在这些话的后边有他们没有说出来的意愿，这个意愿就像从树上掉下来的果子一样，掉到了死亡的身上。这是无法加以阻拦的。"

终于夏天来临了。每当新的一天到来，只要小鸟刚一苏醒，就会发现吉塔在郊外跟这个来自北方的异乡男人在一起。家里人警告她，责备她，甚至企图用暴力和惩罚来阻拦她；可是这一切都是白费。吉塔就像一份遗产那样隶属于这个异乡人。有一次镇长，那个有着宽厚而带有威吓性嗓门的强壮的人把他叫了去。"你有一个孤独的孩子,镇长先生。"这个异乡人微微鞠了鞠躬,对于所有对他的责难冷静地回答说,"我不能阻止她到我这个离她母亲很近的地方来。我没有送过她东西,也没有对她允诺过什么,而且我从来不曾说过一个字叫她来。"他说这些话的时候恭恭敬敬,非常镇定。说完后,他就走了,因为没有什么可以再说的了。

现在,花园里的花已经盛开,它们伸展到了四周的围篱外边,他付出的劳动得到了报酬。有时候,碰到下工比较早,人们可以坐在屋前的小板凳上看着,天色怎样悄悄地、庄严地变成夜晚。于是吉塔问问题,异乡人回答。其间,当他们出现较长时间的缄默时,周围的事物就跟他们说着话。"今天我要给你讲一个男人的故事,讲他的亲爱的妻子是怎样死的。"有一次在这样的一阵沉默后,异乡人开始说道,他的交叠着的两手颤抖了起来。"那是在秋天,他知道,她会死去。大夫是这样讲的,不过他们也许会弄错。但是她自己,他的妻子早在他们之前就说过了。而她却不会弄错。"

"她愿意死吗?"吉塔问道,因为异乡人停顿了一下。

"她愿意的,吉塔。除了生命之外她还想要一些别的什么东西。她周围总是有太多的人,而她愿意孤独。是啊,她愿意一个人。在她还是个少女的时候,她可不像你那样孤单。当她结婚后,她才知道,她是孤独的,可是她愿意孤独,不过却又不想知道这点。"

"是不是她的丈夫不好?"

"他很好,吉塔。因为他爱她,而她也爱他。不过,吉塔,他们彼此却不能相通。人们是这样可怕地彼此隔得远远的。而那些互相爱着的人却又常常是离得最远最远。他们把自己所有的一切都给了他们相爱的人,但是对方却拿不到它们,在他们之间的某个地方有了障碍,而且积成了堆,最后使他们再不能相互看见,再不能彼此接近。不过,我原来想要给你讲的是关于那个死了的女人的事。她终于去世了。那是在一个清晨,她的丈夫没有睡觉,坐在她身旁,看着她是怎样死去的。她突然挺直了身体,把头抬了起来,她的生命仿佛整个体现在她的脸上,在那儿汇集了起来,她的表情就像成百朵鲜花。可是死亡来了,它一下把生命夺了去,就像从松软的黏土里把它拔出来一样,它把她的脸庞拉开,使它变得又长又尖。她的眼睛一直是睁开的,把它们合上,它们就像已经死了的动物贝壳那样,又睁了开来。她的丈夫不能忍受这一双看不见,却又睁开着的眼睛,他从花园里拿来了两个晚开的坚硬的玫瑰花蕾,用它们的重量压在眼皮上。现在眼睛果然合拢了。于是他坐在那里,长时间地眼睁睁地看着死人的脸。他看的时间愈长,就愈清楚地意识到:还有轻微的生命的波浪在拍击着她的容貌的边缘,然后又慢慢地退了下去。他模模糊糊地想起:在一个非常美好的时刻里他曾经在她的脸上见到过这个生命。他知道,这就是她最神圣的生命,而他没有能成为这个生命的知己。而死亡并没有从她那里得到这个生命。死亡被那些出现在她面容上的变化所欺骗;死亡只拿走了生命,随同她的柔和的侧面轮廓。但另外的这一个生命还在她身上;就在刚才的瞬息间这个生命还飘浮在她的宁静的唇间,现在它又退却了,静悄悄地流向体内,聚集在她的已经破裂的心上的某个地方。

"这个男人,他曾经热爱这个女人,毫无希望地爱过她,正像她对他一样。他感受到了一种不可名状的渴望,企图去占有这个逃脱了死亡的生命。难道他不是唯一可以去获得这个生命的人吗?难道他不是她的花朵、书籍和那些还在继续散发她的身体的郁香的柔软衣服的唯一继承人吗？但是他不知道,怎样才能把正在如此无情地从她脸颊上消逝的热气保留住,怎样才能抓住它,用什么办法才能把它汲取来？他寻找死者的手,手是空的,张开着,就像去核果子的皮那样放在被子上面;整个手脚冰冷冰冷的,无声无息的,它全然给人以那样一种感觉,就仿佛一样东西在露水中过了一夜,然后在清晨的风吹之下很快变冷而且干涸一样。就在这时,死者的脸突然抽动了一下,他紧张地注视着。一切都很安静,可是一下子,压在左眼上边的玫瑰花蕾颤动了起来。他看见,右眼上的玫瑰也在变大而且愈来愈大。脸容已经是死人的样子,可是玫瑰花却开放得像眼睛那样,正在注视着那另外的一个生命。当天黑下来,这个静寂白昼的夜晚来临的时候,他用颤抖的手拿着这两朵开大了的红色的玫瑰走到窗前。他托着的这两朵重得摇晃着的玫瑰花体现了她的生命,她的溢出来的丰富的生命,这个生命即便他也从来没有得到过。"——说到这里,异乡人用手托着脑袋,坐在那里沉默着。当他又有所动静的时候,吉塔问道:

"后来呢？"

"后来他就走了,离开了那里,此外他还能干什么呢？可是他不相信死,他只相信:人是不能互相接近的,活着的人做不到,死人也不行。人类的不幸就是这个,而不是他们的死亡。"

"是啊,这个我也是知道的,跟你说吧,人是没有办法的,"吉塔忧伤地说,"我曾经有过一只小白兔,它乖极了,而且没有我就不行。可是后来它病了,脖子肿了起来,它痛得就像个人一样。它瞧着我,用它的小眼睛向我求援,抱着希望而且相信我会帮助它。到最后它终于不再瞧着我,死在我的怀抱里了,孤单得就像离我有几百里远似的。"

"人不应该让动物依赖自己,吉塔,这是真的。人答应了什么却又不能实行,应当对这点负责。在这样的交往中,我们总是不断地失信。而在人中间也是这样的情况,只是双方都有责任,一方对另一方。这就叫做相爱,也就是彼此负债,没有什么更多的了,吉塔,没有更多的了。"

"我知道,"吉塔说,"可是这就够多的了。"

后来他们手拉着手在教堂墓地的周围一起漫步,没有想到过,除了像目前这样外,还会有什么别的情况发生。

然而事情果然起了变化。八月份来临了,就在这八月的一天,城里的街道热得滚烫,昏昏沉沉,发闷,没有一点风。异乡人在教堂墓地的门前等着吉塔,他显得苍白而严肃。

"我做了个噩梦,吉塔,"他一见她就说,"回家去,在我让你知道,你可以来之前,不要再到这儿来。我也许会有许多活要干。多保重。"

她扑向他胸前哭了起来。他就让她尽情地哭个够。当她离开的时候,他长时间地目送着她。他没有弄错,繁重的工作开始了。每天有两三个送葬的行列从城里出来,许多市民跟在后边,那是香烟缭绕、歌声四起的阔绰的、像节日般的葬仪。可是,至今还没有一个人讲过,而异乡人却清楚:城里出现了鼠疫。白天变得愈来愈热,在灼人的室外简直热得要命。到了晚上,也不见凉快下来。惊惶和恐惧妨碍了从事手工业的双手,笼罩了彼此相爱着的人们的心灵,使它们麻痹瘫痪。屋子里呈现出一片寂静,就像逢到最大的节日或是深夜里的情景。而在教堂里却充满了惊恐的面容。突然开始响起了钟声,所有的钟一下都爆发出声响:就仿佛发了狂的野兽在钟绳上跳跃一般,死死咬住不放:这些钟响得这般气急败坏。

在这些可怕的日子里,掘墓人是唯一还在工作的人。他的胳臂由于日益增加的职务需要而变得粗壮了,甚至他还感觉到了某种喜悦,这是由于血液流动加快而引起的。

但是一天清晨,在他刚睡了一小会儿醒来的时候,吉塔站在他的面前。"你病了吗?"

"没有,没有。"他慢慢地才懂得她急速而慌乱地讲了些什么。

她告诉他,桑洛珂地方的人正在来这里的路上。他们要杀死他,因为"是你,他们说,惹来了鼠疫。你把教堂墓地那一边的空地变成了小丘,他们说,这是些墓穴,你用这些墓穴招来了尸体。逃吧,快逃吧!"吉塔请求他,她猛地跪了下来,就仿佛从塔的高端掉下来似的。已经可以看到在路上的黑压压的人群,人数愈来愈多,也愈来愈近。前面扬起了灰尘,从人群发出的一片嗡嗡声中已经可以依稀听到个别的字句和威胁声。吉塔跳了起来,马上又跪了下去,她想拉他一起逃走。

可是他却像石头似的一动不动,站在那里而且命令她到他的屋里去等着。她服从了。她蹲在屋子的门后边。她的心在脖子里跳,在手上跳,浑身上下都在跳。

飞来了一块石头,接着又是一块:可以听到它们掉在篱笆上的声音。吉塔再也忍受不了了,她急速地拉开门,跑了出去,正好迎着飞来第三块石头,一下击破了她的额头。她倒下来的时候,异乡人接住了她,把她带回到他的黑洞洞的小屋里。人群狂喊着,已经快到低矮的围篱了,这道篱笆是阻挡不住他们的。可是,就在这瞬间却发生了意料不到的、可怕的事情。秃头小抄写员特沃菲洛突然一下子倒在他旁边的铁匠身上,这个铁匠是住在三一圣堂巷的。小抄写员步态踉跄,他的眼睛用一种怪异的样子滴溜乱转。

就在这同时,第三排里的一个男孩也开始摇晃起来,在他的后边,一个孕妇突然狂呼乱叫,喊啊,喊啊,大家都很熟悉这种叫喊声,于是害怕得发了疯的人们争先恐后地跑散了。身材魁梧的铁匠发着抖,他那只悬挂着抄写员的胳臂不断地颤动着,看来他想把他从身上扔开,于是不停地抖动,抖动。

屋子里的吉塔,躺在床上,她又一次苏醒过来,倾听着。

"他们走掉了。"异乡人说,向她俯下身来。

她不再看得见他,只是轻轻地抚摸着他俯下的脸,以便再一次知道它是什么样子。对她来说,她和这个异乡人,他们仿佛已经在一起共同生活多少年了。

忽然,她说道:"时间是无关紧要的,对吗?"

"是的,"他回答说,"吉塔,时间是无关紧要的。"他明白她说的是什么意思。她就这样死了。

他给她在路的尽头掘了一个墓穴,那儿是洁白闪亮的砂砾。月亮上来时,看上去就好像他挖的是银子。他把她放进铺了花的坑里,然后再在上面撒满了鲜花。"亲爱的人。"他说道,有片刻之久他静静地站在那里。但好像害怕静默和追思似的,他马上又干起活来。还有七口棺材没有埋葬,那是昨天一天之内送来的。当时跟在后边的没有几个人,虽然在一口特别宽的橡木棺材里躺的是镇长,吉昂-巴底斯塔·维钮拉。

一切都变了。官职也不起作用了。过去一个死人后面就跟来许多活人,现在总是只来一个活人,而且在他的手推车里装着三四口棺材。红头发彼波把这当成了他的买卖。异乡人测量着还有多少地皮。大约只够十五个墓穴了。他的工作就这样开始了。最初,他的铲子声是夜空中发出的唯一声响,后来人们就又听到了来自城里的死亡的呼声。因为现在谁都抑制不住了：这已经不是什么秘密。要是有谁染上了鼠疫或者仅仅只是出于害怕，他就喊啊，喊啊，一直喊到死掉。就连母亲也怕自己的孩子，谁也认不得谁，就像在一片可怕的黑暗之中。有几个绝望了的人大举酒宴，他们把那些喝醉了酒、走路有点踉跄的姑娘从窗子里掷了出去，因为怕她们染上了瘟病。

只有这个异乡人安安静静地在郊外挖着墓坑。他有这样的心情：只要他是这围篱四角里的主人，只要他能把这里弄得秩序井然，至少在外观上，至少用这些花及花坛要给这愚妄的偶然事件赋予一种意义，使它和周围的这块土地和解，协调起来。那么他的对手①就是不正确的，于是，这一天总会来到，那时候，他这个对手就会感到疲倦而投降。现在他已经挖好了两个墓坑。可是那边传来了笑声、说话声，还有一辆车子发出的响声。车上装满了尸体。红头发彼泼找到了帮他忙的人。他们盲目地、急切地从尸首堆里拽出一具样子好像在抵抗的尸体，把它从围篱上边扔向教堂墓地。一会儿又扔一个。可是异乡人还是平静地干着活。直到后来向他的脚跟前扔来一个女孩的身体，赤裸裸、血淋淋，头发抓得乱七八糟。这时，掘墓人才向黑洞洞的外边发出了恫吓。他想再干他的活。可是喝醉了酒的年轻人是不听指挥的。红头发彼泼不断地出现，露出他的低前额，往围篱里边扔进一具一具的尸体。于是它们在这个安静地干着活的人的周围堆积了起来。尸体，尸体，到处是尸体。铲子愈来愈沉重。仿佛死人的手自己在进行抵抗。异乡人把活停了下来。他的前额上冒出了汗珠。他的内心进行着斗争。

---

① 这里指的是死亡。

后来他走近围篱。当彼泼红红圆圆的脑袋又露出来的时候,他往后一仰,一下把铲子打了出去,他感觉到它击中了什么。当他把它抽回来再看时,铲子上是黑糊糊、湿漉漉的。他使劲把铲子抛了出去,垂下了脑袋。他慢慢、慢慢地走出了他的花园,走向黑暗:一个被战胜者。一个过早出现的失败者,太过早了。

孙凤城 译

茨威格

斯特凡·茨威格(1881—1942)，奥地利作家。主要作品有长篇小说《富贵梦》《心灵的焦灼》，中短篇小说集《马来狂人》《一个陌生女人的来信》《感情的迷惘》《象棋的故事》等，还有诗集、散文集和传记文学多种。《第三只鸽子的故事》是他最短的短篇之一，反映了作者憎恨战争、向往和平的心理。

第三只鸽子的故事

《创世记》里讲过第一只鸽子的故事和第二只鸽子的故事：当天空关住了闸门，地球上洪水已开始消退的时候，人类的祖先挪亚就把这两只鸽子从方舟中放出来，让它们去打探消息。可是第三只鸽子飞向了何方，它的命运又如何，却从来没有谁讲过。

方舟终于在阿拉腊山的峰顶上搁住了。在这只拯救生灵的大船的肚子里，藏着全部没有被洪水淹死的飞禽走兽。这当儿，祖先挪亚从桅杆上望向远方，只见巨浪滚滚，水天茫茫。于是，他便放出一只鸽子，第一只鸽子，让它去探看情况，以便弄清楚在这云开雾散的天宇下，是否有哪儿已现出陆地。

据《创世记》讲，第一只鸽子就腾空而起，振翅飞去。它飞到东，又飞到西，飞到哪儿看见的都仍然是水。它飞累了，找不到任何休息的地方，翅膀渐渐便失去了力量。它不得已又飞回方舟，飞回这世界上唯一的藏身之地。它绕着搁在山顶上的大船来回飞着,直到挪亚伸出手来接它回舟中去。

挪亚又等了七天;七天中一滴雨没下,洪水更往下落了。这时他重新放出一只鸽子,第二只鸽子,让它去打探情况。这只鸽子早上飞出去,傍晚便飞了回来,嘴里还衔着一片橄榄叶——大地已获解放的第一个迹象。如此一来挪亚就知道树梢已露出水面,考验业已经受住了。

又过了七天,他再放出一只鸽子,第三只鸽子。这只鸽子飞向了世界远方,早上飞出去,晚上却没有飞回来。挪亚等了一天又一天,也不曾等到它。这时挪亚明白了:大地已经露出来,洪水已完全消退。可是那只鸽子,第三只鸽子呢,他却再没有听见它的任何消息,人类也没有听见它的任何消息。时至今日,再没有谁讲起过它的故事。

可在下面,我就要告诉你这第三只鸽子的去向和遭遇。

那天早上,它飞出了闷气的船舱。当时舱里黑洞洞的,动物们挤挤挨挨,蹄子爪子互相磕碰,大家都不耐烦地叫唤起来,咆哮声、狂吠声、吱吱声、咝咝声,乱成一片。第三只鸽子离开拥挤的船舱,飞进了广阔的世界,从黑暗中来到了光明里。此刻,它在给雨水冲洗得清新明净的空气中振翅飞翔,自由托负着它,无边的宇宙的恩惠包围着它。大海在它脚下远远地闪着光;森林像湿润的苔藓似的绿得发亮;白色的晨雾从草地上冉冉升起;鲜花盛开的草地弥漫着甜蜜的芳香。天空反射下来明亮的光辉;初升的朝阳被群山撞碎了,化作了万朵红霞;海水被映照得像血一样鲜红;大地在阳光照射下欣欣向荣,蒸蒸日上。这是一幅多么壮丽的复苏景象呵!鸽子幸福地看着这一切,舒展双翅,滑翔在万紫千红的世界上空,越过块块陆地,片片海洋,像在梦里似的飞啊,飞啊,不知不觉间自己也化作了一个轻梦。跟上帝本身一样,它首先看见这个获得了解放的世界;它真是怎么也看不够啊。方舟上那个白胡子老头儿以及他所托付的事,它早给忘了;晚上还得回去,它也早给忘了。要知道世界如今已成为它的家,天空已成为它的住房。

第三只鸽子,祖先挪亚的不忠实的信使,它就这么继续飞呀,飞呀,飞过空旷的世界;幸福犹如一股强劲的风,托着它不停往前飞,一个劲儿往前飞。最后,它的翅膀变得沉重起来,羽毛里像灌了铅似的。地球对它产生出强大的吸力,迫使它往下降,翅膀软弱得耷拉下来,终于擦到了潮湿的树梢。于是,第二天傍晚,它便落进了一座森林。和世纪之初的一切一样,这座森林也没有名字。鸽子藏在密林深处,进行长途飞行后的休息。枝叶覆盖着它的身体,轻风为它唱歌催眠。白天,树荫下凉爽舒适;夜里,繁枝间充满暖意。不久,它便忘记了长空的雄风和远方的诱惑;绿色的穹宇庇护着它,不计其数的光阴从它身边流逝过去。

迷途的鸽子定居的那座森林,离我们的世界不远,只是当时还无人踏访,在孤寂中鸽子自己也渐渐变成了一个梦。它躺在绿色的窠巢里,年复一年,甚至已被死神忘记。因为从每种见过那次太古洪荒之前的第一个世界的动物中,都得保存一只下来;它们既不会老死,也不可能遭到任何猎人伤害。这些动物密藏在地球的衣褶里,人眼见不到,就如我们这只躲在密林深处的鸽子。自然,偶尔它也隐隐约约感觉出附近有人类存在,例如有时传来一声枪响,在绿色的高墙中引起无数的回音;有时伐木工人砍伐树干,使黑暗的密林发出轰鸣;有时一对情人紧紧相偎着走向幽会地,从树丛后送来咯咯的轻笑;有时孩子们来林中采摘草莓,远远回荡着他们的歌声,这时候,被深深缠绕在叶簇和梦境里的鸽子,它偶尔也会留神听一听这些来自人世间的声音,但在听见以后并不害怕,而仍旧静静待在自己那个黑暗的角落里。

然而,最近一些日子,整个森林却突然轰隆隆响个不停,像是大地要裂开了似的。只见空中飕飕飞过无数钢铁的黑家伙,掉在哪儿,那儿的泥土便飞腾起来,一片片大树就跟麦秸似的被砍倒在地。身穿不同颜色服装的人们,互相投掷着死亡。从一些可怕的机器中,喷吐出一道一道的火光,一片一片的火焰。闪电从地里蹿出来,直冲云霄,紧跟着便是阵阵雷声,那情形就像地要蹦上天去,天要掉下地来似的。鸽子从梦中惊起,发现死亡和毁灭已临到头上;就像当初洪水淹没了整个大地,如今世界是一片火海。它猛地鼓动双翅,飞到空中,要离开这个即将毁灭的森林,去另找一个居住的地方,一个和平的地方。

它高高地飞着,飞遍了我们的整个世界,为了寻找和平;可是,它无论飞到哪儿,那儿都有这种人为的闪电和霹雳,那儿都有战争。人世间又降临了第二次大洪荒,整个地球已变成一片血和火的汪洋。它急急忙忙飞过我们所有的国家,想找一个歇息的地方,然后好再飞到人类的祖先那儿去,把象征希望的橄榄叶送给他。但是在这些日子里,哪儿也找不到一片橄榄叶啊。毁灭的洪水越涨越高,人类眼看就要被淹没,世界正不断被火海吞噬。直到今天,鸽子仍未找到歇息的地方,人类仍未找到和平;而在这之前,鸽子就永远回不去,永远得不到休息。

任何人都没看见过它,没有看见过这只迷失归途的神秘的鸽子,这只在我们的时代寻找和平的鸽子;可尽管如此,它却飞在我们头顶上,心里充满恐惧,翅膀已软弱无力。只有很少的时候,当人们半夜里从梦中惊醒,才会听见黑暗的空中有扑啦啦的声音,这便是鸽子在不停地飞动,在仓皇地逃逸。在它那翅膀上,系挂着我们的全部忧思;在它的恐怖中,激荡着我们的全部希望。这只在天与地之间战栗地飞翔着的鸽子,这只迷失了方向的鸽子,它现在将向它背叛过的人类祖先报告的,已是我们自己的命运。就像几千年前一样,世界眼下又期待着一个人向它伸出手来,并且告诉它:考验已经够了。

杨武能 译

卡夫卡

弗兰兹·卡夫卡(1883—1924)，奥地利小说家，西方现代派文学的奠基人之一；出生于犹太商人家庭，毕业于布拉格大学，1904年开始写作。主要作品有小说《审判》《城堡》《变形记》等。卡夫卡的小说思想内容怪诞离奇，艺术形式新颖别致。《乡村医生》旨在揭示社会现实的荒诞、非理性，人完全屈从于存在的威力之下。

乡村医生

我感到非常窘迫：我必须赶紧上路去看急诊；一个患重病的人在十英里外的村子里等我；可是从我这儿到他那里是广阔的原野，现在正狂风呼啸，大雪纷飞；我有一辆双轮马车，大轮子，很轻便，非常适合在我们乡村道路上行驶；我穿上皮大衣，手里拿着放医疗用具的提包，站在院子里准备上路；但是找不到马，根本没有马。我自己的马就在头天晚上，在这冰雪的冬天里因劳累过度而死了；我的女用人现在正在村子里到处奔忙，想借一匹马来；但是我知道，这是不会有什么结果的，我白白地站着，雪愈下愈厚，愈等愈走不了了。那姑娘在门口出现了，只有她一个人，摇晃着灯笼；当然，谁会在现在这样的时刻把马借给你走这一程路呢？我又在院子里走来走去，可是想不出一点办法；我感到很伤脑筋，心不在焉地向多年来一直不用的猪圈破门踢了一脚。门开了，门板在门铰链上摆来摆去发出拍击声。一股热气和马身上的气味从里面冒出来。一盏昏暗的厩灯吊在里面的一根绳子上晃动着。有个人在这样低矮的用木板拦成的地方蹲着,露出一张睁着蓝眼睛的脸。"要我套马吗?"他问道,匍匐着爬了出来。我不知道说什么好,只是弯下腰来看看猪圈里还有什么。女用人站在我的身边。她说:"人往往不知道自己家里还会有些什么东西。"我们两人都笑了。

"喂,老兄,喂,姑娘!"马夫叫着,于是两匹强壮的膘肥的大马,它们的腿紧缩在身体下面,长得很好的头像骆驼一样低垂着,只是靠着躯干运动的力量,才从那个和它们身体差不多大小的门洞里一匹跟着一匹挤出来。它们马上都站直了,原来它们的腿很长,身上因出汗而冒着热气。"去帮帮他。"我说。于是那听话的姑娘赶紧跑过去,把套车用的马具递给马夫。可是她一走近他,那马夫就抱住她,把脸贴向她的脸。她尖叫一声,逃回到我这里来,脸颊上红红地印着两排牙齿印。"你这个畜生,"我愤怒地喊道,"你是不是想挨鞭子?"但是我马上就想到,这是个陌生人;我不知道他是从哪儿来的,而当大家都拒绝我的要求时,他却自动前来帮助我摆脱困境。他好像知道我在想什么,所以对我的威胁没有生气,只顾忙着套马,最后才把身子转向我。"上车吧。"他说。的确,一切都已准备好了。我注意到这确实是一对好马,我还从来没有用过这样的好马拉过车呢,我就高高兴兴地上了车。"不过我得自己来赶车,因为你不认识路,"我说。"当然啰。"他说,"我不跟你去,我要留在罗莎这里。""不!"罗莎叫喊起来,并跑进屋里,预感到自己将遇到无可逃避的厄运;我听见她拴上门链发出的叮当声;我听见钥匙在锁孔里转动的声音;我还可以看到她先关掉过道里的灯,然后穿过好几个房间把所有的灯都关掉,别人就找不到她了。"你同我一道走,"

我对马夫说,"否则我就不去了,即使是急诊也罢。我不想为这事把姑娘交给你作为代价。""驾!"他吆喝道,同时拍了拍手;马车便像在潮水里的木头一样向前急驰而去;我听到马夫冲进我屋子时把房屋的门打开发出的爆裂声,接着卷来一阵狂风暴雪,侵入我所有的感官,使我什么也听不见,什么也看不到了。但这只是一瞬间的工夫,因为我已经到了目的地,好像病人家的院子就在我家的院门外似的;两匹马安静地站住了;风雪已经停止;月光洒在大地上;病人的父母匆匆忙忙地从屋里出来,后面跟着病人的姐姐;我几乎是被他们从车子里抬出来的;他们七嘴八舌地嚷嚷着,我一句也听不清楚;病人房间里的空气简直无法呼吸;炉子没人管可是冒着烟;我想打开窗子,但是我首先得看看病人。这年轻的病人长得很瘦,不发烧,不冷,也不热,有一双失神的眼睛,身上没有穿衬衫,他从鸭绒被下坐起来,搂住我的脖子,对着我的耳朵轻声说:"医生,让我死吧。"我向四周看了一眼;没有人听到这句话;病人的父母正弯身向前默默地站着,静候我的诊断;姐姐搬来一张椅子让我放手提包。我打开提包,寻找医疗用具;这孩子还是从床上向我摸过来,要我记住他的请求;我取出一把小镊子,在烛光下检查了一下又把它放回去。"是的,"我有些亵渎神明地想,"上帝在这种情况下真肯帮忙,送来了失去的马,由于事情紧急还多送了一匹,甚至还过分多送了一个马夫——"这时我才又想起了罗莎,我该怎么办,我怎样才能救她,离她有十英里之外,而且套的两匹马难以驾驭;在这种情况下,我怎样才能把她从马夫身下拉出来呢?现在,这两匹马不知用什么方法松开了缰绳,我也不知道它们是怎样从外面把窗户顶开的;每一匹马都从一扇窗户探进头来注视着病人,对于这家人的叫喊毫不在乎。"我最好马上就回去。"我想,好像那两匹马在要求我回去似的,但我还是容许病人的姐姐替我脱下皮大衣,她还以为我热得有些晕了。老人给我斟来一杯罗姆酒,拍拍我的肩膀,他拿出心爱的东西来待客表明对我的亲切信赖。我摇了摇头;老人狭隘的思想,使我很不舒服;正是由于这个原因我谢绝喝酒。母亲站在床边招呼我过去,我顺从了,而当一匹马向天花板高声嘶叫的时候,我把头贴在孩子的胸口,他在我的潮湿的胡子下面颤栗起来。这就证实了我的看法:这孩子是健康的,只是血液循环方面有些小毛病,这是因为他母亲宠爱过分给他多喝了咖啡的缘故,但确实是健康的,最好还是把他赶下床来。我并不是个社会改革家,所以只好由他躺着。我是这个地区雇佣的医生,非常忠于职守,甚至有些过了分。我的收入很少,但我非常慷慨,对穷人乐善好施。可是我还得养活罗莎,所以这男孩想死是对的,因为我自己也想死。在这漫长的冬日里,我在这儿干些什么啊!我的马已经死了,村子里没有一个人肯借马给我。我只得从猪圈里拉出马来套车;要不是猪圈里意外地有两匹马,我只好用猪来拉车了。事情就是这样。于是我向这家人点点头。他们一点也不知道这些事,即使他们知道了,他们也不会相信的。开张药方是件容易的事,但是人与人之间要互相了解却是件难事。好了,我的出诊也就到此结束,我又一次白跑了一趟,反正我已经习惯了,这一地区的人老是晚上来按我的门铃,使我深受折磨。但是这一次还得牺牲个罗莎,这个漂亮的姑娘多年来一直和我生活在一起,我几乎没有怎么管她——这个牺牲未免太大了。于是我必须在头脑里仔细捉摸一下,以克制自己不致对这家人训斥起来,他们无论如何也不可能把罗莎还给我了。但是当我阖上提包,伸手去取皮大衣时,全家人都站在一起,父亲嗅着手里的那杯甜酒,母亲可能对我感到失望——

是啊,人们还要期待些什么呢?——她含着泪咬着嘴唇,姐姐摇晃着一条满是血污的毛巾,于是我打定主意做好准备,在某种情况下承认这孩子也许是真的病了。我向他走去,他朝我微笑着,好像我给他端去最滋补的汤菜似的——啊,现在两匹马同时嘶叫起来;这叫声一定是上帝特地安排来帮助我检查病人的——此时我发现:这孩子确实有病。在他身体的右侧靠近胯骨的地方,有个手掌那么大的溃烂伤口。玫瑰红色,但各处深浅不一,中间底下颜色最深,四周边上颜色较浅,呈微小的颗粒状,伤口里不时出现凝结的血块,好像是矿山上的露天矿。这是从远处看去。如果近看的话,情况就更加严重。谁看了这种情形会不惊讶地发出唏嘘之声呢?和我的小手指一样粗一样长的蛆虫,它们自己的身子是玫瑰红色,同时又沾上了血污,正用它们白色的小头和许多小脚从伤口深处蠕动着爬向亮处。可怜的孩子,你是无可救药的了。我已经找出了你致命的伤口;你身上的这朵鲜花①正在使你毁灭。全家人都很高兴,他们看我忙来忙去;姐姐把这个情况告诉母亲,母亲告诉父亲,父亲告诉一些客人,他们刚从月光下走进洞开的门,踮起脚、张开两臂以保持身体的平衡。"你要救我吗?"这孩子抽噎着轻轻地说,他因为伤口中蠕动的生命而弄得头晕眼花。住在这个地区的人都是这样,总是向医生要求不可能做到的事情。他们已经失去了旧有的信仰;牧师坐在家里一件一件地拆掉自己的法衣;可是医生却被认为是什么都能的,只要一动手术就会妙手回春。好吧,随他们的便吧;我不是自动要去替他们看病的;如果他们要用我充作圣职,那我也只好这样;我是个上了年纪的乡村医生,我的女用人都给人家夺去了,我还能希冀什么好事情呢!于

---

① 原文 Blume 为花朵,卡夫卡在这里把鲜红的伤口比做鲜红的花朵,具有一种象征意义。

是这家人和村子里的长者一同来了,他们脱掉我的衣服;老师领着一个学生合唱队站在房子的前面,用极简单的曲调唱着这样的歌词:

脱掉他的衣服,他就能治愈我们,
如果他医治不好,就把他处死!
他仅仅是个医生,他仅仅是个医生。

然后我的衣服被脱光了,我的手指捋着胡子,我把头侧向一边,静静地看着这些人。我镇定自若,胜过所有的人,尽管他们现在抱住我的头,拖住我的脚,把我按倒在床上,我仍然是这样。他们把我放在朝墙的一面,靠近孩子的伤口。然后他们从小房间里走出去;门也关上了;歌声也停止了;云层遮住了月亮;被褥使我的周身感到暖和;忽隐忽现的马头在洞开的窗户前晃动。"你知道,"我听到有人在我耳边说,"我对你很少信任。你不过是从那儿被抛弃掉的,根本不是用自己的脚走来的。你不但没有帮助我,还缩小我死亡时睡床的面积。我恨不得把你的眼睛挖出来。""你说得对,"我说,"这的确是一种耻辱。但我是个医生。那我怎么办呢?相信我,我作为一个医生,要做什么事情也并不是很容易的。""你以为这几句道歉的话就会使我满足吗?哎,我也只能这样,我对一切都很满足。我带着一个美丽的伤口来到世界上,这是我的全部陪嫁。""年轻的朋友,"我说,"你的错误在于:你对全面的情况不了解。我曾经去过远远近近的许多病房,可以告诉你:你的伤口还不算严重。只是被斧子砍了两下,有了这么一个很深的口子。许多人都自愿把半个身子呈献出来,而几乎听不到树林中斧子的声音,更不用说斧子靠近他们了。""这是真的吗,或者是你趁我发烧的时候来哄骗我？""确实是这样，你安心地带着一个公家医生以荣誉担保的话去吧。"于是他相信了，他静静地安息了。可是现在我得考虑如何来救我自己了。两匹马还忠实地站在原处。我很快地把衣服、皮大衣和提包收集在一起；我不愿意把时间花费在穿衣服上；如果两匹马能像来时一样快速，那么简直就可以说我从这张床一跳就能跳回到自己的床上。一匹马驯顺地从窗口退回去了；我把收拾好的那包东西扔进马车，皮大衣飞得太远了，只有一只袖子牢牢地挂在一只钩子上。这就很好了。我自己也跃上马去。缰绳松松地拖曳着，这匹马同另一匹马几乎没有套在一起，双轮马车晃里晃荡地随在后面，皮大衣拖在最后面，就这样行驶在雪地上。"驾！"我喊道，可是马没有奔驰起来；我们像老年人似的慢慢地拖过荒漠的雪地；在我们后面长久地响着孩子们唱的一首新编的但是错误的歌曲：

> 高兴吧，病人们，
> 医生正陪着你们躺在床上！

这样下去我可永远回不到家了；我的兴旺发达的医疗业务也完了；一个后继者正在抢我的生意，但是没有用，因为他不能替代我；在我的房子里那讨厌的马夫正在胡作非为；罗莎是他的牺牲品；我不愿意再想下去了。在这最不幸时代的严寒里，我这个上了年纪的老人赤裸着身体，坐着尘世间的车子，驾着非人间的马，到处流浪。我的皮大衣挂在马车的后面，可是我够不着它，我那些手脚灵活的病人都不肯助我一臂之力。受骗了！受骗了！只要有一次听信深夜急诊的骗人的铃声——这就永远无法挽回。

孙坤荣 译

维尔加

乔万尼·维尔加(1840—1922),意大利著名小说家和剧作家。主要作品有短篇小说集《田野生活》《乡村故事》和长篇小说《马拉沃利亚一家》等。《乡村骑士》是其短篇名作,后来被作家本人改编为剧本,以后又由意大利著名作曲家马斯卡尼谱曲,改编为歌剧,一百多年来一直风行欧美各国。

乡村骑士

图里杜·马卡,努齐娅大娘的儿子,复员回家了。

每个礼拜天,他身穿步兵狙击手制服,头戴一顶圆形赤红军帽,简直像托着金丝雀笼子的算命先生,神气活现地在村里的广场上踱来踱去。去教堂做弥撒的姑娘们,鼻子藏在头巾里,偷偷地瞧着他。调皮的孩子们仿佛一群嗡嗡叫的苍蝇,围在他四周。他嘴上叼着一只烟斗,上面雕刻着一个骑马的意大利国王,简直像活的一样。他在裤子背后划火柴的时候,总要抬起一条腿,仿佛要给人一脚似的。

唯有萝拉,庄稼人安杰洛的女儿,对眼前的这一切毫无反应。她既不去做弥撒,也不在阳台上露面,因为她已经跟利柯迪亚地方来的一个车主订了婚。这个车主叫阿尔菲奥,他的马厩里有四头从索尔蒂诺买来的漂亮骡子。起先,当图里杜知道这件事的时候,呵,真见鬼! 他恨不得把那个利柯迪亚人揪出来,扒开他的肚皮,挖出他的心肝！然而，他并没有这样做。他只是到这位美人儿的窗子底下，把他所知道的那些轻蔑的歌儿，一支支地唱个不休，以发泄他的恼怒。

"难道努齐娅大娘家的图里杜没别的事可以干了吗？"邻居们说，"怎么他整夜整夜地像只无家可归的麻雀那样唱呢？"

有一次，图里杜终于碰见了萝拉。那是在她朝拜受难圣母后回家的路上。然而，萝拉看见了他，脸上冷冰冰的毫无表情，仿佛没有她的事儿似的。

"看见你真是幸运啊！"图里杜对她说。

"噢，图里杜大哥，他们告诉我说，你月初就回来了。"

"他们告诉我的事可不止这一件呢！"他回答说，"你当真要跟那个阿尔菲奥车主结婚吗？"

"是的，那是上帝的意思。"萝拉回答说，一面攥紧下巴底下头巾的两角。

"是上帝的意思让你这样随便决定的！你说得多么轻巧！让我从老远的地方回来，听这样的好消息，难道也是上帝的意思吗，萝拉姑娘？！"

可怜的小伙子竭力想装出一副满不在乎的样子，可是他的声音已经沙哑了。他摇摇晃晃地跟在姑娘的后面走着，赤红军帽的流苏在肩膀上前后跳动。姑娘看到他这副凄凉的神情，心里也确实感到难受，可是她不忍心用动听的话来哄骗他。

"图里杜大哥，你听着，"萝拉终于对他说，"请你让我赶上我的女伴们吧！假如她们看见我跟你在一起，村子里的人将会说些什么呢？……"

"你说得对，"图里杜回答说，"你现在是已经跟阿尔菲奥订了婚的人,他的马厩里有四匹骡子,不能让人家去说闲话。可是,我那可怜的老母亲,当年我出外当兵的时候,却不得不把我们家那头栗色的骡子,还有大路边的一小块葡萄园,统统卖掉了。现在,你再也不会想起当初我们常常在院子里窗底下见面,一起谈心的情形;在我们分离的时候,你送给我一块手绢,天晓得,我在它上面流了多少眼泪! 我去的地方是这样遥远,那儿几乎谁也不知道我们家乡的名字。……好吧,幸福的日子已经一去不复返。现在,我们分手吧,萝拉姑娘! 我们曾经那样亲密,可是一切都已烟消云散,我们的情意也就此了结了吧。"

萝拉姑娘跟那位车主结了婚。礼拜天,她端坐在阳台上,双手交叉,放在胸前,向人们炫耀丈夫送给她的那些粗大的金戒指。图里杜仍然在这条狭窄的小街上踱来踱去,嘴里叼着烟斗,双手插在衣兜里,显出一副漠然置之的神气,用眼睛瞟着过路的女孩子们。可是,一想到萝拉的丈夫竟然有这么多的金子,想到自己路过的时候,萝拉居然假装没有瞧见,小伙子的心就像被什么东西啃啮了似的痛苦。

"我非要在她的眼皮底下教训她一番不可,这个小贱人!"他嘟嘟囔囔地说。

阿尔菲奥家的对面,住着种植葡萄的柯拉大叔,人家说他富得像头猪。他家里还有一个待嫁的闺女,名叫桑塔。图里杜费了不少口舌,想了不少办法,终于得到柯拉大叔的雇用。于是,图里杜开始上他的家里去,并且向那女孩子甜言蜜语地献殷勤。

"为什么你不去对萝拉说些好听的话呢?"有一次桑塔姑娘问他。

"萝拉是一位夫人了! 如今她嫁给了一个真正的大王!"

"不过,我是不配嫁给大王的。"

"你抵得上一百个萝拉。萝拉连给你拾鞋都不配,不配!我认识一个小伙子,只要你在场,他压根儿就不乐意瞧萝拉一眼,甚至连她的圣人也不愿意瞧一下。"

"当狐狸吃不到葡萄的时候,就……"

"它就说:'你是多么美丽啊,我的小葡萄球!'"

"啊哟!图里杜大哥,别动手动脚的。"

"你害怕我吞了你吗?"

"我不怕你,也不怕你的圣人。"

"我知道,你的母亲是利柯迪亚人,你们家有好斗的血统,不好惹的。啊,我多想用眼睛吞了你!"

"那你就用眼睛吞了我吧,这对我一点儿害处也没有。别瞎扯了,你还是替我把那块木柴捡起来吧。"

"为了你,我会把整座房子举起来的,我会的。"

桑塔姑娘为了不让图里杜发现她的羞红的脸,顺手操起手边的一块木柴,朝他掷了过去,奇怪的是竟然没有打中。

"我们抓紧干吧!光顾闲扯,木柴就来不及捆好了。"

"假如我有钱,我一定要娶一个像你这样的妻子,桑塔姑娘。"

"我不会像萝拉那样去嫁给一个大王;不过,当上帝给我挑选了一个合适的人的时候,我也有自己的嫁妆。"

"我们知道你家里挺有钱的,我们知道!"

"假如你知道,那就快点儿干活吧。爸爸快要回来了,我不愿意让他看见我在院子里。"

桑塔的父亲已经开始拉长了脸,一肚子不高兴。她却假装没有瞧见。步兵狙击手赤红军帽的流苏已经搔动了她的心,整天在她眼前跳动。当父亲把图里杜赶出门去的时候,女儿就为他打开了窗子,跟他整夜整夜地谈心,以致左邻右舍都把这件事作为闲谈的话题。

"我为了你快要发狂了,"图里杜说,"我吃不下饭,也睡不好觉。"

"瞧你说的。"

"我真想成为维多利奥·埃马努埃勒①的儿子,那我就能娶你了。"

"瞧你说的。"

"对着圣母起誓,我真想把你像面包那样一口吞下去!"

"瞧你说的。"

"哎,我对你说,这是真心话。"

"哎哟,我的妈呀!"

每天晚上,萝拉藏在一盆香草花的后面这么偷听着,脸上白一阵红一阵。一天,她终于叫住图里杜。

"图里杜大哥,这么说来,老朋友见面就再也不打招呼了吗?"

"唉!"图里杜叹了一口气说,"谁能够跟你谈上一句话,那就真是有福气了。"

"假如你真有心跟我谈谈,你是知道我住在什么地方的。"萝拉回答说。

于是,图里杜就去萝拉那里聊天;他去得那么勤,以致桑塔姑娘都发现了。他再来的时候,桑塔当着他的面,砰的一声关上了窗子。当步兵狙击手在街上走的时候,邻居们互相会意地报以一笑,

---

① 维多利奥·埃马努埃勒(1820—1878),意大利国王。

摇摇头。萝拉的丈夫正带着他的骡子在外奔忙,从一个集市赶到另一个集市。

"礼拜天我想去做忏悔,昨天夜里我梦见了黑葡萄。"①萝拉说。

"别管它,让它去吧!"图里杜恳求她。

"不,复活节快到了,我丈夫回来后会问我为什么不去忏悔呢。"

萝拉在忏悔室里清洗她的罪孽的时候,桑塔姑娘正跪在忏悔室的门口,一面等着轮到她,一面喃喃地说:

"凭我的灵魂起誓,你这个贱人赎罪的地方绝不是罗马!"

阿尔菲奥带着他的骡子,满载着钱财回来了,他还给妻子带来了礼物,一件过节穿的漂亮的新衣。

"你给老婆带来了礼物,做得真对!"桑塔对他说,"当你外出的时候,她给你的家门可增添了光彩。"

阿尔菲奥是一个歪戴帽子的车主,听到别人以这种口吻谈到他的妻子,顿时好像被刀子扎了似的,面孔刷的一下变了颜色。

"活见鬼!"他暴跳起来,吼叫着,"假如你看错了人的话,我决不会让你留着眼睛来哭的,对你是这样,对你家里人也是这样。"

"我是不喜欢哭的,"桑塔姑娘回答说,"即使我亲眼瞧见努齐娅大娘家的图里杜夜里走进你老婆的屋子,我也没有哭。"

"好!"阿尔菲奥回答说,"多谢你的关照。"

既然猫已经回来了,图里杜白天就不再到那条狭窄的小街去闲逛,只是跟朋友们在酒馆里消遣解闷。复活节的前一夜,他们正

---

① 按照意大利风俗,这是不吉利的兆头。

围着餐桌吃一盆香肠,这时阿尔菲奥走了进来。图里杜从他那杀气腾腾地直盯着自己的神气,马上明白了他的来意,于是把叉子放在盘子上。

"阿尔菲奥大哥,有什么吩咐吗?"他说。

"不敢,图里杜大哥,我有许多日子没有见到你了,有件事想跟你谈谈,至于什么事,你心里自然明白。"

图里杜起初把酒杯递给他,可是阿尔菲奥用手推开了。于是,图里杜站起来,对他说:

"听候你的吩咐,阿尔菲奥大哥。"

车主伸出双臂,搂住他的脖子①。

"老兄,明天早晨,假如你愿意到坎齐里亚的无花果树林来,我们把那件事谈谈,好吗?"

"天亮的时候,请你在大路上等我,我们一起去。"

说完,他们互相吻了吻,图里杜用牙齿咬了一下车主的耳朵,郑重地表示接受挑战,决不失约。

朋友们默默无语地放下手里的刀叉,离开酒店,陪伴图里杜回家。可怜的努齐娅大娘每天晚上总要等他到深夜。

"妈妈,"图里杜对她说,"你还记得,我当兵去的时候,你很悲伤,觉得我永远不会回来了,是吗?现在,你好好地吻吻我吧,就像当年你吻我那样。明天一早,我就要离开你,到很远很远的地方去了。"

东方还没有发亮,图里杜就起来,拿出那把他当兵走的时候藏在干草堆下的折刀,向坎齐里亚的无花果树林出发。

---

① 按照当地的习俗,搂脖子是要求决斗的表示。

"啊,圣母玛利亚!你这样怒气冲冲,是要到哪儿去呀?"阿尔菲奥准备离开家里的时候,萝拉惊惶失措,呜咽着,低声地说。

"我要去的地方离这儿不远,"阿尔菲奥回答,"不过对你来说,自然巴不得我永远不再回来了。"

萝拉还穿着睡衣,就在床脚边祈祷起来,把贝尔纳迪诺神父从圣地给她带来的念珠紧紧压在嘴唇上,一遍又一遍地背诵着"福哉玛利亚"的经文。

图里杜跟他的对手朝着无花果树林走了一程;阿尔菲奥把帽子拉到眼睛上,默不作声。

"阿尔菲奥大哥,"图里杜开口说,"就像上帝那样真实,我知道我错了,因此情愿让你杀死。可是,我上这里来以前,却看见我的老妈妈已经起来了,她借口照料小鸡,其实是要看我动身,她的心仿佛已经把这件事告诉了她。所以,就像上帝那样真实,为了不让我的老妈妈悲伤地哭泣,我要像宰一条狗那样杀了你。"

"好吧!"阿尔菲奥一面回答,一面脱掉短上衣,"那我们两个人就狠狠地斗吧。"

他们两个都是善于格斗的好手。阿尔菲奥先刺过去,图里杜急速闪过,不料胳膊却中了一刀。他随即狠狠回敬了一刀,刺中了对手的小腹部。

"啊,图里杜,你果真存心要杀死我吗?"

"是的,我已经明白地对你说了。现在,我看见我那照料小鸡的老妈妈,她仿佛一直在我的眼前。"

"那就睁大你的眼睛吧!"阿尔菲奥对他吼叫,"我正要给你点厉害瞧瞧。"

为了防御对手的进攻,阿尔菲奥弯曲着身子,用左手捂住痛楚的伤口,胳膊肘几乎触到了地面。突然,他飞快地从地上抓起一把土,向仇人的眼睛摔去。

"啊!"图里杜像瞎子一样睁不开眼睛,凄惨地叫道,"我完蛋了!"

他向后面拼命地跳了几步,企图逃命,可是阿尔菲奥已经扑上前来,朝着他的腹部猛刺了一刀,接着,又一刀刺进了他的喉咙。

"这是第三刀!……回敬你给我的家门增添的光彩。现在,你的老母亲可以不用照料她的小鸡啦。"

图里杜用双手在空中胡乱摸索了几下,在无花果丛中跟跟跄跄地摇晃了几步,然后,像一块石头似的栽倒在地,鲜血从他的喉咙口沸腾般地涌出,泛着泡沫,他甚至来不及发出最后一声呼喊:"啊,我的妈妈!"

吕同六 译

皮蓝德娄

路伊吉·皮蓝德娄(1867—1936),意大利著名小说家,一生创作了七部长篇小说和三百部短篇小说。《西西里柠檬》是世界公认的短篇杰作。作者以清新明快的文笔,从侧面描绘出一个出身贫寒而颇有才华的少女踏入上流社会后走向堕落的故事。

西西里柠檬

"苔莱季娜在这儿住吗?"

用人只穿着一件衬衫,不过已经扣好了上浆的高领,他打量着站在他面前台阶上的青年。这个青年,乡下人打扮,粗呢大衣的衣领竖到耳根;两手冻得通红发僵,一只手拿着个肮脏的口袋,另一只手,为了平衡,提着一个旧提包。

"苔莱季娜?她是干什么的?"用人反问道,吃惊地扬起又浓又密、连成一线的眉毛,那眉毛仿佛是从嘴上刮下来的胡子,唯恐糟蹋掉,贴在前额上似的。

青年先是摇摇头,把鼻涕甩掉,然后回答说:

"苔莱季娜,女歌唱家。"

"啊,"用人吃惊地叫了一声,脸上露出嘲讽的微笑,"您竟这样毫不客气地称呼她苔莱季娜?您是哪一位?"

"她是不是在这儿住?"青年一边追问,一边皱着眉头,并且抽着鼻子,"您告诉她一声,就说密库乔来了,让我进去吧。"

"这会儿家里没人。"用人嘴角上依然堆着微笑,回答说,"苔莱季娜·马尔尼斯小姐现在正在剧院,并且……"

"那么马尔塔大婶呢?"密库乔打断了他的话。

"噢,您是她的侄子?"

用人立刻变得非常有礼貌。

"您请进,请进。没人在家,您婶母也在剧院。戏不散场,她们不会回来的。今儿是您的……我们小姐是阁下的……大概是堂妹吧?今儿是为她举行的纪念演出。"

密库乔感到不大好意思,沉默了片刻,说:

"我不是……不,我不是她堂兄,说真的……我……我叫密库乔·帕纳维诺,她知道的。我是特地从乡下来的。"

用人听到他的话以后,心想,还是不称呼青年"阁下"为妙,干脆就称"您"吧;他把密库乔引进厨房隔壁一个又暗又小的房间里——那里有人正在雷鸣般地打鼾——然后说:

"请坐。我这就拿灯来。"

密库乔先往打鼾的方向看了看,但是什么也看不清。他又朝厨房望了望,厨师和下手正在那里准备晚餐。烹调的混合的香味袭进他的鼻子,密库乔稍微有些醉意,并且感到头晕。他从清晨起,几乎不曾吃过东西,他是从墨西拿来的,在火车上足足待了两天一夜。

用人端来一盏灯,那房间中间隔着一道帷幔,打鼾的人在里边梦呓似的嘟囔:

"谁呀?"

"哎,道林娜,醒醒吧,"用人叫道,"你没看见,帕维奇诺先生在这儿吗?"

"帕纳维诺。"密库乔一边纠正他,一边往手指上呵着气。

"帕纳维诺,帕纳维诺,小姐的熟人。你睡得真死。我该准备开饭啦,再说我不能一下子全做得来呀,你明白吗?厨师什么也不会做,光照顾他,都忙不过来,还得招待所有的来客!"

听见那人在伸懒腰,打着又长又响的呵欠,接着,似乎由于突然袭来的一股冷气,打了一连串喷嚏,仿佛是对用人抱怨的一种回敬。

"算了吧!"用人扬声说了一句,旋即走开了。

密库乔微微一笑,目送他穿过昏暗的房间,走到灯火辉煌的客厅深处摆着华丽餐桌的地方;密库乔以惊异的眼光欣赏那张餐桌,最后鼾声使他转过头来,朝帷幔望了望。

用人腋下夹着餐巾进进出出,一会儿埋怨依然酣睡的道林娜,一会儿抱怨厨师——厨师大概是特地为这次晚餐新请来的,一个劲儿问这问那,使他很不耐烦。密库乔生怕触怒了用人,脑子里虽然想到一些事儿,却横下心来不肯问他。可是也许总该说说清楚或是暗示一下——他是苔莱季娜的未婚夫,然而不知道为什么他却不想提起这件事;也许他害怕用人会把他密库乔当做主人看待,单就这种念头就已经使他感到窘迫了,况且用人是那样放肆,虽说没穿燕尾服,却也够趾高气扬的。可是用人打他身边走过的时候,密库乔还是忍不住地问道:

"请原谅……这是谁的房子?"

"我们的,我们住在这儿嘛。"用人赶忙回答道。

密库乔只是摇了摇头。见鬼,这是真的吗?发家啦!好家伙!这位像高贵的老爷似的用人、厨师和他的下手,还有在帷幔后面打鼾的道林娜——他们全都听从苔莱季娜的使唤。谁能想得到呢?

密库乔暗自想起了苔莱季娜和她母亲在那遥远的墨西拿曾经住过的简陋的小阁楼。若不是他,五年以前,母女两人早就在这座冷落的小阁楼里饿死了。多亏他,是他发现了珍宝——苔莱季娜那副嗓子。她就像屋檐上的小鸟儿一样不停地歌唱,却不知道自己的珍宝;她唱,是为了排遣烦恼,她唱,是为了忘却贫穷——密库乔曾经不顾双亲,特别是母亲的反对,跟这种贫穷做过搏斗。难道他能在苔莱季娜父亲死后忍心看着她处于这种境遇而不闻不问吗?只因为她穷就抛弃她吗?可是他,不管好坏,总还在市乐队里保有一席长笛手的位置吧。难道这算是原因吗?那么良心呢?

噢,这真是上帝的启示,命运的呼声——她的嗓子从前谁也不曾留心过,如今却突然闪现出一种使它得到发挥的想法,这种想法是在四月一个春光明媚的日子里,在镶嵌着明净瓦蓝的天空的阁楼窗子前边闪现出来的。苔莱季娜唱着热情的西西里民歌,密库乔还依稀记得那充满柔情的歌词。这一天,苔莱季娜想起不久前去世的父亲,心里充满悲哀,加之密库乔父母极力反对,更使她痛苦万分;记得在听她唱的时候,他心里也很悲哀,眼泪几乎夺眶而出。是的,这首民歌从前他不知道听过多少次了;但是唱得这样真挚,却还从来没有听过。

这一次,给他留下那么深刻的印象。第二天,他事先既没有跟她,也没有跟母亲打招呼,竟自把他的朋友、乐队指挥带到阁楼里来。就这样,开始了初步的练唱课程,一连两年,他几乎把自己的全部收入都为她花掉了:他为她租赁钢琴、买乐谱,还赠给音乐教师一点礼品,表示情谊。那美好的、遥远的日子啊!苔莱季娜全身心燃烧着展翅高飞、奔向未来的愿望——音乐教师预言未来将是光辉灿烂的;当时,她以多么炽烈的深情表示她的谢意啊,他俩一起憧憬着未来的幸福!

马尔塔大婶却完全相反,她痛苦地摇着头:可怜的老太婆一辈子几经沧桑,实在不敢相信未来了;她替女儿担心,也根本不想让女儿奢望摆脱已经习惯了的贫穷处境;但是到头来——母亲还是看到了这种丧失理智的危险的幻想给他带来了怎样的后果。

可是,不论是他还是苔莱季娜,都没有听母亲的话;当母亲听到一位听过苔莱季娜在音乐会上演唱的年轻作曲家说,若是不给她聘请出色的教师,不让她受完高等音乐教育,那真是罪过——不论付出什么样的代价,都应当把她送到那波里音乐学院去;——当她听了这番话以后,气愤也只是枉然。

那时候,他,密库乔没有表示出丝毫的犹豫,跟他双亲争吵起来,把教父遗留给他的一点财产变卖了,送苔莱季娜到那波里去受完教育。

从那时以后,他再也没有见到她。信,是的……他收到她从音乐学院寄来的信;后来,苔莱季娜在圣卡尔洛举行首次演出,大为轰动,受到许多大剧院邀请,开始了演员生涯;此后收到的信,则是马尔塔大婶寄来的。可怜的老太婆虽然极力把信写得工工整整,却是闪烁其词,流露出惶惑不安的心情;苔莱季娜总是挤不出时间写信,只好在妈妈的每封信末尾附上一笔:"亲爱的密库乔,妈妈写的一切我全同意。祝你健康,愿你爱我。"他们早就有约在先,他要等她五六年,等到她畅通无阻地为自己开辟了前程。他们俩都还年轻,可以等待。为了驳斥他双亲对苔莱季娜和她母亲散布的中伤,在这五年当中,只要有人想看,他便把这些信拿给他们看。后来他病了,差点儿死掉;他一点也不知道,马尔塔大婶和苔莱季娜给他汇来一笔数目颇为可观的款子:病中用了一些,可是余下的他硬从他双亲的贪婪的手里夺了过来,如今前来把这笔钱还给苔莱季娜。因为他——无论如何!——不想收这笔钱。当然喽,这笔钱不是恩赐,他为苔莱季娜花过那么多呢。可是……无论如何!就连他自己也说不清为什么,尤其是在这儿,在这所房子里,他无论如何也不能收这笔钱!密库乔已经等待多少年了——还可以等下去的。既然苔莱季娜有了余款,那就是说,如今,锦绣前程已经展现在她的面前,自然,那从前的许诺——尽管违背那些对此事缺乏信心的人的意愿——也该实现了。

密库乔蓦然地站起身来,扬扬眉毛,似乎想肯定这种结论;又呵呵那冻僵的双手,跺了跺脚。

"冷吗?"用人走过时问道,"等不多久了。到厨房这边来吧。您在这儿会好些。"

用人摆出一副贵族老爷的神气,使密库乔感到难堪和愤怒,因此他没有理睬用人的劝告。他又坐了下来,陷入悲哀的沉思中。不一会儿,一串紧急的铃声打断了他的思路。

"道林娜,小姐回来了!"用人高声喊道,赶忙理理燕尾服,跑去开门,但是发现后面跟着密库乔,便骤然止步,拦住了他:

"您在这里等一会儿。让我先通报一声——您来了。"

"哎哟—哟!"帷幔里边传出一个拖长的声音。随后出来一个穿戴邋遢、又矮又胖的婆娘,跛着一条腿,羊毛披巾一直裹到鼻子底下,露出一绺染过的金丝发;她还没有完全醒转过来。

密库乔两眼发直地望着她。她也奇怪地瞪着陌生人。

"小姐回来了。"密库乔重复了一声。

这时候道林娜猛然间清醒过来。

"我这就来,这就来……"她一边说,一边摘掉披巾,扔到帷幔后边,同时晃动她那整个笨重的身子冲向门口。

这个搽胭抹粉的妖艳的女人的出现,用人的阻拦——这一切使受压抑的密库乔产生一种惊惶不安的预感。他听到了马尔塔大婶尖声尖气的话音:

"放到那边客厅里!放到客厅里,道林娜!"

用人和道林娜从他面前走过,捧着色彩缤纷的花篮。他探着脖子望着尽里边灯火辉煌的客厅,看到许多身穿燕尾服的男人,听到含混不清的寒暄声。他两眼发黑:他是那样惊奇,那样激动,不知不觉地眼睛里充满了泪水。他眯上眼睛,在黑暗中全身紧缩,仿佛坚决不向那刺耳的阵阵笑声在他内心所引起的痛楚的感情屈服似的。苔莱季娜的笑声?我的上帝呀,她干吗在那个房间里这样笑呢?

一声压低的呼唤使他睁开了眼睛,他看见马尔塔大婶站在他面前,那样子一点儿也辨认不出来了——她戴着帽子呢,可怜的老太婆!她仿佛受到身上那件华丽高贵的天鹅绒披肩压抑似的。

"怎么,密库乔……是你在这儿?"

"马尔塔大婶!……"密库乔大叫一声,几乎是吃惊地望着她。

"你怎么能这样呢!"老太婆激动地接着说,"连个信儿都不给?出什么事了吗?你什么时候到的?是今儿个呀……噢,天啊!天啊!……"

"我是来……"密库乔嘟嘟囔囔,不知说什么好。

"等一等!"马尔塔大婶打断了他的话,"现在怎么办?怎么办呀?你看,来了多少人呀,孩子?今儿是苔莱季娜的大喜日子,是她的纪念演出……等一下,在这儿稍微等一下……"

"您若是,"密库乔嘟囔说,由于恐惧,他的嗓子都不好使唤了,"您若是觉得我该走……"

"不,稍微等一会儿,我对你说。"这位善心的老太婆赶忙回答说,她实在是不好意思了。

"可我,"密库乔接着说,"真不知道,在这儿我该待在哪儿……赶上这时候……"

马尔塔大婶走了,扬起一只戴着手套的手,向他做了一个稍候的手势,便走进了客厅;过了一会儿,密库乔仿佛觉得客厅里陷入了深渊:突然间一片沉寂。然后他清清楚楚地听到苔莱季娜的声音:

"稍候一会儿,先生们!"

在等待她的来临的时候,他眼前又是一片漆黑。然而苔莱季娜没有来,客厅里又喧哗起来。过了一会儿,在他好像过了几百年以后,马尔塔大婶来了,帽子、披肩和手套都脱掉了,已经不像刚才那样困窘了。

"我们在这儿等一会儿,好吗?"她说,"我陪着你……他们在吃晚饭……我们在这儿待一会儿。道林娜在准备晚饭,我们一起在这儿吃,我们回忆一下从前的好时候,啊?……我简直不敢相信,我会看到你,我的孩子,在这儿,在这儿,面对面地……你知道,那里有多少客人……她,可怜的孩子,不能不应酬……要想走红嘛,你明白吗?又有什么办法呢!看报了吗?大事情,孩子!可我……我总是像在大海里一样……真不敢相信,今儿晚上会跟你一起坐在这里。"

好心肠的老太婆说呀说的,本能地尽量不给密库乔时间去思索,然后深表同情地望着他,笑了笑,搓着手。

道林娜匆匆地摆好了晚饭,因为客厅那里晚餐已经开始了。

"她会来吗?"密库乔用颤抖的声音郁郁不乐地问道,"我问一问,是想能够见她一面。"

"还用说嘛,"老太婆应声答道,极力不露出惶惑的神态,"一腾出身就来,她亲口说的。"

他们互相看了一眼,笑了笑,仿佛彼此刚刚认出来似的。虽说是惶惑不安,可是他们的心却是息息相通的,彼此微笑着表示致意。"您是马尔塔大婶。"密库乔的眼睛在说话,"可你,密库乔,我亲爱的,好孩子,还是老样子,可怜的人!"马尔塔大婶的眼睛回答说。可是善心的老太婆立刻又垂下了眼帘,唯恐密库乔从她眼神里看出别的什么来。她又搓着手,说:

"我们吃吧,啊?"

"我实在饿了!"密库乔愉快而轻信地叫了一声。

"让我们先画个十字吧;在这儿,当你面,我才敢画十字。"老太婆露出狡黠的神情补充说,同时丢了一个眼色,画了个十字。

用人端来第一道菜。密库乔留心看着马尔塔大婶怎样拣菜。可是轮到他的时候,他刚伸出手来便想到,经过长途跋涉,两手很脏,因此一阵脸红,感到难堪,不由得抬起眼来望望用人。用人毕恭毕敬地向他微微点头,笑了笑,仿佛在请他品尝菜的味道。幸好马尔塔大婶使客人摆脱了困境:

"等等,等等,密库乔,我替你拣。"

他从心里感激,真想上前吻一吻她!

小吃拣好了以后,用人出去了,密库乔也赶忙画了个十字。

"你真是我的好孩子!"马尔塔大婶对他说。

他感到安定自如些了,于是开始放开胃口大吃起来,不再想什么手脏和用人了。

每一次,用人推开客厅的玻璃门出来进去的时候,总是传来喧闹的谈话声浪和一阵阵爆发的欢笑声。他激动地环视了一下,然后望着老太婆忧郁的、善良的眼睛,仿佛希望从她的眼神里找到解释似的。但是相反,他看到的是此时此刻什么也不要问,也别说话的恳求目光。于是两个人又相对笑了笑,一边吃着,一边谈着远方的故乡和亲友——马尔塔大婶没完没了地问起他们。

"你不喝点酒吗?"

密库乔伸手去取酒瓶,但是就在这时候客厅的门开了;他听到丝绸的窸窣声和匆忙的脚步声,突然有什么东西闪了闪光,仿佛房间里骤然大放光明,使他感到眼花缭乱。

"苔莱季娜……"

由于惊奇,话到他的唇边却吞下去了。噢,简直是个女王!

他满脸绯红,两眼瞪得溜圆,大张着嘴巴,呆若木鸡地望着她。她怎么会是……这样呢?袒露着胸部、双肩、两臂……全身珠光宝气,绫罗绸缎……不,不,他不敢相信,站在他眼前的是她,活生生的,的的确确活生生的,真实的。她对他说什么来着?他对着这神奇的幻影——她那音容笑貌,丝毫都辨认不出来了。

"日子过得好吗?你现在身体健康吧,密库乔?好极啦,好极啦……我们一会儿见……让妈妈先陪你一下……好吗?"

于是苔莱季娜满身丝绸窸窣作响,跑回客厅去了。

"你不再吃点?"马尔塔大婶怯生生地问,想要使密库乔从木然发呆状态中解脱出来。

他勉强抬起眼帘望了望她。

"吃吧。"老太婆指着盘子固执地说。

密库乔把两个手指插进灰黑的弄皱的衣领里,拉了拉,极力想使情绪好转过来。

"吃吧?"

仿佛表示感谢,他用手指在下颏底下晃了晃,意思是说:他吃不下了,不想吃了。他沉默了好大一会儿,抑郁着,脑子里依然萦回着消逝的幻影,然后嘟囔说:

"她变了样啦……"

他看到马尔塔大婶痛楚地摇了摇头,也不再吃了,好像在等待什么。

"已经没有什么可想的了……"他合上眼睛,几乎是自言自语地又说了一句。

在黑暗里,他看到他们中间出现了一道多么深的鸿沟。不,这不是她……不是她……他的苔莱季娜。这一切早已经结束了,可是他这个愚蠢的笨蛋,事到如今才明白过来。在家的时候,人家就对他说过,可是他固执地不肯相信……而如今……他在这所住宅里扮演着什么样的角色?如果所有这些先生们,甚至这个用人也在内,知道他密库乔·帕纳维诺历尽艰辛不远千里而来,乘坐了三十六个小时火车,满以为自己是这个女王的未婚夫,那他们——这些先生们,还有用人、厨师和他的下手,还有道林娜,一定会哈哈大笑的!如果苔莱季娜拖他到客厅去见他们,并且说:"看吧,这个可怜的长笛手,竟想当我丈夫!"那他们会哄堂大笑的。是的,是她亲口答应他的,可是她又怎么会想象到,什么时候会变成这样呢?是的,是他为她找到的道路,并且使她能够踏着它前进;可是如今,她走得那么远,而他依然原地没动,在小城广场上,每个礼拜日吹奏长笛,已经追赶不上她了。没什么可想的了。对于这位高贵的小姐来讲,当年为她花掉的几个钱,又有什么了不起的?于是他想起了他衣袋里装着在他病中苔莱季娜寄去的钱。他脸红了,他感到羞愧,于是他把手伸进装钞票的胸前衣袋里摸索着。

"我这次来,马尔塔大婶,"他慌忙地说,"还有一件事,想把你们寄给我的钱还给你们。这怎么说呢?报酬吗?还债吗?我现在看见苔莱季娜变成了……算了,这件事已经没什么好想的了!可是钱,不,我不能收她的钱……一切全完了,我们再也不会谈起这件事……可是钱——无论如何也不能收!不过我很抱歉,这不是原数……"

"你说什么呀,孩子?"深受委屈的马尔塔大婶含着眼泪想要打断他的话。

密库乔做了个手势,让她别再说下去。

"这不是我花掉的,是我父母在我生病的时候花掉的,我连半点都不知道。那么就算还我当初花掉的吧……您记得吧?我们别再提这件事了。这里是剩下的全部。我该走了。"

"怎么能这样快就走?"马尔塔大婶喊道,想把他拦住,"稍微等等,我去告诉苔莱季娜一声。你不是听见了,她还要见你嘛。我去告诉她……"

"不,不必了,"密库乔果断地回答说,"让她陪着她的先生们吧;她在那儿更好些,那是她待的地方。——而我,不幸的人……我已经看见她啦,我已经心满意足了……要不最好您也去吧……到那里去吧……您听到笑声了吗?我不愿意让他们笑我……我走了。"

马尔塔大婶把密库乔的突然决定想到很坏的方面去了——她认为这是鄙视,是妒忌。如今,她这个可怜的老太婆觉得,所有的人,只要见过她的女儿,都会立刻产生一种侮辱性的猜疑;她也恰恰因为这种猜疑而时常伤心落泪却得不到慰藉,她那内心的悲痛,在那使她疲惫的晚年受到莫大侮辱的、可恨的奢侈的生活的喧闹声中,孜孜不倦地、缓缓地尾随在她的身后。

"可是我,"她突如其来地说,"我现在已经不能保护她了,我的孩子……"

"为什么?"密库乔接着问道,他从她的眼睛里看出了一种他还没有来得及产生的疑虑,于是他的脸色立刻阴沉下来。

老太婆感到不安,极力忍住自己的悲哀,用颤抖的双手捂住了脸,但是她仍然没能抑制住夺眶而出的眼泪。

"是的,是的,走吧,孩子,走吧……"她强忍住使她窒息的痛哭,说道,"她现在已经不属于你了,你说得对。当初你们若是听我的话,也就好了!"

"那么,就是说?……"密库乔感叹地说,同时向她俯过身去,用力把一只手从脸上移开。但是,她一只手指贴着嘴唇,借以表示乞求怜悯的眼光是那样悲哀和不幸,因此他按捺住感情,迫使自己换了另一种声调悄悄地加了一句:"那么,就是说,她……她配不上我了?够了,够了,反正我要走的,况且现在……我多浑蛋,马尔塔大婶,我没有明白!别哭了。现在怎么办?幸福,人都说……幸福……"

他从桌子底下拿起提包和口袋,已经走到门前,突然想起口袋里装着他从家乡给苔莱季娜带来的鲜美的柠檬。

"噢,您瞧啊,马尔塔大婶。"他说。

他解开了口袋,一只手提着,把那些喷香的鲜果倒在桌上。

"若是我把这些柠檬扔在这些先生们的脑袋上,那又会怎么样呢?"他又说了一句。

"看在上帝的面上!"老太婆痛哭着呻吟道,同时做了个手势,恳求他不要说下去。

"没什么,没什么。"密库乔接着说,一边含着痛苦的眼泪把空口袋装进兜里,"这些柠檬我本来是给她带来的,可是现在我把它们只留给您一个人,马尔塔大婶。"

然后他拿起一个柠檬,凑到她鼻子底下说:

"您闻闻,马尔塔大婶,闻闻咱们家乡的泥土味……只要想一想,我甚至还上税了呢……算了。只给您一个人的,不要忘了……您替我转告她一声:'祝她前途无量!'"

他提起手提包便走了。但是走到楼梯上的时候,一种痛苦的惆怅的感情攫住了他:孤单单的一个人,背井离乡,在黑夜里,被遗弃在这陌生的大城市里,失望,被侮辱,被打败……他走到正门,看到外面正在下着倾盆大雨。他已经打不起精神冒着这么大的雨走在这陌生的街道上。他悄悄地返回来,登上一层楼梯,然后在第一级上坐下,支起两只胳膊,头垂在两只手上,悄悄地哭泣起来。

晚餐结束后,苔莱季娜·马尔尼丝重又来到小房间。她母亲一个人坐着,也在哭泣,这时候,客厅里的先生们正在大声说笑。

"他走了?"她惊奇地问。

马尔塔大婶肯定地点了点头,没有看她一眼。苔莱季娜思索了一下,向暗处匆匆投了一瞥,然后叹了一口气:

"可怜的人……"

说完以后她立刻又微笑了。

"你看看,"母亲对她说道,已经不再用餐巾拭眼泪,"他给你带来的柠檬。"

"多好的柠檬啊!"苔莱季娜箭步跳过去,感叹地喊道。

她一只手捂在胸前,另一只手尽可能多地抓了几个柠檬。

"别哟,别拿到那边去!"母亲强烈地反对说。

可是苔莱季娜耸了耸肩,一边喊着一边跑向客厅:

"西西里的柠檬!西西里的柠檬!"

苏杭 译

邦藤佩利

马西莫·邦藤佩利(1878—1960),意大利作家。著有长篇小说《镜子前的棋盘》《两个母亲的儿子》《阿德里亚及其儿子们的生与死》等,《小偷卢卡》是其短篇小说代表作。

小偷卢卡

一个布满阴云的夜晚,一轮明月从云彩后面露出了四分之一的脸儿,少许的几颗星星在夜空闪烁着。对于小偷卢卡来说,这样的天时已足以帮助他从天窗钻进一户人家,把上好的财物劫掠一空了。

现在,他提着塞满了赃物的沉甸甸的袋子,美滋滋地钻出天窗。约有片刻的工夫,他抬起头来,放眼眺望乌云浮动的夜空,然后,缓缓地环视着四周的屋顶。在这广大而空旷的世界,万籁俱寂,除了他卢卡站在接近天空的屋顶上,四周见不到一个人影儿。

他觉得腰部有点儿疲劳,但心里却舒爽坦然,因为没有什么事情能够再让他胆战心惊了。他把袋子稳稳地扛上肩头,一屁股坐在瓦片上,一只胳膊肘支靠着天窗的墙壁,就这样休息了足足五分钟的光景。

他的同伙中还没有一个人曾经窃得如此贵重的物品。

天窗开在从屋檐到屋脊的屋顶中间,斜面很宽阔。从天窗里往外钻出来的时候,卢卡仰起头来,只见天空变成了一条狭长的垂直线;探身朝前俯视,周围是望不到尽头的坡面,一直伸向大楼的另一端,被突出屋脊的一只烟囱隔绝了;坡面朝下延伸,跟装饰精雅的飞檐联在一起。

瞧见屋顶,他禁不住轻松地舒了一口气。他在屋顶上行走,犹如一只猫儿那样轻捷灵巧,简直如履平地。现在,他似乎觉得耳边响起了他的同伙们(盗窃刺绣、丝绸、金银器皿的能手)惊羡不已的赞叹声,他甚至恍若听到了头头对他的夸奖。

小偷卢卡压根儿用不着手表,便能极其精确地计算时间。五分钟过去了,卢卡把支靠在天窗墙壁上的胳膊伸回来,攥紧袋子的皮带,一只手支撑在地上,想猛地一使劲,让自己站立起来。这时,他向屋脊扫了一眼,不禁倒吸了一口冷气,顿时惊呆了。

屋脊后面伸出了一个肥大、黝黑的脑袋,两道熠熠闪亮的目光,透过黑暗,直向他射来。蓦地,那汉子一跃而起,站立在屋顶上,伸出手来,枪口对准卢卡;一声命令在寂静的夜空回荡:

"举起手来!"

小偷卢卡战战兢兢地举起了双手。

"站住,不许动!"汉子又加了一句。

那人没有大声吆喝,但他的声音好像一声惊雷撕破夜空,在卢卡的耳边轰鸣,他觉得心在胸腔里七上八下地跳动,仿佛要碎裂似的,他恨不得放下一只手来,去按住剧跳的心,让它平静下来。他认出了这个汉子,此人是城里最精干和铁面无情的警察之一。

约摸有十秒钟的光景,他们面对面地互相瞅着。警察瞪大眼睛盯视着卢卡,卢卡跪在地上,抬头凝望警察,他的两只举起的胳膊不时滑落下来,但他很快地用力把胳膊重新举起来。

在这短短的十秒钟里,卢卡的眼前飞快地掠过一连串想象的画面:警察的令人毛骨悚然的双手落到他的肩上,袋子中的赃物,手铐,然后,获悉这一切的同伙们和头头……在栗栗恐惧的一瞬间,所有这些画面都模糊地搅和在一起了。

警察站稳身子,朝着屋顶的顶端走去。

他朝前走了几步,处于惶恐状态中的小偷卢卡忽然瞥见,警察的双脚在瓦片上摇摇晃晃,兴许是由于这个原因,他赶紧止住了脚步,把两条又粗又短的腿叉开,支撑住身子。他仍然用手枪对准卢卡,说道:

"注意听着,你站起来,举起手,朝前走;如果你放下手来,或者掉转方向的话,我马上就开枪。快点,卢卡先生!"

警察这么命令的时候,小偷卢卡确实敏捷地思考了逃跑的可能性:朝右边装饰精雅的飞檐跳下去,但是子弹会追上他的;钻回到天窗里去,无疑是跳入陷阱。他只能乖乖地听从警察的命令。

卢卡不用手臂的帮助就站立起来。然后,他故意慢慢吞吞地——这是出于职业性的伪装本能,不让警察觉察他动作的敏捷,并尽可能地让那双威胁他的手落到他肩上的时刻来得晚些——朝着瞄准他的枪口摇摇晃晃地走去。他的双手颤抖着。

"快一点儿!"警察冷笑地说,"袋子太沉了,是吗?快点儿。"

卢卡本来想回答,但只是勉强迸出了几个有气无力的音节,他这才发觉,他一句话也未说出来。他在瓦片接头的地方故意装做失足绊了一下。

"过来,卢卡先生,你干得蛮不错,看来该打发你去睡觉了。不然的话……啊,上帝!……"

卢卡的心立即惊喜交集地狂跳起来,因为警察由于一只脚跟没有站稳,身子摇晃了一下,径直从瓦房上滑溜下去。卢卡随即瞧见一个肥胖的身躯在屋顶的斜面上朝下滚动。于是他急忙拔脚朝屋脊奔跑。

警察惊慌失措，用左手狠命抓住一块瓦片，不料这瓦片吃不住劲儿，也随着他向下滑溜，他只觉得十指连心般的一阵疼痛，禁不住发出一声绝望的喊叫。他想用另一只扔下手枪的手来攀住屋顶上的什么东西，但无济于事，他的身子继续朝下滚动，脑袋砰的一声撞在屋顶的烟囱上，但滚动没有停止。

小偷卢卡奔到屋脊，转过身来，只见警察已滚到坡面的边缘，身子随即在空中消失了。

卢卡心中蓦然一喜，不禁心花怒放。他目迷神眩地注视着他的冤家对头消失的地方。他这样细细地凝望着，以致终于发现，警察并没有完全掉下去，他正发狂似的用两只手紧紧攀住飞檐的边缘。

卢卡在屋脊上坐下，盯着这两只粗大、黝黑、越来越剧烈的痉挛的手。他等待着，希望看到这双手的消失，然后才扬长而去。然而，这种幸灾乐祸的狂喜仅仅持续了一分钟的光景，现在已平静下来。卢卡从容不迫地坐在那里，胸脯和脑袋略略向前探伸，就像置身于剧院里，观看舞台上的演出，剧情已达到令人不安的高潮时一样。他想象着警察的身躯悬吊在飞檐下的情景，不多一会儿，他的冤家对头的身子就要掉到石板砌的路面上，跌个粉身碎骨。他竖起耳朵，期待听到那庞然大物即将坠落地面的声响。

警察的一只手已经吃不住了，不由得松开了原先死死攀住的屋檐，整个人的重量和抽搐立即都集中到另一只手上，竭力挣扎着；不一会儿，松开的那只手又重新攀住屋檐，另一只手又松开了。警察在空中摇晃飘荡。

蓦地,一种不可捉摸的感觉颤过卢卡的心头。这种感觉跟他开头那种幸灾乐祸的狂喜迥然不同。他紧紧地闭上双眼,尔后又很快地张开,他听到下面急促的喘息声,看来是用那两只手拼命挣扎时发出的。小偷卢卡自己也不知道是怎么回事,他不由自主地霍然立起身子,刷地把袋子从肩膀上卸下来,放在房瓦上;他又一次闭上眼睛,但又马上睁开,用手抚摸了一下前额。他不知道是什么缘故,也不明白自己正在干什么,便径直朝着那个方向跑去。他跑到屋檐跟前,立即扑倒,肚皮紧紧贴着房瓦,伸出一只铁一般坚实的手臂,钩住烟囱壁的棱角,向前探出身子,伸出另一只手臂,喊道:

"拉住!"

卢卡紧紧攥着正在挣扎中的警察伸过来的一只手。他感觉到那只手也紧紧握住他的手,他使出浑身力量往上拉,仿佛渔翁拉起沉甸甸的渔网一样。他瞧见了警察的脑袋、肩膀;他继续往上拽,警察顺着他的劲儿,终于露出了整个身子;卢卡给了他最后一把劲,然后帮助他在靠近屋顶角落的房瓦上坐下。

两个人默不作声。周围愈发显出夜的沉静。警察凝视着下面的深渊,当然他什么也看不见。小偷卢卡瞧着他的脊背,却又怯怯地不敢瞧他。现在卢卡真想离开这里,但他又木然不能动弹,似乎在等待什么,但他又不知道等待什么和为什么要等待。

终于,警察嗫嗫嚅嚅地说了什么,但没有把脑袋朝卢卡扭过来。

卢卡没有听明白,问道:

"你说什么?"

警察仍然耷拉着脑袋,重复说:

"真冷。"

卢卡感到不大自在。警察把脑袋埋在两只手掌当中,开始呜呜咽咽地啜泣起来。

小偷卢卡在口袋里窸窸窣窣地摸索了一阵子,找出火柴和香烟;他点燃了一支烟,递给警察,说道:

"你抽吧。"

警察转过身来,卢卡瞧见,成串的眼泪,从他的脸颊上淌下来,便重复了一声:

"你抽吧。"

他向前探出身子,把香烟夹在警察的两片嘴唇中间。

烟卷在警察的嘴里颤动。过了片刻,警察才结结巴巴地说:

"谢谢。"

烟卷从他的嘴唇中掉下来,滚到烟囱旁边。小偷卢卡敏捷地捡了起来,耸了耸肩膀,把香烟放在自己嘴里吸起来。他正抽着烟,警察却又双手捂住脸孔,重新扭过脑袋去。

卢卡站立起来,转过身去,不再理会他。他登上屋脊,那里放着他的袋子。他把袋子扛在肩上,不慌不忙地从屋顶的另一面斜坡走下去,然后将顺着檐槽滑至地面。

月亮隐没了,天空中没有一丝云彩。小偷卢卡骄傲地想象着同伙们由于他窃得的赃物而啧啧赞叹的声音和头头对他的夸奖。在离开屋顶和抱住檐槽以前,他再次抬头望了望天空。卢卡黑夜行窃兴许已经上百次了,然而他从来不曾发现过,天空中竟有那么多灿烂的星星。

蔡蓉 译

帕皮尼

乔万尼·帕皮尼(1881—1956),意大利作家,曾是佛罗伦萨的文坛领袖,长篇小说《一个无可救药的人》是他最著名的作品。《没有归还的一天》叙说了一个贵妇人对青春、美貌的狂热追求,构思新颖独特,情节曲折诡奇,读来饶有趣味。

没有归还的一天

我曾有幸结识许多上了年岁但依旧容貌姣好的公爵夫人,然而,她们大抵都是些家道中落的贵夫人,身边只有一名身着黑衣的小女仆,住在托斯卡纳①式的衰颓的别墅中;栅栏做成的围墙,两株布满灰尘、像哨兵一样守卫着栅栏墙的杉树,遮掩了整座别墅。

倘若您在某位孤孀寡居的伯爵夫人的沙龙里遇见她们,您尽可以不合时宜地称她们为"高贵的夫人",并且用那种国际流行的、古典式的、毫无生气的法语——马尔蒙台②修道院长的《道德箴言录》足以帮助您通晓此种上流社会使用的语言——跟她们攀谈。我的那些公爵夫人几乎总是愿意彬彬有礼而又喋喋不休地回答您。当您已经深入到她们的可怜的心灵——褊狭的、被尘埃和细事末节封闭的、犹如十七世纪演说家的心灵——您将会发现,生命仍然是值得留恋的。我们的母亲也并不愚蠢糊涂,诚然当我们从

---

① 意大利中部地区,以悠久的文化艺术传统著称。首府为佛罗伦萨。
② 让·弗朗梭·马尔蒙台(1723—1799),法国启蒙主义者、文学家。

娘胎里来到人世间的时候，会以为母亲做了一件蠢事。

那些上了年岁的、容貌姣好的公爵夫人向我絮絮私语了多少异乎寻常的隐私啊！她们非常喜爱香粉，兴许更加热衷于闲谈，因为她们都是德国女人——出于偶然的原因，只有一个是俄国女人——她们所操的娓娓动听的古老的法语有时竟会激起我的汹涌奔腾的感情波澜；这时，我的心狂乱地跳动，坦白地说，我恰如一个痴心的恋人，产生了不可遏制的欲望。

一天下午，夜幕尚未降临，在一座托斯卡纳式别墅的客厅里，我坐在一张帝国时代的老式沙发上，旁边的茶几上放着仆人递给我的一杯清茶。我默默无声地陪伴着我的公爵夫人中年岁最大、最美丽温雅的一位。

她穿着一身黑色的衣服，脸上罩着一块黑色的面纱，我所熟悉的总是微微拳曲的萧萧白发遮掩在一顶绛黑色的帽子里。我恍惚觉得，一轮黑色光圈笼罩在她的周围。这使我很满意。我力图使自己相信，那女人仅仅是根据我的愿望所显现的形象。要相信这一点是不困难的。整个屋子几乎都沉浸在黝暗之中，只有一支发出微弱光亮的蜡烛照着她那搽了香粉的脸庞；一切东西都被黑暗吞噬了，以致使我觉得，在我面前的仅仅是一颗悬在空中的脑袋，一张离地面大约一米高的、与身体脱离的脸庞。

可是，公爵夫人终于打开了话匣子，这时我的任何幻觉自然也就不可能存在了。

"那么，请听我细细说，先生。"她对我叙述道，"这件事发生在四十年以前，那时，我正当青春年华，因此完全可以说天真未泯。"

她用那纤细的声音，继续向我叙述她的丰富的罗曼蒂克经历中的一段历史：一名拜倒在她石榴裙下的法国将军，受到她的爱情的熏陶，一举成为一名优秀的演员；后来，在一个夜晚，他却不幸遭到了一个醉汉的杀害。

然而，对于她的诸如此类的风流韵事，我早已了如指掌；我直率地告诉她，我乐意听她叙述比这更曲折、更遥远、更令人难以置信的故事。公爵夫人落落大方，欣然表示，愿意完全满足我提出的要求。

"看来，您要迫使我揭开我所保守的最后一个秘密，"她说道，"它之所以永远是一个秘密，就因为它在我所经历的全部罗曼蒂克事件中是最令人难以置信的。但我晓得，要不了几个月的时间，兴许在春天来临之前，我就要与世长辞了，也许我再也找不到一个能像您这样饶有兴趣地对待荒唐可笑的事情的男人了……

"这个秘密发生在我二十二岁的时候。那时，我是维也纳最艳丽动人的公爵夫人，我也还没有杀害我的第一个丈夫——那是发生在更晚些时候的事，两年以后，当我爱上了……不过你已经很了解这件风流韵事，恕我不再谈它了！

"事情发生在我二十二岁那年快完结的时候，一个上了年岁，但没有胡须，曾经获得过勋章的老人来登门拜访。我接待了他。他要求秘密地跟我谈两分钟话。当只剩下我们两个人的时候，他对我说：

"'我有一个视若掌上明珠的女儿，她现在身患重病。我必须赋予她生命和力量，因此，我正在到处奔波，以购买或借取的方式，寻求青春的年龄。如果您能慷慨允诺，借给我一年的青春，我将在您生命结束以前，逐步地、一天一天地归还给您。比方说，在您满了二十二周岁的时候，您不是进入二十三岁，而是跳过一年，直接进入二十四岁。您仍然是风华正茂,您丝毫不会察觉这一年龄上的跳跃而带来的影响。我以后将把这一年的三百六十五天,每次两天或三天,全部如数归还给您,直到最后一天。这样,当您年纪衰老的时候,您可以根据自己的愿望,体验到再度获得真正的青春年华,突然重新享有失去的健康和美貌的幸福。

"'请您不要以为您是在跟一个爱说瞎话的骗子手或者是在跟一个魔鬼谈话。我是一个普通的不幸的父亲,我向上帝祈祷了许久,上帝慈悲地准许我做别人所不能做的事情。我费了很大的周折,总算筹借到了三年,但是,我还需要许多年。请把您的青春借给我一年吧,您将永远不会因为这一慷慨的行为而追悔!'

"在那以前,我对各种离奇古怪的冒险行为早已司空见惯,在我生活于其中的那个上流社会里,没有任何事情会被认为是不可能做到的。于是,我欣然同意了他的特殊要求。

"几天以后,我比正常的情况下多长了一岁,但几乎谁都没有察觉到这一点,一直到我四十岁,我都异常快活地生活着,根本不需要索回我储蓄着的、有朝一日应该归还给我的一年。

"那位老人给我留下了一份合同,还有他的地址。他对我说,如果我希望得到一天或一个星期的青春的话,我必须至少提前一个月通知他。他向我许下了诺言,我会在我希望的日子获得我希望的青春。

"年过四十以后,我的花容月貌逐渐消逝,我便回到我的家庭留下来的为数不多的一个城堡中去隐居,一年只前往维也纳两三次。我事先向我的负债人写信,然后,既年轻又漂亮,好像只有二十三岁妙龄的我,便去参加宫廷舞会,光临首都的沙龙,这使得那些知道我的美丽的丰姿正在衰落的人们大吃一惊。

"青春再现的前夕,是多么激动人心啊!前一天晚上,我犹如一朵凋谢的花儿,像往常那样疲倦地熟睡了。翌日清晨,我苏醒以后,却仿佛一只刚刚学会飞翔的小鸟,轻松愉快地奔到穿衣镜跟前,脸上的每一条皱纹都消失殆尽了,我的身躯轻盈灵巧而又柔软丰腴,头发全都重新闪现出金黄色的熠熠光彩,嘴唇如此娇艳红润,以致我自己都恨不得发狂似的吻它。

"在维也纳,崇拜者们把我团团围住,发出惊奇的赞叹,责备我玩弄了魔法。总而言之,他们什么也没有明白。当归还给我的青春期限快要结束的时候,我便登上马车,急匆匆地返回城堡;在那里,我谢绝一切登门拜访的客人。

"一次,一个来自波希米亚的年轻的伯爵,在我某次重返维也纳参加社交活动的时候认识了我,如醉如痴地爱上了我,不知怎么回事,他突然闯进了我的城堡中的宅邸。当他看到我跟他在维也纳大街上倾心相爱的女人是如此相像,但又如此难看和衰老的时候,顿时惊愕失色,几乎昏厥了过去。

"打那以后,再也没有人能够闯入我心甘情愿地选择的与世隔绝的生活。在我的生命之花不断枯萎的郁郁寡欢的岁月里,唯独偶尔再现的青春所激起的奇特的喜悦和深深的忧伤,才足以使这种几乎不食人间烟火的生活暂时中断。您能够想象得出我那漫长的、孤独的、与世隔绝的生活中,每每由于少许几天的美貌和激情突然迸发出火焰而产生的奇妙情景吗?

"开头的时候,我满以为那三百六十五天是取之不尽,用之不竭的,只觉得它们是永远不会完结的。因此我过于恣意挥霍,经常给那位神秘的生命负债者写信。然而,他是一个惊人地恪守诺言的人。有一次,我上他那儿去了,瞧见了他的一堆账单。我发现,我并不是跟他签订这类合同的唯一的人。看得出来,他非常精确地记载着他不断偿还的债务。我还瞧见了她的女儿,一个脸色异常苍白的女人,正坐在鲜花盛开的阳台上。

"我压根儿不晓得,他从哪里得到生命的年月,从而使他能够如此准确无误地按日子分批偿还他的债务,但我有某种理由相信,他为此又积欠了新的债务。他从哪些女人那里借得日子来偿还给我呢?我多么想认识她们当中的一位,可是,尽管我常常善于巧妙地提出问题,但我却从未有幸揭开这个秘密。然而,很可能,她们并不是我想象的那种陌生人……

"总而言之,这老头儿是一个异乎寻常地饶有兴味的人物,他极其出色地执行着他的计划。您简直难以想象,当他以一个银行家才有的冷静向我宣布,现在他欠我的日子只剩下十一天了,那时我的生活突然变得多么凄惨可怕。在整整一年的时间里,我没有给他写过一封信,我曾经一度萌发过这样的念头,把这留着的十一天馈赠给他算了,免得再痛苦地折磨我自己。您当然能够明白为什么,是吗?每一次,当青春昙花一现之后,理智苏醒的时刻便愈发令我黯然神伤,因为随着岁月的流逝,我眼下的情况跟我二十三岁时的距离是愈来愈大了。

"从另一方面来说,我又无法抗拒它的诱惑。您可以设想一下,一个可怜孤独的老太婆怎能够拒绝哪怕只有一天或两天、三天的美貌、爱情和欢乐呢?她需要被人宠爱,虽然只有一天的时间;她需要被人追求,哪怕只有一个钟点;她需要幸福,尽管只有片刻的时光!

"然而,我赊给那老先生的日子快用完了,那笔债务即将永远结束了。请您想想,我能够支配的青春的日子仅仅剩下一天的时间了!这一天一旦消逝,我将最终成为垂暮的老太婆,眼睁睁地坐待死神的召唤。仅有的光明灿烂的一天,然后将是永世的黑暗!我请求您设身处地想想我生活中这一始料未及的悲剧。在要求归还这一天以前……

"可是,我什么时候应该要求归还这一天呢?我将用这一天来做些什么呢?三年多来,我没有再恢复过青春,在维也纳,兴许已经没有任何人再记得我,我的美妙丰姿似乎已化为鬼怪的幻影。然而,我仍然感到需要一个恋人,一个以火一般的激情全心全意地爱慕我的恋人。我的整个身躯需要再次享受爱抚。我的皱纹密布的脸容将再次透露出青春的红润,我的嘴唇将最后一次给人以陶醉的欢乐。我这可怜的干裂而失去血色的嘴唇!它们多么渴望有朝一日还能变得鲜红、炽热,哪怕仅仅只有一天,为了最后一个情人,最后一个亲吻!

"可是,我不晓得如何做出我的抉择。我没有勇气去花掉真正的生命给我留下的最后一天,仅有的一笔微不足道的财富;我也不晓得应该如何耗费这笔财富。但我发狂似的渴望把它挥霍殆尽……"

这位可爱的公爵夫人深深激起了我的恻隐之心!她揭开黑面纱已经有好几分钟了,泪珠在她涂抹着香粉的脸上犁下了两条细细的沟痕。这时,她以贵夫人的矜持态度强行抑制的啜泣,使她无法继续自己的叙述。

于是,我禁不住产生了一种强烈的、不惜一切代价去安慰这位仪态优雅的老太婆的愿望。我跪倒在她的脚下,跪倒在一位满脸皱纹的、身穿黑衣服的公爵夫人的脚下。我对她说,我要以远远胜过任何一个疯狂的绅士的热情来爱她;我用最甜蜜的话语请求她允许我,仅仅允许我一个人享受她的美妙青春的最后一天。

我已无法准确地回忆起我对她所说的一切,但我的言语肯定使她大为感动,因为她用类似舞台上演员惯用的几句台词对我许诺说,我将是她最后的一个情人,但仅仅只有一天的缘分,而且是过一个月以后。我们约定某一天就在这座别墅里会面,随后我怀着激动的心情,吻了吻她那干瘦的、苍白的手,便告辞了。

晚上,我返回城里。一弯银色的眉月当空高照,仿佛以讥讽的、怜悯的神情执拗的盯着我。但公爵夫人的形象在我的脑际萦绕,愈发坚定了我对这件事采取的严肃态度。

那个月显得异常的漫长,兴许是我一生中时光流逝得最缓慢的一个月。我答应我的未来的情人,在约定的那天以前我一定约束自己,不再去见她。我忠实地信守了诺言。

翘首盼望的这一天终于来到了,这真是那最漫长的一个月当中的最漫长的一天。夜幕也终于降临了。我尽可能地穿戴打扮了一番,便怀着一颗激动不安的心,迈着迟疑不决的步子,朝那座别墅走去。

我远远地瞧见,明亮的灯光照耀着别墅的窗户,这是从来不曾有过的情景。走近别墅,我发现栅栏门敞开,阳台上一朵朵硕大的花儿开得十分艳丽。我走进别墅,来到客厅,大厅里两只奇异的烛台上点燃着明灿灿的蜡烛。

仆人告诉我稍候片刻工夫。我等待着。没有任何人出来。整座别墅都静悄悄的。摇曳的烛光在闪烁着,鲜花吐出缕缕的清香,氤氲在寂静的空气里。我焦躁不安地等待了约摸一个小时;我再也耐不住性子了,便走进了餐厅。

餐桌上摆着两副餐具,几簇鲜花和丰盛的水果。我走进了一间小客厅。灯光柔和地照耀着,但空无一人。我最终在一扇房门前站住,我晓得,这里该是公爵夫人的卧室。我在门上敲了两下或者三下,但是没有人应声。我寻思,情人行事可以不顾礼节,于是我鼓起勇气,推开了门,在门槛上止住脚步。

房间里仿佛经历了一场浩劫似的,到处都是随意乱扔的豪华服饰。四只烛台环绕着一只投射出明亮的光辉的大烛台。公爵夫人身穿一件我从来不曾看见过的最漂亮的衣服,仰面坐在面对穿衣镜的一张安乐椅上。

我轻声呼唤她,但她没有回答。

我走上前去,用手轻轻碰了碰她,但她毫无反应。这时,我才发现,她的脸庞像我往常看见的那样,干瘦而又苍白,但脸上的表情显得比平素更加忧伤,似乎受了惊吓。我把手指放在她的嘴唇上,竟丝毫没有感到呼吸的气息;我又把手按在她的胸口,也丝毫感觉不到她的心脏的跳动。

可怜的公爵夫人已经死去了。她是坐在穿衣镜前面,欣喜地期待青春的再临时,愉快地猝然去世的。

我在靠近她的安乐椅的地板上捡起一封书信。这封信向我揭开了她突然离开人世间的秘密。

信中只有几行字,字体工整,像出自军人的手笔,内容是这样的:

尊敬的公爵夫人:

请原谅我不能立即把我积欠您的最后一天青春归还给您,为此我实在内疚于心。

我没有能够物色到一位通情达理,并且对我的令人难以置信的诺言表示信赖的女人;而我的女儿已处于生命垂危之中。

　　我仍将不遗余力地继续寻找合适的对象,一俟获得结果,当即向您禀告,因为让您善始善终地享受最后一天的青春的快乐,是我的真挚的意愿。

　　尊贵的公爵夫人,请您相信我……

　　　　　　　　　　　您的最忠实的……

书信末尾的签名,字迹难以辨认。

蔡蓉 译

伊巴涅斯

布拉斯科·伊巴涅斯(1867—1928),西班牙小说家,著有长篇小说多部,如《五月花》《大教堂》《不速之客》《碧血黄沙》《遗嘱》《启示录四骑士》《我们的地中海》《妇女的仇敌》等。《一枪两个》是他著名的短篇小说。

一枪两个

森托一打开茅屋的大门,就发现锁孔里有张纸……

原来是一封匿名恐吓信,信中要他拿出四十块银元,当夜放在屋对面的灶头里。

整个地区都被土匪搞得惶惶不安。若是有人拒不答应这样的要求,那他的田地就会遭到践踏,收成就会被毁掉,甚至可能半夜醒来,简直来不及逃出被烈火烧塌的、浓烟呛得人透不过气的茅屋。

加法罗是鲁萨法地区的一位优秀的青年,他发誓要把他们揭露出来,夜里便埋伏在芦苇里,或是手提猎枪在小路上巡逻。可是有天早晨,人家在水沟里发现他的肚子被打穿了,脑袋给打破了……要查清楚,这是谁干的。

连巴伦西亚的报纸也在谈论这个地区发生的事件。在这个地区,一到天黑,家家户户就把大门关得紧紧的,显出一片惊慌的景象,也不顾邻居,各自寻找解救的办法。巴蒂斯塔大叔是当地的治安官,每逢当局(当局很器重他,把他看做是选举时的权威人士)对他谈到这件事,他就大发雷霆,保证他和他忠实的法警西格罗能了结这件惨案。

尽管如此,森托却不想去找治安官。为什么?他不愿无益地去听治安官空谈一阵,乱吹一通。

千真万确的是,人家要他拿出四十块银元。他若不把钱放在灶头里,他们就要来烧他的茅屋。他看看茅屋,就像看看濒临死亡的儿子一样。茅屋的墙壁白得耀眼,发黑的草屋顶顶端各有个小十字,窗子是天蓝色,大门上方的葡萄藤宛如绿色的百叶窗,太阳光透过葡萄藤照射下来,金黄色的光点跳动着。屋子四周装点着天竺葵和牵牛花的花坛,花坛用芦苇栅子围了起来。从那株老无花果树过去一点,就是灶头,用泥和砖砌的,圆圆的,扁扁的,好像非洲的蚂蚁窠。这就是他的全部家产,他的窠,里面藏着他最最心爱的东西:老婆、三个孩子、一对老驽马和一条皮毛红白的奶牛。那对老驽马每天忠实地伴着他挣面包,奶牛每天早晨到镇上去,用凄凉的铃铛声唤醒人们,让人从它那总是胀鼓鼓的乳房里挤出大约值六个小银币的奶。

他耕种一点土地得花多少气力啊!他们全家人,从曾祖父起,一直用血汗灌溉这点土地,才积攒了放在瓦罐中埋藏在床底下的那一把银元。现在一下子让人夺去四十块!……

他是个性情温和的人,全地区的人都可为他作证。他既没有为了灌溉跟人吵过嘴,也没有上过小酒店,更没有拿着枪招摇过市过。为佩佩塔和三个孩子辛勤地干活,就是他唯一的乐处。既然有人想抢夺他的钱财,他就会自卫。真是天晓得!虽然这位敦厚老实的人生性爱宁静,但也会像阿拉伯商人一样发怒。阿拉伯商人会听任贝督因人①殴打,可是一触动到他们的财产,他们就会像狮子一样凶猛。

夜已经渐渐降临,森托却一筹莫展,便去向一位年迈的邻居讨教。这位年老力衰的人如今只适合在小路上割割杂草了,但是据说,他年轻时曾不止叫一个人丧身送命,埋骨泥土。

老人听着他讲,目不转睛地看着那双颤抖的、满是伤疤的手在捻着的大雪茄烟。他不想把钱拿出去,做得很对。让他们冒生命危险,明火执仗地在大路上抢劫吧。老人已经七十岁,他们也可能用这样的信来对付他。他有胆量来保护自己的财物吗?

老人的那种镇定自若感染了森托。只要能保住儿子们的面包,森托什么都愿干。

老人郑重其事地,仿佛拿圣物一样,从门背后拿出家中的宝贝:一支雷管枪,看上去却像火枪。他心爱地抚摩着被虫蛀了的枪托。

他对这位"朋友"了解得比较清楚,可能要亲自给它装弹药。那两只颤抖的手不再发抖了。你瞧火药!整整一把。他用一根细茅草绳把填弹塞拉了出来,就动手装弹药:五六颗小铅弹,一小撮霰弹,又加些大粒砂弹,最后把填弹塞好好装上。装上这些鬼东西,枪若不爆裂,那就算是上帝的慈悲了。

森托对老婆说,夜里轮到他浇地。全家人都信以为真,很早就睡觉了。

他走出屋子,把大门紧紧关上,借着星光看到无花果树下有个老人正在聚精会神地给"朋友"安雷管。

老人最后再给他指导一下,免得打不中。要瞄准灶口,要沉着

---

① 贝督因人,在阿拉伯半岛和北非沙漠地区从事游牧的阿拉伯人。

冷静。一有人弯下身子,到灶里寻找"钱袋"……就开火!这挺简单,连小孩也会。

森托遵照老人的劝告,在茅屋的阴影里,俯伏在两个天竺葵花坛之间。那沉甸甸的枪搁在芦苇栅子上,一动也不动地瞄准着灶口。不可能打不中。要沉着镇静,及时扣扳机。再见,小伙子!这些事情倒挺合老人的口味,不过他有几个孙子,而且最好只有一个人来干。

老人蹑手蹑脚地走远了,他就像一个惯于巡逻地区的人,在条条小路上伺候敌人。

森托觉得好像世界上只剩下他一个人了;在那微风吹拂的广漠无垠的整个平原上,除了他和将要到来的"那几个人",再也没有活人了。但愿他们不来!枪筒在芦苇栅子上抖动时发出了响声。他不是冷,而是害怕得发抖。要是老人在这儿,会说什么呢?他的两条腿碰到了茅屋。想到佩佩塔和孩子们就睡在土墙那边,他们除了双臂别无防御的东西,想到那些要来抢劫的家伙,这个可怜的人又怒不可遏了。

空气在振动,仿佛教堂领唱者的声音很远很远地从空中传来。这是米格莱特教堂的钟声。已经九点啦。这时听到一辆双轮马车吱吱嘎嘎地从远处滚来。顿时犬吠声四起,从这家院落传到那家院落。蛤蟆和老鼠从岸上跳进芦苇,潜入水中。邻近水沟里呱呱的青蛙声也随之而停了。

森托数着米格莱特教堂敲打的钟点。他一动不动地等待着,不知不觉地陷于昏昏欲睡的状态,数钟点是可以使他摆脱这种状态的唯一办法。已经十一点啦!大概不来了?说不定上帝使他们心软了吧?

青蛙猛然不叫了。小路上有两个黑糊糊的东西在向前走来,森托以为是两条大狗。那两个东西伸直了身子:原来是人。他们猫着腰悄悄地向前走,差不多跟膝行一样。

"来了。"他喃喃地说,牙床骨打起颤来。

那两个人朝四下里看看,像是害怕遭到突然袭击似的。他们走近芦苇栅子,仔细察看了一番,然后走到大门口,把耳朵贴在锁上听听;搞这些鬼花样时两次经过森托身边,森托却认不出来,因为他们的头和脸用毛毯裹着,只有枪露在毛毯外面。

森托因此增添了勇气。加法罗可能就是他们杀害的。要保全性命,就非把他们干掉不可。

他们在向灶头走去。其中一个俯下身子,把两只手伸进灶口,正好在瞄准着的枪前面。好打极了。可是还有一个打不着怎么办?

可怜的森托开始感到又恐惧又苦痛,额上沁出冷汗。如果只打死一个,那就要向另一个缴械。倘若让他们一无所获地走掉,他们就会进行报复,放火烧茅屋。

但是望风的那个人对同伙的笨拙感到不耐烦,便帮他寻找。这两个家伙凑成黑糊糊的一堆,堵住了灶口。这真是个难得的机会。沉着点,森托!扣扳机!

砰的一声枪响,震动了整个地区,激起了狂风暴雨般的叫喊声和犬吠声。森托只看见扇形的火花,觉得脸上灼伤了。枪从他手里飞了出去。他挥挥两只手,看有没有受伤。"朋友"果真爆裂了。

他看不出灶头那里有什么东西。他们大概溜掉了。他也正要逃走时,茅屋的大门打开了,佩佩塔穿着裙子,擎着蜡烛走了出来。她是被枪声惊醒,不放心待在屋外的丈夫,吓得跑出来的。

红色的烛光摇曳不定,照到了灶口。

两个人躺在地上，交叉地叠在一块，构成一体，恰像他们的腰部被一个无形的钉子钉在一起，被血粘在一起了。

打中了，一枪打死了两个。

森托和佩佩塔怀着又恐怖又好奇的心情，照照尸体的脸，不禁惊骇得失声叫起来，往后直退。

原来是治安官巴蒂斯塔和他的法警西格罗。

这个地区没有了当局，从此倒也太平无事。

周逸童 译

显克维奇

亨利克·显克维奇(1846—1916),波兰小说家,1905年获诺贝尔文学奖。主要作品有长篇历史小说《十字军骑士》《火与剑》等。《音乐迷杨科》是他的优秀短篇小说代表作,被收入到国内外许多短篇小说集和中小学课本中。

音乐迷杨科

他一生下来就又瘦小又羸弱。那些围在产妇床边的女邻居们看到母子这样的虚弱,都摇起了头。

铁匠老婆西摩诺娃,是个最聪明的女人,她便安慰起病人来。"把蜡烛拿来,"她说,"我在你们床头点起蜡烛,看来你们是毫无希望的了,我的大嫂。你们要到另一个世界去了。赶快去把神父找来,请他宽恕你的罪过。"

"对!"另一个女人说,"该马上给孩子受洗礼,看来他等不到神父来就会死去。不要让孩子死了成野鬼,让他安心走吧!"

她一边说,一边点着了蜡烛,随后便抱起了孩子,把水洒在他的身上,使他眯了眯眼睛,然后她又说道:"我以圣父、圣子和圣灵的名义给你洗礼,并赐名为'杨'。现在你已经是天主教徒的灵魂了,你可以从什么地方来就回到什么地方去啦!阿门!"

然而,这个天主教徒的灵魂一点也不想回到他来的地方去,也不想离开他那瘦弱的躯体。相反地,他两只小脚拼命乱蹬,还啼哭起来,不过哭声是那样的微弱和悲哀,连在场的妇女们都说:"这真像是只小猫在叫哩!"

他们派人去请神父。神父到来后,干完他那一套仪式,便马上离开了。病人的情况慢慢好转。过了一个星期,她便下地干活了。婴儿虽然是奄奄一息,但还是活了下来。直到第四年的春天,当布谷鸟开始咕咕叫的时候,他的病情才有了好转,时好时坏地活到了十岁。

他的身体一直都很瘦小,皮肤晒得黑黑的,肚子鼓得很大,两颊凹了进去,一头差不多全是淡白色、像亚麻一样的头发,遮盖着他炯炯有神的大眼睛。那双眼睛看起东西来,仿佛在眺望遥远的地方。冬天,他时常坐在炉子的后边哭泣,不是由于寒冷,便是因为肚子饿的时候母亲没有把吃的东西放在炉子上或者锅里。夏天,他只穿着一件衬衣,腰上系着一根布条,头上戴着一顶草帽。他常常像小鸟那样,从草帽的破边下朝上仰望。他的母亲是个贫穷的雇工,天天像寄居在别人屋檐下的燕子那样度日。虽然她按照自己的方式很爱她的孩子,可是她也经常打他,还把他叫做"窝囊废"。他才八岁的时候,便开始去放猪羊了;家里没有什么东西可吃的时候,他便到树林里去采菌子;树林里的狼没有把他吃掉,那只能说是上帝对他的怜悯。

他是一个非常迟钝的孩子,像别的乡下孩子一样,和别人说话时喜欢把一个手指放进嘴里。谁也不相信他能长大,更不信他将来会成为他母亲的安慰,因为他很懒惰。他为什么会这个样子,大家都摸不着头脑。他只有一种爱好,那就是音乐,他到处都能听到音乐。等他稍稍长大一些,除了音乐,他就什么也不想了。有时,他到树林里去放牲口,或者拿着篮子去采野果子,常常空手回来,还嘟哝说:"妈妈,树林里在奏什么音乐? 啊! 啊!"

母亲便回答他说:"我给你奏音乐,我给你奏音乐,看你还怕不怕!"

于是她就拿起木勺来敲打他,给他"奏"了一顿音乐;孩子便哭喊起来,连连保证他以后不再犯了。但他心里还是想,树林里确是有一种音乐在演唱……到底是什么在演唱呢? 他搞不清楚,只知道松树、山毛榉、白桦、黄莺,一切都在演唱,整个树林都在歌唱。

回声在歌唱……田野上艾草也在歌唱,麻雀在屋边的果园里啾啾叫,连樱桃树也在摇动奏出音乐。傍晚,他听到村里发出的那些声音,就认为整个村庄都在演唱。有一次,人家派他去干活,让他扬粪;风吹着木杈,他也认为是在奏乐。

有一次,监工看见他头发散乱,呆呆地站在地里听那风吹木杈的声音……一看到这样,监工就解下皮带,给了他一顿教训。可这对他有什么用呢! 大家就叫他"音乐迷杨科"①……春天,他从屋子里跑出,到河边去吹牧笛。夜里,当青蛙呱呱地叫鸣,秧鸡在草原上歌唱,苍鹰迎着露水在呀呀高叫,公鸡在篱笆后面引颈啼叫的时候,他便睡不着觉,一心一意地听着;他到底听到了什么音乐,那只有上帝才能知道。他母亲不敢带他到教堂去,因为风琴一响或甜蜜的歌声一起,这孩子的眼睛就仿佛蒙上一层浓雾,真不像是这个世界的人了……

晚上,巡夜的人在村里转来转去,为了不打瞌睡,就数起天上的星星或者对狗低声地说着话。他常常看到杨科穿着一件白衬衣,在茫茫夜色中跑到酒店那里,他不进酒店,而是到酒店旁边便

---

① "杨科"是"杨"的爱称。

停住了,藏在墙下听着。酒店里面的人在跳奥贝列格舞,有时一位跳舞的青年会高叫一声"乌哈!"还可以听到皮靴的踢踏声,或者听到姑娘们的"想要干什么"的声音。小提琴轻快地唱着:"我们吃,我们喝,我们多快活!"大提琴用低沉庄严的声音伴和着:"上帝赏赐!上帝赏赐!"窗户被灯光照得通亮,酒店的每一根柱子好像都在颤动、在歌唱、在演奏,而杨科在倾听……

若是他有这样一把能轻快奏出"我们吃,我们喝,我们多快活"的小提琴,他会多么高兴啊!就是要这样一些会歌唱的薄木板,唉!他能从什么地方找到它呢?什么地方会做这样的提琴?只要让他拿一拿,他就心满意足了!……可是他只能听,直听到巡夜人在他背后的黑暗中叫了起来:"还不快回家去,你这个夜游神!"

于是,他只好赤着脚,尽快地跑回家去,在他身后的黑暗中正传来小提琴的声音:"我们吃,我们喝,我们多快活!"还有大提琴的庄严的低音:"上帝赏赐!上帝赏赐!上帝赏赐!"

只要在收获节上或者在别人的婚礼上能听到小提琴的演奏,那对他来说,就像过"盛大的节日"一样了。过后他便坐在炉子后面,整天都不说一句话,一双炯炯发亮的眼睛,像猫一样在黑暗中望着。后来,他自己用薄木板和马尾做了一把小提琴,虽然不能拉出像酒店小提琴那样优美动听的音乐来,但还是能发出轻得像苍蝇和蚊子叫那样的声音。就是这样的提琴,他也从早到晚地拉着。为了这事他挨过不少的拳打脚踢,甚至被打得像一只伤痕累累的不成熟的苹果。他就是这样的天性。这孩子越来越瘦,可肚子还是那样的鼓胀,头发越来越浓密,经常流泪的眼睛鼓得越来越大,而他的面颊和胸膛凹陷得越来越深,越来越深……

他完全不像别的孩子,倒像他那把刚刚能发出一点声音的用薄木板做的小提琴。在青黄不接的日子里,他差点饿死了,因为他常常只能靠吃生胡萝卜和占有一把小提琴的愿望来过活。

但是这种愿望并没有给他带来好处。

庄院里的仆人有一把小提琴,他有时在暮色苍茫的时候拉起来,以博得女仆的欢心。杨科常匍匐在牛蒡中,尽量接近饭厅那敞开的大门,以便很好地看看小提琴,它正好挂在门对面的墙上。这当儿,孩子通过眼神把自己的整个灵魂都奉献给了小提琴,因为在他看来,那是他最最珍爱的东西,也是他一件无法得到的圣物,甚至连摸一摸都不配。可是他又非常渴望得到它,哪怕在手中摸一摸,或者在近处饱看一眼也好……这颗可怜的小小的农家孩子的心,被这种欲望激动得颤抖起来。

一天晚上,饭厅里空寂无人,地主夫妇早就到国外去了,仆人也到女仆那边去了,房子显得空荡荡的。杨科蜷伏在牛蒡丛中,通过敞开的大门,久久地望着他那个寄托着全部愿望的目标。正好这时候皓月当空,月光透过窗子斜照着饭厅,在对面的墙上映出了一个明亮的大四方形,这个四方形慢慢地靠近小提琴,最后完全照在琴上。在黑暗中,这小提琴好像发出了一种银光,特别是它那凸出的琴腹被照亮得如此强烈,使得杨科几乎都不敢正对着它看。在这皓洁的月光中,凹进去的琴腰、琴弦和弯把,所有这一切都看得十分清晰,琴钮亮得就像圣约翰节的萤火虫那样,旁边挂着的琴弓就像一根银条。

啊哈!所有这一切真是美妙而又神奇,杨科越看越入迷。他蹲在牛蒡丛中,两只肘臂支撑在瘦骨嶙峋的膝盖上,张着嘴,望着,望着……恐惧使他止步不前,难以抑制的欲望又推着他向前。不知是魔力还是什么,那小提琴在月光中像是在向他靠近,仿佛直向他游来……有时显得暗淡,有时又亮得耀眼。这是魔力,毫无疑问是魔力!这时,风在吹,树在簌簌地响,牛蒡在轻微地摇曳,杨科清楚地听到:

"去吧,杨科!饭厅里没有人。快去吧,杨科!"

夜色清晰而明亮,夜莺在花园的池旁时而轻微、时而大声地歌唱:"快去!快进去!把它取下来!"诚实的猫头鹰却在杨科的头上轻盈地盘旋,对他说:"杨科,不要去!不要去!"后来,猫头鹰飞走了,夜莺留下了,牛蒡便大声地嘟哝着:"那里没有人啦!"小提琴又光芒四射……

可怜的杨科缩着身子,缓慢而谨慎地向前移动,此时夜莺又低声地唱了起来:"快去!快进去!把他取下来!"

白衬衫越来越接近饭厅的大门,黑色的牛蒡已经遮不住他了。饭厅的门外听到了杨科有病的肺部发出的急促的呼吸声。过了一会儿,白衬衫消失了,只有一只赤脚还露在门外。徒劳啊,猫头鹰!虽然你又一次飞了回来而且叫着:"不要去,不要去!"可是这时候,杨科已经走进了饭厅。

在花园池塘里的青蛙突然一齐大声叫了起来,像是受了惊,过后又静默了。夜莺停止了鸣啭,牛蒡也不再低语。杨科轻轻地、小心翼翼地匍匐前进,可是恐惧笼罩着他。他在牛蒡里,就像野兽在原始森林中一样悠然自在,现在却像掉进陷阱里那样。他的举动仓皇,呼吸急促而带嘶响,同时黑暗又围困着他。夏天的闪电从东方掠向西方,又一次把饭厅里面照亮,照见杨科匍匐在小提琴的前面,仰望着。可是闪电消失了,乌云也遮住了月光,什么都看不见了,什么也听不见了。过了不久,一种低微的、像是哭泣的声音在黑暗中响了一下,好像有人不小心把琴弦碰响了。于是,突然——

从饭厅的角落里发出了一个粗壮的睡意惺忪的声音,怒气冲冲地问道:"谁在那里?"

杨科屏住气。粗壮的声音再次问道:"谁在那里?"

火柴在墙上擦着了,照亮了饭厅。后来……哎呀！我的上帝！传来了咒骂声,殴打声,孩子的哭声和"啊,上帝！"的呼叫声,犬吠声,窗内拿灯照亮的人的跑步声,整个庄院一片喧哗……

第二天,可怜的杨科受到了村长的审讯。

他们要把他当做小偷来审讯吗？……那是毫无疑义的。村长和陪审员们都注视着杨科,他站在他们面前,把手指放进嘴里,睁着一双受惊的眼睛。他又瘦又小,伤痕累累,污迹斑斑,不知道自己在什么地方,也不知道这些人要对他干什么。为什么要审讯这样一个只有十岁、刚能站立起来的可怜孩子呢？难道要把他关进监牢还是怎么的？对于孩子应该有点恻隐之心啊！让巡夜人把他带到一边,打他几棍子,叫他第二次不敢再偷就行了。

那是当然的！

他们把巡夜人斯塔赫叫来:"你把他带走,给他一顿教训。"

斯塔赫点了点他那愚蠢而粗壮的头,把杨科朝腋下一挟,像挟住一只小猫那样,把他带到谷仓里。这孩子不知是不懂事,还是吓坏了,一句话也没有说,只是像小鸟那样望着。难道他会知道他们要怎样对付他吗？直到斯塔赫把他带进了谷仓,按倒在地上,掀起了他的衬衣,狠狠地打他的时候,杨科才喊叫起来:"妈妈！"巡夜人每打他一下,他就"妈妈！妈妈！"地叫,可是他的叫声越来越低、越来越弱,直到最后孩子沉默下来,再也不能叫"妈妈"了……

可怜的被人摔破的小提琴啊！……

哎呀！这个愚蠢的坏家伙斯塔赫,哪有这样打孩子的?！况且这孩子又瘦又小,身体一直不好。

母亲赶来了,要带走儿子,可是她只好把他抱回家去了……第二天,杨科没有起来。第三天傍晚,他已经奄奄一息地躺在床上,盖着一条棉布毯。

燕子在篱笆外的樱桃树上歌唱。太阳透过窗玻璃照了进来,把金色的阳光洒在孩子的蓬乱的头上和毫无血色的脸上。这阳光好像一条大道,这孩子的灵魂便沿着这大道渐渐地离去。至少在他死的一瞬间让他走在这条金光大道上,那也是件好事,因为他生前走的是一条荆棘小路。这时候,干瘪的胸中还有呼吸,脸上的表情像是在倾听窗外传来的村子里的声音。因为是傍晚,割草回来的姑娘们唱起了"啊,在绿色草地上"这支歌,从溪水那边也传来了阵阵笛声。这是杨科最后一次在听村里的音乐了。在他身旁的棉布毯上放着他那把薄木板做的提琴。

垂死的杨科脸上忽然发光了,从他苍白的嘴唇里发出了轻微的声音:"妈妈!"

"什么呀,我的儿子?"母亲噙着泪水回答。

"妈妈,在天堂那里,上帝会给我一把真正的小提琴吗?"

"会给你的!孩子,会给的!"母亲回答说。她再也不能说下去了,因为从她那结实的胸中突然迸发出郁积的悲痛,她只能呻吟地哼着:"啊,耶稣!耶稣!"她伏倒在箱子上像发了疯似的号啕大哭起来,就像一个人眼看自己心爱的人被死神抓走而又无法救援。

她并没有救出他来。当她抬起头来再看看她的儿子时,这位小提琴手的眼睛虽然仍旧睁着,但已经呆滞了。他的脸色肃穆、忧郁而僵硬,阳光也消失不见了。

安息吧,杨科!

第三天,地主夫妇从意大利回来了,同来的还有地主小姐和一个追求她的男青年。那青年说:"意大利,多美的国家啊!①"

"那是一个艺术家荟萃的民族。在那里,有才能的人能够得到发现和保护,那真是幸运!②"小姐补充道。

白杨树在杨科的坟上簌簌地响着……

林洪亮 译

---

①② 原文是法文。

莫里兹

莫里兹(1879—1942),匈牙利杰出作家,主要作品有长篇小说《纯金》《亲戚》等。发表于1908年的短篇小说《七个铜板》,以其内容和形式上的创新轰动文坛,后来被各国许多短篇小说集收入。

七个铜板

穷人也可以笑,这本来是神明注定的。

茅屋里不但可以听到呜咽和号哭,也可以听到由衷的笑声。甚至可以说,穷人在想哭的时候也是常常笑的。

我很熟悉那个世界。我父亲所属的苏斯家族的那一代人经历过最悲惨的贫困。那时,我父亲在一家机器厂做零工。他不夸耀那个时代,别人也不。可是那时候的情景是真实的。

在我今后的生活中,我再也不会像在童年的短短的岁月中笑得那样厉害了,这也是真实的。

没有了我那笑得那么甜蜜、最终笑得流眼泪、笑到咳嗽得几乎透不过气来、红脸盘儿的、快活的母亲,我怎么会笑呢。

有一次,我们俩花了整整一个下午来找七个铜板;就是她,也从来没有像那一次笑得那么厉害。我们找寻那七个铜板,而且最终找到了。三个在缝纫机的抽屉里,一个在衣橱里……另外几个费了更大的劲才找出来。

头三个铜板是我母亲一个人找到的。她希望在缝纫机抽屉里再找到几个,因为她时常给人家做点针线活,把赚来的钱放在那里面。在我看来,那个缝纫机抽屉是无穷无尽的宝藏,只要伸手就能拿到钱。

　　因此,我非常奇怪地看着我母亲在抽屉里边搜寻,在针、线、顶针、剪子、扣子、碎布条等等中间摸索,又突然大惊小怪地叫了起来:

　　"它们都躲起来啦!"

　　"谁呀?"

　　"小铜板啊。"我母亲笑着说。她把抽屉拉了出来。

　　"来,我的小乖乖,不管怎么样,我们得把这些小坏蛋找出来。呵,这些淘气的,淘气的小铜板!"

　　她蹲在地板上,把抽屉放下来,好像是怕它们会飞掉。她像人家用帽子扑蝴蝶似的突然把抽屉翻了个身。

　　看她那个样子,叫你不能不笑。

　　"它们就在这儿啦,在里头啦。"她咯咯地笑着说,不慌不忙地把抽屉搬起来,"假如只剩一个的话,那就应该在这儿。"

　　我蹲在地板上,注视着有没有晶亮的小铜板悄悄地爬出来。可是,那儿没有一样东西蠕动。事实上,我们也并不真的相信里面有什么东西。

　　我们彼此望望,觉得这种把戏可笑。

　　我碰了碰那个翻了身的抽屉。

　　"嘘,"我母亲警告我说,"当心,会逃走的啊。你不晓得铜板是个多么灵活的动物,它会很快地跑掉,它差不多是滚着跑的,它滚得可快哪……"

我们笑得前仰后合。我们从经验中知道一个铜板多么容易滚走。

当我们平静下来的时候,我又伸出手去翻转抽屉。

"哦!"我母亲又叫起来。我吓得连忙把手缩回来,好像碰到一只火辣辣的炉子。

"当心,你这个小败家精!干吗急着把它放走呀!只有它藏在下面的时候,它才是属于我们的呢。让它在那儿多待一会儿吧!你瞧,我要洗衣服,得用肥皂,可是肥皂起码要花七个铜板才能买到,少一个就不行。我已经有三个了。还差四个。它们都在这小屋子里,它们逗留在这儿,但是它们不喜欢人去惊动。假如它们生了气,它们就一去不回了。当心,钱是很敏感的,你得很巧妙地对付它,要毕恭毕敬的。它像少妇一样容易气恼。你不是会唱迷人的曲儿吗?也许我们可以把它从它的蜗牛壳里逗出来呢。"

天晓得我们在这唠叨不休的谈话中间笑得多起劲。不过那的确是非常好笑的。

> 铜板叔叔快出来,
> 你的房子着火啦!……

我一面说,一面就把它的房子翻过来。

下面是各种各样的破烂儿,就是没有钱。

我母亲噘着嘴在乱翻,但是毫无结果。

"多可惜呀,"她说道,"我们没有桌子。假如把它倒在桌面上,我们就可以做得更隆重了,并且我们一定会从下面找到一些什么的。"

我把那堆破烂儿抓在一起,放回抽屉里。这时我母亲正在寻思。她绞尽脑汁,想她是不是曾经把钱放在别的什么地方,但是她怎么也想不出来。

不过,我的心里倒动了一个念头。

"亲爱的妈妈,我知道一个地方有一个铜板。"

"在哪儿,我的孩子?我们快把它找出来吧,别让它像雪一般融掉。"

"玻璃橱里,在那个抽屉里。"

"哦,你这倒霉的孩子,亏你早先没有说出来!不然,这时一定不在那里了。"

我们站起来,走到早已没有玻璃的玻璃橱前。还好,我们在它的抽屉里找到了那个铜板,我知道它一定是在那里的。这三天来,我一直准备把它偷走,就是不敢。假如我敢偷的话,我一定拿它买了糖啦。

"得,我们已经有四个铜板了,打起精神来吧,我的小宝贝,我们已经找到一大半了,再有三个就够了。我们既然花了一个钟头找到了这一个,到下午喝茶的时候,我们就可以找到那三个了。尽管那样,在天黑以前我还可以洗不少衣服呢。快点儿吧,也许其余的抽屉里都有一个铜板呢。"

每个抽屉里要都有一个就好了!那就真的了不起!这个老橱柜在它年轻的时候曾经收藏过很多东西。但是,在我们家里,这个可怜的家伙却不曾放过很多东西;难怪它变得那么破烂,生了虫,到处是窟窿了。

我母亲对每一个抽屉都唠叨一番。

这一个抽屉豪华过一阵!那一个从来没有放过东西!这一个

呢,永远是靠借债度日的!唉,你这缺德的可怜的叫花子,你连一个铜板也没有吗?这一个不会有什么东西了,因为它在守护我们的穷神。假如现在不给我一点东西,你就永远别想有一点东西了,这是我唯一的一次向你要东西!"瞧,这一个最多!"她笑着叫道,拉出那个连底也没有了的最下一层的抽屉。

她把它套在我的脖子上,于是我们坐在地板上,放声大笑。

"别笑了,"她突然说道,"我们马上就有钱了,我就要从你爸爸的衣服里找出一些来。"

墙上有些钉子,上面挂着衣服。你说怪不怪,我母亲把手伸进头一个口袋,就马上摸到了一个铜板。

她简直不相信自己的眼睛了。

"瞧,"她叫道,"我们找着了!我们已经有多少啦?简直数不过来了!一——二——三——四——五——五个!再有两个就够了。两个铜板算什么?算不了什么。既然有了五个,另外两个毫无疑问就要出现的。"

她非常热心地搜寻那些衣袋。可是,天哪,什么结果也没有。她一个也找不出来了。就连最有趣的笑话也没法把另外两个铜板逗出来了。

由于兴奋和辛苦,我母亲的两颊已经泛起两朵红晕。再不能让她干下去了,因为这样会叫她马上害病的。这当然是一件额外的工作,可谁也不能禁止谁找钱哪。

下午喝茶的时候到来了,又过去了。夜晚不久就要降临。我父亲明天需要一件衬衫,可是我们没法洗。单靠井水是洗不掉油污的。

这时,我母亲拍了拍前额。

"哦,我有多傻!我就不曾看看我自己的衣袋!既然想起来了,我就去看看吧。"

她去看了一下。你相信吗,她真在那里找着了一个铜板。第六个。

我们都兴奋起来,现在只缺一个了。

"把你的衣袋也给我看看,说不定那儿也有一个!"

我的衣袋!我可以给她看的,里边什么也没有。

到了晚上,我们有了六个铜板,可是我们就好像一个也没有一样。那个犹太人不肯赊账,邻居们又像我们一样穷,也不作兴去向人家讨一个铜板啊!

除了打心坎上笑我们自己的不幸以外,再也没有别的办法了。

这时,一个叫花子走了进来。他用唱歌的调子发出一阵悠长的哀叹。

我母亲笑得几乎昏过去了。

"算了吧,我的好人,"她说道,"我在这儿糟蹋了整整一个下午,因为需要一个铜板。少了它就买不到半磅肥皂。"

那个叫花子,一个脸色温和的老头儿,瞪着眼睛看着她。

"一个铜板?"他问道。

"是的。"

"我可以给你一个。"

"这还了得,接受一个叫花子的施舍!"

"不要紧,我的姑娘,我不会短少这一个铜板的。我短少的是一铲子土,有了这铲子土,就万事大吉了。"

他把一个铜板放在我的手里,然后满怀着感恩的心情蹒跚地走开了。

"好吧,感谢上帝。"我母亲说道,"再没有……"

她停了一会儿,然后发出一阵大笑声。

"钱来得正是时候!今天再也洗不成衣服了。天黑了,我连灯油也没有!"

她笑得透不过气来。这是一种可怕的、致命的窒息。她弯着腰把脸埋在手掌里,我去扶她的时候,一种热乎乎的东西流过我的手。

那是血,是我母亲的血,是她宝贵的、圣洁的血。我的母亲呀,就连穷人中间也很少有人像她那样会笑的。

凌山 译

莫　尔

约卡伊·莫尔(1825—1904)，匈牙利著名作家，主要作品有长篇小说《黑钻石》《金人》等。莫尔擅长用浪漫主义手法反映现实，《九个里面挑哪个呢》就是这样的一部杰作。

九个里面挑哪个呢

——圣诞节故事

从前，有个穷鞋匠住在佩斯这个大城市里，他觉得过日子很不容易。

并不是人们突然决定不穿皮靴，也不是长官们下令从今以后皮靴只卖半价。再说啦，这个好人儿手艺又好，顾客们都慨叹，说他做的皮靴老穿不坏。上门的顾客有的是。他们给钱都很爽快，没有一个赖账的——尽管这样，约翰师傅在这个世界上还是活不下去。事实上，有时他甚至想自杀。不过，这也只是说说罢了，因为约翰师傅是个很好的基督教徒；而一个好教徒，不管日子多么艰难，也是不会自寻短见的。

约翰师傅总也富裕不起来，原因是这样：上帝选择了另一种方式赐福给他，让他每年添一个孩子，有时是男孩，有时是女孩，个个都结结实实，胖胖乎乎的。

"啊，主啊！"等到生下第六、第七、第八个孩子的时候，家里每添一个人口，约翰师傅总是这样叹息，"多咱才有个完结呀？"后来，添到了第九个,他的老婆死了,这才算是完结。

约翰师傅孤零零地和他的九个孩子一同留在世上——这对于一个男子汉来说,着实不容易!

大的两三个已经上学,有两个还得教走路,还有一个整天不离手。这个要喂饭,那个要穿衣,那个又要洗脸。而且,这些小家伙都得养活。唔,兄弟们,这对一个男子汉来说,真不是一桩小事——不信试试看!

要是做鞋,他不得不做九双;要是切面包,他不得不切九片;要是铺床——整个房间从门到窗都摆满了床,床上露出一个个金发的、棕发的小脑袋。

"啊,主啊,我的上帝,您给了我什么样的恩赐啊!"当他为了养活这许多小家伙,半夜还得在条凳边忙着做鞋的时候,当他哄这个或那个睡觉不老实的孩子入睡的时候,这个好心的手艺人常常独自叹息。"九个,他们九个,整整九个!可是,感谢上帝,这是没有理由抱怨的,九个全都神采奕奕,品行端正,相貌好,体格棒,而且胃口呱呱叫。再说,一个面包分九份总比有人吃药强,一个房间排满九张床总比当中放一口棺材好。愿上帝保佑每个做父母的免除这样一种灾难吧,即使非丧失一个不可,也请把八个留下。"

不过,约翰师傅的孩子连一丁点儿死亡的征兆也没有。上帝把一切全都安排好了:他们九个全都要活下去,决不退出世界。雨也好,雪也好,都损害不了他们分毫;即使只有硬面包吃,对他们也并没有什么不好。

一个圣诞节晚上,约翰师傅因事回家晚了点。他带回各种现成的皮子,还拿回来一小笔款子——刚够继续他的手艺和维持一家的日常需要。在他匆忙回家的路上,他看见小摊上摆满了镀金镀银的圣像和糖娃娃,虔诚的女摊贩在每条街角上兜售这些东西,她们只卖给品行端正的孩子们。她们甚至先问问买东西的孩子品行好不好,因为她们不愿意把任何东西卖给坏孩子。约翰师傅在好几个摊子前停下来。他要不要买点什么呢?可是九个孩子都给买吗?那他负担不起!但总不能只给一个孩子买礼物呀,他能这样吗?这会叫别的孩子们难受的。不,他得给他们另外一种圣诞礼物!这个礼物要又漂亮又好玩,打不破,玩不坏;要他们个个都喜欢,而且谁也不能从谁那里抢走。

"喂,孩子们——一、二、三、四……——你们都在这儿吗?"约翰师傅回到他那有九个孩子的家的时候问道,"你们知道今天是圣诞节吗?这是一个大节日,一个最快乐的节日。今儿晚上我们什么活儿都不做;我们要大家一起快活快活。"

孩子们是这样兴奋,今天他们简直高兴得把房子都闹翻了。

"等一等。我教你们唱一首我会唱的最好听的歌。这是一首很好听的圣歌,我特意把它留到今天,算是我送给你们的圣诞礼物。"

小家伙们爬上爸爸的膝盖,伸出小胳臂搂着他的脖子,为了这首好听的歌,他们差点儿把爸爸的椅子翻倒了。

"我说什么来着!你们放规矩点!你们要排个队。小的在前,大的在后。"

他帮他们排好队,像风琴管子似的。最小的两个,一个抱着爸爸的膝盖,一个抱着爸爸的胳臂。

"现在别作声了!我唱一句,你们跟着唱一句。"

于是,约翰师傅显出一副严肃而虔诚的样子,脱下他那顶绿色的帽子,唱起那首好听的圣歌来。

"听啊,天使高声唱……"

这个调子,大的几个男孩女孩一听就学会了,小的几个比较麻烦;他们老唱走调,也不合拍子。最后,他们全都会唱了;听他们九个合唱这首好听的歌,真叫人打心眼儿里高兴。这首歌原是天使们在那可纪念的晚上唱的,也许此刻还在唱呢,因为这九个天真漂亮的小家伙唱着这首和谐的快乐的歌寻求着天上的唱和。

当然,天使们在天上是欢迎孩子们的歌唱的。

不过,这歌声却没有受到楼上主人的欢迎。

一个有钱的单身汉住在那儿,孤零零的一个人却住着九间房。他在这一间坐,在那一间睡,在第三间抽烟,在第四间吃饭,至于另外五间他用来干什么,那就谁都不知道了。

他没有老婆,也没有孩子,可是有数不清的钱。

那天晚上,这个有钱人正坐在第八个房间里纳闷:为什么他吃的东西这样没有味道?为什么报纸尽是这样一些没趣的新闻?为什么宽敞的房间会这样气闷?为什么在弹簧床上不能安睡?这时,约翰师傅居住的楼下那个房间却传来热情的、愉快的歌声,起先,只是隐隐约约听得见,以后就愈来愈响了。

最初他尽可能不去听,希望歌声很快便会停止。可是当他们周而复始地唱到第十遍的时候,他再也忍受不住了。

他弄灭了雪茄,穿着睡衣就下楼冲进鞋匠的房间。

他推开门,这时他们刚唱完第一节。约翰师傅恭敬地从他那个三脚凳上站起来,迎着这位大老爷。

"你就是约翰师傅吗?"有钱人问。

"是的,先生,您有什么吩咐?要定做一双漆皮鞋吗?"

"我不是为这个来的。你有一大帮孩子?"

"是的,先生。大大小小,我是有不少。好多张嘴得养活。"

"就是唱起歌来也有好多张嘴呐。听我说,约翰师傅,我要让你走运。把你的儿子给我一个吧。我收养他做儿子,供他念书。带他一同到外国旅行。我要把他教育成一个上等人。以后,他就有钱接济别的孩子了。"

约翰师傅听了这番话,眼睛瞪得像个盘子似的又圆又大。把一个穷手艺人的儿子变成上等人——这是一桩大事情。谁都得认真想想的!

当然,他愿意把一个孩子送给这个有钱人。这是走运的事。

"唔,那么在他们当中挑一个给我好了,我们这就去吧。"

挑谁好呢,约翰师傅心里暗自思量:

"这是小山陀尔。唔,不能让他去,他是个好学生,将来可以当牧师。老二是个姑娘——你,这位先生不要女孩子。再就是费伦茨。他已经可以帮我一把了,没有他,做起买卖来真不知怎么办。这是小约翰,他的名字和我一样,我舍不得他。小约瑟呢,模样活像他的妈妈,他总使我想起她来,他一定得留在家里。下一个又是个姑娘,用不着考虑了;再就是小帕里,他妈妈最疼爱的孩子。唉,要是我把他交给陌生人,这可怜的女人准会在坟墓里睡不安生的。这两个还太小,你拿他们怎么办呢,先生?"

就这样,他把他们统统考虑了一遍,可还是拿不定主意。随后他又重新考虑,这一次从最小的考虑起,不过结果完全一样;他不知道该送哪一个,因为他个个都爱。

"这样吧,孩子们,你们就自己决定吧。你们哪一个愿意离开家,去做大老爷,去坐马车呀?来,说吧,谁愿意去就站出来吧!"

可怜的鞋匠说到这里,几乎要流泪了,可是孩子们全都躲到他的背后。他们一个个拉着他的手,抱着他的腿,揪着他的皮围裙,把他偎得紧紧的,避开那位陌生的先生。

最后,鞋匠再也忍不住了;他伸开胳臂把孩子们统统抱住,紧紧地搂着他们,眼泪落到他们头上——孩子们也跟着哭起来了。

"这是办不到的,亲爱的先生,这是办不到的!随便您向我要什么吧,不过,既然仁慈的上帝把孩子们赐给我,我就哪一个都不能舍弃了。"

那个有钱人说,这一点他已经明白了,不过,鞋匠至少可以同意不要再和他的孩子们唱下去了,这样他将获得一千彭戈①。

约翰师傅有生以来还没有见过一千彭戈这么多的钱,现在他觉得这笔钱已经落到手里了。

那位先生又上楼回到他那些沉闷的房间去了;约翰师傅查看了一下那张从未见过的一千彭戈的钞票,然后不安地把它锁进箱子,把钥匙放进口袋,随后就沉默起来了。

小家伙们也都不吱声了。他们是不准唱歌的。

几个大的闷闷地蜷坐在椅子上,要弟妹们不要响,告诉他们千万不要唱歌,因为楼上那位先生会听见的。

约翰师傅自己不声不响地在屋里踱来踱去,他老婆生前最宠爱的儿子走过来,央求他把那首最好听的歌再教一遍,因为他已经忘记了,可是约翰师傅粗暴地把他推开了。

"不准唱歌!"

随后他绷着脸在条凳旁边坐下来,开始使劲地捶打一双靴子。他埋头干活,什么也不想,直到后来他不知不觉也哼了起来:

---

① 匈牙利旧币名。

"听啊,天使高声唱……"

起先他打自己的嘴巴,过后又变得非常生气,他扔下锤子,一脚踢开原先坐着的小凳,打开箱子,拿出那张一千彭戈的钞票,冲上楼去找那位有钱的先生。

"亲爱的先生,求您收回这笔钱吧,我用不着这笔钱。让我想唱的时候就唱吧,这比一千彭戈重要得多。"

他把钞票放在桌子上,就飞也似的回到自己的家,一个挨一个吻过了所有的孩子,便把他们排好队,像一排风琴管子似的,自己坐在他们中间,坐在他自己的矮凳上,嘹亮地唱起来了:

"听啊! 天使高声唱……"

他们十分快乐,仿佛整幢大房子都是属于他们的。

至于这幢大房子的主人,却孤独地在他那九个房间里踱来踱去,他只是纳闷:在这无聊的世界上,别人为什么这样快乐……

熊凯 译

哈谢克

雅·哈谢克(1883—1923),捷克著名讽刺小说家,主要作品有《好兵帅克历险记》。《得救》是他短篇小说中的代表作,它以强烈的讽刺意味,揭露了博爱之下隐藏的统治阶级的残酷、伪善。

得 救

为什么必须绞死巴贾尔,这与故事的主旨无关。当狱卒在巴贾尔即将依法判处绞刑的前夕,端着一大盘牛排和一瓶葡萄酒出现在牢房里的时候,这个巴贾尔,尽管积压了一身累累罪行,他还是禁不住笑逐颜开。

"这些都是给我的?"

"是,是的。"狱卒深表同情地说,"愿您最后一顿胃口好。回头我再给您端来凉拌黄瓜,我一次端不了这些,还得来回几次才行。我去取白面包,很快就来。"

于是巴贾尔便舒舒服服地在桌旁坐下,笑眯眯地,随即狼吞虎咽起牛排来。看来他是一条聪慧的混世虫,活着就尽量地捞取一切,连这被法庭操持着的生命的最后片刻的享受也不肯放过。

只有一个念头稍许冲淡了一下他的食欲,那便是:今天早上他们通知他,说他的请赦要求已被驳回,只能缓期执行二十四小时,也只是为使被处者有充分的就刑准备,并给予一次行使自己法权的机会。这些通知他的人明天就要来绞死他巴贾尔,看着他一命呜呼。而他们自己呢,明天,后天,以至在今后的漫长岁月里还是照常地活下去,平平安安地回到家里,而他巴贾尔却已不在人间了。

他一面吃着牛排,一面悟着这个人生的哲理。当他们把凉菜和白面包端来的时候,巴贾尔不禁长叹了一声,并表示想抽袋烟。

他们给他买来几种上等烟叶,让他痛痛快快地抽一次。看守还亲自替他擦火柴,趁机提醒他要相信上帝的无限恩德。说如果一个人在尘世上失去了一切,那么在天堂就不会了。

巴贾尔请求给他一份火腿,再给他一公升葡萄酒。

"您要什么就能得到什么。"看守说,"对像您这号人,可以有求必应。"

"那么,就请再给我添两份肝制的香肠和一份肉冻吧。另外我还想要一公升黑啤酒。"

"绝不少您半点,立即送来。"看守很客气地说,"我们干吗不使您高兴呢!人生几何?能吃能喝就吃点喝点。"

看守送来所要求的东西后,继续同那个表示说已经够满意了的巴贾尔谈他的人生哲学。

"喂,"巴贾尔把盘子一扫而光后,又道,"我对德布勒森腊肠、意大利干酪、油焖沙丁鱼和另一些美味食品都感到有胃口。"

"您爱吃什么就尽管点好啦,说实在的,看您胃口这样好,叫我打心眼里高兴。您大概不会在天亮以前去上吊的。我瞧您是个堂堂男子汉。何苦呢,巴贾尔先生?在通过正式程序了结自己之前去寻短见,我看于您无益呀!我这老实人跟您说老实话吧:您是办不到的,真的办不到,您完全不用朝这方面去想!您不想再来一杯啤酒?或者两杯?今天这日子极好呀!啤酒下意大利干酪,真带劲!我再去给您拿两杯来,炸鱼和烤肉正好都是您老兄的下酒菜。"

不一会儿,这些佳肴美酒的香味便充满了这个不大的牢房,而巴贾尔则被这些什锦美味所包围,他把桌上的杯盘稍加归整后,便又贪婪地吃起干酪和沙丁鱼来,左右手各端着啤酒和葡萄酒。

猛然间,一个愉快的思想活跃了起来:有一天傍晚,他也是这样酒足饭饱、心满意足地坐在林中餐厅的凉台上,窗前嫩绿的树叶在夕阳余晖下闪闪发光。刚好在他的对面,坐着一个就像眼前看守一样的这么一个胖子——这一角天堂的主人,他也像这位看守一样唠叨个没完,还硬劝我多吃多喝。

"讲个笑话给我听听吧。"巴贾尔恳求说。于是这位看守挺带劲地给他讲了一个最新奇的笑话,正如他自己所说的,内容下流。

随后巴贾尔表示希望还要点水果、块糖,或者饼干之类的东西,和一杯黑咖啡。

他的这个请求也如愿以偿了。

在他用完了点心之后,狱中牧师进来了,打算给巴贾尔一番劝慰。

牧师是个愉快、和蔼可亲的汉子。他也像巴贾尔周围那些为他操心,判他死刑而明天则要把他绞死的人一样,他们一个个笑逐颜开,和他们打交道很痛快。

"上帝会使您得到安慰的。"狱中牧师拍着巴贾尔的肩膀说,"明天一大早您就万事了结,而您也用不着灰心丧气,您就忏悔忏悔吧,振作起来仰望一下天国吧。您要相信上帝,他对每个肯于悔罪的人都十分高兴。谁若不肯忏悔,谁就会彻夜折腾,彷徨哭泣。

我知道,那是很难受的,脑袋会发昏。谁若忏悔,谁就能在这最后一夜睡个安稳的觉。这多好啊!我再重复一遍,孩子,要是您肯洗涤一下您那有罪的灵魂,您便觉得好过多了。"

突然间,巴贾尔脸色发白,胃里翻腾得厉害,他感到难受极了,想呕吐可又吐不出来。一阵可怖的胃痉挛攫住了他的全身,额头冷汗直冒。

这下可把狱中牧师吓坏了。更加可怕的抽搐发生了,巴贾尔在牢房的一角痛得翻来滚去。

看守们都来了,立即将他送进狱中医院。法医们都摇摇头。临近傍晚时分,他发高烧了。午夜以后,医生们宣告他的病情十分险恶,并且一致认定是剧烈中毒。

病情严重的罪犯照例是不能绞死的,所以当天夜里他们没给他搭设刑架。

代替绞架的是替他洗胃。还将那些塞满在巴贾尔整个胃里未消化的食物残块进行了化验。结果发现肝制香肠的某些部分(留在盘子里以及从巴贾尔胃里吸出来的)已经腐烂,并含有剧毒。

对化验结果的推论是这样的:肝制香肠由于温度的影响引起化学变化,从而产生了剧毒,导致巴贾尔剧烈中毒。

因此对出售这种香肠的屠夫进行调查是刻不容缓了。结果发现那个屠夫没按卫生条例从事,对香肠不加冷冻。这个案子转交给了国家高等法院处理,法院便以破坏人身安全的罪名将屠夫加以看管。

在那些为巴贾尔治疗的法医当中,有一位年轻的医生,他以极大的兴趣关注使巴贾尔致病的整个案情。他非常热心地想尽一切办法保护巴贾尔的生命,因为这个案子太艰巨、太有趣了。

由于这位医生日夜不懈地护理着巴贾尔,两周以后,他便拍了拍巴贾尔的背道:"您得救了!"

　　第二天,他们依法绞死了巴贾尔,因为他已具备了足够上绞架的健康。

　　那个用自己的香肠使巴贾尔的生命得以苟延两个星期的屠夫,按破坏人体安全罪判处三星期徒刑。

　　那位救了巴贾尔生命的医生却得到了司法部的表扬。

蒋承俊 译

卡拉迦列

伊·卡拉迦列(1852—1912),罗马尼亚现实主义作家,其作品体裁多样,有戏剧、杂文、小说等。《两张彩票》讲述了一个社会地位卑微的小人物,幻想靠发笔横财跻身上层社会的故事,真实而深刻地表现了复杂的小市民心理。

两张彩票

"这真是怪事!怪事!……"列弗特尔先生一边叫喊,一边擦额上的汗。他的妻子波贝斯库太太不停地翻寻各个角落……"没有,没有!"

"太太,应当在家里……不会被魔鬼拿走的!……"

他们丢失了什么?他们在找什么?

他们在找两张彩票,列弗特尔·波贝斯库先生中彩了。

可能有人会问:

好吧,假若列弗特尔先生丢失了彩票,他怎么知道中彩了呢?

事情很简单:他是向潘德列大尉先生借钱买的彩票,这是一种迷信,因为当他抱怨自己不走运时,许多人都劝他借钱试试。他当着证人面答应,如果侥幸中彩的话,就把彩金的一成送给大尉。

当列弗特尔买彩票时,他苦笑着说:

"你真相信我会交好运?"

但是潘德列大尉先生比较乐观:

"你怎么知道我不会交好运?"

他让列弗特尔先生把彩票的号码写在他的笔记本上。

许多日子过去了。开彩多次延期,但终于两种彩票在同一天开彩了。第一种彩票头彩五万列伊(多布罗加省康斯坦萨市罗马尼亚大学基金协会彩票),中彩号码是076,384;另一种彩票头彩也是五万列伊(布加勒斯特天文台基建投资协会彩票),中彩号码是109,520。

当时,列弗特尔先生一点也不知道两种彩票都在昨天开彩了。那天晚上,他和妻子正坐在进门小屋的桌子旁边,谈论着日益昂贵的物价,忽然听到一辆马车停在门口,接着是重重的脚步声走进小院,有人急急忙忙敲外面的窗户。列弗特尔先生赶忙去开门,暗想:"得啦,准是'疯子'(疯子是主任)今晚又叫我们去加班,把我们折腾到深夜,他好向部长显示自己多么了不起!"而波贝斯库太太急忙躲进里屋,因为她衣衫不整。

潘德列大尉先生一阵风似的闯进来,说话声越来越大,好像列弗特尔先生是聋子:

"喂,老兄,你这倒霉鬼!怎么不去啤酒店?……你怎么能这样漠不关心?我像疯子似的找了你那么多钟头!"

"'疯子'把我们留在办公室,刚回来……怎么啦?"

"列弗特尔,你一点也不知道?"

"知道什么?"

"昨天,我们的彩票都开彩了!"

"怎么样?"

"我们中彩了!"

"不要拿我开心了……多少?"

"我们的两张彩票都中了头彩!特大的头彩!"

大尉把中彩号码单摊在桌上,旁边放着他的笔记本。果然不错,笔记本和表上的号码完全一致:**康斯坦萨大学**076,384;**布加勒斯特天文台**109,520。

读者现在该明白了,三天来波贝斯库夫妇手脚不停地寻找什么。列弗特尔先生给"疯子"写了一封信,恭恭敬敬地要求准他两三天假,理由是身体不佳。这倒不假,他是病了。

经过长时间徒劳的劳动,把整个屋子里里外外翻腾了上十遍,列弗特尔先生累瘫了,他倒在一张沙发里,精疲力竭,眼睛也睁不开,终于入睡了。妻子也坐在一把椅子里,被反复奔走和搬东西弄得腰酸腿疼——这是可想而知的。列弗特尔先生假寐了约一刻钟,突然跳起来,容光焕发,似乎若有所悟:

"我知道在哪里了,现在知道了……对,找到它们了。"

"在什么地方?"

"在我夏天穿的那件灰衣服里面,我买彩票后是穿着它去啤酒店的。我记得清清楚楚把它们放进胸前内衣兜了……就在那儿,不错!给我那件衣服!"

列弗特尔先生越坚信不疑,波贝斯库太太就越不知所措,脸红一阵黄一阵……

"哪一件衣服?"她茫然问道。

"灰色的。"

"列弗特尔!"女人一边叫,一边把手放在胸上,好像心口剧痛似的。

"什么?"

"我……给人了。"

"你把什么给人了?"

"那一件衣服!"

"哪一件?"

"灰色的!"

"谁?"

"你不是说过不再穿它了吗?"

"给了谁?把它给了谁?倒霉鬼!"

"游街串巷的小贩。"

"换了什么?"

"盘子。"

"什么时候?"

"前天……"

"前天!你没有翻翻口袋?"

"我翻过了。"女人为自己的过失感到胆战心惊,"什么也没有。"

"住口!"列弗特尔先生咆哮着,"换了几个盘子?"

"十个……我还了几次价,她就不肯给凑满一打。"她回答着,自己也不知道说了些什么。

"盘子在哪儿?……我要看看盘子!把盘子拿来!"列弗特尔粗暴地命令道。

他的妻子一声不响,俯首听命,把盘子取来放在桌上。盘子挺漂亮,镶两道边,里面一道宽些,樱桃红色,外面一道窄些,玫瑰紫色。列弗特尔先生拿起一个用手指弹弹——瓷的。

"好啊,你倒挺识货!"他讥讽地说。

当啷!摔了一个,摔得粉碎!接着,当啷,又是一个。

"列弗特尔!"

"我就是这个样子,什么都舍得,太太!一高兴我就摔,哪怕值一万法郎一个,我也摔。摔,你明白吗?见鬼去吧!"

当啷!当啷!直到摔光。每摔一个,他的妻子都要颤栗一下,仿佛一根火鞭抽打着她。全部摔完以后,波贝斯库先生取出手帕,擦去额上的汗,庄严地坐在椅子上,然后用法官审判站在自己面前的罪犯那种严厉低沉的语气问道:

"给了哪一个小贩?你认识她吗?"

"策卡,那个常常来这里的年轻漂亮女人。"罪犯哭着回答。她的心已经碎了,后悔莫及。

"你知道这个小贩住在什么地方吗?"

"她说就住在城郊,法尔富里吉区。"

"够了,倒霉鬼!"

一小时后,天已傍晚,一辆马车急驰过法尔富里吉区解放大街:车辕前面并排坐着一名警察和车夫,后面是列弗特尔先生和潘德列大尉先生,而他们前面还有一名警察和区警察局局长图尔图雷亚努。已经谈妥,他可以得到半成彩金——当然是说两张中彩的彩票找到的话。局长知道小贩策卡的住处。

马车艰难地穿过泥泞路,最后停在一座泥棚屋附近。小屋孤零零地坐落在郊区的一个角落。局长按照突击搜查住宅的做法,把警察隐避布置在泥棚后,做了一个哈尔波克拉泰斯①式的典型手势,便带着大尉先生和波贝斯库先生去敲门。一个衣衫褴褛的小姑娘来开门,在炉火照亮的小屋里,迷漫着很浓的李子烧肉腥

---

① 希腊神名,相当于埃及的婴儿霍路斯神,即年轻的太阳神。古埃及绘画中把他画成一个手指放在嘴上的小孩,故后来的希腊人和罗马人称之为"安静神"。

味:一位吉卜赛老婆子正在做晚饭。三位客人退到门外走廊上,并用手捂着鼻子。

"你妈妈在什么地方?"局长先生问道。

"现在该回来了。"小女孩一边说,一边惊恐地用一双大眼睛瞅着三位老爷。

"点个蜡烛头,把我们带进屋去,我们等她。"

小姑娘犹豫不动。

"走!"图尔图雷亚努先生恶狠狠地说。三人推着小姑娘走进屋去。

"什么事?"老婆子一边问,一边从炉边站起来。

"我们有事找你女儿,策卡……"

"有一家丢失了东西,她知道丢了什么。"列弗特尔先生补充说。

"天哪!老爷!"老太婆说,"策卡可没有这种毛病,所有高门大户都认识策卡,所有有钱的太太也都了解策卡……"

"快点,不要啰嗦!"潘德列大尉先生命令道,"把灯点上!你想让我们站多久?"

"这就点……不可能是策卡,老爷!上帝保佑!我,为策卡,为证明策卡敢对天发誓……可能,别的小贩……"

老婆子一边说一边点起油脂灯。老爷们跟着她进入小屋。

小屋里放着两张床,一张桌子,一条长凳,一把椅子和一个小铁炉。两张床上堆着一堆旧衣服、鞋、帽和披肩,床下和长凳上放着各式各样的盘子和玻璃器皿。

列弗特尔先生一看见这堆破烂就感到心惊肉跳,立即抢上前去翻寻,一件一件地查看。这堆五颜六色的旧货给短暂的人生带来多少讽刺、辛酸和感伤的回忆啊,它们也曾经历过崭新、华丽的年代!可是列弗特尔先生没有时间进行哲理思考。他在找啊,找啊,不停地翻找……苦命的人!灰衣服不在这里。当他正在想入非非的时候,策卡背着一满筐新的破烂走了进来,她奔走了一整天,又累又饿:炉灶上的饭香味老远就扑鼻而来。

她一进屋,三位客人就把她围住。列弗特尔先生抓住她的胸口:

"我的衣服在哪儿?"

"哪一件衣服?"

"那件灰色的……"

"什么灰衣服?"

"装有彩票的那件衣服!"

"什么彩票,老爷?"

"你假装不知道,吉卜赛人!"

"我要知道的话就让天打雷击,让魔鬼要我的命!"

"最好说实话。"图尔图雷亚努先生说。

"如果你说出来,可以给你一大笔小费。"潘德列大尉先生补充说。

"要她说什么,老爷!"老婆子激动地说,"要她说什么?天哪,要是她不知道……听见了吗?要她说什么呀?"

"住口!"图尔图雷亚努先生咆哮起来,把老婆子推搡到小屋角落里。

老婆子赶紧画十字,而小女孩站在炉旁像一片树叶似的打哆嗦。李子在锅里越煮越烂。

"不得好死!……"策卡想说下去。

"不是你吗?"列弗特尔先生打断她的话,"到容忍街13号,波贝斯库太太家,列弗特尔·波贝斯库太太家去过,一个瘦高个儿的漂亮太太,黑皮肤,左眉上方有个带毛的痣,戴着红头巾,她家的房子是绿颜色,有玻璃窗。你不是去过吗?"

"是的,我去过。"

"那么你为什么撒谎?"

"不,我没撒谎,老爷!我去过,怎么回事?"

"你难道没有拿里层镶一道樱桃红宽边,外层镶一道玫瑰紫窄边的盘子换一件灰衣服吗?你不愿意给一打,只给了十个,对吗?"

"是的,她给了我。"

"那么你为什么还撒谎?"

"她没有撒谎,老爷!"老婆子在屋角里嚷叫。

"住口!……衣服在什么地方?"

"在我身上……我把它穿在里面了。"

"你是怕给我抓住!"

"不,真见鬼!我要不是怕冷才不穿它呐……我有孕了,老爷……我整天风里来雨里去,感谢上帝,穿上它觉得肚子和腰暖和。"

"脱下来!"列弗特尔先生命令道。

"好吧。"

策卡开始脱掉身上的衣服,那件灰衣服就套在衬衣外面。列弗特尔先生急忙去翻找她胸前的内衣兜。小贩紧皱眉头,因为乳房被触碰得很痒。兜里什么也没有,可是下缝开了线……当然可能掉进夹层里去了。策卡脱下衣服交给列弗特尔先生,他用小刀把线缝都挑开,夹层里仍是什么都没有。

"你把我的彩票弄到哪儿去了?"列弗特尔先生紧握拳头厉声喝问,另外两人把小贩逼到墙角。

"什么彩票?"小贩像疯了一样高声吼道,接着她改换声调,用吉卜赛话朝站在角落的老婆子大声喊道,"快,李子烧煳了!"

"你用吉卜赛话说了些什么?"列弗特尔先生严厉追问。

"哎呀呀,"老太婆和小女孩开始号啕大哭,"我们怎么会这样倒霉啊!"

"把彩票拿出来!"列弗特尔先生咬牙切齿地说,"把彩票给我拿出来,贼婆子!要不我宰了你,明白吗?我宰了你!"

他给策卡一耳光,揍得她眼冒金星。随即,三个女人都放声痛哭,仿佛豹笼失了火。图尔图雷亚努先生把列弗特尔先生拉到一边,郑重其事地说:

"算了吧,让我把她们带到局里去教训教训。"

他走出门吹一声口哨,警察像从地下钻出来一样,顷刻之间出现了,没让吃饭就把她们带走了。

图尔图雷亚努先生挖空心思,仍然一无所获。女人们对彩票毫无所知。尽管他很热心,但也不敢不谨慎从事。因此,晚上,他去啤酒店对列弗特尔先生和大尉说:

"就老太婆和小姑娘来说,打得厉害一些不大要紧,但对策卡来说就不太好了,因为,说穿了吧,她有孕在身,如果流产就……你先生也不是不知道,如今下属是不能依靠的,上级也一样!听说报界正在找机会整我们……我说没有……彩票并没有放在那件衣服里,打什么赌都行!你看吧,这一阵儿,怎么说呢,着急劲儿过去之后——当一个人骤然得到这样一笔从天而降的财产时,起初都会有这种感觉的——你会在家里找着的。"列弗特尔先生坚持说,策卡偷了他的彩票,小贩和犹太人都不是傻瓜,他们买到旧衣服,会把各个角落都摸遍的。

"喂,把她们交给我,懂吗?给我来处理,让我同她们进行秘密谈话,你看吧,我怎么把彩票找出来!"他一边说,一边狠狠地斜瞪着眼,牙齿咬得格格响。

图尔图雷亚努先生用有关罪犯学的理论给他做了回答,这些理论是从他作为治安人员的长期经验中积累起来的:女人不好对付,比男人更难办。在男人中,保加利亚人最难办,吉卜赛人最好办,而吉卜赛女人比男人还好对付,你稍稍施加一点压力,她们就会说:"等一等,我说!"

因此,他略微放松了这些小贩,但仍让她们饿着肚子蹲禁闭,让她们再想想,也许……不过他也没有多大信心。

当图尔图雷亚努先生高谈阔论的时候,潘德列大尉先生正在看晚报,而列弗特尔先生心不在焉地听着。突然,波贝斯库先生的脸唰地变白了:一位绅士走进啤酒店,经过他们的桌子往里走去。这是他部里的主任,一个十分阴沉、心肠狠毒的家伙。列弗特尔先生起身行礼,主任只略微点点头,在稍远的一张桌旁坐下。

"你们看。"大尉先生说着指给他们看报上写的一段话:

众所周知,两家大彩票都已在前几日开彩了,头彩奖金是五万列伊,它们的号码分别是:康斯坦萨大学,076,384;布加勒斯特天文台,109,520。

但是,事情很奇怪,走运的中奖彩票所有者至今尚未前去领款。我们愿意提醒本报广大男读者和可爱的女读者,我们衷心希望得奖者就在你们中间,请注意,开彩后六个月,无论以任何理由都不能再领得奖金。未被领去的款项逾期将成为有关机构的基金。

列弗特尔先生的主任表面上对他很尊重,却不时带着充满责备的神气斜视着他,仿佛在说:"你骗了我们;你说有病,不能上班,却钻进啤酒店……好啊!"虽然他的处境尴尬,但波贝斯库先生听到报上登的那个通知的最后一句话时,还是止不住发出一阵大笑,一阵凄苦的大笑:

"哈哈哈! 图尔图雷亚努老兄,我们可能正好在过期后的第一天找到那两张彩票……我清楚自己交了什么运! ……哈哈哈!"

这笑声和言语,把潘德列大尉先生吓了一跳。他一直是非常冷静的,是无可指责的,这时也忍不住破口大骂……疏忽大意,漠不关心,冒冒失失! 谁都不会把珍贵文件随便乱扔,否则就是废物! 同这种蠢货打交道,而且是十万列伊的交易,活该遭罪! 大尉先生像小兵一样粗鲁地痛骂一阵后就离开了。列弗特尔先生似乎什么都没有听见,只是用手指轻轻敲打大理石桌面。

过了一会儿,主任先生付完酒钱,也走了,路过桌旁时,说道:

"波贝斯库先生,你如果不愿再上班的话,请你明天至少把抽屉钥匙送来,你办的案子都积压了。"

"我病了,主任先生。"

"胡扯!"

"是真的! 主任先生,明天我一定去。"

"请便!"主任冷冷地说完,连招呼也不打就走了。

图尔图雷亚努先生看看表……晚了！他该上夜班了：一小时后，督察就要来局里查看。他走了，列弗特尔先生也跟着走了。他跳上一辆马车，列弗特尔先生也跟着坐上去。

"我也到局里去，图尔图雷亚努老兄，我再去看看那个贼婆子！"

只有当他的朋友保证不使用暴力，不对被拘留的女人们粗暴时，图尔图雷亚努先生才同意一起走。路上，波贝斯库先生答应，如果彩票找回来的话，分给他好友的彩金将不是半成，而是一成。

"以我的前途和名誉起誓，图尔图雷亚努老兄！"

他们到了……真倒霉！督察刚刚来过；他进行了秘密审问，十分生气地在自己的小本子上写了一些东西，把三个妇女都放了，并好言好语安慰她们一番。

"瞧你给我带来了什么样的麻烦，波贝斯库老兄，你完全是神经过敏！"局长先生说。

列弗特尔先生开始发起牢骚：

"好吧，既然你们警察局也不能保护我们不受偷盗，那么，你说，还有什么办法呢？对啦，我知道问题在哪里！你不满足一成？你要多少，先生？七成？九成？都给你？"

接着是一阵劈头盖脑的漫骂，骂当局都是骗子、小偷、强盗的同伙！譬如，督察先生就同这些吉卜赛女人串通一气……

"太好了！妙极了！"波贝斯库先生喘一口气，用辛辣的讽刺语气补充道。

然后，他改换语调，指责说：

"这简直是给我们这个刚开始的世纪丢人！双料丢人！"

慎重和友情使图尔图雷亚努先生没有为这些辱骂当局的话提出起诉。他或许会对他提出起诉的,如果列弗特尔先生在说完这些话之后,不是像疯子一样跑出去的话。他一边跑,一边嚷着要去检察院上告。

当时,卖兰根汤的人已走过最后一趟,天已破晓。列弗特尔先生在城郊贫民窟转悠了那么长的时间后,终于找到解放大街上的那座荒僻小屋,昨晚三个女人就是从那里被抓走的。

也许……也许暴力得不到的东西,通过恳求可以得到。因此,波贝斯库先生畏畏缩缩去敲那破烂住宅的门。没有人回答。再敲一次,还是那样懦怯。仍然没有人回答。他想壮着胆子用力敲,但又缺乏勇气。他踮起脚尖靠近小窗,听听屋里有什么动静。在潮湿而又雾茫茫的清晨里,正万籁俱静,鼾声如雷。被突如其来的遭遇弄得精疲力尽的女人们正在酣睡。

列弗特尔先生坐在木板前廊的边沿上,点燃了一支烟。他久坐不动,苦心思量该用怎样娓娓动听的话去说服小贩。他想对她们说,勤劳的女人可以通过正当途径生活,而不必去毁掉别人,特别是去毁掉那个一直对她们有过好处的人……真是罪孽啊!并且,据他所知,彩票都已作废;或者,给她们一成,一成半,对!这真是一笔不可估量的财富,是从天上掉下来的财富,她们从此就会有钱,可以正直地过独立生活。

突然间,从屋里传来一阵轻轻的响声……她们终于睡醒了……客人站起来,清理一下嗓子,并用手正正帽檐。与此同时,门开了,门口出现一个蓬头垢面的姑娘:

"哎呀,妈妈,快来啊,那人又来啦!"

女人们立即跳了起来。

"疯子,你又来了?"策卡喊道。

"你又来要彩票了,是吗?"老婆子大声嚷道。

波贝斯库先生还没有来得及问好,一盆李子冻就劈头砸上他的眼睛:

"给你彩票!"

"看你再叫警察无缘无故欺侮我们?强盗!"

把他砸蒙以后,接着是拳掌齐下,最后是抓住什么就用什么打,老婆子抓住一只锅,姑娘抓起一根木棍,年轻女人抓起一把笤帚,一直把他打翻在泥坑里:

"给你彩票!给你彩票!!给你彩票!!!"

当这些女人们打累的时候,列弗特尔先生才爬起来溜走,虽然他也疲惫不堪,但还是光着头慌忙逃跑,而她们在后面紧追:

"好啊!好啊!你不要彩票了?看你还敢不敢再来要彩票!你瞎了眼!"

七点半左右,波贝斯库先生回到家里。他的妻子也急得彻夜未眠。看见他那副狼狈相,她急哭了……天黑前,部里的一个朋友曾经来过,留下一封信。

信中写道:

亲爱的列弗特尔:

今天,当我离开办公室的时候,乔治斯库主任先生让我通知你,如果你明天还不来上班的话,就不必再来了,因为他将要开除你,并撬开你锁戈尔德斯坦案卷的那只抽屉。今天来了三位议员,对拖延处理该案件非常不满。从今天起直到议会闭会时止,早晨八点上班。我望你为自己着想,请你一定来。主任已气得暴跳如雷了。

你忠实的朋友米蒂克

八点过五分,列弗特尔先生梳洗得干干净净,衣冠楚楚地登上部门前的台阶。他问门房:

"主任来了没有?"

"刚到。"门房回答道,"他要你立即到他那儿去。"

波贝斯库先生急忙战战兢兢地走进去。主任正双手插进衣袋在那里来回踱方步,一看见他就停了下来:

"先生,你来了?"

"是,乔治斯库先生……"

"先生,在这里我不是乔治斯库先生!在这里我是主任先生。立即把戈尔德斯坦案卷给我拿来!你要明白,下次再这样的话,我就叫你滚蛋!国家花钱雇人,不是让他们晚上酗酒,白天挺尸——看你那副无精打采的样子——而不来上班。听到我的话没有?去把卷宗拿来!"

小职员踉踉跄跄地走出去。走到办公桌跟前,打开抽屉,神经质地拿出一堆纸。当他把纸放到桌上时,一张折叠的小纸片从手指缝滑掉,他弯下腰,拾起来仔细一看,尖叫一声……

天哪!都死绝了!死绝了!只有运气还在,而且将与世长存,同它一样地不朽!……在这里……这里,彩票!……这就是找了这么久没有找到的金光闪闪的太阳,它终于穿透漫长的黑夜出现了!

列弗特尔先生的心平静下来了,犹如大海经过一场风暴掀起的惊涛骇浪终于平静下来。海面风平浪静,但海底吞没了多少未能靠岸的船只残片!

他把这两张印着樱桃红色(像那些永久失去的瓷盘边的颜色)字的小纸片放进一个布制信封里,藏在紧身绒衣里面。他微笑着,从容不迫地扣上背心纽扣,舒适地坐进漆布圈椅里,取出一张部用信笺,十分坚决地写了以下几行。话很简单,但包含着多少讥讽:

部长先生:
　　虚弱的身体已不允许我继续忍受工作的重任。
　　谨请接受我辞去在这个光荣的部里所担负的职务。
　　顺致敬意!
　　　　　　　　　　　　埃列乌特留·波贝斯库

然后,他拿起卷宗和辞呈果断地走进主任办公室。主任正在聚精会神地批阅文件。

"主任先生,这是戈尔德斯坦案卷。"

"好,"主任连头也不抬地答道,"把它放在这里。"

"还有,乔治斯库先生,请您接受我的辞呈。"

"好,把它放在这里。"

"再见!"

"好,去吧!"

十分钟后,终于摆脱了令人深恶痛绝的奴隶枷锁的人来到发行巨额彩票的银行家那里。

"请问,上哪儿去领取前天开彩的奖金?"

"基金已存入储蓄公司,但也可以通过我们领取。你有中彩的彩票吗?"

"有……两张。"波贝斯库先生坦然回答,并将彩票优雅地夹在指缝间远远向对方摇晃了一下。

"彩票的数目大吗?"

"还可以……两个头彩!"

银行家睁着两只惊讶的眼睛边说边试着拿彩票:

"请给我看一看。"

但是列弗特尔先生慢慢缩回手,打开彩票说:

"你有没有中彩号码单?"

"有,给你,请接住!"

"好吧。"列弗特尔先生一个字一个字地念道,"一张是0-7-6-3-8-4,康斯坦萨大学。"

"不,"银行家回答道,"应该是1-0-9-5-2-0。"

"劳驾,请不要打扰我!1-0-9-5-2-0,布加勒斯特天文台。"

"不,对不起,"银行家说,"布加勒斯特天文台是0-7-6-3-8-4。"

列弗特尔先生不知什么缘故,忽然感到头晕目眩,倒在一把椅子里,脸色像瓷碗一样苍白,但拿着彩票的手仍然机械地伸着。银行家拿起彩票,仔细核对号码单和彩票上的数字,再看看这些彩票的所有者,淡然一笑,对呆若木鸡的列弗特尔先生说:

"是这么回事,尊敬的先生,你弄错了……而错误的原因是……你……也真奇怪,鬼知道怎么会有这种巧合!你的这张彩票恰恰中了那种的头彩……"

"哎,什么?"

"那张彩票中了这种的头彩。正好相反。"

当列弗特尔先生一听到正好相反几个字时,脸一下紫得像猪

肝,他一边站起来,一边连珠炮似的大声嚷道:

"正好相反?不可能,先生!绝对不可能!正好相反!这是欺骗,懂吗?我要教训教训你们这些干尽伤天害理事的人,你们嘲弄人,你们盘剥人,像吸血鬼一样吸干正直人们的血汗,因为这些人盲目相信你们的诡计和你们交易所犹太佬的无耻勾当。我们真笨,我们总不接受教训,我们应该起来反抗!懂吗?对!要反抗!真是笨蛋!笨蛋!笨蛋!"

接着便号啕大哭起来,自己打自己的耳光,打自己的头,边打边顿足,吵得不可开交,银行家不得不请警察来把列弗特尔先生弄走。

如果我是一个自爱又受人尊敬的作家,我就要这样来结束这个故事:

若干年之后……

事情已过去很久了,参观齐格内什蒂修道院的人都会见到一个老修女,黑皮肤,瘦高个儿,如同一尊神像,左眉上方长着一个带毛的痣,眼神呆板。她不说话,也不愿回答任何问题;她十分和蔼,从不欺侮人。表面看起来,她是神志清醒的,可是有一个怪癖表明她的神经已完全错乱:埃列弗特里亚修女整天从各个角落,简直令人吃惊的地方收集瓦盆碎片,并把它们珍藏在自己低矮的住房里。

就在同一时期,即很久以后,在嘈杂的布加勒斯特闹市里,行人可以看到一个驼背的小老头在踱来踱去,神态宁静,像暴风雨过后的大海所特有的那种宁静。老人散步很有规律:早晨在大学前面;黄昏,当星星出来时,又在帕凯街岔口的消防队观察台周围。并且,他还以温和的声调反复小声念叨同样的话:

"正好相反！……对,正好相反！"这些话的含意模糊,正如辽阔的大海,在水波不兴的海面下,在它那神秘的岩石深处隐藏着多少船只碎片,这些船未靠岸就被撞沉了,永远消失了!

但是……我不是这样的作家,我宁可对你们直言:在银行家那里发生乱子以后,我就不知道我的主人公和波贝斯库太太的下落了。

王敏生 译

普希金

亚历山大·普希金(1799—1837),俄国伟大的诗人、小说家,俄罗斯近代文学奠基人。普希金一生共创作八百多首抒情诗、十二部长诗和一些诗体童话,还有一部大型诗体长篇小说《叶甫盖尼·奥涅金》。他的《别尔金小说集》在俄罗斯文学史上掀开新的一页,其中的《驿站长》成为俄国短篇小说的典范。

驿 站 长

十四品文官①,
驿站的独裁者。

维亚泽姆斯基②公爵

谁没有咒骂过驿站长,谁没有同他们吵过架?谁没有在盛怒之下向他们索取过那要命的本子以便在上面写下自己对他们的欺压、粗暴和怠慢的无济于事的控诉!谁不把他们当做人类的恶棍,犹如过去的恶讼师,或者,至少也和牟罗姆③的强盗无异?但是,我们如果公平一些,尽量为他们设身处地想一想,也许,我们责备

---

① 帝俄时代最低级的文官。
② 维亚泽姆斯基(1792—1878),俄国诗人。引诗摘自他的《驿站》一诗。
③ 九至十二世纪居住于奥卡河下流的一个部族。牟罗姆森林是强盗出没的地方。

他们的时候就会宽容得多。什么是驿站长呢?一个真正的十四级的受气包,他的官职仅仅能使他免于挨打,而且这也并非总能做到(请读者扪心自问)。维亚泽姆斯基开玩笑称他是独裁者,他的职务是怎样的呢?是不是真正的苦役?白天黑夜都不得安宁。旅客把在枯燥乏味的旅途中积聚起来的全部怨气都发泄在驿站长身上:天气恶劣,道路难行,车夫脾气犟,马不肯拉车——都成了驿站长的过错。旅客走进他的寒酸的住所,像望着仇人似的望着他。要是他能赶快打发掉这个不速之客,还好;但是如果正碰上没有马呢?……天哪!什么样的咒骂、什么样的威胁都会劈头盖脸而来!他得冒着雨、踩着泥泞挨家挨户奔走。遇上狂风暴雨天气或是受洗节前后的严寒日子,他得躲进穿堂,只是为了休息片刻,避开被激怒的投宿客人的叫嚷和推搡。来了一位将军,浑身发抖的驿站长就得给他最后的两辆三套马车,其中一辆是供信使专用的。将军连谢也不谢一声就走了。过了五分钟——又是铃声!……一个信使把自己的驿马使用证往桌上一扔……如果我们把这些都好好地想一想,我们心里的怒气就会消释而充满真挚的同情。我再说几句:我二十年来走遍了俄罗斯的东西南北,差不多所有的驿道我都知道;好几代的车夫我都认识;很少有驿站长我不面熟;很少有驿站长我不曾跟他们打过交道。我希望在不久的将来我所积累的饶有趣味的旅途见闻能够问世。目前我只想说,人们对驿站长这一类人的看法是极其错误的。这些备受诽谤的驿站长,一般说来都是和善的人,天生乐意为人效劳,容易相处,对荣誉看得很淡泊,不太爱钱财。从他们的言谈(过路的老爷们偏偏却瞧不起这些言谈)中,可以吸取许多有趣的东西,获益匪浅。至于我呢,老实说,我是宁愿听他们谈话,也不要听一位因公外出的六品文官的高谈阔论。

不难猜到,在可尊敬的驿站长这一类人中间就有我的朋友。真的,其中有一位给我留下了弥足珍贵的回忆。我们曾有机缘一度接近过,我现在准备同亲爱的读者谈谈他的故事。

1816年5月,我曾经乘车顺一条现在已经废弃的驿道经过×××省。我官卑职小,只能在每个驿站换马,只付得起两匹驿马的租钱。因此驿站长们对我并不客气,我往往要经过力争才能得到我认为是名分应得到的东西。当时我由于少年气盛,要是驿站长把给我预备的三匹马套到一位官老爷的马车上,我对他的卑贱和怯懦就会感到愤慨;在省长设的宴会上,遇到善于辨别身份的奴才上菜时把我漏掉,我也总是耿耿于怀。如今呢,我却以为这两种情形都是理所当然的了。的确,小官尊敬大官是一条普遍适用的准则,要是用另一条准则,比方说,聪明人尊重聪明人来代替它,那我们会怎么样呢?岂不是要吵翻了天!仆人上菜又从谁开始呢?但是我还是来讲我的故事吧。

那是一个炎热的日子。离×××驿站还有三俄里的时候开始落下稀疏的雨点。转眼之间,倾盆大雨已经把我淋得浑身湿透。到了驿站,第一件事就是赶快换衣服,第二件事是要一杯茶。"喂,杜尼娅①!"驿站长叫道,"拿茶炊来,再去拿点鲜奶油。"听到这话,从隔扇后面出来一个十四五岁的姑娘,跑到穿堂里去了。她的美使我吃惊。"这是你的女儿吗?"我问驿站长。"是我的女儿,"他带着得意的神气回答说,"她聪明伶俐,跟她去世的母亲一模一样。"这时他动手登记我的驿马使用证,我就欣赏起他装点他那简朴而整

---

① 杜尼娅是阿芙多吉娅的小名。

洁的住屋的图画来。这些画画的是浪子回头的故事①：第一幅画着一个头戴尖顶帽、身穿长袍的可敬的老人在给一个神情不安的青年送行，那青年人急匆匆地接受他的祝福和一个钱袋。另一幅以鲜明的线条画出这个年轻人的放荡行为：他坐在桌旁，一群虚情假意的朋友和无耻的女人围着他。再往下，这个把钱财挥霍净尽的青年衣衫褴褛，戴着三角帽在喂猪，并且与猪分食；他脸上露出深切的悲痛和悔恨。最后画着他回到父亲那里。仍旧戴着尖顶帽、穿着长袍的慈祥老人跑出来迎接他。浪子跪着，远景是厨子在宰一头肥壮的牛犊，哥哥向仆人们询问如此欢乐的原因。在每一幅画下面我都读到与内容相配合的德文诗句。这一切，还有那几盆凤仙花、挂着花布幔帐的床以及当时我周围的其他物件，至今还保留在我的记忆中。这位五十来岁的主人精神饱满，容光焕发，绿色长礼服上用褪色的绶带挂着三枚奖章，至今他的模样还历历如在眼前。

我跟老车夫还没有把账算清，杜尼娅已经拿着茶炊回来了。这小妖精看了我第二眼就察觉了她给我的印象，她垂下了浅蓝色的大眼睛。我开始同她说话，她很大方地回答我，像个见过世面的姑娘。我请她父亲喝一杯潘趣酒，给杜尼娅一杯茶，我们三个人就聊起天来，仿佛认识了很久似的。

马匹早就准备好了，可是我仍旧不愿意同驿站长和他的女儿分手。最后我同他们告别了，做父亲的祝我一路平安，女儿送我上车。到穿堂里我停下来，请她允许我吻她一下。杜尼娅答应了……

---

① 见《圣经·新约·路加福音》。

从我做这件事以来，我曾有过许多次接吻，但是没有一次亲吻在我心中留下这样悠长、这样愉快的回忆。

过了几年，我又有机会经过那条驿道，使我重临旧地。我想起老站长的女儿，想到又可以看到她而感到高兴。但是我又想，老站长也许已经调离，杜尼娅可能已经出嫁。我的头脑里也闪过他或她会不会死去的念头。我怀着悲伤的预感走近×××驿站。

马匹在驿站的小屋前停下。我一走进房间，立刻认出了那几幅画着浪子回头的故事的画，桌子和床还放在原来的地方，但是窗台上已经没有花，四周的一切都显出败落和无人照管的景象。驿站长盖着皮袄睡着，我的到来把他吵醒，他欠起身来……这正是萨姆松·维林，但是他衰老得多厉害啊！在他准备抄下我的驿马使用证的时候，我望着他的白发，望着他那好久没刮胡子的脸上的深深的皱纹和他的驼背——不能不感到惊讶，怎么三四年的工夫竟把一个精力旺盛的汉子变成一个衰弱的老头？"您还认得我吗？"我问他，"咱们是老相识了。""可能是。"他阴沉地回答说，"这儿是大路，来往旅客到过我这里的很多。""你的杜尼娅好吗？"我继续问。老头皱起了眉头。"天知道她。"他回答说。"这么说她是出嫁了？"我说。老头装做没有听见我的问话，继续轻声念我的驿马使用证。我不再问下去，叫人拿茶来。好奇心开始使我不得安宁，我指望潘趣酒能使我的老相识开口说话。

我没有想错，老头没有拒绝送过去的酒杯。我发现甜酒驱散了他的阴郁。一杯下肚，他的话多起来。不知他是记起来了呢，还是装出记起我的样子，于是我便从他口中知道了当时强烈吸引了我并且使我感动的故事。

"这么说,您认识我的杜尼娅啰?"他开始说,"有谁不认识她呢? 唉,杜尼娅,杜尼娅! 是个多好的姑娘啊! 以前,凡是过路的人,谁都夸她,谁也不会说她不好。太太们有的送她一块小手帕,有的送她一副耳环。过路的老爷们故意停下来,好像要用午餐或是晚餐,其实只是为了多看她几眼。往往有这样的情形,不管老爷的火气多么大,一看见她就会平静下来,和颜悦色地和我谈话。先生,您信不信:信使们跟她一聊就是半个钟头。家由她管:收拾房子啦,做饭啦,样样都安排得妥妥当当。我这个老傻瓜,对她看也看不厌,有时连喜欢都喜欢不过来。是我不爱我的杜尼娅,不疼我的孩子呢,还是她的日子过得不称心呢? 都不是,灾祸是躲不了的;命该如此,要逃也逃不了啊!"于是他开始详详细细地向我讲述他的伤心事。三年前,一个冬天的晚上,驿站长正在一本新簿子上画格子,他女儿在隔扇后面给自己缝衣服。这时来了一辆三套马车,一个头戴契尔克斯帽、身穿军外套、裹着披肩的旅客走进来要马。马都派出去了。一听说没马,旅客就提高嗓门,扬起了马鞭。见惯这种场面的杜尼娅从隔扇后面跑出来,殷勤地问那个旅客要不要吃点什么? 杜尼娅的出现起了它惯有的效果。旅客的怒火烟消云散了,他同意等待马匹,还要了晚餐。旅客脱下毛茸茸的湿帽子,解下披肩,脱掉外套,原来这是一个体格匀称、蓄着黑口髭的年轻骠骑兵。他坐到驿站长旁边,高高兴兴地同他和他的女儿交谈起来。晚餐端上来了。这时有几匹马回来了,驿站长吩咐不用喂食,马上把它们套在旅客的车上。但是等他回来的时候,却发现那个年轻人躺在长凳上,几乎失去了知觉:他感到很不舒服,头痛得厉害,不能上路……怎么办呢! 驿站长把自己的床让给他,如果病情不见好转,还准备第二天一早就派人到C城去请医生。

第二天,骠骑兵的病情更恶化了。他的仆人骑上马进城去请医生。杜尼娅用浸了醋的手帕包扎他的头,坐在他床边做针线活。当着驿站长的面,病人直哼,几乎一言不发,但却喝了两杯咖啡,并且哼哼着要了午餐。杜尼娅一直守着他。他不断要水喝,杜尼娅给他端来一大杯她做的柠檬水。病人润着嘴唇,每次递还杯子的时候,都用他的无力的手握握杜尼娅的手表示感谢。午饭前医生来了。他摸了摸病人的脉,用德语同他谈了几句,然后用俄语宣称,病人只是需要静养,过两天就可以上路。骠骑兵付给他二十五个卢布的出诊费,还请他用午餐。医生同意了,两人的胃口都很好,喝了一瓶酒,才彼此非常满意地分手。

又过了一天,骠骑兵完全恢复了。他非常高兴,不停地一会儿同杜尼娅,一会儿同驿站长开玩笑。他吹着曲子,同旅客们交谈,把他们的驿马使用证登记在驿站登记册上。他大大博得了好心的驿站长的喜欢。到第三天早上,驿站长竟舍不得同他那可爱的客人分别了。那天是星期日,杜尼娅预备去做礼拜。骠骑兵的马车拉来了。他为了在这里又吃又住,重重地酬谢了驿站长,才和他告别。他也同杜尼娅告别,表示愿意送她去村边的教堂。杜尼娅犹豫不决地站着……"你怕什么?"父亲对她说,"大人又不是狼,不会把你吃掉,你就坐车子去教堂吧。"杜尼娅上了车,挨着骠骑兵坐下,仆人跳上驭座,车夫吹了一声哨,马儿就奔驰起来。

可怜的驿站长不明白,他怎能亲口允许他的杜尼娅同骠骑兵一同乘车走呢?他怎么会瞎了眼,怎么会鬼迷心窍?过了不到半小时,他觉得心里烦躁,六神不安,忍不住自己也跑去做礼拜。到了教堂跟前,他看到人们已经散去,但是杜尼娅既不在围墙边,也不在教堂门口。他急忙走进教堂:神父正从祭坛后面走出来,教堂执事在吹灭蜡烛,有两个老妇人还在角落里祈祷,但是杜尼娅却不在教堂里。可怜的父亲好容易才下决心去问教堂执事,杜尼娅有没有来做过礼拜。教堂执事回答说没有来过。驿站长半死不活地走回家去。他只剩下一个希望:也许杜尼娅年轻做事轻率,也许忽然想起来乘着车子到下一站去看她的教母去了。他痛苦而焦急地等待他让她乘坐的那辆三驾马车回来。车夫老不回来。到傍晚时分,车夫终于一个人回来了,喝得醉醺醺的,带来一个吓人的消息:"杜尼娅跟着骠骑兵又从那一站往前走了。"

老头禁不住这不幸的打击,他立时倒在那个年轻骗子昨夜躺过的床上。现在驿站长回想起种种情况,才明白生病是假装的。可怜的老人患了极为厉害的热病;他被送到C城,派了一个人暂时来代替他。给他治病的就是来给骠骑兵看病的那个医生。他对驿站长确凿有据地说,那个年轻人身体完全健康,当时他就猜到他不怀好意,但是因为怕他的鞭子,所以没有做声。这个德国医生的话不知道是真的呢,还是想炫耀自己有先见之明,但是他的话丝毫安慰不了可怜的病人。驿站长的病体刚恢复,他就向C城的驿站局长请了两个月的假,对任何人都没提自己的打算,步行寻找女儿去了。他根据驿马使用证知道骑兵大尉明斯基是从斯摩棱斯克去彼得堡的。给他驾过车的车夫说:"杜尼娅一路啼哭,尽管她好像是自己情愿去的。""也许,"驿站长想道,"我能把我那迷途的羔羊带回家来。"他怀着这个想法来到彼得堡,在伊兹梅尔团一个退位的上士,他的老同事家里住下,就开始四下寻找。不久就被他打听出来,骑兵大尉明斯基在彼得堡,住在德穆特饭店,驿站长决定去找他。

他一清早就来到明斯基的前厅,请求禀报大人,说有个老兵求见。一个勤务兵在擦撑着鞋楦的皮靴,他说主人在睡觉,十一点钟以前不接见任何人。驿站长走了,到指定的时间又回来了。明斯基穿着晨衣,戴着红色小帽亲自出来见他。"老兄,你要什么?"他问他。老头的心沸腾起来,泪水涌到眼睛里。他用颤抖的声音只说出了:"大人! ……请行行好吧……"明斯基迅速地瞥了他一眼,脸一红,就抓住他的手把他带到书房里,随手把门关上。"大人!"老头接下去说,"过去的事情就算了;至少,请您把我可怜的杜尼娅还给我吧。您已经把她玩够了,别白白地毁了她。""生米已成熟饭,无法挽回了。"年轻人十分狼狈地说,"我对不起你,希望求得你的宽恕。可是你别以为我会抛弃杜尼娅,我可以向你保证,她会幸福的。你要她做什么?她爱我,她已经不习惯原先的处境了。无论你也好,她也好——你们都不会忘记已经发生的事。"接着,他把一样东西塞到老人的衣袖里,就把门打开。驿站长自己也不记得他是怎样到了大街上的。

他呆呆地站了好久,最后看到自己衣袖的折袖里有一卷纸。他取出来打开一看,原来是几张揉皱的五卢布和十卢布的钞票。泪水又涌到他的眼睛里,是愤懑的泪水啊!他把钞票揉做一团,扔在地上,还用鞋后跟踩了一脚,走了……走了几步,他停了下来,想了一想,又回转身来……但是钞票已经不见了,一个衣着考究的年轻人看见他,就奔向一辆出租马车,急忙坐上车,喊道:"走!……"驿站长没有去追他。他决定回自己的驿站,但是先要看看他的可怜的杜尼娅,哪怕见一面也好。为了这,两天后他又到明斯基那里,但是勤务兵厉声告诉他,主人不接见任何人,胸一挺就把他挤出前厅,冲着他的脸砰地关上了门。驿站长站了一会儿,只好走了。

当天晚上,他在"一切悲伤的人们"教堂做过祷告,在铸造厂街上走着。突然他面前驶过一辆华丽的马车,驿站长认出了明斯基。马车在一座三层楼房的大门口停下,骠骑兵就跑上了台阶。驿站长的头脑里闪过一个侥幸的念头。他折了回来,走到车夫跟前。"老弟,是谁的马?"他问,"是明斯基的吗?""正是,"车夫回答,"你有什么事?""是这么回事:你家老爷吩咐我送一张字条给他的杜尼娅,可我把他的杜尼娅住在哪儿给忘记了。""就在这儿二层楼上。你的信送晚了,老兄,现在他本人已经在她那里了。""不要紧,"驿站长心里激动得不可名状,"多谢你的指点,可是我还是要把我的事办完。"说着他就走上楼梯。

门锁着。他按了铃,焦急地等了几秒钟。钥匙响了,给他开了门。"阿芙多吉娅·萨姆松诺夫娜①住在这里吗?"他问。"住在这儿,"年轻的女仆回答说,"你找她有什么事?"驿站长并不回答,径自走进大厅。"不行,不行!"女仆跟在他后面叫道,"阿芙多吉娅·萨姆松诺夫娜有客。"但是驿站长不理她,自顾往前走。头两间屋子很暗,第三个房间里有灯光。他走到开着的门边,停了下来。在布置得很精致的房间里,明斯基坐在那儿沉思。杜尼娅穿着极其华丽的时装,坐在他的手圈椅的扶手上,像女骑士坐在她的英国式马鞍上一样。她深情地望着明斯基,把他的乌黑的鬈发绕在她的闪闪发光的手指上。可怜的驿站长啊!他从不曾见过他的女儿有这么美,他情不自禁地叹赏起来。"是谁?"她问,并没有抬起头来。他仍旧不做声。杜尼娅没有听到回答,抬起头来一看……接着一声惊呼,就倒在地毯上了。明斯基吓了一跳,跑过去扶她,猛然看见

---

① 阿芙多吉娅·萨姆松诺夫娜是杜尼娅的本名和父名。

老站长站在门口。他放下杜尼娅,走到他跟前,气得浑身发抖。"你要干什么?"他咬牙切齿地对他说,"你怎么像强盗似的到处悄悄地跟着我?你是想杀死我还是怎么的?你给我滚!"说着就用一只有力的手抓住老头的衣领,把他推到楼梯上。

老头回到自己的住处。他的朋友劝他去控告,但是驿站长想了想,把手一摆,决定就此罢休。两天后,他从彼得堡动身回到自己的驿站,重新履行自己的职责。"我失去杜尼娅,一个人生活到现在已经是第三个年头了,没有得到她一点消息。她是死是活,只有上帝知道。什么事都可能发生。被过路的浪子勾引的,她不是第一个,也不是最后一个。把她弄去供养一阵,然后就把她抛弃了。在彼得堡,这种年轻的傻丫头多的是,今天穿绸缎,穿天鹅绒;可是明天,你瞧吧,就会跟穷酒鬼在一起扫大街了①。有时一想到杜尼娅也许会流落在那边,我就不由得起了有罪的念头,希望她早点进坟墓……"

这就是我的朋友,年老的驿站长讲的故事:他的故事不止一次被泪水打断,——他像德米特里耶夫绝妙的叙事诗里的辛勤的捷连季伊奇②那样,样子非常感人地用衣裾拭着眼泪。他的眼泪部分是由于他在讲故事时喝的五杯潘趣酒所引起的,但是不管怎样,还是使我异常感动。同他分别后,我久久不能忘掉年老的驿站长,我久久想念着可怜的杜尼娅……

还在不久以前,我路过某地的时候,想起了我的朋友。我得悉

---

① 晚间因酗酒在街上被拘留的人,次日清晨须在警察和看院子的人的监督下打扫道路。
② 伊·伊·德米特里耶夫(1760—1837),普希金同时代人,诗人,寓言作家。捷连季伊奇是他的诗《漫画》的主人公。

他主管的驿站已经撤掉。对我的问题："老站长还活着吗?"没有人能给我满意的答复。我决定去重访旧地,就租了私人的马匹,前往H村。

那时正值秋天。满天灰色的云朵,冷风从收割过的田野吹来,风过之处,树上的红叶和黄叶都被吹走。我进村时太阳已经落山,我在驿舍前停下。从门道里(可怜的杜尼娅曾在那里吻过我)走出一个胖妇人,她回答我说,老站长已经死了快一年了,他的房子现在住进了一个做啤酒的师傅,她就是啤酒师傅的妻子。我开始为白跑一趟、白花了七个卢布而感到惋惜。"他是怎么死的?"我问啤酒师傅的妻子。"喝酒喝死的,老爷。"她回答说。"他葬在什么地方?""在村外,在他死去的妻子旁边。""能不能带我到他坟上去?""怎么不能。喂,万卡!你玩猫该玩够了。陪这位老爷到坟地去。指给他看老站长的坟在哪里。"

她这样说着,一个穿得破破烂烂、红头发、独眼的男孩跑到我面前,立即领我到村外去。

"你认识死去的站长吗?"路上我问他。

"怎么不认识!他教我削风笛。从前他(愿他进天国)从酒店出来,我们就跟着他:'老爷爷,老爷爷!给点胡桃!'他就把胡桃分给我们。从前他总是跟我们玩儿。"

"那么,过路的客人还记得他吗?"

"现在过路的客人不多了。有时候陪审员顺路弯过来,他也没有谈起死去的人。夏天倒来了一位太太,她问起老站长,后来到他坟上去过。"

"什么样的太太?"我好奇地问。

"一位美极了的太太,"小男孩回答说,"她坐着一辆六驾马车,带着三个小少爷和一个奶妈,还有一只黑色哈巴狗。她一听说老站长死了,就哭起来,对孩子们说:'你们乖乖地坐着,我到坟场去一下。'我说我愿意领她去。可是那位太太说:'我自己认得路。'她还给我一个五戈比的银币——真是个好心的太太!……"

我们来到墓地,一片光秃秃的地方,没有栅栏,满眼都是木头十字架,没有一棵小树遮阴。有生以来我不曾见过这样凄凉的墓地。

"这就是老站长的坟。"小男孩跳上一个砂墩告诉我说,那上面插着一个有铜质圣像的黑色十字架。

"那位太太也到这儿来过吗?"我问。

"来过,"万卡回答说,"我从远处望着她。她趴在这儿趴了好久。后来那位太太回到村子里,叫来了牧师,给了他一些钱,就上车走了。我呢,她给了一个五戈比的银币——真是个好太太!"

我也给了小男孩一枚五戈比银币,而且不再为这次旅行和花掉的七个卢布惋惜了。

水夫 译

列夫·托尔斯泰

列夫·托尔斯泰(1828—1910),俄国作家,世界文学巨擘。其长篇小说《战争与和平》《安娜·卡列宁娜》和《复活》,是举世公认的文学瑰宝。《舞会以后》是作家根据其兄的一段亲身经历写成,一经发表,立即成为脍炙人口的名篇。

舞会以后

"你们是说,一个人本身不可能懂得什么是好,什么是坏,问题全在环境,是环境坑害人。我却认为问题全在机缘。就拿我自己来说吧……"

我们谈到,为了使个人趋于完善,首先必须改变人们的生活条件;接着,人人敬重的伊万·瓦西里耶维奇就这样说起来了。其实谁也没有说过人自身不可能懂得什么是好,什么是坏,然而伊万·瓦西里耶维奇有个习惯,总爱解释他自己在谈话中产生的想法,随后为了证实这些想法,讲起他生活里的插曲来。他时常把促使他讲话的原因忘得一干二净,只管全神贯注地讲下去,而且讲得很诚恳、很真实。

现在他也是这样做的。

"拿我自己来说吧。我的整个生活成为这样而不是那样,并不是由于环境,完全是由于别的缘故。"

"到底由于什么呢?"我们问道。

"这可说来话长了。要讲上一大篇,你们才会明白。"

"您就讲一讲吧。"

伊万·瓦西里耶维奇沉思了一下,摇了摇头。

"是啊,"他说,"我的整个生活在一个夜晚,或者不如说,在一个早晨,起了变化。"

"到底是怎么回事啊?"

"是这么回事:当时我正在热恋。我恋爱过多次,可是这一次爱得最热烈。事情早过去了,她的几个女儿都已经出嫁了。她叫Б——,是的,瓦莲卡·Б——"伊万·瓦西里耶维奇说出她的姓氏,"她到了五十岁还是一位出色的美人。在年轻的时候,十八岁的时候,她简直能叫人入迷:修长、苗条、优雅、端庄——正是端庄。她总是把身子挺得笔直,仿佛非这样不可似的,同时又微微仰起她的头,这配上她的姣美的容貌和修长的身材——虽然她并不丰满,甚至可以说是清瘦,——就使她显出一种威仪万千的气概;要不是她的嘴边、她的迷人的明亮的眼睛里,以及她那可爱的年轻的全身有那么一抹亲切的、永远愉快的微笑,人家便不敢接近她了。"

"伊万·瓦西里耶维奇多么会渲染!"

"但是无论怎么渲染,也没法渲染得使你们能够明白她是怎样一个女人。不过问题不在这里。我要讲的事情出在四十年代。那时候我是一所外省大学的学生。我不知道这是好事还是坏事;那时我们大学里没有任何小组①,也不谈任何理论,我们只是年轻,照青年时代特有的方式过生活:除了学习,就是玩乐。我是一个很愉快活泼的小伙子,况且家境又富裕。我有一匹烈性的溜蹄快马,

---

① 十九世纪三十年代,莫斯科一部分大学生成立了各种小组,探讨哲学和文学问题,传播先进思想。

我常常陪小姐们上山滑雪(溜冰还没有流行),跟同学们饮酒作乐(当时我们只喝香槟,没有钱就什么也不喝,可不像现在这样改喝伏特加)。但是我的主要乐趣在参加晚会和舞会。我跳舞跳得很好,人也不算丑陋。"

"得啦,不必太谦虚,"一位交谈的女士插嘴道,"我们不是见过您一张旧式的银版照片吗?您不但不丑,还是一个美男子哩。"

"美男子就美男子吧,反正问题不在这里。问题是,正当我狂热地爱着她的期间,我在谢肉节的最后一天参加了本省贵族长家的舞会;他是一位忠厚长者,豪富好客的侍从官。他的太太接待了我,她也像他一样忠厚,穿一件深咖啡色的丝绒长衫,戴一副钻石头饰①,袒露着衰老可是丰腴白净的肩膀和胸脯,如同伊丽莎白·彼得罗夫娜②的画像上描画的那样。这是一次绝妙的舞会:设有乐队楼厢的富丽的舞厅,来自爱好音乐的地主之家的、当时有名的农奴乐师,丰美的菜肴,喝不完的香槟。我虽然也喜欢香槟,但是并没有喝,因为不用喝酒我就醉了,陶醉在爱情中了。不过我跳舞却跳得筋疲力尽——又跳卡德里尔舞,又跳华尔兹舞,又跳波尔卡舞,自然是尽可能跟瓦莲卡跳。她身穿白色长衫,束着粉红腰带,一双白羊皮手套差点儿齐到她的纤瘦的、尖尖的肘部,脚上是白净的缎鞋。玛祖尔卡舞开始的时候,有人抢掉了我的机会:她刚一进场,讨厌透顶的工程师阿尼西莫夫——我直到现在还不能原谅他——就邀请了她,我因为上理发店去买手套③,来晚了一步。所以我跳玛祖尔卡舞的女伴不是瓦莲卡,而是一位德国小姐,从前我

---

① 一种金链或绒布带,当中镶一颗宝石,束在额头上,作为装饰品。
② 伊丽莎白·彼得罗夫娜是1741至1761年的俄国女皇。
③ 有些理发店兼卖手套、领带等。

也曾稍稍向她献过殷勤。可是这天晚上我对她恐怕很不礼貌,既没有跟她说话,也没有望她一眼,我只看见那个穿白衣衫、束粉红腰带的修长苗条的身影,只看见她的晖朗、红润、有酒窝的脸蛋和亲切可爱的眼睛。不光是我,大家都望着她,欣赏她,男人欣赏她,女人也欣赏她,显然她盖过了她们所有的人。不能不欣赏她啊。

"照规矩应该说,我不是她跳玛祖尔卡舞的舞伴,可实际上,我几乎一直都在跟她跳。她大大方方地穿过整个舞厅,径直向我走来。我不待邀请,就连忙站起来;她微微一笑,酬答我的机灵。当我们①被领到她跟前而她没有猜出我的代号②时,她只好把手伸给别人,耸耸她的纤瘦的肩膀,向我微笑,表示惋惜和安慰。当大家在玛祖尔卡舞中变出花样,插进华尔兹的时候,我跟她跳了很久的华尔兹,她尽管呼吸急促,还是笑眯眯地对我说:'再来一次。'于是我一次又一次地跳着华尔兹,甚至感觉不到自己还有一个沉甸甸的肉体。"

"咦,怎么感觉不到呢?我想,您搂着她的腰,不但能够清楚地感觉到自己的肉体,还能感觉到她的哩。"一个男客人说。

伊万·瓦西里耶维奇突然涨红了脸,几乎是气冲冲地叫喊道:

"是的,你们现代的青年就是这样。你们眼里只有肉体。我们那个时代可不同。我爱得越强烈,就越是不注意她的肉体。你们现在只看到腿、脚踝和别的什么,你们恨不得把所爱的女人脱个精光,而在我看来,正像阿尔封斯·卡尔③——他是一位好作家——说

---

① 指他和另一个男舞伴。
② 男舞伴必须给自己选定一个代号,如"温顺"或"骄傲"、"喜悦"或"悲哀"之类。跳舞以前,两个男舞伴由第三者领到女舞伴面前,请她猜测代号,被猜中的就可以跟她跳舞。
③ 阿尔封斯·卡尔(1808—1890),法国作家。

的:我的恋爱对象永远穿着一身铜打的衣服。我们不是把她脱个精光,而是极力遮盖她赤裸的身体,像挪亚的好儿子①一样。嗨,反正你们不会了解……"

"不要听他的。后来呢?"我们中间的一个男人问道。

"好吧。我就这样尽跟她跳,没有注意时光是怎么过去的。乐师们早已累得要命——你们知道,舞会快结束时总是这样——翻来覆去地演奏玛祖尔卡舞曲。老先生和老太太们已经从客厅里的牌桌旁边站起来,等待吃晚饭,仆人拿着东西,更频繁地来回奔走着。这时是两点多钟。必须利用最后几分钟。我再一次选定了她,我们沿着舞厅跳到一百次了。

"'晚饭后还跟我跳卡德里尔舞吗?'我领着她回她的座位时问。

"'当然,只要家里人不把我带走。'她笑眯眯地说。

"'我不让带走。'我说。

"'扇子可要还给我。'她说。

"'舍不得还。'我说,同时递给她那把不大值钱的白扇子。

"'那就送您这个吧,您不必舍不得了。'说着,她从扇子上扯下一小片羽毛给我。

"我接过羽毛,只能用眼光表示我的全部喜悦和感激。我不但愉快和满意,甚至感到幸福、陶然,我善良,我不是原来的我,而是一个不知有恶、只能行善的超凡脱俗的人了。我把那片羽毛塞进手套,呆呆地站在那里,再也离不开她。

"'您看,他们在请爸爸跳舞。'她对我说道,一边指着她那身材

---

① 见《旧约·创世记》第九章。有一次挪亚喝醉酒,光着身子入睡,他的儿子闪和雅弗用衣服给他盖上。

魁梧端正、戴着银色肩章的上校父亲,他正跟女主人和其他的太太们站在门口。

"'瓦莲卡,过来。'我们听见戴钻石头饰、露出伊丽莎白式肩膀的女主人的响亮声音。

"瓦莲卡往门口走去,我跟在她后面。

"'我亲爱的,劝您父亲跟您跳一跳吧。喂,彼得·弗·拉季斯拉维奇,请!'女主人转向上校说。

"瓦莲卡的父亲是一个器宇不凡的老人,长得端正、魁梧,神采奕奕。他的脸色红润,留着两撇雪白的、尼古拉一世式的尖端拳曲的唇髭和同样雪白的、跟唇髭连成一片的络腮胡子,两鬓的头发向前梳着,他那明亮的眼睛里和嘴唇上,也像他女儿一样露出亲切快乐的微笑。他生就一副堂堂的仪表,宽阔的胸脯照军人的派头高挺着,胸前挂了不多几枚勋章,此外他还有一副健壮的肩膀和两条匀称的长腿。他是一位具有尼古拉一世风采的宿将型的军事长官。

"我们走近门口的时候,上校推辞说,他对于跳舞早已荒疏,不过他还是笑眯眯地把手伸到左边,从刀剑带上取下佩剑,交给一个殷勤的青年人,右手戴上麂皮手套。'一切都要合乎规矩。'他含笑说,然后握住女儿的一只手,微微转过身来,等待着拍子。

"等到玛祖尔卡舞曲开始的时候,他灵敏地踏着一只脚,伸出另一只脚,于是他的魁梧肥硕的身体就一会儿文静从容地,一会儿带着靴底踏地声和两脚相碰声,啪哒啪哒地、猛烈地沿着舞厅转动起来了。瓦莲卡的优美的身子在他的左右翩然飘舞,她及时地缩短或放长她那穿白缎鞋的小脚的步子,灵巧得叫人难以察觉。全厅的人都在注视这对舞伴的每个动作。我不仅欣赏他们,而且受了深深的感动。使我格外感动的是他那用裤脚带①扣得紧紧的靴子,那是一双上好的小牛皮靴,但不是时兴的尖头靴,而是老式的、没有后跟的方头靴。这双靴子分明是部队里的靴匠做的。'为了把他的爱女带进社交界和给她穿戴打扮,他不买时兴的靴子,只穿自制的靴子。'我想;所以这双方头靴格外使我感动。他显然有过舞艺精湛的时候,可是现在身体发胖,要跳出他竭力想跳的那一切优美快速的步法,腿部的弹力已经不够。不过他仍然巧妙地跳了两圈。他迅速地叉开两腿,重又合拢来,虽说不太灵活,他还能跪下一条腿。她微笑着理了理被他挂住的裙子,从容地绕着他跳了一遍,这时候,所有的人都热烈鼓掌了。他有点吃力地站立起来,温柔亲热地抱住女儿的后脑,吻吻她的额头,随后领她到我身边,他以为我要跟她跳舞。我说,我不是她的舞伴。

"'呃,反正一样,您现在跟她跳吧。'他说,一边亲切地微笑着,将佩剑插进刀剑带里。

"瓶子里的水只要倒出一滴,其余的便常常会大股大股地跟着往外倾泻;同样,我心中对瓦莲卡的爱,也把蕴藏在我内心的全部爱的力量释放出来了。那时我真是用我的爱拥抱了全世界。我也爱那戴着头饰、露出伊丽莎白式的胸脯的女主人,也爱她的丈夫、她的客人、她的仆役,甚至那个对我板着脸的工程师阿尼西莫夫。至于对她的父亲,连同他的家制皮靴和像她一样的亲切的微笑,当时我更是体验到一种深厚的温柔的感情。

"玛祖尔卡舞结束之后,主人夫妇请客人去用晚饭,但是Б上

---

① 缝在裤脚口的带子,捆在鞋跟和鞋掌之间的地方,以免人坐下时裤脚往上吊,露出袜子来。

校推辞说,他明天必须早起,就向主人告别了。我唯恐连她也给带走,幸好她跟她母亲留下了。

"晚饭以后,我跟她跳了她事先应许的卡德里尔舞,虽然我似乎已经无限地幸福,而我的幸福还是有增无已。我们完全没谈爱情。我甚至没有问问她,也没有问问我自己,她是否爱我。只要我爱她,在我就足够了。我只担心一点——担心有什么东西破坏我的幸福。

"等我回到家中,脱下衣服,想要睡觉的时候,我就看出那是绝不可能的事。我手里有一小片从她的扇子上扯下的羽毛和她的一只手套,这只手套是她离开之前,我先后扶着她母亲和她上车时,她送给我的。我望着这两件东西,不用闭上眼睛,便能清清楚楚地回想起她来:或者是当她为了从两个男舞伴中挑选一个而猜测我的代号,用可爱的声音说出'骄傲?是吗?',并且快活地伸手给我的时候;或者是当她在晚餐席上一点一点地呷着香槟,皱起眉头,用亲热的眼光望着我的时候;不过我多半是回想她怎样跟她父亲跳舞,她怎样在他身边从容地转动,露出为自己和为他感到骄傲与喜悦的神态,瞧了瞧欣然赞赏的观众。我不禁对他和她同样发生柔和温婉的感情了。

"当时我和我已故的兄弟单独住在一起。我的兄弟向来不喜欢上流社会,不参加舞会,这时候又在准备学士考试,过着极有规律的生活。他已经睡了。我看看他那埋在枕头里面、叫法兰绒被子遮住一半的脑袋,不觉对他动了怜爱之心。我怜悯他,因为他不知道也不能分享我所体验到的幸福。服侍我们的农奴彼得鲁沙拿着蜡烛来接我,他想帮我脱下外衣,可是我遣开了他。我觉得他的睡眼惺忪的面貌和蓬乱的头发使人非常感动。我极力不发出声响,踮起脚尖走进自己房里,在床沿坐下。不行,我太幸福了,我没法睡。加之我在炉火熊熊的房间里感到闷热,我就不脱制服,轻轻地走进前厅,穿上大衣,打开通向外面的门,走到街上去了。

"我离开舞会是四点多钟,等我到家,在家里坐了一坐,又过了两个来钟头,所以,我出门的时候,天已经亮了。那正是谢肉节的天气,有雾,饱含水分的积雪在路上融化了,所有的屋檐都在滴水。当时Б家住在城市的尽头,靠近一大片空地;空地的一头是人们游息的场所,另一头是女子中学。我走过我们的冷僻的胡同,来到大街上,这才开始碰见行人和装运柴火的雪橇,雪橇的滑木触到了路面。①马匹在光滑的木轭下有节奏地摆动着湿漉漉的脑袋,车夫们身披蒲席,穿着肥大的皮靴,跟在货车旁边扑嚓扑嚓地行走,沿街的房屋在雾中显得分外高大——这一切都使我觉得特别可爱和有意思。

"我走到Б宅附近的空地,看见靠游息场所的一头有一大团黑糊糊的东西,听到从那边传来笛声和鼓声。我一直满心欢畅,有时玛祖尔卡舞曲还在我耳边萦绕。但这里是另一种音乐,一种生硬难听的音乐。

"'这是怎么回事?'我想,随即沿着空地当中一条由车马碾踏出来的溜滑的道路,朝着发出声音的方向走去。走了一百来步,我开始从雾霭中看出那里有许多黑色的人影。显然是一群士兵。'大概在上操。'我想,便跟一个身穿油迹斑斑的短皮袄和围裙、手上拿着东西、走在我前头的铁匠一起,更往前走近些。士兵们穿着黑军服,面对面地分两行持枪立定,一动也不动。鼓手和吹笛子的站在

---

① 说明春天来到,积雪不深。

他们背后,不停地重复那支令人不快的、刺耳的老调子。

"'他们这是干什么?'我问那个站在我身边的铁匠。

"'对一个鞑靼逃兵用夹鞭刑①。'铁匠瞧着远处的行列尽头,愤愤地说。

"我也朝那边望去,看见两行士兵中间有个可怕的东西正在向我逼近。向我逼近来的是一个光着上身的人,他的双手被捆在枪杆上面,两名军士用这枪牵着他。他的身旁有个穿大衣、戴制帽的魁梧的军官,我仿佛觉得面熟。受刑人浑身痉挛着,两只脚扑嚓扑嚓地踩着融化中的积雪,向我走来,棍子从两边往他身上纷纷打下。他一会儿朝后倒,于是两名用枪牵着他的军士便把他往前一推;一会儿他又向前栽,于是军士便把他往后一拉,不让他栽倒。那魁梧的军官迈着坚定的步子,大摇大摆地,始终跟他并行着。这就是她的脸色红润、留着雪白的唇髭和络腮胡子的父亲。

"受刑人每挨一棍子,就好像吃了一惊似的,把他的痛苦得皱了起来的脸转向棍子落下的一边,露出一口雪白的牙齿,重复着两句同样的话。直到他离我很近的时候,我才听清这两句话。他不是说话,而是呜咽道:'弟兄们,发发慈悲吧。弟兄们,发发慈悲吧。'但是弟兄们不发慈悲,当这一行人走到我的紧跟前时,我看见站在我对面的一名士兵坚决地向前跨出一步,呼呼地挥动着棍子,使劲朝鞑靼人背上劈啪一声打下去。鞑靼人往前扑去,可是军士们拽住了他,接着,同样的一棍子又从另一边落在他的身上,又是这边一下,那边一下。上校在旁边走着,一会儿瞧瞧自己脚下,一

---

① 沙皇军队中惩罚兵士的笞刑。受罚者行经两排手持鞭条的兵士中间,受每人的抽打。

会儿瞧瞧受刑人。他吸进一口气,鼓起腮帮,然后噘起嘴,慢慢地吐出来。这一行人经过我站立的地方的时候,我向夹在两行士兵中间的受刑人的背脊扫了一眼。这是一个斑斑驳驳的、湿淋淋的、紫红色的、奇形怪状的东西,我简直不相信这是人的躯体。

"'天啊!'铁匠在我身边叫道。

"这一行人慢慢离远了,棍子仍然从两边落在那跟跟跄跄、浑身抽搐的人背上,鼓声和笛声仍然鸣响着,身材魁梧端正的上校也仍然迈着坚定的步子,在受刑人身边走动。突然间,上校停下来,快步走到一名士兵面前。

"'我要让你知道厉害。'我听见他用气呼呼的声音说,'你还敢糊弄吗?还敢吗?'

"我看见他举起戴麂皮手套的有力的手,给了那惊慌失措、没有多大气力的矮个子士兵一记耳光,只因为这个士兵没有使足劲儿往鞑靼人的紫红的背脊打棍子。

"'来几条新的军棍!'他一边吼叫,一边回头观看,终于看见了我。他假装不认识我,可怕地、恶狠狠地皱起眉头,连忙转过脸去。我觉得那样羞耻,不知道往哪里看才好,仿佛我有一桩最可耻的行径被人揭发了似的。我埋下眼睛,匆匆回家去了。一路上我的耳边时而响起鼓声和笛声,时而传来'弟兄们,发发慈悲吧'这句话,时而又听见上校充满自信的、气呼呼的吼声:'你还敢糊弄吗?还敢吗?'同时我感到一种近似恶心的、几乎是生理上的痛苦。我好几次停下脚步,觉得我马上就要把这幅景象在我内心引起的恐怖统统呕出来了。我不记得是怎样到家和躺下的。可是我刚刚入睡,就又听见和看到那一切,我索性一骨碌爬起来了。

"'他显然知道一件我所不知道的事情。'我想起上校,'如果我知道他所知道的那件事，我也就会了解我看到的一切，不致苦恼了。'可无论我怎样反复思索，还是无法了解上校所知道的那件事。我直到傍晚才睡着，而且是上一位朋友家，跟他一起喝得烂醉后才睡着的。

"嗯，你们以为我当时就断定了我看到的是一件坏事吗？决不。'既然这是带着那样大的信心干下的，并且人人都承认它是必要的，那么可见他们一定知道一件我所不知道的事情。'我想，于是努力去探究这一点。但是无论我多么努力，始终探究不出来。探究不出，我就不能像原先希望的那样去服军役，我不但没有进军队供职，也没有在任何地方供职，所以正像你们看到的，我成了一个废物。"

"得啦，我们知道您成了什么'废物'。"我们中间的一个男人说，"您还不如说：要是没有您，有多少人会变成废物。"

"得了吧，这完全是扯淡。"伊万·瓦西里耶维奇真正懊恼地说。

"好，那么，爱情呢？"我们问。

"爱情吗？爱情从这一天起衰退了。当她像平常那样面带笑容在沉思的时候，我立刻想起广场上的上校，总觉得有点别扭和不快，于是我跟她见面的次数渐渐减少，结果爱情便消失了。世界上就有这样的事情，它使得人的整个生活发生变化，走上新的方向。你们却说……"他结束道。

蒋路 译

契诃夫

安东·巴甫洛维奇·契诃夫(1860—1904),俄国最著名的短篇小说大师,善于用精练的语言从最平常的现象中揭示生活本质。经典之作《一个文官的死》语言含蓄幽默,把一个唯唯诺诺、胆小怕事、奴才相十足的小人物性格表现得淋漓尽致;另一名作《变色龙》是契诃夫送给世人的一面镜子。

变色龙

警官奥丘梅洛夫穿着新的军大衣,手里拿着个小包,穿过市集的广场。他身后跟着个警察,生着棕红色头发,端着一个粗箩,里面盛着没收来的醋栗,装得满满的。四下里一片寂静……广场上连人影也没有。小铺和酒店敞开大门,无精打采地面对着上帝创造的这个世界,像是一张张饥饿的嘴巴。店门附近连一个乞丐都没有。

"你竟敢咬人,该死的东西!"奥丘梅洛夫忽然听见说话声,"伙计们,别放走它!如今咬人可不行!抓住它!哎哟……哎哟!"

狗的尖叫声响起来。奥丘梅洛夫往那边一看,瞧见商人皮丘金的木柴场里蹿出来一条狗,它用三条腿跑路,不住地回头看。在它身后,有一个人追出来,穿着浆硬的花布衬衫和敞开怀的坎肩。他紧追那条狗,身子往前一探,扑倒在地,抓住那条狗的后腿。紧跟着又传来狗叫声和人喊声:"别放走它!"带着睡意的脸纷纷从小铺里探出来,不久木柴场门口就聚了一群人,像是从地底下钻出来的一样。

"好像出乱子了,长官!……"警察说。

奥丘梅洛夫把身子微微往左边一转,迈步往人群那边走过去。在木柴场门口,他看见上述那个敞开坎肩的人站在那儿,举起右手,伸出一根血淋淋的手指头给那群人看。他那张半醉的脸上露出这样的神情:"我要揭你的皮,坏蛋!"而且那根手指头本身就像是一面胜利的旗帜。奥丘梅洛夫认出这个人就是首饰匠赫留金。闹出这场乱子的祸首是一条白毛小猎狗,它尖尖的脸,背上有一块黄斑,这时候坐在人群中央的地上,前腿劈开,浑身发抖。它那含泪的眼睛里流露出苦恼和恐惧。

"这儿出了什么事?"奥丘梅洛夫挤到人群中去,问道,"你在这儿干什么?你干吗竖起手指头?……是谁在嚷?"

"我本来走我的路,长官,没招谁没惹谁……"赫留金挥着空拳头咳嗽,开口说,"我正跟米特里·米特里奇谈木柴的事,忽然间,这个坏东西无缘无故把我的手指头咬了一口……请您原谅我,我是个干活的人……我的活儿很细致。这得赔我一笔钱才成,因为我也许一个星期都不能动这根手指头了……法律上,长官,也没这么一条,说是人受了畜生的害就该忍着……要是人人都遭狗咬,那还不如别在这个世界上活着的好……"

"嗯!……好……"奥丘梅洛夫严厉地说,咳嗽着,动了动眉毛,"好……这是谁家的狗?这种事我不能放过不管。我要拿点颜色出来叫那些放出狗来闯祸的人看看!现在也该管管不愿意遵守法令的老爷们了!等到罚了款,他,这个浑蛋,才会明白把狗和别的畜生放出来有什么下场!我要给他点厉害瞧瞧!……叶尔德林,"警官对警察说,"你去调查清楚这是谁家的狗,打个报告上来!这条狗得打死才成。不许拖延!这多半是条疯狗……我问你们:这是谁家的狗?"

"这条狗像是日加洛夫将军家的!"人群里有个人说。

"日加洛夫将军家的?嗯!……你,叶尔德林,把我身上的大衣脱下来……天好热!大概快要下雨了……只是有一件事我不懂:它怎么会咬你呢?"奥丘梅洛夫对赫留金说,"难道它够得到你的手指头?它身子矮小,可是你,要知道,长得这么高大!你这个手指头多半是让小钉子扎破了,后来却异想天开,要人家赔你钱了。你这种人啊……谁都知道是个什么路数!我可知道你们这些魔鬼!"

"他,长官,把他的雪茄烟戳到它脸上去,拿它开心。它呢,不肯做傻瓜,就咬了他一口……他是个无聊的人,长官!"

"你胡说,独眼龙!你眼睛看不见,为什么胡说?长官是明白人,看得出来谁胡说,谁像当着上帝的面一样凭良心说话……我要胡说,就让调解法官①审判我好了。他的法律上写得明白……如今大家都平等了……不瞒您说……我弟弟就在当宪兵……"

"少说废话!"

"不,这条狗不是将军家的……"警察深思地说,"将军家里没有这样的狗。他家里的狗大半是大猎狗……"

"你拿得准吗?"

"拿得准,长官……"

"我自己也知道。将军家里的狗都名贵,都是良种,这条狗呢,

---

① 帝俄时代的保安法官,只审理小案子。

鬼才知道是什么东西!毛色不好,模样也不中看……完全是下贱货……他老人家会养这样的狗?!你的脑筋上哪儿去了?要是这样的狗在彼得堡或者莫斯科让人碰上,你们知道会怎样?那才不管什么法律不法律,一转眼的工夫就叫它断了气!你,赫留金,受了苦,这件事不能放过不管……得教训它们一下!是时候了……"

"不过也可能是将军家的狗……"警察把他的想法说出来了,"它脸上又没写着……前几天我在他家院子里就见到过这样一条狗。"

"没错儿,是将军家的!"人群里有人说。

"嗯!……你,叶尔德林老弟,给我穿上大衣吧……好像起风了……怪冷的……你带着这条狗到将军家里去一趟,在那儿问一下……你就说这条狗是我找着、派你送去的……你说以后不要把它放到街上来。也许它是名贵的狗,要是每个猪猡都拿雪茄烟戳到它脸上去,要不了多久就能把它作践死。狗是娇嫩的动物嘛……你,蠢货,把手放下来!用不着把你那根蠢手指头摆出来!这都怪你自己不好!……"

"将军家的厨师来了,我们来问问他吧……喂,普罗霍尔!你过来,亲爱的!你看看这条狗……是你们家的吗?"

"瞎猜!我们那儿从来也没有过这样的狗!"

"那就用不着费很多工夫去问了,"奥丘梅洛夫说,"这是条野狗!用不着多说了……既然他说是野狗,那就是野狗……弄死它算了。"

"这条狗不是我们家的,"普罗霍尔继续说,"可这是将军哥哥的狗,他前几天到我们这儿来了。我们的将军不喜欢这种狗。他老人家的哥哥却喜欢……"

"莫非他老人家的哥哥来了？弗拉基米尔·伊万内奇来了？"奥丘梅洛夫问，他整个脸上洋溢着动情的笑容，"可了不得，主啊！我还不知道呢！他要来住一阵吧？"

"住一阵……"

"可了不得，主啊！……他是惦记弟弟了……可我还不知道呢！那么这是他老人家的狗？很高兴……你把它带去吧……这条小狗怪不错的……挺伶俐……它把这家伙的手指头咬了一口！哈哈哈！……咦，你干吗发抖？呜呜……呜呜……它生气了，小坏包……好一条小狗……"

普罗霍尔把狗叫过来，带着它离开了木柴场……那群人对着赫留金哈哈大笑。

"我早晚要收拾你！"奥丘梅洛夫对他威胁说，然后把身上的大衣紧紧裹了裹，穿过市集的广场，径自走了。

汝龙 译

一个文官的死

在一个挺好的傍晚，有一个也挺好的庶务官，名叫伊万·德米特里奇·切尔维亚科夫，坐在戏院正厅第二排，举起望远镜，看《哥纳维勒的钟》。他一面看戏，一面感到心旷神怡。可是忽然间……在小说里常常可以遇到这个"可是忽然间"。作者们是对的：生活里充满多少意外的事啊！可是忽然间，他的脸皱起来，眼珠往上翻,呼吸停住……他取下眼睛上的望远镜,低下头去,于是……啊嚏!!! 诸位看得明白,他打了个喷嚏。不管是谁,也不管是在什么地方,打喷嚏总归是不犯禁的。农民固然打喷嚏,警察局长也一样打喷嚏,就连三品文官偶尔也要打喷嚏。大家都打喷嚏。切尔维亚科夫一点也不慌,拿出小手绢来擦了擦脸,照有礼貌的人的样子往四下里瞧一眼,看看他的喷嚏搅扰别人没有。可是这一看不要紧,他心慌了。他看见坐在他前边,也就是正厅第一排的一个小老头正用手套使劲擦他的秃顶和脖子,嘴里嘟嘟哝哝。切尔维亚科夫认出小老头是在交通部任职的文职将军布里兹扎洛夫。

"我把唾沫星子喷在他身上了!"切尔维亚科夫暗想,"他不是我的上司,是别处的长官,可是这仍然有点不合适。应当赔个罪才是。"

切尔维亚科夫就嗽一下喉咙,把身子向前探出去,凑着将军的耳根小声说:

"对不起,大人,我把唾沫星子溅在您身上了……我是出于无心……"

"没关系,没关系……"

"请您看在上帝面上原谅我。我本来……我不是有意这样!"

"哎,您好好坐着,劳驾!让我听戏!"

切尔维亚科夫心慌意乱,傻头傻脑地微笑,开始看舞台上。他在看戏,可是他再也感觉不到心旷神怡了。他开始惶惶不安,定不下心来。到休息时间,他走到布里兹扎洛夫跟前,在他身旁走了一会儿,压下胆怯的心情,叽叽咕咕说:

"我把唾沫星子溅在您身上了,大人……请您原谅……我本来……不是要……"

"哎,够了……我已经忘了,您却说个没完!"将军说,不耐烦地撇了撇下嘴唇。

"他忘了,可是他眼睛里有一道凶光啊,"切尔维亚科夫暗想,怀疑地瞧着将军,"他连话都不想说。应当对他解释一下,说我完全是无意的……说这是自然的规律,要不然他就会认为我是有意啐他。现在他不这么想,可是过后他会这么想的!"

切尔维亚科夫回到家里,就把他的失态告诉他的妻子。他觉得妻子对待所发生的这件事似乎过于轻率。她先是吓一跳,可是后来听明白布里兹扎洛夫是"在别处工作"的,就放心了。

"不过你还是去一趟,赔个不是的好,"她说,"他会认为你在大庭广众之下举动不得体!"

"说的就是啊!我已经赔过不是了,可是不知怎么,他那样子有点古怪……他连一句合情合理的话也没说。不过那时候也没有工夫细谈。"

第二天,切尔维亚科夫穿上新制服,理了发,到布里兹扎洛夫那儿去解释……他走进将军的接待室,看见那儿有很多人请托各种事情,将军本人夹在他们当中,开始听取各种请求。将军问过几个请托事情的人以后,就抬起眼睛看着切尔维亚科夫。

"昨天,大人,要是您记得的话,在'乐园'里,"庶务官开始报告说,"我打了个喷嚏,而且……无意中溅您一身唾沫星子……请您原……"

"简直是胡闹……上帝才知道是怎么回事!您有什么事要我效劳吗?"将军扭过脸去对下一个请托事情的人说。

"他话都不愿意说!"切尔维亚科夫暗想,脸色发白,"这是说,他生气了……不行,这种事不能就这样丢开了事……我要对他解释一下……"

等到将军同最后一个请托事情的人谈完话,举步往内室走去,

切尔维亚科夫就走过去跟在他身后,叽叽咕咕说:

"大人!倘使我斗胆搅扰大人,那我可以说,纯粹是出于懊悔的心情!……这不是故意的,您要知道才好!"

将军做出一副要哭的脸相,摇了摇手。

"您简直是在开玩笑,先生!"他说着,走进内室去,关上身后的门。

"这怎么会是开玩笑呢?"切尔维亚科夫暗想,"根本连一点开玩笑的意思也没有啊!他是将军,可是竟然不懂!既是这样,我也不想再给这个摆架子的人赔罪了!去他的!我给他写封信就是,反正我不想来了!真的,我不想来了!"

切尔维亚科夫这样想着,走回家去。那封给将军的信,他却没有写成。他想了又想,怎么也想不出这封信该怎样写才对。他只好第二天亲自去解释。

"我昨天来打搅大人,"他等到将军抬起问询的眼睛瞧着他,就叽叽咕咕说,"并不是像您所说的那样为了开玩笑。我是来道歉的,因为我打喷嚏,溅了您一身唾沫星子……至于开玩笑,我想都没想过。我敢开玩笑吗?如果我们居然开玩笑,那么结果我们对大人物就……没一点敬意了……"

"滚出去!!"将军脸色发青,周身打抖,突然大叫一声。

"什么?"切尔维亚科夫低声问道,吓得愣住了。

"滚出去!!"将军顿着脚,又说一遍。

切尔维亚科夫肚子里似乎有个什么东西掉下去了。他什么也看不见,什么也听不见,退到门口,走出去,到了街上,慢腾腾地走着……他信步走到家里,没脱掉制服,往长沙发上一躺,就此……死了。

汝龙 译

高尔基

玛克西姆·高尔基(1868—1936),苏联时期俄罗斯著名作家,幼年丧父,十一岁时就开始到"人间"谋生。自传体三部曲《童年》《在人间》《我的大学》是俄国最优秀的自传文学之一,《二十六个和一个》《没有冻死的男孩和女孩》被公认为是他的短篇杰作。

没有冻死的男孩和女孩

很久以来,在圣诞节故事里,每年总是让几个穷苦的男孩和女孩冻死。传统的圣诞节故事中的男孩和女孩,通常是站在某座大厦的窗前,隔着玻璃瞅着豪华房间里灯火辉煌的枞树,尔后感受了种种辛酸和痛苦,便冻死了。

虽然这些圣诞节故事的作者对自己作品中的人物是那么残酷无情,但我能理解他们的好意。我知道,他们让穷孩子冻死,为的是让那些有钱人家的孩子记起穷孩子的存在。但是要是让我来写的话,我是不忍心让任何一个贫苦的男孩或女孩冻死的,即使这样做的目的十分可敬……

我自己从没挨过冻,也从未亲眼见过贫苦的男孩或女孩冻死时的情景,我担心在描写挨冻的感受时会闹出什么笑话来……况且,让一个活人冻死,目的只是让另一个活人想到前者的存在,我心里总觉得不是滋味……

这就是为什么我要讲没有冻死的男孩和女孩的故事的原因。

那是一个圣诞节的晚上,约摸六点钟光景。寒风呼啸,卷起一团团轻云薄雾似的飞雪。它们变幻莫测,美丽而轻盈,像一片片揉皱了的薄纱,四下飘扬。飞雪落到行人脸上,像冰针一般,把人们的面颊刺得生疼。雪密密麻麻地撒在马脸上——马摇晃着脑袋,大声打着响鼻儿,从鼻孔里喷出一股股的热气……挂着霜的电线,像白绒捻成的线绳……天空晴朗,繁星闪烁。星星是那么明亮,仿佛天黑之前有人用刷子和白粉用力地把它们擦干净了似的。实际上,这当然是不可能的。

大街上喧嚣而热闹。马儿在奔跑,行人川流不息,有的行色匆匆,有的不慌不忙。显然,这是由于前者有急事要办,或是没有暖和的大衣;而后者却无所事事,无牵无挂,他们不仅有暖和的外套,甚至还有皮大衣呢。

两个衣衫褴褛的孩子,跑到一个穿着毛茸茸的皮领大衣踱着方步的老爷跟前。他无忧无虑、神气十足,孩子像两个破布团似的在他脚边转来转去,用悲切的声音一唱一和地央告着:

"好老爷……"女孩拉长了清脆的声音。

"老爷,先生……"男孩用嘶哑的声音给她帮腔。

"给穷孩子几个钱吧……"

"过节啦!给个戈比买面包吧!……"末了他们两个齐声说。

这就是我要写的小主人公——两个贫苦的孩子,男孩叫米什卡·普雷希,女孩叫卡季卡·里亚巴娅……①

---

① 为了不致使有教养的读者认为有伤体面,我建议把我的主人公改称米舍尔和卡特里亚——作者原注。按:男孩的姓普雷希意为"小脓包",女孩的姓里亚巴娅意为"小麻子"。

那位老爷走着,孩子们围着他迅速地转来转去,不时挡住他的去路。卡季卡喘着气,怀着焦急的期待心情,一再小声央告着:"给个钱吧!……"而米什卡则尽量拦住那位老爷,不让他走。

当他们把这位老爷弄得很不耐烦的时候,老爷就解开皮大衣,掏出钱袋,用鼻子呼哧着,同时把钱袋凑到眼前。然后,他取出一枚硬币,塞到那只向他伸过来的又小又脏的手里。

这两个衣衫褴褛的小孩立即离开那位穿皮大衣的老爷,一下子就消失了,但很快又出现在一家大门的门洞里。他们紧偎在一起,不时默默地望着街道两旁。

"还好,警察没看见咱们,鬼东西!……"穷苦的男孩米什卡非常得意地小声说。

"他到马车那边去了,拐弯了……"他的小女伴回答,"那个老爷给了多少钱?"

"十戈比银币!"米什卡淡淡地说。

"一共有多少了?"

"七十二个戈比!"

"哎呀,有那么多啦!……冷极了……咱们马上回家好吗?"

"别忙!"米什卡迟疑地说,"你小心,这会儿别跑出去,不然警察会发现你,抓你,揪你的头发……瞧,驳船来了!快上!"

"驳船"原来是指一位披着斗篷的太太。从这里可以清楚地看出,米什卡是一个没有教养、对大人很不尊敬的顽皮孩子。

"亲爱的太—太……"他拖着腔调说。

"看在基督的面上,给几—个钱吧!……"卡季卡也拉长了声调。

"给了三个戈比,真大方!哼!……这个鬼东西!"米什卡骂了一声,又钻进门洞里去了。

　　街上依旧是飞雪弥漫,寒风越刮越紧。电线杆喑哑地呜呜叫着,雪在雪橇滑木下尖声地吱吱叫着,街道远处传来了妇女们爽朗而清脆的笑声……

　　"安菲莎姨妈今天还会喝醉吗?"卡季卡一边更紧地挨着她的伙伴,一边问道。

　　"那还用说!她干吗不喝呀!会喝醉的……"米什卡大模大样地回答。

　　寒风把屋顶上的雪往下刮着,好像在轻轻地哼着圣诞节的小调。不知什么地方的门咯吱一声,玻璃门又乒乓响了一下,接着就有人响亮地叫唤道:

　　"马车夫!"

　　"咱们也回家吧!"卡季卡提议。

　　"得了吧!你又叫起苦来了!……回家有什么好呀?"米什卡小大人似的反驳她。

　　"暖和……"卡季卡简短地解释。

　　"暖和!……"她的伙伴学着她的腔调说,"可是大伙儿聚在一起,他们就会强迫你跳舞——有什么好的?要不就用伏特加酒灌你,你又得吐啦……还要回家呢!……"

　　米什卡摆出一副了不起的、自以为一贯正确的神气,缩了缩脖子。卡季卡则瑟瑟地发着抖,打了个呵欠,蹲在门洞的角落里。

　　"别吭声……觉得冷——就忍一忍……不要紧!朋友,咱们会好好吃上一顿暖和暖和的……我可是知道!朋友,我想要……"

　　米什卡故意停了下来,想使他的同伴对他要干的事发生兴趣。可是卡季卡却无动于衷,她缩得更紧了。这时,米什卡有些不安地警告她说：

"卡丘什卡①?！你要小心点儿，可别睡着……不然，你会冻坏的！"

"不会……我不要紧……"卡季卡回答，牙齿直打战。

卡季卡要不是同米什卡在一起，很可能就冻死了。这个淘气包很有经验，他千方百计地不让她遭到这种在圣诞节之夜经常发生的不幸。

"你站起来吧！不然更糟。你多站一会儿，冷就拿你没办法。寒气对付不了大家伙……你看，马从来就冻不着。可是人比马小……就容易冻着……我说，你还是站起来吧！挣够一个卢布——咱们就回家！"

卡季卡站起来，冻得浑身发抖。

"真是太冷了……真冷……"她小声嘀咕着。

确实，天气变得愈来愈冷了。雪雾逐渐变成稠密的打着旋的雪团，在街上滚来滚去，忽而形成一根根银白色的柱子，忽而又像一条条镶满钻石的华丽的长带子……当它们在路灯上面盘旋，或是飞过灯火辉煌的商店的橱窗时，它们闪烁着五彩缤纷的火花，寒光熠熠，光彩夺目，那景象真是令人赞赏不已。

尽管这些景象非常美丽，可是我们这两位小主人公却丝毫不感兴趣。

米什卡从门洞里伸出头来说："瞧！有人来啦！一大帮人！……卡季卡，别错过好机会！"

卡季卡连滚带爬地跑到街上，断断续续用颤抖的声音说："好

---

① 卡丘什卡是卡季卡的爱称。

心的先生们!"

"请给穷—孩子……"米什卡刚接上口便突然尖声叫起来,"卡丘什卡,快跑!!"

"好哇,是你们呀!我要把你—你—你们!……"一个高个子警察出现在人行道上,大声地叫嚷着,嘴里发出咝咝的声音。

可是两个孩子已经跑得无影无踪了。他们像两个蓬松的大球,从他身边滚开不见了。

"跑了,小鬼头!"警察嘟囔着,顺着街道扫了一眼,又温和地笑了起来。

两个小鬼头嘻嘻哈哈地跑着。卡季卡被她的破衣烂衫绊着,常常摔倒,嘴里叫道:"颠(天)啊!又摔倒了……"

她爬起来,一面笑着,一面害怕地回头看看。

"追上来了吗?……"她问。

米什卡叉着腰,放声大笑,他老是撞到行人身上,被人敲了好几下脑壳。

"瞧—你真会翻跟头!……够了……去你的吧!喂,你这个傻瓜!摔倒了!……颠(天)啊!又摔倒了!得了得了,真可笑!……"

卡季卡摔跤的样子,使米什卡变得和气起来。

"这会儿他追不上了,走慢一点吧!他……没什么……是个好人……上次那一个,吹起哨子来……我拔腿就跑——一头撞在打更的怀里!……脑门子碰在梆子上,咔嚓一响……"

"我记得!还起了个……大包哩……"卡季卡又咯咯地笑了起来。

"好啦!"米什卡认真地说,"得啦,说点正经的吧……"

他们俩肩并肩一步一步地走着,就像那些严肃和有心事的人一样。

"刚才我对你撒谎来着……那个老爷给了二十戈比的银币……以前也撒了谎……免得你说——该回家了。今天真是够走运的!你知道,一共得了多少钱吗?一卢布零五戈比!真不少啦!……"

"是—是嘛!……"卡季卡喃喃地说,"如果在旧货摊上……用这么多钱,大概够买双短靴了……"

"得了,短靴!短靴我给你偷一双……你等等……我早就看上一双了……等等,我会把它偷到手的……你听着……现在咱们上馆子去……懂吗?"

"姨妈准会知道的,又得像上次一样……揍咱们一顿!……"卡季卡心事重重地慢慢地说;但她的声音中,毕竟已经流露出由于即将得到温饱而产生的快乐情绪。

"揍一顿?不会的!我们找一家谁也不认得的小饭馆。"

"那就好!……"卡季卡满怀希望地小声说。

"这么着……我们先买半磅香肠,——得要八个戈比;一磅白面包,——要五戈比……这一共得花……十三戈比!再买三戈比一个的酥皮点心……买两个——要六戈比;这已经是——十九戈比了!还要一份茶①,六戈比……一共花掉二十五戈比!哎!还剩下……"

米什卡停下不说了。卡季卡疑惑而认真地看着他的脸。

"这样花得太多了……"她怯生生地说。

"别说啦……慢着……一点儿也不多……还少呢。我们再吃

---

① 一份茶,带两把茶壶,一壶盛水,一壶泡茶。

掉八戈比……一共三十三个！快走！现在正是欢欢喜喜过节的时候……还剩下……如果花掉二十五戈比……那么还有八个十戈比的银币……如果花掉三十三戈比……那么还有七十多戈比！你看还有多少！这个老巫婆还要什么呢？走吧！……快！……"

他们手拉着手,蹦蹦跳跳地沿着人行道跑去。风雪迎面扑来,使他们睁不开眼。有时一团团白云似的飞雪盖满他们的全身,把他们小小的身子裹在晶莹透明的雪雾里,他们冲破它,快步跑着,急于要找到一个温暖的地方饱餐一顿。

过了一会儿,卡季卡又说话了："你知道吗,"她跑得太快,连气都喘不过来了,"随你的便,可是姨妈要是知道了……我就说,这些都是……你的主意……随你的便好了！你只要一跑掉,就没事了……可我就得倒霉……她总是能抓住我……打我比打你更狠……她不喜欢我……我就这么说,你小心点儿！……"

"走吧！你就那么说好了！"米什卡点点头说,"打我一顿,过两天就没事了……没关系……你就说吧……"

他显得神气十足,脑袋朝后一仰,一面吹着口哨,一面往前走。他面容消瘦,有一对狡黠的、孩子们所没有的、神情冷漠的眼睛,他的鼻子是尖尖的,有点鹰钩形。

"这里就有小饭馆……有两家！进哪一家呢？"

"进矮的那家。不,先到小店去一趟……走！"

于是,他们在小店里买了事先商量好的那些东西,然后走进那家饭馆里去。

馆子里烟雾腾腾,弥漫着酸臭、熏人的气味。在浓密的烟雾中,一些马车夫、流浪汉、士兵坐在桌子旁边,几个相当脏的堂倌迅速地在桌子之间穿来穿去,人们在这里又嚷又唱又骂,乱哄哄地吵成了一片……

米什卡一眼就发现了角落里的一张空桌子,他敏捷地绕了几绕来到桌子跟前,很快脱去了衣服,走到柜台旁边。卡季卡也脱去外衣,不时胆怯地看看四周。

"叔叔!"米什卡对掌柜说,"请给我来份茶!"他轻轻地用拳头敲了一下柜台。

"你要茶吗?好吧!自己拿吧……自己去打开水……注意可别打破东西。不然我就把你……"

但是米什卡已经跑去打开水了。

大约过了两分钟,他大大方方地同自己的小女伴坐在桌旁,身子靠在椅背上,像一个干了很多活的赶大车的那样,显出一副了不起的神情——聚精会神地用马合烟草卷着纸烟。卡季卡注视着他,佩服他能在公共场合这样举止从容。她自己却无论如何也不能习惯酒店里那种强烈的震耳欲聋的手风琴声。她暗地里提心吊胆,生怕有人把他们两个"掐着脖子"撵出去,或者还会发生更糟的事。但是她不愿意在米什卡面前流露出自己这种暗自担忧的心情。于是她用两只小手抚摸着自己亚麻色的头发,竭力装出一副随随便便、满不在乎的样子,往四下看着。这种努力使她肮脏的脸颊不时地泛出红晕,使她那双蓝色的小眼睛羞涩地眯缝起来。可是米什卡极力模仿扫院子的西格涅伊的腔调和话语,郑重其事地教着她。尽管西格涅伊是个酒鬼,不久前还因为偷窃案刚刚坐完三个月的牢,但在米什卡眼里,他是个挺有气派的人。

"比如,就拿你讨饭来说吧……你怎么个讨法呢?假如你只会讲实话:'请给—几个钱吧,给—几个钱吧!……'那一点也没用。难道这样能行吗?你得在他,在过路人的跟前转来转去……你得老缠着他,让他怕你把他绊倒了……"

"那我以后就这么办……"卡季卡顺从地应着。

"那就好!……"她的伙伴神气地点了点头,"就该这样。还有,比如说,如果安菲莎姨妈……安菲莎算个什么人呀?……第一,她是个酒鬼!再说呢……"

米什卡坦率地说出了安菲莎姨妈是个什么人。

卡季卡肯定地点点头,完全同意米什卡的看法。

"比方,你不想听她的……但不能直说。你得这么对她说:'我,好姨妈,没什么……我听你的话……'那就是说,你得先堵住她的大嗓门儿。然后你想干什么,就干什么……就该这样……"

米什卡不吭声了,煞有介事地搔搔肚皮,像西格涅伊讲完话时那样。他再也没什么话题了。于是他晃了一下脑袋说:

"好啦,咱们吃吧……"

"吃吧!"卡季卡表示同意,她早就在用贪婪的目光打量那些面包和香肠了。

于是他们就这样,在潮湿的、气味难闻的饭馆里,在几盏被熏得黑黑的油灯所发出的昏暗的光线下,在谩骂和歌唱的喧嚣声中,开始进晚餐。他们两个兴致勃勃、津津有味、不紧不慢地吃着,像那些讲究吃喝的行家一样。有时卡季卡没掌握好分寸,贪婪地咬下一大块,她的腮帮便顿时鼓起来,眼睛也可笑地睁得圆圆的,这时,老练的米什卡便讥讽地低声数落她:

"瞧你,姑奶奶,吃得太猛啦!……"

这使卡季卡十分难为情,她赶快把那块香甜可口的食物嚼一嚼咽了下去,差点儿没噎住。

好了,就这些了。现在我可以放心地让这两位小主人公去过他们的圣诞之夜了。请相信我,他们已经不会冻死了!他们过得好好的……我何必要让他们冻死呢?

依我看,让那些完全有可能死得更简单更自然的孩子冻死,是极其荒谬的。

谭得伶 译

阿·托尔斯泰

阿列克谢·托尔斯泰(1882—1945),俄罗斯著名作家,主要作品有长篇三部曲《苦难的历程》和历史小说《彼得大帝》。《俄罗斯人的性格》是其短篇名作,歌颂了普通俄罗斯人在民族灾难降临之时所表现出的人性之美,感人至深。

俄罗斯人的性格

俄罗斯人的性格!对一个篇幅不长的故事来说,这个题目未免太大了。可又有什么办法呢?我正是想要和你们谈谈俄罗斯人的性格啊!

俄罗斯人的性格!你来写写看……讲英勇事迹吗?英勇事迹太多了,你都不知该挑哪件来讲才好。好在我的一个朋友对我讲了他个人生活中的一段小故事,帮了我的大忙。至于他是怎样打德国鬼子的,我在这里就不说了,虽然他不仅佩戴着一枚金星,而且半边胸脯都挂满了勋章。他是一个老老实实、不声不响、平平凡凡的人,原是萨拉托夫州伏尔加河边一个村的集体农庄庄员。但是他体魄健壮,身材匀称,潇洒英俊,所以十分出众。每当他从坦克炮塔里钻出来的时候,简直就如战神一般,叫人越看越爱看!他从坦克跳到地面,把头盔从汗湿的鬈发上摘下来,用破布擦着被弄脏了的脸,总是露出发自内心的友好微笑。

战场上,死神朝夕在身边转悠。一个人会变得更好一些,所有表面的枝节东西都会像晒掉的皮肤一样从他身上脱落下去，剩下来的是人的本性。自然，有些人的本性比较刚强，有些人的本性柔弱一点儿。但是，即使本性有缺陷的人也都努力向没有缺陷的人看齐，因为每个人都希望自己能够做一个忠实的好同志。不过我的朋友叶戈尔·德略莫夫在战前就已经是一个品行端正的人。他非常敬爱自己的母亲玛利娅·波莉卡尔波芙娜和自己的父亲叶戈尔·叶戈罗维奇。他说："我的父亲是一个老成持重的人，他最主要的特点是非常自重。他对我说：'孩子，你将来会看到很多大世面，也会出国，不过你时时刻刻都要为自己是个俄罗斯人而感到自豪……'"

他有一个未婚妻，也是伏尔加河边他那个村的人。我们有些人经常谈论老婆和未婚妻，特别是当前线战事稍停，天寒地冻，掩蔽壕里的小油灯冒着青烟，小炉子烧得噼啪发响，大家都吃完晚饭的时候。他们聊得那样神乎其神，叫你听得把耳朵都支了起来。比如，他们先从"什么叫爱情"谈起。一个人说："爱情是在尊敬的基础上产生出来的……"第二个人说："才不是哩！爱情是一种习惯。一个人不仅爱老婆，也爱父母，甚至还爱动物……"第三个人接着说："去你的吧！简直是乱弹琴！爱情，这就是说你浑身上下都热得像开了锅，走起路来就像喝多了酒那样飘飘然的……"议论就这样一连一两个小时地进行着，直到司务长出面，用权威性的口吻对这个问题的实质下个定义为止。叶戈尔·德略莫夫大概是不好意思谈论这类事情，所以只是随口对我提了一下他的未婚妻。他说，她是个好姑娘，既然已经答应过要等他，哪怕他缺了一条腿回去，这姑娘也不会变心的……

他也不喜欢谈论自己的战功。"谁愿意回想这些事情！"往往这样说完之后,他便皱着眉头抽起烟来。他那辆坦克的战斗事迹我们是从机组的其他人员那里听来的,驾驶员丘维略夫所讲的事让听的人特别惊叹佩服。

"知道吗？我们的队形刚散开,我一瞧,嗨,从小山包后面爬出一辆大家伙来了……我大叫一声:'中尉同志,一只老虎①!'他喊道:'全速前进!'我立刻开着坦克在枞树林子里隐蔽前进,一会儿向左,一会儿向右……老虎像瞎子似的把炮筒乱瞄一气儿,开了一炮,没打中我们……这时中尉同志猛地给它侧面来了一炮……当时便铁片横飞！接着再照着它的炮塔来了一炮,它的炮筒一下子就撅了起来……挨了第三炮之后,老虎浑身上下的裂缝都冒出烟来了,火苗往上蹿得有一百米高……老虎机组的鬼子从备用舱口往外爬……万卡·拉普辛用机枪对着他们扫射……鬼子一个个都躺在地上蹬腿啦！……前进道路上的障碍已经扫除,我们五分钟之后便冲进了村子。在那里我肚子都笑疼了……法西斯匪徒东奔西逃……别看地面上是一片烂泥,可你瞧,有个鬼子只穿着袜子没穿鞋就从屋里跳出来,撒丫子就跑。鬼子们全都往一个板棚跑去。中尉同志命令我:'对着板棚冲!'我们把炮筒掉转过来之后,我便开足马力向板棚撞去……我的老天爷哟！房梁、木板、砖头,还有躲在板棚房顶下面的法西斯鬼子全都轰隆轰隆,噼啪噼啪地往坦克甲板上掉……我呀,还来回地碾了一遍,剩下来的鬼子全都举手投降,嘴里喊着:'希特勒完蛋了！'"

中尉就这样战斗到他出事为止。在库尔斯克战役中,当德国鬼子已经被打得落花流水、溃不成军的时候,他的坦克在小山冈上

---

① 指德国坦克。

的一片麦地里中了弹,机组有两名战士当场牺牲。中了第二弹后,坦克着起火来。驾驶员丘维略夫一捧一捧地往他脸上、头上、衣服上撒土灭火,后来又拖着他爬过一个又一个弹坑到救护站去。丘维略夫后来说:"我当时为什么要拖着他走呢?因为我听见他的心还在跳哪……"

叶戈尔·德略莫夫活了下来,居然还没有变成瞎子,尽管他脸上烧得有些地方都露出了骨头。他在医院里躺了八个月,做了一次又一次整形手术,医生给他重新做了鼻子、嘴唇、眼睑和耳朵。八个月之后拆掉绷带的时候,他看见了自己这张已经完全不是原来样子的面孔。那个把一面小镜子递给他的护士,把身子转了过去,抽泣起来。他立即把镜子还给了她。

他说:"这还不算是最糟糕的事。就这副嘴脸也一样能活下去。"

不过他再也不向护士借镜子了,只是经常用手去抚摩自己的脸,好像是要逐渐习惯它。体格检查委员会认为他现在只宜于干非战列勤务。为了这件事他去见将军,对将军说:"请您批准我回团归队。"将军回答说:"可你是个残废人呀!""我绝不是个残废人,只不过是个丑八怪而已。这一点儿也不碍事,我的战斗能力是能够全部恢复的。"叶戈尔·德略莫夫发现将军在谈话时尽量不看他的脸;对此,德略莫夫只不过动了动淡紫色的、像一条直缝似的嘴唇苦笑了一下。他被批准休假二十天。为了彻底养好身体,他动身回家探望父母去了。这正好是那一年三月的事。

他本来想下了车之后在车站找一辆大车,但是没有找着,只好步行十八俄里。四面仍是厚厚的积雪,空气潮湿,周围无人迹。冰冷的风不停地吹开他军大衣的下摆,在他耳边孤独凄凉地呼啸。

等他进得村来,已经是傍晚时分了。噢,这就是那眼井了,井台上高高的吊杆在晚风中微微摆动着,发出吱吱嘎嘎的响声。从这里数起,第六栋就是父母住的小房子了。他忽然停下脚步,把手插在大衣兜里,摇了摇头,转过身斜插着走到父母住的房子侧面,站在齐膝深的雪里弯下身子往窗里探望。他看见了母亲:挂在桌子上方的油灯捻得很小,母亲正在暗淡的灯光下摆着晚饭,仍然披着原来那条深色披巾,不声不响,不慌不忙,温柔慈祥。母亲苍老了,瘦得两个肩头都耸了起来……"啊,如果早知道是这样,我就会每天写信把自己的情况告诉她老人家了,哪怕每天只写几个字哪……"饭桌上的东西很简单,只有一碗牛奶,一块面包,两把勺,一个盐罐。摆完之后,母亲把两只瘦削的手盘在胸前,站在桌子旁边沉思起来。叶戈尔·德略莫夫隔着窗子看着母亲,心里明白了:绝不能让母亲受惊,不能叫她苍老的面孔由于绝望而抽搐。

好了,就这样决定吧!他打开篱笆门进了院子,走上台阶敲起门来。母亲在门里应声问道:"是谁呀?"他回答说:"是苏联英雄格罗莫夫中尉。"

他的心剧烈地跳起来,使他不由得一肩头靠到了门框上。是呀,母亲并没有听出他的声音来,就连他自己也好像是头一回听到自己的声音。动了多次手术之后,他的嗓音变了,变得嘶哑不清了。

母亲问:"您有什么事吗?"

"玛利娅·波莉卡尔波芙娜的儿子德略莫夫上尉托我给他母亲捎口信问好来了。"

母亲立即打开门,扑到他跟前,握着他的双手问道:"我的叶戈尔活着吗?他身体好吗?您这位大哥请进屋去吧!"

叶戈尔·德略莫夫在桌子旁边的长凳上坐了下来,这就是他当年常坐的地方,那时他的一双小脚还够不着地板呢。当时妈妈经常一边抚摩他长着鬈发的小脑袋瓜,一边对他说:"吃吧,小宝贝。"他开始对母亲讲她儿子的情况,也就是讲自己的情况,讲得很详细:讲他吃得怎样,喝得如何,什么也不缺,身体一直很好,总是快快活活;同时也讲了他和他那辆坦克参加过的战斗,但是讲得很简单。

"请您告诉我,打仗是不是挺可怕的?"母亲打断他的话这样问道,一面用那双黑黝黝的、此刻对他视而不见的眼睛直盯着他的脸。

"是的,老妈妈,当然是挺可怕的。不过我们已经习惯了。"

他的父亲叶戈尔·叶戈罗维奇回来了。父亲这几年也见老,显得憔悴了,胡子已经花白,仿佛上面撒了一层面粉似的。他对客人瞧了几眼,在门槛上跺了跺已经穿破了的毡靴,不慌不忙地解下围巾,脱掉短皮大衣,然后走到桌子跟前和客人握手问好。啊,这是他多么熟悉的手啊,这就是他小时候每当犯了错误父亲用来惩罚他的那只又宽又大的手啊!父亲什么也没有问便坐了下来,因为用不着问就能知道这个佩戴着许多勋章的客人是干什么来的。老人家半闭着眼睛,也开始听着他讲的那些事。

德略莫夫上尉由于没有被父母认出来,所以坐的时间越长,把自己的事当成别人的事讲得越多,就越是没有办法把真相和盘托出,越是没有办法站出来说:爸爸、妈妈,你们把我这个丑八怪儿子认出来吧!……坐在父母的桌子面前,他既觉得幸福温暖,又感到委屈心酸。

"好了,咱们来吃晚饭吧!孩子他妈,给客人拿点儿吃的来。"

叶戈尔·叶戈罗维奇打开了一个陈旧的小橱柜。从橱柜里散发出一股面包渣和葱皮的气味,橱柜的左角还放着装鱼钩的火柴盒,那些鱼钩原封未动;那把打掉了嘴的茶壶也仍然摆在老地方。叶戈尔·叶戈罗维奇拿出一个酒瓶来,里面盛的酒只够斟满两小杯。他叹了口气,因为再也找不出更多酒来了。他们就像当年那样坐下来吃晚饭,在吃饭的时候,德略莫夫上尉才发觉母亲特别留神地盯着他握勺的那只手。他苦笑一下,这时母亲抬起头来,脸上的肌肉痛苦地抽动着。

他们谈这谈那,谈到这一年春天会有什么样的天气,老百姓能不能把春播搞好,也讲到这一年夏天战争就会结束。

"您为什么认为战争在今年夏天就会结束呢,叶戈尔·叶戈罗维奇?"

叶戈尔·叶戈罗维奇回答说:"人民火了,他们已经闯过了鬼门关,现在任凭谁也挡不住他们了,德国鬼子要完蛋啦!"

玛利娅·波莉卡尔波芙娜问道:"您没告诉我们,什么时候会准他假回家来住几天。都有三年没见面了,他大概成了个大人,留起胡子来了吧?唉,就这样天天在阎王爷跟前打转转,大概连嗓音都变粗了,是吗?"

德略莫夫上尉回答说:"等他回家来,你们或许都认不出他了。"

父母在火炕上腾了一个地方给他睡。火炕上的每一块砖,木头墙的每一条缝,顶棚上的每一个树节疤他都记得一清二楚。这里有一股老羊皮和面包的气味——这种老家温暖舒适的气息他是到死也忘不了的。三月的风在房顶上呼呼地吹;在隔扇的那一边,父亲不时轻轻地打着鼾;母亲翻来覆去,唉声叹气,睡不着觉。上尉用双手捂着脸趴在那里,心里想道:"妈妈呀,我的妈妈呀!难道到这会儿你还认不出我来!难道你就认不出这是我?……"

第二天早上,他被劈柴在炉子里烧得噼噼啪啪的声音吵醒了。母亲正轻手轻脚地在炉子旁边忙活着。他的包脚布已经洗干净晾在拉直的绳子上,刷洗过的靴子摆在门口旁边。

母亲问他:"你爱吃黍米面薄饼吗?"

他没有马上回答,从火炕上爬了下来,穿上军服大衣,拉紧皮带,光着脚在长凳上坐了下来。

"向您打听件事,安德烈·斯捷潘诺维奇·马雷舍夫的女儿卡佳·马雷舍娃是住在你们村吗?"

"她去年在训练班毕业了,现在就在我们村教书。你要见见她吗?"

"您的儿子托我一定给她捎个好。"

母亲打发邻居的小姑娘去把卡佳找来。上尉还没来得及穿好鞋,卡佳·马雷舍娃便跑进来了。她那双灰色的眼睛睁得大大的,闪闪发光,两条眉毛惊喜地一抬一抬,面颊泛出喜悦的红晕。她把毛线打的头巾从头上往后一撂,头巾落到宽宽的肩膀上,这时上尉不禁在心中痛苦地叹息起来:"要是能亲一下她那头温馨浅色的秀发该有多好啊!"在他的想象之中,他的未婚妻就是现在这个样子:鲜艳、温柔、快活、善良、美丽,所以她一走进来就把这个小房间照得满室生辉。

"您是替叶戈尔捎口信来问好的吗?(他背光站着,因为说不出话来,只好点了点头。)我日夜都在等着他,您就这样告诉他吧!……"

她走近德略莫夫,瞧了他一眼,吓了一跳,好像被人当胸轻轻击了一拳似的倒退了两步。就在这一瞬间他下定决心要走,而且当天就走。

母亲烤好了用牛奶和黍米面做的薄饼。他又谈起德略莫夫上尉的事来,这次是讲他的战斗事迹,把战斗的残酷情况讲得原原本本。同时他也不抬头看卡佳,为的是不愿意见到自己这副丑相在卡佳那可爱的面容上引起的表情。叶戈尔·叶戈罗维奇本来张罗着要从集体农庄给他借匹马来,但他已经像来时一样步行着往车站去了。他被这一天一夜所发生的事情折磨得万分痛苦,几次停下来用双手打自己的脸,用嘶哑的声音反复地说:"我现在可怎么办啊?"

他回到了原来所在的团队。这个团当时正驻扎在大后方等待补充。战友们怀着由衷喜悦的心情迎接他归队,这就使他卸下了那个把他折磨得吃不下、睡不着、喘不过气来的精神包袱。他决定再把母亲瞒一段时间,仍然不让老人家知道他的不幸。至于卡佳,他决定要咬牙把这个心上人彻底忘掉。

大概过了两个星期,母亲来了一封信:

"你好,我最最亲爱的儿子。我真怕给你写这封信,因为我不知道该怎么去想才是。有一个人从你那儿到咱家来过,这个人好极了,就是脸太丑。他本来打算要住几天的,可不知为什么收拾起东西说走就走了。打那以后,我的儿呀,我就一宿一宿的睡不着觉,总觉得那是你回来过。你爹为了这个尽骂我,他说:'你这个老婆子发疯了吧,要是这个人是咱们的孩子,难道他不会明说吗?……他干吗要瞒着呢?如果他的脸变得和来过咱家的这个人那样,咱们该感到自豪才对。'你爹老是想要把我说服,可是我这颗做娘的心呀,却还是一个劲地认准了:这是我儿,他回家来过……

这个人在火炕上睡觉的时候,我便把他的军大衣拿到院子去刷刷干净,我一下子就扑在大衣上哭了起来——这是我儿,是我儿的大衣!——小叶戈尔呀,你给我写封信来,看在耶稣基督的面上,你开导开导我,告诉我究竟是怎么一回事。莫非我真的疯了不成?……"

叶戈尔·德略莫夫把这封信给我——伊凡·苏达列夫看了。他用袖子擦了一下眼睛,对我讲了事情的经过。我对他说:"你瞧瞧,我说你们的性格都碰到一块顶起牛来了。傻瓜呀,你这个傻瓜!快给你母亲写封信请罪吧!别把她折腾疯了……她就那么稀罕你的脸蛋子?!因为你的脸变成了现在这个样子,她还会更疼你哩!"

他当天就写了这样一封信:"亲爱的双亲——玛利娅·波莉卡尔波芙娜和叶戈尔·叶戈罗维奇:请原谅我糊涂不懂事,回过咱家的那个人确实是我——你们的儿子……"等等,密密麻麻地写了四页纸。如果有可能的话,他真会写出二十页来。

过了几天,我和德略莫夫正站在靶场上,一个士兵跑来对他说:"大尉同志,有人找您。"这个士兵虽然站得规规矩矩,可是脸上那副表情好像打算去喝二两庆祝什么喜事似的。我们动身回到镇上。当走近我和他合住的房子时,我看见他六神无主,无缘无故地一个劲儿地清嗓子……我想:"坦克手呀,你这个坦克手,怎么还会这样紧张!"我们走进屋去,他走在我的前面。我听见他叫了一声:"妈妈,你好哇!这是我呀!……"于是我看到一个瘦小的老太太扑上去紧贴在他的胸前。我回头一看,原来屋里还有一个女子。说句良心话,美人在别的地方也是有的,因为在长得美的人当中,这个姑娘绝不是独一份,不过我本人反正还没见过比她更美的人就是了。

他撇下母亲走到姑娘面前(我在上面已经提到过,他身材魁伟,如战神一般),对姑娘说:"卡佳,你到这里来干吗?你答应等的是过去的我,不是今天的我。"

美丽的卡佳答话了,我虽然已经退出屋子到了穿堂,但还是听到了她所说的话:"叶戈尔,我决定要和你过一辈子,我要忠实地爱你,非常非常爱你……你别把我打发走吧……"

是的,你们看看这几个人,他们所代表的就是俄罗斯人的性格!一个人看样子似乎普普通通,平平凡凡,但是一旦严重的灾难临头,在他身上就会产生出一种伟大的力量,这种伟大的力量就是人性的美。

陈锌 译

帕乌斯托夫斯基

康斯坦丁·帕乌斯托夫斯基(1892—1968),俄罗斯作家,以短篇小说闻名。关于文学创作的散文集《金蔷薇》给作者带来广泛的声誉。帕乌斯托夫斯基擅长写富于抒情色彩的短篇小说,文笔细腻,借景抒情,格调清新。《老厨师》是他的名篇。

老 厨 师

1786年一个冬天的傍晚,维也纳城郊的一间小木屋里,一位失明的老人,杜恩伯爵夫人从前的厨师快要死了。其实,这甚至不能算是一间屋子,而是花园深处一间破旧的岗棚。花园里堆满了被风刮落的枯朽树枝。一走动,树枝就在脚下咔嚓咔嚓地响,于是用链子拴在窝里的一只狗就开始低声唔唔地叫。它也快要死了,像它的主人一样,老了,不能汪汪地叫了。

几年前,这位厨师被炉子的热气熏瞎了眼。从那时起,伯爵夫人的管家就让他住到这间岗棚里,时不时给他几个佛罗伦①。

厨师和他女儿玛丽亚住在一起,她是一个十七八岁的姑娘。小屋里全部家什只有一张床、几条瘸腿的板凳、一张笨重的桌子、满是裂纹的瓷盘瓷碟和玛丽亚的唯一财产——一架拨弦古钢琴②。

---

① 佛罗伦,旧时佛罗伦萨的金币或银币,后来在欧洲许多国家通用。
② 拨弦古钢琴,十六至十八世纪一种有键拨弦乐器,是钢琴的前身。

这架拨弦古钢琴已经太老了,只要周围有什么声响,它的琴弦就会轻轻地和着唱很久。厨师开玩笑说这架琴是"看家的哨兵"。只要有人进屋,它都会发出颤巍巍的苍凉琴声欢迎他。

玛丽亚给临终的老父亲擦过身,穿上冰凉干净的衬衫,这时老人说:

"我从来不喜欢神甫和修道士。我不能请牧师听忏悔,但是临终前我要净化一下我的心灵。"

"那怎么办呢?"玛丽亚惊慌失措地问。

"你到街上去,"老人说,"把碰到的第一个人请到家里来,听取一个临终人的忏悔吧。谁也不会拒绝你的。"

"咱们这条街多荒凉啊……"玛丽亚小声说了一句,披上头巾出去了。

她跑着穿过花园,好不容易打开生锈的小门,停下脚步。街上空无一人。风把落叶刮得满街跑,昏暗的天空落下冰冷的雨点。

玛丽亚等了很久,侧耳谛听。她终于觉得似乎有人沿着围墙走过来,边走边哼着小调。她朝前走了几步,迎过去,和他撞了个满怀,于是尖叫了一声。那人收住脚步,问:

"什么人?"

玛丽亚抓住他的手,用颤抖的声音转述了父亲的请求。

"好吧,"那人平静地说,"我虽然不是神甫,但没关系。走吧。"

他俩进到屋里。凭着烛光,玛丽亚看出这人身材瘦小。他把淋湿的斗篷一下子脱下来,扔到长凳上。他穿着优雅、朴素,烛光把他的黑坎肩、水晶纽扣和花边硬领照得闪亮。

这个陌生人还很年轻。他完全像个孩子似的甩了一下头,理了理上了粉的假发,麻利地把凳子拉到床边,坐下来,俯下身,愉快地注视了一下临终人的面孔。

"您说吧!"他说,"也许我不是用上帝赋予的权力,而是用我所从事的艺术的力量,让您在生命的最后时刻轻松下来,并卸下您心灵上的重负。"

"我干了一辈子活儿,直到双目失明,"老人小声说,并把陌生人的一只手拉到自己身边,"干活儿的人是没工夫去犯罪的。我的妻子,她叫玛尔塔,她害上肺病以后,医生给她开了许多种贵重药品,还叮嘱要给她吃鲜奶油和无花果,喝滚热的红酒,我于是从杜恩伯爵夫人的一套茶具中偷了一只小小的金盘子,把它砸成碎块卖了。现在回想起这件事心里很难过,我对女儿隐瞒了这件事,一直教育她,别人的东西一点也不要动。"

"伯爵夫人的仆人中有人为这事受到牵连吗?"陌生人问。

"我发誓,先生,绝对没有,"老人回答说,哭起来,"要是我知道黄金救不了我的玛尔塔,我怎么会去偷呢!"

"您叫什么名字?"陌生人问。

"约翰·梅耶,先生。"

"那好,约翰·梅耶,"陌生人说,把一只手放在老人失明的双眼上,"您在人们面前没有罪。您所做的,不是罪过,也不算偷窃,相反,说不定还该算是您对爱情奉献的壮举。"

"阿门!"老人小声说。

"阿门!"陌生人重复说,"现在您告诉我您最后的心愿吧。"

"我希望有人能照顾玛丽亚。"

"这由我来做。您还希望什么呢?"

这时,即将逝去的老人突然露出微笑,大声说:

"我希望能再一次看见玛尔塔,像我年轻时看到她那样。我想看见太阳,看见这座古老的花园百花盛开的春天。但这是不可能的,先生。您别因为我这些傻话生我的气。我这病大概把我完全弄糊涂了。"

"好吧,"陌生人说着站起来,"好吧,"他又说,走到拨弦古钢琴旁边,坐到钢琴前的凳子上,"好吧!"他第三次大声说,急促的琴声突然从岗棚里飘散开来,仿佛千百颗玉珠散落到地上。

"听吧,"陌生人说,"一边听,一边看。"

他弹奏起来。玛丽亚过后回忆起当琴键在这个陌生人的手指下发出第一个音符时他的面孔。他的前额异常苍白,烛光在他暗淡的眸子里摇曳。

古钢琴多年来还是第一次发出这样嘹亮悦耳的琴声。这琴声不仅充满了岗棚,而且充满了整个花园。那只老狗从窝里爬出来卧着,歪着头,警觉起来,轻轻地摇着尾巴。天空开始飘湿乎乎的雪花了,狗却只抖动了一下耳朵。

"我看见了,先生!"老人说着,从床上微微欠起身来,"我看见和玛尔塔相遇的那一天了,那天她因为难为情,打破了牛奶罐。那是冬天,在山里。天空像湛蓝的玻璃一样透明,玛尔塔笑了。她笑了。"他又说,倾听着叮当的琴声。

陌生人弹奏着,一边望着黑洞洞的窗口。

"现在呢?"他问,"您看见什么了吗?"

老人默默地谛听着。

"难道您没有看见,"陌生人一面弹奏,一面匆促地说,"夜由黑变蓝,之后由蓝变成蔚蓝色吗?暖融融的阳光已经从什么地方的上空投射下来,您家这些古树的树枝上已经绽开了白色的花朵。依我看,那是苹果树上的花,尽管从这里,从房间里看过去,它们像大朵的郁金香。您看,第一道阳光已经投射到石砌的围墙上,把围墙晒暖了,上边直冒热气。可能是浸透着融雪的青苔水气正在蒸发吧。天空变得更高,更蓝,更美了,鸟儿已经成群地从古老的维也纳上空往北飞去了。"

"这些我全都看见了。"老人喊道。

古钢琴的踏板轻轻地吱吱响着,钢琴奏出庄严的乐声,这仿佛不是琴声,而是千百人在欢呼。

"不,先生,"玛丽亚对陌生人说,"这些花一点也不像郁金香。这是苹果树,只开一夜花。"

"是的,"陌生人回答说,"这是苹果树,但是花瓣特别大。"

"玛丽亚,把窗户打开吧。"老人请求说。

玛丽亚打开窗户。一股冷空气破窗而入。陌生人弹奏得柔和而徐缓了。

老人倒在枕头上,急促地喘息起来,双手在被子上摸索。玛丽亚朝他扑过去。陌生人中止了弹奏。他坐在古钢琴旁一动不动,仿佛沉迷在自己的琴声中。

玛丽亚尖叫了一声。陌生人站起来,走到床前。老人喘吁吁地说:

"我像许多年前一样清楚地看到了一切。但是我不能不知道……名字就死去。名字!"

"我叫沃尔夫康·亚马德·莫扎特。"陌生人回答说。

玛丽亚离开床边,双膝几乎触到地,向这位伟大的音乐家深深施礼。

当她直起腰来时,老人已经死了。窗外已是朝霞满天,洒满湿润雪花的花园沐浴在霞光中。

曹苏玲 译

左琴科

米哈依尔·左琴科(1895—1958),苏联时期幽默讽刺作家。他的短篇小说描写十月革命后社会生活中遗留下来的种种陈规陋习,嘲笑自私、落后、官僚主义等现象。他的语言幽默生动,妙趣横生。

换 装

现在住旅馆真难啊,这是谁都知道的事。

我到了南方,马上就深有感触。

我一下轮船,就直奔旅馆。旅馆的门房对我说:

"现在的旅客真怪,下了轮船,就都奔我们这儿来,好像我们这儿是个旅馆。这倒也是个旅馆,可是没有房间了。全部客满。"

没办法,我只好豁出去耍滑头了,试试运气。我离开旅馆,一边走一边琢磨行动方案。

我手里拿着两件东西:一件是不起眼的普通提篮,另一件倒是个挺漂亮的钢板手提箱——其实是个三合板箱子。

我把篮子留在卖报人那里,然后把身上的外国进口胶布大衣反穿上,大衣的方格里子就成了面子。我又把便帽低低压在鼻梁上,买了支雪茄叼在嘴里。我就这么一副打扮,提着那个出口的钢板手提箱,大模大样地再次闯进了这家旅馆。

看门的说:

"您不用进去,没有空房间。"

我走到服务员跟前,扯起了半通不通的外国话:

"一个,房子,有?"①

服务员说:

"我的老天呀,外国佬来啦!"

接着他也操起半通不通的外国话回答说:

"是,是的,一个房间,可以的,有有。请请。我这就给您腾房间,尽量找间好点的,臭虫少些的。"

我装得好像神气活现,其实两条腿直哆嗦。

服务员很爱扯外国话,他又问:

"对不住,先生,您请原谅。您是德国,还是别的什么?"

我想:"真见鬼,万一这讨厌的家伙懂点德国话,没准儿,又要来劲儿讲德语了。"我对他说:

"我是西班牙。一个,房子,明白吗你?西班牙,西班牙舞。"

啊哈,这一下子服务员可惊呆了。

"我的老天呀,来了个西班牙人!您等一等。当然,我明白,您刚才说的是西班牙,西班牙舞。"

看得出,他在发抖。我的手直哆嗦,他的手也在哆嗦。我们两人一边说话,一边不停地瑟瑟发抖。

我又用似通非通的西班牙语说道:

"对地,对地。把箱子送到我的房里去,别的以后再说。"

服务员回答说:"好,好。您不用操心。"

准没错儿,服务员想赚钱的劲头上来了,他问:

---

① 此处及下文中变体字为掺杂俄语、德语、法语及西班牙语的话。

"您付什么钱呀？给外国钱,还是给我们的钱？"

他说着还用手指头比画着直杠杠和圆圈,好让外国人能明白他说的意思。

"我可不明白你说啥,快提箱子,讨厌,快点。"我说。

我一心想要个房间,别的都顾不得了。

他伸手提箱子。由于过分殷勤,用力太猛,钥匙吃不住劲,箱子盖啪的一声崩开了。

箱子一打开,里面乱七八糟的破烂都掉了出来。有打了补丁的破衬衫、短裤衩、"吉尔"肥皂,还有别的国产的蹩脚货。

服务员一看,脸都变白了。他明白上了当。

"啊,好个西班牙流氓,拿出证件来。"

我说：

"我不明白,要是没房间,我走了。"

他对看门的说：

"您看,他想冒充外国人混进来。"

我想快点溜之乎也吧,可看门的反倒说：

"哎,同志,请过来。您别害怕,您真着急要房住吗？"

我说：

"我在路上晕船了,这会儿连站都站不住。快给我个房间,让我躺下歇歇。我可以给你们发点奖金嘛。"

服务员说：

"我们可不受贿。您要真急着要房间,我可以给您找一个,不用什么酬谢。不过这房间没钥匙。房间锁着,钥匙弄丢了。您得再付十五个卢布给钳工,让他给您打开房门,再从旧钥匙里找一把配上。"

我付了钱,总算弄到一个房间。

晚上,我听人说,这房间的钥匙根本没丢,不过是他们要敲我十五个卢布的竹杠就是了。这是隔壁一位旅客告诉我的,他为自己那间房的钥匙也付了十个卢布。我呢,因为冒充西班牙人,他们多要了五个卢布。

不管怎么说,我还是挺满意的,因为有房间可住啦。

白春仁 译

霍 桑

纳撒尼尔·霍桑(1804—1864),美国作家。他最杰出的作品都有着心理和道德描写的深度。其代表作是《红字》和《七个尖角顶的宅第》。短篇小说《大卫·斯旺》被许多短篇选集所采用。

大卫·斯旺

对于那些实际上影响我们一生的前途和我们的最后归宿的事件,我们甚至也只能知道其中的一部分。还有数不清的大事——假如可以称之为大事的话——差点儿发生在我们身上,然而却在我们身边掠过,没有产生什么实际效果,甚至也没有把任何亮光或阴影反射到我们的心上,使我们察觉到它们的接近。假如我们能够知道我们的一切荣枯盛衰,那么生活里就会充满了过多的希望和恐惧,充满了过多的欢乐或失望,使我们得不到片刻真正的安宁。这种想法,可以用大卫·斯旺的无人知晓的一页历史来说明。

我们同大卫·斯旺之间的关系,一直要等到在他二十岁的那年,我们在从他的故乡通往波士顿城的那条大路上发现他时才开始;他有一个叔叔在波士顿,是食品杂货行业的小商人,要让他到店里去站柜台。我们只想提一提他是新罕布夏①人,父母都是体面人物,他受过普通学校的教育,又按照典型的做法在吉尔曼顿学

---

① 美国东北部的一个州。

院进修一年,结束了他的学业。夏季里的一天,他从日出起来徒步赶路,一直走到将近中午时分。他的疲累和越来越热的天气,使他决定一看见阴凉的地方就坐下来,等候公共马车来到。好像是特意为他种在那里的一样,不一会儿就出现了一个小小的枫树丛,中间有一块讨人喜欢的凹进去的空地;还有那么一条清新的、潺潺而流的泉溪,好像从来不曾为别的徒步旅人而是专门为大卫·斯旺闪耀着光辉。不管这泉水是否专门为他而闪耀光辉,还是已经有别人先来过,他用干渴的嘴唇吻了吻它。然后他一下子躺倒在溪边,把用一块条纹棉纱手帕捆扎起来的几件衬衫和一条裤子垫在头下当枕头。太阳光晒不到他,昨天一场大雨之后路上的尘土尚没有飞扬起来,这张长满了青草的土床使这个小伙子感到比睡在绒毛床上还舒适。泉水在他身旁喃喃低语,催人入睡,树枝在他头上的碧空里轻轻拂动,朦胧若梦;于是大卫·斯旺酣然入眠,也许他在酣睡之中还做了一些梦。但是我们所要叙述的却是他并未梦到的事情。

当他躺在树荫下面睡得正甜,别人却是完全醒着的;他们有的步行,有的骑马,有的坐着各式各样的车子,沿着洒满了阳光的大路,从他的这个卧室旁边经过。有的人并不左顾右盼,因为并不知道他在这儿;有的人只是向那里扫了一眼,但是由于思虑万千,顾不到这个沉睡的人;有的人看到他睡得那么香甜,就笑了起来;还有那么几个人,由于轻蔑之情满溢胸怀,就把这恶毒的溢出物倾泻在大卫·斯旺的身上。一个中年寡妇,在附近没有人的时候,把头微微伸进树丛中的凹处,发誓说——这个青年人睡着时看上去很可爱。一位宣传戒酒的演说家看见了他,就把可怜的大卫作为酩酊大醉倒卧路旁的一个可怕实例,编进了他预备在傍晚演说用的讲稿中。但是，指责也好，赞美也好，嬉笑也好，蔑视也好，漠不关心也好，这一切对于大卫·斯旺都是一回事，或者更正确地说，都是无所谓的。

他入睡不久，就有一辆套着两匹高头大马的褐色的双轮马车轻便稳快地行驶过来，在大卫休息处对面不远的地方停了下来。一个制轮楔子脱落了，使得一个轮子滑脱出来。损坏不严重，仅仅引起了正在乘着这辆车返回波士顿的一位上了年纪的商人和他妻子的短暂惊慌。车夫和一个仆人正在重新安装车轮的时候，这位太太和绅士来到枫树丛下躲避太阳，在那里他们发现了那潺潺的泉水，也看见了正在溪边酣睡的大卫·斯旺。一个睡着的、地位最卑下的人往往也会在他周围散布一种令人肃然敬畏的气氛，商人在这个印象的作用下，尽可能在痛风病允许的程度内轻轻地走动，他的老伴儿也小心翼翼，不让她的丝绸的长衣发出沙沙的响声，以免把大卫惊醒而猛然跳起身来。

"他睡得多么香啊！"老绅士低声说，"他那轻松的呼吸是多么深长啊！这样一种不需要任何安眠药的酣睡，对于我来说，比我的一半收入还要值钱；因为这样的睡眠意味着健康和无忧无虑的心境。"

"此外还意味着青春，"太太说，"健康安详的老年人也不会睡得这么香甜。我们醒着的情况和他不一样，我们睡着的情况也同样和他不一样。"

这一对老夫妇看的时间越长，对这个不相识的青年就越感兴趣；对于这个青年说来，大路之旁和枫树之荫等于是一间秘密的寝室，他的上面笼罩着锦缎帷幕的茂密阴影。这位夫人发觉有一道从叶缝里溜进来的阳光照到他的脸上，她就设法把一条树枝向一边扭转过去,遮住了光线。做了这件小小的好事之后,她开始觉得自己对他像母亲一样。

"好像是天意把他安置在这里的,"夫人对丈夫低声说,"也把我们带到这儿来,在我们对于表哥的儿子失望之后,到这儿来发现他。我想我看到,他和去世的亨利有相似之处。我们叫醒他好吗?"

"为了什么目的呢?"商人犹犹豫豫地说,"这个青年的品性我们一点儿也不了解呀。"

"那张坦率的脸!"妻子回答说,语气还是那样平和,可是很认真,"这样天真无邪的睡眠!"

这些低声谈话进行着的时候,入睡者的心并没有剧烈跳动,他的呼吸也没有变得急促,他的面孔也没有显示出一丝一毫感兴趣的表情。可是命运之神正在向他弯下身子,准备让一担金子落在他的肩上。年老的商人已经失去了他的独生子,他挣下的产业除了一个远亲以外,再也没有别的继承人,而他对于这个远亲的品行感到不满。在这种情况下,人们有时候会干出一些稀奇古怪的事情,甚于一个魔术师的所作所为,会去唤醒一个在贫困生活中入睡的青年起来享受荣华富贵。

"我们不去叫醒他吗?"夫人又一次地劝说。

"先生,马车修好了。"仆人在身后说。

老夫妻俩吃了一惊,脸唰地红了,随即急急忙忙地走开,同时都感到奇怪:他们怎么会梦想到去干这种非常荒唐的勾当呢。商人一屁股坐到马车里,心里开始盘算如何建立一所华丽的救济院,收容做生意不走运的那些人。与此同时,大卫还在享受他的酣睡。

马车离开还不过一二英里远,就有一位漂亮的姑娘走了过来。她脚步轻快,表明她那颗幼小的心跳动得多么活泼。也许正是这种欢快的步子——这样说不妨事吧?——使得她的吊袜带的结子松了开来。由于意识到丝的袜带——如果是丝的话——正在松散开来,她就转向一旁,走进枫树丛中的隐蔽之处,可是她在这里却发现了一个小伙子睡在泉水的旁边!由于她竟然闯进了一位绅士的卧室,而且还是为了这样一个目的,她的脸羞得绯红,赛过任何一朵玫瑰花,她立刻打算踮起脚尖悄悄溜走。但是,有一桩险事正在逼近这个睡觉的人。一只老大的黄蜂正在他头上盘旋,嗡嗡嗡地叫着,时而飞到叶丛中间,时而掠过一条一条的阳光,时而消失在朦胧的阴暗处,终于看样子它就要落在大卫·斯旺的眼睑上了。黄蜂的刺有时候是会致命的。既天真无邪,又同样地心地坦白,小姑娘就用她的手帕去扑打这个入侵者,毫不容情地拂掸着它,终于把它从树荫下面赶走了。多么甜蜜的一幅画面啊!这件好事做完以后,她的呼吸急促,脸上的羞红更深了,她偷偷地向年轻的陌生人瞧了一眼,为了他,她曾经同空中一条飞龙进行了一场战斗。

"他很漂亮啊!"她心里想着,两腮更加绯红了。

他的心中怎么竟然会没有一个甜蜜的幸福之梦发展得如此强烈,并以其本身的力量把自己冲破,让他在梦乡的许多憧憧魅影中也看到这位姑娘呢?!为什么他的脸上没有露出哪怕是一丝欢迎的笑容呢?按照那个古老而美丽动人的说法,这个少女的灵魂是从他的灵魂分割开来的,这个少女是他的一切模糊但又热烈的憧憬中渴望遇见的,如今她已来到了他的身边。只有她,他才会真诚相爱;只有他,她才会深深地纳入她的心里;而如今她的情影正在他身边的泉水中微弱地映出羞怯的红光；如果它消失了，那么，这情影的幸福光辉就再也不会照临到他的身上。

"他睡得多么熟啊！"小姑娘喃喃地说。

她离去了，但是她走路的脚步不再像来的时候那么轻快了。

这个姑娘的父亲是附近一带的一个生意兴隆的商人，就在这个时候他恰巧正在物色一个像大卫·斯旺这样的小伙子。假如大卫能和女儿在路边结识，他就可能当上父亲的伙计，其后的一切发展也就在意料之中了。因此在这里，好运道——最好的运道——又一次悄悄地靠近了他，她的衣裙在他旁边擦身而过，而他对此却毫无所知。

姑娘的身影刚在远处消失，就有两个汉子离开了大路来到树荫下面。两个人的脸都是黝黑黝黑的，布帽子歪歪斜斜地扣在眉毛上面。他们衣衫褴褛，可是式样相当时髦。这是两个什么坏事都肯干的、混日子的流氓，而今天，在干别的勾当之前，他们想用下一次犯罪共同猎取的赃款作为赌注，在大树底下打一次牌。可是，一发现大卫睡在泉溪旁边，一个流氓就对他的伙伴耳语道：

"嘘！你看见他脑袋下面那个包裹了吗？"

另一个坏蛋点了点头，使了个眼色，乜斜着眼睛看了看。

"我可以跟你赌一角杯白兰地，"头一个流氓说，"这小子的几件衬衣里要么有一只皮夹子，要么就有那么一笔零钱。假如不在那儿，我们也会在他的裤子口袋里找到的。"

"可是如果他醒了怎么办？"另一个说。

他的同伙把自己的马甲往旁边一撩，指着一把匕首的手柄，点头示意。

"就这么办！"第二个流氓低声说。

他们走近毫无知觉的大卫,一个人用匕首对准他的心脏,另一个开始掏摸他头下的包裹。他们的两张面孔显得冷酷残忍,起了皱纹,由于犯罪和提心吊胆而变得苍白。他们俯视着受害者,样子那么可怕,要是大卫突然醒来,准会把他们误认为魔鬼。不仅如此,假如这两个流氓向旁边的泉水里看一眼,连他们自己也难以认出水中反映出来的就是他们本人。可是大卫却呈现出从来不曾有过的安详的面容,甚至比他在母亲怀里入睡时的面容还要安详。

"我必须把包裹抽出来。"一个流氓小声说。

"他若是动一动,我就捅他一家伙。"另一个轻轻地说。

然而,就在这个时候,有一条狗在地面上一路嗅着,来到了枫树丛下,它望了望这两个坏蛋,又看了看这个安然睡着的人,随后它就舔着泉水喝起来了。

"呸!"一个流氓说,"现在咱们什么也干不成啦,这条狗的主人一定就在后面。"

"咱们来喝两口就走开吧。"另一个说。

拿着匕首的那个人把武器塞进怀里,然后抽出来一只放在袋里的手枪,可并不是那种一发射就杀死人的东西,而是一只装着酒的长颈瓶子,有一个锡制的带螺丝口的平底酒杯拧在瓶口上。两个流氓美美地喝了几口,随即离开了这个地方,一面走着,一面大开玩笑,并且对于他们没能干成的坏事放声大笑,简直可以说他们兴高采烈地继续赶路了。不过几个小时,他们就把这桩事情忘了个一干二净,却不曾料想到专司记录的天使已经把这次谋杀之罪永久地记在他们的灵魂的账上了。至于说到大卫·斯旺,他依然在安详地睡着,既不晓得死神的阴影曾经一度笼罩在他的身上,也没体会到死神的阴影离开后获得新生的喜悦。

他还在睡,但是已经不再像刚才那样安定了。一个钟点的瞌睡,已经把数小时长途跋涉所造成的劳累从他那富有弹性的躯体上带走了。现在他动了一下,现在他的嘴唇也无声地动了动,现在他用低沉的声音对着中午的梦乡中的幽灵,开始说起话来。可是,一阵车轮的嘈杂声沿着大路辚辚然越来越响地传过来了,终于冲散了大卫之梦的迷雾——出现了一辆公共马车。他一下子跳起身来,头脑十分清楚。

"喂,赶车的!捎脚吗?"他喊道。

"坐到车顶上吧!"赶车的回答说。

大卫爬上去了,随即向波士顿方向高高兴兴地疾驶而去,对于那条变幻若梦的泉溪,甚至不曾看一眼表示道别。他既不知道财神的化身曾经把金光投在泉水之上,也不晓得爱神的化身曾经一度对着淙淙的水流喟然叹息,更不知道死神的化身曾经一度企图用他的鲜血染红这条泉溪;所有这一切,都是从他躺下来瞌睡开始短短的一个小时之内所发生的事。睡觉也好,醒着也好,我们都听不到几乎会发生的奇事的那些轻盈缥缈的脚步声。在看不见也料不到的大事不断地插入我们前进之路进行阻拦的时候,在人生中总归还会有足够的规律性来提供出哪怕是一部分可见的预见性吧,这难道不表现一切都是由于天命吗?

李霍甫 译

爱伦·坡

埃德加·爱伦·坡(1809—1849),美国诗人、小说家和文学评论家,文学史上罕见的天才。虽然其文学生涯始于诗歌并终于诗歌,但却被世人尊为侦探小说鼻祖、恐怖小说大师、科幻小说创始人、象征主义先驱。他一生共出版四本诗集,发表了六十八篇短篇小说。他坚持"为艺术而艺术"和"情节服务于效果"的创作理念,深受众多文学巨匠的赞誉和推崇。《威廉·威尔逊》是爱伦·坡自我描绘最透彻的著名短篇小说,不仅威尔逊上学的学校是他早年的母校,而且生活作风和性格也是他的自我写照。

威廉·威尔逊

怎么说它呢?怎么说倔强的良心、
我人生路上的那个幽灵呢?

——张伯伦《法萝妮德》

暂且就让我把自己叫做威廉·威尔逊吧。摊在我面前的这张白纸没必要被我的真名实姓所玷污。那姓名早已使我的家族受尽了羞辱,遭够了白眼,讨足了嫌弃。难道那义愤填膺的风还没有把这昭著的臭名扬到天涯海角?哦,天下最寡廉鲜耻的浪荡子哟!难道你对世事并非永远漠然?对世间的荣誉、鲜花和远大抱负并非永无感觉?难道在你的希望与天国之间并非永远垂着一片浓密、阴沉、无边无际的云?

要是可能的话,我今天就不会在此记录下我近年所遭受的难以形容的痛苦和犯下的不可饶恕的罪恶。这一时期(最近这些年)我突然越发地放荡堕落,这放荡堕落的原因正是我眼下要谈的话题。人们通常是一步步走向邪恶。可所有的道德于我就像一件披风,刹那间就从我身上全部脱掉。我仿佛是迈着巨人的步伐,一下子就从寻常的缺点陷到了比埃拉伽巴卢斯①的罪行更难饶恕的滔天大罪里。是什么命运,是什么样一种变故使这种罪行发生,现在就容我从头道来。死神正向我走近,预告他来临的阴影已经软化了我的心。在穿过这朦胧的死亡幽谷之时,我渴望得到世人的同情,我差点说得到世人的怜悯。我唯愿他们能相信,我多少是身不由己地受了环境的摆布。我企盼他们能从我正要讲述的详情里,替我在罪恶的荒漠中找到那片小小的命运的绿洲。我祈望使他们承认,承认他们所忍不住要承认的事实,尽管不久前诱惑也许真的大量存在,但至少绝没有人受到过我这样的诱惑,当然也绝没有人像我这样堕落。可难道因此就绝没有人像我这样痛苦过?难道我实际上不是一直生活在一个梦中?难道我此刻不是作为那恐怖而神秘的最疯狂的人间幻影的牺牲品在等待死神?

我生于一个历来就以其想象力丰富和性情暴躁而著称的家族。我还在襁褓中就已经显示出我完全继承了家族的禀性。随着我一年年长大,这种禀性也更加难移;由于种种原因,这种禀性成

---

① 埃拉伽巴卢斯(204—222),罗马皇帝,在位时荒淫放荡,臭名昭著,终被禁卫军弑杀。

了我朋友们焦虑不安的缘由,也成了我自己名誉受损的祸根。我渐渐变得刚愎自用,喜怒无常,放荡不羁。和我一样意志薄弱且体质羸弱的父母对我日益显露的恶性基本上是无可奈何。他们那番力不从心且不得要领的努力结果以他们的一败涂地而告终,当然也就是以我的大获全胜而告终。从此以后我的话便成了家里的法规。到了大多数孩子还在蹒跚学步的年龄,他们就任凭我按自己的意愿行事,除了名字,我自己的所有事都由我自己做主。

每每忆及我最初的校园生活,我总会想到一座巨大而不规则的伊丽莎白时代的房子,想到一个薄雾蒙蒙的英格兰村镇,想到镇上那许许多多盘根错节的大树和所有那些年代久远的房舍。实际上,那历史悠久的古镇真是个梦一般的抚慰心灵的地方。此刻我仿佛又感到了它绿荫大道上那股令人神清气爽的寒意,仿佛又闻到了它茂密的灌木丛所散发的那阵芳香,仿佛又怀着朦胧的喜悦被它那深沉而空灵的教堂钟声所感动,那钟声每隔一小时便突然幽幽鸣响,划破阴暗岑寂的空气,而那座有回纹装饰的哥特式尖塔就静静地嵌在那空气之中。

也许在我眼下的各种体验之中,唯有细细地回想那所学校和有关那所学校的往事才能够给我带来快活。虽然我现在正深深陷入痛苦(痛苦,唉!实实在在的痛苦),但读者将会原谅我在东拉西扯的闲聊中去寻求痛苦的减轻,不管这种减轻是多么细微和短暂。再说照我看来,这些东鳞西爪甚至荒唐可笑的闲聊若是与某个时间和地点相连,倒会显出意想不到的重要性,因为就是在那个时间和那个地点,我第一次模模糊糊地听到了那个后来一直完全把我笼罩的命运对我提出的忠告。那就让我来回忆一下吧。

我已经说过那幢房子非常古老而且极不规则。房子周围的场地很宽,由一道顶上抹了泥灰并插着碎玻璃的又高又结实的砖墙围着。那道狱墙般的高壁就成了我们领土的疆界,墙外的世界我们一星期只有两天能看见,每个星期六下午我们被允许由两名老师领着,集体到附近的田野进行一次短时间的散步;每个星期日早晚各一次,我们排着同样的队列到镇上唯一的那座教堂做礼拜。我们的校长就是那座教堂的牧师。每次我从教堂后排的长凳上望着他迈着庄严而缓慢的步子登上布道坛时,我心里说不出有多么惊讶和困惑!那牧师的表情是多么庄重而慈祥,那身长袍是多么似是而非又似非而是,那头假发是多么硬,多么密,发粉敷得多么匀!这难道会是他,会是那个昨天还板着副面孔、穿着被鼻烟弄脏的衣服、手握戒尺在学校执行清规戒律的人?呵,真是格格不入,荒谬绝伦,令人难以理解!

那堵阴沉的高墙一角开着一道更阴沉的大门。门扇上星罗棋布地饰满了螺钉,门顶上参差不齐地竖立着尖铁。那道门是多么地令人生畏!除了上述三次定日定时的出入,那道门平时从不打开;所以每当它巨大的铰链发出吱嘎声响,我们就会发现许许多多的奥秘,许多值得认真观察,也更值得严肃思索的事物。

宽阔的校园形状极不规则,有许多大片大片的幽僻之处,其中最大的三四片就构成了学校的运动场。运动场地面平坦,铺着又细又硬的沙砾。我清楚地记得运动场内没有树木,没有长凳,也没有任何类似之物。当然,运动场是在那幢房子的后面。房子的正前方有一个小小的花坛,种着黄杨之类的灌木,但实际上,除了在第一次进校和最后毕业离校的时候,或是父母亲友来接我们、我们高高兴兴回家过圣诞节,或是施洗约翰节的时候,我们很少经过那块圣地。

401

但那幢房子！那是座多么古怪的老式建筑！它在我眼里真是一座名副其实的迷宫！它那些迂回曲折的走廊仿佛没有尽头。它那种莫名其妙的分隔常令人找不到出路。任何人在任何时候都很难说清自己到底是在它两层楼的楼上还是楼下。从任何一个房间到任何另一个房间都肯定会碰到三四级或上或下的台阶。还有它那些多得令人难以想象的偏门旁屋，那真是门门相通，屋屋相连，以至于我们对那幢房子最精确的概念跟我们思考无穷大时所用的概念相去不远。在我寄读那所学校的五年期间，我从来就未能弄清楚分给我和另外十八九名同学住的那间小寝室到底在那幢房子的哪一个偏僻角落。

我们的教室是那幢房子里最大的一间，我当时忍不住认为那是天下最大的一间。房间很长，狭窄，低得令人压抑，有哥特式的尖窗和橡木天花板。教室远端令人生畏的一角有个八九英尺见方的凹室，那是我们校长、牧师布兰斯比博士"定时祈祷"时的圣所。那凹室构造坚固，房门结实，当那位"老师兼牧师"不在的时候，我们大家宁愿死于酷刑也不肯去开那门。教室的另外两个角落还有两个类似的隔间，虽说远不及那个凹室令人生畏，但仍然令人肃然起敬。一个是"古典语文"老师的讲坛，另一个是"英语和数学"教师的讲坛。教室里横三竖四歪七扭八地摆着许多陈旧的黑色长凳和课桌，桌上一塌糊涂地堆着被手指翻脏的课本，桌子表面凡是刀子下得去的地方都被刻上了缩写字母、全名全姓和各种稀奇古怪的花样图案，以至于那些桌子早已经面目全非。教室的一头放着一只盛满水的大桶，另一头搁着一只大得惊人的钟。

就在那所古老学校厚实的围墙之内，我度过了我生命的第三个五年，既没有感到过沉闷，也不觉得讨厌。童年时代丰富的头脑不需要身外之事来填充或娱乐,学校生活明显的单调沉闷之中却充满了我青年时代从奢侈之中、成年时代从罪恶之中都不曾再感到过的那种强烈的激动。但我必须认为,在我最初的智力发育中,有许多异乎寻常甚至过分极端之处。对一般人来说,幼年时代的经历到成年后很难还有什么鲜明的印象。一切都成了灰蒙蒙的影子,成了一种依稀缥缈的记忆,一种朦胧的喜悦和虚幻的痛苦之模糊不清的重新糅合。但我却不是这样。想必我在童年时就是以成年人的精神在感受那些今天仍留在我脑子里的记忆,那些像迦太基徽章上镌刻的题铭一样鲜明、深刻、经久不灭的记忆。

但事实上,依照世人的眼光来看,那时值得记忆的事情是多么少啊！清晨的梦中惊醒、夜晚的就寝传唤、每天的默读背诵、定期的礼拜和散步;此外就是那个运动场和运动场上的喧闹、嬉戏和阴谋诡计。可这一切在当时,由于一种现在早已被遗忘的精神幻术,曾勾起过多少斑驳的情感,曾引起过多少有趣的故事,曾唤起过多少令人精神振奋的激动！"啊,那个铁器时代是多么欢乐的时代！"①说实话,我与生俱来的热情和专横很快就使我在校园里成了个著名人物,而且慢慢地但却越来越巩固地,我在所有那些比我大不了多少的同学中间占据了支配地位,除了一个例外,其他所有人都听我摆布。那个例外虽然并不与我沾亲带故,但却和我同名同姓。这一巧合其实也不足为奇,因为我虽然出身高贵,但我的姓名却非常普通,依照约定俗成的时效权利,这姓名自古以来就被平民百姓广泛采用。因此在这篇叙述中我把自己叫做威廉·威尔逊,一个与我的真名实姓相差无几的虚构的名字。在按校园术语称之为

---

① 语出伏尔泰讽刺长诗《世俗之人》。

的"我们这伙人"当中,唯有我那位同名者敢在课堂上的学习中与我竞争,敢在运动场的戏闹中与我较量,敢拒绝盲目相信我的主张,不肯绝对服从我的意志。实际上,他敢在任何方面对我的独断专行都横加干涉。如果人世间真有至高无上的专制,那就是孩子群中的大智者对其智力略逊一筹的伙伴们的专制。

威尔逊之不逊成了我窘迫不安的原因。最令我难堪的是,尽管在公开场合我坚持对他和他的自负进行虚张声势的威胁,但私下里我却意识到自己怕他,并且不得不承认,他那么轻而易举就和我并驾齐驱,这恰好证明了他很优秀;因为为了不被他压倒,我已经进行过不懈的努力。不过他的优秀(甚至他的与我并驾齐驱)其实也只被我一个人所承认,由于某种无法解释的视而不见,我们那些同学似乎没有半点察觉。实际上,他与我的竞争、他同我的较量,尤其是他对我意志的横加干涉,从来都不曾公开,而是在私下里进行。他好像既没有需要我去征服的野心,也没有能促使我去超越的激情。说不定他和我作对的唯一动机就是使我受挫,令我吃惊,让我丢脸;尽管有时我禁不住怀着一种又惊又恼的窘迫心情发现,他对我的伤害、羞辱或反驳之中竟包含着一种极不相称且讨厌之至的深情厚谊。我只能认为这种异常的表现是由于他极度的自负,由于他俗不可耐地以庇护人和保护者自居。

也许正是威尔逊行为中的后一个特征,加之我们同名同姓而且碰巧同一天入校,这才使得学校高年级同学中流传开了我俩是兄弟的说法。那些高年级学生对低年级同学的事往往不进行非常认真的查问。我前面已说过或早就说过,那个威尔逊与我们家丝毫也不相干。但假若我俩真是兄弟,那肯定应该是孪生兄弟;因为后来我离开布兰斯比博士的那所学校之后,曾偶然听说我那位同名者生于1813年1月19日。这真算得上是个惊人的巧合，因为那天恰好是我的生日。

看起来也许有点奇怪，虽然威尔逊的作对以及他那令人难以容忍的抵触情绪不断给我带来忧虑，但我对他却一点儿也恨不起来。诚然我俩几乎每天都争吵，诚然他当众让与我胜利的棕榈而事后又千方百计让我感到胜利本该归他；但我所具有的一种自尊心和他所具有的一种名副其实的尊严使我俩之间总保持着那种所谓的"泛泛之交"，而我俩性格和情趣上的许多相同之处则在我心中唤起了一种感情，也许仅仅是我俩各自所处的位置阻止了这种感情化为友谊。实际上很难解释，甚至很难形容我对他的真实感情。那是一种错综复杂的混合感情，一种说不上仇恨的意气用事的怨恨，三分尊重、五分敬仰、七分畏惧，其中又糅合进许许多多令人不安的好奇。另外对道德学家我得加上一句，大可不必说威尔逊和我是最难分开的朋友。

毫无疑问，正是因为这种存在于我俩之间的微妙关系，我对他的攻击（许许多多公开或隐蔽的攻击）成了一种善意的取笑或恶作剧（用逗乐的方式使他苦恼），而没有成为真正的敌对行为。不过我的这一手并非每次都成功，甚至连我最周密的计划也有失败的时候；因为我那个同名者具有与其个性相称的稳重和严谨，而当他自己开始冷嘲热讽之时，那真是滴水不漏，无懈可击，绝不会露出破绽让对手反唇相讥。实际上我只能找到他一个弱点，而对这个可能是因为先天疾病而造成的生理缺陷，不到我那种智穷才竭的地步谁也不忍心去加以利用。我对手的弱点就在于他的咽喉或者说发音器官，这使得他的嗓音在任何时候都只能提到悄声细语的高度。对他这个可怜的缺点，我从来就没放过加以利用的机会。

威尔逊的报复可谓多种多样,而其中有一种曾搅得我不知所措。他那聪明的头脑当初是如何发现那漂亮的一手的,这问题过去常常使我烦恼,而且我迄今也未能找到答案;可他一经发现那一手,就常常用它来烦我。我过去一直讨厌我这个没有气派的姓名,它实在太普通,即使不说它贱。我一听到那几个字眼就仿佛听见恶毒的话语;而当我入学那天得知又有一个威廉·威尔逊到校,我不禁因他与我同名而怒火中烧,并且对那个名字更加倍讨厌,因为一个陌生人也叫那名字,那名字的呼喊频率就会增加一倍,而那个陌生人会经常出现在我眼前,由于这讨厌之至的巧合,他在学校日常活动中的所作所为将不可避免地常常与我的行为混淆。

就这样,随着我与对手在心理或生理两方面的相似之处一个接一个地被证实,我的烦躁不安也变得越来越强烈。我当时尚未发现我俩同岁这一惊人的事实,但我已看出他个子同我一般高,并意识到我们连身材相貌都出奇地相似。高年级同学中关于我俩是亲戚的谣传也令我气愤。总而言之,除了提到我俩之间性情、相貌或身份的相似,还没有什么事能使我如此不安(尽管我总是小心翼翼地掩饰这种不安)。但除了我与他的关系之外,事实上我毫无理由认为我与他的相似已成了别人议论的话题,甚至没理由认为同学们对此已有所察觉。他已从各方面有所察觉,并且和我一样确定,这倒是显而易见的事实;但正如我前面所说,他之所以能从那么多方面发现这一令人烦恼的方面,这只能归因于他非同寻常的观察能力。

他竭力完善对我言谈举止的模仿,并且把他的角色扮得令人叹服。我的衣着服饰很容易就被他如法炮制。我的步态举止他没费功夫就据为己有。甚至连我的声音,尽管他有那个天生的缺陷,也没有逃脱被他盗用。我洪亮的声音他当然望尘莫及,可我的语调竟被他模仿得惟妙惟肖,而他那种独特的悄声细语慢慢也就成了我语调的回声。

那幅最精美的肖像(因为公正地说那不能被称为漫画)当时使我有多么烦恼,此刻我不敢冒昧地加以描述。那时我唯一的安慰就在于这样一个事实:显然只有我一个人注意到了那种模仿,而我不得不忍受的也只有我那位同名者狡黠而奇怪的冷笑。他似乎满足于在我心中造成了预期效果,只为已经刺痛了我而暗暗得意,而全然不在乎他心智的成功很可能为他赢得的公众的喝彩。事实上在其后提心吊胆的几个月中,全校竟无一人察觉他的计划,无人发现他的成功并和他一齐嘲笑,这一事实对我来说一直是个不解之谜。也许是他模仿的浓淡相宜使其不那么容易被人识破,或更有可能的是,我之所以平安无事是因为那个模仿者巧妙娴熟的风格,他不屑于模仿形式(在一幅画中迟钝的人看到的只是形式),而是以我特有的沉思和懊恼来展示原作的全部精神实质。

我已经不止一次地谈到了他那副以我的庇护人自居的讨厌面孔,谈到了他常常多管闲事地对我的意志横加干涉。那种干涉往往具有令人讨厌的劝喻性。他不是直截了当地提出忠告,而是含沙射影地给予暗示。我怀着一种矛盾的心理接受他的劝告,但随着年岁增长,那种矛盾也越发尖锐,但在事隔多年后的今天,就让我公平地对待他一次。我承认,尽管他当时看上去年幼无知,经验不足,但我不记得他所给予的暗示中有过任何他那种年龄容易有的谬误或愚蠢;我承认即便他综合能力不比我强,世故人情不比我精,但至少他的道德意识远远比我敏锐;而且我还要承认,假若当初我对那些包含在那个意味深长的悄声细语里的忠告不是那么深恶痛绝,不是那么嗤之以鼻,不是那么常常抵制的话,那说不定我今天就会是一个更善良的人,因而也是一个更幸福的人。

可事实上我终于对他那种令人厌恶的监督厌恶到了极点,而且一天比一天公开地对他那种我认为难以容忍的傲慢表示出怨恨。我说过,在我俩同学的前几年中,我对他的感情说不定很容易转化成友谊;但在我寄居学校的最后几个月里,虽说他以往那种对我的横加干涉已经无疑地有所减少,可我的感情却几乎与之成反比,明确无误地具有了几分敌意。我想他有一次看出了这点,从此对我就避而远之,或是表面上对我避而远之。

如果我没记错,我大约就在那段时间里跟他有过一次激烈的争吵,在争吵中他一反常态地毫无戒心,说话举止都表现出一种与他性格极不相符的直露坦率;当时我从他的音调、神态和外表之中发现了(或者说我以为发现了)一种开始令我不胜惊讶,接着又使我极感兴趣的东西,它使我脑子里浮现出我襁褓时代的朦胧幻象,许许多多在记忆力出现之前就存在的纷乱庞杂的印象。我与其去描述那种使我压抑的感觉,倒不如说我费了一番劲才使我不再认为我与站在我眼前那人相识在某个非常遥远的时期,某个甚至无法追溯的悠远的年代。不过那种幻觉倒也与它来得突然一样很快就消逝了。我在此提到它,仅仅是为了明确我与我那位奇特的同名者在那所学校最后一次谈话的日期。

那幢有无数房间的巨大而古老的房子有几个彼此相连的大房间,那儿住着全校绝大部分学生。然而(像设计得那么笨拙的建筑所不可避免的一样)那幢房子里有许多角落、壁凹和其他零星的剩余空间,具有经济头脑的布兰斯比博士把它们也都改装成了寝室,尽管这些寝室只有壁橱那么大,里边只能容一个人居住。在这样一间小寝室中就住着威尔逊。

在我五年学校生活快结束之时,也就是在刚才提到的那场争吵之后的一天晚上,趁同学们蒙头酣睡之机,我悄悄翻身下床,提着灯偷偷穿过一条条狭窄的通道,从我的房间去我那位对手的寝室。我早就心怀恶意地想出了一招要拿他寻开心的恶作剧,可一直没找到适当的机会下手,现在我就要去把我的计划付诸实现,我决意要让他感到我心中对他的怨恨到底有多深。来到他那间小寝室门前,我把手中有灯罩的灯放在门外,无声无息地溜了进去。我往前迈了一步,听到了他平静的呼吸声。确信他已睡着,我转身取了灯,再一次走到那张床前。在实行我计划的过程中,我轻轻地慢慢撩开了遮住卧床的帘子,当明亮的灯光照在那熟睡者身上,我的目光也落在了他的脸上。我定睛一看,顿时只觉得四肢麻木,浑身冰凉,心跳加剧,两腿发颤,一种莫可名状、难以忍受的恐惧攫住了我的整个心灵。我喘着气把灯垂低,尽量凑近那张脸。难道这,这就是威廉·威尔逊那副容貌?我看见的的确是他的容貌,但想象中他并非这个样子,这使我像发疟疾似的一阵颤抖。那副容貌上有什么使我如此惊慌失措?我两眼凝视着他,脑子里却闪过许多不连贯的念头。他清醒而活泼的时候看起来不像这样,肯定不像这样。同一个名字!同一副面孔!同一天进入同一所学校!接下来就是他锲而不舍并毫无意义的模仿,模仿我的步态、嗓音、习惯和举止!可难道人间真有这种可能,难道我此刻所目睹的仅仅是那种可笑的模仿之习以为常的结果?我不寒而栗,毛骨悚然,灭灯悄悄地退出那房间,并立即离开了那所古老的学校,从此再也没返回那里。

无所事事地在家里过了几个月之后,我成了伊顿公学的一名学生。对于在布兰斯比博士那所学校里发生的事,那短短的几个月已足以淡化我的记忆,或至少使我回忆时的心情发生了实质性的变化。那出戏的真相(悲剧情节)已不复存在。我这下能有时间来怀疑当时我的意识是否清楚,而且每每忆及那事我都忍不住惊叹世人是多么容易轻信,并暗暗讥笑我天生具有的想象力竟如此活跃。这种怀疑也不可能被我在伊顿公学所过的那种生活抹掉。我一到伊顿就那么迫不及待,那么不顾一切地投入的轻率而放荡的生活,就像旋涡一样卷走了一切,只剩下过去生活的沉渣,所有具体的或重要的印象很快就被淹没,脑子里只剩下对往日生活的最轻淡的记忆。

但是我此刻并不想回顾我无耻放荡的历程,一种巧妙地躲过了校方监督的藐视法律的放荡。三年的放荡形骸使我一无所获,只是根深蒂固地染上了各种恶习,此外就是身材有点异乎寻常地长高。一次在散漫浪荡了一星期之后,我又邀了一伙最不拘形迹的同学到我的房间偷偷举行酒宴。我们很晚才相聚,因为我们打算痛快地玩个通宵。夜宴上有的是酒,也不乏别的刺激,也许还有更危险的诱惑;所以当东方已经显露出黎明的曙光,我们的纵酒狂欢才正值高潮。玩牌醉酒早已使我满脸通红,当我正用亵渎的语言坚持要与人干一杯时,我突然注意到房门被人猛地推开了一半,接着从门外传来一个仆人急切的声音。他说有人正在门厅等着要同我谈话,而且显然迫不及待。

当时酒已使我异常兴奋,那冷不防的打扰非但没让我吃惊,反而令我感到高兴。我歪歪斜斜地出了房间,没走几步就到了那座建筑的门厅。又矮又小的门厅里没有点灯,而除了从半圆形窗户透进的朦胧曙光,没有任何灯光能照到那里。当我走到门边时,我看见一个年轻人的身影,他的个子与我不相上下,他身上那件式样新颖的白色克什米尔羊绒晨衣也同我当时穿的那件一样。微弱的曙光使我看到了这些,但却没容我看清他的脸。我一进屋他就大步跨到我跟前,十分性急地抓住我一条胳膊,凑到我耳边低声说出几个字:威廉·威尔逊。

我一下子完全清醒过来。

陌生人那番举动的方式,他迎着曙光伸到我眼前的手指颤抖的那种方式,使我心中充满了极度的惊讶;但真正使我感到震动的还不是那种方式,而是那个独特、低沉而嘶哑的声音里所包含的告诫;尤其是他用悄声细语发出那几个简单而熟悉的音节时所有的特征、声调和语调,像一股电流使我的灵魂猛然一震,许许多多的往事随之涌上心头。不待我回过神来,他已悄然离去。

虽说这一事件并非没有对我纷乱的想象力造成强烈的影响,但那种强烈毕竟是短暂的。我的确花了几个星期来认真调查,或者说我被裹进了一片东猜西想的云中。我并不想假装没认出那个人,那个如此穷追不舍地来对我进行干涉、用他拐弯抹角的忠告来搅扰我的怪人。但这个威尔逊究竟是谁?他是干什么的?他从哪儿来?他打算做什么?对这一连串问题我都找不到答案,只查明他家突遭变故,使他在我逃离布兰斯比博士那所学校的当天下午也离开了那所学校。但很快我就不再去想那个问题,而一门心思只想着要去牛津大学。不久我果然到了那里。我父母毫无计划的虚荣心为我提供了全套必需品和固定的年金,这使我能随心所欲地沉迷于我已经那么习惯的花天酒地的生活,使我能同大不列颠那帮最趾高气扬的豪门子弟攀比阔气。

那笔供我寻欢作乐的本钱使我忘乎所以,我与生俱来的脾性更是变本加厉,在我疯狂的醉生梦死之中,我甚至不顾最起码的礼仪规范。但我没有理由停下来细述我的骄奢淫逸。我只需说在所有的浪荡子中,我比希律王还荒淫无耻,而若要为那些数不清的新奇的放荡行为命名,那在当时欧洲最荒淫的大学那串长长的恶行目录上,我加上的条目可真不算少。

然而几乎令人难以置信,正是在那所大学里,我堕落得完全失去了绅士风度,竟去钻研职业赌棍那套最令人作呕的技艺,而一旦精通了那种卑鄙的伎俩,我便常常在一些缺心眼儿的同学中玩弄,以此增加我本来已经够多的收入。不过事实就是如此。我那种有悖于所有男子汉精神和高尚情操的弥天大罪无疑证明了我犯罪时肆无忌惮的主要原因(假若不是唯一原因)。事实上在我那帮最放荡的同伙之中,有谁不宁愿说自己头晕眼花,也不肯怀疑威尔逊有那种品行,那个快活的、坦率的、慷慨的威廉·威尔逊,那个牛津大学最高贵、最大度的自费生?他的放荡(他的追随者说)不过是年轻人奇思异想的放纵,他的错误不过是无与伦比的任性,他最狠毒的恶行也只不过是一种轻率而冒昧的过火行为?我就那样一帆风顺地鬼混了两年,这时学校里来了一位叫格伦迪宁的青年,一个新生的贵族暴发户,据说他与希罗德·阿提库斯①一样富有,钱财也一样来得容易。我不久就发现他缺乏心计,当然就把他作为了我显示技艺的合适对象。我常常约他玩牌,并用赌棍的惯用伎俩设法让他赢了一笔可观的数目,欲擒故纵地诱他上我的圈套。最后当我的计划成熟之时,我(抱着与他决战的企图)约他到自费生普雷斯顿先生的房间聚会,普雷斯顿与我俩都是朋友,但公正地说他

---

① 希罗德·阿提库斯(101—177),希腊学者,生于雅典富家,以乐善好施闻名。

对我的阴谋毫无察觉。为了让那出骗局更加逼真，我还设法邀请了另外八九名同学，我早就精心策划好玩牌之事要显得是被偶然提到，而且要让我所期待的那个受骗上当者自己提出。我简单布置好这件邪恶勾当，该玩的花招伎俩无一遗漏，而那些如出一辙的花招伎俩是那么司空见惯，以至于唯一值得惊奇的就是为何还有人会稀里糊涂地上当。

我们的牌局一直延续到深夜，我终于达到了与格伦迪宁单独交手的目的。我们所玩的也是我拿手的二人对局。其他人对我俩下的大额赌注很感兴趣，纷纷抛下他们自己的牌围拢来观战。那位暴发户早在上半夜就中了我的圈套，被劝着哄着喝了不少的酒，现在他洗牌、发牌或玩牌的动作中都透出一种极度紧张，而我认为他的紧张并不全是因为酒醉的缘故。转眼工夫他就欠下了我一大笔赌账，这时他喝了一大口红葡萄酒，然后完全按照我冷静的预料提出将我们本来已大得惊人的赌注再翻一番。我装出一副不情愿的样子，直到我的再三不肯惹得他出言不逊，我才以一种赌气的姿态依从了他的提议。这结果当然只能证明他已经完全掉进了我设下的陷阱。在其后不到一个小时的时间内，他的赌债又翻了四番。酒在他脸上泛起的红潮早就在慢慢消退，可现在看见他的脸白得吓人仍令我不胜惊讶。我说我不胜惊讶，因为我早就打听到格伦迪宁的钱财不可计量。我想他输掉的那笔钱对他虽然不能说是九牛一毛，但也不会使他伤筋动骨，不至于对他产生那么强烈的影响。他脸色白成那副模样，最合理的解释就是他已经不胜酒力。与其说是出于什么不那么纯洁的动机，不如说是想在朋友们眼里保住我的人格，我正要断然宣布结束那场赌博，这时我身边一些伙伴的表情和格伦迪宁一声绝望的长叹使我突然明白，我已经把他毁到了众人怜悯的地步,毁到了连魔鬼也不忍再伤害他的地步。

现在也很难说清我当时该怎么办。我那位受害者可怜巴巴的样子使在场的每一个人都露出尴尬而阴郁的神情。屋子里一时间鸦雀无声,寂静中那伙人中的尚可救药者朝我投来轻蔑或责备的目光,我禁不住感到脸上火辣辣的。我现在甚至可以承认,当随之而来的那场意外突然发生时,我焦虑不堪的心在那一瞬间竟感到如释重负。那个房间又宽又厚的双扇门突然被推得大开,开门的那股猛劲儿像变戏法似的,熄灭了房间里的每一支蜡烛。在烛光熄灭前的刹那间,我们刚好能看见一个陌生人进了房间,他个子和我不相上下,身上紧紧地裹着一件披风。可现在屋子里一团漆黑,我们只能感觉他正站在我们中间。大家还未能从那番鲁莽所造成的惊讶中回过神来,那位不速之客已开口说话。

"先生们,"他用一种低低的、清晰的、深入我的骨髓而令我终生难忘的悄声细语说,"先生们,我不为我的行为道歉,因为我这番冒昧是在履行一种义务。毫无疑问,你们对今晚在双人牌局中赢了格伦迪宁勋爵一大笔钱的这位先生的真正品格并不了解。因此我将向你们推荐一种简捷而实用的方法,以便你们了解到你们非常有必要了解的情况。你们有空时不妨搜搜他左袖口的衬里,从他绣花晨衣那几个大口袋里或许也能搜出几个小包。"

他说话时屋里非常安静,静得连掉根针在地上也许都能听见。他话音一落转身便走,去得和来时一样突然。我能够,或者说我需要描述我当时的感觉吗?我必须说我当时感到了所有要命的恐惧吗?无疑我当时并没有足够的时间做出反应。大伙儿七手八脚当场把我抓住,烛光也在突然之间重新闪亮。一场搜查开始了。他们从我左袖口的衬里搜出了玩双人对局必不可少的花牌,从晨衣口袋里找到了几副与牌局上用的一模一样的纸牌,只不过我这几副是那种术语称为的圆牌,大牌的两端微微凸出,小牌的两边稍稍鼓起。经过这样一番处理,按习惯竖着切牌的上当者将发现他抽给对手的常常都是大牌,而横着切牌的赌棍则肯定不会抽给他的受害人任何一张可以计分的大牌。

他们揭穿我的骗局后若真是勃然大怒,也会比那种无言的蔑视或平静的讥讽令我好受。

"威尔逊先生,"我们的主人一边说一边弯腰拾起他脚下的一件用珍稀皮毛缝制的华贵的披风,"威尔逊先生,这是你的东西。"(那天天冷,我出门时便在晨衣外面披了件披风,来到赌牌的地方后又把它脱下放到一边。)"我想就不必再从这件披风里搜出你玩那套把戏的证据了(他说话时冷笑着看了看披风的褶皱)实际上我们已有足够的证据。我希望你能明白,你必须离开牛津。无论如何得马上离开我的房间。"

虽说我当时自惭形秽,无地自容,但若不是我的注意力被一个惊人的事实所吸引,那我早就会对那种尖酸刻薄做出强烈的反应。我当时穿的那件披风是用一种极其珍稀的毛皮做成,至于有多珍稀、多贵重,我不会贸然说出。那披风的式样也是我独出心裁的设计,因为我对那种琐碎小事的挑剔已到了一种虚浮的地步。所以当普雷斯顿先生将他从双扇门旁边地板上拾起的那件披风递给我时,我惊得近乎于恐怖地发现我自己那件早已经搭在我胳膊上(当然是在无意识之间搭上的),而递给我的那件不过是我手中这件的翻版,两件披风连最细小的特征也一模一样。我记起那位来揭我老底的灾星进屋时就裹着一件披风,而屋里其他人除我之外谁也没穿披风。我还保持着几分镇定,于是我从普雷斯顿手中接过那件披风,不露声色地把它撂在我手中那一件之上,然后带着一种毅然决然的挑衅神情离开了那个房间。第二天早晨天还未亮,我便怀着一种恐惧与羞愧交织的极度痛苦的心情,匆匆踏上了从牛津到欧洲大陆的旅途。

我的逃亡终归徒然。我的厄运似乎乐于把我追逐,并实实在在地表明他对我神秘的摆布还刚刚开始。我在巴黎尚未站稳脚跟就发现那个可恶的威尔逊又在对我的事情感兴趣。岁月一年年流逝,而我却没感到过安定。那条恶棍!在罗马,他是多么不合时宜又多么爱管闲事地像幽灵一样插在我与我的雄心之间!在维也纳也如此。在柏林也这般。在莫斯科也同样没有例外!实际上在哪儿我会没有从心眼里诅咒他的辛酸的理由呢?我终于开始惊恐地逃避他那不可思议的暴虐,就像在逃避一场瘟疫;但我逃到天涯海角也终归徒然。

我一次次地在心里暗暗猜想,我一次次地对着灵魂发问:"他是谁?他从哪儿来?他到底要干什么?"但是我从来找不到答案。现在我又以十二万分的精细,彻底审视他对我进行无理监督的形式、方法和主要特征。可就是从这儿也很少能找到可进行推测的根据。实际上能引人注目的就是,在最近他对我挡道拆台的无数事例中,他没有一次不是要挫败和阻挠我那些一旦实现就会造成灾难性后果的计划和行动。其实,这一发现对一种显得那么专横的权力来说,不过是一种可怜的辩护!对一种被那么坚决而不客气地否认的自封的天赋权力来说,不过是一种可怜的补偿!

我还被迫注意到,长期以来,我那位施刑者虽然小心而奇妙地坚持穿和我一样的衣服,但他每次对我的意志横加干涉时都应付得那么巧妙,以至于我在任何时候都未能看清他那副面孔。不管他威尔逊会是什么样的人,他这样做至少是矫揉造作,或者愚不可及。难道他真以为我居然会认不出在伊顿公学警告我的、在牛津大学毁了我名誉的、在罗马阻挠我一展宏愿的、在巴黎遏制我报仇雪恨的、在那不勒斯妨碍我风流一番的,或在埃及不让我被他错误地称为贪婪的欲望得到满足的那个凶神和恶魔就是我中学时代的那个威廉·威尔逊,那个我在布兰斯比博士那所学校时的同名者、那个伙伴、那个对手、那个既可恨又可怕的对手?这不可能!但还是让我赶紧把这幕剧的压轴戏唱完吧。

我就那样苟且偷安地屈服于了那种专横的摆布。我注视威尔逊的高尚品格、大智大慧、无所不在和无所不能之时所惯有的敬畏心情,加上我注意他天然生就或装腔作势的其他特征之时所具有的恐惧心理,一直使我深深地意识到自己的软弱与无能,使我(尽管极不情愿)盲目地服从他独断专行的意志。但最近一些日子我饮酒无度,酒精对我天性的疯狂影响使我越来越不堪任人摆布。我开始抱怨,开始犹豫,开始反抗。难道我认为自己越来越坚定,而我那位施刑者却越来越动摇?这仅仅是我的一种幻觉?即便就算是幻觉,我现在已开始感觉到一种热望的鼓舞,最后终于在心灵深处形成了一个坚定不移且孤注一掷的决心,那就是我不再甘愿被奴役。

那是在罗马,18××年狂欢节期间,我参加了一个在那不勒斯公爵迪·布罗利奥宫中举行的化装舞会。我比平常更不节制地在酒桌边开怀畅饮了一通,这时那些拥挤不堪的房间里令人窒息的空气已使我恼怒。挤过那乱糟糟的人群之困难更使得我七窍生烟,因为我正在急切地寻找老朽昏聩的迪·布罗利奥那位年轻漂亮且水性杨花的妻子(请允许我不说出我那并不高尚的动机)。她早就心照不宣地告诉了我她在化装舞会上将穿什么样的服装,现在我瞥见了她的身影,正心急火燎地朝她挤去。就在此时,我感到一只手轻轻摁在我肩上,那个低低的、该死的、我永远也忘不了的悄声细语又响在我耳边。

在一阵绝对的狂怒之中,我猛转身朝着那位妨碍我的人,一把揪住他的衣领。果然不出我所料,他打扮得和我一模一样,身上披一件蓝色天鹅绒的西班牙披风,腰间系一条猩红色皮带,皮带上悬着一柄轻剑,一副黑丝绸面具蒙着他的脸。

"无赖!"我用沙哑的声音愤然骂道,我骂出的每一个字都像是往我心中那团怒火浇的一瓢油,"无赖!骗子!该死的恶棍!你不该,你不该对我穷追不舍!跟我来,不然我就让你死在你站的地方!"我拽着并不反抗的他挤过人群,从舞厅来到了隔壁的一间客厅。

我一进屋就猛然把他推开。他跌跌撞撞地退到墙边,这时我发着誓关好了房门,转身命令他拔出剑来。他略为踌躇了片刻,然后轻轻叹了口气,终于默默地抽剑摆出防御的架势。

那场决斗的确非常短暂。各种各样的刺激早已使我疯狂,我觉得自己握剑的手有千钧之力。眨眼工夫我就奋力把他逼到墙根,这下他终于得任我摆布,我凶狠而残暴地一剑剑刺透他的心窝。

这时有人试图扭开门闩。我急忙去阻止被人闯入,随之又转身朝着我那位奄奄一息的对手。可人世间有什么语言能描述我当时看见那番情景时的那种惊异,那种恐怖?就在我刚才掉头之间,那个小客厅的正面或说远端在布置上发生了一个重大的变化。一面大镜子(在我开初的慌乱之中显得如此)正竖立在刚才没有镜子的地方,而当我怀着极度恐惧的心情朝它走过去时,我的影子,我那面如死灰、浑身溅满鲜血的影子也步履跟跄地朝我走来。

我说显得如此,其实并非如此。走过来的是我那个对手,是威尔逊,他正带着临死的痛苦站在我面前。他的面具和披风已被扔在地板上。他衣服上没有一根纤维不是我衣服上的纤维。他那张脸上所有显著而奇妙的特征中没有一丝纹缕,甚至按照最绝对的同一性,不是我自己的!

那就是威尔逊,但他说话不再用悄声细语,当时我还以为是我自己在说话:

你已经获胜,而我输了。但从今以后你也就死去,对这个世界、对天堂和希望也就毫无感觉!你存在于我中,而我一死,请看这个影子吧,这是你自己的影子,看你多么彻底地扼杀了自己。

曹明伦 译

斯托克顿

弗·斯托克顿(1834—1902),美国小说家,以写幽默小说和儿童小说而闻名。主要作品有《鲁德·格兰奇》《波莫纳游记》等。短篇小说《美女,还是老虎?》是一名篇。

美女,还是老虎?

很久很久以前,有一个半开化的国王。他异想天开,独断专行,恣意将他的种种奇想付诸实现。遇事按他意旨办,自是温文尔雅;如果遇到些障碍,有些出轨,更是温文尔雅;因为,再没有什么能像矫枉纠偏、铲除不平那样使他怡然自得的了。

他从外邦引进各种各样的主意,其中之一是建造公共斗技场。通过斗技场上的逞勇、陶冶、教化他的臣民的心灵。

然而,就在这里,也显示出了他那丰富而又野蛮的想象能力。国王的斗技场不是建来让人们有机会听垂死的角斗士们的遗言,也不是让人们来观看信念和饿口之间冲突的无可避免的结局;建斗技场自有其更多的目的:开阔、发展人们的心智。这个巨大的圆形斗技场的四周是看台,上方是奇异的拱顶,内中是隐秘的通道,斗技场是劝善惩恶的工具。在这里,全凭公正无私的机遇的主宰,美德获得奖赏,罪恶受到惩罚。

当一个臣民被控有罪,罪行大得足以引起国王的兴趣时,就会贴出告示:定于某日,在国王的斗技场上决定被告的命运。国王的斗技场——这可完全名副其实。

当所有的人都聚集在斗技场里,国王被侍从们簇拥着在一边高高坐上王座以后,他便发出信号。于是,他坐位下方的一扇门便打开,那被控的臣民走出来,进入斗技场。正对面,在这被围起来的地方的另一边,是两扇完全一模一样的并排排列的门。照直朝这两扇门走去,并打开其中的一扇,这是受审者的义务和特权。打开哪扇门,随他的意愿。他只拥有上面提到的那"公正无私"的机遇,而得不到任何指点或暗示。如果他打开这一扇,里面出来的是一只饿虎,那它会立即向他扑过来,把他撕得粉碎,作为对他的罪过的惩罚。罪案已定,悲惨的铁钟便敲响起来,分布在斗技场边上的那些雇来的号丧者就号啕大哭,而广大的观众便垂头丧气、步履迟缓地踏上他们的归途,一路上深深哀悼一个如此年轻俊逸或如此年高德劭的人竟然遭到这样悲惨的命运。

但如果被告打开另一扇门,那门里出来的则是一位美女,是国王陛下从其优秀的臣民中所能选出的最合适的美女,年龄、身份与他最为般配。于是,立即让他和这位美女成婚,作为对他无罪的奖赏。也许他已经有了家室,也许他已经情有所钟,那都无关紧要。国王不容许这类低下的安排干扰他的奖惩大策。仪式也便当即就在斗技场上举行。此时,国王座位下方的另一扇门打开,一位牧师朝这一对并排立着的男女走过来,后面跟着唱诗班和翩翩起舞的少女,金喇叭吹着欢乐曲调,婚礼欢快地进行。而后,快活的铜钟齐鸣,人们快乐地喊叫,这无罪的人由孩子们在前面一路洒着鲜花,领着新娘走回家去。

这就是国王的半开化的审判方式。被告无从得知,哪扇门里会走出美女。打开哪扇门,随他的意愿,他一点也不知道在一瞬间他是要被吃掉,还是要被配婚。有时老虎从这扇门里出来,有时老虎从另一扇门里出来。这种特别法庭的裁判不能有任何更改。被告如果发现他自己有罪,立即受惩;如果无罪,当场获赏,不管他乐意不乐意。国王斗技场的这种判决,无一能够逃脱。

这制度深得人心。当人们在某个大审日子聚集在一起的时候,他们绝不知道,他们是要目睹一起血淋淋的杀戮呢,还是一次快乐的婚礼。这样做,大众愉悦、满意,公众中有头脑的人也不能指责这主意不公正,因为,整个事情不是都完全操在被告自己手里吗?

这半开化的国王有个女儿,生得美如天仙,也和他一样刚愎自用。如常情,国王对她爱如掌上明珠。国王的侍从中有个年轻人,正像浪漫故事中司空见惯地爱上了王家女儿的普通主人公那样,他血统纯正,地位卑下。这位王家女儿对她的情人十分称心如意,因为他比这个王国里的任何人都英俊、勇武。她以那种野蛮劲儿爱他,爱得极其热烈。他们幸福地相爱了好几个月,直到有一天突然被国王发觉。国王对自己的职责毫不犹豫。这年轻人立即被投进了监狱,并定下日子,让他在国王斗技场上受审。不用说,这是一起特别重要的事件;国王陛下,以及其他所有的人,对审判程序及其进展都非常关注。以前这种案子可从没发生过,以前从没有哪个臣民敢于爱上一个国王的女儿。尽管在以后这类事儿变得相当平常了,但在那时,它可确实非比寻常,令人吃惊。

找遍王国里所有的老虎笼,为斗技场选出了最凶残的一只老虎;同时,干练的法官们细细访查了全国的美女,为的是能使这年轻人的命运为他确定另一种遭遇时,有一个合适的新娘。不用说,那年轻人被指控的那事儿已经尽人皆知。他爱上了公主。不管是他,还是她,或是其他任何人,都不想否认这一事实。但国王不想让任何这类事实干扰他从中得到无比愉快和满足的法庭审判程序。不管这事结局如何,这年轻人总要受到处置;而国王观看审判的进程,将会从中获得无穷乐趣。事情的进展将会确定这年轻人让自己爱上公主是否有错。

指定的日子到了。人们从远远近近聚拢来,挤满了斗技场四周的巨大看台。那些进不来的人都麇集在斗技场的外墙跟前。国王和他的侍从们都已就位,面对那两扇大门——那两扇如此可怕地相似的、决定命运的大门。

一切都准备就绪。发出了信号。国王一班人坐位下方的一扇门打开了,公主的情人走进了斗技场。高大、俊美、风雅,他的出现引起了一阵赞美和忧虑的低语。半数的观众以前竟不知道这样一个仪表堂堂的年轻人生活在他们之中。怪不得公主爱上他!站在那儿,对他该是一件多么可怕的事!

这年轻人走进斗技场后,转过身来,照例朝国王鞠躬敬礼。但他压根儿没想着这至高无上的国王;他的两眼盯住坐在国王右首的公主。公主的一片痴情是不容她在这与她利害攸关的场合缺席的。她的情人的命运将在国王斗技场决定,从这命令下达的那一刻起,她就日日夜夜别的什么都不想,只想着这件大事和与之有关的种种事体。她比以往任何牵涉此种案件的人更有权力,更有影响,个性也更强。她做出了其他任何人所没做过的事——她掌握了那两扇门的秘密。她知道,在门后的那两个房间里哪个房间里放着敞开门的老虎笼,哪个房间里候着那位美女。两扇厚门都用兽皮从里面密密地遮挡着,任何声音或提示都不可能从里面透出来,传给该走近来拉开两扇门之一的插销的那个人。可是黄金和一个女子的意志,给这位公主带来了这个秘密。

她不但知道哪个房间里站着那个非常聪慧美丽的淑女,准备门一开就出来,而且她知道这女子是谁。这是宫廷里的最美丽最可爱的美女之一,选来作为这被控的年轻人的奖赏,如果他证明他企求爱一个地位远比他高的人是无罪的话。公主憎恨这女人。她常常看到,或者说是想象中看到,这美人儿给她的爱人递送秋波。而有时她觉得他们相互间眉目传情。她还不时地看到他们在一起谈话。那只不过是片刻的工夫,但一会儿时间里也能谈很多东西的;谈的也许是些无关紧要的事,但她又哪能知道是那样呢?那姑娘是可爱的,但竟敢抬眼看公主所爱的人!公主以她世代野蛮祖先传给她的全部野性,憎恨着这个在那扇静寂的门后羞愧并颤抖着的女子。

她坐在那儿,面孔比她周围的无数张焦急的面孔都要苍白。她的爱人转过身来看她,他的目光和她的目光相遇了。凭着心心相印的人的敏感,他看到:她知道哪扇门后蹲着老虎,哪扇门后立着淑女。他原就期望她知道这个秘密。他了解她的性格。他内心确信,她不把那个对所有旁观者、甚至是对国王藏着的事情弄清楚,决不会罢休。这年轻人唯一的希望就是心里能有点底,这得全靠公主能成功地发现那秘密。他向她看了一眼,便知道她成功了,正如他内心所料。

那时,是他那迅速焦急的一瞥在发问:"哪一扇?"这对她说来,就像他从所站处高喊出来一样清楚。一刻也不容耽搁。问题在一瞬间提出,问题必须在另一瞬间回答。

她的右臂搁在面前的软垫栏杆上。她抬起手,迅速地向右微微一动。除了她的爱人,谁也没有看到她。所有别的眼睛都盯着斗技场上这个人。

他转过身去,以坚定急速的步伐,穿过空地。每颗心都停止了跳动,每个人都屏住了呼吸,所有的眼睛都一动不动地盯着这个人。他毫不犹疑,向右边那扇门走去,打开了它。

现在,这故事的关键是:是老虎从那扇门里出来呢,还是淑女?

我们愈是思考这问题,这问题便愈难回答。它牵涉到对人的心理的研究。一个人心理上的各种情感纷繁复杂,从研究中我们难以找到出路。想想它吧,公正的读者,不过这问题不是靠你决定,而是靠那个热血的、半公开的公主决定,她的心交织着失望和妒忌,火一般地炽烈。她已经失去了他,而谁该拥有他呢?

在她清醒时和梦中,不知多少次,当她想到她的爱人打开了后边有一个凶残虎口在等着的那扇门时,她惊吓得跳起来,用双手捂住自己的脸!

而更不知多少次,她看到他站在另一扇门边!噩梦中,当她看到他打开淑女那扇门而欢喜得跳起来时,她又是怎样咬牙切齿撕扯头发!当她看到他冲过去迎接那个颊色鲜艳、眼里因胜利而闪闪放光的女子;当她看到他领着那女子出来,浑身充满了再生的喜悦;当她听到人群中发出的喜悦的叫声和那疯狂、欢乐的钟声;当她看到牧师领着那伙快乐的人们向着这一对儿走去,就在她眼前使他们结为夫妇;当她看到他们一道从铺满鲜花的道路上走去,快乐的人们大声呼喊欢送,而她一个人的失望的呼喊全被淹没……当她看到、听到这一切时,她的心是怎样地在无比的痛苦中煎熬啊!

他立即死去,到一个半开化的来世的福地去等她,岂不更好吗?

然而，那可怕的老虎，那叫喊，那鲜血！

她的决定是一瞬间表示出来的，但做出这决定却是经历了日日夜夜的可怕的思虑。她知道他会问她，她决定了怎么回答。她毫不犹疑，把手往右动了动。

她做出哪种决定是个不易回答的问题。我不敢冒昧，认为自己能够解答。所以，我把这个问题留给你们大家：从打开的那扇门里走出来的是什么——美女，还是老虎？

韩长青 译

马克·吐温

马克·吐温(1835—1910),美国深孚众望的幽默小说家。他以描写男孩子历险故事和抨击人类的弱点与虚假而闻名于世。《竞选州长》和《国王说"再来一次!"》是其成名作。

竞选州长

几个月前,独立党提名我为纽约州州长候选人,准备与约翰·丁·史密斯和布兰克·丁·布兰克两位先生一起参加竞选。不论怎样说吧,反正,我总认为,跟这两位先生相比,我具有一个明显的优点,那就是:我的声誉好。这一点我们不难从报纸上看到,即使他们俩也一度曾经知道保持一个好名声意味着什么,但他们的那个时代已经一去不复返了。事实很明显,最近这几年里,他们对各种可耻的罪行已习以为常。然而,就在我夸赞自己的优点,并暗中沾沾自喜时,我那喜悦心情的深处却被一股使人感到惴惴不安的污浊潜流给"搅浑"了,那就是:我必然会听到一些人把我的名字和这一流人物相提并论,混为一谈。我越来越感到不安。最后我写信给我祖母,谈到这件事。我很快地准时收到了回信。她在信中说:

你生平从来没有干过一件令人羞愧的事——一件也没干过。现在你倒去看看报纸吧——去看看它们,再了解一下史密斯先生和布兰克先生是什么样的人,然后再考虑一下:你是否情愿将你自己的身份降低到他们的水平,和他们一起去拉选票。

这正是我的想法呀!那一天我整夜没合眼。然而无论如何我不能打退堂鼓。我既已完全承担了义务,就必须拼干到底。早餐时我正在百无聊赖地看报纸,眼光偶尔触到下面这一段报道,说真的,我从来没像那样惊慌失措。

作伪证罪——现在马克·吐温先生当着群众俨然是一位州长候选人了,他是不是可以放下他那架子来解释一下:1863年他在交趾支那瓦加瓦克,如何经三十四位证人评断,证明他曾经作过伪证。他那次作伪证的动机,是为了要从当地一个穷苦的寡妇和她无依无靠的子女那里侵吞一块贫瘠的大蕉种地,那块地是他们失去亲人后,在悲哀不幸中唯一可以赖以为生的恒产。无论是为他本人,或是为投他选票的广大群众,吐温先生都有责任澄清这一事实。他会加以澄清吗?

当时我差点儿被吓晕过去!竟然有这样恶毒伤人的、丧心病狂的指控。我从来就不曾见到过什么交趾支那!我从来就不曾听说过什么瓦加瓦克!我不知道"大蕉地"和袋鼠有什么区别!我不知道该说怎么办是好了。我神志不清,我束手无策。我根本什么事都没做,就让那一天溜了过去。第二天早晨,同一份报纸上刊载了以下这一条——此外什么都没有:

耐人玩味——大家会注意到,吐温先生对交趾支那作伪证一事保持了耐人寻味的沉默。

(**附注**——在此后的竞选期中,这份报纸每次提到我时,竟不用其他名号,总是称我为"臭名昭著的作伪证者吐温"。)

接着是《新闻报》刊载了以下这一条:

倒要请教——新州长候选人可否降尊纡贵,向某些市民(他们现在容许他参加竞选!)解释一下他在蒙大拿的那件小事:和他同住在一间小屋里的几个伙伴不时遗失一些小件的贵重物品,到后来那些东西照例都是在吐温先生的身上或他的"行李箱"(指他用来包装随身什物的报纸)里发现了,因此他们认为有必要先向他进行善意的忠告,于是就给他涂上柏油,粘上羽毛,用根木杆把他抬走了,①然后叫他把原先那小屋子里他通常占据的地方永远空出来。这件事他可以解释一下吗?

有什么造谣中伤还能比这更为居心险毒的吗?我有生以来就没去过蒙大拿。

(从此以后,这份报纸每谈到我时,总是习以为常地称我为"蒙大拿的小偷吐温"。)

谎言被揭穿了——根据五叉角区的迈克尔·奥福兰盖因先生、斯纳布·拉弗尔蒂先生以及沃特街的卡蒂·马利甘先生

---

① 给被认为是有罪的人浑身涂上柏油,粘上羽毛,是一种私刑或污辱;让人跨在一根木杆上,抬着游街示众,然后驱逐出境,也是一种羞辱性惩罚。

宣誓的陈述,现已证实:马克·吐温先生在他那篇下流无耻的报道中,说什么我们崇高的领导人布兰克·丁·布兰克已故的祖父因拦路抢劫而被处绞刑,这是全无事实根据、纯属恶毒诽谤的谎言,正义人士见他采取这样卑鄙无耻的手段,企图凭此攻击泉壤下的亡灵,玷污他们家族高贵的名声,从而让自己在政治上占上风,都为之寒心。当我们想到这样可耻的谎言必然会给死者清白无辜的亲友带来痛苦时,我们在激情冲动下几乎要唤起被触怒的受辱的公众立即对这恶毒中伤者采取不受法律约束的报复行动。然而,不!我们还是让他去受良心谴责的痛楚吧!(尽管如此,如果公众出于义愤,在无名怒火的燃烧中给这造谣中伤者造成人身伤害的话,那么,对在这件事情上犯了错误的人,显然是没有任何陪审团能判他们罪的,没有任何法庭能处罚他们。)

这一句巧妙的结尾发挥了它的作用,它害得我那天夜里赶忙从床上爬起,从后门逃出,同时那些"被触怒和受辱的群众"则从前门一拥而入,他们义愤填膺,一路捣毁家具和窗子,临去时还顺手带走了他们能带的东西。但是,我能把手放在《圣经》上宣誓,我从来没造谣中伤布兰克先生的祖父;再说,直到那一天,我甚至从来没听人家向我谈到他,或者我向人家提到他。

(我这里顺便提一句,以上所说的那份报刊,此后每提到我时,总称我为"掘坟盗尸犯吐温"。)

以下是引起我注意的又一篇刊在报上的文章:

一位寻欢作乐的候选人——事先已安排好,昨晚马克·吐温先生要在独立党群众大会上发表一篇诋毁他人的演说,但他竟没准时出场!他的医生发来了电报,说他被一组脱缰马撞倒,他腿上两处骨折——受伤者正痛苦地卧病在床,如此如此,这般这般,以及许多这一类的胡说八道。独立党党员竭力要使人轻信这一托词,并假装不知道他们提名候选的这个自甘堕落的家伙缺席的真实原因。昨晚有人看见,某一个人喝得烂醉,跌跌撞撞地摸进了马克·吐温先生住的那家旅馆。独立党党员对此有无可推卸的责任,他们必须证明这个酒鬼并不是马克·吐温先生本人。这下子我们可逮住他了!这是一件无法回避的事。群众发出雷鸣般的吼声追问:"那家伙到底是谁?"

一时不能令人相信,绝对不能令人相信,居然有这样的事,竟会把我的名字跟这样不光彩的嫌疑牵扯到一起。我已有整整三年没沾过一点儿麦芽酒、啤酒、葡萄酒或其他任何酒类了。

(当我说,我看到该刊物在它的下一期里始终不渝地封我为"发抖颤性酒疯①的吐温先生"时——尽管我明知道,那报刊从此以后将一成不变地这样称呼我——但我并没受到良心谴责,这说明,那一时期对我起了多么大的作用。)

这时匿名信开始成为我收到的邮件的重要部分。像这种方式的信是司空见惯的:

> 那个正在讨饭时被你从尊府门口踢走的老太婆现在怎

---

① 抖颤性酒疯,又称震颤性谵妄,指兴奋发狂病态,主要是由于饮烈酒致醉,病发时浑身出汗,惊恐不安,胡言乱语。

样了?

> 波尔·普里

再有这样的来函:

> 你干的那些事,有的虽然谁都不知道,但我知道。你最好还是掏出几张钞票,送给以下具名的先生,否则你将会在报上领教他的答复。
>
> 汉迪·安迪

这就是来信的用意所在。如果读者高兴听的话,我可以继续一一列举,直到大家听腻了为止。

不久,共和党的主要报纸"判决"我犯了大规模行贿罪,而民主党的权威报纸则将一件应加重处罚的敲诈案强行钉在我头上。

(就这样,我又荣获了两个称号:"肮脏的营私舞弊者吐温"和"可恶的向陪审员行贿的吐温"。)

这时响起了一片责难声,纷纷要求答复所有强加在我头上的可怕的指控,以致我党领导和党报编辑都说,如果我再这样沉默下去,那我的政治生活将被宣判死刑。仿佛要使他们的呼吁显得更加紧迫似的,第二天的一份报上出现了以下这样一段:

瞧瞧这个家伙——独立党的候选人仍保持沉默。这是因为他不敢申辩。所有对他的指控都已被充分证实,而且已被他本人意味深长的沉默一再表示承认。到今天,他被定罪后已永远不能翻案。瞧瞧你们这位候选人吧,独立党的负责人士！瞧瞧这位臭名远扬的伪证制造者！这位蒙大拿的小偷！这位掘坟盗尸犯！周密地考虑一下你们这位发抖颤性酒疯的人！你们这位肮脏的营私舞弊者！你们这位可恶的向陪审员行贿者！盯着他看看——仔细地想一想——然后再说你们是否能将自己公正的选票投给这样一个家伙:他因所犯的丑恶罪行而赢得这样可怕的一大串头衔,而且不敢开口否认其中任何一个！

毫无办法摆脱这一困境,于是,我又羞又愧,开始准备答复一大批毫无根据的指控,以及卑鄙恶毒的造谣。但是我根本就没来得及完成这项工作,因为,就在第二天早上,又一份报纸再一次恶毒地报道了一件新的恐怖案件,一本正经地指控我,说什么只因为一所疯人院挡住了从我家向外眺望的景色,我就纵火烧了它,连同里面所有的病人。这使我陷入恐慌。接着是指控我为了夺取财产而毒死了我的伯父,并迫切要求掘开他的坟,开棺验尸。这一来可将我逼到了疯狂的边缘。除此之外,报纸还控告我任育婴堂堂长时,雇用了一些掉光了牙齿、已失去工作能力的老年亲戚管理伙食。我的思想开始动摇了——动摇了。最后,由于党派间的仇恨而对我进行的无耻迫害达到了高潮:几个刚在学步的、肤色各异、衣着褴褛的小孩,经过教导,在一次公众集会上一起拥上讲台,抱住我的腿,唤我爸爸！

我屈服了。我扯下我的旗子投降了。我不够资格参加纽约州州长的竞选,于是我递上了取消候选人资格的申请书,痛心疾首地在它上面签上:"您忠实的仆人,一度是一个正派人士,而今则成为:

I.P.,M.T.,B.S.,D.T.,F.C.和L.E.①马克·吐温。"

叶冬心 译

国王说"再来一次!"

我听说,德国人举行音乐会或演出歌剧的时候,听众从来不要求再唱一次;即使是急切地想要再听一次,然而,考虑到自己是有修养的人士,他们通常都克制着自己,不去要求重演。

国王可以吩咐"再来一次",那完全是另一码事;每一个人看到国王喜悦,都会感到高兴;至于那承蒙恩谕"再来一次"的演员,他得意和快活到了什么程度,那根本就不用提啦。然而,在某些情况之下,甚至连王命"再来一次"……

这里最好还是举例说明吧。巴伐利亚国王是一位诗人,他有着诗人的怪癖——比其他诗人更占便宜的地方是:不论那些癖好以什么方式表现,他都能够让自己获得满足。他喜欢看歌剧,但不喜欢坐在一群观众们当中看;因此,在慕尼黑,有时候会出现这种情况,即当一出歌剧已经演完,演员们正在擦净他们的油彩,卸下他们的戏装时,一道圣旨降下,命令他们重新抹上油彩、穿上戏

---

① 分别为 Infamous Perjurer(臭名昭著的作伪证犯)、Montana Thief(蒙大拿的小偷)、Body-Snatcher(掘坟盗尸犯)、Delirium Tremens(发抖颤性酒疯的人)、Filthy Corruptionist(肮脏的营私舞弊者)和 Loathome Embracer(可恶的向陪审员行贿者)词的第一个字母。

装。不一会儿,国王驾到,来的就是他孤零零一个人,于是演员们又开始从头演起,将整出歌剧重演一遍,但坐在堂皇宏伟的戏院中看戏的却只有那么一个人。有一回,他忽然异想天开。原来,在宫廷戏院里宽阔的舞台上方,在高处人们看不见的地方,装有一系列错综盘旋的水管,水管上凿有洞眼,万一发生火警,就可以使无数纤细的雨丝从空而降;遇到需要的时候,还可以将水势增大,形成滚滚洪流。美国的戏院经理们,不妨把这玩意儿记了下来。再说,国王是唯一的观众。歌剧继续演出,戏里有着一个暴风雨场面;模拟的雷开始缓缓震响,模拟的风开始飒飒悲号,模拟的雨开始噼噼啪啪降落。国王的兴致越来越高,豪兴终于演成狂热。他大喊道:

"好呀,真好极啦! 可是,我要真的雨! 把水放出来!"

总管哀求他收回圣谕;说那样会把珍贵的布景和鲜艳的服装一起毁了,可是国王喊道:

"别管它,别管它。我要真的雨! 把水放出来!"

于是,真的雨被放出来,丝丝细雨开始下降,落在舞台布景的花坛上和石子小路上。盛装的男女演员踏着轻快的步伐,勇敢地纵声歌唱,装出毫不在意的神气。国王高兴了——他的热情继续高涨。他大声喊道:

"妙呀,妙呀! 打更多的雷! 闪更多的电! 下更大的雨!"

雷声隆隆,电光闪闪,狂风怒吼,大雨倾盆而降。舞台上扮贵人的演员,让湿透了的锦缎衣服紧贴在身上,齐踝深淹在水里,一面曼声唱出他们最优美悦耳的歌曲,舞台边沿底下的琴师像拉锯般狠命地拉那提琴,漫下来的冷水直灌到他们后颈窝里,而身上干燥、满怀喜悦的国王则坐在他居高临下的包厢里,不停地鼓掌,把手套都给拍破了。

"再多一些!"国王吆喝,"再多一些——让雷声齐鸣,把水给放足!谁在撑伞,我把他绞了!"

当这一场任何戏院中从未安排过的最猛烈和最有效果的暴风雨终于结束时,国王赞不绝口,他大喊道:

"精彩呀,精彩呀!再来一次,重演一回!"

但是总管终于劝说国王收回了"再来一次"的成命。他说,单凭陛下要"再来一次",已经使我的戏班深受荣宠,这对他们已经是足够的报酬,再用不着满足他们的虚荣;烦劳陛下费神去重看一遍了。

在接着那一幕演下来的戏里,扮演需要更换戏装的角色总算走运,其他的演员都浑身淋湿,拖泥带水,感到好不难受,虽然,那情景却是再动人也没有的了。舞台布景被浸坏了,活门板被泡涨了,此后一星期里再没法使用它们了。精美的戏装全部报销,那场别开生面的暴风雨带来的小的损失更是数不清。

那样演暴风雨,是按帝王的意旨安排的,也是以帝王的气派执行的。但是,这里请大伙注意那位国王的克制能力;他并没坚持"再来一次"。如果他是一位纵情任性、不顾一切的美国歌剧观众,那他也许会让那暴风雨重复了一次又一次,直到把所有那些人都淹死为止。

叶冬心 译

哈 特

勃·哈特（1836—1902），美国作家，乡土派小说创始人之一。主要作品有长篇小说《咆哮营的幸运儿》《扑克滩的流浪者》等。本篇是作者的代表作，一百年来一直深受读者喜爱。

坦纳西的合伙人

我想，咱镇上的人都不知道他的真实姓名。但1854年那年头沙洲镇的居民彼此知道真实姓名的又有几个呢？大部分人都是用绰号互相称呼的。反正这并没有给我们的社交带来什么不方便。这些绰号有的是根据服饰的特点来起的，例如"粗棉布杰克"；有的是根据特殊的生活习惯来起的，例如比尔喜欢在日常食用的面包里放过多的小苏打，大家就管他叫"小苏打比尔"；还有的是根据偶然的疏忽而起的，例如一个脾气温顺从不得罪人的人仅仅因为念"二硫化铁"发音不准就得了个"二流子铁"的贬称。也许，当初纹章学就是这样起源的吧。但我总是想，好多绰号并不是由于这些原因起的，而是有些恶意的家伙故意念错人家的姓名，以讹传讹地叫开了。

"你叫克利福德，是不是？"波斯顿怀着极度的轻蔑对一个胆怯的新来者说，"地狱里装满了这样的克利福德！"他接着心血来潮，把这个不幸的人（这人的名字碰巧真的是克利福德）称做"鲤鸟飞掉"——这是个糟践人的叫法，可是受害者背上了这个绰号就一辈子别想甩掉了。

话又扯远啦,咱们还是回过来说说坦纳西的合伙人吧。我们自认识他以来,就一直用这个称呼。当然,他作为社会的一员,也有自己的独特身世和个性,不过那是我们以后才知道的;我们当初这样称呼他,以后也一直没有改口。他于1853年曾离开波克滩到旧金山去,好像是为了寻找配偶。但是他到了斯托克顿以后就再也没有往前走,原因是他被当地一家旅馆里的一个年轻的女招待迷住了。一天早晨吃早饭的时候,他对她说了句什么话,惹得她略带友爱地微笑了一下,并且带着几分卖弄风情的媚态把一盘烤面包片倒在他微微仰起、憨态可掬的脸上,然后就躲到了厨房里去。他跟踪而入,过了一会儿才带着面包片和胜利的喜悦钻出来。一星期以后他俩就到当地治安官那儿进行结婚登记,并回到波克滩。当然这段插曲的经过不会这么简单,根据事实还该补充一些细节,不过我宁可按照当时在桑迪酒吧间流行的说法——那里人的性格都染上了一层强烈的幽默感——把他的结婚描写为闪电式的,更显得有趣。

他们的婚后生活谈不上什么幸福,也许就是因为坦纳西当时和他的合伙人住在一起吧。有一天坦纳西伺机向新娘说了几句调情的话,据说她当时带着几分友好的表情微笑了一下。随后这个贞洁少妇就溜了,远远地跑到玛丽斯维尔。坦纳西跟踪而至,没有到当地治安官那儿登记就和她在那里同居了。坦纳西的合伙人一向是个老实厚道人,失去了老婆当然心里很难受。但是使大家感到惊诧的是,当坦纳西回来那天——坦纳西没有和那荡妇一起来,她又飞着媚眼,勾引别的男人私奔了——坦纳西的伙伴竟然第一个走上前来和他握手,并且亲切地向他问候。那些小伙子们聚集到峡谷里，本来打算看他们决斗，万万想不到他那么屌头，自然非常气愤，不免冷言冷语，把他扎扎实实讽刺了一顿。可是坦纳西的合伙人却表情平板，没事人一般，透露出他缺少欣赏幽默的雅兴。人家话里有骨头，他还蒙在鼓里懵懵懂懂地死抠着字面的意思去琢磨，真是令人哭笑不得，太煞风景了。

打这以后，沙洲镇上的人普遍都对坦纳西反感了。大家渐渐了解到他是个赌徒，且有盗窃财物之嫌。而坦纳西的合伙人却一如既往，无动于衷。再把他不顾自己老婆被坦纳西拐带远走，继续和他过从甚密这件事联系起来看，保准能得出一种结论，那就是他俩是狼狈为奸的共谋犯。

坦纳西终于恶贯满盈，暴露在光天化日之下。有一天，他在往红狗谷的途中拦劫一个陌路人。据那人后来揭发，坦纳西先是讲一些趣闻和往事，东拉西扯胡诌一通，可是最后却图穷匕见，不近情理地说："现在，年轻人，劳驾你把刀子、手枪和钱交出来，你要明白，身上携带武器会使你在红狗谷遇到麻烦，携带金钱更是引起歹徒谋财害命的祸根。我想，你刚才说过，你的住址是旧金山吧。以后我会登门拜访。"这里不妨顺便提一下，坦纳西富于幽默感，他不管干什么勾当，这种幽默感都不会完全丢掉。

这次买卖是他的最后一次，红狗谷和沙洲镇的居民都群起缉拿这个拦路抢劫的强盗。坦纳西像残害人畜的灰熊一样受到大家追捕。当罗网罩到身边的时候，他往沙洲镇外突围作殊死搏斗，用手枪向群众射击，终于在拱廊大厅前面放完了最后一发子弹，只好越过灰熊峡谷，向对面山坡攀登。不料在那道山坡的尽头被一个骑马的敦实汉子截住。他们默不作声地彼此审视了一会儿。两个人都是无所畏惧的，都是沉着冷静、天不怕地不怕的典型，在十七世纪也许会被誉为英雄好汉,但是在十九世纪却只能被称之为"悍不畏死"。

"你带了什么?摊牌吧。"坦纳西安详地说。"两张王牌和一张爱斯。"那个陌生人也同样安详地说,亮出两柄手枪和一把长猎刀。"我认输了。"坦纳西说了这句赌徒们惯用的口头禅后,就把自己那柄已经无用的手枪扔掉,随着那个追捕者回镇归案了。

那是个温暖的夜晚。平时,每逢太阳陷没到长满小桷树的山岭后面,沙洲上总要刮起一阵凉爽的微风,那天晚上偏偏一丝风也没有。小小的峡谷里充满了令人窒息的热乎乎的树脂味。被流水冲到沙洲上的浮木正在腐烂,发出一阵阵令人恶心的气息。白天的这段经历令人极度兴奋,白炽化的激情仍然充满这个村镇。沿着河岸,许多人心神不宁地提着灯往镇中心走去。黄褐色的流水并没有映照出清晰的倒影。在黑黢黢的松树的映衬下,那座快邮办公室古老楼的窗户显得明亮耀眼。逗留在下面看热闹的人,透过没有窗帘的玻璃可以窥见那些正在决定坦纳西命运的人的身影。在松林和房屋的上方,黑暗的苍穹上镂刻着遥远而冷峻的锯齿形的山脊,山顶上满布着更加遥远、同样冷峻的星星。

一位法官和一个陪审团正在公正地审理坦纳西的案件,他们认为不合常规的逮捕和起诉是完全正当的。不过沙洲地区的法律虽是铁面无私、毫不徇情的,却不能因泄愤而妄加诛戮。追捕时群情愤激是可以理解的。现在坦纳西既已落入法网,他们也坦然无虑地认为犯人不可能有充分的抗辩理由,因此他们乐得宽宏大量,给犯人提供一切可能的便利,准备耐心地听取他的一切辩解。反正他们已经稳操胜券,揆情度理,他无疑应处以绞刑,因此他们乐得让他在辩护时享有更多的自由,尽管他悍不畏死,桀骜不驯,并不在乎这一点。

看来法官倒是比犯人更为担心,犯人反而泰然自若,显然横下心来顽抗到底,并为自己敢作敢当的气概而自豪。法庭上无论提什么问题,他总是斩钉截铁却又语气平和地说:"我不参与他们的这出把戏。"法官——也就是当天早晨捕捉他的那个人——被惹火了。想到没有当场击毙他,法官隐约有些懊悔,可是立刻就丢开这个想法,认为这是一种和法官的高贵身份不符的软弱的表现。就在这时,有人轻轻叩门,通知大家坦纳西的伙伴来为犯人求情了。法官二话没说,立即传他进来。较年轻的陪审员们也许因审讯太久感到厌倦了,看到有人来调剂一下这沉闷的空气,也感到不无高兴。

他当然不是什么仪表堂堂的角色,身体矮矮墩墩,方方的脸膛被太阳晒得红里泛黑,出奇地难看。身披一件宽大的粗布工作服,裤子上沾满了红土,这模样在任何场合都显得有些怪,此时更是发噱。他俯身把带来的一只沉重的毛毡手提包放到脚边。根据他裤子的补丁上隐约显现的字迹,可以看出这种裤料就是用来制包装袋的麻布。然而他神态异常庄重,过来和每个在场的人极为热诚地握手,掏出一块印花大手绢(这手绢虽然是大红的,却还没有他的肤色深),在一本正经而又困惑的脸上擦了又擦。然后他把有力气的大手撑在桌子上稳住身体,开始向法官说情:"俺打这儿过,心想还是进来看看俺的老伙伴坦纳西的案件审得咋样了。今晚上可真热呀。俺记不起沙洲镇哪一年有这么热了。"

说到这儿他停顿了一下,看见谁也不想提起天气方面的事情,只好尴尬地用那块手绢在脸上一个劲儿狠擦,好一会儿没有开口。

"你要为犯人说什么话吗?"法官终于问道。

"是啊,"坦纳西的合伙人带着宽慰的口气说,"俺是以坦纳西的合伙人的身份到这儿来的。俺跟他在一起做买卖,不管天晴下雨,运气好赖,断断续续地将近四年了。对他的为人总算知道一些。俺和他不一定想到一起去,可这个年轻人的事情,他干的那些勾当,俺是没有一件不知道的。你对俺私下说心里话,你问俺是不是要给他说情;俺也对你说心里话,俺说,俺对老伙伴还有啥不了解吗?"

"你要说的就是这些吗?"法官也许感到出席法庭的人开始对被告产生一种同情心理,觉得情况不妙,便不耐烦地问道。

"就这些,"坦纳西的合伙人继续说,"俺没有啥反对他的话可说。现在这案子咋判?坦纳西需要钱,要钱有急用,可又不想向他的老伙计伸手。嗯,他犯了啥罪呢?他埋伏起来,拦劫了个陌生人。你们也埋伏起来把他逮住了,六月债,还得快。你是有见识的,先生们,你们大家都是有见识的,请你们说一说,就这回事吧?"

"犯人,"法官打断了他的话,转向坦纳西,"你有什么话要跟这个人商量?"

"不!不!"坦纳西的合伙人赶紧说,"俺这是自个儿的主张,跟他没有啥合计的。归里包堆说吧,就这么回事,坦纳西粗暴地对待一个陌生人,抢了他的钱财,坏了你们新兴市镇的规矩。眼下,该怎么公平处理这事呢?有的说要严厉些,有的说要宽大些。这里有一千七百块金币和一块表——俺把全部家当都献出来了——就请你们把这件事了结了吧!"说时迟那时快,谁也没有来得及阻止,他已把毛毡手提包里的钱哐啷一声统统倒在桌子上了。

顷刻间,全场一阵骚动。有一两个人跳起身来,好几个人都在摸索武器,举座哗然。有人喊道:"把他从窗口扔出去!"眼看他性命难保,幸亏法官作了个手势,才把大家压下去。坦纳西哈哈大笑。他的合伙人显然并没有觉察到愤激的群情,瞅空又用手绢擦拭脸上的汗水。

法庭上终于恢复了秩序,法官义正词严地正告他,坦纳西的罪行是无法用金钱补赎的。他神情变得更为严肃,脸色比以前更红了;最靠近他的那些人看见,他的粗糙的手撑在桌子上微微颤抖。他迟疑了片刻,又慢慢地把金币放回毛毡手提包里,好像对法庭弥漫的正义气氛还没有完全明白,还有点怀疑是否自己拿出的赎金太少了。然后他又转向法官说:"这是俺个人的主意,俺的合伙人不知道这件事。"说着,向陪审团鞠了一躬,打算退下。这时法官唤他回来。"你要有什么话对坦纳西说,最好还是趁早说吧。"于是犯人和他奇怪的辩护人对视了一下。坦纳西微微一笑,露出洁白的牙齿,说了句:"尤克雷德,老朋友!"接着伸出手来。坦纳西的合伙人握住他的手,说:"俺路过这儿,顺便来看看事情咋样了。"接着他颓丧地把手垂下,加了句:"今儿夜晚挺暖和。"他又用手绢擦擦脸,再想不出啥话说,默然离开了。

这是坦纳西在世时和他的合伙人最后一次见面。那位群众自己推选的法官尽管有执拗、软弱、狭隘等这样那样的缺点,毕竟是廉正无私的,他认为坦纳西的合伙人对他行贿是莫大的耻辱。这个神话式人物即使本来在处决坦纳西这个问题上还有些犹豫,这一来也铁了心,毫无变更的余地了。翌晨拂晓,坦纳西便被押送到马利山顶处决了。

在罪犯受审和伏法的整个过程中,《号角报》的编辑始终在场。他把案犯如何漠视法庭,一语不发,拒不交代,而审判委员会裁决得多么妥善,都在报上及时报道了。他还加了段评语,说对罪犯必须绳之以法,以儆效尤云云。语言生动有力,这里谨向读者介绍一下,不妨一读。但是那位编辑并没有报道那个仲夏的早晨是多么美丽,大地、空气、天空是多么宜人,树林里和山坡上觉醒的生命是多么自由舒畅,春回大地,万象更新又是多么令人欢欣,而更重要的是,人人心里都充满了多么宁静的心情;因为那位编辑认为这些都和教化人心没有关系。然而,当犯人(他本来可能有许多机会为国效劳)为这件愚蠢的罪行自食其果,当他的生命从在天地这间悬挂着的那具丑陋的尸体中逸出时,鸟儿在歌唱,花朵在盛开,明媚阳光在照耀,一切都和以前一样欢欣;也许《号角报》的做法是对的。

当大家围在那棵不祥的树周围观看行刑时,坦纳西的合伙人不在场。但是当罪犯伏法,观刑的群众四下散开准备回家的时候,他们的注意力却被静悄悄地停在路旁一辆纹丝不动的驴车吸引住了。他们走到近前,立刻便认出那头宝贝驴子"詹尼"和那辆双轮车正是坦纳西合伙人的财物,是他平时用来从他的份地上运矿土的。数步之外,驴车的主人坐在一棵七叶树的阴影里,正擦拭着晶亮的脸上的汗水。有人询问他干什么,他说要是审判委员会不介意的话,他是来拉"死鬼"的尸体的。他不想"草草了事",他可以坐等。反正这一天他没有什么活干,可以等候这些先生们把"死鬼"的事情办完,再把它拉走。"在场的人谁要是愿意参加葬礼的话,"他朴直而认真地加了一句,"那就来吧。"也许是出于幽默感——我已经说过,这是沙洲镇的人的一大特点——也许是出于比较高尚的情操,看热闹的人当中有三分之二登时接受了他的邀请。

坦纳西的遗体交到他的合伙人手里已是中午时分了。当驴车驶向坦纳西在上面绞死的那棵大树时,我们看到车上放着一口长方形的粗糙的木箱,显然是用旧水闸的门板钉成的——箱子里装了一半松树皮和松针。这辆驴车用柳树枝条和七叶树的花朵装饰，散发出芳香的气味。大家把尸体搁进木箱的时候，坦纳西的合伙人用一块浸过柏油的帆布盖在上面，严肃地坐到车前一块狭窄的座板上，双脚搁在车辕上，然后吆喝那头小毛驴起步。詹尼一如既往，迈着惯常彬彬有礼的步伐，拖着柩车，缓慢地向前挪动。人们——一半是出于好奇，一半也是出于开玩笑的心理，但外表上总算是规规矩矩的——在简陋的柩车旁边走着。有的人略微超前些，有的稍微靠后些，但是，不知道是由于路面太窄呢，还是出于礼节，在前进的途程中，大家渐渐都跟随在柩车的后面，排成了两个人并排的队伍，步伐也变得整齐一致，颇像一支送殡的行列。杰克·福林斯比，起初出于开玩笑的动机，像演哑剧似的假装拿起长号吹奏丧礼进行曲，后来看到大家都不以为然，没有人欣赏他的玩笑，也许缺乏那种真正幽默家自我欣赏的雅兴吧，他也规矩起来。

送葬的行列来到灰熊峡谷。这时峡谷已经笼罩在丧礼的帷幕和一片阴影之中。粗笨的红杉树，穿着鹿皮软鞋深深踩在红土里，沿着小径排成一路纵队；它们低垂着枝条，拂拭着经过的棺柩，好像是在低首默哀，并为死者祝福。一只野兔被人群惊吓得跑不动了，直挺挺地蹲坐在路边的蕨草丛里，心房怦怦直跳，愣怔地瞅着送葬行列经过。一些松鼠赶紧到比较安全的高枝上去，向下观望。蓝鲢鸟展翼飞起，在人群前面忽扇着翅膀，好像护送的侍从。送葬队伍终于到达沙洲镇的郊区，停在坦纳西合伙人的那座孤零零的小屋前。

即使在往常顺溜的日子里，这儿也不是一个令人愉快的所在——周围没有如画的风景，小屋的整个轮廓既是那样粗糙难看，局部细节也带有加利福尼亚州矿工简陋住所那种郁郁寡欢的特点——现在更是增添了阴郁的气氛。离开小屋数步圈起了一块地方。这一小块土地在坦纳西合伙人短短几天结婚日子里曾经辟为花园,现在却是蕨草蔓生。远远望去,那儿又积起了一堆泥土,好像又重新种植了什么。大家走到近前一看,原来是挖墓穴而堆起的泥土,不由吃了一惊。

柩车停在围场的前边。坦纳西的合伙人向来是不向人求告的,这会儿和往常一样,拒绝了别人的帮助,独自把那口粗糙的棺材背起来,安放到浅浅的墓穴里,把那块棺盖板钉牢,然后走到棺材旁的土堆上摘下帽子,用手帕缓缓地擦拭脸上的汗水。大家感到这是他即将发言的准备动作,都在原地坐下,有的坐在树桩上,有的坐在砾石上,带着期待的神情等他开口。

坦纳西的合伙人缓慢地开始了:"谁要是劳碌奔走了一天,他该怎么办呢?当然是回家喽;要是他没有力气回家,那么他最好的朋友该怎么办呢?那当然是送他回家。坦纳西劳碌奔跑了一生,俺们把他送回家。"他停顿了一会儿,拣起块石英石,沉思地在袖子上擦了擦,继续说道:"你们刚才看到俺背他睡下,俺背他不是头一回了。他困了,累了,俺把他背到这座小屋里不是头一回了。俺赶着詹尼拉着车子在山坡上等他,看见他躺在地上,神志不清,不会说话,连俺这老朋友也认不出来,俺把他从地上扶起来送回家,这不是头一回了。现在,俺是最后一次送他回来,嗨——"他停顿了一会儿,把那块石英石在袖子上轻轻地摩擦了一下。"你们知道,他的老伙伴心里可不太好受啊。现在先生们,"他又补充了一句,突然拣起他的长把铁铲,"葬礼完毕了,俺本人谢谢大家,也代表坦纳西谢谢大家送葬。"

他谢绝了别人帮助,转身背着大伙,开始向墓穴里填土。迟疑了片刻以后,人群渐渐散开。当他们越过那道把沙洲镇挡住的小山岭时,回首顾盼,看见坦纳西的合伙人已经填完土,坐在坟堆上,铁铲搁在两膝之间,脸埋在他那红色印花的大手帕里。但是有人说没有,因为他脸色很红,从远处根本无法分清哪是他的面庞,哪是手帕;这一点也只好存疑了。

那个激动人心的日子以后,坦纳西的合伙人的印象一直留在大家的脑海里。官方进行了秘密调查,查明他和坦纳西的罪行没有任何牵连,大家只是怀疑他的神智不太正常。沙洲镇的居民决意常去看望他,以各种朴实的方式对他表示亲切的慰问。但是从那天起,他原来壮实的身体仿佛垮下来了。雨季刚刚开始,小草刚刚从坦纳西坟堆的石隙里怯生生地露出脸来,他就缠绵病榻了。

一个夜晚,风狂雨骤,小屋旁的松树摇晃不已,它们纤细的手指在屋顶上拖来曳去,可以听到山坡下暴涨的河水汹涌奔腾的声音。这时坦纳西的合伙人从枕头上抬起头来。"该去接坦纳西了;俺得给詹尼套上车子。"说话间他就要从床上爬起来。服侍他的人按住不让他起来。他一面挣扎,一面还在继续胡思乱想:"嗨,稳着些,詹尼!稳着些,妮子。天好黑啊,留神看看车辙,也留神看看他,妮子。你要知道,他有时喝得烂醉,什么也看不见,那就会倒在路当中。一直往前,到山顶上那棵松树跟前。那儿,俺对你说啦!他就在那儿——正往这边过来,就他一个,很清醒,他的脸上放光。坦纳西,老伙计!"

他们终于见面了。

陈登颐 译

肖 班

凯特·肖班(1851—1904),美国第一代妇女文学的代表作家。她的《一小时的故事》表现了一个女人的自我意识的突然发现,结尾具有讽刺意味。

一小时的故事

　　大家都知道马拉德夫人的心脏有毛病,所以在把她丈夫的死讯告诉她时是非常注意方式方法的。

　　是她的姐姐朱赛芬告诉她的,话都没说成句;吞吞吐吐、遮遮掩掩地暗示着。她丈夫的朋友理查德也在她身边。正是他在报社收到了铁路事故的消息,那上面"死亡者"一项中,布兰特雷·马拉德的名字排在第一。他一直等到来了第二封电报,把情况弄确实了,才匆匆赶来报告噩耗,以显示他是一个多么关心人、能够体贴入微的朋友。

　　要是别的女人遇到这种情况,一定是手足无措,无法接受现实。她可不是这样。她立刻一下子倒在姐姐的怀里,放声大哭起来。当哀伤的风暴逐渐减弱时,她独自走向自己的房里。她不要人跟着她。

　　正对着打开的窗户,放着一把舒适、宽大的安乐椅。全身筋疲力尽似乎已浸透到她的心灵深处,她一屁股坐了下来。

　　她能看到房前场地上洋溢着初春活力的轻轻摇曳着的树梢。

空气里充满了阵雨的芳香。下面街上有个小贩在吆喝着他的货色。远处传来了什么人的微弱歌声;屋檐下,数不清的麻雀在喊喊喳喳地叫。

对着她的窗口的正西方,相逢又相重的朵朵行云之间露出了这儿一片、那儿一片的蓝天。

她坐在那里,头靠着软垫,一动也不动,嗓子眼里偶尔啜泣一两声,身子抖动一下,就像那哭着哭着睡着了的小孩,做梦还在抽噎。

她还年轻,美丽、沉着的面孔上出现的线条,说明了一种相当的抑制能力。可是,这会儿她两眼只是呆滞地凝视着远方的一片蓝天。从她的眼光看来她不是在沉思,而像是在理智地思考什么问题,却又尚未做出决定。

什么东西正向她走来,她等待着,又有点害怕。那是什么呢?她不知道,太微妙难解了,说不清,道不明。可是她感觉得出来,那是从空中爬出来的,正穿过洋溢在空气中的声音、气味、色彩而向她奔来。

这会儿,她的胸口激动地起伏着。她开始认出来那正向她逼近、就要占有她的东西,她挣扎着,决心把它打回去——可是她的意志就像她那白皙纤弱的双手一样软弱无力。

当她放松自己时,从微张的嘴唇间溜出了悄悄的声音。她一遍又一遍地低声悄语:"自由了,自由了,自由了!"但紧跟着,从她眼中流露出一副茫然的神情,恐惧的神情。她的目光明亮而锋利。她的脉搏加快了,循环中的血液使她全身感到温暖、松快。

她没有停下来问问自己,是不是有一种邪恶的快感控制着她。她现在头脑清醒,精神亢奋,她根本不认为会有这种可能。

她知道,等她见到死者那交叉着的双手时,等她见到那张一向含情脉脉地望着她,如今已是僵硬、灰暗、毫无生气的脸庞时,她还是会哭的。不过她透过那痛苦的时刻看到,来日方长的岁月可就完全属于她了。她张开双臂欢迎这岁月的到来。

在那即将到来的岁月里,没有人会替她做主;她将独立生活。再不会有强烈的意志强使她屈从了。多古怪,居然有人相信,盲目而执拗地相信,自己有权把自己的意志强加于别人。在她目前心智特别清明的一刻里,她看清楚:促成这种行为的动机无论是出于善意还是出于恶意,这种行为本身都是有罪的。

当然,她是爱过他的——有时候是爱他的。但经常是不爱他的。那又有什么关系!有了独立的意志——她现在突然认识到这是她身上最强烈的一种冲动,爱情这还未有答案的神秘事物,又算得了什么呢!

"自由了!身心自由了!"她悄悄低语。

朱赛芬跪在她关着的门外,嘴唇对着锁孔,苦苦哀求着让她进去。"露易丝,开开门!求求你啦,开开门——你这样会得病的。你干什么哪?看在上帝的分儿上,开开门吧!"

"去吧。我没把自己搞病。"没有,她正透过那扇开着的窗子畅饮那真正的长生不老药呢。

她在纵情地幻想未来的岁月将会如何。春天,还有夏天以及所有各种时光都将为她自己所有。她悄悄地做了快速的祈祷,但愿自己生命长久一些。仅仅是在昨天,她一想到说不定自己会过好久才死去,就厌恶得发抖。她终于站了起来,在她姐姐的强求下,打开了门。她眼睛里充满了胜利的激情,她的举止不知不觉地竟像胜利女神一样了。她紧搂着她姐姐的腰,她们一齐下楼去了。理查德正站在下面等着她们。

有人在用钥匙开弹簧锁的大门。进来的是布雷特雷·马拉德,他略显旅途劳顿,但泰然自若地提着他的大旅行包和伞。他不但没有在发生事故的地方待过,而且连出了什么事也不知道。他站在那儿,大为吃惊地听见了朱赛芬刺耳的尖叫声,看见了理查德急忙在他妻子面前遮挡着他的快速动作。

不过,理查德已经太晚了。

医生来后,说她是死于心脏病——说她是因为极度高兴致死的。

葛林 译

欧·亨利

欧·亨利(1862—1910),美国短篇小说大师,善于用浪漫主义手法描写平凡人物,文笔幽默,故事奇突,小说结尾经常出现意想不到的结局。《麦琪的礼物》与《警察和赞美诗》为世界名篇,久负盛名。

麦琪的礼物

一块八毛七分钱。全在这儿了。其中六毛钱还是铜子儿凑起来的。这些铜子儿是每次一个、两个向杂货铺、菜贩和肉店老板那儿死乞白赖地硬扣下来的;人家虽然没有明说,自己总觉得这种掂斤播两的交易未免太吝啬,当时脸都臊红了。德拉数了三遍。数来数去还是一块八毛七分钱,而第二天就是圣诞节了。

除了扑在那张破旧的小榻上号哭之外,显然没有别的办法。德拉就那样做了。这使一种精神上的感慨油然而生,认为人生是由啜泣、抽噎和微笑组成的,而抽噎占了其中绝大部分。

这个家庭的主妇渐渐从第一阶段退到第二阶段,我们不妨抽空儿来看看这个家吧。一套连家具的公寓,房租每星期八块钱。虽不能说是绝对难以形容,其实跟贫民窟也相差不远。

下面门廊里有一个信箱,但是永远不会有信件投进去;还有一个电钮,除非神仙下凡才能把铃按响。那里还贴着一张名片,上面印有"詹姆斯·迪林汉·扬先生"几个字。

"迪林汉"这个名号是主人先前每星期挣三十块钱的时候,一时高兴,加在姓名之间的。现在收入缩减到二十块钱,"迪林汉"几个字看来就有些模糊,仿佛它们正在郑重考虑,是不是缩成一个质朴而谦逊的"迪"字为好。但是每逢詹姆斯·迪林汉·扬先生回家上楼,走进房间的时候,詹姆斯·迪林汉·扬太太——就是刚才已经介绍给各位的德拉——总是管他叫做"吉姆",总是热烈地拥抱他。那当然是很好的。

德拉哭过之后,在脸颊上扑了些粉。她站在窗子跟前,呆呆地瞅着外面灰蒙蒙的后院里,一只灰猫正在灰色的篱笆上行走。明天就是圣诞节了,她只有一块八毛七分钱来给吉姆买一件礼物。好几个月来,她省吃俭用,能攒起来的都攒了,可结果只有这么一点儿。一星期二十块钱的收入是不经用的。支出总比她预算的要多。总是这样的。只有一块八毛七分钱来给吉姆买礼物。她的吉姆。为了买一件好东西送给他,德拉自得其乐地筹划了好些日子。要买一件精致、珍奇而真有价值的东西——够得上为吉姆所有的东西固然很少,可总得有些相称才成呀。

房里两扇窗子中间有一面壁镜。诸位也许见过房租八块钱的公寓里的壁镜。一个非常瘦小灵活的人,从一连串纵的片段的印象里,也许可以对自己的容貌得到一个大致不差的概念。德拉全凭身材苗条,才精通了那种技艺。

她突然从窗口转过身,站到壁镜面前。她的眼睛晶莹明亮,可是她的脸在二十秒钟之内却失色了。她迅速地把头发解开,让它披落下来。

且说,詹姆斯·迪林汉·扬夫妇有两样东西特别引为自豪,一样是吉姆三代祖传的金表,另一样是德拉的头发。如果示巴女王①住在天井对面的公寓里,德拉总有一天会把她的头发悬在窗外去晾干,使那位女王的珠宝和礼物相形见绌。如果所罗门王②当了看门人,把他所有的财富都堆在地下室里,吉姆每次经过那儿时准会掏出他的金表看看,好让所罗门妒忌得吹胡子瞪眼睛。

这当儿,德拉美丽的头发披散在身上,像一股褐色的小瀑布,奔泻闪亮。头发一直垂到膝盖底下,仿佛给她铺成了一件衣裳。她又神经质地赶快把头发梳好。她踌躇了一会儿,静静地站着,有一两滴泪水溅落在破旧的红地毯上。

她穿上褐色的旧外套,戴上褐色的旧帽子。她眼睛里还留着晶莹的泪光,裙子一摆,她就飘然走出房门,下楼跑到街上。

她走到一块招牌前停住了,招牌上面写着:"莎弗朗妮夫人——经营各种头发用品"。德拉跑上一段楼梯,气喘吁吁地让自己定下神来。那位夫人身躯肥硕,肤色白得过分,一副冷冰冰的模样,同"莎弗朗妮"③这个名字不大相称。

"你要买我的头发吗?"德拉问道。

"我买头发,"夫人说,"脱掉帽子,让我看看头发的模样。"

那股褐色的小瀑布泻了下来。

"二十块钱。"夫人用行家的手法抓起头发说。

"赶快把钱给我。"德拉说。

噢,此后的两个钟头仿佛长了玫瑰色翅膀似的飞掠过去。诸

---

① 示巴古国在阿拉伯西南,即今之也门。据《旧约·列王纪上》载,示巴女王带了许多香料、宝石和黄金去觐见所罗门王,用难题考验所罗门的智慧。
② 所罗门王,公元前十世纪以色列国王,以聪明豪富著称。
③ 莎弗朗妮,意大利诗人塔索(1544—1595)以第一次十字军东征为题材的史诗《耶路撒冷的解放》中的人物,她为了拯救耶路撒冷全城的基督徒,承认了并未犯过的罪行,成为舍己救人的典型。

位不必理会这种杂凑的比喻。总之,德拉正为了送吉姆的礼物在店铺里搜索。

德拉终于把它找到了。它准是专为吉姆,而不是为别人制造的。她把所有店铺都兜底翻过,各家都没有像这样的东西。那是一条白金表链,式样简单朴素,只是以货色来显示它的价值,不凭什么装潢来炫耀——一切好东西都应该是这样的。它甚至配得上那只金表。她一看到就认为非给吉姆买下不可。它简直像他的为人。文静而有价值——这句话拿来形容表链和吉姆本人都恰到好处。店里以二十一块钱的价格卖给了她,她剩下八毛七分钱,匆匆赶回家去。吉姆有了那条链子,在任何场合都可以毫无顾虑地看看钟点了。那只表虽然华贵,可是因为只用一条旧皮带来代替表链,他有时候只是偷偷地瞥一眼。

德拉回家以后,她的陶醉有一小部分被审慎和理智所替代。她拿出卷发铁钳,点着煤气,着手补救由于爱情加上慷慨而造成的灾害。那始终是一件艰巨的工作,亲爱的朋友们——简直是了不起的工作。

不出四十分钟,她头上布满了紧贴着的小发卷,变得活像一个逃课的小学生。她对着镜子小心而苛刻地照了又照。

"如果吉姆看了一眼不把我宰掉才怪呢,"她自言自语地说,"他会说我像是康奈岛游乐场里的卖唱姑娘。我有什么办法呢?——唉!只有一块八毛七分钱,叫我有什么办法呢?"

到了七点钟,咖啡已经煮好,煎锅也放在炉子后面热着,随时可以煎肉排。

吉姆从没有晚回来过。德拉把表链对折着握在手里,在他进来时必经的门口的桌子角上坐下来。接着,她听到楼下梯级上响起了他的脚步声。她脸色白了一会儿。她有一个习惯,往往为了日常最简单的事情默祷几句,现在她悄声说:"求求上帝,让他认为我还是美丽的。"

门打开了,吉姆走进来,随手把门关上了。他很瘦削,非常严肃。可怜的人儿,他只有二十二岁——就负起了家庭的担子!他需要一件新大衣,手套也没有。

吉姆在门内站住,像一条猎狗嗅到鹌鹑气味似的纹丝不动。他的眼睛盯着德拉,所含的神情是她所不能理解的,这使她大为惊慌。那既不是愤怒,也不是惊讶,又不是不满,更不是嫌恶,不是她所预料的任何一种神情。他只带着那种奇特的神情凝视着德拉。

德拉一扭腰,从桌上跳下来,走近他身边。

"吉姆,亲爱的,"她喊道,"别那样盯着我。我把头发剪掉卖了,因为不送你一件礼物,我过不了圣诞节。头发会再长出来的——你不会在意吧,是不是?我非这么做不可。我的头发长得快极啦。说句'恭贺圣诞'吧!吉姆,让我们快快乐乐的。我给你买了一件多么好——多么美丽的好东西,你怎么也猜不到的。"

"你把头发剪掉了吗?"吉姆吃力地问道,仿佛他绞尽脑汁之后,还没有把这个显而易见的事实弄明白似的。

"非但剪了,而且卖了,"德拉说,"不管怎样,你还是同样地喜欢我吗?虽然没有了头发,我还是我,不是吗?"

吉姆好奇地向房里四下张望。

"你说你的头发没有了吗?"他带着近乎白痴般的神情问道。

"你不用找啦,"德拉说,"我告诉你,已经卖了——卖了,没有了。今天是圣诞前夜,亲爱的。好好地对待我,我剪掉头发为的是你呀。我的头发也许数得清,"她突然非常温柔地接下去说,"但我对你的情爱谁也数不清。我把肉排煎上,好吗,吉姆?"

吉姆好像从恍惚中突然醒过来。他把德拉搂在怀里。我们不要冒昧,先花十秒钟工夫瞧瞧另一方面无关紧要的东西吧。每星期八块钱的房租,或是每年一百万元房租——那有什么区别呢?一位数学家或是一位俏皮的人可能会给你不正确的答复。麦琪带来了宝贵的礼物①,但其中没有那件东西。对这句晦涩的话,下文将有所说明。

吉姆从大衣口袋里掏出一包东西,把它扔在桌上。

"别对我有什么误会,德尔,"他说,"不管是剪发、修脸,还是洗头,我对我姑娘的爱情是决不会减少的。但是只消打开那包东西,你就会明白,你刚才为什么使我愣住了。"

白皙的手指敏捷地撕开了绳索和包皮纸。接着是一声狂喜的呼喊;紧接着,哎呀!突然转变成女性神经质的眼泪和号哭,立刻需要公寓的主人用尽办法来安慰她。

因为摆在眼前的是那套插在头发上的梳子——全套的发梳,两鬓用的,后面用的,应有尽有;那原是百老汇路上一个橱窗里德拉渴望了好久的东西。纯玳瑁做的,边上镶着珠宝的美丽的发梳——来配那已经失去的美发,颜色真是再合适也没有了。她知道这套发梳是很贵重的,心向神往了好久,但从来没有存过占有它的希望。现在居然为她所有了,可是佩戴这些渴望已久的装饰品的头发却没有了。

但她还是把这套发梳搂在怀里不放,过了好久,她才能抬起迷

---

① 麦琪,指基督初生时来送礼物的三贤人。一说是东方的三王:梅尔基奥尔(光明之王)赠送黄金,表示尊贵;加斯帕(洁白者)赠送乳香,象征神圣;巴尔撒泽赠送没药,预示基督后来遭受迫害而死。

蒙的泪眼,含笑对吉姆说:"我的头发长得很快,吉姆!"

接着,德拉像一只给火烫着的小猫似的跳了起来,叫道:"喔!喔!"

吉姆还没有见到他的美丽的礼物呢。她热切地伸出摊开的手掌递给他。那无知觉的贵金属闪烁着仿佛反映着她快活和热诚的心情。

"漂亮吗,吉姆?我走遍全市才找到的。现在你每天要把表看上百来遍了。把你的表给我,我要看看它配在表上的样子。"

吉姆并没有照着她的话做,却坐到榻上,双手枕着头,笑了起来。

"德尔,"他说,"我们把圣诞节礼物搁在一边,暂且保存起来。它们实在太好啦,现在用了未免可惜。我是卖掉了金表,换了钱去买你的发梳的。现在请你煎肉排吧。"

那三位麦琪,诸位知道,全是有智慧的人——非常有智慧的人——他们带来礼物,送给生在马槽里的圣子耶稣。他们首创了圣诞节馈赠礼物的风俗。他们既然有智慧,他们的礼物无疑也是聪明的,可能还附带一种碰上收到同样的东西时可以交换的权利。我的拙笔在这里告诉了诸位一个没有曲折、不足为奇的故事;那两个住在一间公寓里的笨孩子,极不聪明地为了对方牺牲了他们一家最宝贵的东西。但是,让我们对目前一般聪明人说最后一句话,在所有馈赠礼物的人当中,那两个人是最聪明的。在一切接受礼物的人当中,像他们这样的人也是最聪明的。无论在什么地方,他们都是最聪明的。他们就是麦琪。

王永年 译

杰克·伦敦

杰克·伦敦(1876—1916),美国著名小说家。他以刚健的笔力描写了淘金者在严酷的环境里为争取生存而与大自然进行的顽强斗争。小说《荒野的呼唤》《马丁·伊登》是他的不朽之作。

寂静的雪野

"卡门支持不了两天啦。"梅森吐出一块冰,愁闷地打量着这个可怜的畜生,然后把它那只脚放到他嘴里,咬掉在它脚趾中间结得很牢的冰块。

干完了这件事,他把它推到一边,说道:"我从来没见过一条狗,取了这样一个怪里怪气的名字,还会中用的。它们总是一天天衰弱下去,给沉重的负担压死。你看那些名字取得比较得体的狗吧,譬如说卡西亚,西瓦什,或者哈斯基吧,它们出过毛病没有?没有,老兄!你瞧苏克姆,它……"

忽的一下!那只精瘦的畜生猛地跳起来,它的雪白牙齿差一点咬中梅森的咽喉。

"你想咬我吗?"他用狗鞭的柄,对着它耳朵后面,狠狠打了一下。那条狗立刻倒在雪地里,轻轻地哆嗦着,从它的牙齿上滴下黄色的口涎。

"我是说,你瞧瞧苏克姆——它多么精神。我敢打赌,不出这个星期,它一定会吃掉卡门的。"

"我敢跟你另外打一个相反的赌,"马尔穆特·基德把放在火上化冻的面包翻了个个儿,说道,"不等我们走到头,我们也一定会把苏克姆吃掉的。你怎么看呢,露丝?"

那个印第安女人往咖啡里放下一块冰,让沫子沉下去。她瞧了瞧马尔穆特·基德,瞧了瞧她丈夫,又瞧瞧那几条狗,可是没有回答。这种事一看就明白了,用不着回答。眼前还有两百英里没开辟过的路,粮食勉强够吃六天,狗吃的东西一点也没有了,当然没有别的办法。两个男人同一个女人围着火,开始吃起少得可怜的午饭。那几条狗仍旧套着皮带卧着,因为这是午间休息,它们瞧着人一口一口地吃,非常嫉妒。

"从明天起,不吃中饭了,"马尔穆特·基德说,"我们得好好留神这些狗——它们变得凶起来了。它们一有机会,就会一下子把人扑倒的。"

"从前,我也当过美以美教会的主席,还在主日学校①教过书呢。"梅森文不对题地说完这句话之后,就只顾望着他那双热气腾腾的鹿皮靴出神,直到听见了露丝给他斟咖啡的声音才惊醒过来。"谢谢上帝,我们总算还有不少茶!先前在田纳西州,我亲眼看见茶树长大的。现在,只要有人给我一个热乎乎的玉米面包,我还有什么舍不得的呢!露丝,别担心,你不会挨饿很久了,也不用再穿鹿皮靴了。"

那个女人听到他这样说,愁容就消散了,她眼睛里流露出对她的白人丈夫的一片深情——他是她见到的第一个白种男人——也

---

① 主日学校是基督教会为儿童开的一种学校,通常只在星期日上课,对儿童宣讲宗教教义。

是她认识的男人里第一个对待女人比对待畜生或者驮兽要好一点的男人。

"是的,露丝,"她的丈夫接着说,他说的是只有他们自己才听得懂的一种混杂切口,"等到我们把事情料理完了,就动身到'外面'去。我们要坐着白人的小船,到盐海里去。是的,那片海坏透了,凶透了——浪头像一座座大山似的,总是跳上跳下。而且,海又那么大,那么远,真远啊——你在海上,得过十夜、二十夜,甚至四十夜,"他用手指头比画着,计算着日子,"一路都是海,那么坏的海。然后,你到了一个大村子,那儿有很多很多的人,多得跟明年夏天的蚊子一样。那儿的房子呀,嘿,高极啦——有十棵、二十棵松树那么高。嘿,真棒!"

说到这里,他说不下去了,像求救似的望了马尔穆特·基德一眼,然后费力地比着手势,把那二十棵松树,一棵接一棵地叠上去。马尔穆特·基德含着快活的讥诮神情微微一笑;可是露丝却惊奇地快活地睁大了眼睛。她虽然半信半疑,觉得他多半在说笑话,可是他那份殷勤的确也使得她这个可怜的女人感到高兴。

"然后,你走进一个——一个箱子里,噗!你就上去啦。"他做了个譬喻,把他的空杯子向上一抛,然后熟练地把它接住,喊道,"啪!你又下来了。嘿,伟大的法师!你到育空堡,我到北极城——相距有二十五夜的路程——全用长绳子连着——我拿着绳子的一头——我说:'喂,露丝!你好吗?'——你说:'你是我的好丈夫吗?'——我说:'是呀。'——你又说:'烘不出好面包了,没有苏打粉了。'——于是我说:'到贮藏室找找看,在面粉下面;再会。'你找了一下,找到了很多苏打粉。你一直在育空堡,我还在北极城。嘿,法师可真了不起呀!"

露丝听着这个神话,笑得那么天真,引得那两个男人都哈哈大笑起来。可是,狗打起架来了,这些关于"外面"的神话也给打断了,等到乱吼乱咬的狗给拉开以后,她已经把雪橇捆扎停当,一切就绪,准备上路了。

"走!秃子!嘿!走啊!"梅森灵巧地挥动着狗鞭,等到套在笼头里的狗低声噤叫起来,他把雪橇舵杆向后一顶,就使雪橇破冰起动了。接着,露丝跟着第二队狗也出发了,剩下帮着她上路的马尔穆特·基德押着最后的一队。基德虽然身体结实,有一股蛮劲,能够一拳打倒一头牛,可是却不忍心打这些可怜的狗,他总是顾惜它们。这对于一个赶狗的人来说,的确是少有的——不,他甚至一看到它们受的苦,就几乎要哭出来。

"来,赶路吧,你们这些可怜的脚很疼的畜生!"他试了几次,雪橇却拉动不起来。他不由唠叨了两句。不过他的耐心到底没有白费,尽管这群狗都疼得呜呜地叫,它们还是急忙赶上了它们的伙伴。

他们一句话也不谈,艰苦的路程不容许他们浪费精力。世上最累的工作,莫过于在北极一带开路了。如果谁能用不说话作为代价,在这样的路上风吹雨打地度过一天,或者在前人开过的路上走下去的话,他就算很幸运了。

的确,在让人心碎的劳动中,开路是最艰苦的了。你走一步,那种大网球拍似的雪鞋就会陷下去,直到雪平了你的膝盖。然后你还要把腿提上来,得笔直地提,只要歪了几分,你就会倒霉。你必须把雪鞋提得离开雪面,再向前踏下去,然后把你的另一条腿笔直地提起半码多高。头一次干这种事的人,即使侥幸没有把两只雪鞋绊在一块,摔倒在莫测深浅的积雪里,也会在走完一百码之后,累得筋疲力尽。如果谁能一整天不给狗绊着,他一定会在爬进被窝的时候,感到一种谁也不能理解的心安理得而又自豪的心情;至于在这种漫长的雪路上一连走了二十天的人,就是神仙见了,也要对他表示钦佩。

下午慢慢地过去了。寂静的雪野上,有一种森严可怕的气氛,迫使沉默的旅客都战战兢兢地只顾干活。大自然有很多办法使人类相信人生有限——例如,川流不息的浪潮,猛烈的风暴,地震引起的震动,隆隆不息的雷鸣——不过,最可怕,最让人失魂落魄的,还是这冷漠无情的寂静雪野。什么动静也没有。天气晴朗,天色却像黄铜一样;只要微微有一点声息,就像亵渎了神明;人变得非常胆怯,连听到自己的声音也会害怕。只有他这一丝生命在到处都是死沉沉的、鬼蜮般的荒原上跋涉。一想到自己的大胆,他立刻就会害怕得发抖,他会觉得自己的生命只像一条蛆虫的生命一样。奇怪的念头不期而至,万物都想说出自己的秘密。他会产生对死亡,对上帝,对宇宙的恐惧,同时又会对复活,对生命产生希望,对不朽产生思慕,这一切就像一个囚徒的无益挣扎——一到这时候,人也就只好听天由命了。

这一天就这样慢慢地过去了。后来,那条河转了个大弯,梅森带着他那一队狗,打算抄近路,穿过一个很窄的地方。可是那群狗在高高的河岸上畏缩不前了。尽管露丝同马尔穆特·基德一次又一次地使劲往上推雪橇,它们还是滑了下来。最后,人同狗一齐用力。这群饿得非常虚弱的可怜的狗,使尽了最后一点力气。上去——再上去,雪橇终于稳稳地拖到了岸顶;可是,领队的狗拖着它后面的一群狗,忽然向右一冲,撞在梅森的雪鞋上。结果很糟。

梅森给撞倒了，拖索中的一条狗也给撞倒了；接着，雪橇摇摇晃晃地向后滑去，又把一切都拖到岸底下去了。

嗖！嗖！鞭子狠狠地朝狗群打下去，特别是那条给挤倒了的狗。

"别打啦，梅森，"马尔穆特·基德央告着，"这个可怜的畜生只剩一口气了。等一等，让我们把我那队狗套上去吧。"

梅森不慌不忙地先收回鞭子，等到基德的话一说完，他马上扬起长鞭一甩，缠住那个触怒了他的畜生的全身。于是卡门——因为它就是卡门——立刻畏缩在雪里，悲惨地叫了一声，身子一歪，倒了下去。

这一刹那，光景非常凄惨，这是旅途中一幕小小的悲剧——一条狗快要死了，两个伙伴都在发怒。露丝提心吊胆地来回瞧着这两个男人。马尔穆特·基德的眼睛里虽然充满了责难，可是他克制住自己，弯下腰，割断了这条狗身上的皮带。大家一句话也没说。他们把两队狗并成一队，克服了困难；于是，一辆辆雪橇又前进了，那条快死的狗也勉强跟在后面。只要一个畜生还走得动，它就不会给枪毙的，这是给予它的最后一次机会——如果它能爬到宿营的地方，也许那儿就会有一只打死了的。

这时，梅森对自己刚才发脾气的举动已经有点懊悔了；不过他的性情太倔强了，不肯承认错误，只是一个劲儿在队伍前面辛苦赶路，一点也没有想到大难已经临头。在荫蔽的坡底下，有一片密林，他们的路正从这里穿过。离开这条路大约五十多英尺的地方，有一棵高大的松树，已经在那儿屹立了好几百年；而且几百年前，命里注定要落到这样一个下场——也许，这个下场同时也是梅森早就命中注定的。

他弯下腰系鹿皮靴上松开了的带子。一辆辆雪橇都停了下来,狗全卧在雪里,一声不响。周围安静得出奇,没有一丝风吹动这片结满白霜的树林;林外的严寒和沉寂,冻结了大自然的心脏,敲击着它的颤抖着的嘴唇。只听见空中有一声微微的叹息——其实,他们并没有真正听到这个声音,这不过是一种感觉,好像在静止的空间里即将出现什么行动的预兆。接着,那棵大树,在长久的岁月和积雪的重压之下,演出了生命悲剧中的最后一场戏。梅森听见了大树快倒下来的折裂声,正打算跳开,不料他还没有完全站直,树干就已经砸到了他的肩膀。

　　突然的危险,迅速的死亡——马尔穆特·基德已经见得太多了!松树的针叶还在抖动,他就发出命令,投入行动中。那个印第安女人,既没有晕倒,也没有无益地高声啼哭,她跟她的白种姐妹完全不同。她一听到基德的命令,立刻把全身压在一根仓促做成的杠杆一端,来减轻树的压力,一面注意听她丈夫的呻吟。马尔穆特·基德使劲用斧头砍树。钢刃一砍进冻僵的树身,立即发出了清脆的响声,同时,随着斧声,还听得见这位樵夫费劲地"呼呼"喘息。

　　最后,基德总算把这个不久以前还是个人的可怜东西,放到雪里了。但是比他的伙伴的痛苦更令人难受的,是露丝脸上那种默默无言的悲伤,同她那交织着希望同绝望的问询眼光。他们几乎一句话也没说;生长在北极地带的人,早就懂得空话无益和实际行动之可贵。在零下六十五度的气温里,一个人只要在雪里多躺几分钟,就活不了的。于是,他们立刻割下雪橇上的皮带,用皮褥子把不幸的梅森裹好,放在树枝搭成的地铺上面,并且利用那株造成这场灾难的树的树枝,在他面前生起一堆火来。然后,他们在他背后撑起一块帆布,当做一个简单的屏风,把篝火散发出来的热量反射到他身上——这样的窍门,凡是从大自然中学过物理的人都会知道。

可是,只有遇到过生命危险的人,才知道什么时候会死。梅森被树压得很惨。即使马马虎虎地检查一下也看得出。他的右臂、右腿跟脊背都断了,他的腿从屁股以下全麻木了,内伤大概也很重。只有偶尔的一声呻吟,说明他还活着。

没有希望,也没有办法。无情的黑夜慢慢地过去了——露丝所能做的,只是在无可奈何之中,尽量发挥她那个民族坚忍不拔的精神;马尔穆特·基德的青铜色脸上,已经添了几条新的皱纹。事实上,梅森受的苦反而最少,因为他已经回到田纳西州东部,在大烟山区重新度着他的童年。他满口呓语,最可怜的是,他总是用他忘了很久的南方音调,说起他在湖里游泳,捉树狸和偷西瓜的情形。这些话,露丝一点也不懂,可是基德明白,而且听了很感动——就像与文明社会里的一切隔绝了多年的人听了之后那样感动。

第二天早晨,受伤的人清醒过来了,马尔穆特·基德俯身过去,倾听着他那悄悄的细语。

"你还记得我们在塔纳纳见面的情形吗?如果算到下一次冰消雪化的时候,就是整整四年了。当时,我并不太喜欢她。她好像还漂亮,也有点吸引人。可是后来我就变得老是在想她了。她是我的好老婆,每逢遇到了困难,她总是跟我一块担当。如果讲到我们这一行,你也知道,那真是谁也比不过她。你还记得那一回,她冒着像冰雹一样打在水面上的枪林弹雨,穿过麋鹿角急流,把你和我从岩石上拉下来的情形吗?——你还记得当初在努克路凯脱挨饿的事吗?——记得那回她怎么奔过流水,给我们带来消息的事吗？真的,她真是我的好老婆,真比我以前的那个好多了。你不知道我结过婚吗？我从来没有告诉过你,呢？是的,先前在我的老家——美国的时候,我结过一次婚。我到这儿来,就是为了这个缘故。我们还是一块儿长大的呢。我离开老家,是为了给她一个离婚的机会。她算得着机会了。

"不过,这跟露丝可没有什么关系。我本来打算赚一点钱,明年一块到'外面'去——我跟露丝——现在已经太晚啦。基德,千万别送她回娘家去。叫一个女人回娘家,那可让她太难受啦。想想看！——她跟我们一块吃腌肉、豆子、面食和干果,差不多已经有四年啦,难道现在又要她回去吃鱼跟鹿肉吗！她已经过惯了我们的日子,知道这种日子比她娘家的人过得好,现在要她回去,那对她也不好。基德,你得多照顾她——你为什么不肯呢？——不说了,你总是避着她们——你从来没有告诉我,你为什么到这儿来。你要好好地看待她,尽可能早一点把她送到美国去。不过,你要记住,要是她想家,你就送她回来。

"还有那个孩子——他使我们更亲密了,基德。我只希望他是一个男孩子。想想看！——他是我的亲骨肉呀,基德。他绝不能留在这个地方。万一是个女孩子,不,这不可能。把我的皮货卖了吧,它们至少可以卖五千块钱,我在公司里的钱也有这个数。把我的股跟你的合起来一块搞吧。我看,我们申请购买的那块高地一定会出金子的。你得让那个孩子受到很好的教育;还有,基德,最要紧的就是别让他回到这儿。这种地方不是白种人住的。

"基德,我算是完啦。最多也拖不了两三天啦。你一定得继续往前走！你必须继续往前走！记着,这是我的老婆,我的孩子——唉,天啊！我只希望是个男孩子！你不能再守在我旁边了——我是个快死的人,我请求你,赶紧上路吧。"

"让我等三天吧,"马尔穆特·基德恳求着,"你也许会好起来,可能会出现想不到的事。"

"不行。"

"只等三天。"

"你必须赶紧走。"

"两天。"

"基德,这是为了我的老婆和我的儿子。你别再说了。"

"那么一天。"

"不行,不行!我一定要你……"

"只等一天。靠着这些干粮,我们会对付过去的,说不定我还会打到一只麋鹿呢。"

"不行……好吧;就是一天,一分钟也不能超过。还有,基德,别……别让我孤零零地在这儿等死。只要一枪,扣一下扳机就行。你懂得的。想想看!想想看!我的亲骨肉,我今生可见不到他啦!

"叫露丝过来,我要跟她告别。我要告诉她,叫她想想孩子,不能等到我断气。如果我不跟她说,也许她不肯跟你走。再会,老伙计,再会。

"基德!我说——呃——你要在那个小山谷旁边的坡上打个洞。我曾经在那儿一下铲出了四十美分的金子。

"还有,基德!"基德把身子俯得更低一点,以便听清楚他的微弱的最后几个字,临终前的忏悔,"我对不起——你知道——我对不起卡门。"

马尔穆特·基德穿上皮外套,套上雪鞋,把来复枪夹在腋下,让那个女人去轻轻哭她的男人,就走到树林里去了。在北极一带的这种不幸的事,他不是没有遇见过,可是从来没有面对这样的难题。说得抽象一点,这只是一个很清楚的算术题——三条可能活下去的生命对一个注定要死的人。可是现在,他拿不定主意了。五年来,他们肩并肩,在河上、路上、帐幕里、矿山里,一块儿面对着旷野、洪水同饥荒所造成的死亡的威胁,结成了患难之交。他们之间的友谊真是太亲密了,因此,自从露丝第一次插到他们中间之后,他往往会隐约地感到一丝妒忌。可是现在,这种友谊要由他亲手割断了。

虽然他只祈求找到一只麋鹿,只要一只就够了,可是,所有的野兽似乎都离开了这一带。到了天黑的时候,这个累得筋疲力尽的男人,只好两手空空,心情沉重地朝帐幕慢慢走去。可是,狗的狂吠和露丝的尖利喊叫使他加快了脚步。

他一冲进宿营地就看见露丝正在一群狂吠的狗当中抡舞着斧头。那群狗破坏了主人们的铁的纪律,正在一拥而上地抢夺干粮。他立刻倒提着步枪,参加了这场战斗。于是,这出自然淘汰的老戏,就像在原始时代那样残酷地演起来了。步枪同板斧以单调的规律性上下飞舞,有时打中,有时落空。那些灵活的狗,睁着发狂的眼睛,露出狗牙,流着口涎,飞快地扑来躲去。人和兽,为了争夺主权,展开了一场惨烈的决战。接着,那群打败了的狗就爬到火堆旁边,舐着自己的伤口,不时地对着星星,哀号着诉说它们的苦难。

全部的干鲑鱼都给狗吞掉了。前面还有两百多英里荒野,只剩下五磅左右的面粉。露丝回到她丈夫身边,马尔穆特·基德就把一条身体还热的死狗的肉割下来,它的脑壳已经给斧头劈碎了。

基德很仔细地藏好每一块肉,只把狗皮和没用的杂碎丢给不久之前还是它的伙伴的那群狗去吃。

早晨又出了新的乱子。那群狗厮咬起来。奄奄一息的卡门已经给众狗扑倒了。用鞭子抽它们,它们也不理。尽管它们给打得畏畏缩缩地惨叫,它们还是要把那条狗的骨头、皮、毛和一切都吃得干干净净才肯散开。

马尔穆特·基德一边干活,一边听着梅森的声音。梅森又回到了田纳西州,他正在对他年轻时的伙伴们东扯西拉,争论不休。

基德利用附近的松树,很快地干着活。露丝瞧着他搭棚,这是猎人有时为储存兽肉,免得让狼和狗吃掉而搭的那种棚子。他先后把两株小松树的树梢面对面地弯下来,差不多碰到地面,再用鹿皮带把它们捆紧。接着,他又把那些狗打得驯服了,把它们分别套在两乘雪橇前面,把所有的东西都装上去,只留下梅森身上的皮褥子。然后,他把梅森身上的皮褥子裹好捆紧,把绳子的两头捆在弯倒的松树上。这样,只要用猎刀砍一下,就会让松树松开,把他的身体弹到半空中去。

露丝顺从地接受了她丈夫的遗嘱。可怜的女人,她受的服从教育太深了。从童年起,她就对造物主俯首听命,她所看到的女人也都是这样,好像女人生来就不应该反抗。当时,她得到基德的允许,才痛哭了一场,吻别了她的丈夫——她本族的人都没有这个习惯——然后,基德领着她走到第一乘雪橇跟前,帮她套上雪鞋。她盲目地,本能地握着雪橇舵杆和狗鞭,吆喝一声,就赶狗上路了。于是基德回到已经昏迷过去的梅森身边;后来,等到早已看不见露丝的影子了,他还蹲在火堆旁边,等待着,祷告着,希望他的伙伴早点断气。

一个人独自待在寂静的雪野里,怀着痛苦的心事,可不是件好受的事。要是在昏暗的寂静里,那也许好一点。昏暗笼罩着人,仿佛给了你一种保护,同时又对你吐露着一千种不可捉摸的同情;可是在铁青的天空下,这一片凛冽的白色的寂静,就显得冷酷无情了。

一小时过去了,两小时——可是梅森仍旧没有死。到了正午,太阳在南方地平线下,连边也不露,只把一片火红的光照在天空里,表示了一下意思,就很快地收敛了。马尔穆特·基德惊醒了,拖着脚步走到他的伙伴旁边。他向周围扫了一眼。寂静的雪野好像在嘲笑他,他不禁毛发悚然。尖利的枪声一响,梅森就给弹到他的空中坟墓里去了;随后马尔穆特·基德鞭打得那些狗疯狂地奔腾起来,在雪野上飞驰而去。

万紫　雨宁　译

安德森

舍伍德·安德森(1876—1941),美国作家,他对二十世纪上半叶的美国文学,特别是短篇小说的写作技巧做出独特贡献。海明威、福克纳等文学大师都曾受到他的影响。短篇小说集《俄亥俄州温斯堡镇》既是安德森的代表作,也是美国文学史上经得起时间考验的经典之作。《冒险》是其中的一篇。

冒 险

乔治·维拉德还是个小孩子时,艾丽丝·辛德曼已经是个二十七岁的女人了。她在温斯堡住了一辈子。她在温宁丝绸店工作,跟妈妈住在一起,妈妈嫁给了第二个丈夫。

艾丽丝的继父是个马车油漆匠,非常贪酒。他的事说来也挺怪异,哪天有时间很值得讲一讲。

二十七岁的艾丽丝个儿挺高,但有点瘦。她脑袋硕大,罩住整个身子。她的背有些驼,头发和眼睛都是棕色的。她很文静,但在平静的外表下,内心流动着一股永不衰竭的激情。

艾丽丝还是个十六岁的姑娘那年,她还没开始到店里上班,跟一个年轻人有过关系。这个年轻人叫内德·居里,比艾丽丝大些。他跟乔治·维拉德一样在《温斯堡鹰报》工作,很长一段时间,他几乎天天晚上去看艾丽丝。两个人一起穿过小城的街道在树下散步,讨论今后的生活打算。那时艾丽丝挺漂亮,内德·居里搂住她,吻她。他兴奋起来后开始说一些自己并不想说的话,艾丽丝是那么渴望某种美丽的东西走进自己狭窄而且忧伤的生活,她也来了情绪,也不停地诉说。她生活的外壳,她的全部天生的羞怯和保守被打碎了,她情不自禁地任由爱情的激流涤荡。她十六岁那年深秋,内德·居里去了克利夫兰,他想在那里一家城市报社找个差事,然后在这个世界上出人头地。她想跟他一起去。她颤抖地讲出自己的想法。"我想工作,你也能工作。"她说,"我不想让你负担不必要的花费,那会妨碍你发展。暂时别娶我。不结婚我们照样可以一起生活,可以一起住。我们就是住在一个屋子里,别人也不会说什么。大城市里谁也不认识我们,不会有人注意我们的。"

内德·居里被他小情人的决心和开放弄得不知所措,同时也被深深地打动了。他本想只让这个姑娘做他的情妇,现在却改变了主意。他要保护她,关心她。"你都不知道在说什么,"他严厉地说,"你放心,我不会让你那样的。我一找到好工作就回来。眼下你先得待在这儿。这是我们现在唯一能做的事。"

离开温斯堡去大城市开创新生活的那天晚上,内德·居里去找艾丽丝。他们在大街上走了一个小时,然后在韦斯里·莫耶车店租了一辆马车去乡村玩。月亮出来了,他们谁也不说话。这个小伙子面对女孩的决心悲伤得不知该怎么办。

他们在一直延伸到威恩河岸的那片大草地里下了马车,两个人在暗淡的光亮中开始亲热。午夜时回到城里,两人都挺兴奋,看不出未来什么事会把刚发生的奇妙和美丽给抹杀了。"我们从此永远不分离,无论发生什么我们都在一起。"内德·居里在女孩父亲房间门口分手时说。

这位年轻记者在克利夫兰的报社没有找到工作就去了西部的

芝加哥。有时他觉得孤独,几乎天天给艾丽丝写信。后来他在大城市的生活陷入困境,开始结交朋友寻找新的生活乐趣。在芝加哥,他住在一所有好几个女人的房子里。有一个让他动心了,随之他就忘了温斯堡的艾丽丝。有一年年底,他再也不写信了,很长时间才写一次,那也是在感到孤独或者走进某个城市公园看见月光照耀着草地,就像那天晚上照耀着威恩河边的草地的时候,他才真地想起她。

温斯堡那个被他爱过的姑娘长成一个女人。二十二岁那年,开马车修理铺的父亲突然死了。这个制造马具的匠人是个老兵,几个月后他妻子接到一笔遗孀抚恤金。她用最初的这笔钱买了一台织布机,干起了地毯纺织工,艾丽丝在温宁店也找到了一份工作。很多年过去了,没什么能使她相信内德·居里再也不会回来了。

她对工作挺满意,因为店里每天周而复始的辛苦让她觉得等待的时间似乎并不漫长和乏味。她开始攒钱,心想等攒够二三百块钱以后,再去城市寻找情人,试试她到了那里能不能赢回他的感情。

艾丽丝并不想拿田野月光下那件事埋怨内德·居里,但觉得她永远不会嫁给另外一个男人了。对她来说,把她仍然觉得只属于内德的东西交给别人,似乎想想都可怕。别的年轻人追她,她无动于衷。"我现在是他的妻子,不管将来他是否回来,我仍然是他的妻子。"她轻声地自言自语。她一心一意想实现独立自主,可她并不懂现在流行的妇女独立思想,不管给予还是索取都是为了实现自己的人生目标。

艾丽丝在丝绸店里从早上八点钟干到晚上六点,每周有三个晚上,要回店里从七点待到九点。随着时光流逝,她越来越孤独,她开始玩些孤独者经常做的游戏。每到夜里,她上楼回到自己房间,跪在地板上祈祷,在祈祷中诉说想讲给情人的话。她开始依恋起那些没有生命的东西来,因为那是她自己的,不能容忍任何人碰她房间的家具。攒钱最初是为了某个目标,去大城市寻找内德·居里的计划幻灭后她还是坚持攒下去。这已成为她不变的习惯,即使需要买件新衣服,她也舍不得。有时待在店里,在下雨的午后她拿出银行存折,在眼前打开,花几个小时幻想不能实现的美梦,她想拿利息支持自己和未来丈夫的生活。

"内德喜欢到处旅游,"她想,"我会给他创造这个条件。总有一天我们结婚后,我可以把我们的钱都存起来,我们会发财。那时我们可以一起周游世界。"

艾丽丝在丝绸店里等待和梦想着情人回来,而一星期又一星期迅速变成一月又一月,一月又一月又变成一年又一年。她的老板是个装着假牙的白头发老人,留着稀疏的胡子。他几乎从不说话。有时,在雨天,在冬季,一场暴雨袭过大街,好几个钟头过去了,没有一个顾客进来。艾丽丝就把货物整理了又整理。她站在店铺窗前,从那儿可以望见荒凉的大街,她想起跟内德·居里散步的那天晚上他说的话:"我们从此永远不分离。"那句话在这个成熟女人心中反复回荡。她流泪了。有时东家到外面去,她一个人待在店里时就伏在柜台上哭泣。"噢,内德,我在等你啊!"她轻声地一遍又一遍地说。与此同时,那种他永远也不回来了的恐惧感悄然而至,在她内心变得越来越强烈。

春天时,雨季已经过去,漫长炎热的夏天还没有到来的这段时间,温斯堡周围的乡野一片明媚。小城位于开阔的田野中部,田地外是一片片赏心悦目的林地。林地有许多隐蔽幽静的角落,是星期日下午情侣们常去坐的地方。从树林望出去,可以看到田地,可以看见农民在谷仓一带干活,或者人们在路上赶着车来来往往行驶。城里传来钟声,偶尔有一辆火车通过,远远地看上去像一件玩具。

内德·居里走后好几年,艾丽丝星期天从没跟别的年轻人去过林地,但是在内德走了两三年后,一天,她孤独得实在无法忍受,于是她穿上最好的衣服出发了。她找了个可以望见小城和一片田野的地方坐下。对衰老和被冷落的恐惧煎熬着她的心。她坐在那里心神不定,又站起来。她站着眺望远处的大地,那种或许表现在四季流转不止的生命永不停息的感觉,使她怀念起已经消逝的岁月。想到自己青春的美丽和新鲜已不复返,她一阵颤栗。她第一次感到自己被欺骗了。她并不怪内德·居里,然而也不知道怪谁。一种悲哀掠过心头。她跪下想祈祷,但说出的却是抗议。"它不会降临到我身上了。我永远不会找到幸福了。我干吗要对自己撒谎呢?"她哭着说。随之而来的是一种古怪的轻松感,她第一次准备面对那已成为她日常生活的一部分的恐惧。

艾丽丝·辛德曼二十五岁那年发生了两件事,它们打破了她生活的沉闷和平淡无奇。妈妈嫁给了温斯堡漆车匠布什·弥尔顿,她自己成了温斯堡卫理公会的教徒。艾丽丝参加教会是因为害怕孤独和自己的人生处境。妈妈再婚强化了她的这种孤独感。"我现在又老又古怪。就是内德回来也不会要我。他生活的那个城市人们都永远年轻。有那么多东西等着要做,他们没有时间变老。"她带着一种残忍的微笑告诉自己。她准备结识各种人。每到星期四晚上店铺关了后她就去教堂的地下室参加祈祷会,星期天晚上又去出席一个叫爱普沃斯社团组织的聚会。

当那个药店职员,也是卫理公会教徒,名叫威尔·赫尔利的中年人提出送她回家时,她没有拒绝。"当然我不会让他经常来找我的,不过他要是隔很长时间来看我一次,那也不坏。"她自己说,仍然决心对内德·居里保持忠贞。

艾丽丝在不知不觉中找到了人生新的支点,起初只是出于软弱,想试一试,后来慢慢下定了决心。开始她默默地走在那个药店职员身旁,但有时在黑暗中,当他们拘谨地一起散步时,她伸出手轻轻地碰碰他的大衣皱褶。走到她妈妈家门口分手时,她并没有进屋去,而是在门口站一会儿。她想喊那药店职员,请他在门口过道的黑暗中坐一会儿,可是又怕他不明白。"我需要的不是他,"她心想,"我只想别太孤独了。如果不小心,我会变得不习惯跟人相处的。"

二十七岁那年初秋,一种难熬的骚动让艾丽丝欲罢不能。她实在忍受不了再跟药店职员待在一起。那天晚上他来找她散步,她就把他打发走了。她的思绪异常活跃,白天在店里站了好几个小时柜台,太累了,她一回家就爬上床,可一点也睡不着。她凝视着黑暗,像一个小孩从漫长的睡眠中苏醒过来一般,想象在房间游走。在她内心深处,有一种幻想欺骗不了的东西,她需要的是确定无疑的人生答案。

艾丽丝抓住一只枕头紧紧顶住胸脯。她起床又叠了一块毯子,在黑暗中看上去像一个躺在被子中间的人形。她跪在床边抚摸着,嘴里一遍又一遍轻轻低语,好像在反复唱一首歌的结尾。"为什么不发生点什么?为什么我一个人孤单地留在这里?"她轻声说。虽然她偶尔想起内德·居里,但再也不指望他了。她的欲望变得越来越飘忽不定。她不想要内德或别的任何人。她想被人爱,需要某种东西来响应内心越来越响亮的呼唤声。

后来,一天雨夜,艾丽丝干了一件冒险的怪事。她害怕得不知所措。九点钟她从店里回来,发现屋子空荡荡的。布什·弥尔顿去外地了,妈妈去了一个邻居家。艾丽丝上楼走进自己房间,在黑暗中脱光衣服,她在窗前站了一会儿,听着雨滴打着玻璃,接着一股奇怪的欲望袭上心头。她也不停下来想想自己究竟在干什么就跑下楼,穿过黑糊糊的屋子,向雨中奔去。当她在房前的草坪上站住时,感觉湿冷的雨打在她的身体上,一种在大街上裸体奔跑的疯狂欲望使她难以自持。

她想雨会对自己的肉体产生创造性的神奇效果。很多年了,她没有如此充满青春和勇气的感觉。她想跳跃,想奔跑,想呼喊,想寻找哪位同样孤独的人,并且拥抱他。在房前的砖路上一个人在跌跌撞撞地往回走。艾丽丝开始跑起来。一种野性和绝望的感觉袭来。"我不管他是谁。他也是一个人,我要靠近他。"她想,也不思考一下她的疯狂举动会产生什么样的后果,就轻声喊:"等等!""别走开!不管你是谁,请你一定等等。"

人行道上的那个人停下来,站住听着。他是个老头,而且有些聋。他把手放在嘴上大声喊:"什么?说什么?"

艾丽丝倒在地上,躺在那里发抖。那人走了,想到自己竟然做出这种事,她恐惧得不敢站起来。她用双手和膝盖爬过草坪,朝家的那个方向移去。回到屋里后,她闩上门,把梳妆台搬过来堵在门口。她的身体像打寒战似的抖起来,手抖得拿不住睡衣。她上床后把脸埋进枕头,抽搐似的哭起来。"我究竟怎么啦?我差点不小心干出一件可怕的事。"她想,把脸转向墙壁,开始极力强迫自己勇敢地面对这样一个事实:许多人必须孤独地活着以及死去,即使在温斯堡也免不了。

杨向荣 译

福克纳

威·福克纳(1897—1962),美国著名小说家,1949年获诺贝尔文学奖。主要作品有长篇小说《喧哗与骚动》《押沙龙,押沙龙》等。本篇是作者最著名的短篇小说代表作。

献给爱米丽的一朵玫瑰花

爱米丽·格里尔小姐过世了,全镇的人都去送丧:男子们是出于敬慕之情,因为一个纪念碑倒下了。妇女们呢,则大多出于好奇心,想看看她屋子的内部。除了一个花匠兼厨师的老仆人之外,至少已有十年光景谁也没进去看看这幢房子了。

那是一幢过去漆成白色的四方形大木屋,坐落在当年一条最考究的街道上,还装点着十九世纪七十年代风味的圆形屋顶、尖塔和涡形花纹的阳台,带有浓厚的轻盈气息。可是汽车间和轧棉机之类的东西侵犯了这一带庄严的名字,把它们涂抹得一干二净。只有爱米丽小姐的屋子岿然独存,四周簇拥着棉花车和汽油泵。房子虽已破败,却还是执拗不驯,装模作样,真是丑中之丑。现在爱米丽小姐已经加入了那些名字庄严的代表人物的行列,他们沉睡在雪松环绕的墓园之中,那里尽是一排排在南北战争时期杰斐逊战役中阵亡的南方和北方的无名军人墓。

爱米丽小姐在世时,始终是一个传统的化身,是义务的象征,也是人们关注的对象。1894年某日镇长沙多里斯上校——也就是他下了一道黑人妇女不系围裙不得上街的命令——豁免了她一切应纳的税款,期限从她父亲去世之日开始,一直到她去世为止,这是全镇沿袭下来对她的一种义务。这也并非说爱米丽甘愿接受施舍,原来是沙多里斯上校编造了一大套无中生有的话,说是爱米丽的父亲曾经贷款给镇政府,因此,镇政府作为一种交易,宁愿以这种方式偿还。这一套话,只有沙多里斯一代的人以及像沙多里斯那样头脑的人才能编得出来,也只有妇道人家才会相信。

等到思想更为开明的第二代人当了镇长和参议员时,这项安排引起了一些小小的不满。那年元旦,他们便给她寄去了一张纳税通知单。二月份到了,还是杳无音信。他们发去了一封公函,要她方便时到司法长官办公处去一趟。一周之后,镇长亲自写信给爱米丽,表示愿意登门访问,或派车迎接她,而所得回信却是一张便条,写在古色古香的信笺上,书法流利,字迹细小,但墨水已不鲜艳,信的大意是说她已根本不外出。纳税通知附还,没有表示意见。

参议员们开了个特别会议,派出一个代表团对她进行了访问。他们敲敲门,自从八年或者十年前她停止开授瓷器彩绘课以来,谁也没有从这大门出入过。那个上了年纪的黑人男仆把他们接待进阴暗的门厅,从那里再由楼梯上去,光线就更暗了。一股尘封的气味扑鼻而来,空气阴湿而又不透气,这屋里长久没有人住了。黑人领他们到客厅里,里面摆设的笨重家具全都包着皮套子。黑人打开了一扇百叶窗,这时,便更可看出皮套子已经坼裂;等他们坐了下来,大腿两边就有一阵灰尘冉冉上升,尘粒在那一缕阳光中缓缓旋转。壁炉前已经失去金色光泽的画架上面放着爱米丽父亲的炭笔画像。

她一进屋,他们全都站了起来。一个小模小样、腰圆体胖的女人穿着一身黑服,一条细细的金表链拖到腰部,落到腰带里去了,一根乌木拐杖支撑着她的身体,拐杖头镶金已经失去光泽。她的身架矮小,也许正因为这个缘故,在别的女人身上显得不过是丰满,而她却给人以肥大的感觉。她看上去像长久泡在死水中的一具死尸,肿胀发白。当客人说明来意时,她那双凹陷在一脸隆起的肥肉之中,活像揉在一团生面中的两个小煤球似的眼睛不住地移动着,时而瞧瞧这张面孔,时而打量那张面孔。

她没有请他们坐下来。她只是站在门口,静静地听着,直到发言的代表结结巴巴地说完,他们这时才听到那块隐在金链子那一端的挂表嘀嗒作响。

她的声调冷酷无情。"我在杰斐逊无税可纳。沙多里斯上校早就向我交代过了。或许你们有谁可以去查一查镇政府档案,那就可以把事情弄清楚了。"

"我们已经查过档案,爱米丽小姐,我们就是政府当局。难道你没有收到过司法长官亲手签署的通知吗?"

"不错,我收到过一份通知,"爱米丽小姐说道,"也许他自封为司法长官……可是我在杰斐逊无税可交。"

"可是纳税册上并没有如此说明,你明白吧。我们应根据……"

"你们去找沙多里斯上校。我在杰斐逊无税可交。"

"可是,爱米丽小姐——"

"你们去找沙多里斯上校(沙多里斯上校死了将近十年了)。我在杰斐逊无税可纳。托比!"黑人应声而来,"把这些先生们请出去。"

她就这样把他们"连人带马"地打败了,正如三十年前为了那股气味的事战胜了他们的父辈一样。那是她父亲死后两年,也就是在她的心上人——我们都相信一定会和她结婚的那个人——抛弃她不久的时候。父亲死后,她很少外出;心上人离去之后,人们简直就看不到她了。有少数几位妇女竟冒冒失失地去访问过她,但都吃了闭门羹。她居处周围唯一的生命迹象就是那个黑人男子拎着一个篮子出出进进,当年他还是个青年。

"好像只要是一个男子,随便什么样的男子,都可以把厨房收拾得井井有条似的。"妇女们都这样说。因此,那种气味越来越厉害时,她们也不感到惊异,那是芸芸众生的世界与高贵有势的格里尔生家之间的另一种联系。

邻家一位妇女向年已八十的法官斯蒂芬斯镇长抱怨。

"可是太太,你叫我对这件事又有什么看法呢?"他说。

"哼,通知她把气味弄掉,"那位妇女说,"法律不是有明文规定吗?"

"我认为这倒不必要,"法官斯蒂芬斯说,"可能是她用的那个黑鬼在院子里打死了一条蛇或一只老鼠。我去跟他说说这件事。"

第二天,他又接到两起申诉,一起来自一个男的,用温和的语气提出意见。"法官,我们对这件事实在不能不过问了。我是最不愿意打扰爱米丽小姐的人,可是我们总得想个办法。"那天晚上全体参议员——三位老人和一位年纪较轻的新一代成员在一起开了个会。

"这件事很简单,"年轻人说,"通知她把屋子打扫干净,限期搞好,不然的话……"

"先生,这怎么行?"法官斯蒂芬斯说,"你能当着一位贵妇人的面说她那里有难闻的气味吗？"

于是，第二天午夜之后，有四个人穿过了爱米丽小姐家的草坪，像夜盗一样绕着屋子潜行，沿着墙角一带以及在地窖通风处拼命闻嗅，而其中一个人则用手从挎在肩上的袋子中掏出什么东西，不断做着播撒的动作。他们打开了地窖门，在那里和所有的外屋里都撒上了石灰。等到他们回头又穿过草坪时，原来暗黑的一扇窗户亮起了灯：爱米丽小姐坐在那里，灯在她身后，她那挺直的身躯一动不动，像是一尊偶像一样。他们蹑手蹑脚地走过草坪，进入街道两旁洋槐树树阴之中。一两个星期之后，气味就闻不到了。

而这时人们才开始真正为她感到难过。镇上的人想起爱米丽小姐的姑奶奶韦亚特老太太终于变成了十足疯子的事，都相信格里尔生一家人自视过高，不了解自己所处的地位。爱米丽小姐和像她一类的女子对什么年轻男子都看不上眼。长久以来，我们把这家人一直看做一幅画中的人物：身段苗条、穿着白衣的爱米丽小姐立在后面，她父亲叉开双腿，侧影在前面，背对爱米丽，手执一根马鞭，一扇向后开的前门恰好嵌住了他们俩的身影。因此当她年近三十，尚未婚配时，我们实在没有喜兴的心理，只是觉得先前的看法得到了证实。即令她家有着疯癫的血统吧，如果真有一切机会摆在她面前，她也不至于断然放过。

父亲死后，传说留给她的全部财产就是那座房子；人们倒也有点感到高兴。到头来，他们可以对爱米丽表示怜悯之情了。单身独处，贫苦无告，她变得懂人情了。如今她也体会到多一便士就激动喜悦、少一便士便痛苦失望的那种人皆有之的心情了。

她父亲死后第二天，所有的妇女们都准备到她家拜望，表示哀悼和愿意接济的心意,这是我们的习俗。爱米丽小姐在家门口接待她们,衣着和平日一样,脸上没有一丝哀愁。她告诉她们,她的父亲并未死。一连三天她都是这样,不论是教会牧师访问她也好,还是医生想劝她让他们把尸体处理掉也好。正当他们要诉诸法律和武力时,她垮下来了,于是他们很快地埋葬了她的父亲。

当时我们还没有说她发疯。我们相信她这样做是控制不了自己。我们还记得她父亲赶走了所有的青年男子,我们也知道她现在已经一无所有,只好像人们通常做的一样,死死拖住抢走她一切的那个人。

她病了好长一个时期。再见到她时,她的头发已经剪短,看上去像个姑娘,和教堂里彩色玻璃窗上的天使像不无相似之处——有几分悲怆肃穆。

行政当局已订好合同,要铺设人行道,就在她父亲去世的那年夏天开始动工。建筑公司带着一批黑人、骡子和机器来了,工头是个北方佬,名叫荷默·伯隆。他个子高大,皮肤黝黑,精明强干,声音洪亮,双眼比脸色浅淡。一群群孩子跟在他身后听他用不堪入耳的话责骂黑人,而黑人则随着铁镐的上下起落有节奏地哼着劳动号子。没有多少时候,全镇的人他都认识了。随便什么时候人们要是在广场上的什么地方听见呵呵大笑的声音,荷默·伯隆肯定是在人群的中心。过了不久,逢到礼拜天的下午我们就看他和爱米丽小姐一齐驾着轻便马车出游了。那辆黄轮车配上从马房中挑出的栗色辕马,十分相称。

起初我们都高兴地看到爱米丽小姐多少有了一点寄托,因为妇女们都说:"格里尔生家的人绝对不会真的看中一个北方佬,一个拿日工资的人。"不过也有人,一些年纪大的人说就是悲伤也不会叫一个真正高贵的妇女忘记"贵人举止",尽管口头上不把它叫做"贵人举止"。他们只是说:"可怜的爱米丽,她的亲属应该来到她的身边。"她有亲属在亚拉巴马;但多年以前,她的父亲为了疯婆子韦亚特老太太的产权问题跟他们闹翻了,以后两家就没有来往。他们连丧礼也没派人参加。

老人们一说到"可怜的爱米丽",就交头接耳。他们彼此说:"你当真认为是那么回事吗?""当然是。还能是别的什么事?……"而这句话他们是用手捂住嘴轻轻地说的;轻快的马蹄嘚嘚驶去的时候,关上了遮挡星期日午后骄阳的百叶窗,还可听出绸缎的窸窣声,"可怜的爱米丽!"

她把头抬得高高的——甚至当我们深信她已经堕落的时候也是如此,仿佛她比历来都更要求人们承认她作为格里尔生家族末代人的尊严,仿佛她的尊严就需要同世俗的接触来重新肯定她那不受任何影响的性格。比如说她那次买老鼠药、砒霜的情况吧。那是在人们已开始说"可怜的爱米丽"之后一年多,她的两个堂姐妹也正在那时来看望她。

"我要买点毒药。"她跟药剂师说。她当时已三十出头,依然是个削肩细腰的女人,只是比往常更加清瘦了,一双黑眼冷酷高傲,脸上的肉在两边的太阳穴和眼窝处绷得很紧,那副面部表情是你想象中的灯塔守望人所应有的。"我要买点毒药。"她说道。

"知道了,爱米丽小姐。要买哪一种?是毒老鼠之类的吗?那么我介——"

"我要你们店里最有效的毒药,种类我不管。"

药剂师一口说出好几种。"它们什么都毒得死,哪怕是大象。

可是你要的是——"

"砒霜,"爱米丽小姐说,"砒霜灵不灵?"

"……砒霜?知道了,小姐。可是你要的是……"

"我要的是砒霜。"

药剂师朝下望了她一眼。她回看他一眼,身子挺直,面孔像一面拉紧了的旗子。"噢噢,当然有,"药剂师说,"如果你要的是这种毒药。不过,法律规定你得说明做什么用途。"

爱米丽小姐只是瞪着他,头向他仰了仰,以便双眼好正视他的双眼,一直看到他把目光移开了,走进去拿砒霜。黑人送货员把那包药送出来,交给她,药剂师却没有再露面。她回家打开药包,盒子上骷髅骨标记下注明:"毒鼠用药"。

于是,第二天我们大家都说:"她要自杀了。"我们也都说这是再好没有的事了。我们第一次看到她和荷默·伯隆在一块儿时,我们都说:"她要嫁给他了。"后来我们又说:"她还得说服他呢。"因为荷默自己说他喜欢和男人来往,大家知道他和年轻人在麋鹿俱乐部一道喝酒;他本人说过,他是无意于成家的人。以后每逢礼拜天下午他们都乘着漂亮的轻便马车驰过:爱米丽小姐昂着头,荷默歪戴着帽子,嘴里叼着雪茄烟,戴着黄手套的手握着马缰和马鞭。我们在百叶窗背后都不禁要说一声:"可怜的爱米丽!"

后来有些妇女开始说,这是全镇的羞辱,也是青年的坏榜样。男子汉不想干涉,但妇女们终于迫使浸礼会牧师——爱米丽小姐一家人都是属于圣公会的——去拜访她。访问经过他从未透露,但他再也不愿去第二趟了。下个礼拜天他们又驾着马车出现在街上,于是第二天牧师夫人就写信告知了爱米丽住在亚拉巴马的亲属。

原来她家里还有近亲,于是我们坐待事态的发展。起先没有动静,随后我们得到确讯,他们即将结婚。我们还听说爱米丽小姐去过首饰店,订购了一套银质男人盥洗用具,每件上面都刻着"荷·伯"。两天之后人家又告诉我们,她买了全套男人服装,包括睡衣在内,因此我们说:"他们已经结婚了。"我们着实高兴。我们高兴的是两位堂姐妹比起爱米丽小姐来,更有格里尔生家族的风度。

因此当荷默·伯隆离开本城时——街道铺路工程已经竣工好一阵子了,我们一点也不感到惊异。我们倒因为缺少一番送行告别的热闹,不无失望之感。不过我们都相信他此去是为了迎接爱米丽小姐做一番准备,或者是让她有个机会打发走两个堂姐妹。(这时已经形成了一个秘密小集团,我们都站在爱米丽小姐一边,帮她踢开这一对堂姐妹。)一点也不差,一星期后她们就走了。而且,正如我们一直所期待的那样,荷默·伯隆又回到镇上来了。一位邻居亲眼看见,那个黑人在一天黄昏时分打开厨房门让他进去了。

这就是我们最后一次看到荷默·伯隆。至于爱米丽小姐呢,我们则有一段时间没有见到过她。黑人拿着购货篮进进出出,可是前门却总是关着。偶尔可以看到她的身影在窗口晃过,就像人们在撒石灰那天夜晚曾经见到过的那样;但却有整整六个月的时间,她没有出现在大街上。我们明白这也并非出乎意料;她父亲的性格三番五次地使她那作为女性的一生平添波折,而这种性格仿佛太恶毒,太狂暴,还不肯消失似的。

等到我们再见到爱米丽小姐时,她已经发胖了,头发也已灰白了。以后数年中,头发越变越灰,变得像胡椒盐似的铁灰色,颜色就不再变了。直到她七十四岁去世之日为止,头发还是保持着那旺盛的铁灰色,像是一个活跃的男子的头发。

打那时起,她的前门就一直关闭着,除了她四十岁左右的那段约有六七年的时间之外。在那段时期,她开授瓷器彩绘课。在楼下的一间房里,她临时布置了一个画室,沙多里斯上校的同时代人全都把女儿、孙女儿送到她那里学画,那样地按时按刻,那样的认真精神,简直同礼拜天把她们送到教堂去,还给她们两角五分钱的硬币准备放在捐献盆子里的情况一模一样。这时,她的捐税已经被豁免了。

后来,新的一代成了全镇的骨干和灵魂,学画的学生们也长大成人,渐次离开了,她们没有让她们自己的女孩子带着颜色盒、令人生厌的画笔和从妇女杂志上剪下来的画片到爱米丽小姐那里去学画。最后一个学生离开后,前门关上了,而且永远关上了。全镇实行免费邮递制度之后,只有爱米丽小姐一人拒绝在她门口钉上金属门牌号,附设一个邮件箱。她怎样也不理睬他们。

日复一日,月复一月,年复一年,我们眼看着那黑人的头发变白了,背也驼了,还照旧提着购货篮进进出出。每年十二月我们都寄给她一张纳税通知单,但一星期后又由邮局退还了,无人收信。我们在楼底下的一个窗口——她显然是把楼上封闭起来了——不时地见到她的身影,她像神龛中的一个偶像的雕塑躯干,我们说不上她是不是在看着我们。她就这样度过了一代又一代——高贵,宁静,无法逃避,无法接近,怪僻乖张。

她就这样与世长辞了。在一栋尘埃遍地、鬼影幢幢的屋子里得了病,侍候她的只有一个老态龙钟的黑人。我们甚至连她病了也不知道,也早已不想从黑人那里去打听什么消息。他跟谁也不说话，恐怕对她也是如此，他的嗓子似乎由于长久不用变得嘶哑了。

她死在楼下一间屋子里，笨重的胡桃木床上还挂着床帷，她那长满铁灰头发的头枕着的枕头由于用了多年而又不见阳光，已经黄得发霉了。

黑人在前门口迎接第一批妇女，把她们请进来。她们话音低沉，发出咝咝声响，以好奇的目光迅速扫视着一切。黑人随即不见了，他穿过屋子，走出后门，从此就不见踪影了。

两位堂姐妹也随即赶到，他们第二天就举行了丧礼，全镇的人都跑来看看覆盖着鲜花的爱米丽小姐的尸体。停尸架上方悬挂着她父亲的炭笔画像，一脸深刻沉思的表情，妇女们唧唧喳喳地谈论着死亡，而老年男子呢——有些人还穿上了刷得很干净的南方同盟军制服——则在走廊上、草坪上纷纷谈论着爱米丽小姐的一生，仿佛她是他们的同时代人，而且还相信和她跳过舞，甚至向她求过爱，他们把按数学级数向前推进的时间给搅乱了。这是老年人常有的情形。在他们看来，过去的岁月不是一条越来越窄的路，而是一片广袤的连冬天也对它无所影响的大草地，只是近十年来才像窄小的瓶口一样，把他们同过去隔断了。

我们已经知道，楼上那块地方有一个房间，四十年来从没有人见到过，要进去得把门撬开。他们等到爱米丽小姐安葬之后，才设法去开门。

门猛烈地打开了，震得屋里灰尘弥漫。这间布置得像新房的屋子，仿佛到处都笼罩着墓室一般的淡淡的阴惨惨的氛围：败了色的玫瑰色窗帘，玫瑰色的灯罩，梳妆台，一排精细的水晶制品和白银作底的男人盥洗用具,但白银已毫无光泽,连刻制的姓名字母图案都已无法辨认了。杂物中有一条硬领和领带,仿佛刚从身上取下来似的,把它们拿起来时,在台面上堆积的尘埃中留下淡淡的月牙痕。椅子上放着一套衣服,折叠得好好的;椅子底下有两只寂寞无声的鞋和一双扔了不要的袜子。

那男人躺在床上。

我们在那里立了好久,俯视着那没肉的脸上令人莫测的龇牙咧嘴的样子。那尸体躺在那里,显出一度是拥抱的姿势,但那比爱情更能持久、那战胜了爱情的熬煎的永恒的长眠已经使他驯服了。他所遗留下来的肉体已在破烂的睡衣下腐烂,跟他躺着的木床粘在一起,难分难解了。在他身上和他身旁的枕头上,均匀地覆盖着一层长年累月积下来的灰尘。

后来我们才注意到旁边那只枕头上有人头压过的痕迹。我们当中有一个人从那上面拿起了什么东西,大家凑近一看——这时一股淡淡的干燥发臭的气味钻进了鼻孔——原来是一绺长长的铁灰色头发。

杨岂深 译

海明威

厄纳斯特·海明威(1899—1961),美国小说家。第一部重要长篇《太阳照样升起》成为"迷惘的一代"的代表作,《永别了,武器》是他写厌战情绪的力作,而《丧钟为谁而鸣》是他的代表作。他的许多中短篇,例如《杀人者》《打不败的人》和《乞力马扎罗的雪》,都是深受读者欢迎的名作;《老人与海》为他赢得了1954年度的诺贝尔文学奖。

杀人者

亨利的餐馆的门开了,走进来两个人。他们在柜台前面坐下。

"你们吃点什么吗?"乔治问他们。

"我说不来,"一个人说,"阿尔,你想吃什么?"

"我也说不来,"阿尔说,"我也说不来想吃什么。"

外面,天渐渐黑暗下去。窗外的街灯放出了亮光。坐在柜台前面的两个人正在看菜单。尼克·亚当斯从柜台的那一头望着他们。他们进来的时候,他正在跟乔治谈话。

"我要苹果酱和马铃薯糊烤猪腰。"第一个人说。

"这个菜还没有准备。"

"那么你们为什么把它放在菜单上呢?"

"那是正餐,"乔治解释说,"六点钟你可以吃到。"

乔治望了望柜台后面墙上的钟。

"五点啦。"

"钟上是五点二十分。"第二个人说。

"快了二十分。"

"嗐,倒霉的钟,"第一个人说,"你有什么可吃的?"

"我给你什么夹肉面包都可以,"乔治说,"你可以吃火腿蛋,咸肉蛋,猪肝咸肉,或者牛排。"

"给我一份奶油和马铃薯糊拌鸡肉饼。"

"那是正餐。"

"咱们要什么你都说是正餐,是不是?你就用这个办法来对付咱们嘛。"

"我可以给你们火腿蛋,咸肉蛋,肝——"

"我吃火腿蛋。"叫做阿尔的那个人说。他戴一顶常礼帽,穿一件单排扣的黑大衣。他的脸又小又白,嘴唇绷得很紧。他还围一条丝围巾,戴着手套。

"我吃咸肉蛋。"另一个人说。他的身材跟阿尔不相上下。两个人面孔不同,但是穿得像一对双生儿似的。两个人穿的大衣都很紧。他俩坐在那儿身子探在前面,胳膊支在柜台上。

"有什么喝的没有?"阿尔问。

"白啤酒,姜汁啤酒。"乔治说。

"我说的是有什么可喝的?"

"就是刚才我说的那些。"

"这是一座很热的城市,"另一个人说,"他们把它叫做什么?"

"热点。"

"听到过吗?"阿尔问他的朋友。

"没有。"他的朋友说。

"你晚上在这儿做什么?"阿尔问。

"他们在这儿吃正餐。"他的朋友说,"他们都来这儿大吃大喝。"

"对。"乔治说。

"你觉得对吗?"阿尔问乔治。

"当然。"

"你是个挺机灵的小伙子,是不是?"

"当然。"乔治说。

"不,你不是的,"另一个矮小的人说,"阿尔,他是吗?"

"他是个傻瓜。"阿尔说。他转过去问尼克:"你叫什么名字?"

"亚当斯。"

"又一个机灵的小伙子,"阿尔说,"迈克斯,他是不是一个机灵的小伙子呀?"

"这个城市里净是机灵的小伙子。"迈克斯说。

乔治把两个大盘子放在柜台上,一盘是火腿蛋,另一盘是咸肉蛋。他又放了两小盘油炸马铃薯,然后关上了通往厨房的便门。

"哪一盘是你的?"他问阿尔。

"你忘记了吗?"

"火腿蛋。"

"真是一个机灵的小伙子。"迈克斯说。他探一探身子,把火腿蛋拿过来。两个人都戴着手套在吃。乔治望着他们在吃。

"你看什么?"迈克斯对乔治望了望。

"没看什么。"

"去你的。你在看我呢。"

"迈克斯,小伙子也许是说着玩儿的。"阿尔说。

乔治笑了。

"你不必笑,"迈克斯对他说,"你丝毫不必笑,知道吗?"

"可以。"乔治说。

"他觉得可以。"迈克斯转过来对阿尔说,"他觉得可以。这小伙子不错。"

"哦,他是一个有头脑的人。"于是两个人继续吃下去。

"柜台那一边的一个机灵的小伙子叫做什么?"阿尔问迈克斯。

"喂,机灵的小伙子,"迈克斯对尼克说,"你跟你的伙计到柜台后面去转一转吧。"

"什么事儿?"尼克问。

"什么事儿也没有。"

"你最好走开去,机灵的小伙子。"阿尔说。于是尼克走到柜台后面去了。

"什么事儿?"乔治问。

"跟你毫不相干。"阿尔说,"谁在厨房里面?"

"黑人。"

"你说的黑人是干什么的?"

"当厨子的黑人。"

"叫他进来。"

"什么事儿?"

"叫他进来。"

"你可想到你此刻是在什么地方吗?"

"咱们此刻在什么地方,咱们当然是很清楚的。"那个叫做迈克斯的汉子说,"是不是咱们的样子傻里傻气的。"

"你说话倒有点傻里傻气。"阿尔对他说。"你跟那个家伙争论什么呢?听我说,"他对乔治说,"告诉那个黑人到这儿来一下。"

"你预备怎样对待他？"

"没什么。机灵的小伙子，你得用你的脑子想一想。咱们对一个黑人会有什么呢？"

乔治打开了通往厨房的小窗口。"山姆，"他叫道，"进来一下。"

通往厨房的门开了，那个黑人走进来。"什么事？"他问。坐在柜台前面的那两个人朝他望了望。

"行，黑伙计。你就站在那儿吧。"阿尔说。

黑人山姆穿着围裙站在那儿，望着坐在柜台前面的两个汉子。"是，先生。"他说。阿尔从他坐的凳子上下来。

"我要跟黑人和那个机灵的小伙子一同到后面厨房里去。"他说，"黑伙计，回到厨房里去。机灵的小伙子，你跟他一道去。"于是那个矮个儿跟在尼克和厨子山姆的后面走到后面的厨房里去。他们进去以后门就关上。叫做迈克斯的那个人跟乔治对着面坐在柜台跟前。他不看乔治一眼，只是望着挂在柜台后面墙上的一面镜子。原来的亨利的酒吧间，现在改成了便餐馆了。

"喂，机灵的小伙子，"迈克斯说，一面望着镜子，"为什么你不说话呀？"

"这都是干什么？"

"嗜，阿尔，"迈克斯叫道，"机灵的小伙子想知道这都是干什么。"

"干吗你不告诉他呢？"阿尔的声音从厨房里传出来。

"你以为这都是干什么？"

"我不晓得。"

"你怎么想法？"

迈克斯讲话的时候一直望着镜子。

"我不愿说。"

"嗐,阿尔,机灵的小伙说,他不愿说他想这为的是什么?"

"好,我听到了。"阿尔从厨房里说。他把通厨房的那个小窗口用手撑开,盘子和番茄汁的瓶子从那里送进厨房里去。"听着,机灵的小伙子,"他从厨房里对乔治说,"站得离柜远一点。你往左边挪动一步,迈克斯。"他像一个安排团体照相的摄影师似的。

"对我说,机灵的小伙子,"迈克斯说,"你以为要发生什么事情呢?"

乔治一声也不吭。

"我告诉你,"迈克斯说,"咱们要去杀死一个瑞典人。你知道一个叫作奥勒·安德生的高大的瑞典人吗?"

"是的。"

"他每晚来这儿吃饭,是不是?"

"他有时候来这儿。"

"他在六点钟来这儿,是不是?"

"要是他来的话。"

"这一切咱们都晓得,机灵的小伙子,"迈克斯说,"讲些别的事情吗?你有时去看电影吗?"

"偶尔去看一次。"

"你应该多去看电影。像你这样一个机灵的小伙子,看电影是非常好的。"

"你们干吗要把奥勒·安德生杀死呢?他有过什么对不起你们的地方没有?"

"他从来也没机会对咱们怎样过。他一次没见过咱们。"

"他只会见到咱们一次了。"阿尔从厨房里说。

"那么,你们干吗要杀死他呢?"

"咱们替一个朋友去杀他。只是受人之托,机灵的小伙子。"

"住嘴,"阿尔从厨房里说,"他妈的你讲得太多了。"

"是啊,我叫机灵的小伙子觉得有趣。是不是,机灵的小伙子?"

"他妈的你讲得太多了,"阿尔说,"那个黑人跟我这个机灵的小伙子他们自己在觉得有趣呢。我把他们两个像是修道院的一对女朋友似的绑在一起了。"

"我想你原来像是在一所修道院里吧?"

"你不知道。"

"你原来像是在一所真正的修道院里。你就是从那儿来的。"

乔治抬头望了望钟。

"要是有人来了,你告诉他们厨子不在,要是他们还在追问,你告诉他们你到后面去亲自替他们做菜。你懂得了吗,机灵的小伙子?"

"懂得了,"乔治说,"以后你们将要怎样对待咱们呢?"

"那要看情况了,"迈克斯说,"有许多事情在当时是不知道的,这件事就是。"

乔治抬头望了望钟。此刻是六点一刻。临街的大门开了,一个电车司机走进来。

"喂,乔治,"他说,"有晚饭吃吗?"

"山姆出去了,"乔治说,"大概半个钟头左右就会回来。"

"那么我倒不如到街那一头去吧。"那个司机说。乔治望了望钟。现在是六点二十分。

"很好,机灵的小伙子,"迈克斯说,"你真是个十足的绅士。"

"他知道我会用枪打死他的。"阿尔从厨房里说。

"不,"迈克斯说,"你说的不对。机灵的小伙子是不错的。他是一个很好的小伙子。我喜欢他。"

到了六点五十五分的时候,乔治说:"他不会来了。"

餐馆里还有另外两个人。乔治到厨房去了一次,"去"那儿做一份给一个客人要带走的面包片夹火腿蛋,他在厨房里看见阿尔把常礼帽歪戴在脑后,坐在便门旁边的凳子上,一支锯短了的枪的枪口靠在架子上。尼克和厨子在一个墙角落里背对背给捆在一起,每人的嘴上绑了一条毛巾。乔治做了夹肉面包,用油纸把它包起来,放进一个袋子,然后拿到餐厅去,那个人付了钱便走了。

"机灵的小伙子什么事都会做,"迈克斯说,"他会做菜,什么都会做。机灵的小伙子,你可以把一个女孩子训练成一个很好的老婆。"

"怎么?"乔治说,"你的朋友,奥勒·安德生不来了吗?"

"咱们再等他十分钟。"迈克斯说。

迈克斯留意着镜子和那座钟。钟上的指针是七点钟,一会儿又过了五分钟。

"来,阿尔,"迈克斯说,"咱们不如回去吧。他不会来了。"

"最好再等他五分钟。"阿尔从厨房里说。

过了五分钟,一个人走进来,乔治向他说厨子生病了。

"干吗你们不另找一个厨子呢?"那个人问,"你不是在开餐馆吗?"说罢他走出去了。

"来,阿尔。"迈克斯说。

"那两个机灵的小伙子跟那个黑人该怎么办?"

"他们是挺可靠的。"

"你这样想吗?"

"当然。咱们已经没事了。"

"这不能叫我开心,"阿尔说,"粗心大意的。你话讲得太多了。"

"啊,这又有什么要紧,"迈克斯说,"咱们只不过是开开心罢了,是不是呢?"

"不管怎样,你还是话讲得太多了。"阿尔说。他从厨房里走出来。锯短了的鸟枪枪身在他的过于窄小的大衣上身里面微微地鼓出来。他用他的戴着手套的手把衣服理了一理。

"再会了,机灵的小伙子,"他对乔治说,"你太走运了。"

"那倒是真的,"迈克斯说,"你应该赌一赌赛马去,机灵的小伙子。"

那两个人走出门去。乔治从窗户里面望着他们在弧光灯下经过,走到街对面去。他们的窄小的大衣和常礼帽使他们看去像一对玩杂耍的人似的。乔治从转门走进厨房里,把尼克跟厨子两个人松开了绑。

"那回事儿我再也不想碰到了,"厨子山姆说,"那回事儿我再也不想碰到了。"

尼克站起了身。他以前从来也没有被人用一条毛巾绑在嘴上过。

"告诉我,"他说,"究竟是怎么一回事儿?"他正在设法把毛巾甩掉。

"他们要杀害奥勒·安德生,"乔治说,"他们准备在他进来吃饭的时候用枪把他打死。"

"奥勒·安德生吗?"

"正是。"

那个厨子用大拇指摸着他的嘴角。

"他们都走了吗?"他问。

"是的,"乔治说,"他们都走了。"

"这件事真叫我不高兴,"厨子说,"没有一星半点叫我高兴的。"

"听我说,"乔治对尼克说,"你最好到奥勒·安德生那儿去看一看他。"

"好的。"

"你最好丝毫也别过问这件事情,"厨子山姆说,"你最好离远点。"

"你要是不愿去就别去吧。"乔治说。

"牵连在这件事里面对你不会有什么结果的。"厨子说,"你还是离远点。"

"我要去看他,"尼克对乔治说,"他住在什么地方?"

厨子掉过脸去。

"小孩子们对于自己想做的事情总是自以为是知道的。"他说。

"他住在赫思奇的公寓里。"乔治对尼克说。

"我要到那儿去一趟。"

外面弧光灯的亮光透过光秃的树枝。尼克沿着电车轨道走去,到下一盏弧光灯的地方转了一个弯,朝一条小街走去。街上的第三幢房子就是赫思奇的公寓。尼克走上那两条阶石,然后去按门铃。一个女人来到了门前。

"奥勒·安德生住在这里吗?"

"你想看他吗?"

"是的,要是他在家的话。"

尼克跟着那个女人走上一段楼梯,然后又折转来走到一条走廊的尽头处。她敲了门。

"谁呀？"

"有人来看你，安德生先生。"那个女人说。

"我是尼克·亚当斯。"

"进来。"

尼克推开了门，走进屋里去。奥勒·安德生穿着全身衣服正躺在床上。他从前是个重量级的拳击家。他的身子长得那张床容不下去。他的头靠在两个枕头上。他没有朝尼克望一眼。

"什么事儿？"

"我在亨利的餐馆里干活，"尼克说，"两个家伙进来，把我跟厨子用绳子绑上，他们说他们要杀死你。"

他说这些话的时候叫人听去有些呆里呆气似的。奥勒·安德生一声也不吭。

"他们把咱俩赶到厨房里，"尼克说下去，"他们要趁你来咱们这儿用晚餐的时候用枪把你打死。"

奥勒·安德生望着墙，一声也不吭。

"乔治觉得，要我最好来把这件事情告诉你。"

"这件事我什么办法也没有。"奥勒·安德生说。

"我告诉你他俩是什么样儿的。"

"我不想知道他俩是什么样儿的。"奥勒·安德生说。他望着墙，"谢谢你来告诉我这件事情。"

"别客气。"

尼克望着躺在床上的那个身材魁梧的汉子。

"你要我去找警察吗？"

"不，"奥勒·安德生说，"那不会有什么用处的。"

"有什么可以让我去办的事情。"

"不。没有什么要办的事情。"

"也许这只是故作镇静吧。"

"不,这不是故作镇静。"

奥勒·安德生翻了一个身朝向墙壁那边去。

"唯一的一件事情是,"他对着墙壁说,"我还拿不定主意下决心走出去。我已经待在家里一天了。"

"你不能走到城外去吗?"

"不,"奥勒·安德生说,"我再不想那样跑来跑去的了。"

他望着墙。

"现在没有什么可办的事了。"

"你不能想点办法把这件事情了结掉吗?"

"不成。我得罪了人啦。"他依然用那种懒洋洋的腔调在说话,"没有什么好办法。过一会儿,我再拿定主意走出去。"

"那么我不如回去看一看乔治吧。"尼克说。

"再会了,"奥勒·安德生说,他并没有朝尼克望一眼,"谢谢你来这儿一趟。"

尼克走出门去。当他带上门的时候,他看见奥勒·安德生穿着全身的衣服躺在床上,眼睛一直望着墙。

"他已经在屋里待了一整天。"女房东在楼下说,"我想他的身体恐怕不舒服。我对他说:'安德生先生,这样好的秋天天气,你应该出去散散步才是。'但是他却不想出去。"

"他不愿出去。"

"我很替他的身体不舒服觉得不好过,"那个女人说,"他这个人真是好极了。你知道吗,他是干拳击那一行的。"

"我知道。"

"要不是看到他脸上的那个模样,你决不会知道他是干拳击的。"那个女人说。他俩紧靠在大门的里边在谈话,"他这个人真够和气的。"

"好吧,晚安,赫思奇太太。"尼克说。

"我不是赫思奇太太,"那个女人说,"这所公寓是她的。我只是替她照管的人。我是贝尔太太。"

"好,晚安,贝尔太太。"尼克说。

"晚安。"那个女人说。

尼克从暗淡的街上走到弧光灯照着的街角,然后沿着电车轨道回到亨利的餐馆去。乔治正在柜台后面。

"你看到奥勒了吗?"

"看到了,"尼克说,"他待在屋里,不愿走出去。"

刚打开了厨房的那扇门,就听到尼克的声音。

"我连听也不要听。"他说,说罢就把门关上。

"你把那件事情告诉他了吗?"乔治问。

"当然。我告诉了他,但是他知道这都是怎么一回事儿。"

"那么他打算怎么办呢?"

"什么打算也没有。"

"他准是卷进什么赌博斗殴的事儿里面了。"

"我也这样想。"尼克说。

"事情真糟糕。"

"事情太可怕了。"尼克说。

他俩不再说下去。乔治伸手去拿一条毛巾,把柜台擦了擦。

"我不晓得到底他干下了什么事情?"尼克说。

"欺骗了什么人啦。他们就是为了这个缘故要把他杀害的。"

"我要离开这个市镇了。"尼克说。

"好,"乔治说,"那倒是一桩好事。"

"我不忍去想,他明知道要被人杀害还在屋里等待着。太可怕了。"

"得啦,"乔治说,"你最好不如别去想着这件事儿吧。"

海观 译

休 斯

兰斯顿·休斯(1902—1967),为美国黑人文学开辟现实主义道路的美国黑人作家。主要作品有散文集《不是没有笑》,短篇小说集《白人的行径》。《一个星期五的早晨》是美国黑人文学中的名篇。

一个星期五的早晨

南茜·李并没有直接听到这惊人的消息,但把一些零零碎碎的传闻加起来,她终于体会到这个了不起的事实:她得了奖!不过,由于她是个温文娴雅的女孩子,她什么也没说,尽管整所中学流传着种种谣言、猜测和自称千真万确的通告——事实上学生们无权发通告,因为这时还没有一个学生确切地知道到底是谁获得了本年度美术奖金。

可是南茜·李的画是那么好,线条那么有力,色彩那么明朗调和,因此,没问题,乔治·华盛顿中学的其他高班学生是很少有机会得奖的。不过这也实在很难说。去年可谁也没想到乔·威廉斯画的高桥那张可笑的现代派水彩画竟会获得美术家协会的奖金。事实上,要不是先盯着那张画瞅上老半天,是很难看出上面有一座桥的。尽管如此,乔·威廉斯还是得了奖。当地的知名画家、交际花和社会名人还在派克·罗斯饭店为他举行了一次大宴会。现在他是领奖学金在美术学校念书的学生——那是城里唯一的美术学校。

南茜·李·约翰逊是个黑色人种女孩子,从南方来到这里刚几年。可是她的同学们很少想到她的肤色。她聪明、美丽,皮肤呈棕色,很能适应学校里的生活。她是个优等生,打得一手好篮球,常在学校里的音乐会上唱歌,声音柔和得像天鹅绒一般。她从来不惹事,不招摇,只给人好印象,因此很少有人提到她的肤色。

南茜·李有时忘了自己是有色人种。她喜欢她的同学和她的学校。她特别喜欢她的美术老师狄特丽克小姐,那是个高个子、红头发的女人,她教导她做事要循规蹈矩,让她领会按部就班地工作有多么美,直到一件工作做完,一幅画完成,一个图案设计出来,一个印版通过思想用一方块光滑的油毡刻出来,加上印油,印了样张,最后印到纸上——干净,利落,美丽,富于个性,跟世界上的其他印版都不一样,这就使那张纸具有新的意义,这种意义除了南茜·李谁也不能得到。真正创作的美妙之处就在这里。你创造出来的东西世界上没别人再能创造——只有你。

狄特丽克小姐这种老师善于使学生们把自己最大的长处发挥出来——而且是他们本人的长处,不是模仿任何别人的长处。因为狄特丽克小姐作为美国人,跟住在美国中西部城市里男女青年的创作天才打交道的时候,别人的长处无论怎么大,甚至是米开朗基罗的长处,都不能使她感到满意。

南茜·李很为自己是美国人而感到自豪——一个美国黑人,带有很久很久以前的非洲血统,追溯起来不知有多少代了。但她的父母曾教她懂得非洲的美,它的力量,它的巨大河流,它早先怎样熔铁,怎样建筑金字塔,怎样有古老而重要的文明。狄特丽克小姐还替她发掘了贝宁、刚果、马孔德等非洲雕刻的幽默而有力的线条。南茜·李的父亲是个邮差,母亲是城里某个社会改革团体的福利工作者。他们都进过南方的黑人大学。她母亲还在北方大学里获得过社会工作的文凭。她的父母跟大多数美国人一样,是朴实的、普普通通的人,为了求学,自己一个劲地勤劳工作着。现在他们在设法让南茜·李求学容易些,不叫她像他们那么艰苦。他们要是知道女儿得了奖学金,准会高兴得要命——可是南茜·李没告诉他们。还是让他们吃惊一下好。再说她已答应过不说出去的。

一天,美术教师狄特丽克小姐随随便便地问南茜·李,问她觉得她自己的画配上什么颜色的镜框最好。这是最早的一点暗示。

"蓝的。"南茜·李说。虽说那幅画早在一个月前就送到美术家协会去参加比赛了,南茜·李在选择镜框的颜色时毫不犹豫,她仿佛觉得她的画清楚地映在她眼前——因为那幅等着配蓝色镜框的画来自她自己的灵魂和生活,它是在狄特丽克小姐的帮助下奇迹般产生出来的。她知道那是她自己最好的一幅水彩画,她曾为自己画的东西能叫狄特丽克小姐那么喜爱而高兴。

那不是什么现代派的画,不需要看好半天才明白它的意思。画上只是春天城市公园里的一幅简单图景,衬托在天空下面的树木还没长叶,新草又嫩又绿,中央有一面国旗挂在高高的旗杆上,孩子们在玩耍,一个黑人老妈妈坐在一条长凳上把头扭向别处。当然,画上的东西似乎多了些,但不像挂历上那么浓重、精细。它的魅力在于在蔚蓝色的天空和洁白如纸的白云衬托下,每一样东西都显得那么轻松活泼,像春天那样欢快。你可以看出那个黑人老妈妈正望着旗子,那面旗子在春天的微风中飘动,而微风把正在玩耍的孩子们的衣服吹得直飘荡。

狄特丽克小姐教南茜·李怎样在一张从柜子里取出来的洁白

的纸上画春天、人物和微风。可是她并不教她把画画得像以前看到过的任何一张。她让南茜·李自己去琢磨。这就是那个看旗子的黑人老妈妈怎么会在画上出现的缘故。在南茜·李的脑子里,旗子、春天和老妈妈形成了一个三角形,代表着她想要表达的梦想,蓝色田野上的白色星星、春天、玩耍的孩子们、不断成长的生命、一个老妈妈。美术家协会的那些评判员会喜欢这个吗?

四月里一个湿漉漉的雨天下午,副校长奥谢伊小姐在放学后要南茜·李到她办公室里去一趟。那些没带雨伞和雨衣的学生都站在门道里,想趁阵雨暂停的当儿跑回家去。外边的天空阴沉沉的。刹那间南茜·李的思想也变得阴沉沉的了。

她想想自己并没做过什么错事,可是尽管这样,在走近奥谢伊小姐办公室的门的时候,她还是有点提心吊胆。也许她开关放衣帽的公用柜时磕碰得太厉害了,犯的次数也太多了。也许她写给萨丽的那张开玩笑的法文条子根本没到萨丽那儿,相反地却落到奥谢伊小姐手里了。也可能她有什么功课不及格,因此不准她毕业。化学!南茜·李打了个寒噤。

她在奥谢伊小姐的门上敲了一下。她所熟悉的那个厚实而干练的声音说:"进来。"

奥谢伊小姐对人总是那么客客气气,即使你是被她叫来开除的也好。

"请坐吧,南茜·李·约翰逊,"奥谢伊小姐说,"我有话跟你说。"南茜·李坐了下来,"可是你必须答应我暂且不说出去。"

"我不会说出去的,奥谢伊小姐。"南茜·李说着,心里想,这位副校长到底要跟我说什么呢。

"你快毕业啦,"奥谢伊小姐说,"我们以后准会想念你的。你是个优秀的学生,南茜,你在毕业学生名单上成绩不会不优异的,我想你自己也知道。"

这时候,有人在门上轻轻敲了一下。奥谢伊小姐说了声"进来",狄特丽克小姐就进来了。"我也可以参加吗?"她高高的个头儿,笑容满面地问。

"当然,"奥谢伊小姐说,"我正在告诉南茜我们对她的看法。可我还没把那消息告诉她呢。狄特丽克小姐,也许你愿意亲自告诉她吧。"

狄特丽克小姐说话一向很干脆。"南茜·李,"她说,"你的画获得了美术家协会的奖金。"

这个苗条的棕色小姑娘两眼张大,心怦怦地跳着,喉咙也紧了。她想笑,可是热泪却涌到了眼里。

"亲爱的南茜·李,"奥谢伊小姐说,"我们真为你高兴。"这位年长的白种女人拉起她的手,亲切地握了握,狄特丽克小姐的脸上也焕发出骄傲的光彩。

南茜·李简直是跳着舞回家的。她压根儿记不起她是怎样在雨中回到家里的。她希望自己没有失去仪态。可是她当然没在路上停下来把她的秘密告诉任何人。雨珠、笑容和泪水在她棕色的面颊上混成一片。她希望她母亲还没回家,屋子里没有人。她要在见她父母之前,先觑个空让自己镇静一下,使自己神态自若。她不愿意使自己显得兴奋异常——因为她心里有个秘密。

奥谢伊小姐把南茜·李叫到办公室里,是为了预先给她透个消息,让她有所准备。这位和善的、年长的副校长说,她最不喜欢对年轻学生们搞突然袭击,哪怕是给她们荣誉,因此她特地把即将到来的授奖的事预先告诉她。南茜得讲一次话,表示谢意,所以她必须心里沉着,先有个准备,不慌张,不害怕。几天后就要授奖给她了,星期五早晨先在学校里宣布,然后晚上在美术家协会举行宴会。副校长叫南茜·李先想一想,在这两次会上准备说些什么。南茜·李答应副校长说,她要回去把要说的话冷静地想一想。

狄特丽克小姐后来又问了她一些关于她的父母、她的背景和她的生活方面的情况,因为这类材料可能都是报纸所感兴趣的。南茜·李告诉她,他们怎样在六年前从边远的南方来到这儿。她父亲成功地在邮局里调动了几次工作,这是他多年来的愿望,好让南茜·李有机会在北方上学;现在他们住在简陋的黑人区里,进城时候看些最好的戏,一直在积蓄钱准备让南茜·李上美术学校,只要学校肯收的话。不过这笔奖金对她说来很有帮助,因为他们不是有钱的人。

"这下母亲到冬天可以做件新大衣了,"南茜·李想,"因为头一年的学费不成问题了。只要一进美术学校,我就可以拿到别的奖学金。"

各式各样的梦想、计划和雄心在她的脑海里翻腾开了。她想到那些她将要为她自己、她父母和黑人所画的美丽的画——因为南茜·李对她自己那个种族是很自豪的。她似乎还看得见她画上的那个老女人(实际上是她在南方的祖母)仰着头在看远处国旗上那些明亮的星星。一个在美国的黑人!常常被人伤害,被人歧视,有时被人私刑处死——可是在国旗的蓝底子上,却永远有星星存在。世界上还有另外的国旗有那么多星星吗?南茜·李想了又想,但想不起在她翻阅过的所有百科全书和地理书上曾经见过。

"把你的车套到一颗星星上,"南茜·李心想,一边手舞足蹈地冒雨回家,"是谁创制了我们的国旗呢?"

一到星期五早晨，人们都会知道了——她学校里的人，报界的人，她的妈妈和爸爸。爸爸不能参加大会亲自听到宣布，既看不到她那帧陈列在讲台上的得奖的画，也听不到南茜·李那个表示谢意的短短讲话。可是妈妈是能够来的。妈妈会被弄得莫名其妙，不知南茜·李为什么非要她在这么个星期五早晨到学校去。

一个人要是心里有事，知道一种新的美好的事——一种会改变一辈子生活的事——将要发生，那么他就会翻来覆去地想个不停，晚上没法子入睡，同时心也会跳个不停，喉咙口也会快乐得好像长了个奇怪的小疙瘩似的。南茜·李洗过澡，把头发梳得闪闪发亮，就上床睡了，心里却想着：明天，这伟大的一天，她将要在三千个学生面前领受荣誉，她的画也要被宣布为本年度全城美术班中最好的一张。她那篇表示谢意的简短讲话已经准备好了。她在脑子里默默地背了一遍，不是逐字逐句地背（因为她不愿意让它听上去像背书似的），而是让她的思想自然地、真诚地在她的意识里过上许多遍。

一等到美术家协会会长把奖章和奖金授给她的时候，她就说："各位美术家协会评判先生和会员先生，我要谢谢你们给我这个奖赏，它对我说来，而且通过我，对我的民族——黑人民族说来，都是有极重大的意义的，尤其是城里的黑人民族有时候会失掉信心，觉得走投无路，以为肤色和贫穷在跟他们作对。我怀着感激和骄傲的心情，来接受这个奖赏，并不单单代表我自己，而且也代表整个黑人民族，他们都相信，在美国是能享有同样的机会和公平的待遇的——他们是相信我们国旗上那些明亮的星星的。我感谢狄特丽克小姐和这里的其他老师，你们给了我知识和训练，使我的画能享受到今天这样的荣誉。几年前，我刚从南方来到这儿的时候，我琢磨不出你们将会怎样对待我。你们待我很好。你们给了我机会,帮助我踏上了我所要走的道路。我猜想评判先生们都知道,我们学校的学生每星期都在这儿集会,保证对国旗的忠诚。我以后要尽我的努力,决不忘记自己的保证,决不辜负同胞们(不管他们是什么种族或信仰)对我的帮助、友谊和了解,不辜负我们美国人民对'每个人都享有自由和公道'的理想!"

这就是明天早晨她在同学们面前要做的答词。那些黑人学生会多么自豪和快乐啊!她母亲大概会高兴得哭出来的。就这样,南茜·李怀着一个美妙的明天的梦想,渐渐地睡着了。

四月里早晨的明亮阳光照醒了她。她跟她父母在一起吃了早饭——隔着桌子,可以看出他们脸上那种似乎好笑又似乎困惑的表情:他们心里在纳闷,她今天到底有什么秘密,竟使她的眼睛变得那么明亮呢?饭后她急急忙忙地向学校走去;钟楼上的钟已经快九点了,成千成百的学生正在川流不息地朝那座长长的、不成格局的古老建筑物——那是城里最大的中学——涌去;然后钟声响了,教室里一下子静了下来;接着老师打开点名册,准备点名。可是在点名前,她先在教室里扫了一眼,看见了南茜·李。

"南茜,"她说,"奥谢伊小姐要你到她办公室里去一趟,就去吧。"

南茜·李站起来出去了,耳朵里只听见一片点名声,每个名字后面响起一个"到"字。她心里想,大概是记者们来了吧,可能他们要在开会前先给我照个相,那个会要到十点才开呢。(去年,一经宣布,他们就把得奖人的相片登在日报上了。)

南茜·李在奥谢伊小姐的门上敲了一下。

"进来。"

副校长站在她的办公桌旁边。房间里没有别人,很静。

"请坐吧,南茜·李。"她说。奥谢伊小姐的脸上没有笑容。中间静默了好一会儿。时间一秒钟一秒钟地慢慢过去了。"我不知道怎样把我该说的话告诉你,"这位年长的女人开口说,低着头,眼睛望着桌上的文件,"我真为我自己和本城感到愤怒和惭愧。"然后她抬起头来,瞅着那个坐在她面前的、穿着整洁的蓝衣服的南茜·李。"今天早晨,你领不到奖了。"

外面走廊里的电铃响了,是第一节的上课铃,铃声响而且长,像永远不会停似的。奥谢伊小姐沉默了一会儿。那个坐在椅上的棕色女孩子觉得这个房间陡然变小了,越变越小,连空气也没有了。她说不出话来。

奥谢伊小姐说:"评判委员会一听说你是个黑人,他们就把计划改变了。"

南茜·李依旧没言语,因为没有空气,她的肺不能呼吸。

"这就是委员会的来信,南茜·李。"奥谢伊小姐拿起信,把最后的一段念给她听。

"我们认为,今后应该把奖金轮流授予本市的各个中学,这么做似乎更好一些。尤其是这一次,得奖的学生又是个黑人;不幸的是,这一情况我们早不知道,要不然就能避免这番麻烦了。然而本地的美术学校从来没收过黑人学生,如果现在突然收下一个,可能会给有关方面惹起各种麻烦。我们很重视南茜·李·约翰逊的天才,可是我们觉得把美术家协会的奖金授给她是不合适的。"奥谢伊小姐停住了,随手把信放下了。

"南茜·李,我很抱歉,把这样的消息告诉你。"

"可是我的演讲,"南茜·李说,"是关于……"话在她的喉咙口哽住了,"……关于美国……"

奥谢伊小姐这时已经站起来了,她转过背去,望着窗外校园里春天的郁金香。

"我本来想,既然是在我们保证忠诚的宣誓以后授奖,"现在,字句几乎是歇斯底里地从南茜·李的喉咙里滚滚而出了,"我就把对国旗致敬的意思写在讲话里了。您知道,奥谢伊小姐,我本来要讲的,是关于'每个人都享有自由和公道'。"

"我知道,"奥谢伊说着,又慢慢地朝她转过身来,"但美国是靠我们这些对它有信仰的人建立起来的。我是爱尔兰人。你也许还不知道,南茜·李,可是就在几年前,我们给人叫做肮脏的爱尔兰人,在大城市里,暴徒们常找我们寻事。人家要我们回到我们的老家去。可是我们不去,我们也不灰心,因为我们相信关于美国的梦想,相信我们有力量来实现这个梦想。困难,有。要爬不少的山,不错,要面临失望,是的。要争取民主,当然。一点不错,南茜·李!在我们这个世界里,我们还要为民主而斗争。你我一起,南茜·李。这儿有我们的基地,有《独立宣言》的文字和林肯的话,有我们国旗上的星星。那些拒绝把奖金授给你的人,他们不懂得这些星星的意义,可我们有责任让他们懂得。我要以一个市立学校教师的身份,亲自到学校的董事会去,要求他们把一些由于学生的种族或肤色关系而拒绝授予的奖金或奖赏一概从我们的制度中撤销。"

奥谢伊小姐突然停住不说了。她那双透亮、透亮的蓝眼睛直直地瞅定她面前那个小姑娘的眼睛。这女人的眼睛里充满了力量和勇气。"抬起头来,南茜·李,对我笑笑。"

奥谢伊小姐背对敞开的窗子站着。窗外是绿色的草坪和郁金香。阳光在她灰白色的头发上闪闪发亮,对南茜·李受了伤害的心灵来说,她的声音像电流一样有力量。那些在奴隶制还存在的时候就相信自由、主张废除奴隶制的人大概就是这样的。头一个到边远的南方去给那些解放了的黑奴教书的白人教师大概就是这样的。所有那些反对愚昧、偏见和仇恨,以及反对玷污星星的人,一定都是这样的。

南茜·李抬起头来笑了。开大会的铃声响了。南茜·李穿过那条挤满学生的长廊,向大礼堂走去。

"以后还会有别的奖金的,"南茜·李想,"别的城市里也有学校。这么一下子可压不倒我。可是等到我长大成人以后,我一定要起来斗争,使我今天所遭受到的这种事不再在别的女孩子身上发生。而且像奥谢伊小姐那样的男人和女人都会帮助我的。"

她在高中生中间就了座。大礼堂的门关上了。校长走上讲台的时候,学生们都站起来,把视线转向台上的国旗。

一只手按住心,另一只手伸向国旗。三千个声音讲起话来。其中夹杂着那个黑人姑娘的声音,她的两颊突然淌满泪水,"……一个不可分割的国家,每个人都享有自由和公道。"

"那就是我们一定要建立的国家。"她心里想。

施咸荣 译

汤姆森

爱德华·汤姆森(1849—1924),加拿大作家。其最著名的作品是《萨瓦林老头和其他故事》。他的小说带有浓重的地方色彩,幽默中含着讽刺。《特许活动区》被认为是他的代表作,几乎成了加拿大短篇小说集的必选篇目。

特许活动区

"是的,我爷爷的确坐过一次牢,"加拿大安大略省格伦加里县的麦克塔维什老太太说,"不过,那是因为他欠了一笔债。不管怎么说,他是个非常诚实的人,他绝不会说话不算数的。不,就是把加拿大所有的钱都给他,他也不会。要是你愿意听我说,我就把这个欠债的真实故事原原本本讲给你听,让你知道我爷爷是个多么诚实的人。

"有一次,图加尔·斯图亚特,就是那个至今还在康沃尔开着同一家杂货铺的小伙子的爷爷,卖给我爷爷一张犁。我爷爷说,他十月份付一半钱,另一半他感到付得起的时候就付。真的,这就是我爷爷许下的诺言。

"因此,10月1号一大清早,图加尔·斯图亚特的杂货铺的百叶窗还没打开,他就跑到那儿去了。他不多不少付了一半钱,以证明自己说话算数。接着,次年庄稼歉收,下一年他的一匹马给雷电劈死,再下一年,他那并不富裕而又有一大家老小的哥哥不幸死去。

你以为我爷爷会让他们家因为丧事办得不体面而丢脸吗？不，才不会呐。所以我爷爷出钱办了这件丧事。丧宴准备了丰盛的酒肉，招待了每一位来客，一切都按照当时地道的高地①风俗办理；丧事办完后，我爷爷感到他当年还是付不起那一半犁债。

"后来，办完丧事的第二天，图加尔·斯图亚特在康沃尔碰见我爷爷，就问我爷爷有没有富余的钱。

"'你真的需要帮助吗？斯图亚特先生？'我爷爷亲切地说。'如果你真有什么困难，图加尔，'我爷爷说，'而我又没有别的办法弄到钱借给你，那我就把自己身上这件外套卖了。'我爷爷对他所有的朋友一向都是这样的，不论是在格伦加里，还是在斯托莱特，或者在邓达斯，再也没有比他心肠更好的人了。

"'有困难！'图加尔说。'有困难，麦克塔维什先生！'他嚷嚷起来。'你想侮辱一位绅士，侮辱一位只有世界上的亲王才有此斯图亚特姓氏的绅士吗？'他就是这么说的。

"我爷爷是个文静、平和的人，他看见图加尔发了火，纳闷自己说错了什么话冒犯了他，就轻言细语地说：

"'斯图亚特先生，'我爷爷说，'不管怎么说，我一点不想惹你生气。我只是从你问我是否有钱这句话里，以为你也许想借点钱，就像许多大人先生做的那样，他们也根本不认为有什么丢脸的。'我爷爷说。

"'借点钱？'图加尔冷笑说，'借点钱，是吗？你的记性哪儿去了，麦克塔维什先生！三年来你一直用着的那张犁的犁钱不是还欠我一半呢吗？'

---

① 此处指苏格兰高地。

"'莫非你是向我要那一半犁钱?'我爷爷非常吃惊地问。

"'正是。'图加尔说。

"'难道你不觉得丢脸和害臊吗?'我爷爷说,他也冒火了。'我现在怎么还得起,我昨天刚刚给我那可怜的哥哥办了一台和麦克塔维什家的侄孙身份相称的丧事,他们跟格伦加里的任何一个斯图亚特家的人一样,都是体面高贵的。你也看见了我有多大的花费,你也去了,我还为你前来吊唁而向你表示过谢意,斯图亚特先生。'我爷爷温和地结束道。因为他生气从来不会超过一分钟,他的天性就是这么善良。

"'如果你花得起钱办那么体面的丧事,你就还得起我的犁钱。'斯图亚特说。由于成天卖出买进,他已经变成了一个可怜虫。尽管他以他那帝王之名为骄傲,但他那颗高地人的心已经有一半离开了他。

"我爷爷本想当场揍他一顿,如他常说的那样;可是他想起自己那次在盛怒之下揍哈米斯·科克伦的事儿,回忆起因为打坏了那个傻瓜的下巴颏儿而受到神父的处罚,也就压下心头的怒火,轻蔑地离开了。于是,图加尔就到法院去告我爷爷,这可怜的卑鄙家伙。

"你以为那位琼斯法官——就是康沃尔地方的法官,那位已故的贾维斯法官的前任——会做出公正的判决吧。那可没有。虽然图加尔·斯图亚特不能否认订过的契约,法官还是依法裁定我爷爷必须马上还清债务。

"'大人,'我爷爷说,'我说过我感到有能力还的时候就一定还。可我眼下有能力吗?没有,我没有能力。'他说。'图加尔·斯图亚特要我现在还账是不光彩的,而且他告诉过你订的是什么样的契约。'我爷爷说。可是琼斯法官一口咬定他必须马上还清,尽管他没有这能力。

"'我一个子儿也不给,除非我有这能力,'我爷爷说,'不过,我要像我一向的所作所为那样,一直到死都遵守我高地人的诺言。'

"那个老法官听了哈哈大笑说,他一定要做出判决。他果真做了;接着,图加尔·斯图亚特就立刻照章执行。但是,法警连值一小撮燕麦片的东西也没找到。因为我爷爷已经采取了预防措施,写了一张把农具卖给邻居亚历山大·弗雷泽的字据;在这场法律闹剧结束之后,完全可以信任这位邻居会如何正确处理这件事。

"所有的居民都非常鄙视图加尔·斯图亚特的行为。不过,他是一个刚愎自用的人。只要他一开始整我爷爷,就整到底,尽管他的生意日趋冷清。最后他竟以负债的罪名把我爷爷抓了起来,虽然你会知道,先生,我爷爷并没欠斯图亚特什么东西,爷爷应该还他钱,可他当时没有这能力。

"那时候,负债的人都关在康沃尔的监狱里。如果犯人有朋友肯为他们作保,担保他们不越过监狱附近那片十六英亩土地周围的界桩,在那片土地上他们就可以爱上哪儿就上哪儿。这片地方叫做'特许活动区'。这片活动区,你知道,是用许多刷成白色的杉树桩做标记的,和拴马的柱子差不多大小。

"只要我爷爷需要,所有的居民都准备给他作保,而且从他的健康状况看,他也需要呆在新鲜空气里。因此他就请格林菲尔德的顿肯·麦克唐奈尔和桑菲尔德的埃尼艾斯·麦克唐纳给他作保。他以高地人的誓言许诺说,他决不越过界桩一步。他带着这个诺言来到他喜欢的地方。只是留心千万不要让哪怕一个脚趾越过一根界桩。尽管如此,特许区的有些犯人还跳了出去又跳了回来,或者转身向着它们,并用手将它们举起来。

"每天,邻居们都来康沃尔向我爷爷问好,他们愿意还一半犁钱给图加尔·斯图亚特,只不过这么做会使我爷爷恼火。因为他非常高傲,不愿借人家的钱,而且,自然啦,他每天都感到越来越无力拿出一部分钱来雇一个人做春耕春播和照料菜园的农活儿。

"在所有这段时间里,你知道,图加尔·斯图亚特得为我爷爷的坐牢每星期付出五个先令。当时的法律就是这么规定的,如果负债人发誓说,他名下的财产不值五英镑,那么债权人就得付出五个先令。当然啦,我爷爷把出卖的字据给了亚历山大·弗雷泽以后,他名下就没有什么东西了。对我爷爷来说,算计一下他会不会像他爸爸那样长命百岁(他爸爸九十六岁时仍然又结实又硬朗),是一桩多么开心的事,因为图加尔得他付出五百或者六百英镑,而他要还的犁钱一共才只两英镑零十先令。

"整个夏天就这样过去了。我爷爷心安理得,邻居们经常来看他,给他带来乡亲的消息。他就在界桩栅栏里紧挨着一根界桩坐下,好讲笑话给他们听,并说他希望家里往后做些什么。要不是因为我爷爷最小的孩子(就是我爸爸)生了病,好像快要死了,这种情况可能会持续四十年。

"噢,当我爷爷听到这个坏消息时,可以想见,他急得火烧火燎,他多想把孩子搂在怀里啊。为此,他的心痛得都快碎了。他吃不下,睡不着;夜里,他不停地呻吟、叹息;白天,他就在界桩附近遛来遛去,希望自己不会违背高地人不越过一根界桩的光荣誓言。因此,他苦苦地想啊想啊,要是他不得不待在监狱的围墙里,那么他怎么才能像个绅士似的冲出去探望他那生病的孩子呢。三天三夜就这么过去了,直到一个聪明的主意钻进了我爷爷的脑子,教给他可以如何不越过界桩去探望他生病的小儿子。于是他抱着这个主意径直朝一根白色杉树界桩走去,把它从窟窿里拔出来,就动身朝家走去。他小心翼翼地把界桩举在自己前面,这样他就丝毫不会越过界桩了。

"当我爷爷走到离康沃尔还不到半里路的地方(康沃尔当时还是个小地方),两个监狱看守从他后头赶了来:

"'站住,麦克塔维什先生。'两个监狱看守喝道。

"'干吗要我站住?'我爷爷说。

"'你破坏了自己的保证。'他们说。

"'你胡说。'我爷爷说,不论谁说他破坏了保证,他都会发火。'我越过界桩了吗?'我爷爷问。

"要不是他用那根界桩把这两个家伙揍翻在地,他们会把他抓走的。他高高兴兴地继续向前走去,像一个诚实的人应做的那样,既恪守了自己的诺言,又制服了那两个妄图诋毁他的好名声的家伙。除了思念孩子之外,唯一使他烦恼的就是他转过身去用界桩自卫的那种方式是否绝对正确,因为这么一来界桩离监狱就比他近了。不过他想起虽然特许活动区的犯人跳过了界桩,只要他们马上又跳回来,看守从来没告发过他们。因此,他的烦恼也就烟消云散了。

"过了不一会儿,他遇见格林菲尔德的顿肯·麦克唐奈尔赶着一辆马车上康沃尔来了。

"'这位格伦加奇怎么啦?'顿肯说,'你可是从来不会违约的呀!'

"您知道,先生,格伦加奇是我爷爷的田庄名儿。

"'别怕,格林菲尔德,'我爷爷说,'我可没有越过界桩。'

"于是,格林菲尔德看看界桩,又看看我爷爷,他搔了搔脑袋,弄清楚原来是这么回事,对此简直佩服得五体投地。

"'上车来和我坐在一起,格伦加奇,我很高兴把你送回家去。'于是,他调转马车。我爷爷爬上马车,小心翼翼地一直把界桩举在自己前面,他就这样回到了家。我奶奶跑出来拥抱他,可她不得不伸开两只胳臂同时搂住界桩和我爷爷的脖子,因为他非常严格地遵守着自己的诺言。他进屋之前,先到离监狱最远的菜园尽头,把界桩插在那儿,随后才回去看他生病的孩子。这时,所有的邻居都来了,大家都高兴地看到圣人们给他的脑子里放了一个多好的主意:既保住了他作的保证,又保住了他许的诺言。

"就这样,他在家逗留了一个星期,直到我爸爸病好。当然啦,警察来找我爷爷,但是乡亲们不许这些家伙走近格伦加奇。你可以想见,先生,我爷爷和我奶奶还有他们的孩子得时时刻刻盯着菜园里的那根界桩,自己还得百倍小心地别越过它;可是为了不让警察走近,他也白天黑夜给乡亲们招来了很多麻烦,而且,他还担心要是警察溜进格伦加奇,他们就会拔走界桩,从而败坏他的名声,这是麦克塔维什家从来不曾有过的。因此,顿肯·格林菲尔德和埃尼艾斯·桑菲尔德就用车把我爷爷送回了监狱。我爷爷把界桩绑在他身后的马车上,这样,他就可以处在界桩和监狱中间了。当然,图加尔·斯图亚特硬说这是违了约,可是老法官琼斯却哈哈大笑起来,说我爷爷是一位有高度荣誉感的高地绅士,这话倒是千真万确的。

"我爷爷末了是怎么自由的呢?噢,那是因为图加尔·斯图亚特太粗心了——他还以为自己懂法律呐。你知道,那法律规定图加尔每星期得为我爷爷坐牢付五个先令。钱必须每星期一交付,而且还必须是加拿大的合法通货。好啦,你信不信有一个星期一图加尔交的是四个银先令,另一先令是一些铜币,因为他头一天做礼拜时收了一些钱,直到他走开以后,看守才发现这些铜币中有一个是铜布罗克——一个铜奖章,你知道那是为纪念布罗克将军的去世而造的,根本不是加拿大的合法通货。因此,看守就来找我爷爷:

"'麦克塔维什先生,'他摘下帽子说,'您现在自由了,我为此感到高兴。'于是他将图加尔做的事告诉了我爷爷。

"'我希望您不要对我耿耿于怀,麦克塔维什先生。'看守说。他为人正派,虽然他身上没有一点高地人的血液。'我希望您不会因为我对您照顾不周而生我的气,先生。'他说,因为看守对他所管制的犯人表示好感是违反规章制度的。'现在您自由了,麦克塔维什先生。'看守接着说,'如果格伦加奇的麦克塔维什先生今晚肯赏光和我一起吃一顿晚餐,我将为此而感到荣幸。如果您肯答应,我将在您同意之下邀请几位当地的绅士作陪,麦克塔维什先生。'他说。

"是啊,我爷爷从来不会心怀不满的,他是个心地善良的人。他发觉看守心里很不好受,就答应了。自然,在这种场合,前来参加祝贺的人有一大群。

"我爷爷欠的那一半犁钱后来还了没有,先生,你为什么要怀疑我爷爷会拒绝偿还那笔真诚许诺的债务呢?他当然还清了,因为那年秋天收成很好。

"'现在我该还给你那一半犁钱了,斯图亚特先生。'我爷爷走进挤满人的杂货铺说。

"'嗬,你可真是个诚实的人,麦克塔维什先生。'图加尔嘲弄地说。

"可我爷爷没回答这个家伙,因为他想,提醒图加尔如何为了让他坐牢而付出了六镑四先令十一便士这件事是不厚道的。因为他欠的是一笔两镑五先令的债,而且是要在有能力付时才付。"

白祖芸 译

普列姆昌德

普列姆昌德(1880—1936),印度印地语和乌尔都语作家,在印度文学史上占有重要地位。其主要作品有长篇小说《博爱新村》《舞台》等。他还写有不少脍炙人口的短篇小说,《孩子》便是其中之一。

孩 子

人们称呼甘古婆罗门。他自己也以为他是个婆罗门。我所有的别的仆人都对我鞠躬致敬,可是甘古从来没有那样向我表示敬意。也许他还希望我向他鞠躬呢。他决不碰一下别人用过的任何器皿。我甚至没有勇气在炎热的天气要他给我打扇。有时候,四围没有别人而我又汗流浃背的时候,他也的确拿过扇子,不过他的态度显示出,这是他给我的很大照顾。他还脾气暴躁,不会容忍半点指责。他认为跟马车夫或轿夫坐在一起有损尊严,结交的朋友寥寥无几。我从来没有看见他跟任何人好过。他也从来没有去过集市,看过电影。他甚至不喜欢饮布汉①,饮布汉本来是他那一类人的共同嗜好。

他从来不祈祷,也不到恒河洗澡;他是个十足的文盲。可是,他却盼望一个婆罗门该享有的一切尊敬。

---

① 一种草本植物制成的麻醉剂。

为什么他不该盼望呢？如果别的人因为有祖先留给他们的财产能要求有权受到尊敬，那甘古当然也能由于他的家世而有权要求这样啰。

除非必要，我不同我的仆人谈话。除了叫他们之外，我严格命令他们不得闯到我面前来。拿水、穿鞋、点灯这类小事，我宁可自己干，不叫他们。这使我有一种能独立自主，不必依赖他人的感觉。如今，仆人们都知道我的脾性，很少来打扰我。

如果他们有时主动前来找我，那就是，或者为了预支工资，或者是告别的仆人的状。这两种行为，我认为都应受指摘。当我按时付给他们足够的工资时，我看不出有任何理由可以让他们把一个月的工资在十五天内花完。而背后说人坏话，在我看来是懦弱的标志，或者是一种讨好的方式。二者都卑鄙可耻。

一天早晨，甘古自动来到我面前。我心里生气，不耐烦地问他为什么来。从甘古的脸上可以看出他想说些什么，可是尽管他尽力想说，话却不肯从他的嘴里吐出来。我停了一会儿又说道："是什么事？你干吗不说？要知道，你误了我早晨的散步时间了。"甘古嗫嚅地回答："请您别耽误了，我过会儿再来吧。"我知道这样就更糟了。现在我急着要走，甘古会简短地申说他的事情。如果他以为我有空的时候前来，兴许会浪费我几个钟点。他只在我阅读或书写的时候才认为我忙。当他看见我独自坐着沉思的时候，就以为我闲着。他一定会在那样的时候来打扰我，很少知道那样的时刻对我多么宝贵。

我想立刻处理他的事，就说道："如果你来是为了预支工资，你肯定不会得到。"

"我不要预支，"甘古说，"我从来没有求您预支过工资。"

"那你一定是想告别人的状了,"我说,"你明白,我非常讨厌背后说人坏话。"

"不是,老爷,"甘古说,"我不是来控告某个人的。"

"那么你来打扰我干什么?"我不耐烦地问道。

甘古又一次想说出他的秘密。从他的脸上,我可以看出,他正鼓起勇气想这样做。终于他说道:"老爷,我想请您准许我离开您。我不能再替您工作了。"

像这一类的请求,直到今天还是第一次,我觉得我的自尊心受了伤害。我认为自己是个理想的主人,而仆人们也以为能跟我待在一起是他们的运气。"你为什么要走呢?"我问道。

"老爷,您是仁慈的化身,"甘古说,"要没有很好的理由,谁愿意离开您呢?我觉得我除了离开您没有别的办法。我不愿意因为我的缘故会有人举起手来说您。"

这句话引起我极大的好奇心。我完全忘掉早晨的散步,一面向一把椅子上坐下去,一面说:"干吗要说些谜一样的话呢?干吗不把你的意思清清楚楚说出来?"甘古又嗫嚅地回答道:"老爷,事情是……那个女人,那个刚从寡妇院被赶出来的女人……那个戈姆蒂·代维……"他没有说完就顿住了。我不耐烦地问道:"她跟你的工作有什么关系?"

"我要娶她,老爷。"甘古说。

我看着他,大感不解。这个从来没有接触过近代文明的守旧的婆罗门如何竟决定娶一个这样的女人——一个有自尊心的男人甚至不会让她走近自己屋子的女人?戈姆蒂在我们四围平静的气氛中引起过骚动。她住到寡妇院已有几年。寡妇院掌权的人两次把她嫁出去,可是她两次都在婚后一个星期左右又回去了。终于寡妇院决定把她赶了出来。现在她就住在这儿附近,是所有的失恋青年最感兴趣的目标。

对甘古我觉得又讨厌又同情。"这个蠢货为什么不找别的女人结婚?"我心里想。我断定,她跟他待在一块儿不会超过几天。如果甘古是个经济状况较好的人,她可能同他一起待上六个月左右,可是像他目前的状况,他们的结合维持不了几天。

"你知道她的过去吗?"我问道。

"老爷,那全是造谣,"他深信不疑地说,"人们无缘无故地给了她一个坏名声。"

"胡说!"我说,"难道你能否认,她已经离开了三个丈夫?"

"如果他们赶她走,她有什么办法呢?"甘古沉着地回答。

"你真傻啊!"我继续说,"难道你真的相信,一个人老远跑来讨个老婆,在婚礼上花几千卢比,只为了最后把她赶走?"

甘古差不多像个热情的诗人那样回答:"没有爱情的地方,是不能期望一个女人会留下来的。不能仅仅用食宿获得女人的心。那些娶她的人以为自己讨了个寡妇是大大的对她开恩,由此认为,她应当为他们干一切事。可是,一个人要获得别人的爱情,首先得忘掉自己。而且,老爷,她还有神经病。有时候,她会胡言乱语,随即昏迷过去。有人说,她受着巫婆的蛊惑。"

"你要娶这样一个女人,"我说,"你不明白你是在自找麻烦吗?"

甘古以殉教者的语调回答:"我如果娶了她,要是上天保佑的话,我会得到好处的。"

"这么说,你做了最后的决定了?"我问他。

"是的,老爷。"他回答。

"好,"我说,"如果这样,我同意你走。"

通常,我并不相信旧的风俗、习惯、无意义的传统等有什么价值。但根据目前这一情况,我却认为,把一个一心想娶名誉如此可疑的女人的人留在家里肯定是危险的。这可能引起种种纠纷。我心里想,甘古同这个女人结婚,就像一个饿得慌的人一样。一块淡而无味的硬面包,对他来说也没有什么。我认为能离开他是聪明的。

五个月过去了。甘古已经和戈姆蒂结婚,他们住在原地区的一间茅屋里。他现在当小贩谋生。每当我在路上遇见他,总要停下来问问他日子过得怎样。他的生活成了一件我很感兴趣的事,我急着想知道它将如何结束。可是,我却总是发现他快快活活。他容光焕发,这只有无忧无虑的人才能如此。他每天大约挣一个卢比。补充存货后,还能留下十个安那左右。这十个安那,一定有某种不可思议的力量,能令他那样满意。

一天,我听说戈姆蒂跑了。我不知道她出走的原因,可这事却使我非常快活。可能是甘古的自信和舒畅一直使我嫉妒。我高兴,因为事实终于证明我是对的。他现在会明白,劝他不要娶戈姆蒂的人确实是在为他打算。"他多傻啊,"我心里想,"以为跟戈姆蒂结婚是他的幸运,甚至认为是进了天堂。"我急着想碰到他。

那天下午我遇见他的时候,他像是完全垮了一样。一看见我,他便哭哭啼啼地说:"先生,戈姆蒂离开我走了。"

我装作同情地说:"一开始我就告诉过你,叫你不要跟她接近,可是你不听。她是不是还拿了你的东西?"

好像我亵渎了神祇似的,甘古把两手按着胸口,说道:"别这样说,先生,她没有拿走一样东西。她自己的物品还搁在家里呢。我不知道她在我身上发现了什么短处才决定离开我。我明白,我配不上她。她受过教育,我一字不识。如果我能跟她在一起再久一点儿,她一定会把我教育成一个有用的人。不管她在别人眼里是个什么样的人,在我眼里,她肯定是个女神。我一定有什么不对的地方,她才决定离开我的。"

听了甘古的话,我非常失望。我本来确信,他会告诉我戈姆蒂如何不忠,我呢,就向他表示同情。可是,看来这个蠢货还没有睁开眼睛,也许是,他已失掉了理智。我半开玩笑地说:"这样说来,她没有拿走家里任何东西?"

"没有,连一文钱的东西都没有拿。"

"她非常爱你,是吗?"

"先生,我能说什么呢?我到死也忘不了她。"

"可是她却决定离开你?"

"这才使我奇怪啊。"

"你从来没有听说过那句老话:'意志薄弱,你的名字就是女人。'"

"噢,别这样说,先生,对于她,这句话我连一分钟都不相信。"

"如果你仍然这样恋着她,那你去找她好了。"

"是啊,东家,不找到她我决不罢休。但愿我知道到哪儿能找到她!我有把握,她会回到我身边的。我一定要去找她。如果我不死,我回来的时候一定来看您。"说完这句话,他就走了。

这件事情发生后,我有事去奈尼塔尔,差不多过了一个月才回来。我刚刚脱下衣服,就看见甘古抱着一个新生的婴儿站在我的面前。他是非常非常地高兴,甚至南达①得到克里希纳的时候也不会这样高兴。他的脸上焕发着一种饿汉饱餐后才露出的神采。

---

① 南达是抚育印度教大神克里希纳的牧人。

我又开玩笑地问他:"你有戈姆蒂的消息了吧?我相信你去找过她了。"甘古高兴地微笑着说:"先生,我终于找到她了。她在勒克瑙的妇女医院。她告诉了这儿的一个朋友,如果我十分烦恼,就告诉我她到哪儿去了。我一听说,就到勒克瑙去把她接回来了,而且我还得到了这个孩子。"他把孩子给我看的时候,得意的样子几乎跟一个运动员炫耀他新赢得的奖章一样。

对他的无耻我感到惊奇。他同戈姆蒂结婚不过六个多月,可现在却得意洋洋地让我看孩子。我嘲笑地说:"喔,这样说来,你还有了个男孩。也许这就是她出走的原因吧。你断定孩子是你的?"

"为什么说是我的,先生,是神的啊。"

"在勒克瑙生的吧,是吗?"

"是的,先生。昨天才满月。"

"你结婚有多久了?"

"现在刚七个月。"

"那么,这孩子是在你婚后六个月生下来的啰。"

"是的。"甘古泰然自若地回答。

"你仍认为他是你的孩子?"

"是的,老爷。"

"你是糊涂了吧?"我问道。我不能十分断定,他是不明白我努力做出的暗示,还是有意曲解我的意图。

"她有一段很困难的时间,"甘古用同样的语调说,"先生,对她来说,这几乎是重新得到一次生命。她足足痛了三天三夜。噢,真是无法忍受啊。"

这时我打断他的话说道:"这是我第一次听说:结婚六个月会生孩子。"

这个问题使甘古感到意外,他顽皮地笑笑,说道:"这事从来没有使我烦恼过。说不定戈姆蒂就是为了这事离开我的。我对她说,如果她不爱我,当然可以离开我,我以后决不再去打扰她。可是,如果她果真爱我,决不能让孩子把我们分开。我会把他当做自己的孩子那样爱他。毕竟,一个人拿到一块种着庄稼的土地,不会仅仅因为庄稼是别人种的而不要庄稼。"

他纵情哈哈大笑。

我深为甘古的情操所感动,觉得自己是个大笨蛋。我伸出手去从甘古怀里抱起孩子吻了吻。甘古说:"先生,您是善的化身。我常常跟戈姆蒂提到您,好几次要她来向您问候。但她太腼腆了。"

我,善的化身!我的中产阶级的道德感在甘古的勇气和真诚面前显得可耻。

"你才是善的化身,"我说,"这孩子使它更有了魅力。让我跟你去见见戈姆蒂吧。"于是我们一同向甘古的家走去。

冯金辛 译

夏目漱石

夏目漱石(1867—1916),日本杰出的小说家。两部小说《我是猫》和《哥儿》的成功奠定了他在日本文学史上的地位。《库莱克先生》是其短篇名作,它栩栩如生地刻画了一个不拘小节的英国学者形象。

库莱克先生

库莱克先生像燕子似的把"巢"筑在四楼上。站在石子甬路的一头往上看,连窗户都望不见。从下面慢慢往上走,直走得腿酸的时候,这才到达先生的门前。虽说是门,但并不是带顶棚的对开的正门,而只是悬挂着一个黄铜门环的、不到三尺宽的单扇门板罢了。在门前休息一会儿,用这门环下端嗒嗒、嗒嗒地打着门板,里面就会给开门。

来开门的总是个女人。大概因为近视,她戴着眼镜,站在那里呆呆地吃惊;她看上去已是饱经风霜、五十岁左右的人了,可还是那么惊悸不已。她把眼睛睁得大大的,以至令人为刚才敲门感到歉疚;她就这样说声"请"。

一进门,那个女人立刻就不见了。然后,首先见到的是客厅——开始我并没把这当成是客厅,因为屋内并没有什么别的陈设,仅有两扇窗户,摆着许多书。库莱克先生大概就在这里待客。一见我进去,他便"哦"了一声伸出手来。这是一种要握手的暗示,当然你要伸手去握了,可是对方从来不曾回握过。本来我也并不怎么高兴去握,心想干脆免掉算了,但下次他还是"哦"的一声伸出那只毛茸茸、满是皱纹、呆板的手来。习惯实在是不可思议的事。

这只手的主人正是替我解答问题的先生。初次见面时,我问报酬是多少？他向窗外一瞥,说道:"是啊,一回七先令怎么样,如果觉得太高,还可以少要一些。"于是我决定按一回七先令,月末一起交款。但有时我也意外地受到先生的催促,说出"你看,因为有点用项,可否提前付款"之类的话。我应了声"好",便从裤子的口袋里掏出钱来,也没包一下就递了过去。先生说着:"啊！对不起。"他便张开那只呆板的手,把钱放在手上端详一会儿,然后就装进裤子口袋里了。糟糕的是先生绝不找余款。我原打算将余款转入下月份,但有时,就在下一星期,他又说什么"因为要买点书",再度催促起来。

先生是爱尔兰人,说话颇为难懂。一旦急躁起来,他说的话就像东京人与萨摩人吵架时那样令人伤脑筋。因为他是位非常粗心而急躁的人,所以一遇到事情麻烦起来,我就只好听天由命,一味地瞧着先生的脸。

那脸又不同寻常,因为是西洋人,鼻子高而弯,肉又太厚。这一点虽然同自己很相像,但这样的鼻子,看了是不会使人有好感的。那张杂乱无章的脸,却显得有些粗犷的情趣。至于胡须之类,黑白掺杂,长得实在够呛。有一次,在培凯斯特里特遇见先生的时候,我觉得他很像一个忘了鞭子的马夫。

从来没见他穿过白衬衫、白领子,他总是穿花格的绒衫,脚上穿着肥大的高腰皮靴,坐在那里,几乎要把脚伸进壁炉里面去,而且敲打着自己的膝盖,这时我才注意到先生的那只呆板的手上戴着金戒指。有时,在教我书的时候,他不是敲而是摩擦着自己的大腿。当然我不知道他教些什么。听候先生的指引,由先生带着到所爱去的地方,但不再给送回来了。而且那些愿意去的地方,又根据季节的变迁和天气的情况而变化。有时候,昨天和今天所讲的完全是两个极端。说得难听一点,这简直是胡扯淡;要往好里说,也可听到一些文学上的常识。现在想来,一回七先令原本是不该得到规规矩矩的讲授的,这从先生这方面来说是理所当然的事,而我觉得不满意,未免过分了。尤其先生的头脑,正如他的胡须那样,显得杂乱无章;所以,不提出增加报酬,改进讲授,倒是可取的。

先生得意的是诗,吟诗的时候,从脸到肩膀都轻轻地颤动着。这并不夸张,确实是颤动。然而,这并不是带领我读,而只是一个人得意地吟诗自娱。总之,这对我来说,仍然是一个损失。有一次,我带去了斯温朋①的《罗扎蒙特》,先生说"让我看一下"。可是他朗读了两三行,忽然把书放在膝盖上,特意摘下夹鼻眼镜,叹着气说:"不行,不行,斯温朋也老得做出这等诗来。"就在这个时候,我想到要看看斯温朋的杰作《亚泰兰多》。

先生把我当成小孩子看待,经常向我提出"你知道这样的事吗?""你懂得那样的事吗?"之类无聊透顶的问题。刚这么问,却又突然提出深奥的大问题,一下子把我当成同辈人来对待。有一次,先生在我面前读着沃森②的诗,问道:"有人说这地方很像雪莱,也有人说完全不像,你是怎样想的呢?"问我怎样想的,其实西洋的诗,我若不先看一遍,然后再用耳朵听,就完全弄不懂。于是,我含糊其词地回答了他。说的是同雪莱相像呢,还是不相像,现在忘记

---

① 斯温朋(1837—1909),英国诗人、评论家。
② 沃森(1858—1935),英国诗人。

了。然而可笑的是,先生此时照例敲着膝盖,说:"我也这样想。"这使我大为惶愧。

有一天,先生从窗口伸出头去,俯视那忙碌的广大世俗的人们,说道:"你看,来来往往的人这么多,懂诗的在那一百个中没有一个,真令人叹息呀。也可以说,英吉利人是不懂诗的国民!在这方面,爱尔兰人是了不起的,可谓上乘。实际懂得诗的你和我,不能不说是幸福啊!"先生把我归入懂诗的一类,我真是不胜感激;但另一方面,他对待我却非常冷淡。我对这位先生,看不出有一点投缘之处,觉得他是一个全然机械的、喋喋不休的饶舌老人。

然而,有过这样的事。因为对自己所住的公寓感到厌烦,我试想寄居在先生家里。有一天,学完例行的功课之后,我就提起此事了。先生忽然敲着膝盖说:"不错,我给你看看我家里的房间,来吧。"从餐间、女仆室、厨房,他带着我到各处看了一遍。本来他家不过是四楼上的一角,自然并不宽敞,只要两三分钟,就可以全部看完的。先生回到原来的坐位上,本以为他要说,这样房舍实在是没有可住之处,便拒绝了事吧。可是,先生却忽然开始讲起沃尔特·惠特曼①的事来,说:"从前惠特曼曾来到我家,逗留过一些日子。"他说话非常之快,听不大懂,大意是:惠特曼到过这里,他开始读那个人的诗时,很有不以为然的感觉,但读过几遍之后,逐渐产生了兴趣,终于非常欢喜了,因此……

借寓之事,却不知飞向何处了。我也只得任其自然地"啊,啊"地答应着听。不知何故,此时他又讲起雪莱同谁吵架的事,说道:"吵架是不好的,因为这两个人我都喜欢。我所喜欢的两个人吵起

---

① 惠特曼(1819—1892),美国诗人。

来是很不好的。"但是无论怎样批评,在几十年前已经吵过架,再也没有什么办法挽回了。

由于先生是个疏忽大意的人,自己的书籍常放错地方。一旦找不到时,他就像着了火似的用仓皇的声音招呼厨房里的老太婆。于是,老太婆显出惊慌的神色,来到客厅里。

"我、我的华兹华斯,放在哪儿啦?"

老太婆那吃惊的眼睛睁得碟子似的,她立刻察看书架;无论怎样惊慌,但眼睛很好使,立刻便找到华兹华斯了。于是她用嗔怪的口气说着:"先生,在这里。"她把书放在先生面前。先生抢夺似的拿过来,一面用两个手指啪嗒啪嗒地拍打着书皮上的灰尘,一面说:"你,华兹华斯……"就开始讲起来了。老太婆睁着更为吃惊的眼睛,退回到厨房去。先生一连两三分钟敲打着华兹华斯的书;好容易叫人找到华兹华斯,他竟没有翻开书卷。

先生经常寄信来,那字迹是绝对看不懂的。本来不过两三行,也有反复阅读的时间,但无论如何总是认不清。于是我只好猜断:先生来信必是有了困难,不能讲课了,这样就省得去看信了。有时那位惊悸的老太婆代笔,那就很容易看懂了。先生雇了个得力的书记。先生曾叹息过,自己的字写得太差,甚感困窘。他又说:"你在这方面好多了。"

我很担心,用这样的字写稿,不知会写出什么样的东西来。先生是阿登本的《莎士比亚全集》的出版者。我曾认为,那样的字,竟然也能具有出版的资格吗?可是,先生却坦然地做了序言和札记。不仅如此,他还说:"看这篇序文吧!"让我读了写在《哈姆莱特》前面的序言。我第二次去的时候,说写得很有趣,先生拜托道:"你回到日本时,一定要给我介绍一下这本书。"我回国后,在大学里讲课时阿登本的《莎士比亚全集》中的《哈姆莱特》使我受益不浅。像哈姆莱特札记那样好的文章,内容正确又扼要,恐怕未必再有了。然而在那时,我却没有觉得这样好。但先生对莎士比亚的研究,却早就使我感到敬佩了。

在客厅里出来,拐个弯,就有一间约莫六铺席的小书斋。说实在的,先生之所以高高做橐,乃是因为他最重要的宝贝就在四楼一角的这个尽头。这里排列着十来册长约一尺五寸、宽约一尺的蓝皮笔记本。先生一有空就把写在纸片上的词句抄在蓝皮笔记本上,好像那悭吝人储蓄有孔的铜钱一样,将它一点一点积攒起来,这是他一生的乐趣。而这蓝皮笔记本,就是莎士比亚字典的原稿。我来后不久就知道了这一点。据说先生为了要完成这部字典,竟放弃了在威尔士某大学讲授文学的职位,用这个时间每天去不列颠博物馆。连大学讲席尚可放弃,也就难怪他对七先令的弟子敷衍了事。在先生的头脑里,唯一的事就是这部字典,他黑夜白日地在研究琢磨。

我曾问过先生,已经有了施密特的莎士比亚字典了,为何还编这样的书?先生不禁显出有些轻蔑的样子,说道:"看这个吧。"他拿出自己那本施密特的书。这两卷书,每一页的空白处都密密麻麻写满了字。我"啊"的一声吃惊地看着这书。先生此时颇为得意地说:"你看,假若写同施密特一样程度的东西,我也就不必这样费力了。"说着,他用两个手指啪嗒啪嗒地敲起弄得乌黑的施密特的书。

"您究竟是从什么时候起做这项工作的呢?"

先生站起来,到对面书架上去一个劲儿找起什么书来,又照例用焦躁的声音喊道:"杰恩,杰恩,我的道顿哪里去了?"不等老太婆出来,他就已经在喝问道顿的所在了。老太婆又吃惊地出来了,照例说:"先生,在这里。"她嗔怪一回,退了下去。先生对这些并不介意,如饥似渴地翻开书:"唔,在这里,道顿把我的姓名明明白白地写在这里;他特别写着莎士比亚研究者库莱克先生。这书是一千八百七十……年出版的,我的研究远在这以前呢……"我对先生的坚忍,全然惊服了。我顺便问道:"什么时候才能完成?""谁知道什么时候呢,要干到死的啊。"先生说着,将道顿放回原处。

我在此之后不久,便不再到先生那里去了。在我离开前不久,先生曾说过:"日本的大学里,不要西洋教授吗?倘若我年纪轻点,我要去的。"无意中他显露出感到无常的神色。先生的脸上显出感慨之情,只有这一次。我宽慰地说:"您不是还年轻吗?"先生说:"哪里,哪里,说不定什么时候,出什么事,因为已经五十六岁了。"说着,他的情绪就消沉下来。

回到日本后,大约过了两年,在新到的文学杂志上刊载了库莱克先生死亡的消息。说是莎士比亚的研究者,但仅仅写了两三行罢了。那时候,我放下杂志想道:难道那字典终于没有完成,竟然成为废纸了吗?

刘天纯 译

芥川龙之介

芥川龙之介(1892—1927),日本小说家。创作伊始,他便探讨人生,挖掘人性,写出许多名篇。他的文笔典雅俏丽,精深洗练。他的不少短篇小说都被世人奉为经典,如《罗生门》《在竹林中》《父》等。鲁迅先生曾亲自将《罗生门》译成中文。

罗 生 门①

一天傍晚时分,站在罗生门下的一个仆人等着雨住下来。

在宽阔的城楼下边,除了这个仆人,一个人也没有。只有朱漆剥落的高大圆柱上,停着一只蟋蟀。罗生门既然位于朱雀大路,除了这个仆人,总还应该有两三个避雨的戴市女笠②或软乌帽③的庶民。然而,除了这个仆人之外,却一个人也没有。

说起这两三年,在京都,地震啦,旋风啦,火灾啦,饥馑啦,等等,灾难一起起地接连不断。这个都城因此变得极其荒凉。根据古时候记载,那时曾经把佛像、佛具砸碎,把这些涂着红漆的,或带着金银箔的木头,堆在路旁,当柴火卖掉。都城既然是这么一种情

---

① 正名应叫罗城门,公元八世纪末建立的日本平安京(在京都)南面的正门,和北面的朱雀门相对。它是高大的双层城门,今已不存。
② 市女笠是平安朝中期以来商女所戴的一种晴雨两用的斗笠,后来男子也戴了。
③ 软乌帽,原文作揉乌帽子。乌帽是日本古代公卿、武士平时戴的一种黑帽子,庶民则出门才戴。乌帽有多种式样,揉乌帽子是其中一种,质地较为柔软。

况,整修罗生门这种事,当然就没有人去过问了。于是,趁着这个荒凉颓落的时机,狐狸栖息,盗贼藏身。到了后来,连没有人认领的尸体,也被拖到这个城楼里来丢弃而去,久而久之竟成了习惯。因此,一到太阳落下的时候,不论是谁都会觉得毛骨悚然,不敢到这所城楼跟前来。

相反的,不知从什么地方飞来成群的乌鸦。在白天看,不知道多少只乌鸦绕着圈儿,围着高高的鸱尾,一边叫一边盘旋着。但是到了夕阳映得这城楼的上空通红的时刻,那些乌鸦却像撒下的芝麻似的,看得清清楚楚。乌鸦当然是来啄食城楼上的死人肉的。——然而在今天,可能是因为时刻晚了的缘故,竟然看不到一只乌鸦。看到的只是到处将要断裂,并且在裂缝中间长出老高的青草的石阶上,粘着白色的斑斑点点的鸦粪。仆人穿着洗褪了色的藏青色裰子,一屁股坐在七级石阶的最上边的一级。他一方面因为右颊长出的很大的面疱而心情烦恼,另一方面呆呆地眺望着落下的雨。

作者方才说过:"一个仆人等着雨住下来。"可是即使是雨住下来,老实说,仆人也没有什么好办法。如果在平时,他当然是应该回到主人的家里去。然而在四五天之前,主人把他解雇了。正如我在前边写过的那样,当时京都的街道变得极其荒凉。眼下这个仆人被他服侍多年的主人给解雇了,其实也只不过是这个都城衰落下来的一个小小的余波罢了。所以,与其说"一个仆人等着雨住下来",倒不如说"遇雨受阻的一个仆人,无路可走,陷入困境",倒更确切。况且,今天的天色也给这个平安朝①的仆人那种多愁善

---

① 平安朝(794—1192)以平安京为京都,分初、中、后三期,这篇小说描写的是末期的十二世纪院政期。

感的情绪,带来很大的影响。从申末下起来的雨,现在仍然没有住下来的样子。这时候,仆人眼前想的是明天的生活怎么办?——也就是说,怎样才能摆脱毫无指望的困境。他一边不得要领地想着,一边心不在焉地听着溅落在朱雀大路上的雨声。

雨包围着罗生门,从远处,刷刷地发着声响扑过来。昏暗的傍晚使天空渐渐低下去,仰头向上看,城楼楼顶那斜着伸出去的雕甍支撑着沉重的微暗的云层。

为了摆脱毫无指望的困境,已经没有时间去考虑选择什么手段了。如果考虑选择什么手段的话,那就只能活活饿死在泥板墙下,大路道旁了。死后就会被拖到这个城楼上,像扔一条狗似的被一扔了事。"如果是不择手段"——仆人想,他在这条道上徘徊了好久,最后才来到了这个地方。可是这个"如果",永远不采取行动,到最后还是个"如果"。仆人虽然决定不择手段了,然而由于"如果"变成行动,那么跟着而来的一个问题当然就是:"除了当强盗,别无他法",他对这件事仍然没有足够的肯定的勇气。

仆人打了一个很大的喷嚏,接着疲惫地站了起来。京都的傍晚变得很冷,冷得使人很想能有一个火炉才好。寒风从城楼的柱子中间,跟着夜晚一起肆无忌惮地蹿了进来。红漆柱子上停着的那只蟋蟀,已经不知道藏到什么地方去了。

仆人缩着脖子,高高耸起在黄色汗衫上面套着藏青色裢子的肩头,向城楼四周看了看。他想找一个躲避风雨、避人耳目,能安安稳稳睡上一夜的地方;如果有,好歹就在这儿过上一夜。这时他正好看到了登上城楼的那个很宽的,并且是涂着红漆的楼梯。城楼上就是有人,反正也都是死人。仆人留心着腰间挂着的木柄长刀,免得出了鞘,迈起穿着草鞋的脚,踏上那楼梯最下边的一级。

几分钟之后,在登上罗生门城楼很宽的楼梯的中段,一个男人像猫似的缩着身子,屏着气息,窥视着上边的情况。从城楼照射下来的火光,模糊地照出这个男人的右颊。这是一张短须中长着红肿化脓的面疱的脸颊。仆人最初以为城楼上没有什么了不起,都是些死人罢了。当他踏上两三级楼梯一看,在城楼上不知是什么人点起了火,那火光在各处闪动着。昏浊的黄色的火光,在城楼各个角落挂着蜘蛛网的顶棚上摇动着,映照着。看到这个就立刻会使人明白:在这雨夜里,在这罗生门的城楼上点着火的,大概不是普通的人。

仆人像蜥蜴似的蹑着脚,好不容易爬上很陡的楼梯最上边一级。他伏着身子,尽量伸长了脖子,胆战心惊地窥视着城楼里的情况。

一看那城楼里,正像传闻的那样,有几具尸体横七竖八地扔在那儿。但是由于火光照射的范围比自己想象的还要狭小,看不清楚到底有几具尸体。他只是模模糊糊地看到,那里有赤身裸体的尸体和穿着衣服的尸体。自然男男女女似乎都混杂在一起。这种情形简直使人有些怀疑那些尸体曾经是活人,他们好像是捏的泥人,有的张着嘴,有的伸着手,横七竖八地躺在地板上。暗淡的火光投射到肩膀和胸脯突起的部分,而使低凹部分的暗影更加昏暗,像哑巴似的永世沉默着。

仆人闻到了这些尸体的臭气,不由得捂住了鼻子。然而那手在抬起的一瞬间,又完全忘记了捂鼻子。因为一种强烈的刺激,几乎完全夺去了这个男人的嗅觉。

这时候,仆人才发现有一个人蹲在那些尸体中间。这是一个穿着黑衣服的矮小、瘦弱、白发、像猴子似的老太婆。那老太婆右手拿着燃烧着的松明,在仔细盯着看一具尸体的脸。从那长长的头发上看,可能是个女尸。

仆人为六分恐怖、四分好奇心所吸引,暂时连气也不敢出了。借用古书作者的话说,真使人感到"毛骨悚然"。老太婆把松明插到楼板缝里,接着向方才盯着看的死尸的头部伸出两手去,像老猴给小猴捉虱子那样,开始一根一根地拔那长头发。头发好像一拔就拔下来了。

看着头发一根一根拔下来,仆人内心的恐惧就渐渐地消失了;与此同时,渐渐地增长起对这个老太婆的一种强烈的憎恶情绪。——哦,说"对这个老太婆",也许有语病,倒不如说,在不断地增强起对一切恶的反感。这时候,如果有什么人对这个仆人重新提出方才在罗生门下边他自己想过的那个问题:"是饿死呢,还是当强盗呢?"恐怕这个仆人会毫不留恋地选择饿死这条道路。这个人对恶的憎恨,就像老太婆插在楼板缝里的松明,猛烈地燃烧起来。

仆人当然不知道,老太婆为什么拔死人的头发。所以,从"合理性"来说,他也不知道这到底是应该属于善还是属于恶。但是从仆人来说,在这雨夜里,在这罗生门城楼上拔死人的头发,那当然是绝对不能宽恕的恶了。仆人自己方才想当强盗的事,自然他早就忘到脑后去了。

于是,仆人两脚用力,突然从楼梯一跃而上;他手握木柄大刀,大步走到老太婆跟前。老太婆自然是大吃一惊。

老太婆一眼看见仆人,就像被强弩弹了出去似的,一下子跳了起来。

"你这东西,往哪里跑!"

老太婆在尸体中间绊着斤斗,慌慌张张地想要逃跑,仆人堵住了她的去路,这样骂道。尽管这样,老太婆仍然想冲开仆人逃跑。仆人不放她走,把她硬拉了回来。两个人在尸体中间,默默地扭打了一会儿。但是胜败一开始就决定了。仆人终于抓住了老太婆的胳膊,硬是把她扭倒在地上。那胳膊像鸡腿一样,完全是皮包骨。

"你在干什么?说!不说,看这个!"

仆人甩开老太婆,突然拔刀出鞘,钢刀闪着寒光,横在老太婆眼前。然而,老太婆不说话。她两手发抖,急促地喘着气,两眼睁得眼珠子似乎要从眼眶里掉出来,哑巴似的硬是不开口。看了这种情况,仆人才明确意识到,这个老太婆的生死,完全由他的意志来决定了。仆人的这种意识,不知什么时候把方才猛烈燃烧起来的憎恶的情绪一扫而光。剩下的只是圆满地完成工作时那种洋洋得意和心满意足罢了。

这时,仆人低头看着老太婆,声音稍微温和些说:"我并不是检非违使①衙门里的官吏,我是刚才走过这个城楼的过路人。所以,我并不是想要把你捉起来,只是你要好好对我说,你这个时候在这个城楼上干什么就行了。"

这时,老太婆的眼睛睁得更大了,目不转睛地盯着那个仆人的脸。这是一双眼眶赤红、鸷鸟般的、锋锐犀利的眼睛在看他。同时,皮肤皱得几乎和鼻子连接在一起的嘴唇,好像在嚼着什么东西似的在蠕动着。细脖子上尖瘦的喉头也在蠕动着。这时,仆人听到老太婆喘吁吁地从喉咙里发出好像乌鸦叫似的声音:"拔这头发嘛,拔这头发嘛,想做假发啊!"

---

① 检非违使是日本平安时代的官名,掌管治安、监察和司法等工作。

仆人没料到老太婆的回答是这样平常,很是失望。在失望的同时,方才的憎恶情绪和冷冷的蔑视又一齐涌上心头。那脸色对方大概也看到了。老太婆一只手还拿着从死尸头上拔下来的头发,发出蛤蟆一样的聒噪声,结结巴巴地说:

"说实话,拔死人的头发,也许是缺德的事。可是,对这些死人这么干,那倒也活该!现在被我拔头发的这个女人,她把蛇切成四寸来长,晒干了拿到带刀①的警卫房去当干鱼卖呢!要是她不得瘟病死了,大概现在还在干这种买卖呢。尽管这样,别人还说这女人卖的干鱼,味道好,那些带刀的还把它当成不可缺少的副食品来买。我倒不觉得这女人干的事就怎么坏!要是不这么干,就得饿死,这也是没有出路才干的啊!所以,现在我干这个,我也不认为是什么坏事呀!我要是不这么干,那也得饿死呀!我也是没有出路才这么干的啊!是呀,这女人对我没有出路这一点是很了解的,大概也会原谅我干的这种事吧!"

老太婆唠唠叨叨说了这些话。

仆人把大刀插进刀鞘里,一边用左手按着刀把,一边冷冷地听着。右手自然是在按着红面孔上的化脓的大面疱。但是,听着听着,仆人心中产生了一种勇气,这正是不久前在城楼下边,这个男人所缺少的那种勇气。同时,也是和不久前登上这个城楼,抓住这个老太婆时的那种勇气向全然相反的方向发展的一种勇气。仆人是饿死呢,还是当强盗,已经不再是难于抉择的问题了。从这时候的仆人的心情来说,他根本不去想饿死的问题,把它完全扔到脑后去了。

---

① 带刀,原文作太刀带,日本古代京都春宫坊的侍卫。

"你说的是真话吗?"

老太婆说完话,仆人就用嘲弄的口气叮问了一句。同时他向前走了一步,右手冷丁离开面颊上的面疱,抓住老太婆的脖领,怒声喝道:"那么,我剥了你衣服,你也用不着恨我了吧!我要是不这么干,我也就饿死了!"

仆人迅速地剥下了老太婆的衣服,把想要抱住他的腿的老太婆狠狠一脚踢倒在死尸上。到楼梯口只有五步远。仆人把剥下来的藏青色的衣服夹在腋下,一转眼工夫顺着很陡的楼梯,消失在黑洞洞的夜里了。

过了一会儿,好像昏死过去倒在那儿的老太婆,光着身子从尸体中间爬起来。老太婆一边发出既像嘟囔又像呻吟似的声音,一边借着还在燃烧着的火光,爬到楼梯口。在那儿倒垂着短短的白发,向罗生门下边望去。外边是黑漆漆的夜。

仆人的去向谁也不知道。

吕元明 译